无障碍读本

世说新语

（南朝宋）刘义庆/撰 沈海波/编著

（上册）

原文·注释·译文·解义

团结出版社

图书在版编目（CIP）数据

《世说新语》无障碍读本 / (南朝宋) 刘义庆撰；沈海波编著. -- 北京：团结出版社, 2021.1

ISBN 978-7-5126-8393-8

Ⅰ. ①世… Ⅱ. ①刘… ②沈… Ⅲ. ①笔记小说－中国－南朝时代 Ⅳ. ①I242.1

中国版本图书馆CIP数据核字(2020)第213442号

《世说新语》无障碍读本

(南朝宋) 刘义庆 撰 沈海波 编著

出　　版：团结出版社
（北京市东城区东皇城根南街84号　邮编：100006）
责任编辑：郑　纪
电　　话：（010）65228880
发　　行：（010）51393396
网　　址：http://www.tjpress.com
E-mail：65244790@163.com
经　　销：全国新华书店
印　　刷：三河市双升印务有限公司

开　　本：145×210　1/32
印　　张：36
字　　数：550千字
版　　次：2021年1月第1版
印　　次：2021年1月第1次印刷

书　　号：ISBN 978-7-5126-8393-8
定　　价：88.00元(全三册)

前 言

一

《世说新语》主要记载东汉末年至南朝刘宋时期二百多年间士人阶层的言谈风尚和琐闻轶事，内容非常丰富，举凡政治、思想、道德、文学、哲学等方面皆有涉及，是研究魏晋时期历史的珍贵文献。

《世说新语》原名《世说》，分为十卷（《隋书·经籍志》等著录为八卷）。唐人为了与汉代刘向所著《世说》（已亡佚）相区别，所以易名为《世说新书》或《世说新语》，当然也有仍称《世说》者。以“新书”为名在唐代较为普遍，如唐写本即题为《世说新书》。北宋时期，以“新语”为名逐渐流行，黄伯思《东观余论》曰：“不知何人改为《新语》。”说明采用“新语”之名在当时已成为一种倾向。从南宋开始，《世说新语》成为通称。

《世说新语》在宋代有众多版本，据汪藻《世说叙录》记载，有晁氏（晁迥）本、钱氏（钱惟演）本、晏氏（晏殊）本、王钦臣本、王洙本、黄氏（黄庭坚）本、章氏本、刘氏本、赵氏本、颜氏本、张氏本、邵氏本、李氏本等。这些抄本在卷次方面存在着不同之处，章氏本为上下两卷，李氏本、晁氏本为三卷，钱氏本为九卷，其余大多为十卷。此外在分篇（门）方面，大多分为三十六篇（即今《德行》至《仇隙》），但邵氏本、黄氏本有三十八篇（多《直谏》《奸佞》），颜氏本、张氏本有三十九篇（多《直谏》《奸佞》和《邪谗》），甚至还有多达四十五篇者（据董弅题跋）。在传抄过程中，《世说新语》的内容间有后人窜改增损之处，各种抄本中即便卷次相同，也存在篇目不同的情况。一些十卷本的抄本中，末卷有五十一则记载，但却没有门类，除了三则之外，其余都和之前卷次中的内容重复。

两宋之交，汪藻（1079—1154）对各种抄本进行了整理和研究，并撰《世说叙录》和《考异》各一卷。汪藻根据晁氏本、钱氏本、晏氏本、王钦臣本，将书名定为《世说新语》；他认为内容重复的末卷是从其他书中附益而来，于是辑为《考异》，作为附录；同时，他以钱氏本为底本，将前九卷内容重新编为十卷；此外，他认为邵氏本等多出来的《直谏》《奸佞》《邪谗》三篇，内容舛误不可读，所以删削不录，并根据钱氏本、晁氏本，将篇目定为三十六。

汪藻的整理研究对广川人董弅产生了影响（两人系好友）。南宋绍兴年间，董弅得到晏殊的手校本，他比较了王洙的家藏本，认为晏殊删削重复，最为善本，于是在其基础上对文字及卷次做了进一步的修订，定名《世说新语》，将卷次分为三卷，将篇目定为三十六门（篇），并于绍兴八年（1138）在严州（治所在今浙江建德）刊刻，并附录了汪藻《世说叙录》和《考异》。这一刻本成为流传至今的通行本。

二

《世说新语》的作者刘义庆（403—444）是南朝刘宋宗室，字季伯，长沙景王刘道怜次子。叔父征西大将军刘道规无子，于是以刘义庆为嗣。义熙八年（412），刘道规去世。当时出现了继嗣的问题，起因是刘裕的第三子刘义隆（即宋文帝）幼年时由刘道规抚养，刘裕希望刘义隆也能够继嗣。但是按照礼法，不能由两人同时继嗣，于是继嗣之事就被搁置了下来。几年后问题才得到解决，就是让刘义隆还本，回到刘裕的名下。义熙十一年（415），刘义庆袭封南郡公，年仅十三岁。

义熙十二年（416），刘义庆随刘裕北伐后秦，因功拜辅国将军、北青州刺史，还未到任就迁任督豫州诸军事、豫州刺史，又加督淮北诸军事。刘裕于永初元年（420）称帝后，追封刘道规为临川王，由刘义庆袭封，并征为侍中。元嘉元年（424），转散骑常侍、秘书监，徙度支尚书，迁丹阳尹。元嘉六年（429），加尚书左仆射。元嘉八年（429），太白星犯右执法，刘义庆惧有灾祸，乞求外镇，宋文帝不许。但刘义庆执意请求解除左仆射一职，宋文帝这才应允，于是加中书令，进号前将军，兼任常侍、丹阳尹。

元嘉九年（430），刘义庆出为使持节、都督荆雍益宁梁南北秦七州诸军事、平西将军、荆州刺史。荆州是重镇，地广兵强，物产丰盛，此前刘裕一直派自己的儿子们担任刺史。由于刘义庆在宗室中享有美名，所以宋文帝将原荆州刺史江夏王刘义恭迁任南兖州刺史后，改派刘义庆担此重任。

元嘉十六年（439），刘义庆改任散骑常侍、都督江州豫州之西阳晋熙新蔡三郡诸军事、卫将军、江州刺史。元嘉十七年（440），迁任都督南兖徐兖青冀幽六州诸军事、南兖州刺史，不久加开府仪同三司。此后，刘义庆因病要求解职回京。元嘉二十一年（444），刘义庆病故，追赠司空，谥曰康王。

刘义庆性格谦虚，生活简约朴素，在出任方镇要职期间，往来迎送之物一概不受。他喜欢招聚文学之士，袁淑、陆展、何长瑜、鲍照等人都被他延揽为属官。他爱好文义，文词虽然不多，但在宗室中属于佼佼者，宋文帝给他写书信时，常常会加意斟酌。生前著有《典叙》《徐州先贤传》十卷及《世说新语》十卷。

三

刘义庆《世说新语》未见沈约《宋书》记载，直到唐代才有著录，见《隋书·经籍志》及《南史》卷十三。后人曾对《世说新语》的成书情况提出揣测意见，明人陆师道《何氏语林序》曰："抑义庆宗王牧将，幕府多贤，当时如袁淑、陆展、鲍照、何长瑜之徒，皆一时名彦，为之佐吏，虽曰笔削自己，而检寻赞润，夫岂无人？"清人毛际可《今世说序》亦曰："予谓临川宗藩贵重，缵润之功，或有藉于幕下袁、鲍诸贤。"他们都认为刘义庆著《世说新语》时可能得到了幕僚们的帮助。鲁迅进一步提出了他的看法，他说："《宋书》言义庆才词不多，而招聚文学之士，远近必至，则诸书或成于众手，未可知也。"（《中国小说史略》）鲁迅的观点对当代学者产生了很大影响，人们倾向于认为，《世说新语》可能成于众人之手。

其实，上述观点纯属"无中生有"，根本无法得到史料的佐证。陆师道、毛际可或许是因为有吕不韦和刘安组织门客编著《吕氏春秋》《淮南子》的先例，而刘义庆也具有相当的身份，又喜欢招揽才学之士，所以产生联想。但这其中并无可比性，《吕氏春秋》和《淮南子》都是阐述学说的著作，体系绵密，所以吕不韦和刘安在门客们的帮助下进行编著，属于情理之中。而《世说新语》仅为采集旧闻轶事之作，以刘义庆"足为宗室之表"之才学，何须他人代劳。沈约《宋书》称刘义庆在荆州时"撰《徐州先贤传》十卷"，又"拟班固《典引》为《典叙》，以述皇代之美"，说明刘义庆的文词虽然不多，但也并不少，否则怎么可能成为"宗室之表"。刘义庆既然有能力编撰《徐州先贤传》，那么体例松散的《世说新语》显然不在话下。因此，鲁迅因为刘义庆文词不多就怀疑《世说新语》"成于众手"，显然缺乏证据。

四

最早替《世说新语》作注者是敬胤，姓氏不详，事迹也已失传。敬胤的时代略早于刘孝标，可能是南朝宋、齐间人，汪藻《考异》曰："其所载以宋、齐人为今人，则敬胤者，刘孝标以前人也。"敬胤之注残存在古抄本第十卷，收录于汪藻

《考异》。

传世最完整、也最有影响的古注为齐、梁间人刘孝标所作，《隋书·经籍志》著录刘孝标《世说新语注》十卷，《旧唐书·经籍志》与《新唐书·艺文志》均著录刘孝标《续世说》十卷。所谓“续”，其实就是注（有人误会续和注是两部书）。

刘孝标（463—521年），本名法武，后更名峻，字孝标，平原郡平原县（今山东德州平原县）人。出身将门，其父刘珽官至始兴内史。刘孝标刚出生时父亲即过世，母亲于是带他回到家乡。泰始年间（465—471），北魏攻占青州，刘孝标母子被掳至中山为奴，当地的富人刘宝出于怜悯为他们赎身，并教刘孝标读书。刘孝标母子后因生活贫困，曾出家为僧为尼，不久还俗。刘孝标好学，常常点着麻秆作的火把夜读，通宵达旦，有时昏睡过去，头发被火烧到，醒了以后继续看书。

永明年间（483—493），刘孝标母子流亡到江南。刘孝标自认为幼年时没有得到开悟，来到江南后更加勤奋，只要听说有人藏有好书，都会前去借阅，崔慰祖称之为“书淫”。当时竟陵王萧子良广招学士，刘孝标因此托人请求前去任职，但吏部尚書徐孝嗣没答应，任用他为南海王侍郎，刘孝标没有就任。齐明帝时，萧遥欣任豫州刺史，刘孝标受到延揽，掌管府中的刑狱。萧遥欣去世后，刘孝标一直得不到升迁的机会。

永元二年（500），萧衍起兵征讨东昏侯，刘孝标之兄刘孝庆时任兖州刺史，举兵响应。梁武帝天监元年（502），刘孝标被召入中书省，与学士贺踪一同典校秘阁。当时梁武帝招聚文学之士，有高才者都会得到重用，但刘孝标因为有率性而为的个性，非但得不到重视，而且还为梁武帝所忌。有一次梁武帝策问锦被之事，大家都认为已经无所遗漏了，刘孝标忽然索要纸笔，补充了十余条，满座都大为震惊，梁武帝感觉很没面子，从此不再召见刘孝标。刘孝庆任青州刺史时，刘孝标请假前去探望，结果被控私载禁物，受到有司弹劾而被免官。

安成王萧秀对刘孝标极为推重，担任荆州刺史时延揽刘孝标为户曹参军，并提供各种书籍，命其编撰《类苑》（类书）。此后，刘孝标因病去职，在东阳郡紫岩山筑室隐居，并完成《类苑》，共一百二十卷。梁武帝此时对刘孝标仍怀有恶感，于是命令学士编撰《华林遍略》以争高下。

刘孝标晚年专心著述讲学，吴越地区有很多人入其门下。他自比为东汉初的冯衍，并自叙曰："余自比冯敬通，而有同之者三，异之者四。何则？敬通雄才冠世，志刚金石；余虽不及之，而节亮慷慨。此一同也。敬通逢中兴明君，而终不试用；余逢命世英主，亦摈斥当年。此二同也。敬通有忌妻，至于身操井臼；余有悍室，亦令家道轗轲。此三同也。敬通当更始世，手握兵符，跃马肉食；余自少迄长，戚戚无欢。此一异也。敬通有子仲文，官成名立；余祸同伯道，永无血胤。此二异也。敬通膂力刚强，老而益壮；余有犬马之疾，溘死无时。此三异也。敬通虽芝残蕙焚，终填沟壑，而为名贤所慕，其风流郁烈芬芳，久而弥盛；余声尘寂莫，世不吾知，魂魄一去，将同秋草。此四异也。所以力自为序，遗之好事云。"（《南史·刘峻列传》）普通三年（521），刘孝标去世，门人私谥"玄靖先生"。

根据《隋书·经籍志》记载，刘孝标著有《世说新语注》十卷、《类苑》一百二十卷、《汉书注》一百四十卷、文集六卷。除了《世说新语注》，其他均已散逸，明人张溥辑有《刘户曹集》，收入《汉魏六朝百三家集》。

五

刘孝标著《世说新语注》时参考过敬胤注，并有所借鉴。如古抄本第十卷"王大将军既亡"条敬胤注曰："含之投舒，舒遣军逆之，含父子赴水而死。……昔郦寄犹以卖友见讥，况贩兄弟以求安乎？若夫王舒可谓非人乎？"此条见《识鉴》第十五则，刘孝标注曰："含之投舒，舒遣军逆之，含父子赴水而死。昔郦寄卖友见讥，况贩兄弟以求安，舒非人矣。"可见，刘孝标此处完全抄录了敬胤注。在缺乏知识产权意识的时代，这种情况极为常见，所以不能用当代人的观点加以褒贬。

刘孝标对敬胤注有所纠正和补充，如第十卷"王大将军初尚主"条敬胤注曰："晋安帝女舞阳公主。"晋安帝显然应为晋武帝，这或许是笔误所致。此条见于《纰漏》第一则，刘孝标注订正为"敦尚晋武帝女舞阳公主"。当然，舞阳公主仍有误，所以唐代史官又订正为"襄城公主"（《晋书·王敦列传》）。又如古抄本第十卷"司空顾和与时贤共清言"条敬胤无注，此条见于《夙慧》第四则，刘孝标注引《顾恺之家传》曰："敷字祖根，吴郡吴人。滔然有大成之量，仕至著作郎，二十七卒。"后人由此可以略知顾敷的生平。

相较于敬胤注，刘孝标之注更为精审。如古抄本第十卷"王丞相云：'刁玄亮之察察，戴若思之岩岩，卞望之之峰距。'"条，敬胤注对刁协、戴俨、卞壶的事迹作了详细介绍，但读者仍然无从知晓王导所说意有何指。此条见于《赏誉》第五十四则，刘孝标注引《语林》曰："孔坦为侍中，密启成帝，不宜往拜曹夫人。丞相闻之曰：'王茂弘驽痾耳！若卞望之之岩岩，刁玄亮之察察，戴若思之峰距，当敢尔不？'"根据《语林》的记载，王导之语义即昭然若揭。

刘孝标之博学在《世说新语注》中尽显无遗，他所征引的各种文献达四百余种之多，很多文献因此得以至今残存。刘孝标不仅征引广博，而且其注释之体例极为精当，所以深受后人推崇，南宋高似孙《纬略》曰："宋临川王刘义庆采撷汉、晋以来佳事佳话为《世说新语》，极为精绝，然犹未为奇也。梁刘孝标注此书，引援详确，有不言之妙。如引汉、魏、吴诸史及子、传、地理之书皆不必言，只如晋氏一朝史及晋诸公列传、谱录、文章，凡一百六十六家，皆出于正史之外。记载特详，闻见未接，实为注书之法。”四库馆臣将《世说新语注》与裴松之《三国志注》、郦道元《水经注》、李善《文选注》相提并论，认为“同为考据家所引据焉”（《四库全书总目》）。可见《世说新语注》已经成为后世注疏之典范。

由于刘孝标的成就极高，所以其注与《世说新语》已经合而为一，其关系如同陈寿《三国志》之与裴松之注。

六

现存最早的《世说新语》版本，为唐写本残卷，于日本明治年间发现，共存五十一则，分别是《规箴》二十四则、《捷悟》七则、《夙惠》七则、《豪爽》十三则。该残卷原为京都东寺观智院开祖杲宝所藏，后为神田醇等五人得到，他们一分为五，各取其一。杨守敬在日本访书时曾见过该残卷之一，他说：“余从日下部东作借校之，其卷首尾残缺，自《规箴篇》‘孙休好射雉’起，至‘张闿毁门’止，其正文异者数十字，其注异文尤多，所引《管辂别传》多出七十余字。窃谓此卷不过十一条，而差异若此。此书尚存二卷在西京，安得尽以校录，以还临川之旧，则宋本不足贵矣。”（《日本访书志·世说新书残卷跋》）民国初，罗振玉流亡日本时访求该残卷，他曾撰题跋自叙道：“但闻东邦藏书家有唐写本残卷，已析为四，而无由得入吾目。乙卯夏，访神田香严翁，始知香严翁藏有其末一截，出以见示，为之惊喜不已。又知第一截为小川简齐翁所得，其二截藏京都山田氏，其三截藏于小西氏，因请于神田、小川两君，欲合印之。二君慨然许诺，并由小川君为介于山田君，神田君为介于山田君，于是分者乃得复合。”民国五年（1916），罗振玉将该残卷影印出版。

两宋时期曾出现众多抄本，但都已经亡佚。今存最早的刻本为南宋董弅绍兴本，传世者共有两部，均藏于日本，日本尊经阁丛刊曾予影印，上世纪五十年代初，文学古籍刊行社和商务印书馆又根据尊经阁丛书翻印。宋孝宗淳熙十五年（1188），陆游任新定郡守时，因董弅刻本的原版毁于祝融，于是重刻，是为宋淳熙本，该本今已无存。宋末元初，刘辰翁、刘应登对《世说新语》进行了批点，共有八卷，目前只有残卷保存在日本。明清时期的版本极多，其中的善本有明袁氏嘉趣堂刻本和清周氏纷欣阁刻本。这一时期学者们也进行过整理校订工作，较有影响的是明代王世贞、王世懋兄弟的删并合刊本与刘辰翁批点本，以及太仓王氏刊行的李卓吾批点本、清代长沙王先谦思贤讲舍刻本。

七

《隋书·经籍志》《旧唐书·经籍志》和《新唐书·艺文志》都将《世说新语》归入小说家，鲁迅《中国小说史略》认为《世说新语》"脱志怪之牢笼"，也归入小说。因此，当代学者普遍将《世说新语》视为志人小说。

其实，古人所谓"小说"与当代作为文学体裁的小说完全是风马牛不相及的两个概念。班固《汉书·艺文志》对"小说"所作定义是："小说家者流，盖出于稗官，街谈巷语、道听途说者之所造也。"可见，古人所谓"小说"是指野史而言。《世说新语》之"世说"，意指世人之说，即"街谈巷语、道听途说"的野史，这是历代著录将其归入"小说"的原因。《旧唐书·经籍志》与《新唐书·艺文志》均著录有刘义庆《小说》十卷，所谓"《小说》"，很可能就是"《世说》"的别称。因此，当代学者将《世说新语》视为文学创作意义上的小说，有偷换概念之嫌。根据古人的定义，《世说新语》的性质应当属于野史笔记。

正因为《世说新语》的内容大多出于里巷传言，所以其真实性是存在疑问的。但里巷传言也具有真实的一面，如《俭吝》中有数则关于和峤、王戎吝啬贪财的故事，这些故事都不足为信，但却真实地反映出世俗之人对名士们的偏见。西晋社会物欲横流，贵族阶层处于奢靡无度的生活状态中，而和峤、王戎等名士虽然富有，却不愿随波逐流大肆挥霍，所以他们在世人眼中就成了异类，也就是吝啬鬼，各种挖苦讥讽他们的故事也就随之附会而生。

不受故事表象的蒙蔽，真正认识其真实的一面，需要通过考证。敬胤及刘孝标都做过考证工作，唐代史官对《世说新语》也有所取舍，并对若干内容进行了修订。后人曾对唐代史官有所微词，如董弅题跋曰："唐初史臣修书，率意窜定，多非旧语。"但唐代史官的修订不仅有助于考订史实真伪，也有助于理解故事之寓意，所以具有重要的参考价值。

八

魏晋南北朝是一个动荡的时代，王朝更迭频繁，征战不断。魏晋南北朝是一个残暴血腥的时代，不同利益集团争权夺利，杀戮频频。魏晋南北朝也是一个绚烂的时代，士人阶层逐渐挣脱经学的束缚，一跃成为主导社会潮流的中坚力量。

在竹林七贤的倡导下，老庄学说成为显学，而印度佛学的传入，也为中土学术注入了新鲜血液，最终形成玄学思潮。魏晋士人所思考的哲学命题已远远超出了儒学的范畴，诸如才性同、才性异、才性合、才性离的问题，极大地拓展了人们的视野，开启了更广阔的思维领域。印度人热衷于辩论，魏晋时期的清谈之风或许就是受印度人的影响而形成，而清谈之风也促进了思想的进一步活跃。

思想的活跃必然带来丰厚的收获，无论是文学艺术，抑或是其他领域，士人们都取得了里程碑式的成就。以文学理论而言，从曹丕《典论·论文》到陆机《文赋》，文人们开始尝试探讨文学创作的规律，最终成就了刘勰《文心雕龙》这一鸿篇巨制。以诗歌创作而言，从拟乐府诗到玄言诗，诗人们经过不断摸索，最终催生出永明体，古代诗歌也由此进入到一个全新的时期，为唐诗的兴盛繁荣奠定了基础。其他如王羲之的书法、顾恺之的绘画、郦道元的《水经注》等，无不具有标志性。

《世说新语》堪称这一瑰丽多姿时代的浪漫画卷。

九

家慈朱碧莲教授年过七旬后，开始对《世说新语》作注译和评析，因年事已高，而且体弱多病，家慈的写作时辍时续，耗时数年。在书稿行将草就之际，家慈终因病重而不克握管，家严于是命我续成其作，是为《世说新语详解》（上海古籍出版社，2013 年）。

在整理家慈初稿期间，我接受中华书局的邀请，陆续编写了几部《世说新语》的选读本，并在家慈所作注译的基础上，编写了一部全注全译本（中华书局，2011 年）以及一部文白对照本（中华书局，2014 年）。在各种反馈意见中，很多读者都认为注译固然可以帮助理解字面意思，但对诸多故事的寓意却仍感茫然。其实，学者们也面临着同样的困惑。魏晋名士品评人物或阐说名理，往往只有只言片语，却极富机锋，但这也让后人有索解匪易之感。所以，如果仅仅停留在字面意思的理解上，那么读者很难从中领会到魏晋风流的实质性内容。

近年来，我一直打算写一部诠释故事背景、解读故事寓意的著作。去年春，中国青年出版社胡子清编辑前来，商谈出版事宜，我提出了自己的设想，即除了对《世说新语》作注译帮助普通读者克服古文阅读障碍之外，同时对每一则故事进行解析，以便深入理解。出版方认可我的设想，这让我充满了著作的热情。

本书以探隐索颐为主旨，故名之曰“解义”。解义的方式是考据，而考据需要旁征博引，为避免繁琐，书中征引文献以刘孝标注和正史为主。同时，为方便普通读者阅读，书中所征引的文献均以译文的形式出现。本书参考了诸多前人的研究成果，如余嘉锡《世说新语笺疏》、徐震堮《世说新语校笺》等。沿用前人成果之处，大多未加说明，非为掠美，仅仅是出于行文简约的目的，以免文风过于学术而使普通读者望而却步。当然，书中的观点大多都是我个人的考据所得，与前人异同之处，学者不难自行比勘。《世说新语》所涉及的领域极为广泛，而我个人的学识却有限，孤陋寡闻之处在所难免，也请方家有以教之。

母氏劬劳，中心藏之，何日忘之。家慈仙逝多年，谨以此书，追思母恩。

沈海波

2020 年 6 月 21 日

目 录

德行第一

德行，指道德品行。据《论语·先进》记载，孔门弟子中颜渊、闵子骞、冉伯牛、仲弓以德行著称，宰我、子贡以言语著称，冉有、季路以政事著称，子游、子夏以文学著称。后人于是将德行、言语、政事、文学列为孔门四科，本书前四篇即以此四科为序。《周礼·地官·师氏》郑玄注曰："德行，内外之称，在心为德，施之为行。"由此可见，儒家所提倡的道德，并非空泛的概念，而是要求体现在行为上。所以《论语·述而》记载"子以四教：文、行、忠、信"，所谓"行"即指道德实践。世人常常误以为道德有虚伪性，其实只要做到表里如一，就不存在虚伪的问题。魏晋士人之所以为后人所企慕，原因之一就是因为他们既重德又重行。

一

陈仲举言为士则①，行为世范，登车揽辔，有澄清天下之志②。为豫章太守③，至，便问徐孺子所在④，欲先看之⑤。主簿白⑥："群情欲府君先入廨⑦。"陈曰："武王式商容之闾⑧，席不暇暖⑨。吾之礼贤，有何不可！"

【今　注】

①陈仲举：陈蕃（？—168），字仲举，汝南平舆（今河南平舆）人。历官郎中、豫州别驾从事、议郎、乐安太守、太尉、太傅，与窦武、刘淑合称"三君"。灵帝即位后，与外戚谋诛宦官，事泄被杀。

②登车揽辔：登上公车手执缰绳，指出仕。

澄（chéng）清：使清明，使清楚。

③豫章：郡名，治所在今南昌市。

④徐孺子：徐稚（97—168），字孺子，豫章南昌（今江西南昌）人。安贫乐道，不愿出仕，人称"南州高士"。

⑤看：探望，拜访。

⑥主簿：官名，司职文书印信等。

白：说明，陈述。下对上用"白"，上对下用"告"。

⑦府君：对太守的尊称。

廨（xiè）：官署。

⑧式：通"轼"，车前用做扶手的横木。先秦时期乘车都是采取站姿，所以需要扶手。此处用作动词，指站在车中俯凭扶手以示敬意。　商容：殷末贤臣，为纣王所贬。闾（lǘ）：里巷之门，指住处。

⑨席不暇暖：指武王虽然很忙碌，但还是抽空去拜访贤人。

【今　译】

陈蕃的言谈是士子的准则，行为是世人的典范。出仕后胸怀澄清天下风气的志向。就任豫章太守时，刚到治所，就问徐稚的住所在哪。主簿说："大家都希望府君先进官署。"陈蕃说："武王去看望商容，连席子都没坐暖。我礼敬贤人，有什么不可以呢？"

【解　义】

主簿劝陈蕃先进官署的用意，是希望他赶紧处理公务，但陈蕃则以访求贤才为当务之急。据《后汉书·陈蕃列传》记载，陈蕃平时不接宾客，但特地为徐稚设一坐榻，徐稚到访时就取出，等他离开后就挂起来。所谓"武王式商容之闾，席不暇暖"，指武王事务繁忙，到商容家后连席子都没坐暖，就不得不离开。陈蕃所谓"吾之礼贤，有何不可"，意指武王如此忙碌尚且抽空去礼贤，自己难道还有其他更重要的事情么？

二

周子居常云[①]："吾时月不见黄叔度[②]，则鄙吝之心已复生矣！"

【今　注】

①周子居：周乘（生卒不详），字子居，汝南安城（今河南正阳东北）人。本天资聪朗，高峙岳立，与陈蕃、黄宪友善。

②时月：数月。　黄叔度：黄宪（109—156），字叔度，汝南慎阳（今河南正阳县北）人。出身寒门，父为牛医。以德行著称，时人誉之为"师范""颜子（颜回）"。

【今　译】

周乘常说："我只要几个月不见黄宪，贪鄙吝啬的念头就会重新产生。"

【解　义】

据《后汉书·黄宪传》记载，陈蕃说过类似的话："时月之间不见黄生，则鄙吝之萌复存乎心。"同乡人戴良虽然才高倨傲，自称"独步天下"，但对黄宪却极为敬佩，并用颜回赞誉夫子之道的话"瞻之在前，忽焉在后"（《论语·子罕》）来形容黄宪，甚至尊其为师。可见黄宪的人格魅力是得到公认的。据刘孝标注引《典略》记载，人们称黄宪为"颜子复生"。

三

郭林宗至汝南①，造袁奉高②，车不停轨，鸾不辍轭③；诣黄叔度④，乃弥日信宿⑤。人问其故，林宗曰："叔度汪汪如万顷之陂⑥，澄之不清，扰之不浊，其器深广⑦，难测量也！"

【今　注】

①郭林宗：郭泰（127—169），字林宗，太原介休（今山西介休）人。家世贫寒，事母至孝，博通典籍。与李膺等交游，名重洛阳，被太学生举为领袖。后为避党锢之祸，闭门教授生徒。　汝南：郡名，郡治在上蔡（今河南上蔡西南）。

②造：造访。　袁奉高：袁阆（làng），字奉高，事迹不详。刘孝标注引《汝南先贤传》以为即袁宏，误。

③鸾（luán）：古代的车铃，一般套在车轭的顶端。　轭（è）：套在牛马颈上的曲木。

④诣：拜访。　黄叔度：黄宪。

⑤乃：竟。　弥日：整天。　信宿：连宿两夜。

⑥汪汪：水宽广的样子。　陂（bēi）：池塘。

⑦器：度量。

【今　译】

郭泰到汝南时，造访袁阆，车子尚未停稳，车铃还在震动（就离开了）。拜访黄宪，竟然盘桓了两天两夜。有人问他原因，郭泰说：“黄宪的气质犹如万顷池塘，不会因为澄清它而显得清澈，也不会因为扰动它而显得浑浊。他的器量深而宽广，难以测量。”

【解　义】

根据《后汉书·黄宪列传》记载，郭泰曾对袁阆评价道：“奉高之器，譬诸汎滥，虽清而易挹。”意指袁阆的气度犹如涓涓的泉水，清澈，容易了解。这应当就是郭泰只在袁阆处逗留少许时间的原因。黄宪的气度深不可测，所以郭泰才会流连忘返。

四

李元礼风格秀整[①]，高自标持[②]，欲以天下名教[③]是非为己任。后进之士[④]有升其堂者，皆以为登龙门。

【今　注】

①李元礼：李膺（110—169），字元礼，颍川襄城（今河南禹州）人。历官青州刺史、蜀郡太守、护乌桓校尉、度辽将军、河南尹、司隶校尉。被太学生誉为“天下楷模”。延熹九年（166），因党锢之祸入狱，后免归乡里。灵帝即位后，为长乐少府，因谋诛宦官事泄，下狱死。

②高自标持：自视很高。标持，指自负。

③名教：指以正名定分为主的礼教。

④后进：晚辈。

【今 译】

李膺风度秀雅，品格端正，自视很高，要将天下名教是非之判定作为自己的使命。晚辈士人有能够到李膺家登堂作客的，都认为是登上了龙门。

【解 义】

根据《后汉书·李膺列传》记载，李膺为青州刺史时，官员们因为惧其威名，很多人都望风弃官；为司隶校尉时，宦官们无不畏惧，鞠躬屏气，甚至不敢出宫；为护乌桓校尉时，亲冒矢石，敌虏为之惮慑；为度辽将军时，羌人皆望风惧服。由此可见其威望之高。根据袁山松《后汉书》记载，李膺言出于口，别人就不得有违；如果有人责难其言，那么乡党就会群起攻之；有与李膺同乘者，也会名闻天下。据本书《言语》第三则记载，登门造访李膺者中，只有那些有名望的杰出之士以及亲戚才能通报进门。正因为见李膺很难，所以有所谓“登龙门”之说。

五

李元礼尝叹荀淑、钟皓曰[①]：“荀君清识难尚，钟君至德可师[②]。”

【今 注】

①李元礼：李膺。 叹：赞叹。 荀淑（83—149）：字季和，颍川颍阴（今河南许昌）人。荀子十一世孙。少有高行，博学。汉安帝时征拜郎中，后迁为当涂长，出补朗陵侯相。后弃官归隐。 钟皓（88—157）：字季明，颍川长社（今河南长葛东）人。少以笃行著称。不就征召，隐于密山，教授生徒千余人。

②清识：高明的见识。 尚：超过。 至德：高尚的

品德。

【今　译】

李膺曾对荀淑、钟皓赞叹道："荀君见识高明难以企及，钟君品德高尚可为良师。"

【解　义】

据刘孝标注引《海内先贤传》记载，李膺的原话是"荀君清识难当，陈、钟至德可师"，"陈"指颍川定陵人陈稺叔，曾任苍梧太守。

六

陈太丘诣荀朗陵①，贫俭无仆役，乃使元方将车。季方持杖后从②，长文尚小③，载著车中。既至，荀使叔慈应门④，慈明行酒⑤，余六龙下食⑥，文若亦小⑦，坐著膝前。于时太史奏⑧："真人东行⑨。"

【今　注】

①陈太丘：陈寔（104—187），字仲弓，颍川许县（今河南许昌长葛县）人。初补闻喜长，后任太丘长。修洁清静，百姓以安。党锢之祸后屡辞征辟，以德行著称于世。太丘，汉代的小县，故址在今河南永城西北。　荀朗陵：荀淑，曾任朗陵侯相，故称。

②元方：陈纪（129—199），字元方，陈寔长子，官拜五官中郎将、大鸿胪。　将车：赶车，驾车。　季方：陈谌（生卒不详），字季方，陈寔之三子，不就征辟，早逝。

③长文：陈群（？—236），字长文，陈寔之孙，陈纪之子。东汉末为刘备别驾，后归曹操，为司空掾、御史中丞、吏部尚书。曹魏建立后，历官尚书令、镇军大将

军、中护军、录尚书事，创立“九品中正制”。明帝时为司空、录尚书事，封颍阴侯。

④叔慈：荀靖（生卒不详），字叔慈，荀淑第三子。一生不仕，年五十而终，号曰玄行先生。

⑤慈明：荀爽（128—190），字慈明，荀淑第六子。汉献帝时任司空，参与王允等谋诛董卓。经学家，著有《周易注》。　行酒：依次斟酒。

⑥下食：上菜，当时习惯用语。

⑦文若：荀彧（163—212），字文若，荀淑之孙，荀绲之子，三国时为曹操谋士，有王佐之才，官至侍中、光禄大夫、持节、参丞相军事。谥号敬侯。

⑧太史：官名，掌典籍、天文历法、祭祀等。

⑨真人：至德之人。

【今　译】

陈寔去拜访荀淑，因贫穷没有仆人可供差遣，于是让陈纪赶车，陈谌拿着手杖跟在车后。陈群年纪还小，就坐在车上。到了荀家后，荀淑让荀靖迎候客人，荀爽给客人斟酒，其余六个儿子负责上菜，荀彧年纪也还小，就坐在荀淑的膝盖前。当时太史上奏说：“（有天象显示）至德之人向东出行。”

【解　义】

汉代万户以上的县，其长官称为“令”；万户以下的县，其长官称为“长”。太丘是一个小县，所以陈寔的职位称太丘长。汉代的车辆形制与先秦时期相似，只能供三人立乘，所以陈谌只能跟在车后。陈寔与其子陈纪、陈谌并著高名，时号“三君”。荀淑以清高有德行而闻名，与陈寔、钟皓、韩韶合称为“颍川四长”。荀淑有八个儿子，也各具才德，人称“荀氏八龙”。陈家与荀家并为世人所重，所以这两家的相会自然在民间传为美谈。至于太史称观测到了相应的天象，则明显出于后人附会。

七

客有问陈季方[1]："足下家君太丘有何功德而荷天下重名[2]？"季方曰："吾家君譬如桂树生泰山之阿[3]，上有万仞之高[4]，下有不测之深；上为甘露所沾[5]，下为渊泉所润[6]。当斯之时[7]，桂树焉知泰山之高，渊泉之深？不知有功德与无也。"

【今　注】

①陈季方：陈谌。

②家君：称呼自己的父亲。在称呼前加"足下"，则用以称对方的父亲。　太丘：陈寔。　荷：承受。　重名：大名。

③阿（ē）：弯曲之处。

④仞：古时以八尺或七尺为一仞。

⑤沾：沾溉。

⑥渊泉：深泉。　润：滋润。

⑦斯：这，这个。

【今　译】

有人问陈谌："您的父亲有什么功业德行而担受天下的大名呢？"陈谌答道："我父亲就好比生长在泰山山弯里的桂树，上有万仞高的山峰，下有深不可测的溪谷；上面受到甘露的沾溉，下面又有渊深泉水的滋润。在这时候，桂树哪里知道泰山有多高，渊泉有多深呢？不知道是不是有功德。"

【解　义】

陈谌以桂树与泰山为喻，意指父亲陈寔是受到先贤的浸润（即所谓"上为甘露所沾，下为渊泉所润"），所以才具有高尚的品德。

八

陈元方子长文有英才[①]，与季方子孝先各论其父功德[②]，争之不能决。咨于太丘[③]，太丘曰："元方难为兄，季方难为弟。"

【今　注】

①陈元方：陈纪。　长文：陈群。　英才：杰出的才智。

②季方：陈谌。　孝先：陈忠，字孝先，陈谌之子，事迹不详。

③咨：询问。

【今　译】

陈纪之子陈群有杰出的才智，与陈谌之子陈忠各自议论父亲的功德，互相争论不能决断两者之高低。他们征询祖父陈寔的意见，陈寔说："元方难以做兄，季方难以做弟。"

【解　义】

陈寔认为陈纪和陈谌的功德难分高下，所以说他们两人难为兄难为弟。成语"难兄难弟"即典出于此。

九

荀巨伯远看友人疾[①]，值胡贼攻郡[②]，友人语巨伯曰[③]："吾今死矣，子可去[④]。"巨伯曰："远来相视，子令吾去，败义以求生，岂荀巨伯所行邪！"贼既至[⑤]，谓巨伯曰："大军至，一郡尽空，汝何男子，而敢独止？"巨伯曰："友人有疾，不忍委之[⑥]，宁以我身代友人命[⑦]。"贼相谓曰："我辈无义之人，而入有义之国[8]。”遂班军而还，一郡并获全。

【今 注】

①荀巨伯：东汉桓帝时人，事迹不详。

②值：遇到。 胡贼：指西北游牧民族。 郡：郡县所在地。

③语（yù）：告诉。

④去：离开。

⑤既：已经。

⑥委：抛弃。

⑦宁：宁可，情愿。 我身：指自己。身，自称之词。

⑧国：指地方。

【今 译】

荀巨伯去远方探望病中的朋友，正遇到胡贼攻打郡城，友人对荀巨伯说：“我现在是活不成了，您应该快点离开。”荀巨伯说：“我从远方来探望，您却让我离开，败坏道义以偷生，难道是我的所为吗？”胡贼到后，对荀巨伯说：“我们大军一到，满城人都逃空了，你是什么人，竟然敢独自留下？”荀巨伯说：“朋友有病，不忍心抛下他，宁可用我的命来替朋友。”胡贼互相议论说：“我们是不讲道义的人，却进入了讲道义的地方。”于是撤军而回，全城因此都得以保全。

【解 义】

据《后汉书·桓帝纪》记载，永寿二年（156）、延熹元年（158）、二年（159）、六年（163）、九年（166）、永康元年（167），均有鲜卑人扰边。本文中所载之年月不详，所以此事究竟发生于何时已不可考。

十

华歆遇子弟甚整[1]，虽闲室之内[2]，严若朝典[3]。

陈元方兄弟恣柔爱之道[4]，而二门之里，两不失雍熙之轨焉[5]。

【今　注】

①华歆（157—232）：字子鱼，平原郡高唐县（今山东高唐）人。汉灵帝时举孝廉，任郎中，因病去官，又被大将军何进征召为尚书郎。汉献帝时任豫章太守，后征召入京，为尚书令。魏文帝时任司徒，明帝时转拜太尉，封博平侯。　遇：对待。　子弟：子侄，年轻一辈。　整：严肃。

②闲室：指闲处在家之时。

③严：威严，庄严。　朝典：朝廷举行的典礼。

④陈元方兄弟：陈纪、陈谌。　恣：任意，不受拘束。

⑤二门：指陈纪、陈谌两家。　雍熙：和乐。　轨：规矩，法度。

【今　译】

华歆对待晚辈非常严肃，即便闲处在家，也像在朝堂上参加典礼那样庄严。陈纪兄弟则任情地行温柔友爱之道，但是他们两家之内，又都有和乐的法度。

【解　义】

修身齐家是儒家所倡导的伦理思想，但如何齐家却并无成说。陈氏兄弟的治家之道显然更胜一筹，既有仁爱温情的一面，又不失轨范。

十一

管宁、华歆共园中锄菜[1]，见地有片金，管挥锄与瓦石不异，华捉而掷去之。又尝同席读书[2]，有乘轩冕过门者[3]，宁读如故，歆废书出看[4]。宁割席分坐，曰："子非吾友也！"

【今　注】

①管宁（158—241）：字幼安，北海朱虚（今山东临朐东南）人。汉末避乱隐居辽东，聚徒讲学。魏文帝拜为太中大夫，明帝拜为光禄勋，都固辞不受。著有《氏姓论》。

②尝：曾经。　同席：坐在同一张席子上。

③轩冕：古代卿大夫的车服。轩，古代一种前顶较高设有帷幕的车子，供大夫以上的官员乘坐。冕，古代帝王诸侯及卿大夫所戴的礼帽。此处"轩冕"一词只取"轩"义，为偏义复词。

④废：放，扔。

【今　译】

管宁与华歆两人一起在园中锄地种菜，看到土里有一片金属，管宁照样挥锄，如同瓦片石头般没有什么不同，华歆却把金属抓起来扔掉。二人又曾经同坐在一张席上读书，有官员的车乘经过时，管宁照样读书，华歆却扔下书出去看。于是管宁割断席子与华歆分开坐，说："你不是我的朋友！"

【解　义】

孔子曾经说："无友不如己者。"（《论语·学而》）"不如"不是指地位、名望、财富不如，而是指志趣不如。按照《说文解字》的解释，同志为友，所以志趣不同者不可能成为真正的朋友。"无友不如己者"的言外之意，是指和志趣低下者交友，那么自身的境界和情趣非但得不到熏陶和提高，反而会受到影响而变得低俗。华歆也是一介高士，担任豫章太守时，为政清静，吏民感而爱之，即便官拜司徒，也保持清廉本色，俸禄大多用于救济他人，以至于家无余粮。但华歆与管宁的志好并不相同，华歆致力于仕途，而管宁则一心问道。这是管宁与华歆割席断交的原因。据刘孝标注引《魏略》记载，华歆晚年称病乞退，并举荐管宁继任司徒，管宁听说后笑道："子鱼本欲作老吏，故荣之耳。"据《三国志·魏书·管宁传》记载，太仆陶丘一等也举荐管宁，称其"清高恬泊，拟迹前轨，德行卓绝，海内无偶"。魏文帝和明帝曾一再征聘，但管宁坚辞不就。陈群称赞管宁道："行为世表，学任人师，清俭足以激浊，贞正足以矫时。"（《三国志》裴松之注引《傅子》）至于文中提到的"片金"，很多人解释为金子，以为这是管宁视金钱如粪土的表现。这种解释恐怕有误。如果管宁和华歆都能在锄地时碰到金子，那么散落在这个园子里的金子也未免太多了。管宁、华歆在园中锄菜，当然是为了自食其力，那么在自己园子里捡到金子，又何必扔掉？视金钱如粪土指的是不取不义之财。其实，金泛指五金，除金、银之外，还包括铜、铁、锡。锄地时碰到铜、铁之物，似乎较符合常理。一般情况下，剔除土壤中的杂质有利于农作物的生长，但华歆"捉而掷去之"的举动，却恰恰反映出了他与管宁之间的差距。对于勤奋的学者而言，大脑是不会停止思考的，哪怕是在做杂事，也会表现出若有所思的样子，甚至会在梦中找到灵感。所以，管宁之所以对土里的铜、铁之物视若无睹，是因为他根本就没有把心思用在锄地上，而是一边锄地，一边还在思考问题。而华歆则在锄地时太投入太认真了，竟然专心致志地从土里挑出杂物，这也就意味着他的大脑此时已经停止了思考。本文或许出自后人之附会。嵇康《与山巨源绝交书》曾提到"夫人之相知，贵识其天性，因而济之……华子鱼不强幼安以卿相，此可谓能相终始，真相知者也"，说明华歆与管宁之间的关系，至少在嵇康看来是属于相知者。嵇康因山涛举荐其继任选曹郎而作绝交书，而管宁也拒绝华歆之举荐，后人或许即因此而演绎出割席断交的故事。

十二

王朗每以识度推华歆[①]。歆蜡日尝集子侄燕饮[②]，王亦学之。有人向张华说此事[③]，张曰："王之学华，皆是形骸之外[④]，去之所以更远。"

【今　注】

①王朗（？—228），本名严，后改为朗，字景兴，郯（今山东郯城）人。东汉末为会稽太守，曹操征为谏议大夫、参司空军事。魏文帝时拜司空，进封乐平乡侯。明帝时转为司徒。　每：常常。　识度：见识度量。

②蜡（zhà）日：古代年终祭祀百神之日。蜡，古代于农历十二月里合祭众神之称。　燕饮：宴饮。燕，通"宴"。

③张华（232—300），字茂先，范阳方城（今河北固安南）人。晋初任中书令、散骑常侍，力劝晋武帝定灭吴之计。晋惠帝时历任侍中、中书监、司空，后为赵王司马伦所杀。以博洽著称，著有《博物志》。

④形骸：指人的形体。

【今　译】

王朗常常推崇华歆的见识气度。华歆曾在蜡日召集子侄一起宴饮，王朗也学着做。有人向张华说起这事，张华说："王朗学华歆，都是在学外表，所以差距更大了。"

【解　义】

王朗与华歆齐名，陈寿在《三国志·魏书》中将他们俩合传，卷末评曰："华歆清纯德素，王朗文博富赡，诚一时之俊伟也。"张华将王朗形容为邯郸学步者，似乎不可信，应为后人之误传。

十三

华歆、王朗俱乘船避难，有一人欲依附[①]，歆辄难之[②]。朗曰："幸尚宽[③]，何为不可？"后贼追至，王欲舍所携人[④]。歆曰："本所以疑，正为此耳。既已纳其自托，宁可以急相弃邪[⑤]？"遂携拯如初。世以此定华、王之优劣。

【今　注】

①依附：跟随。

②辄：就。　难之：即"以之为难"。难，用作动词，拒绝之意。

③幸：幸亏。

④舍：舍弃，丢下。

⑤宁：难道。

【今　译】

华歆和王朗一起乘船逃难，有一人想要搭船跟随，华歆就加以拒绝。王朗说："所幸船中还有宽裕的地方，为什么不可以呢？"后来贼兵追来，王朗就想丢下那个人。华歆说："我本来所疑虑的，就是出现这种情况。既然已经接受了他的托付，难道可以因为危难就把他舍弃吗？"于是还是像当初那样带着他避难赶路。世人以此判定华歆和王朗之间的优劣。

【解　义】

据刘孝标注引华峤《谱叙》记载，华歆避难时并没有和王朗在一起，途中也没有遇到强盗，而是被搭救之人不慎落井，华歆与同伴对是否搭救产生分歧。因此，本文当系后人为贬抑王朗而演绎。

十四

王祥事后母朱夫人甚谨[①]。家有一李树，结子殊好[②]，母恒使守之[③]。时风雨忽至，祥抱树而泣。祥尝在别床眠，母自往闇斫之[④]。值祥私起[⑤]，空斫得被。既还[⑥]，知母憾之不已，因跪前请死。母于是感悟[⑦]，爱之如己子。

【今　注】

①王祥（184—268）：字休征，琅邪临沂（今山东临沂）人。汉末携后母隐居庐江三十余年。六十岁后始出仕，累迁大司农、司空、太尉。入晋后，官至太保。侍奉后母至孝，为著名之孝子。　事：侍奉。　谨：恭敬。

②殊：极，很。

③恒：经常。

④斫（zhuó）：砍。

⑤值：遇到，碰上。　私起：起床小便。私，小便。

⑥既：已经。

⑦感悟：感动醒悟。

【今　译】

王祥侍奉后母朱夫人非常恭敬。他家有一棵李树，结的李子特别好，后母经常让他去守护。有时忽然有暴风雨到来，王祥就抱着树哭泣。王祥曾在另一张床上睡，后母暗中过去拿刀砍他。碰巧王祥因起床小便，刀落空砍在被子上。王祥回来后，知道后母非常恨他，于是跪在她面前请求一死。后母因此受到感动而醒悟，（从此）疼爱他就像亲生的一样。

【解　义】

王祥侍奉后母的事迹流传下来很多，其卧冰求鲤的故事列入“二十四孝”中。本文的情节颇不可信，当出自小说家之演绎，但说明王祥的孝行受到世人的公认。

十五

晋文王称阮嗣宗“至慎”①，每与之言，言皆玄远，未尝臧否人物②。

【今　注】

①晋文王：司马昭（211—265），字子上，河内温县（今河南温县）人。司马懿次子，继兄司马师为魏大将军，专国政，杀高贵乡公曹髦，立曹奂为帝。又灭蜀汉，自称晋公，后为晋王。　阮嗣宗：阮籍（210—263），字嗣宗，陈留尉氏（今河南尉氏县）人。曾为步兵校尉，世称阮步兵，与嵇康齐名，为“竹林七贤”之一。擅长诗文，后人辑有《阮步兵集》。

②臧否（zāngpǐ）：褒贬，批评。

【今　译】

晋文王司马昭称阮籍的为人极其谨慎，每次与他谈话，都是谈玄论道，从来不褒贬他人。

【解　义】

近人对本文多有误解者，如鲁迅曾说：“嵇阮二人的脾气都很大。阮籍老年时改得很好，嵇康就始终是极坏的……后来阮籍竟做到‘口不臧否人物’的地步，嵇康却全不改变。结果阮得其天年，而嵇竟丧于司马氏之手。”（《魏晋风度及文章与药及酒之关系》）此说恐怕有误。竹林七贤以洒脱不羁、任性放达而受世人敬仰，并引领士人风尚，如果除了嵇康之外，其余人都为了保全性命而变得诚惶诚恐、战战兢兢，那么何来魏晋风度？如果本文只是为了表示阮籍之谨小慎微，那么编者又怎么会将其列入“德行”呢？阮籍以青白眼著称于世，说明他不会轻易掩饰自己对各色人等的好恶。嵇康曾说阮籍“口不论人过”，并认为他“至性过人，与物无伤”（《与山巨源绝交书》）。说明阮籍之所以从不褒贬人物，并非是因为改了脾气性格，而是由于性情淳厚、刚正，所以他虽然爱憎分明，但却不议论是非，以免因个人之好恶而伤及他人。司马昭眼中之“至慎”，正是阮籍道德风范的体现。

十六

王戎云①：“与嵇康居二十年②，未尝见其喜愠之色③。”

【今 注】

①王戎（234—305）：字濬冲，琅邪临沂（今山东临沂）人。好清淡，“竹林七贤”之一。历官豫州刺史、建威将军、吏部尚书、太子太傅、中书令、尚书左仆射、尚书令、司徒。曾参与灭吴，因功进封安丰县侯。

②嵇康（223—262）：字叔夜，谯国铚（今安徽淮北濉溪）人。先人本姓奚，会稽上虞人，后避仇迁至铚县，家于嵇山之侧，因此改姓嵇。娶曹操曾孙女，官中散大夫，世称嵇中散。与阮籍齐名。受钟会谗害，为司马昭所杀。后人辑有《嵇中散集》。

③喜愠（yùn）之色：喜悦或怨恨的脸色。愠，怨恨。

【今 译】

王戎说：“我和嵇康相处了二十年，从未见他脸上有过什么喜悦或怨恨的脸色。”

【解 义】

嵇康曾自谓“刚肠疾恶，轻肆直言，遇事便发”（《与山巨源绝交书》)，这或许是为了拒绝山涛的举荐而有所夸大。《晋书·嵇康列传》称其“性慎言行”，刘孝标注引《嵇康别传》称其“含垢藏瑕，爱恶不争于怀，喜怒不寄于颜”，《三国志·魏书·王粲传》裴松之注引《魏氏春秋》也说“与之游者，未尝见其喜愠之色”。可见，嵇康之喜怒不形于色是得到广泛认可的。嵇康曾说阮籍从不议论他人之过，并说“吾每师之而未能及”(《与山巨源绝交书》)，说明他是以阮籍为榜样，努力成为一个至性之人。刘孝标注引《嵇康别传》称赞嵇康是“方中之美范，人伦之胜业也”。

十七

王戎、和峤同时遭大丧①，俱以孝称。王鸡骨支床②，和哭泣备礼③。武帝谓刘仲雄曰④：“卿数省王、和不⑤？闻和哀苦过礼，使人忧之。”仲雄曰：“和峤虽备礼，神气不损；王戎虽不备礼，而哀毁骨立。臣以和峤生孝，王戎死孝。陛下不应忧峤，而应忧戎。”

【今　注】

①和峤(？—292)：字长舆，汝南西平(今河南西平)人。初为颍川太守，迁中书令，为晋武帝所器重，参与谋议灭吴，晋惠帝时拜为太子太傅。　大丧：父母之丧。王戎遭母丧，和峤居父丧。

②鸡骨支床：瘦骨嶙峋，支离床席。鸡骨，形容瘦弱憔悴的样子。支，支离，形容精神萎靡涣散的样子。

③备礼：礼数完备周到。

④武帝：晋武帝司马炎(236—290)，字安世，司马昭之子。代魏称帝，建立晋朝。　刘仲雄：刘毅(？—285)，字仲雄，东莱郡掖县(今山东掖县)人。官至司

隶校尉、尚书仆射。

⑤卿：古时君对臣之称。 数（shuò）：屡次，常常。 省（xǐng）：看望。 不：通“否”。

【今　译】

王戎与和峤同时遭遇大丧，两人都以孝顺著称。王戎瘦骨嶙峋精神萎顿卧床不起，和峤则哀号痛哭礼数周到。武帝对刘毅说：“你常去看望王戎、和峤吗？听说和峤哀伤痛苦得超过了礼数，真令人感到担忧。”刘毅回答道：“和峤虽然礼数周到，但精神元气没有受损；王戎虽然礼数不周，但哀痛伤身只剩下一把骨头了。我认为和峤是生孝，而王戎则是死孝。陛下不必担忧和峤，而应该担忧王戎。”

【解　义】

同样是尽孝道，和峤是传统礼教之士的做法，礼数虽然极其周全，但内心情感的释放也受到节制（或者说是压抑），所以是生孝。王戎则是异端，无视礼数，但随性释放内心的情感，以至于因哀痛过度而性命堪忧，所以是死孝。以竹林七贤为代表的魏晋名士，开始挣脱礼教对人性的束缚，追求随性放达的情感境界。

十八

梁王、赵王①，国之近属②，贵重当时。裴令公岁请二国租钱数百万③，以恤中表之贫者④。或讥之曰：“何以乞物行惠？”裴曰：“损有余，补不足，天之道也。”

【今　注】

①梁王：司马彤（？—302），字子微，司马懿之子，晋武帝封为梁王。永康初（300）为太宰。 赵王：司马伦

（？—301），字子彝，司马懿之子。晋武帝封为赵王。惠帝永康初（300）与梁王一起废贾后，次年（301）自立为帝，不久被杀。

②近属：近亲。

③裴令公：裴楷（237—291），字叔则，河东闻喜（今山西闻喜）人，东汉尚书令裴茂之孙，曹魏冀州刺史裴徽之子。博涉群书，精通《老子》《周易》。官至中书令。二国租钱：指梁、赵两个封地的租税钱。

④恤：救济。　中表：父系血统的亲戚为内，其他的亲戚为外，外为表，内为中，合称中表。

【今　译】

梁王和赵王是皇室的近亲，当时位贵权重。裴楷每年都要求从两个封国的租税中拿出几百万，用来救济中表亲戚中的贫寒者。有人讥讽他说："为什么要用乞讨来的钱施行恩惠呢？"裴楷说："损有余而补不足，这是天道。"

【解　义】

西晋时期，贫富趋于两极，梁王、赵王不仅权倾一时，而且聚敛无度。《老子》曰："天之道，损有余而补不足；人之道，损不足而益有余。"因为人道有违天道，所以裴楷要行天道。据《晋书·裴楷列传》记载，裴楷个性慷慨，乐善好施，但凡游于权贵之门，就会索取珍玩、车马、器服，用以赈济穷困者，就连自己的宅园，也毫不吝惜地送给了堂兄。

十九

王戎云："太保居在正始中①，不在能言之流②。及与之言，理中清远③。将无以德掩其言④？"

【今　注】

①太保：指王祥。　正始：三国魏齐王曹芳年号（240—

248）。

②能言之流：指善于清谈之士。

③中（zhòng）：正对上，恰好符合、切中。

④将无：莫非。

【今　译】

王戎说："王祥在正始年间，不在擅长清谈者之列。等到同他谈论时，他话中的道理无不切中清雅深远之旨。莫非是因为德行太高而掩盖了他的善谈吗？"

【解　义】

王祥受人称道的事迹除了侍奉后母外，还有不拜晋王司马昭一事。有人认为王祥若拜司马昭，将为其所轻视，说明他老于世故。这是以世俗之心揣度有德者之腹，失之轻率。德行靠修为，而非世故。修为靠学识，孔子曾经说："德之不修，学之不讲，闻义不能徙，不善不能改，是吾忧也。"（《论语·述而》）可见品德之培养与学问之探究密不可分。孔子又说："有德者必有言。"（《论语·宪问》）意即品德崇高的人一定善于讲道理。这也就是为什么王祥一旦谈论起来，就能"理中清远"的原因。

二十

王安丰遭艰[①]，至性过人[②]。裴令往吊之，曰[③]："若使一恸果能伤人[④]，濬冲必不免灭性之讥[⑤]。"

【今　注】

①王安丰：王戎。

②至性：指至孝。

③裴令：裴楷。　吊：哀悼、慰问。

④若使：如果。　一恸（tòng）：指悲哀之极。一，表示

哀伤程度深切。

⑤濬冲：王戎。

【今　译】

王戎遇到母丧，哀痛之情超过常人。裴楷前去哀悼，说：“如果极度悲哀果然能伤害身体的话，那么王戎必定免不了要受到灭性的讥讽了。”

【解　义】

《孝经·丧亲》曰：“三日而食，教民无以死伤生。毁不灭性，此圣人之政也。”《礼记·丧服》亦曰：“毁不灭性，不以死伤生也。”意即不能过分悲伤而失去本性，不能因为哀悼亡者而伤及生者。所谓“灭性之讥”，指王戎哀伤过度，有违“毁不灭性”的古训。

二十一

王戎父浑有令名①，官至凉州刺史②。浑薨③，所历九郡义故④，怀其德惠，相率致赙数百万⑤，戎悉不受。

【今　注】

①浑：王浑（生卒不详），字长原，琅琊临沂（今山东临沂）人，历官尚书、凉州刺史，封贞陵亭侯。　令名：美好的名声。

②刺史：官名，州郡长官。

③薨（hōng）：古代称诸侯或大官之死。

④九郡：凉州辖境内只有八个郡，所以“九”应是“八”或“州”之讹。　义故：以情义相结的故旧之交。

⑤赙（fù）：帮助别人办理丧事的钱财。

【今　译】

王戎的父亲王浑有好名声，官至凉州刺史。王浑死时，他经历过的九个郡的旧交，都怀念他的仁德恩惠，相继致赠几百万赙仪，王戎都不接受。

【解　义】

王戎有贪恋钱财之讥，但本文所载说明，那属于后人诬妄之词（参本书《俭吝》第二则）。

二十二

刘道真尝为徒①，扶风王骏以五百匹布赎之②，既而用为从事中郎③。当时以为美事。

【今　注】

①刘道真：刘宝（？—301），字道真，高平（今山东邹城）人，官至侍中、使持节、安北大将军、领护乌丸校尉、都督幽并州诸军事，封关内侯。　徒：刑徒，服劳役的罪犯。

②扶风王骏：司马骏（232—286），字子臧，司马懿第七子。历官散骑常侍、步兵校尉、平南将军、安东将军。晋武帝封为汝阴王，后徙封扶风王，任镇西大将军，镇守关中。因功加拜征西大将军，进拜骠骑将军。

③既而：随即，不久。　从事中郎：官名，将帅的僚属。

【今　译】

刘宝曾经是刑徒，扶风王司马骏用五百匹布替他赎罪，随即任用他为从事中郎。当时人认为是一件美事。

【解　义】

据《晋书·司马骏传》记载，司马骏镇守关中时，善于抚御，劝慰农桑，与士卒分役，是宗室中值得称道者。司马骏效仿秦穆公用五张黑公羊皮赎出百里奚的故事，不拘一格网罗人才，所以被传为美谈。

二十三

王平子、胡毋彦国诸人[①]，皆以任放为达[②]，或有裸体者。乐广笑曰[③]："名教中自有乐地[④]，何为乃尔也[⑤]？"

【今　注】

①王平子：王澄（269—312），字平子，琅邪临沂（今山东临沂）人，王衍之弟。惠帝末，官至荆州刺史。元帝时，征为军咨祭酒。后为王敦所杀。　胡毋彦国：胡毋辅之（270—318），字彦国，泰山奉高（今山东泰安）人。少有高名，有知人之名。与王澄、王敦、庾敳一同号为"四友"，元帝时，官湘州刺史。

②任放：任性放纵。　达：通达，通晓明白。

③乐广（？—304）：字彦辅，南阳淯阳（今河南南阳东南）人。少孤贫，王戎举为秀才，历官元城令、中书侍郎、太子中庶子、侍中、河南尹、尚书左右仆射、尚书令。与王衍齐名。

④名教：指以正定名分为核心的礼教。　乐地：快乐的境地。

⑤乃尔：如此，像这样。

【今　译】

王澄、胡毋辅之等人，都把任性放纵当作通达，甚至还有人赤身裸体。乐广笑道："名教之中本来就有快乐的境地，为什么要如此呢？"

【解　义】

据刘孝标注引王隐《晋书》，所谓“诸人”，还包括阮瞻和谢鲲。他们效仿阮籍嗜酒荒放、披头散发、裸袒箕踞的行为，去巾帻、脱衣服、露丑恶，在保守者的眼里形同禽兽。他们的举动虽然得不到名教人士的认可，但也获得很多赞誉，认为他们达到了通达的境界。可见，阮籍摆脱礼教束缚的观念在士人阶层中引发了震荡，并逐渐成为潮流。根据《竹林七贤论》的解释，乐广意指王澄等人的行为并不是因为真的具有超脱之心，而是借此放纵而已。

二十四

郗公值永嘉丧乱[①]，在乡里甚穷馁[②]。乡人以公名德[③]，传共饴之[④]。公常携兄子迈及外生周翼二小儿往食[⑤]，乡人曰：“各自饥困，以君之贤，欲共济君耳，恐不能兼有所存。”公于是独往食，辄含饭著两颊边，还，吐与二儿。后并得存，同过江。郗公亡，翼为剡县[⑥]，解职归，席苫于公灵床头[⑦]，心丧终三年[⑧]。

【今　注】

①郗公：郗鉴（269—339），字道徽，高平金乡（今山东金乡）人。晋惠帝时为太子中舍人、中书侍郎。永嘉之乱时，聚众避难于峄山，琅邪王司马睿授为兖州刺史。永昌初年入朝，历官领军将军、安西将军、尚书令、司空、侍中、太尉，封南昌县公。　值：遇到。　永嘉丧乱：怀帝永嘉五年（311），石勒歼灭晋军主力，俘太尉王衍等，同年刘曜率兵攻破洛阳，俘怀帝，史称“永嘉之乱”。

②穷馁：穷困饥饿。

③名德：名望德行。

④传：轮流。　饴：通“饲”，喂食。

⑤迈：郗迈（生卒不详），字思远，官至少府、中护军。外生：即外甥。　周翼（生卒不详）：字子卿，陈郡（今河南淮阳）人。历官剡县令、青州刺史、少府卿。

⑥为剡县：任郯县令。

⑦席苫（shān）：以草垫子为席。苫，草垫子。　灵床：为死者虚设的坐卧之具，祭奠时用。

⑧心丧：古时老师死后弟子守丧，不穿丧服，只在心中悼念。后泛指不穿丧服或释去丧服后的深切悼念。　终：整整。

【今　译】

郗鉴遭遇永嘉之乱时，住在乡里非常穷困饥饿。乡里人因为郗鉴的名望德行，轮流供给他食物。郗鉴常常带侄儿郗迈和外甥周翼去吃，乡里人说：“我们各自也都饥饿穷困，因为您是贤德之人，所以大家一起周济您，恐怕不能够同时接济两个孩子。”郗鉴于是独自前去吃饭，把饭含在腮帮子里，回去后，再吐出来给两个孩子吃。后来两个孩子都活了下来，一起渡江南下。郗鉴死时，周翼任剡县令，立即辞职回来，在郗鉴灵床前铺上草垫守孝，又服心丧整整三年。

【解　义】

按照古时的礼制，为父母守丧应“寝苫枕块”（《礼记·檀弓上》），即以草垫为席，土块为枕，以示极度哀痛。周翼因为郗鉴对他有抚育之恩，故以父母之礼为之守丧。

二十五

顾荣在洛阳①，尝应人请，觉行炙人有欲炙之色[2]，因辍己施焉[3]。同坐嗤之[4]。荣曰："岂有终日执之，而不知其味者乎？"后遭乱渡江[5]，每经危急，常有一人左右己[6]，问其所以[7]，乃受炙人也。

【今　注】

①顾荣（？—312）：字彦先，吴郡吴县（今江苏苏州）人。其家为江南大姓，祖父顾雍是吴国丞相。吴国时官黄门侍郎。吴亡后到洛阳，与陆机、陆云兄弟号为"三俊"。后历官尚书郎、太子舍人、廷尉正。八王之乱后回故里，支持琅邪王司马睿称帝建立东晋。

②行炙人：端送烤肉的人。炙，烤肉。

③辍：中止、停止。

④同坐：同座的人。　嗤：讥笑。

⑤乱：指永嘉之乱。

⑥左右：相帮，相助。

⑦所以：指原因。

【今　译】

顾荣在洛阳的时候，曾经应友人之邀赴宴，发觉端送烤肉的人有想要尝尝味道的神色，于是把自己的烤肉送给他。同席的人都讥笑顾荣。顾荣说："哪有整天拿着肉，而不知它滋味的人呢？"后来遇到永嘉之乱渡江，每次遇到危急时，常有一人帮助自己，问他缘故，原来就是接受烤肉的那个人。

【解　义】

本故事之内容另有不同版本。据刘孝标注引《文士传》，顾荣看到端烤肉者有尝味道的神色后，发觉他的相貌不同一般，于是割了一块给他吃；赵王司马伦篡位后，其子逼迫顾荣做长史，赵王司马伦被杀后，顾荣也受株连，有人将他救出，问其缘故，原来就是那个端烤肉的人，顾荣感叹道："一餐之惠，恩今不忘。古人岂虚言哉！"《晋书·顾荣列传》的记载与

《文士传》相同。所谓“一餐之惠”，典出《史记·范雎列传》，原文为“一饭之德必偿，睚眦之怨必报”，是司马迁对范雎狭隘个性的评价，此处则取有恩必报之意。

二十六

祖光禄少孤贫[①]，性至孝，常自为母炊爨作食[②]。王平北闻其佳名[③]，以两婢饷之[④]，因取为中郎[⑤]。有人戏之者曰[⑥]：“奴价倍婢[⑦]。”祖云：“百里奚亦何必轻于五羖之皮邪[⑧]！”

【今　注】

①祖光禄：祖纳（生卒不详），字士言，范阳遒（今河北涞水）人。祖逖之兄，历官太子中庶子、廷尉卿、光禄大夫。　孤：指父亲亡故或父母双亡。

②炊爨（cuàn）：烧火做饭。

③王平北：王乂（生卒年不详），字叔元，琅邪临沂（今山东临沂）人。司马昭征为相国司马，迁尚书、都督幽州诸军事、平北将军。

④饷：赠送。

⑤中郎：将帅的幕僚。

⑥戏：开玩笑。

⑦奴：男性奴仆。　婢：女性奴仆。

⑧百里奚：春秋时秦国大夫，助秦穆公称霸西戎。　何必：反问语气，表示不必。　羖（gǔ）：黑色公羊。

【今　译】

祖纳少年时父亲亡故，生活贫穷，但生性极为孝顺，常常亲自为母亲烧火做饭。王乂听说了祖纳的好名声，就送给他两个婢女，并且还选用他为中郎。有人对祖纳开玩笑说：“男奴的身价高过女奴一倍。”祖纳说：“百里奚又怎么会比五张黑公羊皮轻贱呢?”

【解　义】

百里奚原为虞国大夫，虞亡时为晋所俘，作为陪嫁之臣送入秦国，后来逃至楚；秦穆公闻其贤，派人用五张黑色公羊皮赎回，用为大夫，人称“五羖大夫”。祖纳用百里奚的故事，说明出身贫寒者同样可以具有经世之才。其实，祖纳只是因父亲早亡而陷入困苦，据刘孝标注引王隐《晋书》，祖纳家族九世孝廉，所以他也属于名门之后。

二十七

周镇罢临川郡，还都①，未及上住②，泊青溪渚③。王丞相往看之④，时夏月，暴雨卒至⑤，舫至狭小⑥，而又大漏，殆无复坐处⑦。王曰：“胡威之清⑧，何以过此!”即启，用为吴兴郡⑨。

【今　注】

①周镇（生卒不详）：字康时，陈留尉氏（今河南开封尉氏）人。历官临川郡太守、吴兴郡太守。　临川郡：郡治在临汝县（今江西抚州市临川区）。

②上住：上岸住宿。

③青溪：古运河，三国时吴孙权于赤乌四年（241）开凿，长十余里。六朝时为漕运要道，后逐渐湮没，今仅存入秦淮河一段。　渚（zhǔ）：水中的沙洲。

④王丞相：王导（276—339），字茂弘，琅邪临沂（今山东临沂）人。西晋末为琅邪王司马睿献策移镇建康（今江苏南京），是东晋王朝建立的元勋。历仕元、明、成三帝，居宰辅之位，人称“仲父”。

⑤卒（cù）：同“猝”，突然。

⑥舫（fǎng）：船。

⑦殆：几乎，差不多。

⑧胡威（？—280）：字伯虎，寿春（今安徽寿县）人。魏末咸熙中官至征东将军、荆州刺史；晋武帝时拜侍御史，历南乡侯、安丰太守，迁徐州刺史；累迁监豫州诸军事、右将军、豫州刺史，入为尚书，加奉车都尉；后拜前将军、监青州诸军事、青州刺史，以功封平春侯。以清廉闻名。

⑨启：上奏。 为吴兴郡：任吴兴郡太守。吴兴郡，治所在乌程（今浙江湖州）。

【今 译】

周镇被免去临川郡太守后，返回京城，还没来得及上岸，将船停泊在青溪中的沙洲边。王导去看望他，正值夏天，突然下起暴雨，船只极为狭小，而且又漏得厉害，几乎没有可坐的地方。王导说：“以胡威之清廉，也超不过这样的情形！”立即上奏，任用为吴兴太守。

【解 义】

据《晋书·胡威列传》记载，胡威与其父胡质都以清廉闻名，晋武帝曾让胡威比较他与父亲的清廉程度，胡威自认不如；晋武帝问为什么，胡威说：“父亲唯恐别人知道他清廉，而我唯恐别人不知道。”

二十八

邓攸始避难[①]，于道中弃己子，全弟子[②]。既过江[③]，取一妾[④]，甚宠爱，历年后[⑤]，讯其所由[⑥]，妾具说是北人遭乱[⑦]，忆父母姓名，乃攸之甥也。攸素有德业，言行无玷[8]，闻之哀恨终身，遂不复畜妾[9]。

【今　注】

①邓攸（？—326），字伯道，平阳郡襄陵县（今山西襄汾县西北）人。历官河东太守、吴郡太守、吏部尚书，迁尚书左仆射。　难：指永嘉之乱。

②弟子：兄弟之子。

③既：已经。

④取：娶。

⑤历年：经过多年。

⑥所由：指出身、来历。由，由来，来历。

⑦具说：详细诉说。

⑧玷（diàn）：白玉上的污点。

⑨畜：养。

【今　译】

邓攸当初避难时，在半路上丢弃了亲生儿子，保全了弟弟的儿子。过江以后，邓攸娶了一个小妾，非常宠爱她。多年后，邓攸问起小妾的出身。小妾详细述说自己是北方人遭到了战乱，并回忆父母的姓名，竟是邓攸的外甥女。邓攸向来有德行操守，言行没有丝毫的瑕疵，知道这个情况后终身感到哀伤悔恨，从此不再养小妾。

【解　义】

《礼记·曲礼》曰："取妻不取同姓，故买妾不知其姓，则卜之。"郑玄注曰："为其近禽兽也。"邓攸娶妾竟然不问其来历，多年后才想到询问，明显有悖常理。因此，本文应出于后人之附会。不过，此事无论真伪，其寓意则值得借鉴。人的一生不可能一尘不染，所以古人强调修身，就是希望通过不断的学习和磨炼，来提高自己的道德境界。孔子曾说："不善不能改，是吾忧也。"（《论语·述而》）可见品德需要不断地培养。

邓攸"哀恨终身"，即所谓"闻过而终礼，知耻而后勇"（《中庸》）。

二十九

王长豫为人谨顺[①]，事亲尽色养之孝[②]。丞相见长豫辄喜[③]，见敬豫辄嗔[④]。长豫与丞相语，恒以慎密为端[⑤]。丞相还台[⑥]，及行，未尝不送至车后[⑦]。恒与曹夫人并当箱箧[⑧]。长豫亡后，丞相还台，登车后，哭至台门；曹夫人作簏[⑨]，封而不忍开。

【今　注】

①王长豫：王悦（生卒不详），字长豫，王导的长子。少年时侍讲东宫，历官吴王友、中书侍郎。早卒。

②色养：和颜悦色地侍奉父母。

③丞相：王导。

④敬豫：王恬（生卒不详），字敬豫，王导次子。少好武，卓荦不羁，多才艺，工隶书，善弈棋。迁中书郎，除后将军、魏郡太守，加给事中，领兵镇石头；王导死后去官守丧，不久又起为后将军，复镇石头；转吴国、会稽内史，加散骑常侍。　嗔：生气。

⑤端：根本。

⑥台：指尚书省衙署，王导当时任丞相领尚书省事。

⑦未尝：没有。

⑧曹夫人：王导夫人，姓曹名淑，彭城（今江苏徐州）人。　并当（dàng）：料理，收拾。　箱箧（qiè）：箱子。大为箱，小为箧。

⑨簏（lù）：竹箱。

【今　译】

王悦为人谨慎恭顺，侍奉父母总是和颜悦色恪尽孝道。王导看见王悦就高兴，看见王恬就生气。王悦与王导说话，总是以严谨缜密为原则。王导回尚书省衙署，临出发的时候，王悦没有不送到车子后面的。他总是和母亲曹夫人一起收拾箱子里的东西。王悦死后，王导回尚书省时，登上车后，就会一直哭到尚书台门口。曹夫人做了竹箱，把儿子生前收拾过的箱子封起来，再也不忍心打开。

【解　义】

《论语·为政》："子夏问孝。子曰：'色难。'"意即侍奉父母最难之处是保持和颜悦色。王悦能够做到"色养之孝"，所以王导看到他就高兴。而王恬不甘受拘束的个性，则让王导看到他就来气。

三十

桓常侍闻人道深公者①，辄曰："此公既有宿名②，加先达知称③，又与先人至交，不宜说之④。"

【今　注】

①桓常侍：桓彝（276—328），字茂伦，谯国龙亢（今安徽怀远）人。历官州主簿、骑都尉、安东将军、中兵参军、中书侍郎、尚书吏部郎、散骑常侍，从平王敦之乱，封万宁县男，迁宣城内史。苏峻作乱时固守泾县，城陷被杀。　深公：竺道潜（286—374），字法深，东晋高僧。出身琅琊王氏，十八岁出家，以刘元真为师，善讲佛法，尤精般若学。永嘉初，避乱过江，为士人所敬重，支道林亦宗其风范。享年七十九岁。

②宿名：久有名望。

③先达：前辈。　知称：赞扬称许。

④先人：指去世的父亲。　至交：最要好的朋友。

【今　译】

桓彝听到有人议论法深和尚，就说："这位深公已久负盛名，再加上前辈都赏识称赞，而且又与先父是至交，不该议论他。"

【解　义】

爱憎分明虽然是魏晋名士的特点，但是他们同时也追求不议论是非的道德境界。据《晋书·褚裒列传》记载，桓彝见到褚裒后说："季野有皮里春秋。"意即外无臧否而内心有所褒贬。桓彝对褚裒的评价，其实就是他本人的道德倾向。

三十一

庾公乘马有的卢[①]，或语令卖去。庾云："卖之必有买者，即当害其主，宁可不安己而移于他人哉[②]？昔孙叔敖杀两头蛇以为后人[③]，古之美谈。效之，不亦达乎[④]？"

【今　注】

①庾公：庾亮（289—340），字元规，颍川鄢陵（今河南鄢陵西北）人。妹为明帝皇后。历仕元帝、明帝、成帝三朝，以帝舅与王导辅立成帝，任中书令，执掌朝政。后出镇武昌，任荆州刺史、征西将军。　的卢：额部有白色斑点的马，传说为凶马，会给骑乘者带来厄运。

②宁可：怎么能，岂可。

③孙叔敖：蔿（wěi）氏，名敖，字孙叔，春秋时楚国期思（今河南固始东南）人。官令尹（楚相），辅助楚庄王成就霸业。

④达：通达，明白事理。

【今　译】

庾亮所骑乘的马中有一匹是的卢，有人劝他卖掉。庾亮说："卖的话必定有买它的人，就又害了它的新主人。难道可以因对自己不利就嫁祸于人吗？过去孙叔敖杀死两头蛇为后人除害，是自古以来的美谈。仿效他的做法，不也是通达的表现吗？"

【解　义】

据刘孝标注引贾谊《新书》记载，孙叔敖孩提时在路上碰到一条两头蛇，于是将其杀死并掩埋，回去后便对着母亲哭泣，母亲问其缘故，孙叔敖答道："看到两头蛇的人必死。"母亲问两头蛇现在在哪？孙叔敖答道："我担心以后还会有人看到，所以把它杀掉掩埋了。"又据刘孝标注引《语林》记载，劝庾亮卖马者是殷浩。刘孝标注引《晋阳秋》，称庾亮"渊雅有德量"，当时人将他与夏侯玄、陈群相比拟。

三十二

阮光禄在剡①，曾有好车，借者无不皆给②。有人葬母，意欲借而不敢言。阮后闻之，叹曰："吾有车而使人不敢借，何以车为③？"遂焚之。

【今　注】

①阮光禄：阮裕（生卒不详），字思旷，陈留尉氏（今属河南）人。以德业著称。历官临海太守、东阳太守、散骑常侍、国子祭酒、金紫光禄大夫、侍中。晚年称疾隐居剡县山中。　剡：县名，在今浙江嵊县西南。

②给（jǐ）：供应，给予。

③何以……为：表示反问语气，有什么用。

【今　译】

阮裕隐居剡县时，曾经有一辆好车，来借的人没有不给的。有人要安葬母亲，想借车子却又不敢开口。阮裕听说后，叹息说："我有车子却让人不敢借，要这车子有什么用呢？"于是就把车子烧了。

【解　义】

阮裕是阮籍的叔伯兄弟，王敦用为主簿，因王敦有叛逆之心，遂终日酣饮，以酒废职，王敦认为阮裕徒有虚名而将其免职。阮裕以德业知名，焚车一事正是他重德行的体现。

三十三

谢奕作剡令①，有一老翁犯法，谢以醇酒罚之②，乃至过醉而犹未已③。太傅时年七、八岁④，著青布绔⑤，在兄膝边坐，谏曰："阿兄，老翁可念⑥，何可作此！"奕于是改容曰⑦："阿奴欲放去邪⑧？"遂遣之。

【今　注】

①谢奕（309—358）：字无奕，陈郡阳夏（今河南太康）人。谢安之兄，谢玄之父。官至安西将军、豫州刺史。

②醇酒：指烈性酒。

③已：停止。

④太傅：谢安（320—385），字安石，长年隐居东山，四十多岁才出仕，孝武帝时官至宰相之位，当时人比为王导。死后追赠太傅。

⑤著（zhuó）：穿。　绔（kù）：同"裤"。

⑥可念：可怜。

⑦改容：此指脸色由严厉改为温和。

⑧阿奴：当时人对所亲爱者的称呼，这里是兄长称弟弟。

【今　译】

谢奕任剡县令时，有一位老翁犯了法，谢奕罚他喝烈性酒，甚至老翁过量醉酒还不罢休。谢安当时才七、八岁，穿着青布裤子，坐在兄长膝旁，劝道："阿哥，老人家挺可怜的，怎么可以这样做呢？"谢奕于是脸色缓和下来，说："阿弟要放他走吗？"于是就把老翁放走了。

【解　义】

恻隐之心人皆有之，但是诚如孟子所言"求则得之，舍则失之"（《孟子·告子上》）。谢安在年仅七、八岁时就能具有恻隐之心，说明他从小就受到了良好的道德启蒙。这是他日后成为一代名相的基础，因为恻隐之心是"仁之端也"（《孟子·公孙丑上》）。

三十四

谢太傅绝重褚公①，常称："褚季野虽不言，而四时之气亦备②。"

【今　注】

①谢太傅：谢安。　绝：极，最。　褚公：褚裒（303—349），字季野，河南阳翟（今河南禹县）人。康献皇后之父，历官司徒从事中郎、给事黄门侍郎、豫章太守、侍中、尚书、建威将军、江州刺史、卫将军、中书令等职。永和五年（349），任征讨大都督，率军北伐后赵，兵败，惭恨病死。

②四时：四季。

【今　译】

谢安非常看重褚裒，常称赞说："褚裒即使不说话，也具备弘远的气度。"

【解　义】

刘孝标注引《晋阳秋》，称褚裒年少时就有简傲高贵之风，以及淡泊恬静的声誉。

三十五

刘尹在郡①，临终绵惙②，闻阁下祠神鼓舞③，正色曰④："莫得淫祀⑤！"外请杀车中牛祭神，真长答曰："丘之祷久矣⑥，勿复为烦！"

【今　注】

①刘尹：刘惔（生卒不详），字真长，晋沛国相县（今安徽宿州东）人。晋明帝之婿，历官司徒左长史、侍中、丹阳尹，早卒。

②绵惙（chuò）：气息微弱。

③鼓舞：击鼓舞蹈。

④正色：神色严厉。

⑤淫祀：过度的祭祀。

⑥丘之祷久矣：语出《论语·述而》。

【今　译】

刘惔在丹阳尹任上时，临终弥留气息奄奄，听到楼阁下传来祭祀神灵击鼓舞蹈的声音，便神色严厉地说："不要作过度的祭祀！"外面有人请求杀掉驾车的牛来祭祀。刘惔答道："我像孔子说的那样已祈祷很久了，不要再麻烦了！"

【解　义】

孔子主张"敬鬼神而远之"（《论语·雍也》），说明他并不认为可以把自己的命运托付给神灵。《论语·述而》曰："子疾病，子路请祷。子曰：'有诸？'子路对曰：'有之。诔曰：祷尔于上下神祇。'子曰：'丘之祷久矣。'"大意是说孔子病重后，子路要为他祷告神灵，但孔子表示自己已经祈祷很久了。所谓“丘之祷久矣”，按照孔安国的解释，是孔子自认为平时的言行都“合于神明”。邢昺则认为“孔子不许子路，故以此言拒之”。刘惔在对待神灵的态度上与孔子一脉相承，所以在临终前，制止家人的“淫祀”。

三十六

谢公夫人教儿①，问太傅②：“那得初不见君教儿③？”答曰：“我常自教儿。”

【今　注】

①谢公夫人：谢安夫人，刘耽之女、刘惔之妹。

②太傅：谢安。

③那得：怎么。　初不：从未。

【今　译】

谢安夫人教育儿子时，问谢安：“怎么从来不见您教育儿子？”谢安回答说：“我常常用言行来教导儿子。”

【解　义】

教育不仅需要言传，还需要身教，因为身教可以起到示范作用。《后汉书·第五伦传》曰：“以身教者从，以言教者讼。”意即身体力行就会让人遵从，而只说不做就会让人产生异议。谢安所谓“我常自教儿”，即指以身作则。刘孝标注提到太尉刘寔（220—310）的事例。刘寔清洁有节操，平时的行为均以礼来规范，但他的两个儿子却因贪渎而获罪，刘寔也因此被免官；有人问他为什么不好好训导儿子们，他回答说：“我平时的行为处事是他们所看到的，但不加以仿效，这难道是严加训导所能改变的吗？”刘孝标认为谢安与刘寔所说大意相同。这恐怕是误解。刘寔重身教，但却轻视了言传的作用。身教可以树立榜样，而言传则可以使人知其所以然。如果不能让受教育者明白行为处事的根本道理，而只是满足于让他们模仿，那么难免就会出现东施效颦的结果。所以，刘寔的教育方式是失败的。言传与身教密不可分，缺一不可。谢夫人言传，而谢安身教，其子谢琰弱冠后即崭露头角，淝水之战中，谢琰任辅国将军，率八千精兵充当前锋，一举击溃苻坚，因功封望蔡公。

三十七

晋简文为抚军时[①]，所坐床上，尘不听拂[②]，见鼠行迹，视以为佳。有参军见鼠白日行[③]，以手板批杀之[④]，抚军意色不说[⑤]。门下起弹[⑥]，教曰[⑦]："鼠被害尚不能忘怀，今复以鼠损人，无乃不可乎[⑧]？"

【今　注】

①晋简文：简文帝司马昱（320—372），字道万，元帝少子，初封为琅邪王，后徙封会稽王。穆帝时进位抚军大将军，录尚书事。废帝即位时进位丞相，录尚书事。后为桓温拥戴即帝位，在位不到八个月即病故。

②床：古时坐、卧之具，这里指坐榻。　不听：不许，不让。

③参军：将军府属官。

④手板：即笏，古代官吏上朝或谒见上司时拿在手中的板子，以备记事用。　批：击打。

⑤意色：神色。

⑥弹：弹劾。

⑦教：上对下的告谕。

⑧无乃：岂不是，表示委婉语气。

【今　译】

简文帝任抚军大将军时，不让拂拭坐榻上的尘灰，看见老鼠爬过的痕迹，还认为很好。有位参军看见老鼠白天爬出来，就用手板把它打死了。抚军露出不高兴的神色。下属于是弹劾这位参军，简文帝说："老鼠被打死尚且不能令人忘怀，现在又因为老鼠而伤害到人，岂不是更不应该吗？"

【解 义】

简文帝司马昱长于清谈，是皇族中难得一见的高士，据《晋书·简文帝纪》记载，司马昱留心典籍，不以居处为意，积尘满席，也能处之自如。佛教反对杀生，主张众生平等，司马昱与支道林等高僧有密切交往，应该是受到了影响，所以他虽然对属下打死老鼠而感到不悦，但不愿意因为老鼠而牵连到人。

三十八

范宣年八岁[①]，后园挑菜，误伤指，大啼。人问："痛邪？"答曰："非为痛，身体发肤不敢毁伤[②]，是以啼耳。"宣洁行廉约[③]，韩豫章遗绢百匹[④]，不受；减五十匹，复不受。如是减半，遂至一匹，既终不受。韩后与范同载，就车中裂二丈与范，云："人宁可使妇无裈邪[⑤]？"范笑而受之。

【今 注】

①范宣（生卒不详）：字子宣，陈留（今河南陈留）人。十岁能诵诗书，好学不倦，博综众书，屡辞征辟，聚徒授业。著有《周易说》《礼记音》等。

②身体发肤不敢毁伤：语出《孝经》，原文曰："身体发肤，受之父母，不敢毁伤，孝之始也。"意即人的身躯、四肢、毛发、皮肤都是从父母那里得来，不敢损毁伤残，这是行孝道的开始。

③洁行廉约：品行高洁清廉俭朴。

④韩豫章：韩伯（生卒不详），字康伯，颍川长社（今河南长葛）人，历官抚军掾、中书郎、散骑常侍、豫章太守、侍中、丹阳尹、吏部尚书、领军将军。著有《周易注解》等。 遗（wèi）：赠送。

⑤宁可：怎么能。 裈（kūn）：裤子。

【今 译】

范宣八岁时，在后园挑菜，误伤了手指，大哭。有人问："很痛吗？"他答道："不是为了痛，因为身体发肤不敢损伤，所以才哭。"范宣品行高洁清廉俭朴，豫章太守韩伯送他一百匹绢，他不接受；减为五十匹，他还是不接受。就这样一再减半，于是只剩下一匹，他还是不接受。韩伯后来与范宣同乘，就在车中撕下两丈绢给范宣，说："一个人怎么能让自己的妻子没有裤子穿呢？"范宣笑着收下了。

【解 义】

据刘孝标注引《中兴书》记载，殷羡在任豫章太守时也曾接济过范宣。魏晋时期老庄之学大盛，但范宣则致力于儒术，尤精"三礼"，父母死后，范宣背土成坟，在墓侧结庐守孝，后人誉为通儒学的高尚者。

三十九

王子敬病笃①，道家上章，应首过②，问子敬："由来有何异同得失③？"子敬云："不觉有余事，唯忆与郗家离婚④。"

【今 注】

①王子敬：王献之（344—386），字子敬，王羲之第七子，少有盛名，官至中书令。工书法，兼擅诸体，尤精行

草，与父齐名，并称“二王”。病笃（dǔ）：病重。

②道家：指道士。　上章：上表求神。　首过：交代罪过。

③由来：从过去到现在，向来。　异同得失：偏义复词，着重于异常与过失。

④与郗家离婚：王献之的原配为郗昙之女，名道茂，是王献之的表妹。王献之离婚后娶简文帝第三女新安公主。

【今　译】

王献之病危后，道士代为上表祈求神灵消灾，表中应当交代罪过。道士问：“你以前有什么过失？”王献之说：“没觉得有什么其他事，只想起与郗家离婚之事。”

【解　义】

王氏一门均笃信五斗米道，所以王献之请道士作法。王献之对离婚一事固然感到遗憾，但本文的重点并不在于此。人之将死其言也善，既然王献之回顾一生只有离婚这么一件憾事，那就足以表明其德行之高尚，所以编者将本文列入“德行”，而非“尤悔”。人非圣贤，孰能无过，今之读者切忌偏执一端，将道德问题绝对化。

四十

殷仲堪既为荆州①，值水俭②，食常五碗盘③，外无余肴④。饭粒脱落盘席间，辄拾以啖之⑤。虽欲率物⑥，亦缘其性真素⑦。每语子弟云⑧：“勿以我受任方州⑨，云我豁平昔时意⑩，今吾处之不易⑪。贫者士之常，焉得登枝而捐其本⑫，尔曹其存之⑬。”

【今　注】

①殷仲堪（？—399）：陈郡长平（今河南西华）人。孝武

帝时任都督荆益宁三州军事、荆州刺史，镇江陵。后为桓玄所败，被俘自杀。为荆州：任荆州刺史。

②值：遇到。　水俭：因水灾而歉收。

③五碗盘：又称五盅盘，当时流行的一种成套餐具，由一只圆形托盘和五只小碗组成。

④肴：指鱼、肉等荤菜。

⑤啖（dàn）：吃。

⑥率物：为人表率。率，表率。物，指人。

⑦真素：自然坦率，不做作。

⑧语（yù）：告诉。

⑨方州：州郡长官。

⑩豁：舍弃。

⑪易：改变。

⑫捐：舍弃，抛弃。

⑬尔曹：你们。　其：助词，表示命令与期望语气。

【今　译】

殷仲堪任荆州刺史后，遇到水灾歉收，吃饭时常常只用五碗盘，此外就没有其他菜肴了。饭粒掉落在坐席上，就捡起来吃掉。他虽然有做表率的意图，但也是由于本性自然坦率的缘故。殷仲堪常常告诫子弟说："不要认为我担任了州郡长官，就会抛弃素来的志愿，我现在仍然没变。清贫是士人的本色，怎么能一登上高枝就丢掉根本，你们一定要牢记！"

【解　义】

本文所谓"其性真素"，似乎与史实不符。据《晋书·殷仲堪列传》记载，殷仲堪信奉天师道，任荆州刺史时精心事神，耗费无度，虽然好行小惠，但不施仁义，以致纲目不举。

四十一

初，桓南郡、杨广共说殷荆州[①]，宜夺殷觊南蛮以自树[②]。觊亦即晓其旨[③]，尝因行散[④]，率尔去下舍[⑤]，便不复还，内外无预知者。意色萧然[⑥]，远同鬥生之无愠[⑦]。时论以此多之[⑧]。

【今　注】

①桓南郡：桓玄（369—404），字敬道，一名灵宝，谯国龙亢（今安徽怀远西）人。桓温之少子，袭封为南郡公。曾官义兴太守、江州刺史、都督荆州等八州郡军事。后与兖州刺史王恭、荆州刺史殷仲堪起兵反对会稽王司马道子、司马元显父子。元兴元年（402）举兵攻入建康，杀司马元显，掌朝政。次年代晋自立，国号楚。不久为刘裕所败，自杀。　杨广（生卒不详）：字德度，弘农华阴（今陕西渭南华阴）人。官淮南太守，后与弟杨佺期都为桓玄所杀。　说：游说。

②殷觊（生卒不详）：字伯通，殷仲堪之堂兄。历官中书郎、南蛮校尉。　南蛮：南蛮校尉，职掌荆州少数民族事务，典统地方武装。

③旨：意思，目的。

④行散：魏晋士人喜服五石散，服后需活动身体以发散药性，名为行散。

⑤率尔：随意。　去：离开。　下舍：官员在署衙附近的宅舍。

⑥萧然：悠闲的样子。

⑦鬥（dǒu）生：鬥穀於菟（生卒不详），字子文，楚成王之令尹。生，即先生的省称。　愠：怒，怨恨。

⑧多：赞许。

【今　译】

当初，桓玄与杨广一同劝说殷仲堪，应当剥夺殷觊的职权以树立自己的权势。殷觊也当即明白了他们的意图，借着出外行散的机会，随意地离开了自己的宅舍，便不再回来，内外没有一人预先知道此事。他的意态神色很悠闲，就像令尹子文那样没有怒色。当时的舆论都为此赞扬他。

【解　义】

据《晋书·殷觊列传》记载，殷仲堪准备与王恭、桓玄结盟起兵，殷觊竭力劝阻无效，于是借着行散的机会外出，并称病弃官，殷仲堪前去探病，说："兄病殊为可忧。"殷觊回答道："我病不过身死，但汝病在灭门。"殷仲堪不听劝阻，最终失败。令尹子文的故事见《论语·公冶长》，原文曰："子张问曰：'令尹子文三仕为令尹，无喜色；三已之，无愠色。旧令尹之政，必以告新令尹。何如？'"大意是说子文三次出任令尹都没有喜色，三次被罢免也没有怨怒之色。

四十二

王仆射在江州①，为殷、桓所逐②，奔窜豫章③，存亡未测。王绥在都④，既忧戚在貌，居处饮食，每事有降。时人谓为"试守孝子"⑤。

【今　注】

①王仆射：王愉（？—404），字茂和，太原晋阳（今山西太原）人，桓玄之婿，其父为王坦之。官至江州刺史、都督豫州四郡、辅国将军、假节。桓玄专权后拜尚书仆射。刘裕灭桓玄后，他图谋作乱，事泄被杀。

②殷：殷仲堪。　桓：桓玄。

③奔窜：狼狈逃亡。　豫章：郡名，治所在今江西南昌。

④王绥（生卒不详）：字彦猷，王愉之子，历官太尉右长史、中书令、冠军将军。因王愉谋逆而一同被杀。

⑤试守：秦汉以来任用官吏时先试用一年，然后正式任用。

【今　译】

王愉在江州刺史任上时，为殷仲堪、桓玄所驱逐，奔逃至豫章，生死不明。王绥在京城，既忧伤满面，又在起居饮食方面有所节制，当时人称他为“试守孝子”。

【解　义】

所谓“为殷、桓所逐”，据《晋书·王愉列传》记载，是指隆安二年（398）殷仲堪和桓玄响应王恭，一同起兵讨伐王愉和司马尚之，杨佺期、桓玄进军至湓口，王愉毫无戒备，只能仓皇出逃，后被桓玄抓获。王绥在父亲生死不明的情况下，就已守孝，犹如试用官吏一样，故称“试守孝子”。

四十三

桓南郡既破殷荆州①，收殷将佐十许人，咨议罗企生亦在焉②。桓素待企生厚，将有所戮，先遣人语云：“若谢我③，当释罪。”企生答曰：“为殷荆州吏，今荆州奔亡，存亡未判④，我何颜谢桓公！”既出市⑤，桓又遣人问：“欲何言？”答曰：“昔晋文王杀嵇康⑥，而嵇绍为晋忠臣⑦。从公乞一弟以养老母。”桓亦如言宥之⑧。桓先曾以一羔裘与企生母胡⑨，胡时在豫章，企生问至⑩，即日焚裘。

【今　注】

①桓南郡：桓玄。　殷荆州：殷仲堪。

②咨议：咨议参军，职掌咨询谋议军事。　罗企生（363

—399）：字仲伯，豫章（今江西南昌）人，为殷仲堪咨议参军。殷仲堪兵败后为桓玄所杀。

③谢：谢罪。

④判：判明。

⑤市：指刑场。

⑥晋文王：司马昭。

⑦嵇绍（253—304）：字延祖，嵇康之子，晋武帝征为秘书丞，后官至侍中。永安元年（304），东海王司马越挟持惠帝与成都王司马颖交战，大败于荡阴，嵇绍因护卫惠帝而被杀。

⑧宥：赦免。

⑨羔裘：羔羊皮袍。

⑩问：音问，音讯，消息。

【今　译】

桓玄击败殷仲堪后，收捕了殷仲堪的部将僚属十多人，咨议罗企生也在其中。桓玄一向优待罗企生，他将要大开杀戒时，先派人对罗企生说："你如果向我谢罪，当免你一死。"罗企生回答道："我作为殷仲堪的属吏，如今他逃亡在外，生死未卜，我有什么脸面向桓公谢罪！"当罗企生赴刑场时，桓玄又派人去问："还有什么话要说？"罗企生答道："从前晋文王杀嵇康，而嵇绍成为晋的忠臣。我请您赦免我弟弟侍奉老母。"桓玄也答应要求予以赦免。桓玄曾经送给罗企生母亲胡氏一件羔羊皮袍，当时胡氏在豫章郡，罗企生的死讯传来后，胡氏当天就把皮袍烧了。

【解　义】

据刘孝标注引《中兴书》记载，殷仲堪兵败后只有罗企生随从，路过家门时嘱托弟弟在家尽孝，被弟弟抱住不放，殷仲堪见其无法挣脱，于是自行扬鞭而去；桓玄率兵追来后，地方士人都去拜见，只有罗企生不肯前往，桓玄认为自己对罗企生不薄，于是大怒，把他抓了起来；罗企生不愿屈服，遂被杀。这一记载应出于后人的附会。罗企生是豫章人，殷仲堪兵败于荆州，逃亡途中不可能途经其家。本文称罗企生被杀时其母胡氏在豫章，比较符合常理。

四十四

王恭从会稽还[①]，王大看之[②]。见其坐六尺簟[③]，因语恭："卿东来，故应有此物，可以一领及我。"恭无言。大去后，即举所坐者送之。既无余席，便坐荐上[④]。后大闻之，甚惊曰："吾本谓卿多，故求耳。"对曰："丈人不悉恭，恭作人无长物[⑤]。"

【今　注】

①王恭（？—398）：字孝伯，太原晋阳（今山西太原）人，王濛之孙、王蕴之子。历官著作郎、丹阳令，后任都督兖青冀幽并徐诸军事、前将军、兖青二州刺史，假节，镇守京口。后因部将刘牢之背叛，兵败被杀。

②王大：王忱（？—392），字元达，小字佛大。少与王恭齐名，王坦之第四子，历官骠骑长史、荆州刺史、都督荆益宁三州军事、建武将军等。

③簟（diàn）：竹席。

④荐：草垫子。

⑤丈人：对长辈的尊称，王恭和王忱是叔侄关系。

【今　译】

王恭从会稽回来，王忱去探望他，看到王恭坐着一条六尺长的竹席，便对他说："你从东边来，所以应该还有这东西，可以送一条给我。"王恭没有作声。王忱走后，王恭就把所坐的竹席送他。因为没有多余的席子，于是就坐在草垫子上。后来王忱听说这件事，十分惊讶地说："我原本以为你有多余，所以才索要的。"王恭答道："您不了解我，我做人一向没有多余的物品。"

【解　义】

成语"身无长物"典出于此，形容贫穷，常被误用来形容没有长处。据《晋书·王恭列传》记载，王恭死时家无财帛，仅有书籍而已。

四十五

吴郡陈遗①，家至孝。母好食铛底焦饭②，遗作郡主簿③，恒装一囊，每煮食，辄贮录焦饭④，归以遗母⑤。后值孙恩贼出吴郡⑥，袁府君即日便征⑦。遗已聚敛得数斗焦饭，未展归家⑧，遂带以从军。战于沪渎⑨，败，军人溃散，逃走山泽，皆多饥死，遗独以焦饭得活。时人以为纯孝之报也。

【今　注】

①吴郡：郡名，治所在今江苏苏州。　陈遗：事迹不详。

②铛（chēng）：平底浅锅。

③主簿：职掌文书簿籍等。

④贮录：储藏。录，收藏。

⑤遗：送。

⑥孙恩（？—402），字灵秀，琅邪（今山东临沂北）人，曾率众自海岛攻略沿海地区，前后数年，后为刘裕所败，投海自杀。

⑦袁府君：袁山松（？—401），一名崧，阳夏（今河南太康）人。少有才名，博学能文。为吴郡太守，孙恩攻沪渎时战死。著《汉书》百篇，已佚。府君，对太守的

尊称。

⑧未展：未及，来不及。

⑨沪渎：指黄浦江下游。

【今　译】

吴郡陈遗在家极其孝顺。母亲喜欢吃锅底焦饭，陈遗任职州郡主簿，常带着一只口袋，每次煮饭时，总是把焦饭储存起来，回去给母亲。后来碰到孙恩攻略吴郡，袁山松当天即出征讨伐。陈遗已经收存了几斗焦饭，来不及送回家，就带着这些焦饭随军出发了。两军战于沪渎，官军战败，士兵四处溃散，逃到山林水泽中，大多饿死，只有陈遗靠着焦饭活了下来。当时人都认为这是纯孝的回报。

【解　义】

据《南史·孝义传》记载，袁山松战败后，陈遗之母昼夜泣涕，双目失明，双耳失聪，陈遗回去后，母亲豁然即明。其情节颇具传奇色彩，应出于后人之演绎。

四十六

孔仆射为孝武侍中①，豫蒙眷接②。烈宗山陵③，孔时为太常④，形素羸瘦⑤，著重服⑥，竟日涕泗流涟⑦，见者以为真孝子。

【今　注】

①孔仆射：孔安国（？—408），会稽山阴（今浙江绍兴）人，孔愉之子。孝武帝时官侍中、太常卿，迁为会稽内史、领军将军，安帝时为尚书左、右仆射。　孝武：孝武帝司马曜。　侍中：官名，皇帝的近侍。

②眷接：礼遇。

③烈宗：孝武帝死后的庙号。　山陵：指皇帝去世。

④太常：官名，职掌礼乐祭祀等。

⑤羸瘦：瘦弱。

⑥重服：重孝时所穿的丧服。重，重孝，指父母死后子女所穿的丧服。

⑦涕泗：眼泪鼻涕。　流涟：此指泪流不断的样子。

【今　译】

孔安国任孝武帝侍中时，受到礼遇。孝武帝死时，孔安国当时任太常，他的身体素来瘦弱，这时穿了重孝，整天眼泪鼻涕不断，看到的人都认为他是真孝子。

【解　义】

西汉时期的孔安国（前156—前74）更著名，为孔子十世孙，著有《古文尚书》《古文孝经传》《论语训解》，是一代儒学大家。

四十七

吴道助、附子兄弟居在丹阳郡后[①]，遭母童夫人艰[②]，朝夕哭临[③]，及思至[④]，宾客吊省[⑤]，号踊哀绝[⑥]，路人为之落泪。韩康伯时为丹阳尹[⑦]，母殷在郡，每闻二吴之哭，辄为凄恻，语康伯曰：“汝若为选官[⑧]，当好料理此人[⑨]。”康伯亦甚相知。韩后果为吏部尚书，大吴不免哀制[⑩]，小吴遂大贵达。

【今　注】

①吴道助：吴坦之（生卒不详），字处靖，小字道助，濮阳鄄城（今山东菏泽鄄城）人。官至西中郎将功曹。　附子：吴隐之（？—414），字处默，小字附之，历官晋陵太守、御史中丞、左卫将军、中书侍郎、广州刺史、度支尚书、太常。　郡后：郡守府舍之后。

②遭母童夫人艰：遭母亲童夫人之丧。艰，丁艰，指父母之丧。

③哭临：举行哀悼仪式痛哭流涕。

④思至：即“缌绖”，指披麻戴孝。

⑤吊省：祭奠死者，看望家属。

⑥号踊：大哭跺脚。

⑦韩康伯：韩伯。　丹阳尹：丹阳郡的行政长官。

⑧选官：负责官员选拔之官。

⑨料理：照顾、安排。

⑩不免哀制：指未能避免过度哀伤而死。

【今　译】

吴坦之、隐之兄弟住在丹阳郡府的后面，遭逢母亲童夫人的丧事，早晚都祭拜痛哭流涕，等到穿上孝服，宾客来吊唁慰问，他们更是大哭顿足哀痛欲绝，连过路人听了都为之落泪。韩伯当时任丹阳府尹，母亲殷夫人住在府舍里，每每听到兄弟二人的哀哭声，都要为之感到悲痛，她对韩伯说：“你如当了选官，应当好好照顾他们。”韩康伯对他们也很了解。后来韩伯果然当了吏部尚书，哥哥吴坦之已经哀伤过度而死，弟弟吴隐之于是大为富贵显达。

【解　义】

本文所谓“不免哀制”，据《艺文类聚》卷二十引宗躬《孝子传》记载，童夫人下葬后，吴氏兄弟设“九饭祭”（古代祭礼，由活人扮“尸”代表被祭者受饭九次），吴坦之每次临祭，都会嚎啕恸哭乃至气绝，至第七祭时吐血而亡。

言语第二

言语，指口才辞令。孔门四科之一。孔子反对巧言令色，但注重培养弟子的口才辞令。孔子曾说：“诵《诗》三百，授之以政，不达；使於四方，不能专对；虽多，亦奚以为?”（《论语·子路》）说明孔子教授《诗经》是希望弟子从中掌握为政之道，并具备使节一般的口才。所以孔子又说：“不读《诗》，无以言。”（《论语·季氏》）孔子的弟子中以子贡的口才最为出名，据《史记·仲尼弟子列传》记载，子贡利口巧辞，孔子和他辩论时也常常会词穷。魏晋士人好清谈，涌现出了一大批名家，他们追求语言的简约清新，展现出了机智与敏捷的才思。

一

边文礼见袁奉高[①]，失次序[②]。奉高曰："昔尧聘许由[③]，面无怍色[④]。先生何为颠倒衣裳[⑤]？"文礼答曰："明府初临[⑥]，尧德未彰[⑦]，是以贱民颠倒衣裳耳。"

【今　注】

①边文礼：边让（生卒不详），字文礼，陈留浚仪（县治在今河南开封）人，为九江太守。汉献帝时，因天下大乱去官，后为曹操所杀。　袁奉高：袁阆。刘孝标注以为袁闳，误。

②失次序：举止失措。

③许由：上古高士，隐于箕山。传说尧欲禅让天下，许由不受；又召其为九州长，许由不愿听，洗耳于颍水之滨。

④怍（zuò）色：惭愧之色。

⑤颠倒衣裳：语出《诗经·齐风·东方未明》："东方未明，颠倒衣裳。"形容慌乱的样子。

⑥明府：对太守的尊称。

⑦彰：彰显。

【今　译】

边让见袁阆时，有些手忙脚乱。袁阆说："古时尧帝聘请许由时，许由面无愧色。先生为什么慌张呢？"边让回答道："明府刚刚莅任，像尧那样的德行还没有彰显出来，所以小民才会失礼。"

【解　义】

古人着装，上衣下裳（cháng）。衣裳也被用来代指秩序。《周易·系辞下》曰："黄帝、尧、舜垂衣裳而天下治。"意即圣人之德在于制定秩序，垂范天下。边让当过太守，又是高士，不至于因为见同级别官员而惊慌失措。两人见面时，边让之所以有点手忙脚乱，应该是感到喜出望外，毕竟有朋自远方来，不亦乐乎。所以边让举止之失措是可以理解的，或许做出了倒笈相迎之类的举动。袁阆将自己与边让的关系，比作尧与许由，语带调侃。边让则将自己一时的失常，归咎于教化未行，以此反讽袁阆。两人看似唇枪舌剑，实则都是幽默以对。

二

徐孺子年九岁[①]，尝月下戏，人语之曰："若令月中无物[②]，当极明邪？"徐曰："不然。譬如人眼中有瞳子，无此必不明。"

【今　注】

①徐孺子：徐稚。

②物：此指传说中的月兔和蟾蜍。

【今　译】

徐稚九岁时，曾经在月夜里玩耍。有人对他说："如果月亮中什么东西都没有，应当极其明亮吧？"徐稚说："不是。比如人的眼睛中有瞳孔，没有的话必定不会明亮。"

【解　义】

月亮上的阴影是由其地形所造成的，古人并不具备这样的认知，所以有了月兔、蟾蜍之类的传说。徐稚虽然才九岁，但他将月亮表面存在明暗的情况，比作人的瞳孔与目光，其联想能力让人刮目。

三

孔文举年十岁[①]，随父到洛[②]。时李元礼有盛名[③]，为司隶校尉[④]。诣门者[⑤]，皆俊才清称及中表亲戚乃通[⑥]。文举至门，谓吏曰："我是李府君亲[⑦]。"既通，前坐。元礼问曰："君与仆有何亲[⑧]？"对曰："昔先君仲尼与君先人伯阳有师资之尊[⑨]，是仆与君奕世为通好也[⑩]。"元礼及宾客莫不奇之。太中大夫陈韪后至[⑪]，人以其语语之[⑫]。韪曰："小时了了[⑬]，大未必佳。"文举曰："想君小时，必当了了。"韪大踧踖[⑭]。

【今　注】

①孔文举：孔融（153—208），字文举，鲁国（今山东曲阜）人。汉献帝时任北海相，人称孔北海。又曾任少府、太中大夫等职。以诗文名世，为建安七子之一。因触怒曹操而被杀。

②父：孔融之父名宙，曾为泰山都尉。　洛：洛阳。

③李元礼：李膺。

④司隶校尉：官名，督察三辅、三河、弘农七郡。

⑤诣（yì）：到。

⑥俊才清称：有名望的杰出之士。　中表亲戚：泛指亲戚。　通：通报。

⑦李府君：李膺，曾为河南尹，故称。

⑧仆：对自己的谦称。

⑨先君仲尼：孔融是孔子二十世孙，故称。　伯阳：老子，字伯阳。　师资之尊：孔子曾向老子问礼，所以有师生之谊。

⑩奕世：累世，一代接一代。　通好：通家之好，指两家

交情深厚，如同一家。

⑪太中大夫：官名，主管议论政事。 陈韪（wěi）：曾任太中大夫，事迹不详。

⑫以其语语（yù）之：后一“语”字作动词，意为告诉。

⑬了了：聪明伶俐，明白事理。

⑭踧踖（cù jí）：局促不安的样子。

【今 译】

孔融十岁时随父亲到洛阳。当时李膺享有很高的名望，凡是登门造访的，只有那些有名望的杰出之士以及亲戚才能通报进门。孔融到了李府门前，对门吏说：“我是李府君的亲戚。”通报进门后，孔融坐到了前面。李膺问孔融：“您和我是什么亲戚？”孔融答道：“我的祖先孔子与您的先人老子有师生之谊，所以我与您世代为通家之好。”李膺及宾客听了孔融的话无不感到惊奇。太中大夫陈韪晚到，有人把孔融的话告诉他。陈韪说：“小的时候聪明伶俐，长大以后未必出色。”孔融说：“想必您小时候一定聪明伶俐！”陈韪听后大为尴尬。

【解 义】

孔融引用孔子问礼老子的典故，巧妙地为自己找到了通报的理由。陈韪大约对年仅十岁的孩子并不在意，所以口无遮拦，不料被孔融反唇相讥，成为坐中笑谈，这自然让他下不了台。此事亦载司马彪《续汉书》。李膺以为孔融长大后必成伟器。

四

孔文举有二子①，大者六岁，小者五岁。昼日父眠，小者床头盗酒饮之。大儿谓曰：“何以不拜？”答曰：“偷，那得行礼。”

【今　注】

①孔文举：孔融。

【今　译】

孔融有两个儿子，大的六岁，小的五岁。一天孔融在睡午觉，小儿子到父亲床头偷酒喝，大儿子说："为什么不先向父亲行礼？"小儿子答道："既然是偷，怎么还要行礼。"

【解　义】

本文所载与本篇第十二则故事异曲同工。

五

孔融被收①，中外惶怖②。时融儿大者九岁，小者八岁，二儿故琢钉戏③，了无遽容④。融谓使者曰："冀罪止于身⑤，二儿可得全不⑥？"儿徐进曰："大人岂见覆巢之下，复有完卵乎？"寻亦收至⑦。

【今　注】

①收：抓，逮捕。

②中外：朝廷内外。

③琢钉戏：古时一种儿童游戏。清代周亮工《因树屋书影》对这种游戏进行了介绍，曰："金陵童子有琢钉戏，画地为界，琢钉其中，先以小钉琢地，名曰签，以签之所在为主。出界者负，彼此不中者负，中而触所主签亦负。按孔北海被收时，两郎方为琢钉戏，乃知此戏相传久矣。"

④了：完全。　遽（jù）：惊慌。

⑤冀：希望。　止：仅，只。

⑥不：通"否"。

⑦寻：不久。

【今　译】

孔融被收捕，朝廷内外无不感到惊恐。当时孔融的大儿子九岁，小儿子八岁，他们照样玩琢钉的游戏，完全没有惊慌的神色。孔融对使者说："希望罪在我一人，两个儿子能否保全？"儿子们从容地上前说："大人难道见过倾覆的鸟窝下，还会有完好的鸟卵吗？"不久他们的也被收捕进官府中去了。

【解　义】

此事应为好事者所附会，刘孝标注对此有详细分析。不过这则故事流传极广，"覆巢之下焉有完卵"的成语即典出于此。

六

颍川太守髡陈仲弓[①]。客有问元方[②]："府君何如？"元方曰："高明之君也。""足下家君何如？"曰："忠臣孝子也。"客曰："《易》称[③]：'二人同心，其利断金；同心之言，其臭如兰[④]。'何有高明之君，而刑忠臣孝子者乎？"元方曰："足下言何其谬也！故不相答。"客曰："足下但因伛为恭，而不能答[⑤]。"元方曰："昔高宗放孝子孝己[⑥]，尹吉甫放孝子伯奇[⑦]，董仲舒放孝子苻起[⑧]。唯此三君[⑨]，高明之君；唯此三子，忠臣孝子。"客惭而退。

【今　注】

①髡（kūn）：古代刑罚，剃去犯人的头发。　陈仲弓：陈寔。

②元方：陈纪，陈寔之长子。

③《易》：《周易》。

④二人同心，其利断金；同心之言，其臭如兰：语出《周

易·系辞上》。 臭（xiù）：香味。 兰：兰草。

⑤伛（yǔ）：驼背。

⑥高宗：商代第二十三任国君武丁。 放：放逐，流放。 孝己：武丁之子。武丁为后妻所惑，将其放逐而死。

⑦尹吉甫：周宣王大臣。 伯奇：尹吉甫之子。尹吉甫为后妻所惑，放逐伯奇；后尹吉甫随周宣王出游，宣王听到伯奇所作歌，认为这是孝子之作；尹吉甫把伯奇接回家后，射杀了后妻。

⑧董仲舒（前179—前104）：广川（今河北枣强东）人。景帝时为博士，武帝拜江都相、膠西王相，后免官家居，著有《春秋繁露》。主张“罢黜百家，独尊儒术”。苻起：董仲舒之子，事迹不详。

⑨唯：语助词，无实义。

【今　译】

颍川太守对陈寔处以髡刑。有客人问陈纪：“颍川太守为人怎么样？”陈纪说：“是高明的府君。”又问：“您父亲怎么样？”陈纪说：“是忠臣孝子。”客人说：“《周易》说：‘二人同心，其利断金；同心之言，其臭如兰。’哪有高明的府君会对忠臣孝子用刑的呢？”陈纪说：“足下的话何其荒谬！所以我不回答。”客人说：“足下只不过因为驼背而装恭敬，实际上是不能回答。”陈纪说：“古代殷高宗放逐孝子孝己，尹吉甫放逐孝子伯奇，董仲舒放逐孝子苻起。这三位贤人，是高明之君；这三位人子，是忠臣孝子。”客人听后惭愧地走了。

【解　义】

陈寔受髡刑之事应为传说，所以刘孝标注认为不足信。据《后汉书·陈寔列传》记载，陈寔曾入狱两次，第一次是县吏怀疑陈寔杀人，将其逮捕，后来得到澄清；陈寔此后对县吏以礼待之，远近为之感叹；第二次因受党锢之祸牵连，陈寔主动请囚，后遇赦得免。两次入狱均未受髡刑，也与颍川太守无关。因此，本文或许是后人为了宣扬陈纪早慧而杜撰。

七

荀慈明与汝南袁阆相见①，问颍川人士，慈明先及诸兄②。阆笑曰："士但可因亲旧而已乎？"慈明曰："足下相难③，依据者何经？"阆曰："方问国士④，而及诸兄，是以尤之耳⑤！"慈明曰："昔者祁奚内举不失其子⑥，外举不失其仇，以为至公。公旦《文王》之诗⑦，不论尧、舜之德而颂文、武者⑧，亲亲之义也⑨。《春秋》之义⑩，内其国而外诸夏⑪。且不爱其亲而爱他人者，不为悖德乎⑫？"

【今　注】

①荀慈明：荀爽。

②诸兄：荀淑有八子：俭、绲、靖、焘、汪、爽、肃、敷。荀爽为第六子。

③难：责难。

④方：方才。

⑤尤：责怪。

⑥祁奚：春秋晋人，晋悼公时为中军尉，年老告退时，悼公问谁人可代，祁奚初荐仇人解狐，解狐未到任就死了；又问可代者，祁奚荐其子祁午。"外举不避仇，内举不避子"（《左传·襄公三年》），遂成佳话。

⑦公旦：周公姬旦。　《文王》之诗：《诗经·大雅·文王之什》，相传为周公所作，赞颂文王、武王的德业。

⑧文、武：周文王姬昌和周武王姬发。

⑨亲亲：热爱亲人。前一"亲"字用作动词。

⑩义：义理，道理。

⑪内其国而外诸夏：把周王室尊为亲人，而把诸侯当作外人。内、外，用作动词。诸夏，诸侯。

⑫不爱其亲而爱他人者，不为悖德乎：语出《孝经·圣治章》，原文曰："故不爱其亲而爱他人者，谓之悖德。"

【今　译】

荀爽与汝南袁阆相见，袁阆问颍川郡有哪些才德之士，荀爽首先提到几位兄长。袁阆笑道："才德之士只限于您的亲戚和故交旧友而已吗？"荀爽说："您责难我，所依据的是什么经典？"袁阆说："我方才问的是一国的才德之士，您却只说自己的兄长，所以才会责怪。"荀爽说："古时祁奚荐举人才时，对内不回避自己的儿子，对外不回避自己的仇人，人们都认为公正无私。周公《文王》之诗，不提尧、舜的功德而专颂文王、武王，合乎热爱亲人的道理。《春秋》的义理，是对周王室和诸侯作内外之分。况且不爱自己的亲人而爱其他人，不违背道义吗？"

【解　义】

荀爽兄弟八人，人称"荀氏八龙"，以荀爽最为突出，有谚语称"荀氏八龙，慈明无双"。荀爽十二岁就通《春秋》《论语》，后遭党锢之祸，遁迹江湖十余年，专心著述，成为硕儒。

八

祢衡被魏武谪为鼓吏[①]，正月半试鼓[②]。衡扬枹为《渔阳掺挝》[③]，渊渊有金石声[④]，四坐为之改容。孔融曰："祢衡罪同胥靡[⑤]，不能发明王之梦[⑥]。"魏武惭而赦之。

【今　注】

①祢衡（173—198）：字正平，平原般县（今山东乐陵市

西南）人。因得罪曹操，被曹操遣送至刘表处，刘表又送至黄祖处，后为黄祖所杀。　魏武：曹操（155—220），字孟德，小名阿瞒，谯（今安徽亳县）人。献帝时位至丞相、大将军，封魏王。曹丕称帝后，追尊为太祖武帝。

②正月半：正月十五日。

③枹（fú）：同“桴”，鼓槌。　《渔阳掺挝（cànzhuā）》：鼓曲名。

④渊渊：形容鼓声深沉的样子。

⑤胥靡：服劳役的刑徒。

⑥明王：贤明的君王。

【今　译】

祢衡被曹操贬为击鼓的小吏，正月十五日试鼓。祢衡扬起鼓槌击奏《渔阳掺挝》之曲，鼓声深沉凝重有金石之声，满座宾客为之动容。孔融说：“祢衡的罪过如同刑徒，他的鼓声不能启发明君的求贤之梦。”曹操听了感到惭愧，便赦免了祢衡。

【解　义】

所谓“明王之梦”，喻指殷王武丁求贤之事。据刘孝标注引皇甫谧《帝王世纪》记载，武丁梦到上天赐给自己贤人，于是派人寻访，在傅岩找到正在服劳役的傅说，任为大臣，辅佐朝政，殷王朝因此得以中兴。曹操《短歌行》曰：“山不厌高，海不厌深。周公吐哺，天下归心。”表达了对贤才的渴望。但曹操也有情绪失控的情况，祢衡数次得罪于他，所以一怒之下将其贬为鼓吏。孔融借机用“明王之梦”进行讽刺，因为武丁让刑徒成为大臣，而现在祢衡则从大臣成为了鼓吏，就像刑徒一样。曹操因此醒悟，所以大为惭愧。据刘孝标注引《文士传》的记载，祢衡击鼓后故意在曹操面前裸体，曹操于是笑着对周围的人说：“我本来准备羞辱祢衡，结果祢衡反过来羞辱我。”说明曹操的为人还是颇为大度的。

九

南郡庞士元闻司马德操在颍川[①]，故二千里候之[②]。至，遇德操采桑，士元从车中谓曰："吾闻丈夫处世，当带金佩紫[③]，焉有屈洪流之量[④]，而执丝妇之事？"德操曰："子且下车。子适知邪经之速[⑤]，不虑失道之迷。昔伯成耦耕[⑥]，不慕诸侯之荣；原宪桑枢[⑦]，不易有官之宅。何有坐则华屋，行则肥马，侍女数十，然后为奇？此乃许、父所以忼慨[⑧]，夷、齐所以长叹[⑨]。虽有窃秦之爵[⑩]，千驷之富，不足贵也。"[⑪]士元曰："仆生出边垂[⑫]，寡见大义，若不一叩洪钟、伐雷鼓[⑬]，则不识其音响也。"

【今　注】

①南郡：郡名，治所在今湖北江陵东北。　庞士元：庞统(179—214)，字士元，南郡襄阳（今湖北襄樊）人。刘备谋士，与诸葛亮同任军师中郎将。建安十九年（214）攻雒县时中流矢而死。　司马德操：司马徽（？—208)，字德操，颍川阳翟（今河南禹县）人。为人清雅博学，有知人之明，被誉为"水镜先生"。

②故：特地。

③带金佩紫：佩带金印紫绶带，指高官厚禄。

④洪流之量：比喻才能和气度之大。

⑤适：只是。

⑥伯成：复姓伯成，名子高，尧时立为诸侯。夏禹为天子时，他认为德衰而刑立，不如尧舜，便辞去诸侯回去耕田。　耦（ǒu）耕：两人并肩而耕。

⑦原宪：春秋时鲁国人，一说宋人。字子思，孔子学生。

孔子死后隐居，安贫乐道。唐玄宗开元二十七年（739）封原宪为“原伯”。 桑枢：用桑条编成的门，比喻居处简陋。

⑧许、父：许由、巢父。许由为上古高士，隐于箕山，尧把天下让给他，许由不接受；尧又召其为九州长，许由连听都不想听，在颍水之滨洗耳。巢父亦为尧时隐士，在树上筑巢而居，人称巢父；尧把天下让给他，不受。

⑨夷、齐：伯夷、叔齐。是殷商时期孤竹君的两个儿子，孤竹君遗命立叔齐为继承人，叔齐让位给伯夷，伯夷不受，两人于是避世隐居。武王伐纣时，两人叩马而谏，以为不义。此后他们耻食周粟，饿死首阳山。

⑩窃秦之爵：指吕不韦以计谋窃取秦国的爵位。吕不韦（前？—前235）在赵都遇到作为人质的秦公子子楚，认为奇货可居，便用千金向华阳夫人行贿，以子楚为嗣，子楚继位后（庄襄王），以吕不韦为相，封文信侯。

⑪驷：古代一辆车套四匹马，因称四匹马拉的车为驷。《论语·季氏》：“齐景公有马千驷。”意指财富规模极其庞大。

⑫边垂：通边土垂，边远偏僻之地。

⑬伐：敲打。 雷鼓：古乐器名，祀天神时用。

【今 译】

南郡庞统听说司马徽在颍川，特地从二千里外赶去拜候他。到颍川后，正遇到司马徽在采桑。庞统在车上对他说：“我听说大丈夫活在世上，应当佩金带紫，哪有委屈自己宏大的志向，去做织妇的事呢？”司马徽说：“您权且下车。您只是知道走小路快捷，却没有想到迷路的危险。过去伯成子高农耕，并不羡慕诸侯的荣耀；原宪虽住陋屋，也不去换取大官的豪宅。哪里有住着豪宅，出行骑高头大马，身旁围绕着数十位侍女，然后才算让人称奇呢？这也就是许由、巢父慷慨辞让，伯夷、叔齐长叹的缘故。即使有吕不韦那样从秦国窃取的爵位，有齐景公那样拥有千驷的巨富，也是不值得珍贵的。”庞统说：“我生在偏僻的边地，很少听到大道理，如果不是叩响大钟，击打雷鼓，那就不会见识其声响。”

【解　义】

据《三国志·蜀书·庞统传》记载，庞统与司马徽见面时，司马徽在树上采桑而庞统坐于树下，两人从白天一直聊到晚上，司马徽对庞统的才华感到惊讶，认为他是南方士人之冠。又据刘孝标注引《襄阳记》记载，庞统是庞德的侄子，而庞德与司马徽则是好友，过从甚密；庞德对庞统很欣赏，在庞统十八岁时让他去见司马徽，司马徽见后感叹道“德公诚知人，此实盛德也”。可见，史书关于庞统与司马徽见面情形的记载与本文有出入。其原因或许有二：其一，庞统对司马徽所说，应是戏言，否则他也不会特意千里迢迢赶去颍川了；其二，后人为突出司马徽之高洁，所以演绎故事，拿庞统作了陪衬。

十

刘公幹以失敬罹罪①。文帝问曰②：“卿何以不谨于文宪③？”桢答曰：“臣诚庸短，亦由陛下纲目不疏④。”

【今　注】

①刘公幹：刘桢（180—217），字公干，东平宁阳（今山东宁阳）人，“建安七子”之一。五言诗最负盛名，后人将其与曹植并举，称为“曹刘”。作品多散佚，明人辑有《刘公干集》。　以失敬罹罪：因为礼貌不周而遭受罪罚。罹，遭受。

②文帝：曹丕（187—226），字子桓，曹操次子。曹操死

后，袭位为魏王，后逼汉献帝禅让，自立为帝，国号魏。

③文宪：法规。

④纲目：应为“网目”，指法网。

【今　译】

刘桢因为不敬而遭罪。曹丕问他说：“你为什么在遵奉法规上不谨慎？”刘桢答道：“臣下实在是庸才，见识短浅，但也是由于陛下法网过密之故。”

【解　义】

据刘孝标注引《典略》及《文士传》记载，建安十六年(211)，曹丕任五官中郎将时宴请文学之士，并让甄夫人出拜，坐中客人都拜伏以示敬意，唯独刘桢平视，曹操听说后论其失敬，贬到输作部磨石。从本文所载对话可知，作者将刘桢失敬一事系于曹丕即位后，应为后人之误传，因为刘桢在建安年间就已病故。所以，刘孝标注明确指出“谬矣”。曹丕对刘桢的评价很高，他在《典论·论文》中将刘桢列为建安七子之一，并指出：“斯七子者，于学无所遗，于辞无所假，咸以自骋骥騄于千里，仰齐足而并驰。”他在《与吴质书》中对刘桢的才学有过精辟的议论，指出：“公幹有逸气，但未遒耳；其五言诗之善者，妙绝时人。”意即刘桢有飘逸不凡之气度，但不够刚健有力，而他的五言诗则妙绝当代。

十一

钟毓、钟会少有令誉①，年十三，魏文帝闻之，语其父钟繇曰②：“可令二子来。”于是敕见③。毓面有汗，帝曰：“卿面何以汗？”毓对曰：“战战惶惶，汗出如浆。”复问会：“卿何以不汗？”对曰：“战战慄慄，汗不敢出。”

【今　注】

①钟毓（？—263），字稚叔，颍川长社（今河南长葛东北）人，钟繇长子。累官都督徐州荆州诸军事。　钟会（225—264），字士季，官至司徒，为司马昭重要谋士，与邓艾分军灭蜀，后因谋叛被杀。　令誉：美好的声誉。

②钟繇（151—230）：字元常，颍川长社（今河南长葛东北）人。东汉末为黄门侍郎，封东武亭侯；曹操执政时任司隶校尉，镇守关中；曹魏建立后，历任廷尉、太尉、太傅等职，累封定陵侯。工书法，与王羲之并称“钟王”。

③敕：皇帝的诏令。

【今　译】

钟毓、钟会少年时就有好名声。钟毓十三岁时，魏文帝曹丕听说了他们弟兄俩，就对他们的父亲钟繇说：“可叫你的两个儿子来见我。”于是下令召见。钟毓脸上有汗，曹丕说：“你脸上为什么出汗？”钟毓回答：“战战惶惶，所以汗如水浆。”曹丕又问钟会：“你为什么不出汗？”钟会回答：“战战慄慄，连汗也不敢出了。”

【解　义】

成语“战战惶惶”与“战战慄慄”典出于此，意思相近，略有不同。惶惶指恐惧不安的样子，慄慄则指哆嗦发抖的样子。“战战惶惶”系化用《诗经·小雅·小旻》“战战兢兢，如临深渊，如履薄冰”，“战战慄慄”则语出《韩非子·初见秦》“战战栗栗，日慎一日”。少年人觐见皇帝，紧张害怕在所难免，所以钟毓直冒汗，但他用《诗经》中的语句化解了自己的窘境。钟会显然情绪较为放松，但他用不敢出汗来回答，恐怕是为了避免让兄长陷入难堪。从下一则故事可知，钟会较之钟毓更为颖悟机敏。

十二

钟毓兄弟小时，值父昼寝，因共偷服药酒①。其父时觉②，且托寐以观之③。毓拜而后饮，会饮而不拜。既而问毓何以拜④，毓曰："酒以成礼⑤，不敢不拜。"又问会何以不拜，会曰："偷本非礼，所以不拜。"

【今　注】

①药酒：即五石散，一称寒食散。

②时：当时。

③且：姑且，暂时。　托寐：假装睡着。

④既而：不久。

⑤酒以成礼：语出《左传》庄公二十二年，原文曰："酒以成礼，不继以淫，义也。"意指饮酒是用来完成礼节的。

【今　译】

钟毓兄弟俩小时候，一次父亲正睡午觉，两人就一起趁机偷药酒喝。钟繇当时正好醒过来，便假装睡着看他们做什么。钟毓拜了以后喝酒，钟会则喝了酒不拜。随即钟繇问钟毓为什么要拜，钟毓说："酒是用来完成礼节的，我不敢不拜。"又问钟会为什么不拜，钟会说："偷酒喝本来就不合礼节，所以不拜。"

【解　义】

本篇第四则记载孔融小儿偷酒之事，与本文所写大同小异，都应当出自后人附会。二者很可能是由同一故事而衍生的不同版本。

十三

魏明帝为外祖母筑馆于甄氏[①]，既成，自行视，谓左右曰："馆当以何为名？"侍中缪袭曰[②]："陛下圣思齐于哲王[③]，罔极过于曾、闵[④]。此馆之兴，情钟舅氏[⑤]，宜以'渭阳'为名[⑥]。"

【今　注】

①魏明帝：曹叡（205—239）：字元仲，曹丕子，后继位，是为明帝。能诗文，与曹操、曹丕并称魏之"三祖"。甄氏：指曹叡母亲甄家。

②侍中：官名，皇帝近侍。　缪袭（186—245）：字熙伯，东海兰陵（今山东苍山）人。官至尚书光禄勋。

③圣思：圣明的思虑。　哲王：贤明的君主。

④罔极：无穷无尽。　曾、闵：曾参、闵子骞。都是孔子的学生，是有名的孝子。

⑤情钟：感情专注。

⑥渭阳：《诗·秦风》有《渭阳》一诗，为春秋时秦康公思念母亲之作。秦康公为太子时，其舅父晋公子重耳逃亡到秦国，后得到秦穆公帮助得以返国继位。康公于渭水北岸送别舅父，感叹母亲已经亡故不能再见，并说"我见舅氏，如母存焉"，故作此诗以寄思母之情。后即以"渭阳"表示外甥对舅父的情谊。

【今　译】

魏明帝在甄家为外祖母建造了一座宅邸。建成后，亲自去察看，他对左右随从说："这宅邸该起什么名字？"侍中缪袭说："陛下圣明的思虑与贤明的君王相同，孝心无穷无尽超过曾参和闵子骞。这座宅邸的兴建，是对舅家情有独钟，应当以

‘渭阳’命名。”

【解　义】

据《三国志·魏书·文昭甄皇后传》记载，魏明帝即位后，追封外祖父甄逸为敬侯，由其长孙甄象承袭爵位，甄象去世后，由其子甄畅继嗣。景初末（239），魏明帝任甄畅为射声校尉、加散骑常侍。因为思念舅氏，魏明帝又特地为甄畅营建豪华的宅邸，并于后园为甄象之母起观庙，建成后亲自前往观看，命名其里曰渭阳里，以表达追思母氏之情。甄象之母是魏明帝的舅母、甄畅的祖母，所以本文所谓“外祖母”明显有误；而“渭阳”则是甄畅宅邸所处里巷之名，而不是宅邸之名。

十四

何平叔云[①]：“服五石散[②]，非唯治病，亦觉神明开朗[③]。”

【今　注】

①何平叔：何晏（190—249），字平叔，南阳宛县（今河南南阳宛城区）人。汉末大将军何进之孙。曹操纳其母尹氏为妾，并收养何晏。娶曹操之女金乡公主，历官侍中、吏部尚书，后被司马懿所杀。

②五石散：主要由丹砂、雄黄、白矾、曾青、磁石五种金石类药调制而成。

③神明：精神。

【今　译】

何晏说：“服食五石散，不但可以治病，同时也觉得精神开朗。”

【解　义】

据刘孝标注引秦丞相（应为“秦承祖”之误）《寒食散论》记载，五石散的方子出现于汉代，但流传不广，直至何晏服用后认为有奇效，才盛行于世。五石散或许可以使服用者的血液循环加快，所以能够带来兴奋的效果，即何晏所谓“神明开朗”。但五石散因药性过热，因此服用者需要寒食薄衣，并通过行走以发散药性。此外，服用者必须吃冷食，所以五石散又称寒食散。

十五

嵇中散语赵景真[①]：“卿瞳子白黑分明[②]，有白起之风[③]。恨量小狭[④]。”赵云：“尺表能审玑衡之度[⑤]，寸管能测往复之气[⑥]。何必在大，但问识如何耳。”

【今　注】

①嵇中散：嵇康。　赵景真：赵至（253—289），字景真，代郡（治所在今山西蔚县）人。因在太学偶遇嵇康而心生仰慕。官至辽东从事，以断狱精审著称。

②瞳子：瞳仁。

③白起之风：指长相与白起相像。

④量：器量。

⑤尺表：圭表，测量日影长度的仪器。　玑衡：璇玑玉衡，指北斗七星。

⑥管：竹制的管乐器。　往复之气：指节气。

【今　译】

嵇康对赵至说：“你的瞳仁黑白分明，有白起的风貌，遗憾的是器量有点狭小。”赵至说：“尺表可以察知北斗七星运行的度数，短小的律管可以测量节气变化。因此，不必在乎一个人的器量大不大，只要看他见识怎么样。”

【解　义】

据刘孝标注引严尤《三将叙》记载，白起的外貌是头小下巴尖，眼珠黑白分明，神情专注，平原君认为头小下巴尖意味着决断果敢，眼珠黑白分明意味着洞悉世事，神情专注则意味着意志坚强。刘孝标注引嵇绍《赵至叙》，也称嵇康认为赵至的外貌与白起相像，所以有白起的风骨。白起是一代名将，生前战功赫赫，诸侯无不望风胆寒。但白起不施仁义，长平之战后坑杀赵军降卒数十万，为世人所不齿，所以诸葛亮说：“白起长于攻取，不可以广众。”这或许就是嵇康认为赵至器量狭小的缘故。嵇康对赵至的评价，其实有以貌取人之嫌，但这是古代流行的相人之术，也无可厚非。

十六

司马景王东征①，取上党李喜②，以为从事中郎③。因问喜曰：“昔先公辟君不就④，今孤召君，何以来？”喜对曰：“先公以礼见待，故得以礼进退；明公以法见绳⑤，喜畏法而至耳。”

【今　注】

①司马景王：司马师（207—255），字子元，司马懿长子。司马懿死后继任魏大将军，执掌国政，后废魏帝曹芳为齐王，立高贵乡公曹髦。司马炎代魏后，追尊其为景帝。　东征：正元二年（255），镇东大将毌丘俭起兵讨伐司马师，司马师于是亲自率兵征讨。

②上党：郡名，辖境在今山西长治、晋城等地。　李喜（生卒不详）：字季和，上党郡铜鞮（今山西沁县南）人。魏时历官大将军从事中郎、司马、右长史、御史中

丞。入晋后官至尚书仆射，拜特进、光禄大夫，封祁侯。

③从事中郎：帅府幕僚。

④先公：子女称去世的父亲。　辟：征召。

⑤明公：对权贵的尊称。　绳：约束。

【今　译】

司马师东征毌丘俭时，征召上党李喜，任为从事中郎。司马师问李喜道："过去先父曾经征召您，您推辞不肯就任；现在我征召您，您为什么来呢？"李喜答道："您先父按礼来对待我，所以我能够按礼来取舍进退；而您用法令来约束我，我害怕法令才来的。"

【解　义】

李喜，《晋书》作"李憙"。据《晋书·李憙列传》记载，司马懿屡次征召，李憙都称病不就，郡县官吏只能把他扶上车送往洛阳，后因母丧而止；司马师强行征召后，对李憙很器重，而李憙为官不惮强御，同僚为之震肃，以知人著称。

十七

邓艾口吃[①]，语称"艾艾"[②]。晋文王戏之曰："卿云'艾艾'[③]，定是几艾？"对曰："'凤兮凤兮'[④]，故是一凤。"

【今　注】

①邓艾（197—264），字士载，义阳棘阳（今河南新野东北）人。官至征西将军，与钟会分军灭蜀，进太尉。后钟会诬以谋反，为监军卫瓘所杀。　口吃：说话结巴。

②艾艾：古人自己称名而不称字，以示谦逊。邓艾由于结巴，所以自称时说成艾……艾。

③晋文王：司马昭。

④凤兮凤兮：语出《论语·微子》，原文曰："楚狂接舆歌而过孔子曰：'凤兮凤兮！何德之衰？往者不可谏，来者犹可追。已而，已而！今之从政者殆而！'孔子下，欲与之言。趋而辟之，不得与之言。"

【今 译】

邓艾说话结巴，总是说"艾……艾"。司马昭开玩笑说："你说"艾……艾"，究竟有几个艾？"邓艾答道："'凤兮凤兮'，原本是一凤。"

【解 义】

与本文类似的故事在西汉时期也发生过。据《史记·张丞相列传》记载，周昌在高祖刘邦面前为保太子不废，情急之下说："臣口不能言，然臣期期知其不可。陛下虽欲废太子，臣期期不奉诏。"后人于是以"期期艾艾"作为形容口吃结巴的成语。

十八

嵇中散既被诛[①]，向子期举郡计入洛[②]，文王引进[③]，问曰："闻君有箕山之志[④]，何以在此？"对曰："巢、许狷介之士[⑤]，不足多慕！"王大咨嗟[⑥]。

【今 注】

①嵇中散：嵇康。

②向子期：向秀（约227—272），字子期，河内怀（今河南武陟西南）人。竹林七贤之一。官至黄门侍郎、散骑常侍。为《庄子》作注，未完成而过世。有辞赋《思旧赋》，为怀念嵇康之名篇。 举郡计：被举荐为上计吏。计，上计吏。地方官员将钱谷、税收、户口等编为账簿

后呈送京师，负责呈送的官员称为上计吏。

③文王：司马昭。 引进：召见。

④箕山之志：喻指不肯出仕的隐居之志。箕山在河南登封东南，相传尧曾先后想把天下禅让给巢父和许由，但他们拒绝接受，并隐居于此。

⑤狷介：洁身自好，不肯同流合污。

⑥多慕：过多仰慕。 咨嗟：赞叹。

【今 译】

嵇康被杀以后，向秀被推举为上计吏到洛阳。司马昭召见向秀，问道："听说你有隐居遁世之志，为什么会在这里呢？"向秀回答道："巢父、许由是洁身自好之人，不值得赞许仰慕！"司马昭听后大为赞叹。

【解 义】

本文所载向秀之答语容易让人产生误会，以为向秀并不仰慕巢父、许由之为人。据刘孝标注引《向秀别传》记载，向秀与嵇康、吕安遁世隐居，不虑家之有无，不受外界之影响，锻铁灌园，纵心世外。但嵇康、吕安被杀后，他有所迷茫，于是应岁举，到洛阳后受到司马昭的召见，司马昭问他既然有巢父、许由一样的隐遁之志，为什么现在要出仕，他回道："常谓彼人不达尧意，本非所慕也。"意即巢父、许由不能通晓尧求贤以治理天下的用意，所以不值得仰慕。《晋书·向秀列传》的记载大致相同，说明向秀强调的是巢父、许由不愿受让天下是辜负了尧的良苦用心。这无疑也是将司马昭比作了尧，所以让司马昭高兴不已。

十九

晋武帝始登阼[①]，探策得一[②]。王者世数[③]，系此多少[4]。帝既不悦，群臣失色，莫能有言者。侍中裴楷进曰："臣闻天得一以清，地得一以宁，侯王得一以为天下贞[5]。"帝说[6]，群臣叹服。

【今　注】

①晋武帝：司马炎。　登阼（zuò）：即位，登上皇帝宝座。阼，东阶，古以东阶为主位，皇帝即位时登东阶而上。

②探策：即抽签。策，古时用以占卜的、上刻文字或符号的竹签。

③世数：世代相传的数目。

④系：关联。

⑤天得一以清，地得一以宁，侯王得一以为天下贞：语出《老子》。清，清明。宁，安宁。贞，通"正"，正道，正统。

⑥说：同"悦"。

【今　译】

晋武帝即位时，抽签占卜所得数字是一。帝王相传之世代，与此相关联。晋武帝于是很不高兴，群臣也惊慌失色，没有一个人能说得出话来。侍中裴楷上前说："我听说天得到一就会清明，地得到一就会安宁，侯王得到一就会成为正统。"晋武帝听后很高兴，群臣也都很赞叹佩服。

【解　义】

《老子》曰："昔之得一者，天得一以清，地得一以宁，神得一以灵，谷得一以盈，万物得一以生，侯王得一以为天下贞。""得一"意即得道。裴楷精通《老子》和《周易》，所以他巧妙地将占卜所得数字"一"与得道联系起来，化解了当时的尴尬局面。

二十

满奋畏风[①]，在晋武帝坐，北窗作琉璃屏，实密似疏，奋有难色。帝笑之，奋答曰："臣犹吴牛，见月而喘。"

【今　注】

①满奋（？—304）：字武秋，高平昌邑（今山东巨野）人。历官冀州刺史、尚书令、司隶校尉。

【今　译】

满奋怕风，他侍从在晋武帝座旁时，北窗前有琉璃屏风，看似透风实际上很严实，满奋面露畏难之色。晋武帝笑话他，满奋回应说："我就像吴牛一样，看见月亮就要喘息。"

【解　义】

据《太平御览》卷三七八引《异苑》记载，满奋身体肥胖，每到酷热天气就会流汗如膏，他的爱妾把汗液收集起来，晚上用来点燃照明，灼热无比。吴牛喘月的成语典出应劭《风俗通》，说是南方的水牛怕热，以至于看到月亮就会喘息起来。后即用以形容因害怕某类事物，所以看到类似事物也会感到胆怯担心。

二十一

诸葛靓在吴[①]，于朝堂大会[②]，孙皓问[③]："卿字仲思，为何所思？"对曰："在家思孝，事君思忠，朋友思信。如斯而已！"

【今　注】

①诸葛靓（生卒不详）：字仲思，琅邪阳都（今山东沂南）

人。父诸葛诞为魏镇东大将军，都督扬州诸军事，征为司空。后反叛，遣少子诸葛靓至吴为质，吴即以之为右将军、大司马。吴亡后，因父为司马昭所杀，终身不仕。

②朝堂：君臣议事之所。

③孙皓（242—283）：字元春，吴郡富春（今浙江富春）人。孙权之孙，吴国末代君主，专横残暴，荒淫奢侈。晋灭吴时归降，封归命侯。

【今　译】

诸葛靓在吴国时，在朝堂上参与朝会，孙皓问他："你的字叫仲思，为了什么而思呢？"诸葛靓答道："我在家思的是尽孝，对君王思的是尽忠，与朋友交往思的是诚信，仅此而已。"

【解　义】

诸葛靓因其父诸葛诞为司马昭所杀，与晋室有仇，吴国灭亡后终身不仕，确实恪守了忠孝之道。

二十二

蔡洪赴洛①，洛中人问曰："幕府初开②，群公辟命③，求英奇于仄陋④，采贤俊于岩穴⑤。君吴楚之士⑥，亡国之余⑦，有何异才而应斯举⑧？"蔡答曰："夜光之珠⑨，不必出于孟津之河⑩；盈握之璧⑪，不必采于昆仑之山⑫。大禹生于东夷⑬，文王生于西羌⑭。圣贤所出，何必常处⑮。昔武王伐纣⑯，迁顽民于洛邑，得无诸君是其苗裔乎⑰？"

【今　注】

①蔡洪（生卒不详）：字叔开，吴郡人，初仕吴，吴亡后，举秀才入洛阳，官至松滋令。著有《化清经》十卷。

②幕府：原指将帅在外的营帐，后亦称地方军政大吏的衙署。

③辟命：皇帝的征召。辟，国君，皇帝。

④英奇：英俊奇异之士。 仄陋：出身卑微。

⑤岩穴：山洞，指隐士的居处。

⑥吴楚：泛指南方地区。

⑦亡国：指东吴刚被灭亡。

⑧斯举：指这次荐举人才的盛事。

⑨夜光之珠：一称隋珠。传说隋侯曾救治一条大蛇，后大蛇于江中衔明月珠作为报答，世人称为隋珠。

⑩孟津：古黄河渡口名，在今河南孟津东北，孟县西南。

⑪盈握之璧：指玉璧握在手上满满一把。盈，满。

⑫昆仑之山：传说昆仑山盛产美玉。

⑬东夷：指东方蛮荒之地。

⑭文王：周文王姬昌。 西羌：指西部蛮荒之地。

⑮常处：不变的地方，固定的地方。

⑯武王：周武王姬发，文王之子，起兵灭纣，建立周王朝，分封诸侯。 纣：殷纣王，殷商末代君主，暴虐无比，被武王击败后自杀。

⑰得无：莫非。 苗裔：后代。

【今 译】

蔡洪到洛阳时，洛阳人问他："现在幕府刚刚设立，诸大臣受命选拔人才，在出身卑微者中求取英俊杰出之士，从隐居山林者中吸纳贤德之人。你是吴地南方人，不过是个亡国遗民，有什么杰出才能来参加这次盛事？"蔡洪回答道："夜光珠不一定产于孟津河中，大玉璧也不一定就出产在昆仑山上；大禹生在东夷，文王生在西羌。圣贤所诞生的地方，不必有固定的地方。古时武王讨伐殷纣王，把殷朝顽劣的遗民迁到了洛阳，莫非你们就是他们的后代吗？"

【解　义】

据《晋书·华谭列传》记载，华谭被举荐为秀才后到洛阳，与王济相酬对，王济当众嘲笑华谭是吴楚蛮夷之人，华谭也毫不客气地予以回敬。两人的对话与本文大致相同，因此刘孝标注认为本文出自后人穿凿附会。

二十三

诸名士共至洛水戏[①]，还，乐令问王夷甫曰[②]："今日戏，乐乎？"王曰："裴仆射善谈名理[③]，混混有雅致[④]；张茂先论《史》《汉》[⑤]，靡靡可听[⑥]；我与王安丰说延陵、子房[⑦]，亦超超玄著[⑧]。"

【今　注】

①洛水：即今洛河。

②乐令：乐广。　王夷甫：王衍（256—311），字夷甫，琅玡临沂（今山东临沂）人。美姿容，好玄言。官至中书令、尚书令、司徒、司空、太尉。后因战败为石勒所俘，被杀。

③裴仆射：裴頠（267—300），字逸民，河东闻喜（今山西闻喜）人。博学多闻，兼通医术，时人称为"言谈之林薮"。官至尚书左仆射，著有《崇有论》。后为赵王司马伦所杀。　名理：指辨析事物名和理的是非、异同、有无。

④混混（gǔn）：水奔流不息的样子，形容说话滔滔不绝。

⑤张茂先：张华。

⑥靡靡：细致动听。

⑦王安丰：王戎。　延陵：季札（生卒不详），又称公子札，春秋时吴国公子，封于延陵（今江苏常州），称延

陵季子。博学多闻，以德行著称，不愿继位吴王，归隐山林。　子房：张良（约前250—前186），字子房，刘邦谋士，助刘邦建立汉朝，封留侯。晚年学神仙长生之术。

⑧超超：高超脱俗。　玄著：玄妙。

【今　译】

许多名士一起到洛水边游玩，回来后，乐广问王衍："你们今天去游玩，高兴吗？"王衍说："裴頠善于高谈名理，雄辩滔滔有高雅之意致；张华论说《史记》《汉书》，细致动听；我与王戎论说季札与张良，也颇为脱俗玄妙。"

【解　义】

魏晋时期，文人士子开始挣脱汉代经学思想的禁锢，热衷于探讨名理。从魏至西晋，洛阳，一直是天下俊杰汇聚之地，玄谈之风最为盛行。文人雅士游戏于洛水边，畅论是非、异同、有无等哲学命题，并在正始年间（240—249）蔚然成风，后人称之为"正始之音"。

二十四

王武子、孙子荆各言其土地人物之美①。王云："其地坦而平，其水淡而清，其人廉且贞。"孙云："其山崔巍以嵯峨②，其水泙渫而扬波③，其人磊砢而英多④。"

【今　注】

①王武子：王济（生卒不详），字武子，太原晋阳（今山西太原）人。晋武帝之婿，历官中书郎、骁骑将军、侍中、太仆。　孙子荆：孙楚（？—293），字子荆，太原中都（今山西平遥）人。出身世家，才藻出众，官至冯

翊太守。

②崋（zuì）巍：高大的样子。 嵯峨：山势高峻。

③浺溔（yādié）：水波重叠。

④磊砢（luǒ）：指才能卓越。 英多：奇特。

【今 译】

王济和孙楚各自述说家乡土地与人物之美好。王济说："我家乡土地辽阔平整，流水甜美而清纯，人物廉洁而坚贞。"孙楚说："我家乡山势高峻而巍峨，河水浩淼波涛激荡，人物才能卓越而杰出。"

【解 义】

王济是太原人，而太原地处盆地，地势平坦；孙楚是平遥人，平遥境内多为丘陵山岳地带。王济和孙楚根据两地风土之不同，论其人物之特点，从当代人的角度看，未免有牵强附会之嫌。但在魏晋时期，这意味着士人开始尝试从不同角度思考才性如何形成的问题。

二十五

乐令女适大将军成都王颖①。王兄长沙王执权于洛②，遂构兵相图③。长沙王亲近小人，远外君子，凡在朝者，人怀危惧。乐令既允朝望④，加有婚亲，群小谗于长沙。长沙尝问乐令，乐令神色自若，徐答曰："岂以五男易一女⑤？"由是释然⑥，无复疑虑。

【今 注】

①乐令：乐广。 适：嫁。 成都王颖：司马颖（279—306），字章度，晋武帝第十六子，封成都王，娶乐广之女，镇邺（今河南临漳）。长沙王司马乂为东海王司马越所杀后，他据邺号皇太弟、丞相，曾打败司马越，俘

惠帝，入据洛阳。后为司马越所杀。

②长沙王：司马乂（277 — 304），字士度，晋武帝第六子，封长沙王。赵王司马伦杀贾后废惠帝，司马乂联合齐王司马冏、成都王司马颖、河间王司马颙起兵，司马伦兵败自杀，惠帝复位，司马冏辅政。司马乂又与河间王司马颙攻杀司马冏，入据洛阳执政。后为东海王司马越所杀。

③构兵：出兵交战。　图：图谋，设法对付。

④允：允当，适宜。

⑤易：交换。

⑥释然：形容疑虑消释。

【今　译】

乐广的女儿嫁给了大将军成都王司马颖。司马颖之兄长沙王司马乂当时在洛阳执掌朝政，于是双方出兵交战。长沙王亲近小人，疏远君子，朝中大臣都心怀不安与恐惧。乐广在朝廷上既有很高的声望，又加上和成都王司马颖有姻亲关系，一班小人便向长沙王说他的坏话。长沙王曾责问乐广，乐广神色坦然，从容回答道："难道我要用五个儿子来换一个女儿吗？"长沙王由此打消疑虑，不再猜疑乐广。

【解　义】

据刘孝标注引《晋阳秋》及《晋书·乐广列传》记载，司马乂（yì）始终对乐广心怀猜忌，乐广最终忧虑而死。因此，本文所谓"神色自若"，应当出于后人的附会。

二十六

陆机诣王武子[①]，武子前置数斛羊酪[②]，指以示陆曰："卿江东何以敌此[③]？"陆云："有千里莼羹[④]，但未下盐豉耳⑤！”

【今　注】

①陆机（261—303），字士衡，吴郡吴县（今江苏苏州）人。祖逊、父抗皆三国吴名将，少时任吴牙门将。晋武帝太康末与弟弟陆云同至洛阳，文才倾动一时，人称“二陆”。曾任平原内史，世称陆平原。成都王司马颖攻长沙王司马乂时，陆机为后将军、河北大都督，兵败被谗，为司马颖所杀。工骈文与诗，所作《文赋》为重要的文论。后人辑有《陆士衡集》。　王武子：王济。

②斛（hú）：量器名，古时以十斗为斛。　羊酪：用羊奶做成的半凝固食品。

③江东：指长江下游地区。　敌：匹敌，相当。

④千里：指江东广大地区；一指湖名，千里湖，在江苏溧阳。　莼（chún）羹：用莼菜做的糊状食物。莼，莼菜，一种多年生水草，嫩叶可食用。

⑤盐豉（chǐ）：咸豆豉。豆豉系用黄豆或黑豆发酵而成，有咸淡两种，味鲜，都可用作调料。

【今　译】

陆机去拜访王济，王济案前放着几斛羊酪，他指着羊酪给陆机看，说：“你们江东有什么东西可以与羊酪相匹敌吗？”陆机回答说：“有千里湖中莼菜制成的羹，但还没有加上咸豆豉！”

【解　义】

按照陆游的解释，莼菜最适宜用盐豉作调料（《剑南诗稿》卷二十七《戏咏山阴风物》自注）。因此，所谓“未下盐豉”，意指莼菜可以与羊酪相匹敌，但如果加上盐豉，味道就会更加鲜美。

二十七

中朝有小儿[①]，父病，行乞药。主人问病，曰："患疟也。"主人曰："尊侯明德君子[②]，何以病疟？"答曰："来病君子[③]，所以为疟耳[④]！"

【今　注】

①中朝：晋南渡后称西晋为中朝。

②尊侯：尊称对方之父。

③病：使动用法，使……生病。

④所以：表示原因。　疟：与"虐"字同音双关，暴虐之意。

【今　译】

西晋时有个男孩，父亲病了，去求药治病。主人询问什么病，男孩说："是疟疾。"主人说："令尊大人是有美德的君子，为什么会患上疟疾呢？"男孩回答道："它使君子生病，所以是为虐。"

【解　义】

文中主人与男孩的问答都语带双关。《诗经·卫风·淇奥》："有匪君子……善戏谑兮，不为虐兮。"意即文采斐然的君子风趣爱说笑，待人宽容而不暴虐。主人之语意指既然你父亲是君子，而君子不为虐（虐、疟音同），怎么会得疟疾？男孩亦借疟虐之同音，意指疟鬼作祟为虐。所谓"中朝"，说明本文出自后人追述。

二十八

崔正熊诣都郡[①]，都郡将姓陈[②]，问正熊："君去崔杼几世[3]？”答曰：“民去崔杼，如明府之去陈恒[4]。”

【今　注】

①崔正熊：崔豹，字正雄，燕国（治所在今北京密云西南）人，晋武帝时官至太傅丞，著有《古今注》。　都郡：指太守。

②都郡将：都郡太守。

③去：距离。　崔杼（zhù）：春秋时齐国大夫，杀庄公立景公，自己为相，后自缢而死。

④明府：对太守的尊称。　陈恒：田恒，即田成子，因其家族出自陈国，也称为陈恒。春秋时齐大夫，弑其君简公，从此执掌大权。成语“窃钩者诛，窃国者侯”指的就是陈恒。

【今　译】

崔豹去拜见都郡太守，太守姓陈，问崔豹：“你上距崔杼有几代？”崔豹答道：“我距离崔杼的世代，同您距离陈恒的世代差不多。”

【解　义】

崔杼和陈恒作为春秋时期的两个弑君者，其事迹载入史册，可谓臭名昭著。太守问崔豹是崔杼的第几代后人，通常情况下是对他人的极大侮辱。不过在魏晋时期，此类对话往往出于幽默，以考验答话者的机敏程度。崔豹博通古今，是经学大家，当然不会被这样的问话难倒，所以他拿陈恒来回应。

二十九

元帝始过江[1]，谓顾骠骑曰[2]：“寄人国土[3]，心常怀惭。”荣跪对曰：“臣闻王者以天下为家，是以耿、亳无定处[4]，九鼎迁洛邑[5]。愿陛下勿以迁都为念[6]！”

【今　注】

①元帝（276—323）：司马睿，字景文，初袭封琅邪王，永嘉元年（307）任安东将军，都督扬州、江南诸军事。在王导主谋下出镇建康（今江苏南京），愍帝死后即帝位，都建康，是为东晋。

②顾骠（piào）骑：顾荣。

③寄人国土：西晋的统治中心在北方，东晋时转至南方，而南方地区向来被北方士人视为化外之地，故有寄人国土之说。

④耿：一作邢，古都邑名，在今河南温县东，殷商祖乙迁都于此。　亳（bó）：古都邑名，商汤时都城，在今河南商丘。

⑤九鼎：传说夏禹铸造九鼎，象征九州，三代奉为传国之宝，成汤灭夏，迁九鼎于商邑，周武王灭商，迁九鼎于洛邑（即今河南洛阳）。

⑥迁都：指都城由洛阳迁至建康。

【今　译】

晋元帝刚刚渡过长江时，对顾荣说："寄住在他人的国土上，心里常常怀有惭愧之感。"顾荣跪着回答道："我听说帝王以天下为家，因此殷商多次迁都没有固定的地方，夏禹所铸九鼎到周武王时迁到了洛邑。希望陛下不要把迁都之事放在心上。"

【解　义】

殷商的都城曾屡次迁移，直至盘庚迁殷，才最终安定下来。顾荣借殷商的故事来宽慰晋元帝，也代表南方士族对晋王室持效忠态度。

三十

庾公造周伯仁[①]，伯仁曰："君子何所欣说而忽肥？"庾曰："君复何所忧惨而忽瘦？"伯仁曰："吾无所忧，直是清虚日来[②]，滓秽日去耳[③]！"

【今　注】

①庾公：庾亮。　造：拜访。　周伯仁：周顗（269—322）：字伯仁，汝南安城（今河南平舆西南）人。有重望，性格宽容。官至尚书左仆射，后为王敦所杀。

②直：特，只。　清虚：清静虚无。　日：一天一天地。

③滓秽：污浊肮脏。

【今　译】

庾亮拜访周顗时，周顗说："有什么欣喜愉悦的事使你突然发福？"庾亮说："你又有什么忧愁悲痛的事突然瘦下去？"周顗说："我没有什么可忧愁的，只是清静虚无之气日增，污浊肮脏之气日减而已。"

【解　义】

庾亮和周顗互相戏谑，拿对方的身材开玩笑。周顗之所以日渐消瘦，或许与他终日狂饮烂醉有关。

三十一

过江诸人[①]，每至美日，辄相邀新亭[②]，藉卉饮宴[③]。周侯中坐而叹曰[④]："风景不殊，正自有山河之异[⑤]！"皆相视流泪。唯王丞相愀然变色，曰[⑥]："当共勠力王室[⑦]，克复神州[⑧]，何至作楚囚相对[⑨]！"

【今　注】

①过江诸人：指从北方南渡到建康的士人。

②新亭：三国时东吴何建，故址在今江苏南京市南，近江滨，依山而筑。东晋时为朝士游宴之所。

③藉（jiè）卉：坐卧于草地上。藉，坐卧其上；卉，草的总名。

④周侯：周顗。

⑤正：仅，止。

⑥愀（qiǎo）然：变色的样子。

⑦勠（lù）力：协力。

⑧神州：指中原地区。

⑨楚囚：被俘的楚人。《左传》成公九年载楚国伶人钟仪为晋所囚，仍奏楚声，不忘南音。

【今　译】

过江南渡的诸位士人，每逢好天气，就相邀到新亭，坐在草地上聚会饮酒。周顗在座中说："风景没有什么不同，只是山河有了变化！"大家听了周顗的话，都相视流泪。只有王导勃然变色，说："我们应当同心协力扶佐王室，恢复中原，何至于像楚囚那样相对哭泣呢？"

【解　义】

永嘉之变后，北方士人不得不渡江南下，山河易色，自然无限感伤。后即以"新亭对泣"或"新亭泪"表示家国之思。

三十二

卫洗马初欲渡江[①]，形神惨崔頞[②]，语左右云："见此芒芒[③]，不觉百端交集。苟未免有情，亦复谁能遣此！"

【今　注】

①卫洗马：卫玠（286—312），字叔宝，河东安邑（今山西夏县西北）人。官至太子洗马。风姿秀异，有玉人之称，喜谈玄理。洗马，官名，为东宫属官，太子出行时为前导。　渡江：指永嘉之乱时南渡避难。

②顇（cuì）：忧伤。

③芒芒：茫茫，远大广阔的样子。

【今　译】

卫玠当初要渡江南下时，面容凄苦神情忧伤，对身边的人说："看到如此广阔浩渺的长江，不禁百感交集。如果人不能免于感情的话，那么谁又能排遣得了愁思呢！"

【解　义】

据刘孝标注引《卫玠别传》记载，当时人们认为卫玠的才华超过王玄、王澄和王济，所以有"诸王三子，不如卫家一儿"之说。卫玠南渡时所抒发的惆怅之感，与新亭对泣相类似。

三十三

顾司空未知名[①]，诣王丞相[②]。丞相小极[③]，对之疲睡。顾思所以叩会之[④]，因谓同坐曰："昔每闻元公道公协赞中宗[⑤]，保全江表[⑥]。体小不安，令人喘息[⑦]。"丞相因觉，谓顾曰："此子珪璋特达[⑧]，机警有锋。"

【今　注】

①顾司空：顾和（288—351），字君孝，吴郡吴县（今江苏苏州）人。历官司徒左曹掾、主簿、司徒掾、太子舍

人、车骑参军、护军长史、散骑侍郎、吏部尚书，后拜左光禄大夫，仪同三司，加散骑常侍。死后赠侍中、司空。

②王丞相：王导。

③小极：困倦。

④所以：表示方法。　叩会：叩问交谈。

⑤元公：顾荣，死后谥元，故称。　道：说。　公：指王导。　协赞：协同帮助。　中宗：晋元帝庙号。

⑥江表：指长江下游地区。

⑦喘息：原指呼吸急促，此处喻指焦虑不安。

⑧珪璋：玉制的礼器，用于朝聘、祭祀。　特达：突出卓异。

【今　译】

顾和还没有出名时，曾去拜见丞相王导。王导当时很困乏，对着他疲倦地睡着了。顾和想着用什么方法才能与他交谈，于是就对同座的人说："过去我听族叔元公说起王丞相曾经协同帮助中宗，保全了江南。现在丞相身体小有不适，让人焦虑。"王导因而觉醒过来，评价顾和道："此人如珪璋般突出卓异，机敏且词锋犀利。"

【解　义】

据《晋书·顾和列传》记载，王导对顾和的评价是"不徒东南之美，实为海内之俊"，顾和也由此知名于当时。

三十四

会稽贺生体识清远[①]，言行以礼。不徒东南之美[②]，实为海内之秀。

【今　注】

①会稽：郡名，治所在今浙江绍兴。　贺生：贺循

(260—319)，字彦先，会稽山阴（今浙江绍兴）人。历官五官掾、阳羡令、武康令、太子舍人、吴国内史、军谘祭酒、太常。生，先生的省称。体识：体态见识。

②不徒：不只，不仅。

【今　译】

会稽贺循体态清雅见识高远，一言一行都合乎礼仪。他不仅是东南一带的人才，而且是海内的俊杰。

【解　义】

据《晋书·贺循列传》记载，晋元帝曾评价贺循道："言行以礼，乃时之望，俗之表也。"本文所谓"不徒东南之美，实为海内之秀"，据《晋书·顾和列传》记载，是王导对顾和的评价。

三十五

刘琨虽隔阂寇戎①，志存本朝②，谓温峤曰③："班彪识刘氏之复兴④，马援知汉光之可辅⑤。今晋阼虽衰⑥，天命未改，吾欲立功于河北，使卿延誉于江南⑦，子其行乎⑧？"温曰："峤虽不敏，才非昔人，明公以桓、文之姿⑨，建匡立之功⑩，岂敢辞命。"

【今　注】

①刘琨（271—318）：字越石，中山魏昌（今河北无极）人。少与祖逖为友，俱以雄豪著称。永嘉元年（307）任并州刺史，长期坚守并州（今山西），与石勒对抗，因兵败投奔段匹磾，后为其缢杀。　隔阂寇戎：指刘琨在并州坚守，孤悬敌后。

②本朝：指晋王朝。

③温峤（288—329）：字太真，太原祁县（今山西晋中祁

县）人。西晋末为刘琨左长史，后南下拥戴元帝即位，拜散骑常侍，迁太子中庶子。明帝时拜侍中，转中书令，与庾亮等讨平王敦、苏峻之乱。官至骠骑大将军。

④班彪（3—54）：字叔皮，扶风安陵（今陕西咸阳东北）人。初依隗嚣，东汉初任徐令，病免。专心撰写西汉史，有《后传》六十五篇，未成。后由其子班固续成《汉书》。　识刘氏之复兴：班彪在隗嚣处知其有不臣之心，作《王命论》以讽之，认为刘氏受天命之赐，终有复兴之日。

⑤马援（前14—49），字文渊，扶风茂陵（今陕西兴平东北）人。西汉末为新成大尹。先依隗嚣，后归刘秀，任陇西太守，安定西羌。后任伏波将军，出征匈奴、乌桓，以“死于边野”、“马革裹尸”自誓。后病死军中。汉光：东汉光武帝刘秀（前6—57），字文叔，南阳蔡阳（今湖北枣阳西南）人，建武元年（25）称帝，建都洛阳，史称东汉。

⑥晋阼：晋朝的国运。

⑦延誉：远播名誉。

⑧其：祈使语气。

⑨明公：对有名位者的尊称。　桓、文：齐桓公、晋文公。　姿：气度。

⑩匡立：匡复晋朝，建功立业。匡，匡复。

【今　译】

刘琨与朝廷虽然被敌寇所阻隔，但他志在保存晋室，对温峤说：“班彪认识到刘氏必能复兴，马援深知汉光武帝值得辅佐。现在晋朝的国运虽然衰落，但天命并没有改变，我想在黄河以北建功立业，让你在江南播扬声誉，您会去吗？”温峤说：“我虽然愚钝，才能比不上前人，但您以齐桓、晋文那样的气度，建立匡复晋朝的功业，我怎么敢推辞。”

【解　义】

建兴四年（316），晋愍帝为刘曜所俘，西晋灭亡。建兴五年（317）4月6日，司马睿承制改元，即晋王位，改元建武。刘琨因此派左司马温峤出使劝进，以示效忠。

三十六

温峤初为刘琨使来过江。于时，江左营建始尔①，纲纪未举②。温新至，深有诸虑。既诣王丞相③，陈主上幽越、社稷焚灭、山陵夷毁之酷，有黍离之痛④。温忠慨深烈⑤，言与泗俱⑥；丞相亦与之对泣。叙情既毕，便深自陈结，丞相亦厚相酬纳⑦。既出，欢然言曰⑧："江左自有管夷吾⑨，此复何忧。"

【今　注】

①江左：江东。古以东为左，以西为右，故江东亦称江左。　尔：语尾助词。

②纲纪：法度，法令。

③既诣：不久。　王丞相：王导。

④陈：陈述。　主上：指晋愍帝。刘曜于建兴四年（316）攻陷长安，晋愍帝投降，次年为刘聪所杀。　幽：囚禁。　越：废失。　社稷：土神和谷神，用作王朝的代称。　山陵：指帝王坟墓。　夷毁：夷为平地，摧毁殆尽。　黍离：《诗经·王风》篇名，有曰："彼黍离离，彼稷之苗。"《毛诗序》认为是周平王东迁洛阳后，周大夫经过西周都城，目睹西周宗庙宫室夷为田野，长满禾黍，彷徨不忍离去而作。后即用以形容亡国之痛。

⑤忠慨深烈：忠诚慷慨，深沉刚烈。

⑥泗：鼻涕。

⑦酬纳：酬答接待。

⑧懽然：高兴的样子。

⑨管夷吾：管仲（？—前 645），名夷吾，字仲，辅佐齐桓公，被齐桓公尊称为“仲父”。

【今　译】

温峤当初作为刘琨的使者渡江而来。此时，江东的事业刚刚开始创建，法度法令还没有订立。温峤刚到江东时，内心忧虑重重。不久他去拜见王导，陈述愍帝被囚禁、社稷宗庙被焚毁、帝王陵寝被夷毁等惨酷之状，表达了亡国之痛。温峤忠诚慷慨，而且深沉刚烈，说话时涕泪交流，王导也与他一起相对落泪。温峤叙述完后，就诚恳地要与王导结交，王导也真挚地酬答接纳他。温峤辞别后，高兴地说：“江东已经有了管仲这样的贤相，我还有什么可忧虑的。”

【解　义】

据刘孝标注引《语林》记载，温峤出使江东后，晋王司马睿召集宾客一同接见。温峤的容貌体态很丑，让大家都感到惊讶，但当他述说中原地区的惨烈状况时，举座都为之动容歔欷。当他劝进晋王，以为天下不可无主时，其慷慨之情让听者情绪激动，甚至“植发穿冠”（头发直竖，顶起帽子）。

三十七

王敦兄含为光禄勋[①]。敦既逆谋，屯据南州[②]，含委职奔姑孰[③]。王丞相诣阙谢[④]。司徒、丞相、扬州官僚问讯[⑤]，仓卒不知何辞[⑥]。顾司空时为扬州别驾[⑦]，援翰曰[⑧]：“王光禄远避流言[⑨]，明公蒙尘路次，群下不宁，不审尊体起居何如[⑩]？”

【今　注】

①王敦（266—324）：字处仲，琅邪临沂（今山东临沂）人。王导族兄，西晋末任扬州刺史、都督征讨诸军事，因镇压杜弢有功升镇东将军、都督江扬荆等州诸军事，东晋王朝建立后迁大将军、荆州牧。后因元帝重用刘隗、刁协，于永昌元年（322）起兵攻入建康，杀刁协、周顗等人，然后回屯武昌。明帝时再次进兵建康，病死于军中。　含：王含（？—324），字处弘，王敦之兄，任光禄勋，累迁征东将军、都督扬州江西诸军事，后为王舒所杀。　光禄勋：官名，总领宫内事物。

②南州：即姑孰，故址在今安徽当涂，为长江重要渡口。

③委职：丢弃官职。

④王丞相：王导。　诣阙谢：到皇宫前请罪。诣，到。阙，宫门前两边供瞭望用的建筑，借指皇宫。谢，谢罪，道歉。

⑤司徒、丞相、扬州：指王导当时担任的官职。他在王敦谋反之时，任司空、丞相、扬州刺史，明帝即位时迁司徒，故此处“司徒”应为“司空”之误。　官僚：指官府里的僚属。　问讯：问候。

⑥仓卒：匆忙。

⑦顾司空：顾和。　扬州别驾：扬州刺史的属官。

⑧援翰：拿起笔。援，执。翰，笔。

⑨王光禄：王含。　远避流言：指王含投奔姑孰为躲避流言。流言，没有根据的话。

⑩明公：对刺史的尊称。　蒙尘路次：指王导在王敦谋反之初，天天到皇宫前请罪。蒙尘，遭受风尘之苦。路次，路途中。　群下：下属们。　不审：不知。　起居：日常生活，此处意指建康状况。

【今　译】

王敦之兄王含任光禄勋之职，王敦起兵谋反后，率兵驻扎在姑孰，王含弃官到姑敦去投奔王敦。王导府里的僚属去问候时，匆忙之下不知该怎么措词才好。顾和当时担任扬州别驾，拿起笔来写道："王含远去以躲避流言，您天天在路途中奔忙，下属们感到不安，不知您的身体状况怎么样？"

【解　义】

王敦以清君侧为名起兵，准备铲除晋元帝的心腹刘隗、刁协。王含选择弃官投奔其弟王敦，形同附逆。王导作为王敦的族弟，难免受到牵连，刘隗就曾劝元帝将留在建康的王氏全部诛杀。王导每天早上都带昆弟子侄二十余人，到宫门外谢罪。元帝在朝中大臣如周顗等人的力保下，顾及旧情，没有对王氏家族采取灭门的手段（或许也是因为忌惮王敦）。但在元帝作出决定前，王导的处境十分危险，所以其属下难免焦虑。顾和实际上是用问候起居的方式，以打探京城里的消息。

三十八

郗太尉拜司空①，语同坐曰："平生意不在多，值世故纷纭②，遂至台鼎③。朱博翰音④，实愧于怀。"

【今　注】

①郗太尉：郗鉴。　拜：被授予官职。　司空：掌水利、营建之事，三公之一。

②值：遇到。　世故：世事。　纷纭：杂乱、混乱。

③台鼎：喻指三公。台，星名，有上台、中台、下台，称三台。鼎，古代为国之重器，有三足，称三足鼎。

④朱博（生卒不详）：字子元，杜陵（今陕西长安东南）人。汉成帝时，历官冀州刺史、琅琊太守、左冯翊、大

司农、犍为郡太守、光禄大夫、廷尉、后将军。汉哀帝时，为京兆尹、大司空、御史大夫。代孔光为丞相，封阳乡侯。因弹劾大将军傅喜，获罪自杀。 翰音：语出《易·中孚》："翰音登于天，贞凶。"王弼注曰："翰，高飞也。飞音者，音飞而实不从之谓也。"意为飞向高空的声音，比喻徒有虚名。

【今　译】

郗鉴拜司空时，对同座的人说："我生平的愿望并不高，只是正好遇到动荡不定的时代，才做到三公之位。就像朱博那样徒有虚名，内心实在感到惭愧。"

【解　义】

朱博翰音，指名不副实。据《汉书·五行志》记载，汉哀帝时，朱博新任丞相，大殿内"有大声如钟鸣"。汉哀帝问扬雄和李寻是什么原因，李寻认为这就是"《洪范》所谓鼓妖者"。如果君王受到蛊惑，有人空有名声而登高位，那么就会有无形之声发出。此后朱博接受傅太后口诏，弹劾大将军傅喜，被汉哀帝问罪，不得不自杀。郗鉴引朱博的典故，是自谦才能有限。

三十九

高坐道人不作汉语①。或问此意，简文曰②："以简应对之烦③。"

【今　注】

①高坐道人：帛尸梨蜜多罗（生卒不详），晋时人尊称为高坐法师。原为西域龟兹国太子，将王位让给弟弟后出家。博通经论，兼通密法。永嘉年间来华，后避乱渡江。与王导、周顗等结交。卒于成帝咸康年间，享年八

十多岁。　道人：和尚的旧称。

②简文：简文帝司马昱。

③简：简略，省去。

【今　译】

高坐法师不讲汉语。有人问他的用意，简文帝说：“这是为了省去应酬的麻烦。”

【解　义】

据慧皎《高僧传》卷一记载，帛尸梨蜜多罗不学汉语，与王导、周顗等人交谈时，都是通过翻译进行。但彼此之间“神领意得”，可以做到心意相通。帛尸梨蜜多罗不学汉语的原因不得而知，简文帝说他是为了省去应酬之烦，倒也符合魏晋名士懒于俗务的普遍性情和心态。

四十

周仆射雍容好仪形①。诣王公②，初下车，隐数人③，王公含笑看之。既坐，傲然啸咏④。王公曰：“卿欲希嵇、阮邪⑤？”答曰：“何敢近舍明公，远希嵇、阮！”

【今　注】

①周仆射：周顗。　雍容：形容态度大方，从容不迫。　仪形：仪表相貌。

②王公：王导。

③隐（yìn）：倚，靠。

④傲然：原指坚强不屈的样子。此指态度随便的样子。　啸咏：啸歌。啸，撮口发声。

⑤希：通“晞”，仰慕，此处指效法。　嵇：嵇康。　阮：阮籍。

【今　译】

周顗神态从容仪表堂堂。他去拜访王导，刚下车时，扶着几个人走路，王导含笑看着他。周顗坐定后，随兴地啸咏起来。王导说："您想效法嵇康、阮籍吗？"周顗答道："哪敢舍近求远不效法您，而去效法嵇康、阮籍呢？"

【解　义】

东晋初期，王导在士人中享有极高的声望，周顗甚至认为他有嵇康、阮籍的风范。魏晋名士真性直率，所以周顗的话并非出于奉承。

四十一

庾公尝入佛图[①]，见卧佛，曰："此子疲于津梁[②]。"于时以为名言。

【今　注】

①庾公：庾亮。　佛图：浮屠，浮图，指佛寺。

②津梁：桥梁。

【今　译】

庾亮曾进入佛寺，看见卧佛，说："这位先生劳累于普度众生。"当时都认为这是名言。

【解　义】

释迦牟尼入寂时侧身右胁而卧，头北面西，以右手托腮，双膝稍屈，左手置于左腿上。后世之卧佛所呈现的就是释迦牟尼入寂时的姿态。释迦牟尼佛普度众生，以使众生脱离烦恼的苦海，犹如桥梁一般。所以庾亮说释迦摩尼的卧姿是"疲于津梁"的原因。

四十二

挚瞻曾作四郡太守、大将军户曹参军①，复出作内史②，年始二十九。尝别王敦，敦谓瞻曰："卿年未三十，已为万石③，亦太早。"瞻曰："方于将军④，少为太蚤⑤。比之甘罗，已为太老⑥。"

【今　注】

①挚瞻（？—319）：字景游，长安（今陕西西安西北）人。历官户曹参军，安丰、新蔡、西阳等郡太守，左迁随郡内史。后因反叛而被杀。　大将军：王敦。　户曹参军：官名，管农户、农桑等。

②内史：官名，王敦将挚瞻从太守调为随郡内史，掌管民政。

③万石：汉代官秩的最高级，后也称一门多官，俸禄与万石相当者。郡守的俸禄为二千石，挚瞻曾作过四个郡的太守，后又调任内史，故王敦以万石戏称。

④方：比。

⑤少：稍微。

⑥甘罗：战国时期楚国下蔡（今安徽凤台）人。十二岁为秦相吕不韦家臣，自请出使赵国，说服赵王割五城与秦等，以功封为上卿。

【今　译】

挚瞻曾经历任四个郡的太守以及大将军王敦的户曹参军，又出任内史，年纪才二十九岁。挚瞻曾向王敦告别，王敦对挚瞻说："你年纪未满三十岁，已经做到万石之位，也太早了。"挚瞻说："和将军比，稍稍早了点。但和甘罗比，已经太老了。"

【解　义】

据刘孝标注引《挚氏世本》记载，挚瞻看到王敦将穿旧的裘衣赏赐给小吏，便出言劝阻，认为如果穿过的衣服也可以用来赏赐，那么身边的美人岂不是也可以用来赏赐？王敦认为挚瞻的比喻失当，于是将其由西阳郡太守贬为随郡内史。挚瞻的比喻确实不伦不类，本文所载故事应发生在挚瞻就任随郡内史前，挚瞻或许对自己被贬职感到不满，所以他语中带刺，明显对王敦有所不敬。《挚氏世本》认为挚瞻“高亮有气节”，他察觉王敦有谋逆之心，所以联合第五猗与王敦抗衡，最终兵败被杀。清代学者李慈铭对此提出质疑，认为“王敦此时方为元帝所倚信，未有反逆。要之挚瞻自以忤敦而死”（《越缦堂日记》）。根据《晋书·周访传》记载，第五猗任征南大将军后即与贼帅杜曾、挚瞻、胡混等勾结，破陶侃于石城，又击败督护征虏将军赵诱、襄阳太守朱轨，并将其杀害，大为寇害，威震江、沔；此后王敦派豫章太守周访前往讨伐，几经周折才将其击败，挚瞻等人被擒，均为王敦所斩。因此，挚瞻只是不满王敦而作乱。《挚氏世本》的记载纯属附会。

四十三

梁国杨氏子九岁[①]，甚聪惠[②]。孔君平诣其父[③]，父不在，乃呼儿出。为设果[④]，果有杨梅。孔指以示儿曰：“此是君家果。”儿应声答曰：“未闻孔雀是夫子家禽[⑤]。”

【今　注】

①梁国：郡国名，治所在睢阳（今商丘市南）。

②聪惠：聪明有智慧。惠，通“慧”。

③孔君平：孔坦（285—335），字君平，会稽山阴（今浙

江绍兴）人。历官太子舍人、尚书郎、吴郡太守、廷尉。 诣：拜访。

④设：摆设。

⑤夫子：指孔子。

【今 译】

梁国杨家的孩子才九岁，非常聪慧。孔坦去拜访他父亲，其父不在家，于是叫孩子出来招待。孩子为客人摆设果品，其中有杨梅。孔坦指着杨梅对孩子说："这是你们的家果。"孩子随声答道："没有听说过孔雀是孔子的家禽。"

【解 义】

据《太平御览》卷一二八引《郭子》及敦煌写卷《残类书》记载，孔融与杨修有类似的问答。

四十四

孔廷尉以裘与从弟沈①，沈辞不受。廷尉曰："晏平仲之俭②，祠其先人，豚肩不掩豆③，犹狐裘数十年。卿复何辞此！"于是受而服之。

【今 注】

①孔廷尉：孔坦。 裘：皮衣。 从弟：堂弟。 沈：孔沈，字德度，孔坦堂弟，有美名。曾被荐为王导的丞相司徒、琅邪王文学，皆不就。

②晏平仲：晏婴（？—前 500），字平仲，春秋时齐国东莱夷维（今山东高密）人。历仕灵公、庄公、景公三世。

③豚肩：猪蹄膀。 豆：古代盛放食品的器皿。

【今 译】

孔坦送给堂弟孔沈一件皮衣，孔沈推辞不接受。孔坦说：

“古代晏婴的节俭是出了名的，他祭祀先人时，用作祭品的猪蹄膀装不满一盘，但还是穿了数十年的狐皮裘衣。你又何必推辞呢?”于是孔沈接受并穿上。

【解　义】

孔坦所说晏子节俭的事迹见于《礼记》。“豚肩不掩豆”见《杂记下》及《礼器》，“狐裘数十年”则见《檀弓下》。对晏子的节俭，后人有不同看法。曾子认为晏子可以称得上知礼；有若则表示反对，认为晏子一件狐皮裘衣穿了三十年，送葬时只用一乘遣车，下葬完毕就回家了，完全不符合礼仪，怎么能算得上是知礼呢?（《礼记·檀弓下》）

四十五

佛图澄与诸石游①，林公曰②：“澄以石虎为海鸥鸟③。”

【今　注】

①佛图澄（232—348）：本姓帛，西域龟兹（今新疆库车一带）人。西晋怀帝永嘉四年（310）到洛阳，深得石勒、石虎信任，常参议军政大事，被尊为“大和尚”。在他的影响下，石勒允许汉人出家为僧。建寺数百所，受业弟子前后达万人，著名者有道安、法雅、法汰、法和等。　诸石：指石勒、石虎。

②林公：支遁（314—366），字道林，人称“支公”或“林公”。俗性关，陈留（今河南开封南）人。二十五岁出家，精通《般若道行品经》。与谢安、王羲之等交游，以好谈玄理闻名于世，晋哀帝时应诏进京，居东安寺讲道，是东晋著名高僧。

③石虎（295—349）：字季龙，后赵国君。石勒之侄，随

石勒征战，为太尉、尚书令，封中山王。石勒死后自立为大赵天王，为政苛暴。　海鸥鸟：语出《列子·黄帝》。

【今　译】

佛图澄与石勒、石虎等人交游，支道林说："佛图澄把石虎当作海鸥鸟一样看待。"

【解　义】

海鸥鸟的典故出自《列子·黄帝》中的一个寓言故事，原文曰："海上之人有好鸥鸟者，每旦之海上，从鸥鸟游，鸥鸟之至者百数而不止。其父曰：'吾闻鸥鸟皆从汝游，汝取来，吾玩之。'明日之海上，鸥鸟舞而不下也。"故事的寓意，按照孙盛的说法就是"机心内萌，则鸥鸟不下"，所谓"机心"就是机巧功利之心。江淹诗"物我俱忘怀，可以狎鸥鸟"（《孙廷尉绰杂述》）也对故事寓意进行了诠释，意即物我两忘，则人与海鸥鸟便可和谐相处。石虎生性残暴，嗜杀成性，甚至骨肉相残。佛图澄与这样一位暴君交游自然会受人非议，支道林则对佛图澄作出公允的评价。佛家以济世度人为怀，即便是首恶之人，也应一视同仁予以感化。据《高僧传》卷九记载，佛图澄曾屡次劝导石虎不害无辜、不好暴虐。所以，支道林所谓"澄以石虎为海鸥鸟"，意指佛图澄与石虎相处时并不带有机巧功利之心。

四十六

谢仁祖年八岁①，谢豫章将送客②，尔时语已神悟③，自参上流。诸人咸共叹之，曰："年少，一坐之颜回④。"仁祖曰："坐无尼父⑤，焉别颜回？"

【今　注】

①谢仁祖：谢尚（308—357），字仁祖，谢鲲之子，陈郡

阳夏（今河南太康）人。自幼聪颖，博综众艺。历官历阳太守、中郎将、尚书仆射、豫州刺史。永和八年(352)，因在北伐时战败，被降为建威将军。升平元年(357)，在历阳病逝。

②谢豫章：谢鲲（280—322），字幼舆，年少知名，王敦引为长史，封咸亭侯，后任豫章太守，为政清简。将：带、领。

③尔时：那时。

④颜回（前521—前490）：字子渊，春秋时鲁国人，孔子的得意门生，以德行著称。

⑤尼父：孔子（前551—前479）。

【今　译】

谢尚八岁时，谢鲲带着他送客，那时他的言谈已敏捷过人，能跻身名士上流。客人们都赞叹他说："小小年纪，已是一座之中的颜回。"谢尚说："座中没有孔子，怎么能识别出颜回呢？"

【解　义】

在众人夸奖之下，常人的自谦之语是"岂敢""过奖"之类，所以谢尚显然高人一筹。以孔子的地位，世人自然不敢与之相提并论，所以"坐无尼父"并不含有任何贬义。反观今日，常见有"当代孔子""师门颜回"之吹嘘，其浅薄令人咋舌。

四十七

陶公疾笃①，都无献替之言②，朝士以为恨③。仁祖闻之，曰④："时无竖刁⑤，故不贻陶公话言⑥。"时贤以为德音⑦。

【今　注】

①陶公：陶侃（259—334），字士行，庐江寻阳（今江西九江）人。早年孤贫，为县吏，以军功历任荆州刺史、广州刺史。曾被推为盟主平定苏峻之乱，封长沙郡公，都督八州军事。　疾笃：病重。

②献替：献可替否或献替可否之简称，指臣下对君主劝善规过，议论兴废等。

③朝士：朝廷官员。

④仁祖：即上文之谢尚。

⑤竖刁：春秋时齐桓公所宠幸的宦官，他自己施行宫刑入宫伏侍桓公，深得桓公宠幸。当管仲病危时，桓公问他死后能否用竖刁为相，管仲认为这种自宫为宦官的人不近人情，绝不能任用。后来竖刁果然作乱。

⑥贻：留。　话言：指遗嘱。

⑦时贤：当时的才德之士。　德音：善言。

【今　译】

陶侃病危时，没有向朝廷提出过兴利除弊的建议，朝中大臣都为此感到遗憾。谢尚听到后说："现在朝中没有像竖刁那样的小人，所以陶公就不必留下遗言了。"当时贤士认为这是有见识的话。

【解　义】

据刘孝标注引王隐《晋书》记载，陶侃临终前曾上表，希望朝廷遴选人才来接替自己的职务，但没有提出具体的人选。这是朝中大臣感到遗憾的原因。苏峻之乱被平定后，东晋王朝的政局暂时处于平静之中，所以谢尚的话被认为是"德音"。但表面的平静之下却隐藏着暗流，各地将领拥兵自重，争权夺利，连德高望重的王导都曾为流言所伤。因此，所谓"德音"不过是一时之言。

四十八

竺法深在简文坐[①]，刘尹问[②]："道人何以游朱门[③]？"答曰："君自见其朱门，贫道如游蓬户[④]。"或云卞令[⑤]。

【今　注】

①竺法深：道潜。　简文：简文帝司马昱。

②刘尹：刘惔。

③道人：僧，和尚。　朱门：王侯豪门之家大门漆作红色，故以朱门代称权贵豪门之家。

④贫道：僧人自称之谦词。　蓬户：以蓬草编成门户，指贫寒之家。

⑤卞令：卞壸。

【今　译】

竺法深在简文帝座上作客，刘惔问他："和尚为什么与豪门交游？"竺法深答道："在您看来是豪门，而在我眼里却如同与贫寒之家交往。"有人说是卞壸问的。

【解　义】

竺法深之语义与支道林评价佛图澄时所说"以石虎为海鸥鸟"近似，意即只要不存机巧功利之心，就可以做到一视同仁。

四十九

孙盛为庾公记室参军[①]，从猎，将其二儿俱行[②]，庾公不知。忽于猎场见齐庄[③]，时年七、八岁，庾谓曰："君亦复来邪？"应声答曰："所谓'无小无大，从公于迈'[④]。"

【今　注】

①孙盛（约 306—378）：字安国，太原中都（今山西平遥西南）人。历官佐著作郎、长沙太守、秘书监、加给事中。著有《魏氏春秋》《晋阳秋》。　庾公：庾亮。　记室参军：官名，幕府中之幕僚，掌管文书。

②将：带领。

③齐庄：孙放（生卒不详），字齐庄，孙盛次子，官至长沙王相。

④无小无大，从公于迈：语出《诗经·鲁颂·泮水》，意为百官不分大小尊卑，都跟着鲁僖公出行。于，往。迈，行。

【今　译】

孙盛任庾亮记室参军时，随从打猎，带着两个儿子一起去。庾亮不知道，忽然在猎场上见到孙放，当时只有七、八岁，庾亮对他说："你也来了吗？"孙放应声答道："正所谓'无小无大，从公于迈'。"

【解　义】

《诗经·鲁颂·泮水》之"无小无大"，原指不分官职地位之大小高低，孙放在此则借指不分年龄大小。

五十

孙齐由、齐庄二人小时诣庾公[①]，公问齐由何字[②]，答曰："字齐由。"公曰："欲何齐邪[③]？"曰："齐许由[④]。"齐庄何字，答曰："字齐庄。"公曰："欲何齐？"曰："齐庄周[⑤]。"公曰："何不慕仲尼而慕庄周[⑥]？"对曰："圣人生知[⑦]，故难企慕[⑧]。"庾公大喜小儿对。

【今　注】

①孙齐由：孙潜（生卒不详），字齐由，孙盛长子。官至豫章太守。殷仲堪讨伐王国宝时，逼其为谘议参军，坚辞不就，因忧虑过度而死。　齐庄：孙放。　庾公：庾亮。

②字：古人有名有字，根据名中的字义另取别名叫字，故名与字之间的意义有一定关系。自称时用名不用字，表示谦虚；称呼他人时则用字不用名，表示尊敬。

③齐：看齐的意思。

④许由：上古隐士。

⑤庄周（约前369—前286）：庄子。

⑥仲尼：孔子。

⑦圣人生知：指圣人生下来就懂得道理。《论语·季氏》：“生而知之者，上也。”孔颖达正义曰：“生而知之者，上也，谓圣人也。”

⑧企慕：仰慕。

【今　译】

孙潜、孙放兄弟小时候去拜见庾亮，庾亮问孙潜的字，孙潜答道：“字齐由。”庾亮说：“你要向什么人看齐呢？”孙潜说：“向许由看齐。”庾亮又问孙放的字，孙放答道：“字齐庄。”庾亮说：“要向什么人看齐？”孙放答道：“向庄周看齐。”庾亮说：“为什么不仰慕孔子而仰慕庄子啊？”孙放答道：“圣人是生而知之的天才，所以难以仰慕。”庾亮非常喜欢小孩子的回答。

【解　义】

古人取名字，名与字之间都有联系，孙潜和孙放的名与字就是如此。潜字有深藏不露之义，许由是尧舜时期的隐士，所以名潜字齐由，就是要像许由一样不慕名利。放字有放达之义，庄子生性放达，所以名放字齐庄，就是要效法庄子。孔子曾说："生而知之者，上也；学而知之者，次也；困而学之，又其次也；困而不学，民斯为下矣。"（《论语·季氏》）意即天生就懂得道理的人是最上等的，通过学习懂得道理的人次一等，遇到困难才去学习的人又次一等，遇到困难还不学习，就是最下等的人。按照学者历来的解释，生而知之者指的是圣人。孙放的逻辑是，既然孔子是圣人，所以孔子必然也是生而知之的。其实孔子并不认为自己生而知之，他说："我非生而知之者，好古，敏以求之者也。"（《论语·述而》）所以他强调"学而时习之"（《论语·学而》），并且"学而不厌"（《论语·述而》）。

五十一

张玄之、顾敷是顾和中外孙①，皆少而聪惠，和并知之，而常谓顾胜②，亲重偏至，张颇不恹③。于时，张年九岁，顾年七岁。和与俱至寺中，见佛般泥洹像④，弟子有泣者，有不泣者。和以问二孙。玄谓："被亲故泣，不被亲故不泣。"敷曰："不然。当由忘情故不泣⑤，不能忘情故泣。"

【今　注】

①张玄之（生卒不详）：字祖希，历官吏部尚书、吴兴太守。与谢玄齐名，被称为"南北二玄"，名列江左十贤。顾敷：字祖根，吴郡吴县（今江苏苏州）人，官至著作郎。天才早慧，年仅二十三岁。　中外孙：孙子与外孙。儿子所生子为中孙，女儿所生子为外孙。

②胜：胜过，超过。

③恹（yàn）：满足，满意。

④般泥洹（bō niè huán）像：般泥洹为梵文音译，也译为

涅槃，意译为入灭、圆寂。般泥洹像指释迦牟尼入灭时的画像。

⑤忘情：忘却常人的喜怒哀乐之情。

【今　译】

张玄之和顾敷是顾和的外孙和孙子，小时候就很聪明，顾和对他们都很赏识，但常说顾敷胜过张玄之，对顾敷特别亲近偏爱，张玄之对此颇为不满。当时，张玄之九岁，顾敷七岁，顾和带他们一起到寺庙里，看到释迦牟尼佛涅槃的画像，弟子们有的在哭泣，有的没有哭，顾和问两位孙辈为何两类弟子表现如此不同。张玄之说："得到佛亲近的弟子所以哭泣，没有得到佛亲近的所以不哭。"顾敷说："不是这样。应当是因为忘情所以不哭，不能忘情所以哭。"

【解　义】

忘情指的是人们的道德修为达到一定境界以后，可以不为情感所左右。相较而言，张玄之的解释较为幼稚，而顾敷能够联系到忘情与否，堪称颖悟非常。

五十二

庾法畅造庾太尉①，握麈尾至佳②。公曰："此至佳，那得在③？"法畅曰："廉者不求④，贪者不与，故得在耳。"

【今　注】

①庾法畅：为"康法畅"之误，"庾"、"康"字形相近，容易混淆。与支敏度、康僧渊一起过江南下，有才思，善清谈，著有《人物始义论》。　庾太尉：庾亮。

②麈（zhǔ）尾：拂尘。魏晋人清谈时常手执以示风度。

③那（nǎ）得：何以、怎么。

④求：贪图，求取。

【今　译】

康法畅拜访庾亮时，手里拿的麈尾极好。庾亮说："这麈尾好极了，怎么还能在你手上呢？"法畅说："廉洁的人不会向我贪求，贪婪的人我不会给他，所以得以留在我手中。"

【解　义】

据《高僧传·康僧渊传》记载，康法畅常持麈尾闲步街头，每当遇到名士，就会与之清谈，从早上清谈到日暮。据刘孝标注引《人物始义论》，康法畅自称"悟锐有神，才辞通辩"。

五十三

庾穉恭为荆州①，以毛扇上武帝②，武帝疑是故物。侍中刘劭曰③："柏梁云构④，工匠先居其下；管弦繁奏⑤，钟夔先听其音⑥。穉恭上扇，以好不以新。"庾后闻之，曰："此人宜在帝左右！"

【今　注】

①庾穉恭：庾翼（305—345），字穉恭，庾亮之弟。起家参军、从事中郎，后任振威将军、鄱阳太守，转任建威将军、西阳太守。庾亮准备北伐时，任南蛮校尉、南郡太守，镇守江陵，封都亭侯。庾亮死后，任都督六州诸军事、安西将军、荆州刺史，镇守武昌。后病死。

②毛扇：羽毛扇。　武帝：晋孝武帝司马曜。

③刘劭（生卒不详）：字彦祖，彭城（今江苏徐州）人。历官御史中丞、侍中、尚书、豫章太守。

④柏梁：台名，汉武帝时建，故址在长安城北门内。武帝曾在柏梁台上置酒，诏群臣和诗，能七言诗者才能上

台。　云构：形容柏梁台高耸入云的样貌。

⑤管弦：管乐器和弦乐器。　繁奏：一起演奏。繁，杂。

⑥钟夔（kuí）：指善解乐音之人。钟，钟期，即钟子期，春秋时楚人，精于音律。夔，舜时的乐官。

【今　译】

庾翼任荆州刺史时，向孝武帝进献羽毛扇，孝武帝怀疑这是旧扇。侍中刘劭说："柏梁台高耸入云，却是工匠从下面建起来的；管弦合奏，先由乐官鉴别乐音。庾翼进献羽扇，在于好而不在于是否新。"庾翼后来听说此事，说："这人适宜在皇帝身边。"

【解　义】

根据《晋书·庾怿列传》的记载，献羽扇者是庾怿。刘孝标注也说是庾怿，所以本文或许是误记。据刘孝标注引傅咸《羽扇赋序》记载，江南人士发明用羽翼做扇后，中原人士对此不感兴趣，直到吴国被灭后，羽扇才开始在中原地区流行起来。按照刘孝标注的说法，孝武帝嫌庾怿进献的羽扇不新，直接给退了回去。如果此说属实，那就更证明孝武帝是个十足的昏君。

五十四

何骠骑亡后①，征褚公入②。既至石头③，王长史、刘尹同诣褚④，褚曰："真长，何以处我⑤？"真长顾王，曰："此子能言。"褚因视王，王曰："国自有周公。"

【今　注】

①何骠骑：何充（292—346），字道次，庐江灊县（今安徽霍山东北）人。历官黄门侍郎、中书侍郎等职，官至中书监、骠骑将军、录尚书事，封都乡侯执掌朝政、后

病故。

②褚公：褚裒。

③石头：石头城，故址在今江苏南京清凉山。

④王长史：王胡之（？—348），字修龄，琅邪临沂（今山东临沂）人。曾任吴郡太守，迁侍中、丹阳尹。永和四年（348），拜西中郎将、平北将军、司州刺史。准备率军收复河洛，临行前病故。 刘尹：刘惔。

⑤处：处置，安排。

【今 译】

何充去世后，朝廷征召褚裒到京城。褚裒到达石头城后，王胡之、刘惔一同来拜见褚裒，褚裒说："真长，朝廷会怎样安排我？"刘惔转头看着王胡之，说："这位先生会说此事。"褚裒于是注视王胡之，王胡之说："朝中自有周公那样的人在。"

【解 义】

褚裒之女是康帝的皇后，他为了避嫌，不愿在朝中任职，主动要求外放。康帝死后，穆帝即位，年仅二岁，由皇太后临朝摄政，何充辅政。不久何充去世，皇太后于是召其父褚裒入朝辅政。据刘孝标注引《晋阳秋》记载，褚裒应诏入朝后，吏部尚书刘遐对他说，会稽王有美德，是"国之周公"，可以放心将朝政交给他主持；他的长史王胡之也力劝，于是褚裒坚决辞归，回到京口。该记载与本文相近，可以反映当时东晋政坛正处于一个微妙时刻。首先，太后临朝摄政，亟需家族成员的帮助；其次，外戚干政素来为人所忌，所以褚裒不愿意以外戚的身份卷入朝政；最后，元帝少子会稽王司马昱在当时已颇孚众望，受到大臣们的拥戴。

五十五

桓公北征[①]，经金城[②]，见前为琅邪时种柳[③]，皆已十围[④]，慨然曰："木犹如此，人何以堪[⑤]！"攀枝执条，泫然流泪[⑥]。

【今　注】

①桓公：桓温（312—373），字元子，谯国龙亢（今安徽怀远西）人。明帝司马绍之婿，宣城内史桓彝长子。永和元年（345）任荆州刺史、安西将军、持节、都督荆司雍益梁宁六州诸军事，并领护南蛮校尉。后定蜀，进位征西大将军。曾屡次北伐，因军粮不继，受挫而返。废海西公，立简文帝，专擅朝政，后病死。　北征：指太和四年（369）北征前燕。

②金城：在今江苏句容北。

③琅邪：郡名。东晋太兴三年（320）设置侨州、侨郡、侨县等安置北方渡江而来的士庶。咸康元年（335）置琅邪郡，治所在金城。

④围：计量圆周的约略单位，拇指和食指合拢的长度。

⑤堪：忍受。

⑥泫（xuàn）然：流泪的样子。

【今　译】

桓温北征时，经过金城，看到自己任琅邪内史时所种的柳树，都已长成十围粗的大树了，感慨地说："树木尚且这样，人又怎能忍受这岁月的蹉跎！"他攀着树枝拿着柳条，泪流满面。

【解　义】

桓温于咸康七年（341）任琅邪内史，出镇金城。"北征"，指太和四年（369）桓温率军北伐前燕，途经金城。据庾信《枯树赋》，桓温所说为“昔年种柳，依依汉南。今看摇落，凄怆江潭。树犹如此，人何以堪”，与本文略有不同，或许庾信有所润饰。桓温之语此后成为感叹岁月蹉跎的典故。如辛弃疾《水龙吟·登建康赏心亭》有“可惜流年，忧愁风雨，树犹如此”句。

五十六

简文作抚军时①，尝与桓宣武俱入朝②，更相让在前。宣武不得已而先之，因曰：“伯也执殳，为王前驱③。”简文曰：“所谓‘无小无大，从公于迈’④。”

【今　注】

①简文：简文帝司马昱。　抚军：抚军大将军。司马昱于永和元年（345）进位抚军大将军。

②桓宣武：桓温。

③伯也执殳（shū），为王前驱：见《诗经·卫风·伯兮》，为卫国妇人思念其丈夫远征之诗，意即夫君执殳替国王做前导。伯，妇人称呼丈夫之词。殳，一种杖形兵器，长一丈二尺，用于车战。前驱，先锋。

④无小无大，从公于迈：见《诗经·鲁颂·泮水》。

【今　译】

简文帝任抚军大将军时，曾与桓温一起上朝，他们互相谦让，让对方走在前面。桓温不得已只好先走，于是说：“我为您做前导。”简文帝说：“我们所有人都跟随您。”

【解　义】

司马昱当朝执政，桓温则兵权在握，战功赫赫，两人之间礼数周全，又都是名流雅士，所以均引《诗经》中的诗句，各表谦逊之意。

五十七

顾悦与简文同年[①]，而发蚤白[②]。简文曰："卿何以先白?"对曰："蒲柳之姿[③]，望秋而落[④]；松柏之质，经霜弥茂[⑤]。"

【今　注】

①顾悦（320—?）：一作顾悦之。字君叔，晋陵无锡（今江苏无锡）人。顾恺之之父，曾为殷浩别驾，官至尚书左丞。

②蚤：通"早"。

③蒲柳：水杨，是秋天很早就凋零的树木。用以谦称自己体质衰弱或地位低下。

④望：向。

⑤经：经受。　弥：更加。

【今　译】

顾悦和简文帝同龄，但头发早白。简文帝说："你为什么已有白发?"顾悦回答道："我是蒲柳一样的体态，临近秋天就凋零了；您是松柏一般的资质，经受风霜反而更加茂盛。"

【解　义】

此事亦见顾恺之为其父所作之传记。

五十八

桓公入峡[①]，绝壁天悬，腾波迅急，乃叹曰："既为忠臣，不得为孝子[②]，如何?"

【今 注】

①桓公：桓温。 入峡：指桓温率部伐蜀时途经三峡地区。

②既为忠臣，不得为孝子：典出《汉书·王尊传》。忠臣指王尊愿意尽忠而冒险进蜀，孝子指王阳不肯冒险而在家奉养父母。

【今 译】

桓温进入三峡，只见两岸高耸的峭壁悬在空中，下有奔腾汹涌的波涛迅猛疾流，于是叹息道："我既然做了忠臣，就不能当孝子，有什么办法？"

【解 义】

据《汉书·王尊传》记载，琅琊人王阳任益州刺史，在行至邛僰九折坂时畏惧道路之艰险，感叹以身犯险就不能尽孝，于是告病还乡。此后王尊任刺史，到达九折坂后义无反顾地进入险境，说："王阳为孝子，王尊为忠臣。"桓温于永和二年（346）十一月率军伐蜀，进入三峡地区后同样面临着艰险的地形，所以他就联想到了西汉的掌故，感叹忠孝难以两全。此后，桓温率军克服险阻，于永和三年（347）平定蜀汉。

五十九

初，荧惑入太微[①]，寻废海西[②]；简文登阼[③]，复入太微[④]，帝恶之。时郗超为中书，在直[⑤]。引超入曰："天命修短，故非所计。政当无复近日事不[⑥]？"超曰："大司马方将外固封疆[⑦]，内镇社稷，必无若此之虑。臣为陛下以百口保之[⑧]。"帝因诵庾仲初诗曰[⑨]："志士痛朝危，忠臣哀主辱[⑩]。"声甚凄厉。郗受假还东，帝曰："致意尊公[⑪]，家国之事，遂至于此[⑫]。由是身不能以道匡卫⑬，思患预防。愧叹之深，言何能喻⑭。”因泣下流襟。

【今　注】

①荧惑：即火星，呈红色，亮度常变化，隐现多变，令人迷惑，故称。古人视作灾星。　太微：太微垣，在北斗之南，古人以之为天帝南宫，与人间朝廷相对应。

②寻：不久。　废海西：海西公司马奕（342—386），字延龄，兴宁三年（365）即位，太和六年（371）被桓温废为海西县公，史称废帝。

③简文登阼：指简文帝即位称帝。

④复入太微：指荧惑星再次进入太微垣。

⑤郗超（336—377）：东平高平金乡（今山东金乡北）人，字景兴（或作敬兴），一字嘉宾，曾任桓温参军，深获信任。桓温专政，他任中书侍郎等职，参与废立密谋。在直：正在值班。

⑥政当：只是。政，通“正”。只，仅。

⑦大司马：桓温，曾任大司马，故称。　封疆：疆界，此指边疆、边防。

⑧百口：指全家、全族人。

⑨庾仲初：庾阐（生卒不详），字仲初，颍川鄢陵（今河南鄢陵北）人。历官尚书郎、彭城内史、司空参军、从事中郎、散骑常侍、零陵太守、给事中等，封吉阳县男。著有诗赋铭颂共十卷。

⑩志士痛朝危，忠臣哀主辱：庾阐《从征》诗，意指有志之士为朝廷的危难而痛苦，耿直的忠臣为主上的屈辱而哀伤。

⑪尊公：敬称对方的父亲。

⑫遂：竟然。

⑬身：晋人多以“身”作第一人称代词。　匡卫：匡正保

卫。匡，纠正过失。

⑭喻：说明。

【今　译】

当初，荧惑星进入太微垣，不久海西公就被废。简文帝即位后，荧惑星再次进入太微垣，简文帝十分厌恶这种不祥的征兆。当时郗超任中书侍郎，正好在宫内值班。简文帝把郗超召进来说："天命有长短，这本不是我所要考虑的，只是不知会再发生最近的事吗？"郗超说："大司马正要对外巩固边疆，对内安定社稷，必定不会有这样的打算，我愿用全家百口人的性命担保。"简文帝于是吟诵庾阐的诗："志士痛朝危，忠臣哀主辱。"声音十分凄凉。郗超被准假回会稽探亲时，简文帝说："代向令尊致意，家国的事竟然到了这种地步。这是因为我不能用大道来纠正过失保卫社稷，预防忧患。我惭愧感慨之深，不能用语言说清。"因而泪下沾襟。

【解　义】

"荧惑入太微"指太和六年（371）荧惑星进入太微垣；"复入太微"指太和七年（372）荧惑星再次进入太微垣。据刘孝标注引《晋安帝纪》记载，桓温北伐时在枋头（今河南浚县西）大败，大失人心，为了慑服百官，便采纳郗超的建议，借荧惑入太微的天象废黜海西公，改立简文帝。简文帝即位后，受桓温钳制，忧愤不已，又因畏惧重蹈海西公之覆辙，故而惶惶不可终日。

六十

简文在暗室中坐[①]，召宣武[②]，宣武至，问上何在。简文曰："某在斯[③]！"时人以为能[④]。

【今　注】

①简文：简文帝。

②宣武：桓温。

③某在斯：指自己在这里。

④能：有才能，善言辞。

【今　译】

简文帝坐在暗室里，召见桓温。桓温进屋后，问皇上在哪里。简文帝说："我在这里。"当时人认为简文帝有才能。

【解　义】

《论语·卫灵公》曰："师冕见，及阶，子曰：'阶也。'及席，子曰：'席也。'皆坐，子告之曰：'某在斯，某在斯。'"大意是说孔子帮助盲人乐师，提醒他注意台阶以及坐席的位置，并一个一个地介绍在座的人。"某"原指某人，在古汉语中也可以作为第一人称。桓温进入暗室，眼睛一时不适应，所以看不清简文帝坐在哪。当时桓温权倾一时，朝中无人敢撄其锋，早已目中无人，所以简文帝借孔子所说"某在斯"，既告诉桓温自己在这里，又语带双关，提醒桓温要认清彼此位置即身份。正因为简文帝并非昏庸无能之辈，所以桓温虽然跋扈，但对简文帝却始终怀有敬畏之意。

六十一

简文入华林园①，顾谓左右曰："会心处不必在远②，翳然林水③，便自有濠、濮间想也④，觉鸟兽禽鱼自来亲人。"

【今　注】

①简文：简文帝。　华林园：故址在今南京鸡鸣山南古台城内，三国吴建。

②会心：领悟，领会。

③翳然：遮蔽的样子。

④濠、濮：典出《庄子·秋水》。　想：联想。

【今　译】

简文帝到了华林园，回头对身边的人说："领略大自然的韵致无需跑到远处寻求，置身于林木与流水之间，便令人自然联想到逍遥自在的境界，觉得飞鸟走兽、鸣禽游鱼会主动来与人亲近。"

【解　义】

濠、濮是指《庄子·秋水》中的两个故事。第一个故事说庄子与惠子游于濠水上，庄子认为水中的鲦鱼很快乐，惠子反驳说："你不是鱼，怎么知道鱼儿快乐？"庄子回答道："你不是我，怎么知道我不知鱼的快乐？"两人由此展开辩论。第二个故事说庄子在濮水钓鱼，楚王派了两个大夫去请他出仕，庄子拿着鱼竿，头也不回地问他们道："我听说楚国有一只神龟，死的时候已经三千岁了，楚王用锦缎把它包起来珍藏在宗庙里。你们认为它是宁愿留下骨骸显示尊贵呢？还是宁愿活着在泥里拖着尾巴呢？"两个大夫回答说："宁愿活着在泥里拖着尾巴。"庄子于是说："你们回去吧，我也准备像龟一样在泥里拖着尾巴。"这两个故事所反映出的是庄子逍遥自在的人格境界，素为魏晋名士所崇尚。同时，魏晋名士也喜欢通过悠游山水，来陶冶性情。及至南朝，更有山水诗派之出现。

六十二

谢太傅语王右军曰[①]："中年伤于哀乐[②]，与亲友别，辄作数日恶[③]。"王曰："年在桑榆[④]，自然至此，正赖丝竹陶写[⑤]，恒恐儿辈觉，损欣乐之趣。"

【今　注】

①谢太傅：谢安。　王右军：王羲之（321—379，一作

303—361)，字逸少，琅邪临沂（今山东临沂）人，官至右军将军、会稽内史，人称王右军。工于书法，被尊为书圣。

②哀乐：偏义复词，指哀伤。

③作：兴起，生出。

④桑榆：原指落日余辉照在桑树、榆树的梢头，比喻人的晚年，此处则指中年。

⑤丝竹：指音乐。丝为弦乐器，竹为管乐器。　陶写：陶冶性情，抒发忧思。

【今　译】

谢安对王羲之说："人到中年常为哀伤情绪而感伤，每当与亲友离别，便总会有几天时间情绪不好。"王羲之说："桑榆之年，自然会有这种情景，正需要靠音乐来陶冶性情，抒发忧思。只是常担心子侄们知道了，会减少欣喜快乐的情趣。"

【解　义】

除了山水之外，音乐也可以陶冶性情，"丝竹陶写"遂成典故。如辛弃疾《满江红·自湖北漕移湖南席上留别》曰："富贵何时休问，离别中年堪恨，憔悴鬓成霜。丝竹陶写耳，急羽且飞觞。"又如陆文圭《怡颜亭曹若晦子无易为奉亲作》曰："陶写得真性，丝竹亦何为。欢趣不自觉，况令儿辈知。"

六十三

支道林常养数匹马。或言道人畜马不韵[①]。支曰："贫道重其神骏[②]。"

【今　注】

①道人：和尚的旧称。　韵：风雅。

②贫道：和尚谦称之词。　神骏：雄健的姿态。

【今 译】

支道林常常养着几匹马。有人说和尚养马不太风雅。支道林说:“我看重于它们雄健的姿态。”

【解 义】

按照佛教的教义，出家人不能拥有财产，不能从事生产，所以人们批评支道林畜养马匹的行为“不韵”。

六十四

刘尹与桓宣武共听讲《礼记》[①]。桓云:“时有入心处[②]，便觉咫尺玄门[③]。”刘曰:“此未关至极[④]，自是金华殿之语[⑤]。”

【今 注】

①刘尹：刘惔。　桓宣武：桓温。

②入心：打动人心。

③咫（zhǐ）尺：指距离很近。咫，古代长度单位，按照周代的度制，八寸为咫。　玄门：玄妙之门。典出《老子》:“玄之又玄，众妙之门。”喻指最高境界。

④关：涉及。　至极：达到极点，指最高境界。

⑤金华殿之语：指儒生常谈。据《汉书·叙传》，西汉成帝时，郑宽中、张禹每天在金华殿讲说《尚书》《论语》。金华殿，在未央宫中。

【今 译】

刘惔与桓温一起听讲《礼记》。桓温说:“时常有打动人心的地方，于是感觉距离最高境界很近了。”刘惔说:“这还没有接近最高境界，只不过是儒生的常谈而已。”

【解 义】

魏晋时期玄学兴起，老庄之学与佛学最受重视，而儒家学说则从独尊的地位跌落。因此，刘惔认为《礼记》的内容不过是老生常谈而已。

六十五

羊秉为抚军参军①，少亡，有令誉②，夏侯孝若为之叙③，极相赞悼。羊权为黄门侍郎④，侍简文坐。帝问曰："夏侯湛作《羊秉叙》，绝可想⑤。是卿何物⑥？有后不⑦？"权潸然对曰⑧："亡伯令问夙彰⑨，而无有继嗣；虽名播天听⑩，然胤绝圣世⑪。"帝嗟慨久之。

【今　注】

①羊秉（生卒不详）：字长达，泰山平阳（今山东新泰）人。官至抚军参军。早亡，年仅三十二岁。　抚军参军：抚军将军的僚属。

②令誉：美好的名声。

③夏侯孝若：夏侯湛（243—291），字孝若，谯县（今安徽亳州）人。官至散骑常侍，美姿容，与潘岳友善，时人称为连璧。明人辑有《夏侯常侍集》。

④赞悼：赞美哀悼。　羊权：字道舆，历官黄门侍郎、尚书左丞。

⑤可想：值得称赞。

⑥何物：何人。

⑦不：通"否"。

⑧潸（shān）然：流泪的样子。

⑨令问：美好的名声。　夙彰：早就显著。

⑩天听：指皇帝的听闻。

⑪胤（yìn）：后代。

【今　译】

羊秉曾任抚军参军，早亡，享有美名，夏侯湛为他写叙，极力赞美悼念。羊权当时任黄门侍郎，侍侯在简文帝身旁。简文帝问道："夏侯湛写的《羊秉叙》，非常值得赞赏。他是你的什么人？有后代吗？"羊权流着泪回答道："伯父一向美名卓著，但没有后代；他的名声虽然传到了皇上的耳中，却在这圣明之世绝了后。"简文帝嗟叹感慨了很久。

【解　义】

刘孝标注引夏侯湛《羊秉叙》，文末曰："是何行善而祸繁也？岂非司马生之所惑欤？"所谓"司马生之所惑"，指司马迁在《史记·伯夷列传》中的议论，大意是：有人说天道不偏向任何人，常常赐福善人，但为什么那么多恶人得以寿终，那么多善人却不得善终呢？所以我对所谓天道感到很困惑。

六十六

王长史与刘真长别后相见[①]，王谓刘曰："卿更长进[②]。"答曰："此若'天之自高'耳[③]。"

【今　注】

①王长史：王濛（309—347），字仲祖，小字阿奴，太原晋阳（今山西太原西南）人。晋哀帝靖皇后之父。少时放纵不羁，晚年则克己励行，以清约见称，与刘惔齐名。历官长山令、中书郎、司徒左长史。刘真长：刘惔。

②长进：指在学问、品行等方面有进步。

③若天之自高：语出《庄子·田子方篇》，原文曰："若天之自高，地之自厚，日月之自明，夫何修焉。"意指天是自然高，地是自然厚，日月是自然光明，哪里需要修饰呢！

【今　译】

王濛与刘惔别后重逢，王濛对刘惔说："你有长进了。"刘惔回答说："这就好像天是自然很高一样。"

【解　义】

刘惔自视甚高，据《晋书·刘惔列传》记载，桓温曾问刘惔，会稽王司马昱清谈的水平是否有进步，刘惔回答说进步很快，但属于第三流水平。桓温问第一流是哪些人，刘惔毫不客气地回答说：就是我们这些人。本文所载属于朋友间的戏谑之言，据《晋书·王濛列传》记载，王濛与刘惔互相敬重，刘惔称赞王濛性情极为通达，而王濛则认为刘惔胜过自己。

六十七

刘尹云①："人想王荆产佳②，此想长松下当有清风耳！"

【今　注】

①刘尹：刘惔。

②王荆产：王微（生卒不详），一作王徽，字幼仁，小字荆产。琅邪临沂（今山东临沂）人。历官尚书郎、右军将军司马。

【今　译】

刘惔说："人们都觉得王微很出色，这就像觉得高大的松树下应当有清风一样。"

【解　义】

王微是琅琊王氏的后人，其父是王澄，堂叔是王戎，可谓名门之后，所以人们自然认为王微会很优秀。不过刘惔的言下之意是名门之后也未必一定出色。

六十八

王仲祖闻蛮语不解[①]，茫然曰："若使介葛庐来朝[②]，故当不昧此语[③]。"

【今 注】

①王仲祖：王濛。 蛮语：旧时指南方少数民族的方言。

②介葛庐：春秋时东夷国之国君，据说通牛语。介，东夷国。葛庐，国君之名。

③故当：或许。 不昧：明白。昧，不明。

【今 译】

王濛听不懂蛮语，茫然地说："如果让介葛庐来朝见，应当会明白这种话。"

【解 义】

据《左传·僖公二十九年》记载，东夷介国国君葛庐来朝，听到牛鸣之声后说，这母牛生的三头小牛都被用来作了祭品，询问之后，果然如其所说。

六十九

刘真长为丹阳尹[①]，许玄度出都[②]，就刘宿，床帷新丽，饮食丰甘。许曰："若保全此处，殊胜东山[③]。"刘曰："卿若知吉凶由人，吾安得不保此！"王逸少在坐[④]，曰："令巢、许遇稷、契[⑤]，当无此言。"二人并有愧色。

【今 注】

①刘真长：刘惔。

②许玄度：许询（生卒不详），字玄度，高阳（今河北高阳）人。少称神童，善属文，与孙绰齐名。好游山水，乐于隐遁。 出都：到京城。

③东山：在今浙江上虞西南，是谢安隐居之地。后代指隐遁优游之所。

④王逸少：王羲之。

⑤巢、许：巢父、许由。 稷：后稷，周之始祖。 契：商之始祖。

【今 译】

刘惔任丹阳尹时，许询到京城，在刘惔处住宿。床帐崭新而华丽，饮食丰盛而美味。许询说："如果能够保全这样的生活，那就远远胜过东山退隐了。"刘惔说："你如果知道吉凶祸福都由人来定的话，我怎么能不保全这样的生活呢？"王羲之当时在座，说："如果巢父、许由遇到稷、契，应当不会说出这样的话来。"许询和刘惔听了，都面有愧色。

【解 义】

许询禁不住物欲的诱惑，而刘惔亦为之沾沾自喜，所以王羲之讽刺许询不是真隐士、刘惔不是为政清廉之辈。许询和刘惔都是高士，或许只是一时得意忘形，所以立刻就对自己的失言感到羞愧。

七十

王右军与谢太傅共登冶城[①]，谢悠然远想，有高世之志[②]。王谓谢曰："夏禹勤王[③]，手足胼胝[④]；文王旰食[⑤]，日不暇给[⑥]。今四郊多垒[⑦]，宜人人自效；而虚谈废务，浮文妨要，恐非当今所宜。"谢答曰："秦任商鞅[⑧]，二世而亡[⑨]，岂清言致患邪[⑩]？"

【今　注】

①王右军：王羲之。　谢太傅：谢安。　冶城：故址在今江苏南京朝天宫一带，相传春秋时夫差在此冶铸，故名。

②高世：高出世俗之上。

③勤王：勤于公事。

④胼胝（piánzhī）：手上脚上因劳作而磨出的硬皮，俗称老茧。

⑤旰（gàn）食：晚饭，指事务繁忙不能按时吃饭。

⑥日不暇给：形容时间不够用。

⑦四郊多垒：四郊多筑起营垒，指战事频繁。

⑧商鞅（约前390—前338）：战国时卫国人，说服秦孝公变法图强，任左庶长，实行变法，为秦的崛起奠定了基础。封于商，号商君。秦孝公死后，受诬害，车裂而死。

⑨二世而亡：秦王朝建立后，前后十五年而亡，仅历两代帝王，故曰“二世”。

⑩清言：指清谈。

【今　译】

王羲之与谢安一起登上冶城，谢安悠然地沉浸于遐想中，有超凡脱俗的志趣。王羲之说：“夏禹勤于公事，手脚都长满了茧子；文王（整天忙于政事）来不及吃饭，没有空闲时间。现在战事不断，每个人都应为国效力。而因空谈荒废政务，浮华文风妨碍国事，恐怕不适宜于当前。”谢安答道：“秦用商鞅之法，两代就灭亡了，难道是清谈造成的祸患吗？”

【解　义】

世人常有清谈误国或空谈误国之说，即由王羲之所谓“虚谈废务”而衍生。据《晋书·王衍列传》记载，王衍临死前感叹道："呜呼！吾曹虽不如古人，向若不祖尚浮虚，戮力以匡天下，犹可不至今日。"这似乎为清谈误国之说提供了佐证，历代学者因此多受其误导。其实，谢安所说秦二世而亡"岂清言致患邪"，已经清楚地指出误国与清谈之间并不存在因果关系。众所周知，导致西晋国力衰弱的主要原因是八王之乱，而八王之乱又岂是清谈所致？东晋在崇尚清谈的谢安执政下，大败苻坚，而务实的秦人却落得短命的结局，足以证明所谓清谈误国不过是浅薄之见。贾谊《过秦论》对秦王朝的灭亡有过精辟的概括，即"仁义不施"。历朝历代之兴衰其实莫不与仁义相关。孟子说："七十者衣帛食肉，黎民不饥不寒，然而不王者，未之有也。"（《孟子·梁惠王》）换言之，仁义不施而"王"者，未之有也！所谓清谈，是魏晋士人探讨哲学问题的一种方式，即通过辩论，以达到启发思考的目的。魏晋时期，随着佛学思想的传入，带来了诸多新知识和新视野，士人的思想受到激荡，他们逐渐摆脱经学思想的桎梏，开始思考更广泛的哲学命题，如是非、有无等。创造力的源泉在思想，惟有活跃的思想，才能激发人类的活力，这是常识，可惜至今仍常常为人所忽视。

七十一

谢太傅寒雪日内集①，与儿女讲论文义②，俄而雪骤③，公欣然曰："白雪纷纷何所似？"兄子胡儿曰④："撒盐空中差可拟⑤。"兄女曰："未若柳絮因风起⑥。"公大笑乐。即公大兄无奕女⑦，左将军王凝之妻也⑧。

【今　注】

①谢太傅：谢安。　内集：家庭内的集会。

②文义：文章的义理。

③雪骤：雪下得又大又急。

④胡儿：谢朗（323—361），字长度，小名胡儿，谢安次兄谢据之长子，官至东阳太守。

⑤差：尚，略。 拟：相比。

⑥因：凭借。

⑦大兄无奕女：谢道韫（生卒年不详），字令姜，王羲之次子王凝之妻。时人称其有竹林七贤的风度。原诗文有集，今亡。无奕，谢奕字无奕，谢安的长兄。

⑧左将军王凝之：王凝之（334－399年），字叔平，历仕江州刺史、左将军、会稽内史。后为孙恩所杀。

【今 译】

谢安在寒冷的雪天把家人聚集在一起，给儿女们讲说文章义理。一会儿雪下得又大又急，谢安高兴地说："这白雪纷飞像什么呢？"侄儿谢朗说："好比是把盐撒到空中一样。"侄女谢道韫说："还不如说是柳絮凭风起舞。"谢安听了开心地大笑。这位侄女就是谢安长兄谢奕的女儿，左将军王凝之的妻子。

【解 义】

宋人郭应祥《念奴娇·次贯子济韵》曰："谢女才情，如何只道，柳絮因风起。"意指"柳絮因风起"这句话并没有什么才情。他显然忽略了谢道韫当时还只是一个小女孩。

七十二

王中郎令伏玄度、习凿齿论青、楚人物[①]，临成[②]，以示韩康伯[③]，韩康伯都无言。王曰："何故不言？"韩曰："无可无不可[④]。"

【今 注】

①王中郎：王坦之（330－375），太原晋阳（今山西太原）

人。袭父爵蓝田侯。简文帝为抚军将军，辟为掾。累迁中书令、领北中郎将、徐兖二州刺史。 伏玄度：伏滔（约 317—396），字玄度，平昌安丘（今山东安丘）人。有才学，历官参军、著作郎、游击将军。 习凿齿（317—384）：字彦威，襄阳（今湖北襄阳）人。历官户曹参军、荥阳太守。晚年隐居，著有《汉晋春秋》《襄阳耆旧记》《逸人高士传》等。 青、楚：指青州和荆州。

②临成：将近完成时。

③韩康伯：韩伯。

④无可无不可：语出《论语·子微》，孔子说自己"无可无不可"，意即没有什么可以或不可以。

【今　译】

王坦之让伏滔、习凿齿评论青州、荆州的历史人物，将近完成时，拿给韩伯看，韩伯什么话都不说。王坦之说："为什么不说话？"韩伯说："无所谓可以不可以"。

【解　义】

伏滔是青州人，习凿齿则是荆州人，所以王坦之让他们各自评价青州与楚地的人物优劣。据刘孝标注可知，伏滔与习凿齿往来辩论，最终习凿齿词穷。韩伯是颍川长社（今河南长葛西）人，他所谓"无可无不可"，或许是因为站在旁观者的立场上，所以觉得这样的辩论毫无意义。

七十三

刘尹云[①]："清风朗月，辄思玄度[②]。"

【今　注】

①刘尹：刘惔。

②玄度：许询。

【今　译】

刘惔说："每逢清风朗月之时，总是令人思念许询。"

【解　义】

据刘孝标注引《晋中兴士人书》记载，许询善于清谈，所以当时士人都对他钦仰。

七十四

荀中郎在京口[①]，登北固望海，云[②]："虽未睹三山[③]，便自使人有凌云意[④]。若秦、汉之君[⑤]，必当褰裳濡足[⑥]。"

【今　注】

①荀中郎：荀羡（322—359），字令则，颍川颍阴（今河南许昌）人。尚寻阳公主，拜驸马都尉，历官建威将军、吴国内史、北中郎将、徐州刺史、监徐兖二州及扬州之晋陵诸军事。　京口：今江苏镇江，是当时的军事重镇。

②北固：北固山，在镇江东北江滨。

③三山：蓬莱、方丈、瀛州，传说为东海中的三座神山。

④凌云：直上云霄。

⑤秦、汉之君：指秦始皇和汉武帝。他们都追求长生不老，秦始皇曾派徐福带三千童男童女入三神山求仙。汉武帝亦曾东巡海上，令方士求蓬莱仙人。

⑥褰（qiān）裳（cháng）濡（rú）足：撩起下衣、沾湿双足。裳，遮蔽下体的衣裙。

【今　译】

荀羡在京口时，登上北固山遥望东海，说道："虽然没有看到海上的神山，但已经让人有凌云之志了。如果秦皇汉武在此，必定会踏海而去。”

【解　义】

所谓“凌云意”，典出《史记·司马相如列传》，司马相如因汉武帝好仙道，于是奏《大人赋》以为讽谏，结果汉武帝没看出司马相如的意图，反而“飘飘有凌云之气，似游天地之间意”。北固山横枕大江边，山势险固，风景殊胜，辛弃疾有“满眼风光北固楼”（《南乡子·登京口北固亭有怀》）的名句。

七十五

谢公云[①]：“贤圣去人[②]，其间亦迩[③]。”子侄未之许[④]，公叹曰：“若郗超闻此语，必不至河汉[⑤]。”

【今　注】

①谢公：谢安。

②去：离开。

③迩：近。

④未之许：未许之，不赞同他。

⑤河汉：银河，比喻言论夸诞、不着边际。语出《庄子·逍遥游》，原文：“肩吾问于连叔曰：‘吾闻言于接舆，大而无当，往而不反。吾惊怖其言，犹河汉而无极也。’”意指接舆之言令人惊骇，好像天上的银河一样漫无边际。

【今　译】

谢安说：“圣贤离开普通人，其距离也是很近的。”他的子侄们都不太认可他的意见。谢安叹道：“如果郗超听到我的话，必定不会以为是不着边际的。”

【解　义】

谢安此言不知是从何角度出发，他的子侄们都不是泛泛之辈，如果连他们都一时无法理解，那么后人就更难以推敲其义了。正因为其义隐伏，所以谢安感慨只有郗超能够理解。据刘孝标注引《郗超别传》记载，郗超精于义理，被支道林誉为“一时之俊”。谢安所说“若郗超闻此语”，其语气说明郗超此时可能已经去世。

七十六

支公好鹤①，住剡东岇山②。有人遗其双鹤③，少时翅长欲飞，支意惜之，乃铩其翮④。鹤轩翥不复能飞⑤，乃反顾翅垂头，视之如有懊丧意。林曰：“既有陵霄之姿，何肯为人作耳目近玩⑥！”养令翮成，置使飞去。

【今　注】

①支公：支道林。　好：爱，喜好。

②剡：县名，辖境包括今浙江嵊州市和新昌县。岇（àng）山：在今浙江嵊县东。

③遗（wèi）：赠送。

④铩（shā）：摧残，伤残。　翮（hé）：鸟羽的茎状部分。

⑤轩翥（xuān zhù）：飞举的样子。

⑥近玩：亲近的玩物、宠物。

【今　译】

支道林喜爱鹤，住在剡县东面的岇山。有人送给他一对鹤，不久鹤的翅膀长硬了想飞走，支道林内心舍不得，便剪去它们的翅茎。鹤张开翅膀却不再能飞了，就回过头看着翅膀，垂下头来，看上去好像萎靡不振的样子。支道林说：“它们既然有凌云的姿态，怎么肯被人当作观赏的玩物呢！”于是把鹤的翅膀养好，放它们飞翔而去。

【解　义】

作为一代高僧，支道林恐怕不会作出剪翅之举，因为此举明显有违佛家慈悲之怀。据《高僧传·支遁传》记载，有人送鹤给支道林，支道林说："尔冲天之物，宁为耳目之玩乎?"于是将其放生。这一记载较为可信。

七十七

谢中郎经曲阿后湖[①]，问左右："此是何水?"答曰："曲阿湖。"谢曰："故当渊注渟著[②]，纳而不流。"

【今　注】

①谢中郎：谢万（320—361），字万石，谢安之弟。官至豫州刺史、领淮南太守、监司豫冀并四州军事。北征时因不恤士卒，溃败而回，废为庶人，后复为散骑常侍。曲阿后湖：即曲阿湖，一名练湖，在今江苏丹阳城北。

②渊注：深入灌注。　渟著（tíng zhuó）：水停滞。

【今　译】

谢万经过曲阿后湖时，问左右随从："这是什么河?"随从答道："这是曲阿湖。"谢万说："所以该当水流积滞，只能容纳而不能流动了。"

【解　义】

谢万的感慨系针对曲阿湖的传说而发。据刘孝标注引《太康地记》记载，曲阿湖原名云阳，秦始皇认为此地有王气，便命人凿北阬山以破坏其走势，把直道截为弯曲，故名曲阿。

七十八

晋武帝每饷山涛恒少[①]。谢太傅以问子弟[②]，车骑答曰[③]："当由欲者不多，而使与者忘少[④]。"

【今　注】

①饷：赠送，赐给。　山涛（205—283）：字巨源，河内怀县（今河南武陟西）人。"竹林七贤"之一。西晋初历官侍中、吏部尚书、太子少傅、左仆射等职。　恒：经常。

②谢太傅：谢安。

③车骑：谢玄（343—388），字幼度，小字遏，谢安之侄。谢安为相时，任为建武将军、兖州刺史、领广陵相，组织北府兵，以抵御前秦。在淝水之战中，与谢石等大破苻坚，并收复徐、兖、青、豫诸州，以功封康乐县公。死后追赠车骑将军，故称。

④与者：给与的人。

【今　译】

晋武帝每次赐给山涛的东西都很少。谢安拿这件事问子弟们，谢玄回答说："应当是接受者没有过多的欲望，致使赠送者忽略了东西的多少。"

【解　义】

山涛以德行著称，他当然不会介意晋武帝的赏赐是多是少。正因为山涛对财富无欲求，晋武帝自然也就忽略了赏赐多少的问题。据《晋书·山涛列传》记载，山涛去世时，晋武帝下诏赐棺木朝服各一具、衣一套、钱五十万、布百匹，以供丧事之用，下葬时又赐钱四十万、布百匹，司徒左长史范晷等上奏说："山涛家仅有旧屋十间，但子孙太多，恐怕容纳不下。"晋武帝于是又为其后人修建了宅第。这一记载可以作为本文的最佳注脚，因为由此可知晋武帝对山涛的清苦状况毫不知情。

七十九

谢胡儿语庾道季[①]："诸人莫当就卿谈[②]，可坚城垒[③]。"庾曰："若文度来[④]，我以偏师待之[⑤]；康伯来[⑥]，济河焚舟[⑦]。"

【今　注】

①谢胡儿：谢朗。　庾道季：庾龢（hé），字道季，庾亮之子。历官丹阳尹、中领军，卒于官。

②莫：可能，也许。　就：靠近。

③坚城垒：加固防线。

④文度：王坦之。

⑤偏师：指非主力部队。

⑥康伯：韩伯。

⑦济河焚舟：渡过黄河烧掉船只，语义与破釜沉舟相同。

【今　译】

谢朗对庾龢说："大家可能会到你这里来清谈，你可得做好防备。"庾龢说："如果王坦之来，我不用出动主力就能对付他了；如果韩伯来，我就用渡河焚舟的决心来对付他。"

【解　义】

济河焚舟，典出《左传·文公三年》。秦穆公时期，秦军曾屡次被晋军击败，公元前624年，秦穆公以孟明为将，率师出蒲津关，渡过黄河后，焚毁船只，以示必胜的决心，并取得一系列胜利。谢朗认为王坦之并不是他的对手，而韩伯虽然实力强劲，但自己只要全力以赴，也有必胜的信心。

八十

李弘度常叹不被遇[①]，殷扬州知其家贫[②]，问："君能屈志百里不[③]？"李答曰："《北门》之叹[④]，久已上闻；穷猿奔林[⑤]，岂暇择木？"遂授剡县。

【今　注】

①李弘度：李充（生卒不详），字弘度，江夏鄍（今河南罗山西）人。历官记室参军、剡县令、大著作郎，迁中书侍郎。创经史子集分类法，著有《论语注》十卷、《翰林论》五十四卷、集二十二卷，今多散逸。　被遇：得到知遇。

②殷扬州：殷浩。

③屈志：委曲其志，指迁就，大材小用。　百里：指县令，古时一县辖地约百里。

④《北门》：《诗经·邶风》中的篇名，第一章云："出自北门，忧心殷殷。终窭且贫，莫知我艰。已焉哉，天实为之，谓之何哉！"《毛诗序》曰："刺仕不得志也。"《北门》之叹，意指不得志。

⑤穷猿：走投无路的猿猴。穷，穷途，无路可走。

【今　译】

李充常常感叹自己没有得到知遇，殷浩知道他家境贫困，问他："你能屈就县令吗？"李充答道："《北门》之叹，您早就听闻了；穷途末路的猿猴，哪里还顾得上选择树木？"殷浩于是就授他剡县令之职。

【解　义】

据《晋书·李充列传》记载，授李充县令一职的是褚裒。

八十一

王司州至吴兴印渚中看[①]，叹曰："非唯使人情开涤[②]，亦觉日月清朗。"

【今　注】

①王司州：王胡之。　印渚：在吴兴郡於潜县（今属昌化县）东七十里，有山壁溪流，风景殊胜，为行旅观赏之地。

②非唯：不仅，不只。　开涤：开朗清爽。

【今　译】

王胡之到吴兴印渚去观赏景物，赞叹道："这里不仅使人心胸开阔清爽，也令人感到日月凉爽晴朗起来。"

【解　义】

魏晋士人寄情山水，他们的审美趣味也逐渐提升到了相当高的境界。。

八十二

谢万作豫州都督[①]，新拜[②]，当西之都邑[③]，相送累日[④]，谢疲顿[⑤]。于是高侍中往[⑥]，径就谢坐，因问："卿今仗节方州[⑦]，当疆理西蕃[⑧]，何以为政？"谢粗道其意。高便为谢道形势，作数百语。谢遂起坐[⑨]。高去后，谢追曰[⑩]："阿酃故粗有才具[⑪]。"谢因此得终坐。

【今　注】

①都督：指刺史。

②拜：授职，任职。

③之：往，到。

④累日：连日。

⑤疲顿：疲乏，疲劳。

⑥高侍中：高崧（生卒不详），字茂琰，小字阿酃，广陵（今江苏江都）人，历官中书郎、黄门侍郎、抚军司马。

⑦仗节：手执符节。节，符节，古代用以传达命令、调兵遣将的凭证。 方州：地方州郡。

⑧疆理：治理。 蕃：通“藩”，属地。

⑨起坐：从床上起来坐着，表示恭听。

⑩追：追溯，回想。

⑪阿酃（líng）：高崧的小字。 故：本来。 粗：略微。才具：才能。

【今 译】

谢万出任豫州刺史，刚拜官，要西行到治所时，送行者连日不断，谢万疲劳不堪。这时候侍中高崧来了，径直走到谢万身旁坐下，便问道：“您现在是方镇长官，将治理西部属地，准备怎么施政？”谢万大略地说了一些想法。高崧便向谢万分析了当时的形势，讲了几百字。谢万于是起身恭听。高崧走了以后，谢万回想着刚才的话，说：“阿酃原本就略具才能。”谢万为此才陪坐到结束。

【解 义】

谢万为人倨傲，但高崧的一番话却让他不顾疲惫，起身恭听，足以证明高崧具有高超的见识。所谓“谢因此得终坐”，意指如果是泛泛之辈，谢万或许就会一直躺着。

八十三

袁彦伯为谢安南司马①，都下诸人送至濑乡②。将别，既自凄惘[3]，叹曰："江山辽落[4]，居然有万里之势[5]！"

【今　注】

①袁彦伯：袁宏（328—376），字彦伯，小字虎，阳夏（今河南太康）人，历官谢奉司马、桓温记室参军、吏部侍郎、东阳郡守。著有《后汉记》《竹林名士传》《东征赋》《北征赋》《三国名臣颂》等。　谢安南：谢奉（316—379），字弘道，会稽山阴（今浙江绍兴）人，历官安南将军、广州刺史、吏部尚书，后坐事免官。　司马：官名，将军府的属官，综理一府之事，参预军事计划。

②都下：指京城。　濑乡：古地名，在今江苏溧阳境内。

③凄惘：怅惘，失意。

④辽落：辽阔空旷的样子。

⑤居然：竟然。

【今　译】

袁宏出任谢奉的司马时，京城的朋友们送至濑乡。临别时，他已经自感怅惘，感叹道："江山如此辽阔空旷，竟然有万里无垠的气势。"

【解　义】

据《晋书·袁宏列传》记载，袁宏才思敏捷，被誉为"一时文宗"，当时人们称"当今文章之美，故当共推此生"。袁宏的感慨，即所谓触景生情。

八十四

孙绰赋《遂初》[1]，筑室畎川[2]，自言见止足之分[3]。斋前种一株松，恒自手壅治之[4]。高世远时亦邻居⑤，语孙曰："松树子非不楚楚可怜⑥，但永无栋梁用耳。"孙曰："枫柳虽合抱⑦，亦何所施？"

【今　注】

①孙绰（314—371）：字兴公，太原中都（今山西平遥西南）人。历官太学博士、尚书郎、章安县令、建威将军长史、永嘉太守、散骑常侍、领著作、廷尉卿。以文才著称，著有《遂初赋》《天台赋》等。　《遂初》：即《遂初赋》。自称仰慕老庄，故建五亩之宅以悠然隐居。

②畎（quǎn）川：古地名，未详。

③止足：语见《老子》，原文曰："知足不辱，知止不殆，可以长久。"意即知道满足就不会受辱，知道适可而止就不会有危险，这样才可以保持长久。　分（fèn）：本分。

④壅治：施肥培土加以养育。

⑤高世远：高柔（生卒年不详），字世远，临海乐安（今浙江仙居西）人。历官司空参军、安固县令、冠军参军。

⑥楚楚可怜：娇柔可爱。怜，爱。

⑦合抱：两臂围拢。

【今　译】

孙绰作《遂初赋》时，在畎川建了房屋，自称懂得了知止和知足的本分。书斋前种了一棵松树，常常自己亲手培土养育。高柔当时与他相邻而居，对孙绰说："小松树娇弱可爱，只是永远不能用作栋梁。"孙绰说："枫树、柳树虽可长得粗大，但又有什么用处呢？"

【解　义】

据《晋书·孙绰列传》，孙绰"好讥调"，意即喜欢讥讽戏谑。高柔所说"楚楚可怜"，含有孙绰祖父孙楚的名讳，孙绰所说“枫柳虽合抱”，是否也含有高柔家族的名讳，因史料阙如，已不得而知。按照常理，提及对方先人的名讳是大不敬，但魏晋士人流行用名讳来开玩笑，所以高柔和孙绰之间的对话属于戏谑。孙绰后来曾为高柔的文集作序。

八十五

桓征西治江陵城甚丽①，会宾僚出江津望之②，云：“若能目此城者③，有赏。”顾长康时为客在坐④，目曰：“遥望层城⑤，丹楼如霞。”桓即赏以二婢。

【今　注】

①桓征西：桓温。　治：治理，营建。　江陵：为南郡的治所。

②会：会聚。　宾僚：宾客与僚属。　江津：江边渡口。

③目：品题，评论高下。

④顾长康：顾恺之（约 345—409），字长康，小字虎头，晋陵无锡（今江苏无锡）人。曾为桓温及殷仲堪参军，官至通直散骑常侍。多才艺，工诗赋，尤精绘画，有“才绝、画绝、痴绝”之称。

⑤层城：古代神话中昆仑山上的高城，此处喻指江陵。

【今　译】

桓温把江陵城修建得非常壮丽，他聚集宾客僚属们来到江边渡口眺望，说道：“如果有人能品题此城，有赏！”顾恺之当时作为客人也在座中，品题说：“遥望高城，红楼如霞。”桓温立即赏给他两个婢女。

【解　义】

据《淮南子·地形训》记载，昆仑山上有高城，层层叠叠有九重。由顾恺之的品鉴可知，江陵城不但城墙高耸，而且楼观林立，这些楼观应属于门楼、敌楼之类的防御工事，密布城墙之上，由于涂上了红色，所以看上去像彩霞一般壮观。作为荆州重镇，江陵城防之坚固可想而知。

八十六

王子敬语王孝伯曰①："羊叔子自复佳耳②，然亦何与人事，故不如铜雀台上妓③。"

【今　注】

①王子敬：王献之。　王孝伯：王恭。

②羊叔子：羊祜（221—278），字叔子，泰山南城（今山东费县西南）人。官至尚书左仆射、都督荆州诸军事。曾向晋武帝献计灭吴，为官清俭，临终前举杜预自代。

③铜雀台：曹操所建，在今河北临漳西南古邺城西北隅。据刘孝标注引曹操临终遗言，死后在铜雀台上设床帷，命妾伎在台上早晚供食，每月初一、十五对着床帷歌舞。　妓：伎，指能歌善舞之女侍。

【今　译】

王献之对王恭说："羊祜原本很优异，但又和世人有什么关系，还不如铜雀台上的歌舞伎。"

【解　义】

羊祜享有盛誉，王献之也承认"自复佳耳"。所谓"然亦何与人事"，或许意指羊祜是古人，所以已经和世事无关。

八十七

林公见东阳长山，曰①："何其坦迤②！"

【今　注】

①林公：支道林。　东阳：郡名，今浙江金华。　长山：又称常山，即今之金华山，在长山县，山势绵延，县因山而得名。

②何其：多么。　坦迤（yí）：形容山势平坦而绵长。

【今　译】

支道林看到东阳的长山时，说："多么平坦而绵长！"

【解　义】

长山自南北朝后称作金华山，系龙门山脉的支脉，西南起兰溪，绵延数县，东北至义乌浦江，山势平坦，所以支道林形容为"坦迤"。

八十八

顾长康从会稽还[①]，人问山川之美，顾云："千岩竞秀[②]，万壑争流[③]，草木蒙笼其上，若云兴霞蔚[④]。"

【今　注】

①顾长康：顾恺之。　会稽：郡名，治所在今浙江绍兴。

②千岩：群山，指山之多。

③万壑：众多溪流。

④蒙笼：覆盖。　云兴霞蔚：形容灿烂绚丽的景象。

【今　译】

顾恺之从会稽回来，人们问他山川风光如何，顾恺之说："山岩裸露竞相争秀，万条溪流争相奔流，茂盛的花草树木覆盖在山顶，仿佛云气升腾霞彩蔚然。"

【解　义】

千岩竞秀，指山体岩石如斧劈刀削一般峭立，土壤植被无法附着，岩体因此裸露在外，故而竞相争秀。

八十九

简文崩[①]，孝武年十余岁[②]，立，至暝不临[③]。左右启："依常应临。"帝曰："哀至则哭，何常之有[④]？"

【今　注】

①简文：简文帝司马昱。　崩：古称帝王之死。

②孝武：孝武帝司马曜（362—396），字昌明。简文帝第三子，公元372—396在位，后为宠妃张贵人害死。

③暝：黄昏。　临（lìn）：哭吊。

④何常之有：有什么常理。何……之有，反问句式，有什么之意。

【今　译】

简文帝离世时，孝武帝才十多岁，登基后，他直至黄昏也不去哭吊。左右侍从禀告说："按照常理应当去哭吊了。"孝武帝说："悲哀到来就会哭，有什么常理可说。"

【解　义】

此事亦见《晋书·孝武帝纪》，史官认为这是孝武帝早年聪敏有悟性的表现。其实孝武帝也是一代昏君，他将朝政交给昏庸无能的司马道子执掌，自己则沉迷于酒色而不能自拔，最后被他所宠爱的张贵人害死。

九十

孝武将讲《孝经》[①]，谢公兄弟与诸人私庭讲习[②]。车武子难苦问谢[③]，谓袁羊曰[④]："不问则德音有遗[⑤]，多问则重劳二谢[⑥]。"袁曰："必无此嫌。"车曰："何以知尔？"袁曰："何尝见明镜疲于屡照，清流惮于惠风⑦？”

【今　注】

①孝武：孝武帝司马曜。

②谢公兄弟：谢安和谢石。谢石（327—389）：字石奴，谢安之弟。太元八年（387）任征讨大都督，统兵抵御前秦的进攻，取得淝水之战的胜利。　私庭：私人宅院之中庭。　讲习：讲论研习。

③车武子：车胤（？—401）：字武子，南平（今湖北公安西南）人。幼时苦学，家贫无油点灯，便在夏夜收集萤火虫装在白绢口袋里照明夜读。官至吏部尚书。　难：为难。　苦：此指反复。屡次做某事。

④袁羊：袁乔（312—348），字彦升，小字羊，陈郡阳夏（今河南太康）人。历官尚书郎、江夏相。

⑤德音：指谢氏对经义的高明见解。

⑥重劳：增加辛劳。

⑦惠风：和风。

【今　译】

孝武帝将要讲论《孝经》，谢安、谢石兄弟与众人先在家里讨论研习。车武子对反复向谢氏兄弟提问感到为难，对袁羊说：“不问的话，怕真知灼见会有所遗漏；多问的话，又要劳烦他们。”袁羊说：“肯定没有这种嫌弃的意思。”车武子说：“你怎么知道呢？”袁羊说：“哪里见过镜子因为人们反复照镜而疲倦，清澈的水流会惧怕和风的吹拂呢？”

【解　义】

“孝武将讲《孝经》”，是指请人为他开讲《孝经》，所以谢安等人需要预先研习准备。袁羊在晋孝武帝即位前就已去世，所以本文提到的袁羊应是袁宏之误。

九十一

王子敬曰[①]："从山阴道上行[②]，山川自相映发[③]，使人应接不暇[④]。若秋冬之际，尤难为怀。"

【今　注】

①王子敬：王献之。

②山阴：县名，今浙江绍兴。

③映发：辉映衬托。

④应接不暇：这里形容美景太多，来不及观赏。

【今　译】

王献之说："在山阴的大道上行走，山景水色交相映衬，令人眼花缭乱，来不及欣赏。如果是在秋冬之交，就更加令人难以忘怀。"

【解　义】

成语"应接不暇"即典出于此。山阴道，山川映发等语则常为后世诗人所化用，如杜甫《舟中夜雪有怀卢十四侍御弟》中的"不识山阴道，听鸡更忆君"、何梦桂《蓦山溪》中的"重门深闭，忘却山阴道"，又如杜甫《送何侍御归朝》中的"山花相映发，水鸟自孤飞"。

九十二

谢太傅问诸子侄[①]："子弟亦何预人事[②]，而正欲使其佳？"诸人莫有言者，车骑答曰[③]："譬如芝兰玉树[④]，欲使其生于阶庭耳。"

【今　注】

①谢太傅：谢安。

②预：参与，干预。

③车骑：谢玄。

④芝兰玉树：比喻才质优秀的子弟。芝兰，灵芝兰草。玉树，宝树。

【今　译】

谢安问他的子侄们：“子弟后辈又关别人什么事，长辈们为什么一定要让他们优秀呢?”大家都没有说话，谢玄回答道：“譬如芝兰玉树这样的好东西，想让他们生长在自家的门庭台阶边。”

【解　义】

成语“芝兰玉树”典出于此，比喻有出息的子弟。

九十三

道壹道人好整饰音辞[①]，从都下还东山[②]，经吴中[③]。已而会雪下[④]，未甚寒，诸道人问在道所经。壹公曰：“风霜固所不论，乃先集其惨澹[⑤]。郊邑正自飘瞥[⑥]，林岫便已皓然[⑦]。”

【今　注】

①道壹道人（生卒不详）：东晋高僧，俗姓陆，居京城瓦官寺，从竺法汰求学，讲解经论，倾动京师，深得简文帝器重。道人，和尚的别称。　整饰（chì）：整顿修饰。

②都下：京城。　东山：在浙江上虞县西南。

③吴中：吴郡的别称，治所在今苏州。

④已而：不久。　会：正当。

⑤惨澹（dàn）：指天色暗淡无光。

⑥郊邑：郊野。　飘瞥：形容大雪飘扬。

⑦林岫（xiù）：树林山峰。　皓然：洁白的样子。

【今　译】

道壹和尚喜欢修饰言辞音韵，他从京城回东山，路经吴郡。不久遇上下雪，天还不太冷，和尚们问他路上的经历。道壹说："路上的风霜不必说，竟然是天色无光。郊野飘扬着大雪，林木山峦一片白茫茫。"

【解　义】

刘孝标注引《名德沙门题目》，称道壹和尚"文锋富赡"，意即文辞华丽。道壹和尚所叙，不仅句式工整押韵，而且诗意盎然。"风霜固所不论，乃先集其惨澹"，系化用《诗经·小雅·頍弁》"如彼雨雪，先集维霰"句，意谓下大雪前会先集起细粒的冰珠。

九十四

张天锡为凉州刺史①，称制西隅②。既为苻坚所禽③，用为侍中④。后于寿阳俱败⑤，至都，为孝武所器⑥。每入言论，无不竟日⑦。颇有嫉己者，于坐问张："北方何物可贵？"张曰："桑椹甘香⑧，鸱鸮革响⑨，淳酪养性⑩，人无嫉心。"

【今　注】

①张天锡（346—406）：字纯嘏，小字独活，安定乌氏（今宁夏固原东南）人。十六国时前凉政权最后一位君主，荒于声色，不恤政事。太元元年（376），因战败投降前秦，封归义侯。淝水之战时随军南下，苻坚战败后乘机奔晋，后任散骑常侍、凉州刺史。

②称制：自称帝王。　西隅：西部边陲之地。

③既：不久。　苻坚（338—385）：字永固，一名文玉，略阳临渭（今甘肃天水东）人，氐族，十六国时前秦国

君，公元357—385在位。先后攻灭前燕、前凉、代国，统一北方大部分地区。建元十九年（383）率军攻晋，在淝水大败，后为羌族首领姚苌所杀。　禽：同“擒”。

④侍中：官名，侍从皇帝左右。

⑤寿阳：今安徽寿县。

⑥孝武：孝武帝司马曜。

⑦竟日：终日。

⑧桑椹（shèn）：桑树结的果实。

⑨鸱鸮（chī xiāo）：猫头鹰。　革：鸟翅。　响：指猫头鹰振翅发出的声响。

⑩淳酪：纯正的奶酪。淳，通纯。

【今　译】

张天锡任凉州刺史时，在西部边陲称王。不久他为苻坚擒获，被任为侍中。后来在寿阳与苻坚一起被打败，来到了都城，受到孝武帝的器重。他每次入宫谈论，都是一整天。当时有些人很嫉妒他，就在座上问张天锡：“北方有什么值得珍贵的东西？”张天锡说：“桑树的果实甜而香，猫头鹰振翅作响；纯正的奶酪可以养性，人们没有嫉妒之心。”

【解　义】

“桑椹甘香，鸱鸮革响”典出《诗经·鲁颂·泮水》，原诗曰：“翩彼飞鸮，集于泮水。食我桑椹，怀我好音。”意即翩翩飞翔的猫头鹰，聚集在泮水岸边，吃我甘甜的桑葚，回报我悦耳的声音。张天锡以此表达自己有知恩图报之心。“淳酪养性，人无嫉心”则是讽刺那些嫉妒自己的人。

九十五

顾长康拜桓宣武墓①，作诗云：“山崩溟海竭②，鱼鸟将何依。”人问之曰：“卿凭重桓乃尔[3]，哭之状其可见乎？”顾曰：“鼻如广莫长风[4]，眼如悬河决溜[5]。”或曰：“声如震雷破山，泪如倾河注海。”

【今　注】

①顾长康：顾恺之。　桓宣武：桓温。

②溟：海。

③凭重：看重。　乃尔：如此。

④广莫：辽阔空旷。《庄子·逍遥游》：“何不树之于无何有之乡、广莫之野。”

⑤悬河：瀑布。　决溜：形容瀑布如决口般急流而下。溜，急流。

【今　译】

顾恺之去祭拜桓温墓，作诗谓：“山崩和海枯，鱼鸟无依靠。”别人问他道：“你如此看重桓温，那么你哭吊的情景可以再现一下吗？”顾恺之道：“鼻息如旷野之风，眼泪如瀑布一般湍急。”或者说：“哭声像震破山岳的惊雷，眼泪如倾泻大海的河水。”

【解　义】

据《晋书·顾恺之列传》记载，顾恺之曾任桓温的参军，受到桓温的赏识，“甚见亲昵”。因此，顾恺之在桓温病逝后极为伤感，是感念知遇之恩。“山崩溟海竭，鱼鸟将何依”，表示顾恺之认为桓温死后，朝廷即失去可以依靠的栋梁。

九十六

毛伯成既负其才气[1]，常称：“宁为兰摧玉折[2]，不作萧敷艾荣[3]。”

【今　注】

①毛伯成：毛玄（生卒不详），字伯成，颍川（今河南许昌）人，官至征西行军参军。

②宁：宁可，情愿。　兰摧玉折：指洁身自好。

③萧、艾：恶草，比喻品质低劣的恶人、小人。　敷：展开。　荣：开花。

【今　译】

毛玄自负自己很有才华，常常宣称："我宁可像香草美玉那样被摧折而死，也决不能像萧、艾那样求取荣华。"

【解　义】

毛玄之语典出《离骚》。兰草和玉佩都是屈原所赞美的高洁之物，而萧、艾则为恶草，指代那些奸邪的小人。《离骚》曰："何昔日之芳草兮，今直为此萧艾也。岂其有他故兮，莫好修之害也。"诗中感叹君子往往经不起诱惑而蜕变成小人，这都是因为他们不能修身以正己。

九十七

范宁作豫章[①]，八日请佛有板[②]，众僧疑，或欲作答。有小沙弥在坐末，曰[③]："世尊默然，则为许可。"众从其义[④]。

【今　注】

①范宁（生卒不详）：字武子，南阳慎阳（今河南淅川）人。官至豫章太守，封阳遂乡侯。东晋经学家，著有《春秋穀梁传集解》。　作豫章：任豫章太守。

②八日：农历四月初八为释迦牟尼佛的诞生日，此日寺庙举行法会，以香汤浴佛。　板：木简，将礼佛之文书写在木简上。

③沙弥：刚出家的小和尚。

④世尊：佛教徒对释迦牟尼佛的尊称。

【今　译】

范宁任豫章太守时，于四月初八佛诞日请佛，有礼佛之文写在木简上，众和尚见了有点疑惑，有和尚准备作答复。坐在末座的小和尚说：“佛祖沉默不言，就是许可的意思。”大家都同意他的意见。

【解　义】

范宁是经学大家，同时也是一位虔诚的佛教徒。据《高僧传·慧持传》记载，豫章太守范宁请讲《法华昆昙》，于是四方云聚，千里遥集，盛况空前。礼佛文除颂扬佛法外，还会发愿心，僧人们也要作答。本文所谓“众僧疑”，指僧人们对如何答复范宁的礼佛文感到踌躇。虽然有人准备作答，但显然没有把握。小沙弥的话无疑让众僧避免了尴尬，所以干脆以佛祖默许作答。

九十八

司马太傅斋中夜坐[①]，于时天月明净，都无纤翳[②]，太傅叹以为佳。谢景重在坐[③]，答曰：“意谓乃不如微云点缀。”太傅因戏谢曰：“卿居心不净，乃复强欲滓秽太清邪[④]？”

【今　注】

①司马太傅：司马道子（365—403），简文帝第五子，初封琅邪王，后改封会稽王，都督中外诸军事，执掌朝政，大肆聚敛，奢侈无度，为桓玄所杀。

②纤翳（yì）：指天空没有一丝云彩。翳，遮盖。

③谢景重：谢重（生卒不详），字景重，陈郡阳夏（今河

南太康）人，谢朗之子，为会稽王司马道子骠骑长史。

④滓（zǐ）秽：污染，玷污。　太清：天空。

【今　译】

一天夜里，司马道子在书斋中闲坐，当时天空清朗，月光皎洁，没有一丝云彩，司马道子为这绝好的景色而赞叹。谢重当时在座，答话道："我认为还不如有一点点云彩点缀天空更美。"司马道子就跟谢重开玩笑道："你心里不纯净，还想强行污染天空吗？"

【解　义】

司马道子当政时虽然无道，但他年少时即长于清谈，并为谢安所称道。本文所载即可见司马道子具有一定的风趣幽默的情致。

九十九

王中郎甚爱张天锡[①]，问之曰："卿观过江诸人，经纬江左轨辙[②]，有何伟异[③]？后来之彦[④]，复何如中原？"张曰："研求幽邃[⑤]。自王、何以还[⑥]，因时修制，荀、乐之风[⑦]。"王曰："卿知见有余[⑧]，何故为苻坚所制？"答曰："阳消阴息[⑨]，故天步屯蹇[⑩]，否剥成象[⑪]，岂足多讥？"

【今　注】

①王中郎：王坦之，官至北中郎将，故称。

②经纬：谋划，治理。　江左：江东地区。　轨辙：车轮的痕迹，这里指准则、法则。

③伟异：特异。

④彦：有才德者。

⑤幽邃：深而远。

⑥王、何：王导、何充。　以还：以来。

⑦荀、乐：荀顗、荀勖、乐广。荀顗（？—274），字景倩，颍川颍阴（今河南许昌）人，官至太尉、侍中，封临淮郡公。荀勖（？—289），字公曾，颍川颍阴（今河南许昌）人。官至光禄大夫、仪同三司、尚书令，封济北郡侯。

⑧知见：知识见解。

⑨消，消亡。　息，生长，繁殖。

⑩天步：国运，时运。　屯（zhūn）蹇（jiǎn）：《周易》的两个卦名。屯与蹇都是艰难困苦之意，后因称挫折不顺为屯蹇。

⑪否（pǐ）剥：《周易》的两个卦名。否，指上下隔阂，闭塞不通；剥，指剥落、衰败。两者均为时运不利的意思。　象：卦象。

【今　译】

王坦之很看重张天锡，问他道："你看渡江南下的人，规划江东的法度，有什么特别的地方？后起之秀，与中原人士比较又如何呢？"张天锡说："他们的探究很深入。从王导、何充以来，根据时势制定法令，具有荀顗、荀勖、乐广的风范。"王坦之说："你的才识见解高明，为何受制于苻坚呢？"张天锡答道："凡事都有阴阳盛衰，所以国运危艰，出现衰败之象，这难道也值得多加讥讽吗？"

【解　义】

张天锡是一个有见识有才华的人物，所以他受到江东士人的尊敬。前凉为前秦所灭，主要原因在于两者的国力相去甚远。张天锡归咎于时运不济，这是古人认知上存在的局限。

一〇〇

谢景重女适王孝伯儿[1]，二门公甚相爱美。谢为太傅长史[2]，被弹[3]，王即取作长史，带晋陵郡[4]。太傅已构嫌孝伯[5]，不欲使其得谢，还取作咨议[6]，外示絷维[7]，而实以乖间之[8]。及孝伯败后，太傅绕东府城行散[9]，僚属悉在南门，要望候拜[10]。时谓谢曰："王宁异谋[11]，云是卿为其计。"谢曾无惧色[12]，敛笏对曰[13]："乐彦辅有言[14]：岂以五男易一女。"太傅善其对，因举酒劝之曰："故自佳，故自佳。"

【今　注】

①谢景重：谢重。　适：出嫁。　王孝伯：王恭。

②太傅：指司马道子，谢重曾为司马道子的长史。

③弹：弹劾。

④晋陵郡：治所在今镇江。

⑤构嫌：结怨。

⑥还：再，又。　咨议：职掌咨询谋议。

⑦絷（zhí）维：典出《诗·小雅·白驹》，原诗曰："皎皎白驹，食我场苗。絷之维之，以永今朝。"意为留住贤人之马不让离去，后引申为罗致挽留人才。

⑧乖间（jiàn）：离间。

⑨行散：服用五石散后行走，以发散药性。

⑩要（yāo）望：迎候。

⑪王宁：王恭，小字阿宁，故称。　异谋：指王恭起兵反对司马道子失败之事。

⑫曾（zēng）：竟然。

⑬笏（hù）：古时大臣上朝时拿的手板。

⑭乐彦辅：乐广。

【今　译】

谢重的女儿嫁给王恭的儿子，两位亲家公相互敬重。谢重任太傅司马道子的长史时，被人弹劾，王恭即任其为自己的长史，并且兼任晋陵郡太守。当时司马道子已与王恭结怨，不想让王恭得到谢重，就再让谢重回来作咨议，表面上是表示挽留人才，实际上是离间他们的关系。等到王恭失败后，司马道子绕东府城行散时，部属们都到南门迎接。当时司马道子对谢重说："王恭谋反，听说是你在为他出谋划策。"谢重竟然毫无畏惧之色，收起手板答道："乐广曾经说过这样一句话：'难道用五个儿子去换一个女儿吗？'"司马道子认为他的对答有道理，于是举杯为谢重劝酒，说："你本来就很好，本来就很好。"

【解　义】

"岂以五男易一女"，系乐广回答长沙王司马乂之语，见本篇第二十五则。所谓"孝伯败"，指隆安二年（398）王恭起兵讨伐司马尚之，因部将刘牢之背叛而失败。

—〇—

桓玄义兴还后①，见司马太傅②，太傅已醉，坐上多客。问人云："桓温来欲作贼③，如何？"桓玄伏不得起。谢景重时为长史④，举板答曰："故宣武公黜昏暗⑤，登圣明⑥，功超伊、霍⑦，纷纭之议⑧，裁之圣鉴⑨。"太傅曰："我知，我知。"即举酒云："桓义兴⑩，劝卿酒！"桓出谢过。

【今　注】

①义兴：郡名，治所在今江苏宜兴。

②司马太傅：司马道子。

③贼：指谋反。此句《晋书》作“桓温晚塗欲作贼，云何”，于义为顺，意即为什么桓温晚年要谋反。

④谢景重：谢重。

⑤宣武公：桓温。　黜（chù）昏暗：指废黜废帝司马奕。

⑥登圣明：指拥立简文帝（司马昱）。

⑦伊、霍：伊尹、霍光。伊尹，商汤之贤相，商汤死后，伊尹立其孙太甲，太甲昏庸无道，伊尹将其放逐道桐宫，后太甲悔过自责，伊尹迎其复位。霍光，汉武帝大臣，受武帝遗诏立年幼的昭帝，昭帝死后，霍光迎立昌邑王，昌邑王淫乱无道，又废之，迎立宣帝。

⑧纷纭：杂乱。

⑨裁：裁决。　圣鉴：英明的审察。

⑩桓义兴：桓玄，因做过义兴太守，故称。

【今　译】

桓玄从义兴回来后，去拜见司马道子，司马道子已经喝醉了，座上有很多客人。司马道子问大家：“桓温晚年要谋反，为什么？”桓玄听到后拜伏在地上不敢起身。谢重当时是长史，举起手板答道：“已故世的宣武公废黜昏君，拥立圣明之君，他的功劳超过伊尹、霍光。那些纷扰的议论，希望太傅予以英明的裁决。”司马道子说：“我知道，我知道。”随即拿起酒杯说：“桓玄，敬你酒。”桓玄离席谢罪。

【解　义】

“义兴还”，指桓玄出任义兴太守后感到郁郁不得志，于是弃官而回。桓温废黜废帝，拥立简文帝，又因战功显赫而威震朝野，因此朝野充斥着桓温图谋不轨的猜忌。司马道子说“桓温晚塗欲作贼”，就可见此类传言之盛行。桓玄是桓温的幼子，并承袭了桓温的爵位，自然被司马道子的醉话吓得伏地不起。司马道子是简文帝第七子，所以谢重提醒他，桓温有拥立之功。据《晋书·桓玄列传》记载，桓玄深感其父桓温蒙受了世人的诽谤，于是上疏申述，但石沉大海。

一〇二

宣武移镇南州①，制街衢平直②。人谓王东亭曰③："丞相初营建康④，无所因承⑤，而制置纡曲，方此为劣⑥。"东亭曰："此丞相乃所以为巧⑦。江左地促⑧，不如中国⑨。若使阡陌条畅⑩，则一览而尽。故纡余委曲⑪，若不可测。"

【今　注】

①宣武：桓温，谥号宣武。　南州：一名姑熟，故址在今安徽当涂。

②制：修建。　街衢：街道。

③王东亭：王珣（349—400），字元琳，王导孙。官至散骑常侍，封东亭侯。

④丞相：指王导。

⑤因承：沿袭继承。

⑥方：比。

⑦所以：表示原因。

⑧促：此指空间狭窄。

⑨中国：指中原地区。

⑩阡陌：原指田间小路，此指街道。

⑪委曲：曲折。

【今　译】

桓温把治所移到南州后，所修建的街道平坦又笔直。有人对王珣说："丞相王导当初营建建康时，没有什么现成的东西可资沿袭继承，所以修建布置得迂回曲折，比起南州来就差了。"王珣说："这正是王丞相的巧妙所在。江东地方狭窄，不如中原地区辽阔。如果把街道造得笔直通畅，就会一览无余。所以迂回曲折，像是深不可测的样子。”

【解　义】

江南地区水网密布，所以建康之营建必须根据水道之曲折而布置，“纡余委曲”是因地制宜之举。江南地区的幅员同样辽阔，人们之所以有所谓“江左地促”的印象，是水乡的地理特征使然。

一〇三

桓玄诣殷荆州[①]，殷在妾房昼眠，左右辞不之通[②]。桓后言及此事，殷云：“初不眠，纵有此[③]，岂不以贤贤易色也[④]？”

【今　注】

①殷荆州：殷仲堪。

②不之通：不为他通报。之，代词，指代桓玄。

③纵：即使。

④贤贤易色：语出《论语·学而》，原文曰：“子夏曰：‘贤贤易色。事父母，能竭其力；事君，能致其身；与友交，言而有信。虽曰未学，吾必谓之学矣。’”

【今　译】

桓玄去拜访殷仲堪，殷仲堪正在小妾房内午睡，左右侍从推辞不肯为他通报。桓玄后来说起这件事，殷仲堪说：“我原本没有睡，即使睡了，难道就不能做到贤贤易色吗！”

【解　义】

子夏所说“贤贤易色”，就是重德轻色的意思。孔子说：“吾未闻好德如好色者也。”（《论语·子罕》）其原意是批评普通人很难做到爱好德行如同爱好美色那样的程度。殷仲堪所说

“贤贤易色”则是指自己可以做到好德如好色，其实属于自我圆场。

一〇四

桓玄问羊孚[①]：“何以共重吴声[②]？”羊曰：“当以其妖而浮[③]。”

【今　注】

①羊孚（？—403）：字子道，泰山南城（今山东费县西南）人，历官太学博士、州别驾、太尉参军。

②吴声：指乐府中的吴声歌曲，多为恋歌，今存《乐府诗集》中。

③妖而浮：妩媚而浮艳。

【今　译】

桓玄问羊孚：“为什么大家都看重吴声歌曲？”羊孚说：“大概是因为妩媚而浮艳吧。”

【解　义】

相较于北方话，吴语软，所以给人以妩媚的感觉。

一〇五

谢混问羊孚[①]：“何以器举瑚琏[②]？”羊曰：“故当以为接神之器。”

【今　注】

①谢混（？—412）：字叔源，小字益寿，陈郡阳夏（今河南太康）人。谢安之孙。娶孝武帝女晋陵公主，官至尚书左仆射。因与刘毅交往密切，所以在刘毅失败后被杀。擅诗，原有集，今存诗三首。　羊孚：见前文。

②瑚琏：古代宗庙中盛黍稷的礼器。亦用以比喻人有立朝执政的才能。

【今　译】

谢混问羊孚："为什么说到才干时要举出瑚琏？"羊孚说："当然因为它是用来迎接神灵的礼器。"

【解　义】

《论语·公冶长》曰："子贡问曰：'赐也何如？'子曰：'汝器也。'曰：'何器也？'曰：'瑚琏也。'"孔子用瑚琏来比喻子贡的才干，谢混对此感到疑惑，所以羊孚解释瑚琏是宗庙里用于祭祀的礼器，言下之意是瑚琏喻指治国安邦之才。

一〇六

桓玄既篡位[①]后，御床微陷[②]，群臣失色。侍中殷仲文进曰[③]："当由圣德渊重[④]，厚地所以不能载。"时人善之[⑤]。

【今　注】

①篡位：指桓玄于元兴二年（403）代晋自立。

②御床：皇帝的坐榻。床，坐卧之具，古亦称坐榻为床。

③殷仲文（？—407）：陈郡长平（今河南西华）人，殷仲堪之堂弟，桓玄之姐夫。助桓玄篡位，任左卫将军。桓玄失败后被贬为东阳太守，为刘裕所诛。

④渊重：深重。

⑤所以：表示原因。

【今　译】

桓玄篡位后，坐榻稍微有点下陷，群臣惊慌失色。侍中殷仲文进言道："这大概因为圣上德行深重，就连深厚的大地也因此不能承载。”当时人都认为他的话说得好。

【解　义】

殷仲文所说纯属谄媚之言，所谓“巧言令色，鲜矣仁”（《论语·学而》）。据《晋书·殷仲文列传》记载，殷仲文生性贪婪而吝啬，聚敛受贿，家累千金，舆马器服，穷极绮丽。本文所说“时人善之”，正是东晋末年士人阶层日趋没落的写照。

一〇七

桓玄既篡位，将改置直馆①，问左右：“虎贲中郎省应在何处②？”有人答曰：“无省。”当时殊忤旨③。问：“何以知无？”答曰：“潘岳《秋兴赋叙》曰④：‘余兼虎贲中郎将，寓直散骑之省⑤。’”玄咨嗟称善⑥。

【今　注】

①直馆：值班的官署。直，通“值”。

②虎贲（bēn）中郎省：虎贲中郎将官署。虎贲中郎，官名，宿卫宫廷，统领为虎贲中郎将。省，官署。

③忤旨：违背圣旨。忤，不顺从，违背。

④潘岳（247—300）：字安仁，荥阳中牟（今河南中牟）人。历官河南令、著作郎、给事黄门侍郎等职。后为赵王司马伦及孙秀所杀。长于诗赋，与陆机齐名。后人辑有《潘黄门集》。《秋兴赋》：潘岳作，抒发悲秋情怀及向往山水林泉之思。

⑤寓：寄宿。　直：值班。　散骑：散骑常侍，侍从皇帝之官。

⑥咨嗟：赞叹之意。

【今　译】

桓玄篡位后，准备重新布置值班的馆舍，问左右侍从：

"虎贲中郎的官署应该设在哪里?" 有个人回答道:"没有官署。" 这样的回答当时非常违逆桓玄。桓玄问:"你怎么知道没有?" 这人回答道:"潘岳《秋兴赋叙》说:'我兼任虎贲中郎将，寄住在散骑常侍官署值班。'" 桓玄听后赞叹称好。

【解　义】

据刘孝标注引刘谦之《晋纪》记载，与桓玄对答者是刘简之。刘简之是彭城吕县（今江苏省铜山县）人，刘裕起兵反对桓玄篡位时，他杀耕牛聚众响应，历官至通直常侍、少府、太尉咨议参军。《晋纪》作者刘谦之是刘简之的弟弟。

一〇八

谢灵运好戴曲柄笠①，孔隐士谓曰②:"卿欲希心高远③，何不能遗曲盖之貌④?" 谢答曰:"将不畏影者未能忘怀⑤?"

【今　注】

①谢灵运（385—433）：谢玄之孙，袭封康乐公，入宋后历官永嘉太守、侍中、临川内史等职，后被诬谋反处死。性爱山水，创山水诗派。　曲柄笠：状如曲盖（帝王、高官出行时仪仗用的曲柄伞）的斗笠。

②孔隐士：孔淳之（生卒年不详），字彦深，南朝刘宋鲁郡（治所在今山东邹城市）人，不就征辟，隐于上虞山。

③希心：仰慕之心。希，仰慕。

④遗：抛弃。

⑤将不：得无，莫非。　畏影者：典出《庄子·渔父》，谓有害怕自己的影子与足迹者，拼命奔跑以摆脱，他跑得越多足迹也越多，跑得再快影子也不离身，他以为自

己跑得太慢，便不停地快跑，终于力竭而死。

【今　译】

谢灵运喜欢戴曲柄斗笠，孔淳之对他说：“你有仰慕高洁旷远的情操，为何不能抛掉曲盖形貌呢？”谢灵运答道：“莫非像那个害怕影子的人始终心存畏惧吗？”

【解　义】

小隐隐于野，中隐隐于市，大隐隐于朝。谢灵运虽身在仕途，但希心高远，所以能够超然物外，这就是陶渊明所谓“心远地自偏”（《饮酒》其五）。

政事第三

政事，指政治事务。孔门四科之一。儒家提倡仁政，孔子曾说：“道千乘之国，敬事而信，节用而爱人，使民以时。”（《论语·学而》）但如何实行仁政，需要文人士子对为政之道有深刻的理解。魏晋士人在实践儒家仁政理念方面有着诸多杰出的表现，如王承所谓“文王之囿，与众共之”（本篇第九则），体现的是“爱人”思想；王导所谓“后人当思此愦愦”（本篇第十五则），体现的是无为而治思想；陶侃之“检厉”，体现的是“节用”思想；桓温“耻以威刑肃物”（本篇第十九则），体现的是“道之以德”（《论语·为政》）的思想。

一

陈仲弓为太丘长[①]，时吏有诈称母病求假，事觉，收之[②]，令吏杀焉。主簿请付狱考众奸[③]，仲弓曰："欺君不忠，病母不孝[④]，不忠不孝，其罪莫大。考求众奸，岂复过此！"

【今　注】

①陈仲弓：陈寔。　太丘：太丘县，故址在今河南省永城市西北。

②收：逮捕。

③主簿：官名，主管文书簿籍等。　狱：狱吏。　考：拷问。　众奸：诸多犯行。

④病母：把母亲说成有病。病，作动词。

【今　译】

陈寔任太丘县令时，属吏中有人谎称母亲生病要求请假，事情被发觉后，陈寔就逮捕他，下令处死。主簿请求交付狱吏拷问其他犯行，陈寔说："欺骗长官就是不忠，谎称母亲生病就是不孝，不忠不孝，没有比这个罪状更大的了。（即便）拷问出其他犯行，难道还能超过这个吗？"

【解　义】

陈寔在任太丘县令时，讲求以德治民。根据《后汉书·陈寔列传》记载，有饥民潜入陈寔家中偷盗，躲在梁上；陈寔暗中有所察觉，于是召唤儿孙进行训诫："为人应当自己努力，不善之人的本性未必就是恶的，只是坏事做多了才会养成恶的习性。"儿孙问他是在指谁，陈寔回答说："梁上君子。"窃贼听后大惊失色，跳下来磕头认罪；陈寔平和地对他说："看你的样子不像恶人，应该深自反省以向善。不过你的所为当由贫困所致。”于是让人给了窃贼两匹绢。此事传开后，一县之中再未发生盗窃案。可见陈寔的德政深得民心。但是，陈寔认为属吏谎称母病却是大逆不道之举，所以治其罪，可谓恩威并举。本文所谓“令吏杀焉”，应为夸大之词，毕竟不忠不孝的行为也区分程度轻重，撒谎不至于死罪。

二

陈仲弓为太丘长，有劫贼杀财主[①]，主者捕之[②]。未至发所[③]，道闻民有在草不起子者[④]，回车往治之。主簿曰：“贼大，宜先按讨[⑤]。”仲弓曰：“盗杀财主，何如骨肉相残？”

【今　注】

①劫贼：盗贼。

②主者：指主管捕盗的官吏。

③发所：案发所在地。

④在草不起：在草指临产分娩，草指妇女分娩时垫的草席；不起指不养育。此句意为遗弃新生儿。

⑤按讨：查验惩处。

【今　译】

陈寔任太丘县令时，有强盗劫财杀人，主管官吏抓捕了强盗。陈寔还没到案发地，半路上听到有人遗弃新生儿，（立即）掉转车头去处理。主簿说：“强盗杀人事大，应当首先查验惩处。”陈寔道：“强盗劫财杀人，哪里比得上母子骨肉相残？”

【解　义】

据《后汉书·贾彪列传》记载，贾彪任新息县令时，百姓因为贫困，时有抛弃新生儿的现象，贾彪为此严加禁止，明令与杀人同罪。有一次同时发生两个案子，城南有人劫财杀人，城北则有妇女杀害孩子；贾彪前往案发地时，属吏引车向南，贾彪大怒道：“贼寇杀人是常理，而母子相残则有违天道。”于是驱车向北。本文所载与之相类似，但不见正史记载，似是后人根据贾彪之事加以附会。

三

陈元方年十一时[①]，候袁公[②]。袁公问曰：“贤家君在太丘[③]，远近称之，何所履行[④]？”元方曰：“老父在太丘，强者绥之以德[⑤]，弱者抚之以仁[⑥]，恣其所安[⑦]，久而益敬。”袁公曰：“孤往者尝为邺令[⑧]，正行此事。不知卿家君法孤，孤法卿父[⑨]？”元方曰：“周公、孔子，异世而出，周旋动静[⑩]，万里如一。周公不师孔子[⑪]，孔子亦不师周公。”

【今　注】

①陈元方：陈纪。

②袁公：事迹不详。

③贤家君：对对方父亲的敬称。

④履行：实施，实行。

⑤绥：安抚。

⑥抚：慰问，抚慰。

⑦恣：听任。

⑧孤：王侯自称，袁公自称孤，当为王侯。　邺：故址在今河北临漳西南。

⑨法：效法。

⑩周旋动静：应对举措，指处置世事的举动措施。　周旋：应酬。

⑪师：仿效。

【今 译】

陈纪十一岁时，去拜访袁公。袁公问他说："令尊在太丘为官，远近都称颂他，他做了些什么？"陈纪道："家父在太丘时，对强者用德来安抚他们，对弱者用仁爱来抚慰他们，让他们安居乐业，久而久之人们就越加敬重他了。"袁公说："我过去曾经做过郧县令，正是采取了这种做法。不知道是令尊效法我，还是我效法令尊？"陈纪说："周公和孔子，处在不同的时代，应对举动，虽相隔遥远，却完全相同。所以周公没有仿效孔子，孔子也没有仿效周公。"

【解 义】

陈寔任太丘县令时，以修德清静为治，所以受到百姓敬重。后因沛相赋敛违法，陈寔于是解印挂冠而去，吏人常常追思感念。陈纪年仅十一岁，与袁公之对答已颇具学问功底，但他的说法并不准确。周公制礼作乐，孔子不仅对此竭力颂扬，而且毕生以恢复礼乐为目标，晚年更是感慨"不复梦见周公"。因此，所谓"孔子亦不师周公"的说法是欠妥的。陈寔与袁公之间当然不存在谁效法谁的问题，因为他们所尊奉的都是儒家的德政思想。

四

贺太傅作吴郡[①]，初不出门，吴中诸强族轻之[②]，乃题府门云："会稽鸡，不能啼。"贺闻，故出行，至门反顾，索笔足之曰[③]："不可啼，杀吴儿。"于是至诸屯邸[④]，检校诸顾、陆役使官兵及藏逋亡[⑤]，悉以事言上，罪者甚众。陆抗时为江陵都督[⑥]，故下请孙皓[⑦]，然后得释。

【今　注】

①贺太傅：贺邵（226—275），字兴伯，会稽山阴（今浙江绍兴）人。仕吴，历官散骑常侍、吴郡太守、中书令、太子太傅等。　吴郡：治所在今江苏苏州。

②强族：豪强世族。

③足：补足。

④屯邸：驻军的居所。

⑤检校：查核，考察。　顾、陆：顾雍、陆逊。顾雍掌朝政，陆逊掌兵权，是江东世家大族的代表人物。　役使官兵：指顾、陆等豪门驱使官兵为他们服劳役。　逋（bū）亡：逃亡者。

⑥陆抗（226—274）：字幼节，吴郡吴县华亭（今上海松江）人，陆逊之子，东吴名将。历官镇军大将军、大司马、荆州牧。　江陵：今荆州市。　都督：官名，东吴的领兵统帅。

⑦故：特地。　下：指从长江上游的江陵东下到东吴都城建业。

【今　译】

贺邵任吴郡太守时，起初不出门，吴郡的豪门世族都轻视他，甚至在府门题字道："会稽鸡，不能啼。"贺邵听到后，特地出门，到府门外回身看，要来笔补上两句谓："不可啼，杀吴儿。"贺邵于是到各驻军的居所，察看顾、陆等家族驱使官兵服劳役以及藏匿逃亡者的情况，把情况都报告给朝廷，因此而获罪的人非常多。陆抗当时任江陵都督，为此特地从驻地东下向孙皓求请，然后才得以赦免。

【解　义】

中国古代一直存在着严重的地域歧视问题，不仅中原人视南方人为蛮夷，就连南方人也互相歧视。古吴国的经济文化比古越国发达，所以吴人看不起越人。贺邵是会稽人，会稽属于古越国，所以吴中的豪强会轻视他。

五

山公以器重朝望①，年逾七十，犹知管时任②。贵胜年少③若和、裴、王之徒④，并共宗咏⑤。有署阁柱曰⑥："阁东有大牛，和峤鞅⑦，裴楷鞦⑧，王济剔嬲不得休⑨。"或云潘尼作之⑩。

【今　注】

①山公：山涛。　朝望：朝中的威望。

②知管：主持掌管。　任：任免官员。

③贵胜年少：显贵而且年轻者。

④和：和峤。　裴：裴楷。　王：王济。

⑤宗咏：景仰咏叹。宗，推崇，景仰。

⑥署：题字。　阁：官署，指尚书省官署。

⑦鞅（yāng）：牛马拉车时套在牛马颈上的皮套子。

⑧鞦（qiū）：同"鞧（qiū）"，拴在牛马屁股上的皮带。

⑨剔嬲（niǎo）：纠缠烦扰。

⑩潘尼（约250—约311）：字正叔，荥阳中牟（今属河南郑州）人。官至太常寺卿，与叔父潘岳均以文章知名，世称"两潘"。

【今　译】

山涛因受朝廷器重而享有声望，年纪过了七十，仍然主持官员的任免事宜。一些年轻而显贵者如和峤、裴楷、王济等人都对他推崇赞叹。有人在官署的柱子上题字道："官署东面有大牛，和峤是牛颈上的鞅，裴楷是牛后部的鞦，王济纠缠不得休。"有人说这是潘尼写的。

【解　义】

山涛知人善任，善于选拔人才，所以极具声望。当然有些未能如愿得到提拔的人也会有所忌恨，柱子上的刻字就是用来讽刺山涛的。大牛指的就是山涛，“和峤鞅，裴楷鞦”指和峤、裴楷两人依附于山涛，而王济“好以言伤物”（《晋书·王济列传》），故讽其“剔䠇不得休”。王隐《晋书》认为柱上题字为潘岳所作，但题字内容略有不同，为“阁东有大牛，王济鞅，裴楷鞦，和峤刺促不得休”。《晋书·潘岳列传》也说潘岳负其才而郁郁不得志，又对山涛、王济、裴楷等受到宠遇感到不满，于是作歌谣曰：“阁道东，有大牛。王济鞅，裴楷鞦，和峤刺促不得休。”

六

贾充初定律令[①]，与羊祜共咨太傅郑冲[②]。冲曰：“皋陶严明之旨[③]，非仆闇懦所探[④]。”羊曰：“上意欲令小加弘润[⑤]。”冲乃粗下意[⑥]。

【今　注】

①贾充（217—282）：字公闾，平阳襄陵（今山西襄汾东北）人。三国时任魏大将军司马、廷尉，为司马氏心腹，弑杀魏帝曹髦，参与司马氏代魏的密谋。晋初历官车骑将军、散骑常侍、尚书仆射、司空、太尉，封鲁郡公。

②咨：咨询。　郑冲：字文和，荥阳开封（今河南开封）人。魏时任尚书郎、陈留太守、散骑常侍、司空、司徒、太保等。入晋后拜太傅，晋爵为公。

③皋陶（yáo）：传说受舜委任掌管刑法，制订律令。

④仆：自谦之词。　闇懦：愚昧无能。　探：探测，

推究。

⑤上：指掌权的司马昭。　弘润：扩充润色。

⑥粗下意：粗略地提出自己的意见。

【今　译】

贾充当初拟定法令时，与羊祜一起咨询太傅郑冲的意见。郑冲说："皋陶严明的宗旨，不是我这样愚昧无能的人所能探究的。"羊祜说："主上的意思是想让你稍加扩充润色。"郑冲于是粗略地提出了意见。

【解　义】

据《晋书·刑法志》记载，司马昭受封为晋王后，认为汉代律令本注烦杂，于是令贾充主持重新制订，参与其事者有太傅郑冲、司徒荀顗、中书监荀勖、中军将军羊祜、中护军王业、廷杜友守河南尹杜预、散骑侍郎裴楷、颍川太守周雄、齐相郭颀、骑都尉成公绥、尚书郎柳轨及吏部令史荣邵等十四人。

七

山司徒前后选[①]，殆周遍百官[②]，举无失才，凡所题目[③]，皆如其言。唯用陆亮[④]，是诏所用[⑤]，与公意异，争之，不从。亮亦寻为贿败[⑥]。

【今　注】

①山司徒：山涛，晚年拜司徒，故称。　前后选：指山涛先后两次担任选拔官员之职。

②殆：几乎，差不多。　周遍：遍及。

③题目：品题，评论人物。

④陆亮：字长兴，河内郡野王（今河南沁阳）人，与贾充关系密切。

⑤诏：皇帝的命令。

⑥寻：不久。　赃：指接受贿赂。

【今　译】

山涛两次任选官之职，选用的人遍及百官，所推举的人都适才适任，凡是他评论过的人，都跟他说的一样。只有任用陆亮，是皇帝下诏任命，与山涛的意见不同，山涛为此争辩，但皇帝没有采纳（山涛的意见）。陆亮不久也因为受贿而罢官。

【解　义】

据《晋书·山涛列传》记载，山涛担任选官之职十多年，甄选官员时各为题目，时称《山公启事》。《全晋文》中辑有此类《启事》五十余篇。

八

嵇康被诛后[①]，山公举康子绍为秘书丞[②]。绍咨公出处[③]，公曰："为君思之久矣。天地四时，犹有消息[④]，而况人乎？"

【今　注】

①被诛：指景元四年（263）嵇康因遭构陷而为司马昭所杀。

②绍：嵇绍。　秘书丞：官名，秘书省属官，掌管宫中图书典籍。

③出处：进或退，指出仕还是隐退。

④四时：指一年四季。　消息：指生与灭，盛与衰。语出《周易·丰卦·彖》，原文曰："日中则昃，月盈则食。天地盈虚，与时消息，而况于人乎，况于鬼神乎！"意即太阳到了正午就会偏西，月亮盈满后就会逐渐销蚀。天地盈满或空虚，随时都会生灭盛衰，何况是人和鬼

神，怎么会一成不变。

【今　译】

嵇康被杀后，山涛荐举嵇康的儿子嵇绍担任秘书丞。嵇绍与山涛商议自己应该出仕还是归隐。山涛说："我为你考虑了很久。天地一年四季，还有阴晴寒暑的变化，何况是人呢！"

【解　义】

司马昭杀嵇康后有悔意，所以山涛并不避讳推举嵇绍。对嵇绍而言，司马氏是杀父仇人，所以当山涛荐举他出仕时，感到有些犹豫。山涛晓以事物变化之理，嵇绍于是坦然接受，此后为护卫晋惠帝而被乱箭射杀，成为晋朝的忠臣，载入《晋书·忠义列传》。顾炎武曾对嵇绍的行为大加挞伐，他说："其败义伤教，至于率天下而无父也。夫绍之于晋，非其君也。忘其父而事其非君，当其未死，三十余年之间，为无父之人，亦已久矣。而荡阴之死，何足以赎其罪乎？"（《日知录》十三《正始》条）陈寅恪则为嵇绍正名，指出："曹魏、西晋之际，此名教与自然相同一问题，实为当时士大夫出处大节所关，如山涛劝嵇康子绍出仕司马氏之语，为顾亭林所痛恨而深鄙者。顾氏据正谊之观点以立论，其苦心固极可钦敬，然于当日士大夫思想蜕变之隐微似犹未达一间。……天地四时即所谓自然也。犹有消息者，即有阴晴寒暑之变易也。出仕司马氏，所以成其名教之分义，即当日何曾之流所谓名教也。自然既有变易，则人亦宜仿效其变易，改节易操，出仕父仇矣。"（《陈寅恪史学论文选集·陶渊明之思想与清谈之关系》）顾炎武从后世的角度看待问题，难免有所偏颇。而陈寅恪则从历史的角度进行分析，其观点值得借鉴。站在晋人的立场上，山涛劝诫之言以及嵇绍之所为，其实属于通达。

九

王安期为东海郡[①]。小吏盗池中鱼，纲纪推之[②]。王曰："文王之囿[③]，与众共之。池鱼复何足惜。"

【今　注】

①王安期：王承（275—320），字安期，太原晋阳（今山西太原）人，王述之父。西晋时为东海王司马越记室参军、东海太守。南渡后为元帝镇东府从事中郎。少有重誉，为政清静。当世名臣王导、卫玠、周顗、庾亮等皆在其下，人称"中兴第一"。　为东海郡：任东海郡太守。

②纲纪：综理州郡事务的官员，即主簿。　推：推究，查究。

③文王之囿：周文王蓄养动物的园地。

【今　译】

王承任东海郡太守时，有小吏偷了池里的鱼，主簿查究这件事。王承说："古时文王的苑囿与百姓共享，池鱼又有什么值得爱惜的。"

【解　义】

所谓"文王之囿"，典出《孟子·梁孝王下》。齐宣王问孟子，为什么文王之囿方圆七十里，老百姓还觉得小，而我的园囿只有四十里，老百姓还觉得大？孟子回答道，君王之囿不在大小，而在于是否与民同享。王承体恤民情，施行德政，所以据刘孝标注引《名士传》记载，王承离任后吏民仍然感念他。

十

王安期作东海郡[①]，吏录一犯夜人来[②]。王问："何处来？"云："从师家受书还，不觉日晚。"王曰："鞭挞宁越以立威名[③]，恐非致理之本[④]！"使吏送令归家。

【今　注】

①王安期：王承。　作东海郡：任东海郡太守。

②录：逮捕。　犯夜人：违犯宵禁令的人。

③宁（甯）越（生卒不详）：战国时期赵国中牟（今河南鹤壁西）人，原为农人，苦读求学，后成为周威公（周考王所分封的西周之君）的老师。

④致理之本：达到治理的根本途径。理，原本作"治"，唐代因避高宗李治的名讳而改为"理"。

【今　译】

王承任东海郡太守时，郡吏抓了一个违犯宵禁令的人。王承问他："从什么地方来？"那人答道："从老师家上课回家，不知不觉间天已晚了。"王承说："鞭打像宁（甯）越那样的书生来树立威名，恐怕不是达到治理的根本办法。"便派郡吏把那人送回家。

【解　义】

施行德政，就必须对百姓能够体谅、不苛责，王承无疑作出了表率。王导的执政风格似乎就是受到了王承的影响。

十一

成帝在石头[①]，任让在帝前戮侍中钟雅、右卫将军刘超[②]。帝泣曰："还我侍中。"让不奉诏，遂斩超、雅。事平之后，陶公与让有旧③，欲宥之④。许柳儿思妣者至佳⑤，诸公欲全之⑥。若全思妣，则不得不为陶全让，于是欲并宥之。事奏，帝曰：“让是杀我侍中者，不可宥！”诸公以少主不可违⑦，并斩二人。

【今　注】

①成帝：司马衍（321—342），字世根，公元325—342年在位。五岁被立为皇帝，由王导、庾亮辅政。八岁时苏峻作乱，攻破建康，成帝被劫持至石头城（在今南京清凉山）。

②任让（？—329）：乐安（今山东博兴）人，为苏峻参军、司马，后随苏峻作乱。苏峻死后，又拥立其弟苏逸为主，乱平后被杀。　钟雅（？—329）：字彦胄，长社（今河南长葛市东）人，官至侍中。　刘超（？—329）：字世逾，琅邪（今山东琅邪）人。历官义兴太守、右卫将军。

③陶公：陶侃。　旧：旧交，交情。

④宥（yòu）：赦免。

⑤许柳：字季祖，事迹不详。　思妣（bǐ）：许永（？—329），字思妣，许柳之子。随苏峻起兵作乱，乱平后被杀。

⑥全：保全。

⑦少主：指年幼的成帝，当时只有八九岁。

【今　译】

成帝（被苏峻软禁）在石头城时，任让在成帝面前准备杀侍中钟雅和右卫将军刘超。成帝哭道：“还我侍中！”任让不听小皇帝的话，还是杀了刘超和钟雅。苏峻之乱平定后，陶侃与任让有旧交，想要赦免他。许柳之子许永才貌极好，诸大臣们也想保全他。但是如果保全许永，就不得不为陶侃保全任让，于是就想同时赦免这两个人。此事上奏成帝，成帝说："任让是杀我侍中的人，不可赦免！"诸位大臣认为年幼皇帝的话不能违抗，就把两个人一起杀了。

【解　义】

据刘孝标注引《钟雅别传》记载，苏峻攻入建康后，成帝受到软禁，于是钟雅和刘超策划带小皇帝出逃，因事情泄露被杀。苏峻之乱被平定后，由诸位大臣主持朝政，成帝虽然年幼，但任让抓走钟雅和刘超时给他带来的刺激过于深刻，所以坚决不愿意赦免任让。

十二

王丞相拜扬州①，宾客数百人并加沾接②，人人有说色。唯有临海一客姓任及数胡人为未洽③。公因便还到过任边，云："君出，临海便无复人。"任大喜说。因过胡人前，弹指云："兰阇！兰阇！"④群胡同笑，四坐并欢。

【今　注】

①拜扬州：被任命为扬州刺史。拜，授官，任官。

②沾接：指受到亲切款待。

③临海：郡名，治所在今浙江临海。　姓任：该宾客姓任名颙（yóng），在京城为官。　胡人：指印度来的僧人。　洽：和谐，融洽。

④弹指：佛家常用弹指的动作，表示欢喜或许诺。《增一阿含经》："如来许请，或默然，或弹指。"兰阇（shé）：古代印度用以赞誉别人的话。

【今　译】

王导任扬州刺史时，来宾有几百人都受到他的亲切款待，人人面带喜悦之色。只有临海一位姓任的来宾及几位胡人没有融洽的神情。王导于是找了机会回到任姓客人身边说："您出来后临海就不再有贤人了。"任姓客人听了大为高兴。王导随即到了胡人面前，弹着手指说："兰阇！兰阇！"几位胡僧都笑了，四座宾客都很高兴。

【解　义】

东晋初，大量北方士族迁徙到南方，人心极不稳定。王导在如此艰难的情况下主持朝政，不仅稳定了政局，而且还开创了中兴的局面，其调和鼎鼐之功非比寻常。所以朱熹说："王导为相，只周旋过一生。谓胡僧曰：'兰奢！兰奢！'乃胡语之褒誉者也。"（《朱子语类》卷一百三十六）

十三

陆太尉诣王丞相咨事①，过后辄翻异②，王公怪其如此。后以问陆，陆曰："公长民短，临时不知所言，既后觉其不可耳。"

【今　注】

①陆太尉：陆玩（278—341），字士瑶，吴郡吴县（今江苏苏州）人，是陆机的叔伯兄弟。历官侍中、尚书左仆射、尚书令，死后追赠太尉。王丞相：王导。

②翻异：指推翻或改变。

【今　译】

陆玩到王导那里去商议政事，说过以后又往往推翻改变，王导奇怪陆玩为什么如此。后来问陆玩，陆玩说："您见识长而我见识短，当时不知道您说些什么，事后才觉得不可行。"

【解　义】

王导实行无为而治的政策，很少过问下属如何处理公务

（如《雅量篇》第十四则）。而且他还能够容忍下属的不同意见，并对江东士族给予尊重。因此，陆玩遇事和王导商议后，只要觉得有所不妥，就敢于自作主张。而王导显然默认了陆玩的做法。在这种宽松的执政氛围下，各级官员无疑可以充分发挥各自的积极性。

十四

丞相尝夏月至石头看庾公①，庾公正料事②。丞相云："暑，可小简之③。"庾公曰："公之遗事④，天下亦未以为允⑤。"

【今 注】

①丞相：王导。 庾公：庾亮。

②料事：处理事情。

③小简：稍加简省。

④遗：遗留。

⑤允：允当，适当。

【今 译】

王导曾在夏日里去石头城看望庾亮，庾亮正在处理政事。王导说："酷暑天，公务何妨稍稍简省一些。"庾亮说："您遗留下来的事情，天下人也不见得认为合适。"

【解 义】

王导以清静宽惠为治，许多事情都会搁置不理，而庾亮则相反。据《晋书·庾亮列传》记载，王导辅政时以宽和得众，而庾亮则任法裁物，因此大失人心。本文所载即可见王导与庾亮的执政理念截然不同。

十五

丞相末年[1]，略不复省事[2]，正封箓诺之[3]。自叹曰："人言我愦愦[4]，后人当思此愦愦。"

【今　注】

①末年：晚年。

②略：大体，大概。　省（xǐng）事：指办事，办公。

③正：仅，只。　箓：簿籍文书。

④愦愦（kuì）：糊涂。

【今　译】

王导晚年几乎不再处理政务，仅仅在封好的簿籍文书上画诺。他自己叹息说："人们都说我糊涂，后人应当会思念这种糊涂。"

【解　义】

所谓"人言我愦愦"，据本书《排调》第十五则记载，周顗曾将王导比喻为"卷角牸"（老母牛），只能盘旋进退而已。其实，为政从宽从简，是无为而治的核心，王导晚年显然对此有了更深刻的体会，所以就很少过问政务，而这在很多人眼中就成了昏聩的表现。无为而治虽然是儒家所倡导的为政理念，但历史上真正能够加以实践者，却是少之又少。

十六

陶公性检厉，勤于事[1]。作荆州时，敕船官悉录锯木屑[2]，不限多少，咸不解此意。后正会[3]，值积雪始晴，听事前除雪后犹湿[4]，于是悉用木屑覆之，都无所妨。官用竹，皆令录厚头[5]，积之如山。后桓宣武伐蜀[6]，装船，悉以作钉。又云，尝发所在竹篙[7]，有一官长连根取之，仍当足[8]，乃超两阶用之[9]。

【今　注】

①陶公：陶侃。　检厉：检点严厉。

②敕：命令。　船官：负责造船的官员。　录：采取、收集。

③正（zhēng）会：指正月初一的大聚会。

④听事：指官署大厅。　除：台阶。

⑤厚头：指毛竹锯剩下来的根。

⑥桓宣武：桓温。　伐蜀：穆帝永和三年（347），桓温率兵讨伐成汉，次年灭之。

⑦发：征调。

⑧仍当足：用毛竹的根当作撑地的足。

⑨超：越级提升官职。

【今　译】

陶侃性格检点严厉，勤勉于政务。他任荆州刺史时，命令船官把锯下的木屑全部收集起来，不论限数量，属下都不明白他的用意。后来正月初一聚会时，碰到接连下雪刚刚放晴，厅堂前除雪后还是很潮湿，于是全部用木屑覆盖，这样就没有妨碍了。官府用竹子时，陶侃总是命人把锯下的竹头收集起来，堆积如山。后来桓温讨伐成汉，装配船只时，这些毛竹头全部用来做成船钉。又有人说，陶侃曾征调所在地的竹篙，有一位主管官员连竹根一起拔出来，（把竹根）当成竹篙撑地的足，陶侃于是连升两级加以任用。

【解　义】

东晋时期的南方经济较为落后，物资供给不足，士族阶层一改西晋时期的奢靡之风，厉行节俭，国力因此得以逐渐增强。本文所载三则故事，形象地反映了陶侃“性检厉，勤于事”的特点。

十七

何骠骑作会稽[①]，虞存弟謇作郡主簿[②]，以何见客劳损，欲白断常客[③]，使家人节量择可通者[④]。作白事成[⑤]，以见存。存时为何上佐[⑥]，正与謇共食，语云：“白事甚好，待我食毕作教[⑦]。”食竟[⑧]，取笔题白事后云：“若得门庭长如郭林宗者[⑨]，当如所白。汝何处得此人？”謇于是止。

【今 注】

①何骠骑：何充。 作会稽：任会稽内史。

②虞存（生卒不详）：字道长，会稽山阴（今浙江绍兴）人。历官卫军长史、吏部侍郎。 謇（jiǎn）：虞謇（生卒不详），字道真，虞存之弟，官至郡功曹。 主簿：官名，管文书簿籍。

③白：禀告。 常客：一般客人。

④家人：指家中仆役。 节量：节制衡量。

⑤白事：向上级进呈的文书。

⑥上佐：高级佐官。

⑦作教：作出批示。

⑧竟：完毕。

⑨门庭长：州郡属吏，主管传达、接待。 郭林宗：郭泰。

【今 译】

何充担任会稽内史时，虞存的弟弟虞謇担任郡主簿，因为何充会见宾客太多过于劳累，就想建议何充拒绝一般客人，让仆役斟酌选择可以通报接见的客人。他写成禀报文书，拿给虞存看。虞存当时担任何充的高级佐官，正在和虞謇一起吃饭，对他说：“你写的文书很好，等我吃好饭作批示。”吃完饭，虞存拿过笔来在文书后写道：“如果能得到像郭林宗那样的人来做门庭长，就可以照你所说的办。你到哪里去得到这样的人呢？”虞謇于是就此作罢。

【解　义】

何充接待宾客来者不拒，所以虞謇准备劝他对宾客加以选择，以免过度疲劳。但鉴别来宾水平之高低，是门庭长无法胜任的工作。因此，虞存认为除非找到像郭泰那样善于品鉴人物的贤人，否则虞謇的建议根本就行不通。

十八

王、刘与林公共看何骠骑[①]，骠骑看文书，不顾之。王谓何曰：“我今故与林公来相看，望卿摆拨常务[②]，应对玄言[③]，那得方低头看此邪[④]？”何曰：“我不看此，卿等何以得存？”诸人以为佳。

【今　注】

①王：王濛。　刘：刘惔。　林：支道林。

②摆拨：搁置。

③应对：答对。　玄言：玄妙之言。

④那得：何以，为何。

【今　译】

王濛、刘惔和支道林一起去看望何充，何充（只顾）看文书，不理会他们。王濛对何充说：“我们如今特地与林公一起来探望，希望您能搁置日常事务，一起来谈论玄理。您怎么还埋头看这些东西呢？”何充说：“我不看这些东西，你们这些人怎么能生存呢？”大家认为说得好。

【解　义】

本文所载与本书《排调》第二十四则记载有相似之处，可能是同一故事因口耳相传而产生不同的版本，所以人物与细节有所不同。

十九

桓公在荆州[①]，全欲以德被江、汉[②]，耻以威刑肃物[③]，令史受杖[④]，正从朱衣上过。桓式年少[⑤]，从外来，云："向从阁下过[⑥]，见令史受杖，上捎云根[⑦]，下拂地足[⑧]。"意讥不著[⑨]。桓公云："我犹患其重。"

【今　注】

①桓公：桓温。

②全：一心，全力。　被：覆盖，遍及。　江、汉：指荆州地区。

③肃物：惩治人。

④令史：低级官吏，县令所属办事人员。

⑤桓式：桓歆（生卒不详），字叔道，小字式，桓温之三子，官至尚书。

⑥向：刚才。

⑦捎（shāo）：带过，掠过。　云根：云边云脚。

⑧地足：地面。

⑨不著（zháo）：没打着。

【今　译】

桓温在荆州刺史任上时，一心想在江、汉地区施行仁政，以严刑峻法为耻。令史受到杖罚时，也只是从红色官服上一带而过。桓歆当时年纪还小，从外面进来，说："刚才我从官署经过，看到令史受杖罚，那杖高举到云边，又轻拂地面。"意思是讽刺根本没有打着。桓温说："我还担心打得太重了。"

【解　义】

孔子曾经说："道之以政，齐之以刑，民免而无耻；道之以德，齐之以礼，有耻且格。"（《论语·为政》）意即为政者以刑罚治理国家，那么百姓即便不去犯法，也不会知廉耻；而用礼乐教化的方式治理国家，那么百姓不仅知廉耻，而且也不会越轨。德政以教化来树恩，而酷政则以严刑峻法来立威，两者的效果有着天壤之别。在中国漫长的封建帝制年代，能够实践儒家德治理念的，魏晋士人是佼佼者。

二十

简文为相①，事动经年②，然后得过。桓公甚患其迟③，常加劝免。太宗曰："一日万机，那得速④！"

【今　注】

①简文：简文帝司马昱。

②动：辄，总是。　经年：经过一年。

③桓公：桓温。

④太宗：简文帝的庙号。　万机：指繁忙的事务。

【今　译】

简文帝作丞相时，很多事务总是要隔年才能完成。桓温为他行事缓慢而感到忧虑，常常加以劝告勉励。简文帝说："每天都有繁忙的事务要办理，怎么快得起来！"

【解　义】

"一日万机"语出《尚书·皋陶谟》，孔安国注曰："几，微也。言当戒惧万事之微。"意即万事之细微处都需要戒慎恐惧地去体察。简文帝虽然总揽朝政，贵为一国之主，但在功高震主的桓温面前，实际上处于弱势，他既不敢拒绝桓温的奏议，又不愿意处处受制，所以采取“拖”字诀，以至于“事动经年”。而桓温恐怕没有察觉到简文帝的用意，所以才会“常加劝勉”。

二十一

山遐去东阳①，王长史就简文索东阳，云②：“承藉猛政③，故可以和静致治④。”

【今　注】

①山遐（生卒不详）：字彦林，山涛之孙，山简之子，历官余姚令、东阳太守。以为政严苛著称。　东阳：三国吴宝鼎元年（266）所置郡名，以郡在瀔水（即衢江）之东、长山之阳而得名，治所在今浙江金华。

②王长史：王濛。　索：求取。

③承藉：承接凭借。

④故：本，自。　致治：得到治理。

【今　译】

山遐离开东阳后，王濛向简文帝要求任东阳太守，说：“我承接严苛之政，自可以用温和清静的方法来达到治理的效果。”

【解　义】

据《晋书·山遐列传》记载，山遐任东阳太守时为政严猛，郡境肃然。肃然的背后其实积累了民怨，所以刘孝标注引《江惇传》称“郡内苦之”。此外，山遐任余姚县令时，当地士族也无不对其切齿痛恨。王濛知道东阳郡苦于苛政，所以认为只要采取怀柔政策，自然可以达到政通人和的效果。据《晋书·王濛列传》记载，简文帝没有答应王濛的要求，后来王濛病危，简文帝才后悔没能让王濛如愿。

二十二

殷浩始作扬州①，刘尹行②，日小欲晚③，便使左右取幞④。人问其故，答曰："刺史严，不敢夜行。"

【今　注】

①殷浩（303—356）：字渊源，陈郡长平（今河南西华县）人。历官建武将军、扬州刺史、中军将军、都督扬豫徐兖青五州诸军事。曾统军北伐，为前秦所败，废为庶人。

②刘尹：刘惔。

③小：稍微。

④幞（fú）：同"袱"，包袱。

【今　译】

殷浩刚任扬州刺史时，刘惔出行，太阳即将落山，于是让左右随从去取包袱。有人问他缘故，答道："刺史严苛，我不敢夜间行路。"

【解　义】

殷浩于永和二年（346）任扬州刺史，刘惔于永和三年（347）任丹阳尹，丹阳为扬州所辖。当时实行宵禁，刘惔虽位居京畿长官，也不愿破坏规矩夜行，让人取来包袱是准备就地留宿。

二十三

谢公时①，兵厮逋亡②，多近窜南塘下诸舫中③。或欲求一时搜索④，谢公不许，云："若不容置此辈，何以为京都⑤？"

【今　注】

①谢公：谢安。

②兵厮：士兵和仆役。　逋（bū）亡：逃亡。

③窜：藏匿。　南塘：指秦淮河之南岸。　舫：船。

④一时：同时。

⑤何以为京都：典出《公羊·桓公九年》，原文曰："京师者何？天子之居也。京者何？大也。师者何？众也。天子之居，必以众大之辞言之。"意指京都不仅是天子所居之地，而且也是众人汇聚之所。

【今　译】

谢安执政时，士兵和仆役逃亡的，大多都藏匿在秦淮河南塘附近的船只之中。有人想请求谢安将这些人一同搜查出来，谢安不允许，说："如果不能容纳这些人，怎么能算是京都呢？"

【解　义】

"兵厮逋亡"的原因，在于当时的兵役、徭役过于繁重，所以谢安沿袭王导无为而治的策略，采取温和的方法予以容忍，以免因严刑峻法导致民变。

二十四

王大为吏部郎[①]，尝作选草[②]，临当奏，王僧弥来[③]，聊出示之[④]。僧弥得，便以己意改易所选者近半。王大甚以为佳，更写即奏[⑤]。

【今　注】

①王大：王忱。　吏部郎：为吏部侍郎，吏部尚书之副手。

②选草：指选拔官员之草案。

③王僧弥：王珉（351—388），字季琰，小字僧弥。王珣之弟。历官著作郎、散骑郎、国子监博士、黄门侍郎、侍中、中书令。少有才艺，善行书，与王献之齐名。

④聊：姑且，随意。

⑤更：改动。

【今 译】

王忱任吏部侍郎时，曾写过一份选任官员的草案，正要上奏之前，王珉来访，就随意地拿出来给他看。王珉拿到草案后，就按自己的意思改动所选官员接近一半。王忱认为改得很好，重新写定后就上奏了。

【解 义】

王珉出生世家，是王导之孙，对当时的才俊之士十分了解，他对官员任免名单所作改动，显然符合官员们自身的特点，所以王忱大为欣赏，甚至直接按照王珉的改动上奏朝廷。

二十五

王东亭与张冠军善①。王既作吴郡，人问小令曰②："东亭作郡，风政何似③？"答曰："不知治化何如④，唯与张祖希情好日隆耳⑤。"

【今 注】

①王东亭：王珣。 张冠军：张玄之，曾任冠军将军，故称。

②小令：王珉。代王献之为中书令，所以时人以"大令""小令"相称。

③风政：教化政绩。 何似：如何，怎样。

④治化：治绩教化。

⑤张祖希：张玄之。 隆：指深厚。

【今 译】

王珣与张玄之互相友善。王珣任吴郡太守后，有人问王珉：“王珣担任太守，教化治绩怎么样？”王珉答道：“我不知道他的治绩教化怎么样，只知道他与张玄之的情谊日益深厚。”

【解 义】

王珉是王珣的兄弟，他借王珣与张玄之间的交情，婉转地肯定了兄长的政绩。张玄之曾为吴兴太守，名望甚高，与谢玄齐名，时人称为“南北二玄”。所以，王珣与张玄之的情谊日渐深厚，即足以说明王珣的政绩得到了张玄之的认可。

二十六

殷仲堪当之荆州①，王东亭问曰②：“德以居全为称③，仁以不害物为名④。方今宰牧华夏⑤，处杀戮之职，与本操将不乖乎⑥？”殷答曰：“皋陶造刑辟之制⑦，不为不贤；孔丘居司寇之任⑧，未为不仁。”

【今 注】

①之：往，到。

②王东亭：王珣。

③居全：完善。

④害物：伤害他人。

⑤宰牧：治理。 华夏：指荆州地区。华夏原指中原地区，荆州为东晋重镇，处于南北腹心之地，故称。

⑥本操：一贯的操守或行为。 乖：违背。

⑦刑辟：用刑法治罪。

⑧司寇：掌刑狱、纠察等事。

【今　译】

殷仲堪将任荆州刺史时，王珣问道："德行以完善品格为宗旨，仁爱以不伤害他人为目标。现在你去治理荆州，处于掌握杀戮的职位上，这与你一贯的操守不违背吗？"殷仲堪回答说："皋陶创造了刑罚制度，不能不算贤德；孔子担任司寇职位，不能不算仁义。"

【解　义】

仁政与法治非但不矛盾，且能相辅相成，关键在于究竟是"齐之以刑"，还是"齐之以礼"。殷仲堪之言可谓深谙为政之道。

文学第四

文学，泛指学术。孔门四科之一。自汉武帝实行“罢黜百家，独尊儒术”的政策后，经学占据垄断地位，学术思想遭到禁锢。从东汉末年开始，士人阶层逐渐挣脱经学的羁绊，学术思想趋于活跃。在嵇康、阮籍等人的带动下，老庄学说受到重视，而印度佛学的传入，也为中土注入新鲜血液，玄学因此蔚然成风。学者们热衷于探究义理，辨析名物，取得了诸多不朽的成就，涌现出了无数杰出人物。比如在政治领域，有王导、谢安等名相；在书法领域，有王羲之、王献之父子；在绘画领域，有顾恺之、戴逵；在佛学领域，更是名僧辈出，如慧远、支遁；在文学领域，永明体的出现是诗歌发展史上的里程碑，谢朓也成为一代诗宗。凡此种种，不一而足。

一

郑玄在马融门下[①]，三年不得相见，高足弟子传授而已[②]。尝算浑天不合[③]，诸弟子莫能解。或言玄能者，融召令算，一转便决[④]，众咸骇服[⑤]。及玄业成辞归，既而融有“礼乐皆东”之叹[⑥]，恐玄擅名而心忌焉[⑦]。玄亦疑有追，乃坐桥下，在水上据屐[⑧]。融果转式逐之[⑨]，告左右曰：“玄在土下水上而据木，此必死矣。”遂罢追。玄竟以得免。

【今　注】

①郑玄（127—200）：字康成，北海高密（今山东高密）人。入太学受业，又从张恭祖学，后师从马融学古文。游学归里后，聚徒讲学，潜心著述，遍注群经，为后人尊为郑学。汉献帝征郑玄为大司农，但称病未到任。后袁绍强征随军，中途病殁。　马融（79—166）：字季长，右扶风茂陵（今陕西兴平东北）人。历官校书郎、议郎、南郡太守等。遍注群经，是古文经学大家之一。

②高足弟子：成就高的学生。

③浑天：浑天仪，是浑仪和浑象的总称。浑仪是测量天体的一种仪器，而浑象则是用来演示天象的仪表。浑天仪是基于浑天说而制，该学说认为天地的关系好比鸟卵壳包着卵黄，天的形体浑圆如弹丸，天和日月星辰每天绕南北极不停地旋转。　不合：指不符合。

④转：指转动浑天仪。

⑤骇服：叹服。骇，惊讶。

⑥既而：不久。

⑦擅名：独享盛名。

⑧据：凭靠。

⑨转式：转动栻盘推算。式，一作栻，古代占卜用具，形状似罗盘，上圆下方，可以转动。

【今　译】

郑玄在马融门下修学，三年都见不到老师，只是由马融的高足弟子传授而已。马融曾推算浑天仪，但得不到正确的结果，弟子们也都不得其解。有人说郑玄能解决，马融于是让他来推算，郑玄把仪器一转就解决了问题，大家都感到震惊佩服。等到郑玄学业完成辞别而归，马融随即就有“礼乐东去”的感叹，他担心郑玄独享盛名，因而心生忌恨。郑玄也怀疑有人追来，便在桥底下凭借木屐浮坐在水面上。马融果然转动栻盘推算郑玄的方向，对左右侍从说：“郑玄在土下水上又靠着木头，这是必死之兆了。”于是就停止了追赶，郑玄最终得以免祸。

【解　义】

刘孝标注指出，马融是海内大儒，服膺仁义；郑玄名列门下，传播其学说，马融根本不可能去猜忌并下毒手。因此，本文所载应是里巷传言，纯属无稽之谈。

二

郑玄欲注《春秋传》①，尚未成，时行与服子慎遇②，宿客舍。先未相识，服在外车上，与人说己注《传》意，玄听之良久，多与己同。玄就车与语曰③：“吾久欲注，尚未了。听君向言④，多与吾同，今当尽以所注与君。”遂为《服氏注》。

【今　注】

①《春秋传》：《春秋》有三传，此指《左传》。

②服子慎：服虔（生卒不详），字子慎，河南荥阳（今河南荥阳）人。举孝廉，东汉灵帝末任九江太守。治古文经学，撰《春秋左氏传解谊》。

③就：靠近。

④向：刚才。

【今　译】

郑玄想要注释《左传》，还没有完成，一次外出时与服虔相遇，一同在旅舍里住宿。两人先前并不相识，服虔在店外的车上，和别人说起自己注《左传》的大意，郑玄听了很久，觉得大多数见解与自己相同。郑玄靠近车子对服虔说："我很久以来就想注《左传》，还没有完成。听您刚才所说，很多与我相同，我应该把所作的注释都给您。"于是服虔完成了《服氏注》。

【解　义】

服虔在古文经学上的地位与郑玄齐名，后人有"六经师服、郑，百行法程、朱"之说。《春秋左氏传解谊》共三十卷，今已散逸，清儒王谟有辑本四卷（收入《汉魏遗书钞》），马国翰亦有辑本（收入《玉函山房辑佚书》）。通过对其佚文的研究，可以发现服虔确实有很多观点与郑玄相同，但这主要是因为两人同属古文经学家的缘故。本则故事应系里巷之言，不足采信。可能因为郑玄遍注群经，但对《左传》这部重要的儒家经典却没有留下注释，所以后人对此有所附会。

三

郑玄家奴婢皆读书。尝使一婢，不称旨①，将挞之②，方自陈说，玄怒，使人曳著泥中③。须臾，复有一婢来，问曰："胡为乎泥中④？"答曰："薄言往愬，逢彼之怒[5]。”

【今 注】

①称（chèn）旨：符合心意。

②挞（tà）：鞭打。

③曳（yè）著（zhuó）：拉到。

④胡为乎泥中：为什么在泥水中。语出《诗经·邶风·式微》，原诗曰：“式微式微，胡不归？微君之躬，胡为乎泥中？”

⑤薄言往愬（sù）二句：语出《诗经·邶风·柏舟》，原诗曰：“亦有兄弟，不可以据。薄言往愬，逢彼之怒。”薄言：发语词。愬：同“诉”。

【今 译】

郑玄家里的奴婢都读书。郑玄曾经使唤一个婢女，做事不合心意，将要鞭打她。这婢女正说明事情的经过，郑玄发怒，让人把她拉到泥水中。过了一会儿，又有一个婢女经过，问道：“你为什么在泥水中啊？”那婢女答道：“我要去诉说心中的怨苦，正遇到他发怒。”

【解 义】

传说郑家的牛也能触墙成字。白居易《双鹦鹉诗》有句曰：“郑玄识字吾常叹，丁鹤能歌尔亦知。”自注引谚云：“郑玄家牛触墙成八字。”（《白氏长庆集》卷二十六）

四

服虔既善《春秋》[1]，将为注，欲参考同异[2]。闻崔烈集门生讲传[3]，遂匿姓名，为烈门人赁作食[4]。每当至讲时，辄窃听户壁间。既知不能逾己[5]，稍共诸生叙其短长。烈闻，不测何人。然素闻虔名，意疑之。明蚤往，及未寤[6]，便呼："子慎[7]！子慎！"虔不觉惊应，遂相与友善[8]。

【今　注】

①《春秋》：此指《左传》。

②参考：比较。

③崔烈（？—192年）：字威考，冀州安平（今河北安平）人。历仕郡守、九卿、司徒、太尉，封阳平亭侯。初平元年（190），因其子崔钧参与讨伐董卓，被捕入狱。初平三年（192）四月，董卓被诛后出狱，任城门校尉。同年六月，李傕与郭汜攻破长安城，崔烈为乱兵所杀。

④赁（lìn）：佣工。

⑤逾：超过。

⑥寤：睡醒。

⑦子慎：服虔字子慎。

⑧相与：相互。

【今　译】

服虔精通《左传》，准备作注，想要比较各种不同的观点。他听说崔烈聚集门人讲授《左传》，便隐姓埋名，为崔烈门人做烧饭的佣工。每当崔烈讲授时，就在门外偷听。知道崔烈的见解并没有超过自己后，就逐渐与崔烈的门人谈论崔烈之说的短处与长处。崔烈听到后，猜测不出是什么人。但他素来听说过服虔的名声，怀疑就是他。第二天一早就去服虔处，趁着他没有醒，就喊道："子慎！子慎！"服虔不觉惊醒答应，两人于是相互友善。

【解　义】

崔烈系崔骃之孙、崔瑗之子。崔骃与班固齐名，年十三即能通《诗》《易》《春秋》；崔瑗则锐志好学，能尽传其父业，曾从侍中贾逵质正大义，而贾逵对《左传》也深有研究。可知崔烈之所以精通《左传》，得益于家学。本故事颇具传奇色彩，虽然未必可信，但反映出当时文人士子热衷于互相交流学问的风气。

五

钟会撰《四本论》始毕[①]，甚欲使嵇公一见[②]。置怀中，既定[③]，畏其难[④]，怀不敢出，于户外遥掷，便回急走。

【今　注】

①《四本论》：钟会所作，论说人的才能与德性的同、异、合、离等问题。

②嵇公：即嵇康。

③既定：徐震堮《世说新语校笺》以为系“既诣宅”之脱误，其说可从。

④难：诘责，质问。

【今　译】

钟会刚写完《四本论》，很想让嵇康过目。他把文章放在怀里，走到了嵇康的住所，又害怕见了面被他诘责，揣在怀里不敢拿出来，在门外远远地扔进去，就转身急急忙忙地跑了。

【解　义】

当时士人热衷于探讨才性问题，根据刘孝标注，“四本”指的是才性相同、才性相异、才性相合、才性相离，傅嘏论同、李丰论异、钟会论合、王广论离。钟会年轻时仰慕嵇康之名，心态诚惶诚恐，孰料此后他却成为谗害嵇康的罪魁祸首。

六

何晏为吏部尚书，有位望，时谈客盈坐。王弼未弱冠[①]，往见之。晏闻弼名，因条向者胜理，语弼曰[②]："此理仆以为极[③]，可得复难不[④]？"弼便作难，一坐人便以为屈。于是弼自为客主数番[⑤]，皆一坐所不及。

【今　注】

①王弼（226—249）：字辅嗣，山阳（今河南焦作）人，曾任魏尚书郎。少年即有高名，好老庄之学，能言善辩，与何晏、夏侯玄等同开清谈之风。主张"贵无"而"贱有"，著《周易注》《老子注》等。　弱冠：古代男子二十岁行冠礼，表示成人，后指二十岁左右的年纪。

②条：分条。　向者：先前。　胜理：精深之理。

③极：极致。

④难：驳难。

⑤自为客主：指自问自答。双方清谈时，一方为主，一方为客，互相提出驳难。王弼则是自己提问，自己作答。　数番：几次，几遍。番，遍数。

【今　译】

何晏任吏部尚书时，既有地位又有声望，家中常常坐满清谈的宾客。王弼在不满二十岁时，前去拜访他。何晏听到过王弼的名声，于是逐条举出先前所说的精深之理，对王弼说："这道理我以为达到了最高境界，你能够再加以驳难吗？"王弼于是予以驳难，满座宾客都自认为理屈。王弼自问自答了几次，都是在座者难以企及的。

【解　义】

清谈在魏晋时蔚然成风，文人士子通过辩论探讨学问，不以胜负为目的，而以寻求真理为乐趣。因此，在辩论中大多数人会表现出优雅的态度，坦然接受精辟之论，而不会强词夺理。因此，当王弼的议论高人一筹时，不仅满座都为之折服，而且还愿意倾听他的自问自答。

七

何平叔注《老子》始成[①]，诣王辅嗣[②]，见王注精奇，乃神伏，曰："若斯人，可与论天人之际矣[③]！"因以所注为《道》《德》二论。

【今　注】

①何平叔：何晏。

②王辅嗣：王弼。

③天人之际：天道和人道交汇之际，指自然和人事之间的关系。

【今　译】

何晏刚注完《老子》，去拜访王弼。看到王弼的注释极其精妙出奇，于是心悦诚服地说："像这样的人，可以与他讨论天人之间的关系问题了。"因此将自己所注改为《道》《德》二论。

【解　义】

何晏所著《老子道德论》二卷已散逸不存，据刘孝标注引《魏氏春秋》记载，何晏以文字简约优美为胜，而王弼则以义理自然超脱为胜。

八

王辅嗣弱冠诣裴徽[①]，徽问曰："夫无者[②]，诚万物之所资[③]，圣人莫肯致言[④]，而老子申之无已，何邪?"弼曰："圣人体无[⑤]，无又不可以训[⑥]，故言必及有。老、庄未免于有，恒训其所不足。"

【今　注】

①王辅嗣：王弼。　裴徽（生卒不详）：字文季，河东闻喜（今山西闻喜县）人。官至冀州刺史，加金紫光禄大夫，封兰陵郡公，谥号武。

②无：《老子》中提出的哲学概念，与"有"相对应。

③诚：确实。　资：凭借。

④致言：指发表意见。

⑤体：体察。

⑥训：解释词义。

【今　译】

王弼二十岁时去拜谒裴徽，裴徽问道："所谓无，是万物生长的根源，圣人不肯发表意见，而老子则不断地加以申说，这是为什么?"王弼说："圣人可以领悟到无，但无又不能解释清楚，所以说到无时必定涉及有。老子、庄子也免不了说到有，常常解释无所含词义的不足之处。"

【解　义】

《老子》曰："无名天地之始，有名万物之母。"意为无是天地的本始，有是万物的根源。《老子》又曰："故常无，欲以观其妙。常有，欲以观其徼。"意为要从无去观察道的奥妙，要从有去认识道的端倪。这也就是王弼为什么会说"老、庄未免于有，恒训其所不足"的缘故。

九

傅嘏善言虚胜[①]，荀粲谈尚玄远[②]，每至共语，有争而不相喻[③]。裴冀州释二家之义[④]，通彼我之怀[⑤]，常使两情皆得[⑥]，彼此俱畅。

【今　注】

①傅嘏（209—255）：字兰石，北地泥阳（今陕西耀县东南）人。历官尚书郎、黄门侍郎、河南尹、尚书，封阳乡侯。　虚胜：指玄理的佳妙境界。

②荀粲（210—238）：字奉倩，颍川颍阴（今河南许昌）人。好老庄之言，与傅嘏、夏侯玄友善。因悲伤妻子病逝而早亡。　玄远：指玄奥幽远之理。

③喻：明白，了解。

④裴冀州：裴徽，曾任冀州刺史，故称。

⑤怀：指心意、想法。

⑥得：相得，契合。

【今　译】

傅嘏擅长论说玄理之妙境，荀粲则崇尚谈论玄奥深远之理。每当两人一起清谈时，总是争论不休而不能互相理解。裴徽就解释两人各自的主张，沟通彼此之间的想法，常常使双方的心意契合，彼此都感到畅快。

【解　义】

虚胜与玄远其实大同小异，只是侧重点不同而已，所以裴徽能调和两家之说。

十

何晏注《老子》未毕，见王弼自说注《老子》旨[①]。何意多所短[②]，不复得作声，但应诺诺[③]，遂不复注，因作《道德论》。

【今　注】

①旨：要义。

②短：不足，欠缺。

③诺诺：连声应诺，表示顺从。即现代口语中的“是是”。

【今　译】

何晏为《老子》作注还没有完成时，遇到王弼说他自己注释《老子》的要义。何晏认为自己有很多不足之处，不再开口说话，只是连声应诺。于是他不再作注，因此写了《道德论》。

【解　义】

本文称何晏注《老子》“未毕”，本篇第七则记载则称“始成”；本文称“遂不复注，因作《道德论》”，前文则称“因以所注为《道》《德》二论”。相较而言，本文所叙较为合理。

十一

中朝时有怀道之流[①]，有诣王夷甫咨疑者[②]，值王昨已语多[③]，小极[④]，不复相酬答，乃谓客曰：“身今少恶[⑤]，裴逸民亦近在此[⑥]，君可往问。”

【今　注】

①中朝：指西晋。东晋建都南方，所以称建都于洛阳的西晋为中朝。　怀道：胸怀大道。

②王夷甫：王衍。　咨疑：咨询疑问。

③值：遇到。

④极：困惫，疲倦。

⑤身：第一人称代词，我。　恶：指身体不适。

⑥裴逸民：裴頠。

【今　译】

西晋时有一些胸怀大道的士人，其中一位去拜访王衍咨询疑问。正值王衍前一天已经谈话很多，稍感疲倦，不想再应酬谈话，便对来客说："我今天略感不适，裴頠也住在附近，您可以去问他。"

【解　义】

曹丕《典论·论文》曾指出文人有相轻之弊，但魏晋名士大多能展现出相互欣赏、相互推崇的气度。裴頠谈理与王衍不相上下，王衍对他也赞誉有加。据本书《言语》第二十三则记载，王衍曾称赞裴頠"善谈名理，混混有雅致"。因此，王衍在无暇应酬时，便向他人推荐裴頠。

十二

裴成公作《崇有论》①，时人攻难之②，莫能折，唯王夷甫来③，如小屈④。时人即以王理难裴，理还复申⑤。

【今　注】

①裴成公：裴頠，谥号"成"，故称。　《崇有论》：反对"贵无说"，认为世界上一切有形有象的具体存在物，即"有"的存在，"无"不能生"有"。

②时人：指当时崇尚虚无的人。　攻难：驳斥诘责。

③王夷甫：王衍。

④如：似乎。　屈：理亏。

⑤申：申说，说明。

【今　译】

裴頠撰《崇有论》，当时人们进行驳斥诘责，没人能够折服他。只有王衍来和他辩论时，他似乎稍微理亏。于是当时人们用王衍的理论来驳难裴頠，但是裴頠的理论还是能够得到阐发。

【解　义】

据《晋书·裴頠列传》记载，裴頠因为感叹世俗放荡，不尊儒家之说，不守礼法，于是著《崇有论》进行批评。因此，裴頠撰述《崇有论》显然是站在维护名教的立场。

十三

诸葛厷年少不肯学问①，始与王夷甫谈②，便已超诣③。王叹曰："卿天才卓出④，若复小加研寻⑤，一无所愧。"厷后看《庄》《老》，更与王语，便足相抗衡。

【今　注】

①诸葛厷（生卒不详）：字茂远，琅邪（今山东临沂）人，有逸才，官至司空主簿。厷（gōng），一作"宏"。学问：指努力学习钻研。

②王夷甫：王衍。

③超诣：指超越常人的境界。

④卓出：超越常人。

⑤研寻：研讨探求。

【今　译】

诸葛厷年轻时不肯努力学习钻研，但刚与王衍谈论时，就已经有超越常人的境界。王衍感叹道："您天才超绝，如再稍加研习探究，就不会有什么遗憾了。”诸葛厷听到后就钻研《庄子》《老子》，再去与王衍谈论，便足够与王衍相抗衡了。

【解　义】

所谓“看《庄》《老》”，并非指普通的阅读，而是指钻研老庄之学。

十四

卫玠总角时，问乐令梦[①]，乐云：“是想。”卫曰：“形神所不接而梦，岂是想邪？”乐云：“因也[②]。未尝梦乘车入鼠穴，捣齑啖铁杵[③]，皆无想无因故也。”卫思因经日不得，遂成病。乐闻，故命驾为剖析之[④]，卫即小差[⑤]。乐叹曰：“此儿胸中当必无膏肓之疾[⑥]。”

【今　注】

①总角：古代的儿童把头发扎成髻。借指童年。　乐令：乐广。

②因：原因。

③捣齑（jī）：指捣碎姜、蒜、菜等。

④命驾：吩咐随从驾车。

⑤差（chài）：病愈。

⑥膏肓之疾：难以治愈的病。

【今　译】

卫玠童年时，问乐广做梦的原因。乐广说：“梦是日有所思造成的。”卫玠说：“肉体与精神没有接触的东西也会入梦，难道是有所思的缘故吗？”乐广说：“总是有原因的。人从来不会梦见乘着车子进入蚁穴，把菜末捣碎却吃下铁棒，这些都是无所思的缘故。”卫玠由于整天思考不得其解，于是生病。乐广听说后，特意命人驾车去为他分析这个问题，卫玠的病即刻有所好转，乐广感叹说："这孩子心中必定不会有难解的问题。"

【解　义】

据《晋书·卫玠列传》记载，卫玠从小身体羸弱，又加勤于思考、刻苦钻研，因此多病。形神关系是魏晋士人所热衷探讨的哲学命题，卫玠所困惑的梦境形成问题就属于这一命题的延伸。

十五

庾子嵩读《庄子》①，开卷一尺许便放去②，曰："了不异人意③。"

【今　注】

①庾子嵩：庾敳（262—311），字子嵩，颍川鄢陵（今河南鄢陵）人。好老庄，静默无为。历官陈留相、豫州刺史、吏部侍郎、太傅参军、军谘祭酒。体肥，善清谈，为石勒所杀。

②卷：书卷，唐以前书籍都是卷轴，读时展开。

③了：完全。

【今　译】

庾敳读《庄子》时，展开书卷大约一尺就放下了，说："与我的意见完全没有不同之处。"

【解　义】

王世贞《艺苑卮言》卷三曰："吾尝怪庾子嵩不好读《庄子》，开卷至数行，即掩曰：'了不异人。'以为此本无所晓，而漫为大言者，使晓人得这，便当沉湎濡首。"大意是说，庾敳并不喜欢读《庄子》，开卷只看了几行就掩卷，明显是在说大话，如果是明达事理的人，必然会沉浸其中。这恐怕是误解，庾敳自称“老庄之徒”（刘孝标注引《晋阳秋》），怎么可能只读过几行《庄子》。因此，本文所谓“开卷一尺许便放去”，指的是庾敳只读了开头就觉得庄子所论契合他的心意，所以放下书感慨“了不异人意”，并非浅尝辄止。

十六

客问乐令“旨不至”者①，乐亦不复剖析文句，直以麈尾柄确几，曰②：“至不③？”客曰：“至。”乐因又举麈尾曰：“若至者，那得去？”于是客乃悟服。乐辞约而旨达④，皆此类。

【今　注】

①乐令：乐广。　旨不至：语出《庄子·天下篇》，原文曰：“指不至，至不绝。”意指名称触及不到事物的实际，即使有所触及也不能穷尽。旨，通“指”，即事物的名称、概念。至，到达。

②直：特，但，只。　确：疑为“摧”字，意为敲击。

③不：通“否”。

④辞约而旨达：言辞简捷却意义通畅。约，简单。旨，意义。达，通畅。

【今　译】

有位客人问乐广“旨不至”是什么意思，乐广也不再分析文句，只是用麈尾敲击几案，说：“触及了吗？”客人说：“触及了。”乐广又举起麈尾说：“如果触及了，又怎么能离开呢？”于是客人当即领悟，心悦诚服。乐广言辞简单而意义通畅，都是这类情况。

【解　义】

“指不至，至不绝”是战国时惠施的主张之一，庄子引用时未加解释，后人索解匪易，因此成为魏晋士人热衷讨论的话题。乐广用麈尾柄敲击几案的方式暗示客人，麈尾柄接触到的只是几案的表面，所以可以从容离开，而这也正是惠施强调“至不绝”的缘由。据《晋书·乐广列传》记载，王衍曾认为自己辨析名理可以做到要言不烦，但等他见识到乐广的水平后，立刻就觉得自己太繁琐了。

十七

初，注《庄子》者数十家，莫能究其旨要[①]。向秀于旧注外为解义，妙析奇致[②]，大畅玄风，唯《秋水》《至乐》二篇未竟而秀卒。秀子幼，义遂零落[③]，然犹有别本[④]。郭象者[⑤]，为人薄行[⑥]，有俊才[⑦]，见秀义不传于世，遂窃以为己注，乃自注《秋水》《至乐》二篇，又易《马蹄》一篇[⑧]，其余众篇，或定点文句而已[⑨]。后秀义别本出，故今有向、郭二《庄》，其义一也。

【今　注】

①旨要：主旨，要领。

②奇致：奇特的意趣。

③零落：衰败，散失。

④别本：另外的抄本。

⑤郭象（？—312）：字子玄，河南洛阳（今河南洛阳）人。官至黄门侍郎。好老庄，善清谈。在向秀所注《庄子》基础上作《庄子注》，影响深远。

⑥薄行：行为轻薄。

⑦俊才：才智过人。

⑧易：改变，变动。

⑨定点：指修改订正。

【今　译】

当初，注释《庄子》的有几十家，没有一家能探究出它的要义。向秀在旧注之外为之解释义理，精妙地分析其奇特的意趣，大大地张扬了玄学之风。只是《秋水》《至乐》两篇的注释还没有完成，向秀就去世了。向秀之子当时年幼，向秀的解义因此散佚，但还有另外的抄本。郭象为人品行不端，但有过人的才智，看到向秀的解义不传于世，便剽窃过来作为自己的注释，于是自己注《秋水》《至乐》二篇，又改动《马蹄》一篇，其余部分，有些只是订正文句而已。后来向秀解义的另一个抄本流传开来，所以现在有向秀、郭象两种《庄子》注本，它们的义理是一样的。

【解　义】

据《晋书·郭象列传》记载，王衍曾称赞道：听郭象的清谈，就如悬河泻水，滔滔不绝。可见郭象对老庄之说有着自己深刻的理解和研究。据刘孝标注引《文士传》记载，郭象慕道好学，托志老庄，当时人都认为他仅次于王弼。向秀之解义散逸已久，而郭象之注则流传至今，二者的关系问题是一个著名的公案。四库馆臣勾稽向秀解义的佚文，与郭象之注进行了比较，认为二者存在“绝不相同”者、“郭本皆无”者、“互相出入”者、“向、郭相同者”、“一字不异”者、“郭注多七字”者、“郭注无者”、“郭改其末句”者、“郭增其首十六字，尾五十一字”者等情况。可见，郭象之注虽有抄录向秀解义之处，但大量内容还是出自郭象之手。古人没有著作权意识，所以大量摘录前人著述而不加说明的情况比比皆是，如司马迁《史记》摘录《战国策》、班固《汉书》摘录《史记》。此类情况显然不能简单归入剽窃之列。向秀享年四十六，通常情况下，其子应已成年。据本书《赏誉》第二十九则记载，向秀之子向纯、向悌“令淑有清流”。因此，本文所谓“秀子幼，义遂零落”，显然是后人穿凿之语。据《晋书·郭象列传》记载，东海王司马越引郭象为太傅主簿，任职当权，熏灼内外，于是“素论去之”。所谓“素论去之”，是因为东海王司马越不得人心，所以人们改变了以往对郭象的好评。因此，本文所谓“为人薄行”、“窃以为己注”，恐怕就是在这种情况下产生的贬抑之词。

十八

阮宣子有令闻①。太尉王夷甫见而问曰②：“老庄与圣教同异③？”对曰：“将无同④。”太尉善其言，辟之为掾⑤，世谓“三语掾”。卫玠嘲之曰：“一言可辟，何假于三⑥！”宣子曰：“苟是天下人望⑦，亦可无言而辟，复何假一！”遂相与为友。

【今　注】

①阮宣子：阮修（270—311），字宣子，陈留尉氏（今河南开封尉氏县）人，阮籍之侄。官至太子洗马。好《老子》《周易》，善清谈，南渡时为贼人所害。　令闻：美好的名声。

②王夷甫：王衍。

③圣教：指儒家学说。

④将无：揣度语，表示大概、也许。

⑤辟：征聘，任用。　掾：属官。

⑥假：凭借，利用。

⑦望：名望。

【今　译】

阮修有美好的声誉。太尉王衍见到他就问道：“老、庄与儒家学说是相同还是不同？”阮修答道：“也许是相同的吧！”王衍欣赏他的话，征召为属官，世人称为“三语掾”。卫玠嘲笑他说："一个字就可以被征召，何必凭借三个字呢？"阮修道："如果是天下所敬仰的人，也可以一字不说就被征召，又何必再说一个字呢？"两人于是成为朋友。

【解　义】

本文所载不见《晋书·阮修列传》。据《晋书·阮瞻列传》记载，王戎与阮瞻之间有同样的对答，阮瞻也被称为"三语掾"。史官显然认为本文所谓"阮修"系"阮瞻"之误传。

十九

裴散骑娶王太尉女①，婚后三日，诸婿大会，当时名士、王裴子弟悉集。郭子玄在坐②，挑与裴谈③。子玄才甚丰赡④，始数交，未快⑤；郭陈张甚盛，裴徐理前语，理致甚微⑥，四坐咨嗟称快⑦，王亦以为奇，谓诸人曰："君辈勿为尔⑧，将受困寡人女婿⑨。"

【今　注】

①裴散骑：裴遐（生卒不详），字叔道，河东闻喜（今山西运城市闻喜）人，裴徽之孙，裴绰之子，裴楷之侄。东海王司马越引为主簿，后为司马越之子司马毗所杀。曾官散骑侍郎，故称。　王太尉：王衍。

②郭子玄：郭象。

③挑：挑头，带头。

④丰赡：丰富，充足。

⑤快：痛快，爽快。

⑥陈张：铺陈张扬。　理致：义理情趣。

⑦咨嗟：赞叹。

⑧尔：如此。

⑨寡人：晋人喜欢自称寡人。

【今　译】

裴遐娶了王衍的女儿，婚后第三天，王衍的几个女婿在一起大聚会，当时的名士以及王、裴两家的子弟全都聚集在一起了。郭象在座，带头与裴遐辩论。郭象才华横溢，开头几次交锋，还未尽兴。郭象铺陈张扬气势很盛，而裴遐则缓缓地梳理说过的话题，义理情趣都很精妙，四座宾客无不赞叹称快，王衍也为之称奇，对大家说："诸位不要再辩了，否则会被我女婿难倒。"

【解　义】

郭象滔滔雄辩，锋芒毕露；而裴遐"徐理前语"的应对，则是以守为攻，抓住对方言辞中的破绽予以反击，重视逻辑的缜密性，所以能做到"理致甚微"。郭象和裴遐二人的清谈风格由此跃然纸上。

二十

卫玠始度江①，见王大将军②，因夜坐，大将军命谢幼舆③。玠见谢，甚说之④，都不复顾王，遂达旦微言⑤，王永夕不得豫⑥。玠体素羸⑦，恒为母所禁。尔夕忽极⑧，于此病笃⑨，遂不起。

【今　注】

①度：通"渡"。

②王大将军：王敦。

③命：召。　谢幼舆：谢鲲。

④说：通"悦"，高兴，喜悦。

⑤微言：指清谈。

⑥永夕：整夜。　豫：参预。

⑦羸：瘦弱。

⑧极：困惫，疲倦。

⑨病笃：病势沉重。

【今　译】

卫玠当初渡江南下时，去拜见王敦。因为夜坐清谈，王敦召来谢鲲。卫玠看到谢鲲后，非常高兴，就不再转头去看王敦了，于是通宵达旦清谈，王敦整夜都不能参预话题。卫玠体质向来瘦弱，常被他母亲禁止清谈。这天夜里他忽然感到疲倦，因此病势沉重，终于卧床不起。

【解　义】

据《晋书·卫玠列传》记载，卫玠见到谢鲲后，相见欣然，清谈终日。史官似乎采信了本文所谓卫玠看到谢鲲后“都不复顾王”的说法。但据本书《赏誉》第五十一则记载，卫玠南渡后前去投奔王敦，两人“相见欣然，谈话弥日”。所以，卫玠见王敦之事显然存在着不同的传说。相较而言，《赏誉》第五十一则的记载较为可信，毕竟卫玠是去投奔王敦，不太可能对他无礼到无视的地步。又据《晋书·谢鲲列传》记载，王澄路经豫章时拜访王敦，结果见到谢鲲后与其彻夜清谈而不顾王敦。这一记载较为可信，因为王澄的名望在王敦之上，而且据《晋书·王澄列传》记载，王澄见到王敦后确实有轻侮之意，王敦甚至因此将其杀害。《晋书·谢鲲列传》的情节与本文所载类似，所以，本文所谓“王永夕不得豫”的说法，或许是后人将王澄之事误植为卫玠。

二十一

旧云，王丞相过江左①，止道声无哀乐②、养生③、言尽意三理而已④，然宛转关生⑤，无所不入。

【今　注】

①王丞相：王导。　江左：江东。

②止：只。　声无哀乐：嵇康作《声无哀乐论》，文见《全三国文》卷四十九。嵇康认为声音本身无所谓哀与乐，人的内心有哀与乐，于是就通过声音表现出来。

③养生：嵇康有《养生论》，见《全三国文》卷四十八。嵇康认为人只要导养得理，清虚寡欲，借助呼吸吐纳的锻炼与药物调理，即可长寿；形与神两者不可分离，养生必须形神相来，表里俱济。

④言尽意：欧阳建作《言尽意论》，见《艺文类聚》卷十九。言，语言。意，思想。欧阳建针对以荀粲、王弼为代表的“言不尽意”之说，认为语言能够完整准确地表达思想，没有语言就无法表达思想。

⑤宛转：辗转。　关生：关联推演。

【今　译】

过去人们说：王导渡江到了江南后，只谈论声无哀乐、养生、言尽意这三个命题而已。但是从这三个命题辗转推演，(所涉及的义理）几乎无所不包。

【解　义】

王导最擅长声无哀乐、养生、言尽意这三个命题的讨论，但并不意味着他对其他问题缺乏思考和研究。各种哲学命题都不可能孤立存在，相互间必然有着紧密的关联。也因此，王导在谈论这三个命题时，可以涉及所有的义理问题。

二十二

殷中军为庾公长史[①]，下都[②]，王丞相为之集，桓公、王长史、王蓝田、谢镇西并在[③]。丞相自起解帐带麈尾，语殷曰：“身今日当与君共谈析理[④]。”既共清言，遂达三更。丞相与殷共相往反[⑤]，其余诸贤略无所关[6]。既彼我相尽，丞相乃叹曰：“向来语[7]，乃竟未知理源所归[8]，至于辞喻不相负[9]。正始之音，正当尔耳[10]。”明旦，桓宣武语人曰[11]：“昨夜听殷、王清言，甚佳。仁祖亦不寂寞[12]，我亦时复造心[13]。顾看两王掾[14]，辄翣如生母狗馨[15]。”

【今　注】

①殷中军：殷浩。　庾公：庾亮。

②下都：指到京城。

③桓公：桓温。　王长史：王濛。　王蓝田：王述（303—368），字怀祖，太原晋阳（今山西太原）人。历官临海太守、建威将军、会稽内史、扬州刺史、征虏将军、卫将军、尚书令、散骑常侍，袭爵蓝田侯。　谢镇西：谢尚。

④身：晋人自称，第一人称代词。

⑤往反：反复辨难。

⑥略无所关：毫无关联，此指不参与辨难。关，关涉，牵连。

⑦向来：过去以来。

⑧理源：玄理的本原。　归：归向。

⑨辞喻：言辞与比喻。　相负：欠缺、违背。

⑩正始之音：指以何晏、王弼为首的名士，用老庄思想糅合儒家经义，谈玄析理，开创玄学清谈之风。

⑪桓宣武：桓温。

⑫仁祖：谢尚，字仁祖。

⑬造心：指心有所悟。造，至，到达。

⑭两王掾：王濛、王述，当时都是王导的属官。

⑮翣（shà）、馨：当时口语，语助词，与“样”“般”义同。

【今　译】

殷浩担任庾亮的长史时，从荆州来到京城，王导为他举行集会，桓温、王濛、王述、谢尚等都在座。王导亲自起身解下挂在帐带上的麈尾，对殷浩说：“我今天要与您一起谈论辨析玄理。”他们便一起清谈，一直谈到了半夜三更。王导与殷浩反复辨难，其余几位名士都插不上嘴。他们彼此把道理说完后，王导叹息道：“一直以来所说的，竟然不知玄理本原之所在，至于言辞义理则不相违背。正始之音，正应当如此吧。”第二天早晨，桓温对人说：“昨夜听殷浩、王导清谈，非常美妙。谢尚也不感到寂寞，我也常常心有所悟。转头看两位王姓属官，就像那怕生的母狗一样。”

【解　义】

“正始”为三国魏齐王曹芳的年号（240—249），是魏晋玄学的开创时期，王弼、何晏等人通过清谈，辨析名理，探究玄义，并蔚然成风。后人遂将当时的言谈风尚称为“正始之音”。谢尚“不寂寞”，桓温也“时复造心”，说明他们都能领悟王导与殷浩清谈的内容，所以他们在一旁会表现得比较轻松。与此形成对比的是王濛和王述，他们恐怕跟不上清谈的节奏，所以“辄翣如生母狗馨”，表现出了紧张的神态。王濛也是清谈名家，他之所以表现差劲，或许是因为此时他刚刚出道的缘故。

二十三

殷中军见佛经，云①：“理亦应阿堵上②。”

【今　注】

①殷中军：殷浩。

②阿堵：这个当时口语。

【今　译】

殷浩见到佛经，说："玄理也应包含在这个上面。"

【解　义】

佛教传入中国后，佛学思想也逐渐为士人阶层所接受，并与儒、道学说相融合，形成魏晋玄学。殷浩对佛经的态度代表着魏晋士人对佛学思想的态度。

二十四

谢安年少时，请阮光禄道《白马论》①，为论以示谢。于时谢不即解阮语，重相咨尽②。阮乃叹曰："非但能言人不可得，正索解人亦不可得③！"

【今　注】

①阮光禄：阮裕。　白马论：即"白马非马"说，系战国时赵人公孙龙所提出。

②重相咨尽：反复询问以求详尽的理解。

③索解：寻求解释。

【今　译】

谢安年少时，请阮裕讲授白马论，阮裕于是写了一篇论说的文章给谢安看。当时谢安没有立即理解阮裕的话，就一再询问以求详尽的解释。阮裕于是感叹道："现在不仅能讲授的找不到了，就是要寻求理解的人也难以找到了。"

【解　义】

公孙龙是战国时名辩学派的代表人物，"白马非马"是其提出的一个著名的命题。他认为"白马"和"马"存在特殊与一般的差别，"马"以形状命名，"白马"以颜色命名，是不同的概念，不能混淆。其实，公孙龙是混淆了个别与一般之间的关系，属于诡辩。中国古代没有成熟的逻辑学理论，所以公孙龙提出"白马非马"之说后，当时人虽然知道这是谬论，但却无法进行合理反驳。直至魏晋时期，士人对逻辑学仍缺乏兴趣。所以阮裕感叹不仅无人能言，就连理解的人也很难找到。

二十五

褚季野语孙安国云①："北人学问，渊综广博②。"孙答曰："南人学问清通简要③。"支道林闻之，曰④："圣贤固所忘言⑤，自中人以还⑥，北人看书如显处视月，南人学问如牖中窥日⑦。"

【今　注】

①褚季野：褚裒。　孙安国：孙盛。

②渊综：深厚能综合。

③清通简要：清楚通达，简明扼要。

④支道林：支遁。

⑤忘言：语出《庄子·外物》，原文曰："言者所以在意，得意而忘言。"意即言词是用来表达意义的，既得其意就不需要言词了。

⑥中人：中等之人，一般人。　以还：以下。

⑦牖（yǒu）：窗户。　窥：从小孔看视。

【今　译】

褚裒对孙盛说："北方人的学问，精深广博。"孙盛答道："南方人的学问，清晰简明。"支道林听到后说："圣贤之人本来就只须意会无须言词。从中等以下的人来看，北方人看书，好像在显亮的地方看月亮；南方人做学问，好像透过窗户看太阳。"

【解　义】

根据刘孝标注的解释，支道林所言是针对褚裒和孙盛的说法，以区别南北之优劣。他认为北方人学识广博就难以周全，难以周全就会认识不清，如同在亮处观月一般；而南方人虽然学识不广，但却能够对事物有深刻认识，如同从窗户中窥视太阳一般。支道林的逻辑恐怕不能成立。学者的学识越是广博，对事物的理解才有可能越全面。不能因为无法做到百分百的全面，从而抹杀追求广博学识的重要性。而且惟有学识广博，才有可能对事物有深刻的理解，否则就是井底之蛙。“牖中窥日”的比喻并不恰当，因为见少识寡，只能是以管窥豹。支道林的见解显然不符合治学之道。

二十六

刘真长与殷渊源谈[①]，刘理如小屈[②]，殷曰：“恶[③]！卿不欲作将善云梯仰攻[④]？”

【今　注】

①刘真长：刘惔。　殷渊源：殷浩。

②屈：指理亏。

③恶（wū）：感叹词，嗟叹声。

④作将：指制作。　云梯：古代攻城时攀登城墙的长梯。

【今　译】

刘惔与殷浩谈论玄理，刘惔的议论稍处下风，殷浩说：“嘿，您不准备制造一副好的云梯来仰攻吗？”

【解　义】

殷浩所说是戏言。由于刘惔已经落入下风，所以殷浩故意揄揶刘惔，提醒他再这样辩论下去必输无疑。

二十七

殷中军云[①]："康伯未得我牙后慧[②]。"

【今　注】

①殷中军：殷浩。

②康伯：韩伯。　牙后慧：指言外之意趣。后称沿用或抄袭他人言论为"拾人牙慧"。

【今　译】

殷浩说："韩伯还没有能够领会我言外之意趣。"

【解　义】

韩伯是殷浩的外甥，殷浩对他非常喜爱，曾称赞他是"出群之器"（《晋书·韩伯列传》）。本文所谓"康伯未得我牙后慧"，说明殷浩认为韩伯还不能做到青出于蓝。

二十八

谢镇西少时[①]，闻殷浩能清言，故往造之[②]。殷未过有所通[③]，为谢标榜诸义[④]，作数百语，既有佳致[⑤]，兼辞条丰蔚[⑥]，甚足以动心骇听[⑦]。谢注神倾意[⑧]，不觉流汗交面[⑨]。殷徐语左右："取手巾与谢郎拭面。"

【今　注】

①谢镇西：谢尚。

②造：前往，拜访。

③过：过分。　通：阐发。

④标榜：揭示。

⑤佳致：美好的情趣。

⑥辞条丰蔚：指言词通达，文采华美。

⑦动心骇听：形容激动人心，动人心魄。

⑧注神倾意：指神情贯注，注意力集中。倾，尽全力。

⑨流汗交面：指汗流满面。交，交错。

【今　译】

谢尚年轻时，听说殷浩善于清谈，便特地去拜访他。殷浩没有过多地阐发，只是为谢尚揭示各种义理，说了几百言，这些话既有美好的情趣，又兼具华丽的辞藻，足以动人心魄。谢尚全神贯注，不知不觉中汗流满面。殷浩从容地对左右侍从说："拿手巾来给谢郎擦脸。"

【解　义】

刘孝标注认为殷浩只大谢尚三岁，已入名流之列，清谈之妙也达到出神入化的境界，所以谢尚感愧交织，不觉汗流满面。当然，从文中也可以看到殷浩从容淡定的气度以及谢尚初出茅庐时的窘态。

二十九

宣武集诸名胜讲《易》①，日说一卦。简文欲听②，闻此便还，曰："义自当有难易③，其以一卦为限邪④！"

【今　注】

①宣武：桓温。　名胜：名流。　《易》：《周易》。

②简文：简文帝司马昱。

③自当：自然应当。

④其：岂，怎么，难道。

【今　译】

桓温召集众多名流讲论《周易》，每天解说一卦。简文帝准备去听讲，听说每天只讲一卦就没去，说："义理自然应当是有难有易的，怎么能以一天一卦为限呢？"

【解　义】

简文帝之所以半路打道回府，或许是因为他觉得每天只讲一卦，实质性内容太少，这样的讲论方式仅适合初学者。

三十

有北来道人好才理①，与林公相遇于瓦官寺②，讲《小品》③。于时竺法深、孙兴公悉共听④。此道人语，屡设疑难。林公辩答清析，辞气俱爽。此道人每辄摧屈⑤。孙问深公："上人当是逆风家⑥，向来何以都不言？"深公笑而不答。林公曰："白旃檀非不馥⑦，焉能逆风？"深公得此义，夷然不屑⑧。

【今　注】

①道人：和尚。　才理：指玄理。

②林公：支道林。　瓦官寺：东晋名寺，在今南京西南。

③《小品》：指《小品经》，又称《道行经》。

④竺法深：竺潜。　孙兴公：孙绰。

⑤摧屈：受挫屈服。

⑥上人：和尚的尊称。　逆风家：逆风而进的人。

⑦白旃（zhān）檀：即檀香，一名白檀、旃檀，原产印度、非洲等地。　馥（fù）：香。

⑧夷然不屑：泰然自若、毫不在意的样子。

【今　译】

有个北方来的和尚喜欢玄理，和支道林在瓦官寺相遇，讨论《小品经》。当时竺法深、孙绰都去旁听。这位和尚在辩论时，屡屡设下疑难问题。支道林辩论对答清晰，言辞语气都很痛快。这位和尚每次总是受挫屈服。孙绰问竺法深："上人应当是逆风而进的人，刚才为什么一言不发？"竺法深笑而不答。

支道林说："白檀木并非不香，但是逆风怎能闻到它的香气呢？"竺法深听到这话以后，泰然自若毫不在意。

【解 义】

竺潜对孙绰的提问"笑而不答"，或许是对支道林的一种认可。不过支道林并不谦虚，他将竺法深比作白檀木，虽然香气浓郁，却不能逆风，意指竺法深固然很出色，但也无法和自己抗衡。这是友人间的戏言。

三十一

孙安国往殷中军许共论①，往反精苦②，客主无间③。左右进食，冷而复暖者数四。彼我奋掷麈尾，悉脱落满餐饭中，宾主遂至莫忘食④。殷乃语孙曰："卿莫作强口马，我当穿卿鼻！"孙曰："卿不见决鼻牛，人当穿卿颊⑤！"

【今 注】

①孙安国：孙盛。 殷中军：殷浩。 许：处所，住处。

②往反：指反复辩难。 精苦：指用尽心思。

③无间（jiàn）：间隙，形容激烈，没有喘息时间。

④莫：同"暮"，傍晚。

⑤强（jiàng）口马：指脾气倔强不肯套上嚼子的马。 决鼻牛：指脾气倔强挣脱鼻环的牛。

【今 译】

孙盛到殷浩处一同清谈，反复辩论竭尽心力，主客之间争执激烈。左右侍从送上饭菜，冷了再热，反复多次。双方奋力挥动麈尾，麈尾上的毛都掉在饭菜上，宾主双方竟然一直到傍晚都忘了吃饭。殷浩于是对孙盛说："您不要做强口马，我可要穿您的鼻子啦。"孙盛说："您不见决鼻牛吗，我要刺穿您的面颊。”

【解　义】

谢尚在殷浩面前汗流满面（见本篇第二十八则），但孙盛与殷浩却是旗鼓相当，所以他们辩论了整整一天，还是没有分出胜负。据刘孝标注引《续晋阳秋》记载，当时能与殷浩相抗衡的人只有孙盛。清谈以探究义理为目的，所以其形式是辩论，而非斗嘴。但由于孙盛和殷浩势均力敌，他们之间的辩论最终只能以斗嘴告终，倒也别有趣味。

三十二

《庄子·逍遥篇》旧是难处①，诸名贤所可钻味②，而不能拔理于郭、向之外③。支道林在白马寺中④，将冯太常共语⑤，因及《逍遥》。支卓然标新理于二家之表⑥，立异义于众贤之外，皆是诸名贤寻味之所不得⑦。后遂用支理。

【今　注】

①《庄子·逍遥游》：《庄子》的第一篇，主旨是阐述人应当看破功、名、利、禄、权、势等，使精神达到优游自在的境地。

②名贤：知名之贤士。　钻味：钻研玩味。

③拔：超出。　郭、向：郭象和向秀。

④白马寺：魏晋时期，各地寺院多有以“白马寺”命名者，此指余杭之白马寺。

⑤将：与。　冯太常：冯怀（生卒不详），字祖思，长乐（今陕西石泉）人，历官太常、护国将军。

⑥卓然：卓越、高超的样子。　标：揭出，显出。　表：外。

⑦寻味：探索。

【今　译】

《庄子·逍遥游》，过去一直是难解之处，众多知名贤士钻研玩味，但都不能超出郭象和向秀的解释意义。支道林在白马寺中，与冯怀一起清谈，于是谈到了《逍遥游》。支遁在郭象、向秀二家之外，卓越地揭示新的义理，在各家贤人之外，提出不同的见解，都是众多知名贤人未能寻味体察到的。后人于是采用支道林所阐明的义理。

【解　义】

据刘孝标注，向秀和郭象所持逍遥义是随顺本性；而支道林则认为是“明至人之心”，意即阐明超凡脱俗者的内心世界。

三十三

殷中军尝至刘尹所[①]，清言良久，殷理小屈，游辞不已[②]，刘亦不复答。殷去后，乃云：“田舍儿强学人作尔馨语[③]！”

【今　注】

①殷中军：殷浩。　刘尹：刘惔。

②游辞：指不着边际的话。

③田舍儿：农家子弟，鄙薄之称，贬指缺乏学识的人。

尔馨：如此，这样。晋时口语。

【今　译】

殷浩曾到刘尹家里，清谈了很久，殷浩有点理亏，便不停地说着不着边际的话，刘惔也不再答辩。殷浩走了以后，刘惔于是说：“乡巴佬勉强学人家讲话！”

【解　义】

据本篇第二十六则记载，刘惔与殷浩清谈时曾因理亏而被殷浩嘲讽。刘惔或许因此心有不甘，所以借机一吐胸中的恶气，称殷浩为乡巴佬。清谈固然不以胜负为目的，但由于清谈时双方唇枪舌剑，所以难免会有情绪失控之处，刘惔的讥讽其实就是在宣泄不满的情绪。

三十四

殷中军虽思虑通长①，然于才性偏精②，忽言及《四本》③，便若汤池铁城④，无可攻之势。

【今　注】

①殷中军：殷浩。　思虑：思辨考虑。　通长：淹通深远，意指广博。

②才性：指才能与性格的相互关系。

③忽：无心，不经意。　《四本》：《四本论》，钟会所作。

④汤池铁城：滚水般的城池，铁铸般的城墙，形容防守严密。

【今　译】

殷浩虽然思维能力广博，但对才性问题最为偏重而精到，有时无意之间说到《四本论》，就像汤池铁城一样，无懈可击。

【解　义】

才性问题是魏晋士人所热衷探讨的话题，当时主要有四种观点：才性同，才性异，才性合，才性离，故称“四本”。

三十五

支道林造《即色论》①，论成，示王中郎②，中郎都无言。支曰：“默而识之乎③？”王曰：“既无文殊④，谁能见赏⑤？”

【今　注】

①支道林：支遁。　造：作、写。　《即色论》：阐述“色即是空”之说。色与空均为佛教术语，色指一切能使人感触到的东西，相当于物质；空指事物的虚幻不实，一切事物、现象都由因缘和合而成，刹那生灭，假而不空，故谓“色即是空”、“空复异色”。

②王中郎：王坦之。

③默而识（zhì）之：默记在心里。识，记住。语出《论语·述而》，原文曰：“默而识之，学而不厌，诲人不倦，何有于我哉。”

④文殊：文殊师利的略称，侍于释迦牟尼佛之左，代表智慧。

⑤见赏：被赏识。见，被。

【今　译】

支道林作《即色论》，完成后给王坦之看，王坦之一句话都不说。支道林说：“默记在心里了吗？”王坦之说：“既然没有文殊菩萨那样的慧眼，谁还能被赏识呢？”

【解　义】

据《维摩诘经》，文殊菩萨问维摩诘居士什么是菩萨“入不二法门”，维摩诘居士沉默以对，以示不可言说，文殊菩萨领悟其义，感叹这才是真“入不二法门”。王坦之看到支道林所作《即色论》后默然不语，也是示意“色即是空”之不可言说。支道林见王坦之默不作声，还以为他无言以对，于是调侃他是在默记自己的文章，王坦之则借机讽刺支道林缺乏智慧。

三十六

王逸少作会稽[①]，初至，支道林在焉。孙兴公谓王曰[②]:“支道林拔新领异[③],胸怀所及乃自佳,卿欲见不[④]?”王本自有一往隽气[⑤],殊自轻之[⑥]。后孙与支共载往王许[⑦],王都领域[⑧],不与交言,须臾支退。后正值王当行,车已在门,支语王曰:“君未可去,贫道与君小语[⑨]。”因论《庄子·逍遥游》。支作数千言,才藻新奇[⑩],花烂映发[⑪]。王遂披襟解带[⑫],留连不能已[⑬]。

【今 注】

①王逸少:王羲之。 作会稽:任会稽内史。

②孙兴公:孙绰。

③拔新领异:独出新意,标举不同见解。

④不:同“否”。

⑤一往:满腹。 隽气:指超脱、不同凡响之气概。隽,同“俊”。

⑥殊:很。

⑦许:住处。

⑧都:总。 领域:指自设领域,拒人于千里之外。

⑨贫道:和尚自称的谦词。 小语:稍讲几句话。

⑩才藻:才思文采。

⑪映发:交相辉映。

⑫披襟解带:敞开衣襟解开衣带。

⑬留连:指恋恋不舍。

【今 译】

王羲之任会稽内史,刚到任上,支道林正在会稽郡。孙绰对王羲之说:“支道林标新理立异义,胸中所怀本就佳妙,您想见他吗?”王羲之原本就有一股不同凡响的气概,很轻视支道林。后来孙绰与支道林一起乘车到王羲之住处,王羲之总是保持距离,不跟支道林交谈。一会儿支道林就告退了。后来正值王羲之要外出,车已备好在门口,支道林对王羲之说:“请不要走，我要与您稍讲几句话。”于是就谈论《庄子·逍遥游》，支道林讲了洋洋数千言，才思文采新鲜奇特，如繁花烂漫交相辉映。王羲之于是敞开衣襟解开衣带，对他恋恋不舍。

【解　义】

支道林所作《逍遥论》获得很高的评价，本篇第三十二则有所记载。王羲之与支道林保持距离，恐怕是因为王氏家族世奉五斗米教的缘故，但支道林的才华最终让王羲之折服。据《高僧传·支遁传》记载，王羲之事后特地请支道林住到灵嘉寺，以便就近交往。所谓“王遂披襟解带”，指王羲之原本要出门，衣冠已经穿戴整齐，因为被支道林的话打动，所以打消了出门的念头。

三十七

三乘佛家滞义[①]，支道林分判[②]，使三乘炳然[③]。诸人在下坐听，皆云可通。支下坐，自共说，正当得两[④]，入三便乱。今义弟子虽传，犹不尽得。

【今　注】

①三乘：声闻乘、缘觉乘、菩萨乘。乘为运载工具，指引导教化众生达到得道解脱的三种途径、方法。前二者旨在自度，唯求一己之解脱，所以称为小乘；后者自度度人，上求佛道，下化众生，所以称为大乘。　滞义：指晦涩难解的含义。

②分判：分析辨别。

③炳然：显明的样子。

④正：止，仅。

【今　译】

三乘教义是佛教中晦涩难懂的部分，支道林予以分析判别，使三乘的教义明了清晰。众人在下边座位上听讲，都说能够通晓。支道林走下座来，众人便一起讨论，但只能懂得两乘，进入三乘就混乱了。现今的教义弟子们虽然传了下来，但还是不能全部理解。

【解　义】

支道林所作《辩三乘论》今已散逸不存。传入中土的是大乘教义，支道林的弟子们偏偏只能区分属于小乘教义的声闻乘和缘觉乘，对属于大乘教义的菩萨乘却是一知半解，或许说明《辩三乘论》并未真正做到"使三乘炳然"的地步。

三十八

许掾年少时①，人以比王苟子②，许大不平。时诸人士及支法师并在会稽西寺讲③，王亦在焉。许意甚忿，便往西寺与王论理，共决优劣，苦相折挫④，王遂大屈。许复执王理，王执许理，更相覆疏⑤，王复屈。许谓支法师曰："弟子向语何似？"支从容曰："君语佳则佳矣，何至相苦邪？岂是求理中之谈哉⑥？"

【今　注】

①许掾：许询。

②王苟子：王修（334—357），字敬仁，小字苟子，太原晋阳（今山西太原）人，王濛之子，善隶书。起家著作郎、琅邪王文学，转中军司马，未到任而卒，年仅二十四岁。

③支法师：支道林。"支"，原作"于"，误，从影宋本校改。　西寺：光相寺，在会稽城（今浙江绍兴）西。讲：谈论，指清谈。

④苦相折挫：相互之间都竭力要折服对方。

⑤覆疏：指反复辩论。

⑥理中：得理之中，指玄谈之理不偏不倚恰到好处。

【今　译】

许询年轻时，人们都把他比作王修，许询大为不满。当时很多名士以及支道林都在会稽的西寺清谈，王修也在那里。许询心中很恼怒，于是去西寺与王修辩论玄理，一决优劣，竭尽全力要折服对方，王修于是大受挫折。许询又持王修的义理，王修则持许询的义理，再一次互相反复辩论，王修又一次挫败。许询对支道林说："弟子刚才的辩论怎么样？"支道林从容地说："你的言辞好是好，但何至于苦苦相逼呢？这难道是寻求玄理的辩论吗？"

【解　义】

清谈的目的是通过辩论探求义理，而非争一时之短长。许询年轻气盛，难免有争强好胜之心，但他竟然能从正反两方面将对手驳倒，说明他只是诡辩术厉害而已。支道林虽然认为他的做法不可取，但没有指出他的谬误所在，反而承认"君语佳则佳矣"，从一个侧面说明中国古代的逻辑学理论严重欠缺。

三十九

林道人诣谢公[①]，东阳时始总角[②]，新病起，体未堪劳，与林公讲论，遂至相苦。母王夫人在壁后听之，再遣信令还[③]，而太傅留之[④]。王夫人因自出，云："新妇少遭家难[⑤]，一生所寄，唯在此儿。"因流涕抱儿以归。谢公语同坐曰："家嫂辞情忼慨[⑥]，致可传述[⑦]，恨不使朝士见！"

【今　注】

①林道人：支遁。　谢公：谢安。

②东阳：谢朗，官至东阳太守，故称。　总角：指童年。

③再：两次。　信：指传话的人。

④太傅：谢安。

⑤新妇：已婚女子之自称。　家难：家庭遭遇不幸，指其丈夫谢据去世，王夫人年纪轻轻即守寡。

⑥忼慨：激昂。

⑦致：通“至”，极，最。

【今　译】

支道林去拜访谢安，谢朗当时还是个孩子，刚刚病好，身体经不起劳累，他与支道林辩论，以至于互不相让。谢朗母亲王夫人隔墙听到后，两次派人传话让他回去，但谢安却把他留住。王夫人于是亲自出来说：“我年轻时家门就遭到不幸，一生希望都寄托在这个孩子身上了。”于是她流着泪抱儿子回去。谢安对在座的人说：“家嫂言辞情意都很激昂，最值得传扬称道，遗憾的是不为朝中人士所见！”

【解　义】

所谓“相苦”，指谢朗在清谈时可以与支道林分庭抗礼。这或许只是好事者所附会，毕竟谢朗还只是一个孩子，天赋再高也不可能具备相应的学识基础。

四十

支道林、许掾诸人共在会稽王斋头[①]，支为法师，许为都讲[②]。支通一义，四坐莫不厌心[③]；许送一难，众人莫不抃舞[④]。但共嗟咏二家之美[⑤]，不辩其理之所在。

【今　注】

①许掾：许询。　会稽王：简文帝司马昱。　斋头：指清

净身心之静室。头，语尾助词，无义。

②支为法师，许为都讲：魏晋时佛教仪规，凡和尚开讲佛经，一人唱经，称为都讲；一人讲解，主讲者称为法师。

③厌心：心里感到满足。厌，通“餍”，满足。

④抃（biàn）舞：鼓掌跳跃。抃，鼓掌。

⑤嗟咏：赞美。

【今　译】

支道林和许询等人一起在会稽王司马昱的静室里，支道林开讲佛经，许询则唱经。每当支道林阐明一条义理，满座人无不感到心满意足；每当许询提出一个疑难问题，众人莫不鼓掌雀跃。大家只是共同赞美两人风度气质的美妙，却不去分辨义理之所在。

【解　义】

据《高僧传·支遁传》记载，支道林开讲《维摩诘经》，每阐述一个义理，听讲者都说许询提不出质疑；但当许询提出质疑后，听讲者又说支道林会无法自圆其说。如此重复往返，听讲者都觉得能够明白支道林所阐述的义理，但是让他们回过头来自行阐述，结果却是颠三倒四。学问需要学者自行钻研，义理需要自行感悟。很多初学者往往满足于听讲记笔记，以为听完学者开讲，即可掌握个中精髓。殊不知学者演讲不过是指点迷津而已，如果初学者缺乏主动研究的精神，那么所得就不过是皮毛而已。本文所载即为例证。孔子强调“学而时习之”“温故而知新”，其原因就在于此。

四十一

谢车骑在安西艰中①，林道人往就语②，将夕乃退。有人道上见者，问云："公何处来？"答云："今日与谢孝剧谈一出来[3]。"

【今　注】

①谢车骑：谢玄。　安西：谢奕，谢玄之父。　艰中：指谢玄在父丧的居丧期中。艰，指父母之丧。

②林道人：支道林。

③谢孝：谢孝子，指谢玄。为父母守丧穿孝服期间称孝子。　剧谈：畅谈。　一出：一番，一次。

【今　译】

谢玄在为父亲守丧期间，支道林去找他清谈，将近傍晚才告退。有人在路上遇见他，问道："您从哪里来？"支道林答道："今天与谢孝子畅谈一番后出来。"

【解　义】

谢玄居丧期间却与支道林清谈，明显不合礼法，但魏晋士人大多不愿受礼教束缚，所以这类故事散见本书各篇。

四十二

支道林初从东出[1]，住东安寺中[2]。王长史宿构精理[3]，并撰其才藻[4]，往与支语，不大当对[5]。王叙致作数百语，自谓是名理奇藻[6]。支徐徐谓曰："身与君别多年[7]，君义言了不长进[8]。"王大惭而退。

【今　注】

①东：指在京都建康东面，当时支道林在会稽。

②东安寺：寺名，故址在今江苏南京。

③王长史：王濛。　宿构：预先构想，计划。　精理：精深之理。

④撰（xuǎn）：通“选”。　才藻：才思文采。

⑤当对：相当，相匹敌。

⑥叙致：叙述旨趣事理。　名理：考核名实和辨名析理之学，魏晋清谈的一种思潮。

⑦身：第一人称代词。

⑧义言：义理之言论。　了：全。

【今　译】

支道林刚从会稽出来，住在京城东安寺中。王濛预先构思了精深的玄理，并且润饰好了辞藻，去与支道林谈论，却不能与其匹敌。王濛叙述旨趣事理，说了几百言，自以为是玄理中的名言妙句。支道林慢条斯理地说：“我与您分别多年，您的义理全然没有长进。”王濛大为惭愧地告退了。

【解　义】

本书《言语》第六十六则记载王濛与刘惔别后重逢，王濛对刘惔戏言“卿更长进”。但他却被支道林当面批评“了不长进”，所以让他无地自容。

四十三

殷中军读《小品》[①]，下二百签[②]，皆是精微，世之幽滞[③]。尝欲与支道林辩之，竟不得。今《小品》犹存。

【今　注】

①殷中军：殷浩。　《小品》：《辨空经》有详本有略本，详者为大品，略者为小品。

②签：类似书签，读经时有疑难处，即加签作标记。

③幽滞：深奥难通。

【今　译】

殷浩读《小品》时，在书中加了二百个书签作标记，都是些精妙细微、世人感到深奥难通的问题。他曾经想与支道林辩论这些问题，最终未能如愿。现在他读过的这部《小品》还在。

【解　义】

本文所载可以从一个侧面说明，魏晋士人对佛学理论进行了深入的研究，佛学思想也由此逐渐与本土思想相交融。

四十四

佛经以为祛练神明[①]，则圣人可致[②]。简文云[③]："不知便可登峰造极不[④]？然陶练之功[⑤]，尚不可诬。"

【今　注】

①祛（qū）练：指去除烦恼，修炼智慧。祛，去除。　神明：精神。

②圣人：指佛。佛教认为佛是智慧最卓越、人格最完善、能力最高强的人。　致：达到。

③简文：简文帝司马昱。

④不：同"否"。

⑤陶练：陶冶修炼。

【今　译】

佛经认为去除烦恼修炼智慧，就可以成佛。简文帝说："不知道是否可以立刻达到登峰造极的境界？可是陶冶修炼的功效，还是不可以抹杀的。"

【解　义】

简文帝或许对佛学理论还不太精通，佛家主张多闻熏习，其实就是“陶练”。

四十五

于法开始与支公争名[1]，后精渐归支[2]，意甚不忿[3]，遂遁迹剡下[4]。遣弟子出都[5]，语使过会稽。于时支公正讲《小品》。开戒弟子：“道林讲，比汝至[6]，当在某品中[7]。”因示语攻难数十番[8]，云：“旧此中不可复通。”弟子如言诣支公。正值讲，因谨述开意，往反多时，林公遂屈，厉声曰：“君何足复受人寄载来[9]！”

【今　注】

①于法开（生卒不详）：东晋高僧，剡县（今浙江嵊县）人。才辩纵横，擅长讲《放光经》《法华经》。妙通医术，著有《议论备豫方》一卷，已佚。

②精：指人心。　支：支道林。

③忿（fèn）：不平，不服气。

④遁迹：指隐居。　剡（shàn）下：指剡县，今浙江嵊县。

⑤出都：往京都。

⑥比（bì）：及，等到。

⑦品：佛家经论之篇章。

⑧攻难（nàn）：驳斥非难。　数十番：数十个回合。番，一来一往，一个回合。

⑨寄载：指受人指使或委托。

【今　译】

于法开当初与支道林争名，后来人们逐渐倾向支道林，他心里很不服气，于是隐居到剡县。他派弟子法威到京城去，告诉弟子要经过会稽。当时支道林正在讲《小品》。于法开告诫弟子说："支道林正在宣讲佛经，等你到了那里时，应当讲到某一章了。"于是就为弟子演示辩驳非难的问题几十个回合，说："这些问题以前的说法是不可能讲通的。"弟子按照他的话去拜访支道林。正好碰到支道林在宣讲，于是他就谨慎地陈述了于法开的意见，与支道林反复论辩很久，支道林终于败下阵来，厉声说："你何必受人指使呢！"

【解　义】

据《高僧传·于法开传》记载，于法开因为名望不及支道林，于是隐居剡县，深入经藏，苦心研究，以求在辩论时出奇制胜；而他的弟子法威很有悟性，也具备辩才。于法开设计了辩论的内容和步骤，并派法威出面找支道林辩论；支道林没有防备，最终在辩论时败阵。其记载较本文详细。这一故事颇具传奇色彩，但真实性恐怕还要存疑。

四十六

殷中军问[①]："自然无心于禀受[②]，何以正善人少恶人多[③]？"诸人莫有言者。刘尹答曰[④]："譬如写水著地[⑤]，正自纵横流漫[⑥]，略无正方圆者。"一时绝叹，以为名通[⑦]。

【今　注】

①殷中军：殷浩。

②自然：天然，大自然。　禀受：承受，领受，指人从大自然承受的某种气质、品性。

③正：恰好，偏偏。

④刘尹：刘惔。

⑤写：通"泻"。

⑥正：止，仅。

⑦名通：名言，名论。通，解说义理，使其通畅。

【今　译】

殷浩问："大自然本来无心授予人以某种品性，为何偏偏是善人少恶人多呢？"众人没有答得上来的。刘惔回答说："譬如把水倾泻在地上，仅仅是自然地四处纵横流淌，没有恰好是方的或是圆的形状。"当时人对此极为赞赏，认为是名言。

【解　义】

刘惔以泼水为喻，说明人的秉性既然不是上天赐予的，所以不必在意善恶之多寡，因为这正是自然的表现。人性问题当然并不像刘惔说的那么简单，但在追求自然随性的年代，刘惔的话无疑会受到推崇。

四十七

康僧渊初过江①，未有知者，恒周旋市肆②，乞索以自营③。忽往殷渊源许④，值盛有宾客，殷使坐，粗与寒温⑤，遂及义理⑥，语言辞旨⑦，曾无愧色，领略粗举⑧，一往参诣⑨。由是知之。

【今　注】

①康僧渊（生卒不详）：东晋名僧，本为西域人，生于长安。晋成帝时过江，后在豫章山立寺讲经，听者云集。

②周旋：指出入，来往。　市肆：市场，集市。

③乞索：乞讨。　自营：自己谋生。

④殷渊源：殷浩。　许：处所。

⑤寒温：寒暄，见面时谈天气冷暖之类的应酬话。

⑥义理：指玄学名理。

⑦辞旨：言谈之意趣。

⑧领略：领会，理会。　粗举：粗略阐释。

⑨一往参诣：指直接切入到玄理的高深境界。参，探究并领会。诣，要领。

【今　译】

康僧渊刚刚过江时，没有人知道他，他常常出入集市，靠乞讨为生。一天他突然到殷浩那里去，正遇到殷家宾客盈门，殷浩让他入座，简单与他寒暄几句，便讲到了玄学义理，康僧渊的言辞意趣，毫无愧色，领悟命题后，就直接切入到了玄理的高深境界。从此大家都知道了他。

【解　义】

本文所谓"恒周旋市肆，乞索以自营"，并非指康僧渊生活困顿，因为佛法规定出家人只能靠乞讨维持生计，以此杜绝欲念。

四十八

殷、谢诸人共集[①]，谢因问殷："眼往属万形[②]，万形来入眼不[③]？"

【今　注】

①殷、谢：殷浩、谢安。

②属（zhǔ）：注目，注意看。　万形：万物的形状。

③不：同"否"。

【今　译】

殷浩、谢安等人一起聚会，谢安便问殷浩："眼睛去注视万物的形状，万物会进入眼睛中来吗？"

【解　义】

眼识与色的关系问题是佛教哲学中的核心命题之一。刘孝标注引《成实论》进行解释，但《成实论》为鸠摩罗什所译，大约在东晋安帝隆安五年（401）至义熙四年（408）之间，当时谢安早已去世。谢安或许就是因为没能看到《成实论》，所以对眼识与色的关系问题有疑惑。本文仅有谢安的提问，没有殷浩的回答，所以刘孝标认为可能有阙文。

四十九

人有问殷中军[①]："何以将得位而梦棺器[②]，将得财而梦矢秽[③]？"殷曰："官本是臭腐，所以将得而梦棺尸；财本是粪土，所以将得而梦秽污。"时人以为名通[④]。

【今　注】

①殷中军：殷浩。

②得位：指得到官位。　棺器：棺材。

③矢：通"屎"。

④名通：名言，名论。

【今　译】

有人问殷浩："为什么将要得到官职时就会梦见棺材？得到钱财就会梦见粪便等秽物？"殷浩说："官职本是发臭腐烂之物，所以将得到官职就会梦见棺材尸体；钱财本是粪土一类，所以将得到时就会梦见污秽之物。"当时人都认为是名言。

【解　义】

古人解梦大多出于穿凿附会，但殷浩之说却足以见其脱俗之见识。

五十

殷中军被废东阳[①]，始看佛经。初视《维摩诘》[②]，疑“般若波罗密”太多[③]。后见《小品》[④]，恨此语少。

【今　注】

①殷中军：殷浩。　被废东阳：指殷浩被废为庶人后居于东阳（今浙江金华）。

②《维摩诘》：《维摩诘所说经》。

③般若波罗密：梵文音译，“般若”意为智慧，“波罗密”意为到彼岸。意指智慧就像船一样，能将众生从生死之此岸，渡往不生不灭之涅槃彼岸。

④《小品》：指《辨空经》。

【今　译】

殷浩被削职后住在东阳，才开始看佛经。初看《维摩诘经》时，认为“般若波罗密”这话太多。后来读《小品》经，又遗憾这话太少。

【解　义】

据本篇第四十三则记载，殷浩读《小品》时曾作了二百多签记，可见他对佛学用功之深。随着佛学研究的深入，殷浩因此一改初学时的观点。

五十一

支道林、殷渊源俱在相王许[①]，相王谓二人：“可试一交言[②]，而才性殆是渊源崤函之固[③]，君其慎焉！”支初作，改辙远之[④]。数四交，不觉入其玄中[⑤]。相王抚肩笑曰：“此自是其胜场[⑥]，安可争锋。”

【今　注】

①殷渊源：殷浩。　相王：简文帝司马昱，当时以会稽王居相位，故称。　许：处所。

②交言：交谈，谈论玄理。

③才性：才能与德性。　殆：几乎，差不多。　崤函：崤山、函谷关的合称。崤山位于河南洛宁县北，函谷关位于河南灵宝县南。此指易守难攻的险要关隘。

④改辙：指改变话题。辙，车辙，车行的一定路线。

⑤玄中：指玄理范围中。

⑥胜场：擅长的领域。

【今　译】

支道林、殷浩都在相王司马昱府中。司马昱对他们两人说："你们可以试着辩论玄理，而有关才性问题恐怕是殷浩所擅长的强项，你可要小心啊！"支道林刚开始辩论时，改变话题远远避开才性问题。但是交锋了几个回合后，不知不觉地被引入了殷浩所擅长的玄理范围中。司马昱拍着支道林的肩膀说："这本来就是他擅长的话题，你怎么能与他争锋。"

【解　义】

本篇第三十四则提到殷浩对才性问题若"汤池铁城"，本文司马昱也称"崤、函之固"，所以支道林一开始有意避开，没想到他最后还是不知不觉被诱入殷浩所设定话题中。由此可见殷浩不仅学识渊博，而且也精通辩论之术。

五十二

谢公因子弟集聚[①]，问："《毛诗》何句最佳[②]？"遏称曰[③]："昔我往矣，杨柳依依；今我来思，雨雪霏霏[④]。"公曰："訏谟定命，远猷辰告[⑤]。'谓此句偏有雅人深致⑥。”

【今　注】

①谢公：谢安。　因：趁。

②《毛诗》：即毛苌和毛亨所注《诗经》。西汉初传授《诗经》的主要有今文三家（韩诗、齐诗、鲁诗）和古文一家，今文三家都已失传，流传至今者为毛氏所传之古文，称为《毛诗》。

③遏：谢玄，小字遏。

④“昔我往矣，杨柳依依；今我来思，雨雪霏霏”：语出《诗经·小雅·采薇》。

⑤“訏谟定命，远猷辰告”：语出《诗经·大雅·抑》，意即以伟大的谋略安定国家命运，有远大的谋划就随时宣告。訏（xū），大。谟（mó），计谋，谋略。猷（yóu），谋划。辰告，及时宣告。

⑥偏：特别，偏偏。　雅人：高雅之人。　深致：深远之情致。

【今　译】

谢安趁着子弟们聚会时，问：“《诗经》里哪一句最好？”谢玄称引道：“昔我往矣，杨柳依依；今我来思，雨雪霏霏。”谢安说：“‘訏谟定命，远猷辰告。’我认为这句最具有高雅者的深远情意。”

【解　义】

《诗经》中的佳句不胜枚举，读者的立场不同，所以观感也就不同。谢玄是一代名将，久经征战，戎马一生，所以他对《采薇》所描绘的征战之苦、思乡之情最有感触。而谢安则是一代名相，他所思考的是经国之大业、安邦之重任，所以他对“訏谟定命，远猷辰告”这两句诗情有独钟。

五十三

张凭举孝廉①，出都，负其才气②，谓必参时彦③。欲诣刘尹④，乡里及同举者共笑之。张遂诣刘，刘洗濯料事⑤，处之下坐，唯通寒暑，神意不接。张欲自发无端⑥。顷之，长史诸贤来清言⑦，客主有不通处，张乃遥于末坐判之⑧，言约旨远⑨，足畅彼我之怀，一坐皆惊。真长延之上坐，清言弥日，因留宿至晓。张退，刘曰："卿且去，正当取卿共诣抚军⑩。"张还船，同侣问何处宿，张笑而不答。须臾，真长遣传教觅张孝廉船，同侣惋愕⑪。即同载诣抚军，至门，刘前进谓抚军曰："下官今日为公得一太常博士妙选⑫。"既前，抚军与之话言，咨嗟称善⑬，曰："张凭勃窣为理窟⑭。"即用为太常博士。

【今　注】

①张凭（生卒不详）：字长宗，吴郡（今江苏苏州）人。历官太常博士、吏部郎、御史中丞。　孝廉：汉代选拔官吏的一种科目，州郡每年可荐举孝敬父母和行为清廉者各一名，经考核后授予一定的官职。

②负：自负。

③参：参与，加入。　时彦：当时的名流。

④刘尹：刘惔。

⑤洗濯（zhuō）：清洗。　料事：料理事务。

⑥自发：自己引发话题。　端：头绪。

⑦长史：指王濛。

⑧判：评判。

⑨言约旨远：言语简要而含意深远。

⑩正当：即将，将要。　抚军：指简文帝，时任抚军大将军，故称。

⑪传教：郡吏，传达教令者，故称。　惋愕：叹惜惊讶。

⑫太常博士：官名，职掌引导乘舆、撰定五礼、议定王公大臣谥法等。　妙选：最好的人选。

⑬咨嗟：赞叹之意。

⑭勃窣（sū）：形容才华由内而外迸发而出。　理窟：义理集于一身之意。

【今　译】

张凭被荐为孝廉后，到京都去，他对自己的才气很自负，认为必定能跻身于当时的名流之列。他想去拜访刘惔，同乡人及同时被举荐者都笑话他。张凭于是去拜访刘惔，刘惔正在洗濯料理事务，把他安排在下座，只是与他寒暄了几句，神态中并没把他放在眼里。张凭想自己引出话题却没有头绪。不久，王濛等众名士都来清谈，主客双方有搞不通的地方，张凭就远远的在下座加以分析评判，言语简要含意深远，足以使彼此之间的胸怀感到舒畅痛快，满座宾客都很惊讶。刘惔就请张凭坐到上座，清谈了一整天，于是又留他住宿。到天亮，张凭告辞，刘惔说："您暂且回去，我即将邀请您同去拜访抚军将军。"张凭回到船上，同伴们问他在哪里住宿，张凭笑而不答。不多久，刘惔派了郡吏找到张凭的船，同伴们都叹惜惊讶。刘惔就和张凭同乘去拜访抚军司马昱。到了门口，刘惔先进去对抚军将军说："我今天为您觅得一位太常博士的最佳人选。"张凭上前拜见，抚军将军与他谈话，赞叹称好，说："张凭才华横溢，集义理于一身。"立即任用他为太常博士。

【解　义】

张凭的自信在同伴看来就是自以为是，所以当他准备拜访刘惔时遭到了同伴的嘲笑。何者是自信，何者是自以为是，两者最容易混淆。其实，自信与自以为是的区别，在于学识之多寡。张凭在末座参与清谈，评判话题之是非，名流非但没有认为这个初出茅庐者自以为是，反而为之惊叹，其原因就在于张凭的学识与见解让人刮目相看，所以刘惔认为张凭是太常博士的最佳人选。因此，拥有学识才能拥有自信，否则就只能沦为浅薄的自以为是。

五十四

汰法师云①："六通、三明同归②，正异名耳③。"

【今　注】

①汰法师：竺法汰（320—387），东莞（今山东莒县）人，东晋高僧。少与道安同学，师事佛图澄。后南下建康，住瓦官寺讲经，深受欢迎，简文帝及王侯公卿无不亲临听讲，声名远播。　法师：对僧人的尊称。

②六通：佛家语，指六种神通，一为天眼通，能透视无碍；二为天耳通，听闻无碍；三为身通，飞行隐现，往来自在无碍；四为他心通，能知他人心念而无碍；五为宿命通，能知自身及六道众生之过去而无碍；六为漏尽通，断尽一切烦恼得自在无碍。　三明：指六通中的宿命、天眼、漏尽三通。一为宿命明，知自身、他身宿世之生命相；二为天眼明，知自身、他身未来之生死相；三为漏尽明，知现在之苦相，断一切烦恼之智。　归：趋向。

③正：仅，只。

【今　译】

法汰法师说："'六通''三明'是殊途同归，只是名称不同而已。"

【解　义】

"六通""三明"是佛教中得道者所具有的神通和智慧。两者角度不同，故名称有异，但是它们的实质并没有什么不同。或许当时士人对二者的异同争执不下，所以法汰予以澄清。

五十五

支道林、许、谢盛德[①]，共集王家[②]，谢顾谓诸人："今日可谓彦会[③]，时既不可留，此集固亦难常，当共言咏[④]，以写其怀[⑤]。"许便问主人："有《庄子》不？"正得《渔父》一篇[⑥]。谢看题，便各使四坐通[⑦]。支道林先通，作七百许语，叙致精丽，才藻奇拔[⑧]，众咸称善。于是四坐各言怀毕，谢问曰："卿等尽不？"皆曰："今日之言，少不自竭。"谢后粗难[⑨]，因自叙其意，作万余语，才峰秀逸，既自难干[⑩]，加意气拟托[⑪]，萧然自得[⑫]，四坐莫不厌心[⑬]。支谓谢曰："君一往奔诣[⑭]，故复自佳耳。"

【今　注】

①许：许询。　谢：谢安。　盛德：美德。

②王家：王濛家。

③彦会：贤士聚会。

④言咏：谈论吟咏。

⑤写：抒发。

⑥《渔父》：《庄子》中的一篇，内容是孔子与渔父之间的对话，渔父劝诫孔子弃绝仁义礼乐，返璞归真。

⑦通：解释，阐述。

⑧才藻奇拔：才情和辞藻都很秀异特出。

⑨粗难（nàn）：粗略地加以驳难。

⑩干：干犯，冒犯，指反驳。

⑪拟托：比拟寄托。

⑫萧然自得：潇洒得意的样子。

⑬厌心：心满意足。厌，满足。

⑭一往奔诣：指直接阐明主旨。

【今　译】

支道林、许询、谢安都有美德，他们在王濛家聚会，谢安对众人道："今天可说是群贤聚会，时光既不可留驻，这样的雅会本来也难得，大家应当一起来清谈吟咏，以抒发各自的怀抱。"许询就问主人王濛："有《庄子》吗？"（主人拿来《庄子》）正好翻到《渔父》一篇。谢安选择题目，就请四座各自阐发见解。支道林首先阐述，讲了七百多言，叙述的情致精细优美，才情辞藻都很秀异突出，大家都同声称好。于是四座之人各抒己见完毕，谢安问道："诸位尽兴说完了吗？"诸人都说："今天所说，很少有言不尽意的。"谢安随后粗略地提出驳难，因而叙述了自己的意见，说了上万言，文才秀逸，既难以反驳，又加上意气有所寄托，显得潇洒自如，满座名士都感到心满意足。支道林对谢安说："您切中要领，所以美妙无比。"

【解　义】

清谈时分主客，由主方设辩论命题，参与辩论者为客方，主客双方各申己意，再互相诘难，直到双方感到满意为止。可以是一方屈服，也可以是双方达成共识，当然也会出现互不相让的情况，那就留待进一步思考和讨论。本文所说"谢看题"，指由谢安作为主方来设题；"各使四坐通"，指先由客方来阐述意见；"谢后粗难，因自叙其意"，指谢安针对客方的意见提出批评，并陈说自己的观点；"四坐莫不厌心"，指客方对讨论的命题达成了与主方一致的看法。

五十六

殷中军、孙安国、王、谢能言诸贤①，悉在会稽王许[2]，殷与孙共论《易象妙于见形》[3]。孙语道合，意气干云，一坐咸不安孙理，而辞不能屈。会稽王慨然叹曰："使真长来[4]，故应有以制彼。"即迎真长，孙意己不如。真长既至，先令孙自叙本理，孙粗说己语，亦觉殊不及向。刘便作二百许语，辞难简切[5]，孙理遂屈。一坐同时拊掌而笑[6]，称美良久。

【今　注】

①殷中军：殷浩。　孙安国：孙盛。　王：王濛。　谢：谢尚。

②会稽王：简文帝司马昱，曾封会稽王。　许：指住所。

③《易象妙于见形》：孙盛作。

④真长：刘惔。

⑤辞难：言辞驳难。　简切：简明贴切。

⑥拊掌：拍掌。拊（fǔ）：拍。

【今　译】

殷浩、孙盛、王濛、谢尚等善于清谈的众名士，都在会稽王司马昱处聚会。殷浩与孙盛一起谈论《易象妙于见形》。孙盛所说与义理相合，意气飞扬，满座名士虽然都不同意他的议论，但又不能驳倒他。会稽王司马昱感慨道："如果刘惔来，就应该有办法制服他。"随即派人去接刘惔，孙盛感到有点心虚。刘惔到后，先让孙盛自己叙述原来的主张。孙盛粗略地说了自己的意见，感觉大不如先前所说。刘惔于是就讲了两百多言，言辞驳难都简明贴切，孙盛于是被折服。满座名士同时拍掌而笑，称赞不已。

【解　义】

清谈辩论必然会有胜负，魏晋士人在辩论时一般不会强词夺理，理屈就会认输，其雍容的气度以及追求真理的精神，最值得后人敬佩。今日所谓辩论大赛，正方与反方都是抽签决定，这意味着辩论者的观点都是随机的，辩论的目的不是为了寻求真理，只是为了逞口舌之快。

五十七

僧意在瓦官寺中[①]，王苟子来[②]，与共语，便使其唱理[③]。意谓王曰："圣人有情不？"王曰："无。"重问曰："圣人如柱邪？"王曰："如筹算[④]。虽无情，运之者有情。"僧意云："谁运圣人邪？"苟子不得答而去。

【今　注】

①僧意：东晋僧人，事迹不详。

②王苟子：王修。

③唱理：提出讨论命题。唱，通"倡"。

④筹算：计算用的筹码。

【今　译】

僧意在瓦官寺中，王修来与他一起清谈，就请他提出讨论的命题。僧意对王修说："圣人有感情吗？"王修道："没有。"又问道："圣人像柱子吗？"王修说："像筹码，虽然没有感情，运用它的人却是有情的。"僧意道："那谁来运用圣人呢？"王修回答不出来就离开了。

【解　义】

王修说圣人"如筹算"，指的是圣人所揭示的道理，是客观存在的（即所谓无情）。僧意所谓"谁运圣人邪"的提问，属于无的放矢，所以刘孝标注认为这句话不近人情，怀疑存在误衍。

五十八

司马太傅问谢车骑[①]："惠子其书五车[②]，何以无一言入玄？"谢曰："故当是其妙处不传。"

【今　注】

①司马太傅：司马道子，位居太傅，故称。　谢车骑：谢玄。

②惠子：惠施，战国时宋人，名学的代表人物，与庄子为友。知识渊博，以善辩为名，对先秦逻辑学的发展有贡献。有《惠子》一书，已佚，其学说散见于《庄子》《荀子》等书。　其书五车：形容惠施著书之多。

【今　译】

司马道子问谢玄："惠施著书有五车之多，为什么没有一个字涉及玄理？"谢玄说："或许是他的奥妙之处没有流传下来的缘故吧。"

【解　义】

据《庄子·天下篇》记载，惠施著述丰富，有五车之多。庄子列举了惠施提出的二十一个哲学命题，如卵有毛、鸡三足、马有卵、犬可为羊、火不热等，可惜惠施的著述散逸殆尽，后人已无从知晓惠施关于这些命题的具体论述。

五十九

殷中军被废[①]，徙东阳，大读佛经，皆精解，唯至事数处不解[②]。遇见一道人[③]，问所签[④]，便释然[⑤]。

【今　注】

①殷中军：殷浩。　被废：被废黜。

②事数：佛教术语，指名相，亦即名词术语。

③道人：即和尚。

④签：类似书签，读经时有疑难，即加签作记号。

⑤释然：心中疑问消除的样子。

【今　译】

殷浩被罢官后，迁居东阳，大量阅读佛经，都能精通理解，只有读到名相术语时不能理解。后遇见一位僧人，向他请教标注记号的疑难之处，于是消除疑惑。

【解　义】

佛经从梵文翻译而来，所以名词术语都需要通过专业的解释，才能为人所理解。殷浩在尚未理解佛学术语的情况下，不可能对佛经“皆精解”。本文或许想说明殷浩对佛学有悟性，但其叙述并不真实。

六十

殷仲堪精核玄论①，人谓莫不研究。殷乃叹曰：“使我解《四本》②，谈不翅尔③。”

【今　注】

①精核：精心考察。

②《四本》：钟会所撰《四本论》，讨论才性同、异、合、离等问题。

③不翅（chì）：不只，不止。翅，同“啻”。　尔：如此。

【今　译】

殷仲堪精心考察研究玄学理论，人们说他的研究无所不及。殷仲堪却感慨地说：“假使我能够理解才性问题，我的谈论就不只是这样了。”

【解　义】

才性关系是魏晋士人所热衷探讨的核心命题之一，殷仲堪当然不可能不加以细究。但才性问题极其复杂，所以才会出现同、异、合、离四种观点并行的情况，殷仲堪也因此感叹得不到一个明确的结论。

六十一

殷荆州曾问远公[①]：“《易》以何为体[②]？”答曰：“《易》以感为体[③]。”殷曰：“铜山西崩，灵钟东应[④]，便是《易》耶？”远公笑而不答。

【今　注】

①殷荆州：殷仲堪。　远公：慧远（334—416），东晋高僧。本姓贾，雁门楼烦（今山西宁武附近）人。早年博通六经，尤善庄老，后从道安出家。四十八岁入庐山东林寺，广收弟子，弘扬般若学和禅学。相传与十八高贤共结莲社，同修净业，倡导净土法门，被尊为净土宗初祖。

②体：本体。

③感：感应，交感相应。

④铜山西崩，灵钟东应：据刘孝标注引《樊英别传》记载，东汉顺帝时殿下之钟鸣，樊英称系蜀山崩造成的感应，后果然应验。

【今　译】

殷仲堪曾经问慧远：“《周易》以什么为本体？”慧远答道：“《周易》以感应为本体。”殷仲堪说：“铜山崩塌于西，灵钟感应于东，这就是《周易》的感应之说吗？”慧远笑着没有回答。

【解 义】

关于“铜山西崩，灵钟东应”，据刘孝标注引《东方朔传》记载，称汉武帝时未央宫前之钟无故自鸣，东方朔称铜为山之子，山为铜之母，子母感应，恐怕会有山崩，结果三日后南郡太守上书称发生山崩。又据刘孝标注引《樊英别传》记载，汉顺帝时岷山发生山崩现象，汉顺帝于是询问樊英，樊英的回答与东方朔相似。刘孝标注认为二者记载略有不同，但未能判断何者为是。今按，南郡在长安之东南，本文既然称西崩、东应，那么就应当指《樊英别传》所载之事，东汉定都洛阳，而洛阳与蜀山恰好东西相对。慧远笑而不答，是对殷仲堪表示默许。

六十二

羊孚弟娶王永言女[①]，及王家见婿，孚送弟俱往。时永言父东阳尚在[②]，殷仲堪是东阳女婿，亦在坐。孚雅善理义[③]，乃与仲堪道《齐物》[④]，殷难之。羊云：“君四番后当得见同[⑤]。”殷笑曰：“乃可得尽，何必相同。”乃至四番后一通。殷咨嗟曰：“仆便无以相异！”叹为新拔者久之[⑥]。

【今 注】

①弟：羊辅（生卒不详），字幼仁，泰山南城（今山东费县西南）人，官至卫军功曹。娶王讷之的女儿为妻。

王永言：王讷之（生卒不详），字永言，琅邪（今山东临沂）人，历官尚书左丞、御史中丞。

②东阳：指王临之，官东阳太守，故称。

③雅：极，甚。

④《齐物》：《庄子》篇名，一名《齐物论》。

⑤番：遍数，回合。

⑥新拔：新颖特出。

【今　译】

羊孚之弟羊辅娶王讷之的女儿为妻，等到王家见女婿的时候，羊孚送弟弟一同到王家。当时王讷之的父亲王临之还在世，殷仲堪是王临之的女婿，也在座。羊孚极善谈论玄理，就与殷仲堪谈论《庄子·齐物论》，殷仲堪对他加以驳难。羊孚说："您到了四个回合后就会与我的见解相同了。"殷仲堪笑道："尽情阐发，又何必要见解相同呢？"辩论四个回合以后见解竟然一致。殷仲堪叹息说："我实在提不出什么不同的见解了。"他久久地慨叹羊孚是后起之秀。

【解　义】

从本文所载可见魏晋士人辩论时所表现出的雅量，他们是在探究义理，而不是在逞一时之能。

六十三

殷仲堪云："三日不读《道德经》，便觉舌本间强[①]。"

【今　注】

①舌本：舌根。　强（jiàng）：僵硬，迟钝。

【今　译】

殷仲堪说："三天不读《道德经》，就觉得舌根发硬。"

【解　义】

殷仲堪这句名言屡屡为后人化用，如梁武帝曾说："三日不读谢诗，便觉口臭。"又如黄庭坚也说："士大夫三日不读书，则义理不交于胸中，对镜觉面目可憎，向人亦语言无味。"

六十四

提婆初至①，为东亭第讲《阿毗昙》②。始发讲，坐裁半③，僧弥便云④："都已晓。"即于坐分数四有意道人⑤，更就余屋自讲。提婆讲竟，东亭问法冈道人曰⑥："弟子都未解，阿弥那得已解⑦？所得云何？"曰："大略全是，故当小未精核耳⑧。"

【今　注】

①提婆：僧伽提婆（生卒不详），东晋高僧。本姓瞿昙，西域罽宾国（今克什米尔一带）人。前秦建元（365—385）中到长安，与竺佛念共译《阿毗昙八犍度论》。后应慧远邀请至庐山，译出《阿毗昙心论》等。隆安元年（397）游京都，深得王公及风流名士的敬重。后重译《中阿含经》。所译众经百余万言。

②东亭：王珣，封东亭侯，故称。　《阿毗昙》：即《阿毗达磨》，系慧远邀请僧伽提婆共同译出，后称《阿毗昙心论》。见《大正新修大藏经》卷二八。

③裁：通"才"。

④僧弥：王珉，小字僧弥，王珣之弟。

⑤数四：指三四个人。　有意道人：有见识的僧人。

⑥法冈道人：东晋僧人，事迹不详。

⑦阿弥：即僧弥的昵称，指王珉。

⑧精核：精细详尽。

【今　译】

僧伽提婆初到京城时，在东亭侯王珣家为他讲《阿毗昙》。刚开始讲，坐到中途，王珉就说："我全都明白了。"随即就在座上分出几位有见识的僧人，到其他屋中由自己来讲解。提婆讲完后，王珣问法冈和尚道："我都未能全部理解，阿弥怎么就能都懂了呢？他到底懂了多少？"法冈说："大体上都对了，只是还不能做到精细详尽而已。"

【解　义】

本文所载如果属实，那么说明王珉早就研读过《阿毗昙心论》，所以一经点拨就茅塞顿开，能举一隅而反三隅。

六十五

桓南郡与殷荆州共谈①，每相攻难②，年余后，但一两番，桓自叹才思转退③，殷云："此乃是君转解。"

【今　注】

①桓南郡：桓玄。　殷荆州：殷仲堪。

②攻难：辩驳诘难。

③才思：才气与思想。　转：逐渐。

【今　译】

桓玄与殷仲堪一起清谈，常常互相辩驳诘难。过了一年多以后，清谈时只有一两次诘难。桓玄自叹才思逐渐减退，殷仲堪说："这是您理解力逐渐提高之故。"

【解　义】

据刘孝标注引周祇《隆安记》记载，桓玄常与殷仲堪终日谈论不辍。辩论交流可以逐步提高思维能力，桓玄和殷仲堪一开始相互间反复驳难，一年后两人之间很快就能达成一致观点，这就是辩论交流对训练思维、增益才情的效果。

六十六

文帝尝令东阿王七步中作诗①，不成者行大法②。应声便为诗曰："煮豆持作羹，漉菽以为汁③。萁在釜下然④，豆在釜中泣；本自同根生，相煎何太急！"帝深有惭色。

【今　注】

①文帝：魏文帝曹丕。　东阿王：曹植（192—232），字子建，沛国谯县（今安徽亳州）人，曹操与卞夫人所生第三子。历封鄄城王、东阿王、陈王。谥号思，世称陈思王。善辞赋，原有集，已佚，后人辑有《曹子建集》。

②大法：指死刑。

③漉（lù）：渗水。　菽：豆类。

④萁：豆茎。

【今　译】

魏文帝曹丕曾经命令东阿王曹植在七步之间作一首诗，如果作不成就要执行死刑。曹植应声就作成一首诗，曰："煮豆持作羹，漉菽以为汁。萁在釜下燃，豆在釜中泣。本自同根生，相煎何太急！"魏文帝听了感到非常惭愧。

【解　义】

本文所载妇孺皆知，但似乎出自里巷传言。历来皇位之争固然屡见杀戮，但无不以谋反不孝为名，焉有以不能成诗为罪者？如此借口形同儿戏。而且诗人作一首打油诗，不要说七步，应声而答也不是什么难事。因此，曹丕即便真的要杀曹植，也不至于用如此幼稚的手段。

六十七

魏朝封晋文王为公[①]，备礼九锡[②]，文王固让不受。公卿将校当诣府敦喻[③]，司空郑冲驰遣信就阮籍求文[④]。籍时在袁孝尼家[⑤]，宿醉扶起，书札为之，无所点定，乃写付使[⑥]。时人以为神笔。

【今　注】

①晋文王：司马昭。　为公：封为晋公。

②备礼九锡：魏王准备为之颁赐九锡之礼。九锡，古代帝王尊礼大臣所给的九种器物。汉末曹操掌朝政，汉献帝赐曹操九锡。后历代篡位者相袭沿用，成为建立新朝的前奏曲。九种礼物为车马、衣服、乐器、朱户、纳陛、虎贲、弓矢、铁钺、秬鬯。

③敦喻：督促开导。

④司空：官名，三公之一，职掌水利营建。　求文：指求阮籍写一篇劝说司马昭接受赏赐之文。

⑤袁孝尼：袁准，陈郡阳夏（今河南太康）人。晋武帝泰始中官给事中。

⑥札：古代写字用的木片。　点定：指改定文字。

【今　译】

魏朝封晋文王司马昭为晋公，准备颁赐给他九锡之礼，司马昭坚决辞让不肯接受。朝中文武百官准备到他府中去劝进，司空郑冲派信使赶到阮籍处求他写一篇劝进的文章。阮籍当时在袁孝尼家，隔夜的余醉尚未消退就被扶起来，在木札上一挥而就，一字不改，就写好交给来使。当时人都认为他是神来之笔。

【解　义】

据《晋书·文帝纪》记载，曹髦前后五次晋封司马昭为公，赐九锡，司马昭都固辞不受。最后一次是景元四年（263）赐封，司空郑冲率群官劝进，司马昭这才受命。由此可知，阮籍的劝进文作于景元四年（263）。所谓“时人以为神笔”，是俗人之见。阮籍作此文是出于无奈，充其量不过是应景文字而已。

六十八

左太冲作《三都赋》初成①，时人互有讥訾②，思意不惬③。后示张公④，张曰：“此‘二京’可三⑤，然君文未重于世，宜以经高名之士。”思乃询求于皇甫谧⑥，谧见之嗟叹，遂为作叙。于是先相非贰者，莫不敛衽赞述焉⑦。

【今　注】

①左太冲：左思（约250—305），字太冲，齐国临淄（今山东淄博）人。曾官秘书郎，为“金谷二十四友”之一，后隐居宜春里，专意典籍。所作《三都赋》最受世人推崇。　《三都赋》：赋名，分《蜀都赋》《吴都赋》《魏都赋》三篇，分别描写蜀都成都、吴都建业、魏都洛阳的山川、风俗、物产等。

②讥訾（zǐ）：讥刺诋毁。

③不惬：不愉快。

④张公：张华。

⑤“二京”：此代指班固《两都赋》和张衡《二京赋》。

⑥皇甫谧（215—282）：幼名静，字士安，号玄晏先生，安定朝那（今宁夏固原东南）人。晋武帝屡下诏征，都称病不就，终身不仕。中年患风痹，乃钻研医学，著有《甲乙经》。

⑦非贰：非议。 敛衽（rèn）：整整衣襟，表示恭敬。

【今　译】

左思作《三都赋》刚完成时，当时就有人不断地加以讥刺诋毁，左思心里很不愉快。后来把赋拿给张华看，张华说：“此赋可与《两都赋》《二京赋》鼎足而三。但是现在您的文名尚未能为世人所重，应该通过享有盛名之士的推荐。”左思就去请教皇甫谧，皇甫谧见了此赋后大为赞叹，就为赋作序。于是先前那些非议此赋者，没有一个不恭恭敬敬地赞美称扬它。

【解　义】

据《晋书·左思列传》记载，左思《三都赋》完成后，不仅皇甫谧为之作序，而且还有很多名士为之作注，如张载注《魏都赋》，刘逵注《吴都赋》和《蜀都赋》，卫权则作《三都赋略解》；陆机当时也想写三都，听说左思正在作此赋，拍手大笑，他写信给陆云说：“这里有个乡巴佬准备写《三都赋》，等他写完了，我拿来盖酒瓮。”但等他看到《三都赋》后，不禁为之叹服，认为无人能出其右。

六十九

刘伶著《酒德颂》[①]，意气所寄。

【今　注】

①刘伶（生卒不详）：字伯伦，沛国（今安徽濉溪县西北）人，“竹林七贤”之一。曾任建威将军参军，后被罢免。蔑视礼法，纵酒避世。存世作品只有《酒德颂》和《北芒客舍诗》。

【今　译】

刘伶作《酒德颂》，志向与气概都寄托其中。

【解　义】

刘伶在《酒德颂》中塑造了一个大人先生的形象。大人先生“幕天席地，纵意所如”，“唯酒是务”而不顾身外事。缙绅们于是怒目陈说礼法，但是大人先生无思无虑，其乐陶陶，视世间之纷扰如江汉之浮萍。刘伶借“唯酒是务”的大人先生，一吐胸臆，即本文所谓“意气所寄”。

七十

乐令善于清言①，而不长于手笔②。将让河南尹③，请潘岳为表④。潘云：“可作耳，要当得君意⑤。”乐为述己所以为让⑥，标位二百许语⑦，潘直取错综⑧，便成名笔⑨。时人咸云：“若乐不假潘之文，潘不取乐之旨，则无以成斯矣⑩。”

【今　注】

①乐令：乐广，曾为尚书令，故称。

②手笔：指写作文章。

③让：指辞去官职。　河南尹：河南郡的行政长官。

④表：奏章。

⑤要当：应当。

⑥所以：表示原因。

⑦标位：指阐释。

⑧直：特，只。　错综：指综合。

⑨名笔：名作，佳作。

⑩斯：这个。指潘岳为乐广所作之奏章。

【今　译】

乐广善于清谈，却不擅长作文。他准备辞去河南尹时，请潘岳为他写奏章。潘岳说：“可以代写，但要知道您的意思才行。”乐广就向他陈述了辞官的原因，阐释了两百来字。潘岳直接把乐广的意思加以综合，便写成了一篇佳作。当时人都说：“假如乐广不借潘岳的文采，潘岳不取乐广的意思，那就无法写成这样的美文了。”

【解　义】

潘岳常为人捉刀，但代笔不可能成为佳作，所谓“名笔”是俗人之见。

七十一

夏侯湛作《周诗》成[①]，示潘安仁[②]。安仁曰：“此非徒温雅，乃别见孝悌之性[③]。”潘因此遂作《家风诗》。

【今　注】

①《周诗》：《诗经·小雅》中有《南陔》《白华》《华黍》《由庚》《崇丘》《由仪》六篇有目无文，夏侯湛于是加以创作。

②潘安仁：潘安。

③非徒：不只，不仅。　孝悌：奉事父母为孝，友爱兄弟为悌。

【今　译】

夏侯湛写成《周诗》后，拿给潘岳看。潘岳说：“这诗不仅写得温文尔雅，更体现了孝悌之性。”潘岳于是就写了《家风诗》。

【解　义】

《诗经·小雅》中有六篇仅存篇名，朱熹认为是笙诗，所以原本就没有文辞。夏侯湛之续作并非六篇，而是据六篇之意，续为一篇。潘岳《家风诗》载《艺文类聚》卷二十三，诗曰："绾发绾发，发亦鬓止。日祗日祗，敬亦慎止。靡专靡有，受之父母。鸣鹤匪和，析薪弗荷。隐忧孔疚，我堂靡构。义方既训，家道颖颖。岂敢荒举，一日三省。"

七十二

孙子荆除妇服[①]，作诗以示王武子[②]。王曰："未知文生于情，情生于文？览之凄然，增伉俪之重[③]。"

【今　注】

①孙子荆：孙楚。　除：指服丧期满脱去丧服。　妇：指孙楚之妻。

②王武子：王济。

③伉俪：夫妻。

【今　译】

孙楚为亡妻服丧期满后，写了一首诗给王济看。王济说："不知道文采是由感情生发出来的，还是感情由文采表现出来的？看了这首诗感到凄凉，更增添了夫妇间的深情厚谊。"

【解　义】

人类表达情感的方式之一是撰写诗文，所以刘勰《文心雕龙·情采篇》说"昔诗人什篇，为情而造文"，但情感的表达也需要文辞作铺陈。因此，诗人之情感与文采相得，其作品才能益彰。

七十三

太叔广甚辩给[①]，而挚仲治长于翰墨[②]，俱为列卿[③]。每至公坐[④]，广谈，仲治不能对；退，著笔难广[⑤]，广又不能答。

【今　注】

①太叔广（生卒不详）：复姓太叔，名广，字季思，东平（今山东东平）人。曾任太常博士。成都王司马颖拜为太弟时，因害怕为司马颖所害而自杀。　辩给（jǐ）：口才敏捷。

②挚仲治：挚虞（250—300），字仲治，长安（今陕西西安）人。师事皇甫谧，为“金谷二十四友”之一。历官秘书监、卫尉卿、光禄勋、太常卿。后因战乱饿死。著有《族姓昭穆》十卷、《文章志》四卷等。　翰墨：笔墨，指文辞。

③列卿：指九卿。

④公坐：公开聚会。坐，通“座”。

⑤著笔：写文章。笔，指散文。

【今　译】

太叔广口才非常敏捷，而挚虞则擅长写文章，两人都官居九卿之位。每次到公开聚会的场所，太叔广清谈时，挚虞都不能应对；他回去后，写文章驳难太叔广，太叔广又不能应答。

【解　义】

辩论需要敏捷的口才，但为学之道最终依靠的还是思辨能力。巧舌如簧固然可以逞一时之能，但终究经受不起检验，这是太叔广“不能答”的原因。

七十四

江左殷太常父子并能言理①，亦有辩讷之异②。扬州口谈至剧③，太常辄云：“汝更思吾论。”

【今　注】

①江左：指江东。　殷太常父子：指殷融和殷浩叔侄。太

常，九卿之一，掌宗庙礼仪及选试博士。殷融（生卒不详），字洪远，陈郡长平（今河南西华东北）人，官至太常卿。父子，汉、晋时江南人士称叔侄为父子。

②辩：指口才敏捷。　讷（nè）：不善言辞。

③扬州：指殷浩，曾任扬州刺史，故称。　剧：指言辞锋利。

【今　译】

江东的殷融和殷浩叔侄俩都擅长谈论玄理，但也有敏捷与迟钝的差异。殷浩言谈至为锐利，殷融总是说："你再想想我的立论。"

【解　义】

殷浩虽然反应迅速、词锋犀利，但往往由于不假思索，会出现偏离论题的现象，因此殷融才会提醒他"更思吾论"。据刘孝标注引《中兴书》记载，殷融与殷浩辩论时会落下风，但退而著述，殷融即更胜一筹。本文所载与上一则故事的情形类似。

七十五

庾子嵩作《意赋》成[①]，从子文康见[②]，问曰："若有意邪，非赋之所尽；若无意邪，复何所赋？"答曰："正在有意无意之间[③]。"

【今　注】

①庾子嵩：庾敳。

②从子：侄子。　文康：庾亮，谥号文康。

③正：恰。

【今　译】

庾敳写成《意赋》后，侄子庾亮看见，问道："如果是有意的话，不是赋所能尽情表现得出来的；如果是无意的话，又要写赋做什么呢？”庾敳回答道：“恰好在有意与无意之间。”

【解　义】

据刘孝标注引《晋阳秋》记载，庾敳见晋王室内乱，自知凶多吉少，所以作《意赋》以寄托自己的伤感。《晋书·庾敳列传》称此赋“犹贾谊之《服鸟》也”。

七十六

郭景纯诗云[①]：“林无静树，川无停流。”阮孚云[②]：“泓峥萧瑟[③]，实不可言。每读此文，辄觉神超形越。”

【今　注】

①郭景纯：郭璞（276—324），字景纯，河东闻喜（今山西闻喜）人。博学有高才，词赋为中兴之冠。东晋初为著作佐郎，后任大将军王敦记室参军。王敦起兵时令其卜筮，称必败，遂被杀。追赠弘农太守。好古文奇字，妙于阴阳历算，精于卜筮。著述甚多，曾为《尔雅》《方言》《山海经》《穆天子传》《楚辞》作注。工诗文，明人辑为《郭弘农集》。

②阮孚（约279—327）：字遥集，陈留尉氏（今河南尉氏县）人，阮咸之子。历官安东参军、黄门侍郎、散骑常侍、侍中、吏部尚书、丹阳尹、广州刺史。性疏放，好屐。颇有阮籍（阮孚之叔祖）之风。

③泓峥：水深山高。　萧瑟：形容风吹树木的声音。

【今　译】

郭璞诗云：“林中没有静止的树木，河中没有停止的水流。”阮孚说：“水深山高林木萧瑟，实在难以形容。每当读到这句诗，总会觉得精神与形体有所超然。”

【解　义】

据刘孝标注，“林无静树，川无停流”是郭璞《幽思篇》中的诗句（原诗已佚），意指世间之纷扰永无止息。郭璞是东晋初期文学的代表人物，刘勰《文心雕龙》称其“足冠中兴”，钟嵘《诗品》也称其“中兴第一”。

七十七

庾阐始作《扬都赋》[①]，道温、庾云[②]：“温挺义之标[③]，庾作民之望[④]。方响则金声[⑤]，比德则玉亮。”庾公闻赋成，求看，兼赠贶之[⑥]。阐更改“望”为“俊”，以“亮”为“润”云[⑦]。

【今　注】

①《扬都赋》：模仿班固、张衡、左思诸赋，描写东晋都城建康的山川风貌和都市景象。

②温：温峤。　庾：庾亮。

③挺义：指树起道义。

④望：指景仰之人。

⑤方：比方，比拟。　响：声音。　金声：指金属制作的乐器发出的声音。

⑥贶（kuàng）：赠与。

⑦更改：改换。

【今　译】

庾阐刚写成《扬都赋》，提到温峤、庾亮时说：“温峤树起道义的标准，庾亮成为众望所归。比拟声音就像是金钟之声，比拟德行就像是宝玉般明亮。”庾亮听说赋已写成，请求拜读，并赠送财物给庾阐。庾阐更改赋中的“望”为“俊”，改“亮”为“润”。

【解　义】

“亮”字犯了庾亮的名讳，所以庾亮请求拜读《扬都赋》时，庾阐特地将“亮”改成“润”。而将“望”改成“俊”，则是为了押韵。

七十八

孙兴公作《庾公诔》[①]，袁羊曰[②]：“见此张缓[③]。”于时以为名赏。

【今　注】

①孙兴公：孙绰。《庾公诔》：哀悼庾亮的文章。诔(lěi)，叙述死者生平表示哀悼的文章。

②袁羊：袁乔。

③张缓：即张弛。《礼记·杂记下》：“文武之道，一张一弛。”弓上弦称张，卸弦称弛。此处指文章的撰写需要有节奏，才能张弛有度。

【今　译】

孙绰写《庾公诔》，袁乔说：“我终于见到了张弛有度的文章了。”当时人认为这是精彩的鉴赏。

【解　义】

据《晋书·孙绰列传》记载，孙绰年少时就以文才著称，在当时文士中独领风骚，温峤、王导、郗鉴、庾亮等去世后，都让他来写碑文，然后才刻到石碑上。

七十九

庾仲初作《扬都赋》成[①]，以呈庾亮，亮以亲族之怀[②]，大为其名价，云：“可三‘二京’、四《三都》[③]。”

于此人人竞写，都下纸为之贵。谢太傅云[4]：“不得尔[5]，此是屋下架屋耳[6]，事事拟学，而不免俭狭[7]。”

【今　注】

①庾仲初：庾阐。

②怀：情怀。

③“二京”：指班固《两都赋》和张衡《二京赋》。《三都》：左思《三都赋》。

④谢太傅：谢安。

⑤尔：如此。

⑥屋下架屋：比喻事物的重复，只知摹仿，毫无新意。

⑦俭狭：指内容贫乏狭窄。俭，贫乏。

【今　译】

庾阐写成《扬都赋》后，呈送给庾亮看。庾亮出于宗族情意，给予很高的评价，说：“这篇赋可以和《两都赋》《二京赋》鼎足而三，与《三都赋》并列为四。”于是人人争相抄写，京城纸价也因此上涨。谢安说：“并非如此，这是在屋下盖屋子，只是处处模拟，所以难免局促。”

【解　义】

庾阐《扬都赋》是模拟前人之作，了无新意，所以谢安指出这类作品的局限性。今日高校有所谓“创意写作”课程，甚至有相应的本科、硕士专业，名为创意，却专门教授模式化写作之道。学术界尚且如此颓废，当代文学之不振，由此可见一斑。

八十

习凿齿史才不常，宣武甚器之[1]，未三十，便用为荆州治中[2]。凿齿谢笺亦云[3]：“不遇明公[4]，荆州老从事耳[5]！”后至都见简文[6]，返命，宣武问：“见相王何如[7]？”答云：“一生不曾见此人。”从此忤旨[8]，出为衡阳郡[9]，性理遂错[10]。于病中犹作《汉晋春秋》[11]，品评卓逸。

【今　注】

①宣武：桓温。

②荆州治中：荆州刺史属下的治中。荆州，桓温当时担任荆州刺史。治中，官名，刺史的高级佐官，主众曹文书。

③笺：书信。

④明公：对有名位者的尊称。

⑤从事：州刺史的佐吏。习凿齿原为州从事，桓温赏识其才，在一年中提拔他三次，升其为治中。

⑥简文：简文帝司马昱。

⑦相王：简文帝司马昱。当时以会稽王的身份担任丞相，故称。

⑧忤旨：指违逆桓温的心意。

⑨出：指调出荆州。　衡阳郡：治所在今湖南湘潭西。

⑩性理：性情理智，神志。

⑪《汉晋春秋》：习凿齿著，记载东汉光武帝至西晋愍帝间的历史。

【今　译】

习凿齿的史学才识不同寻常，桓温很器重他，不到三十岁，就任用他为荆州刺史属下的治中。习凿齿在答谢信中说：“如果不是遇到明公，那么我就只能是个荆州的老从事。”后来习凿齿到京城谒见司马昱，回来复命，桓温问：“你看相王怎么样？”他回答说：“我一生中没有见过这样的人。”此忤逆了桓温的心意，被外派任荥阳郡守，他的神志于是错乱。他在病中还在写《汉晋春秋》，评论史事卓越不凡。

【解　义】

桓温对简文帝一直很敬重，所以不太可能因为习凿齿对简文帝作出高度评价就疏远他。而且，习凿齿又怎么可能在神志错乱的情况下，写出《汉晋春秋》这部史学名著呢？因此，本文应出于里巷传言，不足为信。

八十一

孙兴公云[①]："《三都》[②]'二京'[③]，《五经》鼓吹[④]。"

【今　注】

①孙兴公：孙绰。

②《三都》：左思《三都赋》。

③二京：指班固《两都赋》和张衡《二京赋》。

④《五经》：《诗》《书》《礼》《易》《春秋》。　鼓吹：宣扬，宣传。

【今　译】

孙绰说："《三都赋》和'二京'，是宣扬《五经》之作。"

【解　义】

班固、张衡、左思都深受汉代经学思想的熏陶，他们的作品中也反映出其思想倾向，所以孙绰认为这几篇赋是在为《五经》作鼓吹。魏晋时期，士人阶层开始广泛接受佛家及道家学说，并对汉代经学思想有所摒弃。因此，孙绰所谓"《五经》鼓吹"带有贬义。

八十二

谢太傅问主簿陆退[①]："张凭何以作母诔，而不作父诔[②]？"退答曰："故当是丈夫之德[③]，表于事行[④]；妇人之美，非诔不显。”

【今　注】

①谢太傅：谢安。陆退（生卒不详）：字黎民，吴郡吴县（今江苏苏州）人。张凭之婿，官至光禄大夫。

②诔：哀悼死者的文章。

③丈夫：男子的通称。

④事行：指事业。

【今　译】

谢安问主簿陆退：“张凭为什么只为母亲写诔文，而不为父亲写诔文？”陆退回答说：“应当是男人的德行，表现在事业上；而妇人的美德，没有诔文就不能得到表彰。”

【解　义】

诔文一般请名家代笔，由于名流的事迹大多广为流传，所以旁人代笔并不困难。但古代女子一般深居简出，相夫教子的美德，只有家人最有感触，旁人代笔难免泛泛而谈，所以张凭要亲自为母亲写诔文。

八十三

王敬仁年十三[①]，作《贤人论》。长史送示真长[②]，真长答云：“见敬仁所作论，便足参微言[③]。”

【今　注】

①王敬仁：王修。

②长史：指王修之父王濛，曾任司徒左长史，故称。　真长：刘惔。

③参：参破，彻底领会。　微言：指玄理。

【今　译】

王修十三岁时写了《贤人论》。父亲王濛拿给刘惔看，刘惔答道："看王修所作的议论，已经足够参透玄理了。"

【解　义】

刘惔所说"便足参微言"，指王修对玄学的领悟已有相当高的造诣。

八十四

孙兴公云①："潘文烂若披锦②，无处不善；陆文若排沙简金③，往往见宝。"

【今　注】

①孙兴公：孙绰。

②潘：潘岳。

③陆：陆机。　简：选择。

【今　译】

孙绰说："潘岳的文章如同披上锦缎一样灿烂，没有一处不好；陆机的文章如同沙里淘金，常常能见到珍宝。"

【解　义】

潘安与陆机都是西晋文学的代表性人物，钟嵘《诗品》以为"陆才如海，潘才如江"，可谓各具特色。孙绰对潘安的评价高于陆机，所谓"排沙简金"，是指陆机之文辞过于冗繁芜杂，所以妙语佳句只能从中汰选。据本篇第八十九则记载，孙绰也说"陆文深而芜"。

八十五

简文称许掾云①："玄度五言诗，可谓妙绝时人。"

【今　注】

①简文：简文帝司马昱。　许掾：许询，曾为司徒掾。

【今　译】

简文帝称赞许询道："许询的五言诗，可以说是绝妙当代。"

【解　义】

钟嵘《诗品》认为永嘉年间贵黄老之学，诗人篇什"淡乎寡味"。东晋时期，许询、孙绰等人的作品延续此风，"建安风力"因此荡然无存。站在唐代的角度，东晋诗人的创作确实有索然乏味之感。但从诗歌发展的角度看，东晋诗人的创作，为南朝永明体的兴起打下了基础，其贡献是值得肯定的。据刘孝标注引《续晋阳秋》，许询、孙绰在东晋文坛的地位，是"并为一时文宗"。因此，简文帝所谓"妙绝时人"的评价，并不为过。

八十六

孙兴公作《天台赋》成①，以示范荣期，云②："卿试掷地，要作金石声③。"范曰："恐子之金石，非宫商中声④。"然每至佳句，辄云："应是我辈语。"

【今　注】

①孙兴公：孙绰。　《天台赋》：一名《游天台山赋》，见《文选》卷十一。

②范荣期：范启（生卒不详），字荣期，慎阳（今河南正阳北）人。官至黄门侍郎。

③金石声：钟磬之类的乐器。此指文辞优美，声调铿锵有力。

④宫商：指五音。古代把音阶定为宫、商、角、徵

(zhǐ)、羽五音（一称五声）。

【今　译】

孙绰写成《天台赋》后，拿给范启看，说："您试着把赋扔到地上，一定会发出金石之声。"范启说："恐怕您说的金石之声，不合五音中的音律吧。"但是每当读到佳句时，总是说："这应当是我们这类人说的话。"

【解　义】

孙绰《天台山赋》写景之处时有佳句，如刘孝标注引之"赤城霞起而建标，瀑布飞流而界道"。这也就是为什么范启对孙绰的自负不以为然，但读到佳句时则予以肯定的原因。

八十七

桓公见谢安石作简文谥议[①]，看竟[②]，掷与坐上诸客，曰："此是安石碎金[③]。"

【今　注】

①桓公：桓温。　谢安石：谢安。　简文：简文帝。　谥议：议定死后谥号的文书。谥（shì）：古时帝王将相、贵族等上层人物死后，按其生前事迹给予的称号。

②竟：完毕。

③碎金：零碎的金子文中喻指短篇佳作。

【今　译】

桓温见到谢安为简文帝写的谥议，看完后，丢给在座的众多宾客看，说："这是谢安的短篇佳作。"

【解　义】

刘孝标注引刘谦之《晋纪》所载谢安之谥议，可知谢安对简文帝作出了极高的评价。而桓温认为这篇谥议是"碎金"，说明他对谢安的评价也是认可的。由此可见，简文帝确实是东晋后期颇孚众望的一个君王。

八十八

袁虎少贫[1]，尝为人佣载运租[2]。谢镇西经船行[3]，其夜清风朗月，闻江渚间估客船上有咏诗声[4]，甚有情致，所诵五言，又其所未尝闻，叹美不能已。即遣委曲讯问[5]，乃是袁自咏其所作《咏史诗》[6]。因此相要[7]，大相赏得[8]。

【今　注】

①袁虎：袁宏，小字虎。

②佣：雇佣。

③谢镇西：谢尚，曾为镇西将军。

④江渚（zhǔ）：江中的沙洲。　估客：商贩。

⑤委曲：把事情的底细和经过讲清楚，称为委曲详尽。

⑥《咏史诗》：见《艺文类聚》卷五十五。

⑦要：通“邀”，邀请。

⑧赏得：赏识相得。

【今　译】

袁宏年轻时很穷，曾经受人雇佣运送租粮。谢尚乘船经过，那天夜里清风明月，他听到江中沙洲边的商船上有吟诗声，很有情趣，所吟诵的五言诗，又是自己从来没有听到过的，便赞美不止。谢尚立即派人问清楚情况，原来是袁宏在吟诵自己的《咏史诗》。于是就邀请袁宏前来，大加赏识。

【解　义】

此事在谢尚任镇西将军、豫州刺史时，谢尚因此引袁宏为参军。

八十九

孙兴公云[①]："潘文浅而净[②]，陆文深而芜[③]。"

【今　注】

①孙兴公：孙绰。

②潘：潘岳。

③陆：陆机。

【今　译】

孙绰说："潘岳的文章浅显而洁净；陆机的文章艰深而芜杂。"

【解　义】

所谓"潘文浅而净"，指潘安的文章辞藻浅近晓畅，所以刘勰《文心雕龙·才略篇》说"潘文敏给，辞自和畅"。所谓"陆文深而芜"，指陆机行文艰涩、辞藻过多，所以刘勰《文心雕龙·才略篇》说"陆机才欲窥深，辞务索广"。

九十

裴郎作《语林》[①]，始出，大为远近所传。时流年少无不传写，各有一通[②]。载王东亭作《经王公酒垆下赋》[③]，甚有才情。

【今　注】

①裴郎：裴启（生卒不详），一名荣，字荣期，河东（今山西夏县西北）人。少有才气，好评论古今人物，著《语林》十卷，记汉魏两晋名士的轶事和言谈。《语林》散逸于唐初，鲁迅《古小说钩沉》中有辑本《裴子语林》。

②通：量词，用于书、报等。

③王东亭：王珣。　《经王公酒垆下赋》：赋名。“王”，当作“黄”。

【今　译】

裴启撰《语林》，书刚问世，就被远近士人大加传抄。当时的名流和年轻人没有不传抄的，每人都藏有一部。书中记载了王珣写的《经黄公酒垆下赋》，很有才华。

【解　义】

传说黄公酒垆是王戎与阮籍、嵇康等人早年时常饮酒聚会之所，王戎担任尚书令时经过酒垆，曾有物是人非之慨（见本书《伤逝》第二则）。王珣《经黄公酒垆下赋》即叙此事，今佚。

九十一

谢万作《八贤论》[①]，与孙兴公往反[②]，小有利钝[③]。谢后出以示顾君齐[④]，顾曰：“我亦作，知卿当无所名[⑤]。”

【今　注】

①《八贤论》：所论八贤分别为渔父、屈原、季主、贾谊、楚老、龚胜、孙登、嵇康。

②孙兴公：孙绰。　往反：指反复辩论。

③利钝：指胜负。

④顾君齐：顾夷（生卒不详），字君齐，吴郡（今江苏苏州）人。

⑤名：命名，授予名称。

【今　译】

谢万写了《八贤论》，与孙绰反复辩论，小有胜负。后来谢万拿文章给顾夷看，顾夷说："我也写了一篇，知道您也没有什么可以称赞的。"

【解　义】

据刘孝标注引《中兴书》记载，谢万所论八贤中，出仕与隐逸者各半，其文章宗旨是以出仕为劣，隐逸为高；而孙绰则并不赞同，认为只要能够有玄远的境界，那么无论出仕与隐逸，就没有高下之分。

九十二

桓宣武命袁彦伯作《北征赋》[①]，既成，公与时贤共看，咸嗟叹之。时王珣在坐，云："恨少一句，得'写'字足韵当佳[②]。"袁即于坐揽笔益云[③]："感不绝于余心，泝流风而独写[④]。"公谓王曰："当今不得不以此事推袁[⑤]。"

【今　注】

①桓宣武：桓温。　袁彦伯：袁宏。

②得"写"字足韵：用"写"字来补足韵脚。

③益：增加。

④流风：疾风，长风。

⑤推：推许，称赞。

【今　译】

桓温让袁宏写《北征赋》，写成后，桓温与当时的名流一起看，都一致赞叹。当时王珣在座，说："可惜少了一句，如果能用'写'字来补足韵脚就更好了。"袁宏立即在座中拿起笔来加写道："我心中充满感慨，迎着疾风而独自抒怀。"桓温对王珣说："当今不得不以此事来推崇袁宏。"

【解　义】

袁宏曾从桓温北征，所以桓温命其作《北征赋》。此赋今已亡佚，仅存片段。

九十三

孙兴公道①："曹辅佐才如白地明光锦②，裁为负版绔③，非无文采，酷无裁制④。"

【今　注】

①孙兴公：孙绰。

②曹辅佐：曹毗（生卒不详），字辅佐，谯国（今安徽亳县）人。历官太学博士、尚书郎、光禄勋。　白地：白色的底子。　明光锦：泛指明洁闪光之锦缎。东晋时期有大登高、小登高、大明光、小明光等锦缎名称。

③负版绔：服役者穿的裤子。负版：指体力劳动者。

④酷：极，很。　裁制：剪裁缝制。

【今　译】

孙绰说："曹毗的文才如同白底的明光锦，却裁成了服役者穿的裤子，不是没有文采，而是完全没有加以裁剪。"

【解　义】

孙绰批评曹毗虽有才学，但其文章之立意浅薄，境界低下。所谓"负版绔"，喻指曹毗所作都是俗文。

九十四

袁伯彦作《名士传》成①，见谢公②，公笑曰："我尝与诸人道江北事③，特作狡狯耳④，彦伯遂以著书。"

【今　注】

①袁伯彦：袁宏。　《名士传》：今佚。

②谢公：谢安。

③江北：长江以北地区，指南渡前的西晋。

④狡狯（kuài）：游戏，玩笑。

【今　译】

袁宏写成《名士传》后，拿去见谢安，谢安笑道："我曾经和大家谈论江北的事情，只是说着好玩罢了，你竟然用来写书。"

【解　义】

据刘孝标注记载，袁宏《名士传》共为十八位名士立传，分别是夏侯玄、何晏、王弼、阮籍、嵇康、山涛、向秀、刘伶、阮咸、王戎、裴楷、乐广、王衍、庾敳、王承、阮瞻、卫玠、谢鲲，前三人为正始名士，次七人为竹林名士（竹林七贤），其余为西晋名士。

九十五

王东亭到桓公吏①，既伏阁下②，桓令人窃取其白事③，东亭即于阁下更作④，无复向一字⑤。

【今　注】

①王东亭：王珣。　到桓公吏：到桓温那里做属吏。桓公，桓温。

②伏阁下：拜伏在官署前。阁：指官署。按：属吏赴长官处报告事情，都要伏阁请示。

③白事：指陈述事情的文书。

④更作：重写。

⑤向：之前。

【今 译】

王珣到桓温那里去做属吏，拜伏在官署前时，桓温派人偷走他陈事的文书，王珣随即在官署前重写，没有一个字与之前的重复。

【解 义】

桓温并非一介武夫，应当不至于用如此幼稚的手法去评估王珣的才学。因此，本文应系里巷传言。

九十六

桓宣武北征①，袁虎时从②，被责免官。会须露布文③，唤袁倚马前令作。手不辍笔，俄得七纸④，殊可观。东亭在侧⑤，极叹其才。袁虎云："当令齿舌间得利⑥。"

【今 注】

①桓宣武：桓温。

②袁虎：袁宏。

③会：恰巧，适逢。 露布：古代指檄文、紧急文书等，因不加封缄，故称。

④俄：短时间，不久。

⑤东亭：王珣。

⑥齿舌：指赞赏，夸奖。

【今 译】

桓温北征时，袁宏当时也跟随，被责罚免去官职。恰巧需要写一篇紧急文书，桓温就叫袁宏靠在马前写。袁宏手不停笔，很快就写好了七张纸，极为可观。王珣在一旁，极为赞叹他的才华。袁宏说："应当让我得到一点夸赞。"

【解　义】

桓温曾登楼眺望中原，认为中原失守，王衍难逃其责，袁宏则认为是时运的问题，为此忤桓温之意。（见本书“轻诋”第十一则）本文所谓“被责免官”，即指此事。至于露布文，属于公务文书，只要了解事情原委，一挥而就并不是什么难事，对于袁宏、王珣这样的名家而言，应当不会以此自负或对此惊讶。因此，本文应出自里巷之言。

九十七

袁宏始作《东征赋》[①]，都不道陶公[②]。胡奴诱之狭室中[③]，临以白刃，曰：“先公勋业如是，君作《东征赋》，云何相忽略？”宏窘蹙无计[④]，便答：“我大道公，何以云无？”因诵曰：“精金百炼，在割能断。功则治人[⑤]，职思靖乱[⑥]。长沙之勋[⑦]，为史所赞。”

【今　注】

①《东征赋》：今佚，佚文见《艺文类聚》卷二十七。

②陶公：陶侃。

③胡奴：陶范（生卒不详），字道则，小字胡奴，陶侃之子，官尚书秘书监。

④窘蹙（cù）：窘迫，为难。

⑤治人：安定人心。

⑥职：执掌，主管。　靖：平定。

⑦长沙：陶侃，曾封长沙郡公，故称。

【今　译】

袁宏开始写《东征赋》时，完全没有提到陶侃。陶范把他骗到一间小屋中，用白刃对着他，说：“先父的功勋业绩如此辉煌，你写《东征赋》，为什么把他忽略掉？”袁宏感到困窘无奈，就回答道："我大大地称道了陶公，怎么说一点没提呢？"于是就吟诵道："精美的金属经过千锤百炼，锋利无比。功在治民，平乱为任。长沙郡公的功勋，为史家赞颂。"

【解　义】

据刘孝标注引《续晋阳秋》记载，袁宏坚决不愿意在《东征赋》中提及桓彝，好友伏滔苦苦相劝也没用，但桓温问到此事后，他立刻就吟诵了六句。这一记载与本文相似，一为桓彝，一为陶侃，二事均为《晋书·袁宏列传》所收录，但真实性存疑。袁宏在《东征赋》中历数江左名贤，桓彝与陶侃作为东晋名臣，自然是不可回避的人物。而本文及《续晋阳秋》都没有说出袁宏不愿提及他们的原因，显得有些莫名其妙。而且，据《晋书·袁宏列传》记载，袁宏性格"强正亮直"，哪怕是与桓温辩论，也不愿意屈服。既然袁宏不愿意在赋中提及桓彝和陶侃，那么他又怎么会在威逼下轻易就范呢？因此，本文及《续晋阳秋》的记载或许是因为袁宏文思敏捷而衍生的里巷传言。

九十八

或问顾长康[①]："君《筝赋》何如嵇康《琴赋》[②]？"顾曰："不赏者作后出相遗，深识者亦以高奇见贵。"

【今　注】

①顾长康：顾恺之。

②《筝赋》：今佚，仅存片段残简。

【今　译】

有人问顾恺之："您的《筝赋》和嵇康的《琴赋》相比怎么样？"顾恺之说："不赏识的人认为是后出的就遗弃它；深有

见识的人则认为高超奇特而予以珍贵。”

【解　义】

顾恺之有自负矜持之名。据刘孝标注引《续晋阳秋》记载，顾恺之与谢瞻一起当班值夜，两人在月下吟咏，顾恺之自称有先贤遗风，谢瞻则在一旁不断附和赞誉，顾恺之因此忘了疲倦；谢瞻让捶腿的仆人代替自己附和，自己则酣然入睡，顾恺之丝毫没有察觉，吟咏达旦。此事未必属实，却可以反映当时人对顾恺之个性的看法。

九十九

殷仲文天才宏赡①，而读书不甚广博，亮叹曰②：“若使殷仲文读书半袁豹③，才不减班固④。”

【今　注】

①宏赡：丰富。

②亮：傅亮（374—426），字季友，北地灵州（今甘肃宁武）人。历官参军、散骑侍郎、中书黄门侍郎、侍中、中书令。因助刘裕代晋有功，封建城县公，转尚书仆射，进中书监尚书令，领护军将军。宋文帝即位后，加散骑常侍、左光禄大夫、开府仪同三司，晋爵始兴郡公。因权势过重，于元嘉三年（426）被宋文帝所杀。

③袁豹（373—413）：字士蔚，陈郡阳夏（今河南太康）人。历官太尉长史、丹阳尹。博学，善文辞，著有文集八卷。

④班固（32—92）：字孟坚，东汉扶风安陵（今陕西咸阳东北）人。史学家，著《汉书》；工辞赋，有《两都赋》等名篇。

【今　译】

殷仲文天赋极高，但读书不太广博。傅亮感叹说："如果殷仲文读的书能有袁豹的一半，他的才能应当不亚于班固。"

【解　义】

本文所载亦见《晋书·殷仲文列传》，但评论者则为谢灵运，史官解释其语义，认为是"言其文多而见书少也"，意指殷仲文虽然有很多文章，但却不怎么读书。

一〇〇

羊孚作《雪赞》云[①]："资清以化[②]，乘气以霏[③]。遇象能鲜，即洁成辉。"桓胤遂以书扇[④]。

【今　注】

①赞：一种诗体，用以赞颂人物或事物，以四言为主。
②资：凭借。　清：清冷，清爽寒凉。　化：化生。
③霏：纷飞。
④桓胤（？—407）：字茂祖，谯国龙亢（今安徽怀远县）人，桓冲之孙。历官秘书丞、中书令、吏部尚书。义熙三年（407），东阳太守殷仲文被诬反叛，事发后受株连而被杀。

【今　译】

羊孚作《雪赞》道："白雪凭借清爽而化生，乘着天地之气而漫天纷飞。落到东西上能变得鲜亮，碰到洁白的东西能相映成辉。"桓胤于是把《雪赞》写在了扇子上。

【解　义】

羊孚《雪赞》将雪的特征予以充分展现，堪称咏物之佳篇。

一〇一

王孝伯在京[①]，行散至其弟王睹户前[②]，问："古诗中何句为最？"睹思未答，孝伯咏"所遇无故物，焉得不速老[③]"："此句为佳。"

【今　注】

①王孝伯：王恭。

②行散：服用五石散后需要行走，以散发药性。　王睹：王爽（生卒不详），字季明，小字睹，王恭之弟。历官给事黄门侍郎、侍中。王国宝执政时被免官，王恭起兵讨王国宝时为宁朔将军。王恭反司马道子失败后，一同被杀。

③故物：旧物，过去之物。"所遇无故物，焉得不速老"：语出《古诗十九首·回车驾言迈》，意谓一路上所见都不是旧物，人怎能不迅速地衰老？

【今　译】

王恭在京城时，因行散而走到弟弟王睹门前，问道："古诗中哪句最好？"王睹还在思考未及回答，王恭吟咏"所遇无故物，焉得不速老"，说："这句最好。"

【解　义】

王恭所说"古诗"，指《古诗十九首》。《古诗十九首》中感叹人生易老的诗句颇多，如"思君令人老，岁月忽已晚"（《行行重行行》）、"人生寄一世，奄忽若飙尘"（《今日良宴会》）、"四时更变化，岁暮一何速"（《东城高且长》）、"人生忽如寄，寿无金石固"（《驱车上东门》）等，但其侧重点不尽相同，故读者的感受亦复不同。据《晋书·王恭列传》记载，会稽王司马道子执政后，宠信王国宝，王恭为此感叹道：栋梁虽新，但已有亡国的征兆了。因此，王恭之所以推崇《回车驾言迈》“所遇无故物，焉得不速老”，或许是忧心朝政，故而有人世沧桑、今非昔比之痛。

一〇二

桓玄尝登江陵城南楼[①]，云：“我今欲为王孝伯作诔[②]。”因吟啸良久[③]，随而下笔，一坐之间[④]，诔以之成。

【今　注】

①江陵：在今湖北江陵。

②王孝伯：王恭。诔：叙述死者事迹以示哀悼的文体。

③吟啸：吟咏歌啸。

④一坐之间：坐着的时间，指时间之短。

【今　译】

桓玄曾经登上江陵城的南楼，说：“我现在要为王恭写一篇诔文。”于是吟咏歌啸了很久，随之动笔，只有片刻工夫，诔文就写成了。

【解　义】

桓玄与王恭一同起兵反对司马道子，后王恭兵败被杀。桓玄执政后，便为王恭上表请封，还代为抚养其庶子。桓玄对王恭的感念很深，所以要特地为他作诔文。

一〇三

桓玄初并西夏[①]，领荆、江二州、二府、一国[②]。于时始雪，五处俱贺，五版并入[③]。玄在听事上，版至，即答版后④，皆粲然成章⑤，不相揉杂⑥。

【今　注】

①西夏：华夏之西，指东晋西部辖地，主要为荆州地区。

②领荆、江二州：指桓玄兼任荆州和江州刺史。　二府：指八州都督府及后将军府。　一国：指桓温死后，桓玄继承南郡公的封地。

③五版：指上述二州、二府、一国的贺笺。

④版：写在木板上的贺信。

⑤粲然：有文采的样子。

⑥揉杂：混杂在一起。

【今　译】

桓玄刚刚占据西部地区时，统领二州、二府和封国。当时初降大雪，桓玄统领的这五处都发来祝贺，五个贺笺一起送达。桓玄在厅堂上，贺笺一到，立即在贺笺后面作答，皆斐然成章，内容互不混淆。

【解　义】

本文与前一则有相同之处，也是写桓玄敏捷的才思。他不仅援笔立成，且文采斐然，所写各篇的内容均不混同。这对于一位身任要职，军政事务缠身的军政长官来说，殊属不易。

一〇四

桓玄下都①，羊孚时为兖州别驾②，从京来诣门，笺云："自顷世故睽离③，心事沦蕴④。明公启晨光于积晦⑤，澄百流以一源⑥。"桓见笺，驰唤前，云："子道，子道，来何迟！"即用为记室参军⑦。孟昶为刘牢之主簿⑧，诣门谢⑨，见云："羊侯⑩，羊侯，百口赖卿⑪。"

【今　注】

①下都：东下都城，指桓玄于晋安帝元兴元年（402）攻入建康。

②兖州：指晋元帝时在京口（今江苏镇江）侨置之兖州，即南兖州。　别驾：州刺史之佐吏。

③世故：指变故。　睽离：离散。

④沦蕴（yùn）：积聚。

⑤晨光：曙光。　积晦：阴晦，昏暗。

⑥澄（dèng）：使浑浊之水变清。

⑦记室参军：将军府中管文书的幕僚。

⑧孟昶（？—410）：字彦达，城阳平昌（今山东诸城北）人。桓玄称帝后，与刘裕合谋讨伐，任长史。官至吏部尚书，加尚书右仆射。后自杀。　刘牢之（？—402）：字道坚，彭城（今江苏徐州）人。以骁勇被谢玄选为北府兵将领。淝水之战时，率兵败敌，因功任龙骧将军、彭城内史。后其兵权为桓玄所夺，自杀。　主簿：管文书的属吏。

⑨谢：谢罪。

⑩羊侯：对羊孚的尊称。

⑪百口：指全家老少。

【今　译】

桓玄攻下京都后，羊孚当时担任兖州别驾，从京口来到桓府拜访，在谒见信中说："最近遭逢变故离散，心事郁闷积聚。您在昏暗中开启了曙光，用清澈的水源澄清了百条浊流。"桓玄见了谒见信，赶快叫他前来，说："子道，子道，你为什么来得这么晚！"立即任用他为记室参军。孟昶当时担任刘牢之的主簿，便到羊孚家来谢罪，见了羊孚就说："羊侯，羊侯，我全家老少的性命全靠您了"！

【解　义】

王恭之所以败亡，主要原因就是刘牢之临阵反叛。所以桓玄攻入京城后，虽然接受刘牢之投降，但对他的猜忌很重，一心要剥夺他的兵权，于是任命刘牢之为征东将军、会稽内史，将其调离京口。刘牢之感受到危机，无奈之下准备投靠他的女婿广陵相高雅之，但众叛亲离，最终在奔逃时自缢身亡。孟昶作为刘牢之的僚佐，生怕受到牵连，所以特地向羊孚求情。

方正第五

方正，指品行刚正不阿。贤良方正，是古代社会选士的重要标准，在有些朝代也是科举的科目。汉文帝曾下诏要求推举“贤良方正”，希望他们能够直言极谏。魏晋时期的政局往往处于动荡之中，很多士人采取明哲保身的态度以求避祸，但也有很多士人不愿意委曲求全，他们不畏强权、不事谄媚、秉持气节，成为后世楷模。

一

陈太丘与友期行①，期日中②。过中不至，太丘舍去，去后乃至。元方时年七岁③，门外戏。客问元方："尊君在不④？"答曰："待君久不至，已去。"友人便怒曰："非人哉！与人期行，相委而去⑤。"元方曰："君与家君期日中，日中不至，则是无信；对子骂父，则是无礼。"友人惭，下车引之⑥，元方入门不顾。

【今　注】

①陈太丘：陈寔。　期行：相约同行。期，约时间。

②日中：中午。

③舍去：放弃等待而离去。

④元方：陈纪，陈寔的长子。　尊君：尊称对方父亲。

⑤委：抛弃，舍弃。

⑥引：拉。

【今　译】

陈寔与友人相约同行，约定在中午。过了中午友人还不来，陈寔于是离去，离开后友人才到。陈纪当时七岁，在门外玩耍。客人问陈纪："令尊在家吗？"陈纪回答道："等了您好久也不来，已经走了。"友人于是大怒道："真不是人！与别人相约同行，却丢下别人。"陈纪说："您与家父约定的时间是中午，而您到了中午不来，就是没有信用；对着儿子骂父亲，就是无礼。"友人感到惭愧，下车来拉他的手，陈纪跑进大门不理他。

【解　义】

当友人已经意识到自己失言并惭愧地想要向他示好时，陈纪却"入门不顾"，有违忠恕之道。本文应当出自后人附会，其目的是演绎陈纪之为人品行正直。但陈纪不愿意原谅对方的行为，并非“方正”，有偏激之嫌。

二

南阳宗世林①，魏武同时②，而甚薄其为人③，不与之交。及魏武作司空④，总朝政，从容问宗曰：“可以交未？”答曰：“松柏之志犹存。”世林既以忤旨见疏，位不配德。文帝兄弟每造其门⑤，皆独拜床下⑥。其见礼如此。

【今　注】

①南阳：郡名，治宛县（在今河南南阳）。　宗世林：宗承（生卒不详），字世林，南阳安众（县治在今河南邓州）人。曹丕时征为直谏大夫，明帝时准备拜为相，以年老固辞不就。

②魏武：曹操，死后追尊为魏武帝，故称。

③薄：轻视，看不起。

④作司空：任司空。

⑤文帝兄弟：指曹丕、曹植等。文帝，指曹丕。

⑥床：指坐榻。

【今　译】

南阳宗承，与曹操是同时代人，很看不起曹操的为人，不肯与曹操结交。等到曹操做了司空，总揽朝政，就不慌不忙地问宗承道：“可以同我结交吗？”宗承答道：“松柏之志还在。”宗承就因为违背曹操的旨意而被疏远，官位与他的德行不相匹配。曹丕与曹植兄弟每次到他家拜访，都各自拜在他的坐榻前。他受到的礼遇就是这样。

【解　义】

曹丕等人登门拜访宗承时之所以“皆独拜床下”，据刘孝标注引《楚国先贤传》记载，是因为曹操让曹丕等人对宗承执弟子礼。但如果曹操确实对宗承如此礼遇，那么宗承也不至于“位不配德”。因此，本文所载应有后人附会之处。成语“松柏之志”典出于此，喻指坚贞不屈的操守。

三

魏文帝受禅①，陈群有戚容②。帝问曰：“朕应天受命③，卿何以不乐？”群曰：“臣与华歆服膺先朝④，今虽欣圣化⑤，犹义形于色⑥。”

【今　注】

①魏文帝：曹丕。　受禅（shàn）：指曹丕迫使汉献帝让出帝位。禅，禅让，指帝王让位。

②戚容：忧伤的脸色。

③朕：帝王自称。　应天受命：曹丕自称登上帝位是顺应天命，受命于天。

④服膺（yīng）：指衷心拥戴。　先朝：指汉朝。

⑤圣化：圣明的教化。

⑥义形于色：典出《公羊传》桓公二年，原文曰：“孔父正色而立於朝，则人莫敢过而致难於其君者，孔父可谓义形于色矣。”指正义之气现于神色。

【今　译】

魏文帝曹丕接受禅让后，陈群面带忧伤。曹丕问道：“我顺应天命登上皇位，你为什么闷闷不乐？”陈群道：“我和华歆都曾衷心拥戴前朝，如今虽然欣逢圣明教化之治，但仍不免会义形于色。”

【解　义】

陈群与华歆都是曹氏倚重的重臣，华歆曾为曹操提兵进宫收捕伏皇后，曹丕受禅时，由华歆登坛司仪。据《公羊传》桓公二年记载，宋督准备杀掉殇公，但他知道只要宋父活着，就没人能动得了殇公，于是他先行攻击宋父；殇公知道后，清楚宋父如果死了，自己也必死无疑，于是带人前去救援，结果两人都被害。陈群和华歆既助曹丕篡汉，又自比为孔父之“义形于色”，未免过于无耻。因此，本文所载应出自后人之附会。

四

郭淮作关中都督①，甚得民情，亦屡有战庸②。淮妻，太尉王凌之妹③，坐凌事，当并诛④，使者征摄甚急⑤。淮使戒装⑥，克日当发⑦。州府文武及百姓劝淮举兵，淮不许。至期遣妻，百姓号泣追呼者数万人。行数十里，淮乃命左右追夫人还，于是文武奔驰，如徇身首之急⑧。既至，淮与宣帝书曰⑨：“五子哀恋，思念其母。其母既亡，则无五子。五子若殒⑩，亦复无淮。”宣帝乃表⑪，特原淮妻⑫。

【今　注】

①郭淮（？—255）：字伯济，太原阳曲（今山西太原）人。官至车骑将军，进封阳曲侯。　关中：指东至函谷关，西至散关，南至武关，北至萧关的地带。　都督：地方军政长官，都督诸州军事，兼任所驻地之州刺史。

②战庸：战功。庸，功。

③王凌（172—251）：字彦云，太原祁（今山西祁县）人。曹操时辟为丞相掾属，曹丕称帝时拜散骑常侍，伐吴有功，封宜城亭侯，加建武将军等。后迁车骑将军、仪同

三司、司空等。司马懿当权时任太尉。拟废齐王曹芳，迎立楚王曹彪为帝，为人告发后服毒自杀，司马懿夷其三族。

④坐：因。

⑤征摄：指捉拿。

⑥戒装：指准备行装。

⑦克日：限定时间。

⑧徇：营救。

⑨宣帝：指司马懿。

⑩殒：死亡。

⑪表：上表。

⑫原：宽恕，赦免。

【今　译】

郭淮担任关中都督时，深得民心，也常立有战功。郭淮的妻子，是太尉王凌的妹妹，受王凌之事株连。使者急着捉拿她，郭淮便让她准备行装，按限定的日期出发。州府里的文武官员及百姓都劝郭淮起兵抗拒，郭淮不答应。到了期限后就让妻子上路，百姓号哭追赶呼叫的有几万人。走了几十里地，郭淮就让左右侍从把夫人追回来，于是文武官员急忙奔驰，就像去营救即将被斩首者一样紧急。妻子回来后，郭淮上书司马懿说："我的五个儿子哀痛眷恋，思念他们的母亲，他们的母亲如果死了，那么五个儿子也就没有了。五个儿子如果死了，也就不再有我郭淮了。"司马懿于是上表，特赦了郭淮的妻子。

【解　义】

嘉平三年（251），王凌密谋拥立楚王曹彪为帝，他派亲信杨弘去游说兖州刺史黄华共同举兵，结果杨弘与黄华联名将其告发，王凌最终服毒自杀，司马懿夷灭其三族，郭淮之妻也因此受到株连。所谓"州府文武及百姓劝淮举兵"，似乎是夸张之词。据《三国志·魏书·郭淮传》裴松之注引《世说》记载，郭淮的部下数千人叩头请求郭淮上表，郭淮没答应；五个儿子叩头流血，郭淮不忍心，这才让人追回妻子，前去追赶的有几千人之多。郭淮战功彪炳，又深孚众望，所以司马懿最终网开一面。

五

诸葛亮之次渭滨①，关中震动②。魏明帝深惧晋宣王战③，乃遣辛毗为军司马④。宣王既与亮对渭而陈⑤，亮设诱谲万方⑥，宣王果大忿，将欲应之以重兵。亮遣间谍觇之⑦，还曰："有一老夫，毅然仗黄钺⑧，当军门立，军不得出。"亮曰："此必辛佐治也。"

【今　注】

①诸葛亮（181—234）：字孔明，三国蜀汉琅邪阳都（今山东沂南南）人。初隐居隆中，留心世事，被称为"卧龙"。后刘备三顾茅庐，遂出山，成为刘备的主要谋士，提出联吴抗曹之策，取得赤壁之战的胜利，占领荆州、益州，建立蜀汉政权。曹丕代汉后，拥刘备称帝，任丞相。刘备死，竭尽心力辅佐刘禅。在与司马懿对峙中，病死于五丈原军中。　次渭滨：驻扎在渭水旁。次，停留。

②关中：指今陕西省。

③魏明帝：曹叡，字元仲，三国魏第二代君主，在位十余年，谥号明皇帝。　晋宣王：司马懿。

④辛毗（pí）：字佐治，三国魏颍川阳翟（今河南禹县）人，官至卫尉。　军司马：应作"军师"。晋人避司马师之名讳，故改为"军司"，"马"为衍字。

⑤对渭而陈：隔着渭水对阵。陈，通"阵"，列阵，指

对峙。

⑥设诱谲：指设计诱骗对方。谲（jué），欺骗。　万方：千方百计。

⑦觇（chān）：窥视，察看。

⑧黄钺（yuè）：以黄金为装饰的钺。钺，圆刃或平刃，形似斧，有木柄，原本用以砍斫，后用为礼器，象征权力。

【今　译】

诸葛亮率军驻扎在渭水之滨，关中为之震动。魏明帝很担心司马懿出兵应战，于是派辛毗任军师。司马懿与诸葛亮隔着渭水对阵后，诸葛亮千方百计诱骗对方出战。司马懿果然大怒，准备用重兵来应战。诸葛亮派间谍去探看对方的动静，间谍回来报告说："有一位老人，神情坚毅地手拿黄钺，在军营门口站着，军队无法出来。"诸葛亮说："这人必定是辛毗了。"

【解　义】

魏明帝太和二年（228），诸葛亮率兵十余万远征曹魏，屯兵于渭水之南，由于蜀军粮草输送困难，诸葛亮力求速战速决，而司马懿则针锋相对采用对峙消耗的战术。据《晋书·宣帝纪》记载，诸葛亮派人给司马懿送去妇女的装饰物作为羞辱，司马懿大怒，上表请求出兵决战，魏明帝不许，派辛毗担任军师以节制司马懿。姜维认为辛毗到来后司马懿将不再出战，诸葛亮则认为司马懿根本就无心出战，只不过是为了在部下面前不示弱，所以才假意上表求战，否则的话，将在外君命有所不受，直接决战即可，无需多此一举。两军对垒上百天后，诸葛亮在军中病逝。

六

夏侯玄既被桎梏[①]，时钟毓为廷尉[②]，钟会先不与玄相知[3]，因便狎之[4]。玄曰："虽复刑余之人[5]，未敢闻命。"考掠初无一言[6]，临刑东市[7]，颜色不异。

【今　注】

①桎梏（zhìgù）：脚镣和手铐，指收押。

②廷尉：九卿之一，职掌刑狱。

③相知：互相交好。

④因便：乘机，顺便。　狎（xiá）：亲近而态度不庄重，意指侮辱。

⑤刑余之人：指犯罪之人。

⑥考掠：拷问，刑讯逼供。　初：根本，从来。

⑦东市：汉代在长安东市处死犯人，后即指刑场。

【今　译】

夏侯玄被收押后，当时钟毓担任廷尉，钟会先前和夏侯玄并没有什么交情，因此戏弄侮辱夏侯玄。夏侯玄说："我虽然是犯罪的人，也不会听命于你！"刑讯逼供也不说一句话，在刑场行刑之时，面不改色。

【解　义】

正元元年（254），中书令李丰因不满司马师执政，准备以夏侯玄取而代之，事泄被杀，夏侯玄也因此入狱。据刘孝标注引《世语》记载，夏侯玄入狱后不肯做供词连累他人，钟毓敬重其为人，没有用刑，而是亲自代写供词，流着眼泪拿给夏侯玄看。此外，《三国志·魏书·夏侯玄传》也没有提及用刑一事。因此，本文所谓"考掠"应为误传。

七

夏侯泰初与广陵陈本善[1]，本与玄在本母前宴饮，本弟骞行还[2]，径入至堂户。泰初因起曰："可得同，不可得而杂[3]。”

【今　注】

①夏侯泰初：夏侯玄。　广陵：郡名，汉代治所在今扬州，三国魏时移治淮阴（今江苏淮阴）。　陈本（生卒不详）：字休元，临淮东阳（今安徽天长市西北）人，司徒陈矫之子。历官郡守、廷尉、镇北将军。

②骞（qiān）：陈骞（生卒不详），字休渊，陈本之弟，西晋开国功臣。历官中山太守、安平太守、御史中丞、豫州刺史、安东将军、车骑将军、太尉、大司马，封高平郡公。

③杂：杂处。

【今　译】

夏侯玄与广陵人陈本很友好。陈本和夏侯玄一起在陈本母亲面前宴会喝酒，陈本弟弟陈骞外出回家，径直走到堂屋门口。夏侯玄于是就起身说：“可以与志趣相同者交往，不可以与不相投者杂处。”

【解　义】

据《太平御览》卷四九八引习凿齿《汉晋春秋》记载，夏侯玄前去拜访陈本之母，陈骞听说后很高兴，立刻赶回去相见，刚进门，夏侯玄就说：“我和你的交情还不至于如此。”陈骞在门口站了很久，说：“确实如此。”于是转身而出，神色自如。夏侯玄由此对陈骞大为欣赏。又据《晋书·陈骞列传》记载，陈骞有度量，早年受到夏侯玄的轻侮，但并不以为忤，神态自若。夏侯玄因此对他另眼相看。

八

高贵乡公薨[1]，内外喧哗[2]。司马文王问侍中陈泰曰[③]："何以静之？"泰云："唯杀贾充以谢天下[④]。"文王曰："可复下此不[⑤]？"对曰："但见其上，未见其下[⑥]。"

【今 注】

①高贵乡公：曹髦（241—260）：三国魏国皇帝。字彦士，曹丕之孙。初封高贵乡公，嘉平六年（254），司马师废曹芳，立其为帝。因不甘做司马昭的傀儡，率领数百宿卫攻司马昭，为司马昭亲信贾充率将士杀死。死后无号，史称高贵乡公。 薨（hōng）：古称帝王之死。

②内外：指朝廷内外。

③司马文王：司马昭。 侍中：侍候皇帝左右的官员。陈泰（200—260）：字玄伯，颍川许昌（今河南许昌）人，陈群之子。官至尚书右仆射、光禄大夫。

④谢：谢罪。

⑤下此：指比杀死贾充次一等的办法。 不：同"否"。

⑥上：指更重的处理。 下：指更轻的处理。

【今 译】

高贵乡公曹髦死后，朝廷内外议论纷纷。司马昭问侍中陈泰说："用什么办法使局势安定下来？"陈泰说："只有杀掉贾充来向天下人谢罪这个办法。"司马昭说："可以再想一个次一等的办法吗？"陈泰答道："只有比这更重的处置，而不可能有比这更轻的处置了。"

【解 义】

所谓"高贵乡公薨"，指曹髦因不愿做傀儡，带领僮仆数百人去找司马昭拼命，结果被杀。据刘孝标注引《汉晋春秋》及《魏氏春秋》记载，曹髦起事后，司马昭派贾充带人去迎战，曹髦手下都是老弱，不堪一击，但曹髦仍然挥剑奋力搏杀，别人都不敢靠近，贾充督促手下人上前，于是太子舍人成济用长矛刺穿曹髦。陈泰之所以说“唯杀贾充以谢天下”，原因就在于此。本文所载不见《三国志·魏书·陈泰传》。据裴松之注引孙盛《魏氏春秋》记载，曹髦被杀后，陈泰把曹髦的尸体放在腿上，哀嚎不已。司马昭来到后也和他一起哭，然后问他怎么办，陈泰说只有杀了贾充才能向天下人谢罪。司马昭迟疑了很久，让陈泰再想想其他办法，陈泰回家后就吐血而死。裴松之对此表示怀疑，认为孙盛的记载没有根据。

九

和峤为武帝所亲重①，语峤曰：“东宫顷似更成进②，卿试往看。”还，问何如，答云：“皇太子圣质如初③。”

【今　注】

①武帝：晋武帝司马炎。

②东宫：指太子。　顷：短时间。　成进：成熟长进。

③圣质：指太子的资质。

【今　译】

和峤为晋武帝所亲近敬重，晋武帝对和峤说：“太子最近好像更加成熟长进了，你试着去看一看。”回来后，晋武帝问怎么样，和峤答道：“太子的资质和当初一样。”

【解　义】

据《晋书·惠帝纪》记载，惠帝司马衷为太子时，不愿意读书，智力低下，朝廷上下都知道他不能够胜任朝政。晋武帝有所疑虑，让人去给太子出题，贾妃找人代笔，引经据典。给事中张泓对贾妃说：“陛下知道太子不读书，现在只能就事论事，不能引用古书。”张泓于是代为起草，再由太子抄一遍，晋武帝看了以后大为高兴。晋武帝晚年一心一意要传位给儿子，而不是深孚众望的齐王司马攸，但是儿子的痴愚又让他有些犹豫不决，所以他总是希望儿子能有所长进。据刘孝标注引《晋阳秋》记载，晋武帝派和峤和荀勖去考察太子，荀勖回来后赞叹说太子已经不同往日，而和峤则回答说太子的资质还和过去一样，晋武帝听后沉默不语。

十

诸葛靓后入晋①，除大司马②，召不起。以与晋室有雠③，常背洛水而坐。与武帝有旧④，帝欲见之而无由，乃请诸葛妃呼靓⑤。既来，帝就太妃间相见。礼毕，酒酣，帝曰："卿故复忆竹马之好不⑥？"靓曰："臣不能吞炭漆身⑦，今日复睹圣颜。"因涕泗百行⑧。帝于是惭悔而出。

【今　注】

①入晋：诸葛靓仕吴为右将军、大司马，吴被灭后，他到了西晋的都城洛阳。

②除：拜官授职。　大司马：官名，上公之一，位在三公之上。

③与晋室有雠：诸葛靓之父诸葛诞原为魏将，被司马昭所杀，故与晋有杀父之仇。

④旧：指交情。

⑤诸葛妃：司马懿之子琅邪王司马伷的王妃，诸葛靓之姊，司马炎之叔母，即下文之"太妃"。

⑥竹马之好：指儿时的友情。竹马为儿童玩具，用竹竿当马骑。　不：同"否"。

⑦吞炭漆身：喻指矢志复仇。典出《战国策·赵策一》，赵襄子杀智伯后，智伯的门客豫让为了替智伯报仇，漆

身为癞，吞炭为哑，改变容貌声音，准备刺杀赵襄子，事败而死。

⑧涕泗（sì）：眼泪鼻涕。

【今　译】

诸葛靓后来到了晋都洛阳，被授予大司马之职，不肯接受。因为与晋王室有杀父之仇，他常常背对洛水而坐。他过去与晋武帝司马炎有交情，晋武帝想见他又没有什么理由，于是请诸葛妃把诸葛靓叫来。诸葛靓来后，晋武帝就到太妃这里和他相见。行过礼后，尽兴饮酒，晋武帝说："你还记得小时候的情谊吗？"诸葛靓说："我不能吞炭漆身，所以今天再见到圣上的容颜。"因而涕泪满面。武帝于是惭愧悔恨而去。

【解　义】

所谓"除大司马"，据《晋书·诸葛恢列传》记载，应是侍中。据刘孝标注引《晋诸公赞》记载，诸葛靓因为杀父之仇，发誓不见晋武帝。后来诸葛靓去见姐姐诸葛妃，晋武帝知道后跑去相见，诸葛靓就逃到了厕所里，因此以至孝闻名。

十一

武帝语和峤曰[①]："我欲先痛骂王武子[②]，然后爵之[③]。"峤曰："武子俊爽，恐不可屈。"帝遂召武子苦责之，因曰："知愧不？"武子曰："尺布斗粟之谣[④]，常为陛下耻之。它人能令疏亲[⑤]，臣不能使亲疏[⑥]，以此愧陛下！"

【今　注】

①武帝：晋武帝司马炎。

②王武子：王济。

③爵之：封他爵位。

④尺布斗粟之谣：典出《史记·淮南衡山列传》，汉文帝之弟淮南厉王刘长以谋反罪被流放，绝食而死。民谣讽之曰："一尺布，尚可缝；一斗粟，尚可舂。兄弟二人，不能相容。"讥讽汉文帝不能容纳兄弟。

⑤令疏亲：使疏远的人亲近。

⑥使亲疏：使亲近的人疏远。

【今　译】

武帝对和峤说："我要先痛骂王济，然后封他爵位。"和峤道："王济俊迈豪爽，恐怕不能使他屈服。"武帝就召见王济，狠狠地责骂他一通，接着问他说："知道羞愧吗？"王济道："汉代有'尺布斗粟'之谣，我常常替陛下感到耻辱！别人能叫疏远的人亲近，我却不能使亲近的人疏远，为此我愧对陛下。"

【解　义】

晋武帝对和峤所说"然后爵之"，意指只要王济肯认错，那就给他加官晋爵。晋武帝为了将皇位传给儿子，命同母弟弟齐王司马攸离开京城去封地，等于将其放逐，王济苦苦劝阻，惹怒晋武帝，所以晋武帝想要"痛骂王武子"。王济认为晋武帝对弟弟不能相容，所以用汉时民谣作为讽刺。据刘孝标注引《晋诸公赞》记载，王济此后被贬为国子祭酒。

十二

杜预之荆州，顿七里桥[①]，朝士悉祖[②]。预少贱，好豪侠，不为物所许[③]。杨济既名氏雄俊[④]，不堪[⑤]，不坐而去。须臾[⑥]，和长舆来[⑦]，问："杨右卫何在[⑧]？"客曰："向来不坐而去。"长舆曰："必大夏门下盘马[⑨]。"往大夏门，果大阅骑，长舆抱内车[⑩]，共载归，坐如初。

【今　注】

①顿：停留。　七里桥：在洛阳东郊。

②祖：指送行。

③物：人，公众。　许：赞许。

④杨济（生卒不详）：字弘通，西晋弘农华阴（今陕西华阴）人，官至右卫将军、太子太傅。武帝皇后父亲杨骏之弟，后与杨骏同时被诛。　名氏：名门望族。

⑤不堪：不能忍受。

⑥须臾：片刻。

⑦和长舆：和峤。

⑧杨右卫：杨济，官右卫将军，故称。

⑨大夏门：洛阳城的北门。　盘马：骑着马盘旋。

⑩内：通“纳”。

【今　译】

杜预去荆州赴任时，在七里桥停留，朝中人士都来为他送行。杜预年轻时轻薄，好行侠义，不为士人所赞许。杨济既是出身名门的杰出英俊之士，不能忍受，没有落座就走了。不一会儿，和峤来了，问道：“杨右卫将军在哪里？”有宾客说：“刚才来过，没有落座就走了。”和峤说：“他必定在大夏门下骑马盘旋。”于是便前往大夏门，杨济果然在那里检阅骑兵。和峤就将杨济抱入车里，一起乘车回到七里桥，像当初那样入座。

【解　义】

所谓“杜预之荆州”，指咸宁四年（278）杜预以本官假节行平东将军，领征南军司。所谓“少贱”，并非指其出身卑微。杜预是西汉名臣杜延年的后人，祖父杜畿在魏国时官至太保，父亲杜恕历官幽州刺史和荆州刺史。“贱”有卑鄙、下流之意，如《孟子·公孙丑下》曰：“有贱丈夫焉，心求尤断而登之，以左右望而罔市利。”因此，“少贱”指杜预早年品行不端。所谓“豪侠”，并非行侠仗义之褒义，而是指粗暴强悍、以力欺人，这是杜预得不到世人肯定的原因。据刘孝标注引王隐《晋书》记载，杜预曾说：“立德是我不敢奢望的，但立功、立言或许可以做到。”可见杜预也知道自己的德行并不高。杨济是外戚，与其兄杨骏、杨珧一同受到晋武帝的宠信，时人号为“三杨”，所以本文称之为“名氏”。杜预虽然娶司马昭之妹高陆公主为妻，此时又担当方镇重任，但杨济却仍然看不起他，所以独自跑去“盘马”了。

十三

杜预拜镇南将军，朝士悉至，皆在连榻坐①，时亦有裴叔则②。羊稺舒后至③，曰：“杜元凯乃复连榻坐客④！”不坐便去。杜请裴追之，羊去数里住马，既而俱还杜许⑤。

【今　注】

①连榻：并榻，把坐榻连在一起。

②裴叔则：裴楷。

③羊稺舒：羊琇（236—282），字稚舒，泰山南城（今山东新泰）人。司马师之妻羊氏的叔父。少与司马炎亲狎，为司马炎谋划，使其得以立为太子，故为武帝所宠信。官至左卫将军、中护军、加散骑常侍。

④杜元凯：杜预，字元凯。

⑤既而：不久。　许：处所。

【今　译】

杜预担任镇南将军时，朝廷人士都来祝贺，大家都在连榻上落座，当时裴楷也在座。羊琇后到，说：“杜预竟然让客人坐在连榻上！”他没有入座就走了。杜预请裴楷去追羊琇，羊琇走了几里路才勒住了马，不久两人一起回到了杜预处。

【解　义】

连榻而坐是表示关系亲密，羊琇不愿意连榻，显然也是因为看不起杜预的缘故。据刘孝标注引《语林》记载，当时地方要员回朝时都不愿意与杜预共坐，等到杜预参加灭吴战役回朝后，他坐在独榻上，不和宾客共坐。由此可知，杜预与朝中文武官员的关系不怎么融洽，其原因或许就是人们对杜预早年品行不端有所鄙视。本文与上一则记载有类似之处，应是不同传闻。

十四

晋武帝时，荀勖为中书监①，和峤为令②。故事③，监、令由来共车④。峤性雅正⑤，常疾勖谄谀⑥。后公车来⑦，峤便登，正向前坐，不复容勖。勖方更觅车⑧，然后得去。监、令各给车，自此始⑨。

【今　注】

①中书监：职掌宫廷文书奏章。

②令：中书令，与中书监职掌相同，地位略次。

③故事：成例，指以往的规矩。

④由来：向来。

⑤雅正：方正，端方正直。

⑥疾：恨。　谄谀（chǎnyú）：奉承，巴结。

⑦公车：官车，指用于出入官省的车辆。

⑧方：才。

⑨给（jǐ）车：供应车子。

【今　译】

晋武帝时，荀勖担任中书监，和峤担任中书令。按照惯例，中书监和中书令一向是同乘一辆车的。和峤性格方正，常常痛恨荀勖奉承讨好的个性。官车来到后，和峤就先上车，正对着前面端坐，再也容不下荀勖坐了。荀勖于是重新找车，然后得以离开。为中书监和中书令各自提供车子就是从此开始的。

【解　义】

据刘孝标注引王隐《晋书》记载，荀勖个性佞媚，他投晋武帝之所好，故意赞誉太子贬黜齐王，人们私下都认为今后如果有好的史官，就会把他列入《佞倖传》里。和峤虽然官职略低于荀勖，但个性方正，所以瞧不起荀勖的为人。本篇第九则刘孝标注引《晋阳秋》，就提到了和峤与荀勖在评价太子时有截然不同的表现。两晋时期的车辆，形制偏小，一般只能供两人乘坐，据本书《赏誉》第一四七则记载，谢安曾与王珣同乘一车，因为车内空间局促，谢安不得不收拢双膝。这说明两人同乘时，必须各坐一侧。和峤"正向前坐"，是坐在了正当中，而不是坐在一侧，所以荀勖也就没法再坐进车内了。

十五

山公大儿著短帢①，车中倚。武帝欲见之，山公不敢辞，问儿，儿不肯行。时论乃云胜山公。

【今　注】

①山公：山涛。　大儿：长子，名该，字伯伦，官至左卫将军。　著：通"着"，穿，戴。　短帢（qià）：古代士人戴的一种便帽。

【今　译】

山涛的长子戴着一顶便帽，正靠在车中。武帝想见他，山涛不敢推辞，就去问儿子，儿子不肯去。当时人评论就认为儿子胜过山涛。

【解　义】

据《三国志·魏书·武帝纪》裴松之注引《傅子》记载，短帢是曹操模拟古代的皮弁用缣帛（细绢）裁制而成。短帢是一种便帽，适合非正规场合穿戴。在面见皇帝时戴这种帽子显然不合礼节，所以山该不肯去见武帝。

十六

向雄为河内主簿①，有公事不及雄，而太守刘淮横怒②，遂与杖遣之③。雄后为黄门郎④，刘为侍中⑤，初不交言。武帝闻之，敕雄复君臣之好⑥。雄不得已，诣刘，再拜曰："向受诏而来，而君臣之义绝⑦，何如！"于是即去。武帝闻尚不和，乃怒问雄曰："我令卿复君臣之好，何以犹绝？"雄曰："古之君子，进人以礼，退人以礼。今之君子，进人若将加诸膝，退人若将坠诸渊。臣于刘河内⑧，不为戎首⑨，亦已幸甚，安复为君臣之好？"武帝从之。

【今　注】

①向雄（？—286）：字茂伯，河内山阳（今河南修武西北）人。官至黄门侍郎、秦州刺史、河南尹。后因固谏忤旨，忧愤而死。　河内：郡名，治所在今河南沁阳市。

②刘淮：应为刘準（生卒不详），字君平，历官河内太守、

侍中、尚书仆射、司徒。 横怒：暴怒。

③杖遣：处以杖责并予驱逐。

④黄门郎：黄门侍郎，侍从皇帝，传达诏命。

⑤侍中：皇帝亲信官员的加衔。

⑥敕：命令。

⑦君臣：指长官与属吏之间的关系。

⑧刘河内：刘淮（凖），曾任河内太守，故称。

⑨戎首：指挑起事端者。

【今 译】

向雄担任河内郡主簿时，有一件公事没有交代给他，但刘淮（凖）却对他暴怒，于是处以杖责并且革职。向雄后来担任黄门侍郎，刘淮（凖）担任侍中，起初两人互不说话。武帝听说此事后，就命令向雄与刘淮（凖）恢复关系，向雄没有办法，便拜访刘淮（凖），再拜行礼后说："我受诏命而来，但你我之间的情义已经断绝，怎么样？"说完就走了。武帝听说他们还是不和，于是怒问向雄："我命令你去恢复关系，为什么还是绝交呢？"向雄说："古代的君子，举荐人时合乎礼义，贬退人时也合乎礼义；现在的君子，举荐人时就像把他放在膝上一样，贬退人时就像要把他推落深渊一样。我对于刘河内，不做挑起事端者，就已经是幸事了，怎么可能再去恢复旧好呢？"武帝只能随他。

【解 义】

据刘孝标注引王隐《孙盛不与故君相闻议》记载，无故责罚向雄的是吴奋。传闻不同，所以与本文所载有出入。向雄对晋武帝所说"古之君子"云云，语出《礼记·檀弓下》，原文曰："穆公问于子思曰：'为旧君反服，古与？'子思曰：'古之君子，进人以礼，退人以礼，故有旧君反服之礼也；今之君子，进人若将加诸膝，退人若将坠诸渊。毋为戎首，不亦善乎！又何反服之礼之有？'"

十七

齐王冏为大司马辅政[1]，嵇绍为侍中，诣冏咨事[2]。冏设宰会[3]，召葛旟、董艾等共论时宜[4]。旟等白冏："嵇侍中善于丝竹[5]，公可令操之。"遂送乐器，绍推却不受，冏曰："今日共为欢，卿何却邪？"绍曰："公协辅皇室，令作事可法[6]。绍虽官卑，职备常伯[7]。操丝比竹[8]，盖乐官之事，不可以先王法服[9]，为伶人之业[10]。今逼高命[11]，不敢苟辞[12]，当释冠冕[13]，袭私服[14]，此绍之心也。"旟等不自得而退。

【今　注】

①齐王冏：司马冏（？—302），字景治，齐王司马攸之子，袭封齐王。赵王司马伦篡位后，联络河间王司马颙等讨灭司马伦，拜大司马，执掌朝政，后为长沙王司马乂所杀。

②咨事：请示公事。

③宰会：设宴邀请僚属聚会。宰，指朝中官员。

④葛旟（yú）：字虚旟，司马冏属官，事迹不详。　董艾：字叔智，司马冏属官。他与葛旟同为司马冏的亲信，司马冏辅政后，他们专执威权。司马冏失败后，他们同时被杀。　时宜：指适合当时的措施。

⑤嵇侍中：嵇绍，任侍中，故称。　丝竹：弦乐器和管乐等。

⑥法：仿效，效法。

⑦备：充当，充任。　常伯：指皇帝近臣。

⑧操丝比竹：指演奏乐器。

⑨法服：古代礼法规定的官服。

⑩伶人：乐师。

⑪高命：尊命。

⑫苟辞：随便推辞。

⑬冠冕：官员所戴的礼帽，此处指官服。

⑭袭：穿。

【今 译】

齐王司马冏担任大司马辅佐朝政时，嵇绍担任侍中，拜访司马冏请示公事。司马冏设宴邀请僚属集会，召葛旟、董艾等一起讨论时政。葛旟等对司马冏说："嵇侍中擅长丝竹管弦乐器，您可以让他弹奏一曲。"于是叫人送上乐器，嵇绍推辞不肯接受，司马冏说："今天大家共同玩乐，你何必推辞呢？"嵇绍说："您辅佐皇室，所做的事情应该值得效法。我虽然官职卑微，也是皇帝的近臣。弹奏音乐，原本是乐官的事，我不能身穿先王制定的官服，来做伶人的事情。现在我迫于尊命，不敢推辞，应当让我脱去官服，穿上便装，这是我的心愿。"葛旟等不能得逞只能退席。

【解 义】

齐王冏起兵杀赵王司马伦后，执掌朝政，但他沉迷于酒色，任人唯亲，葛旟、董艾等人则恃宠而骄，专执威权，以致朝野失望，大失人心。据《晋书·嵇绍列传》记载，嵇绍的话说完后，司马冏大感惭愧。

十八

卢志于众坐问陆士衡[①]："陆逊、陆抗是君何物[②]？"答曰："如卿于卢毓、卢珽[③]。"士龙失色[④]，既出户，谓兄曰："何至如此？彼容不相知也[⑤]。"士衡正色曰：

“我父、祖名播海内，宁有不知⑥，鬼子敢尔⑦！”议者疑二陆优劣，谢公以此定之⑧。

【今　注】

①卢志：字子道，范阳涿（今河北涿州）人。历官邺令、成都王司马颖长史、中书监、尚书。　陆士衡：陆机。

②陆逊：陆机祖父。　陆抗：陆机父亲。　何物：什么人。

③卢毓（183—257）：字子家，卢志祖父。曹丕时拜黄门侍郎，后为吏部尚书、司空。　卢珽（生卒不详）：卢志父亲。字子笏，官至尚书。

④士龙：陆云。

⑤容：也许、或许。

⑥宁（nìng）：岂，难道。

⑦鬼子：鬼的子孙。　尔：如此。

⑧谢公：谢安。

【今　译】

卢志在众人聚会的场合问陆机：“陆逊、陆抗是你什么人？”陆机答道：“就像你和卢毓、卢珽的关系一样。”陆云听了大惊失色，出门后，对兄长说：“何必要弄成这样呢？他也许不知道我们的身世。”陆机严肃地说：“我们的父亲和祖父名扬天下，岂有不知之理？鬼子鬼孙竟敢这样！”评论者对二陆的优劣难以分辨，谢安就根据此事来判定。

【解　义】

据刘孝标引《孔氏志怪》记载，卢氏祖先卢充与崔氏亡女成婚后生卢植，即卢志的曾祖，所以本文陆机称卢志为“鬼子”。不过，这一记载荒诞不经，应出自诋毁者的演绎。卢志为什么故意提及陆机兄弟父、祖的名讳，似乎毫无动机可寻，因为这样的言辞不仅会羞辱到对方，也会让自己在众人面前丢脸。陆机在河桥兵败后之所以被杀，与卢志向成都王司马颖进谮有关，后人或许即因此演绎卢志与陆机结怨的起因。

十九

羊忱性甚贞烈①。赵王伦为相国②，忱为太傅长史③，乃版以参相国军事④。使者卒至⑤，忱深惧豫祸⑥，不暇被马⑦，于是帖骑而避⑧。使者追之，忱善射，矢左右发，使者不敢进，遂得免。

【今　注】

①贞烈：刚正而有节操。

②赵王伦：赵王司马伦。　相国：司马伦于永康元年（300）四月杀贾后及大臣张华等，自任相国、都督中外诸军。

③太傅长史：太傅的属官。

④版：即版诏，郡王任命属官用版诏。　参相国军事：官名，即相国府中的参军。

⑤卒：同“猝”，忽然。

⑥豫祸：参与到祸事中，此指受祸害牵累。豫，通“与”，参与。

⑦被马：即备马，给马安上鞍勒等。

⑧帖：指贴在马背上。

【今　译】

羊忱的个性非常正直刚烈。赵王司马伦任相国时，羊忱担任太傅长史，赵王就下版诏授予参军之职。使者突然到来，羊忱生怕受祸害牵连，来不及备马鞍，就贴在马背上逃避。使者追他，羊忱善于射箭，就忽左忽右地放箭，使者不敢追赶，于是得以脱身。

【解　义】

不就征辟，可以有各种托词，最常见的是称病，羊忱完全没有必要像逃犯一样。本文所载过于离奇，应出自小说家之演绎。

二十

王太尉不与庾子嵩交①，庾卿之不置②。王曰："君不得为尔③。"庾曰："卿自君我④，我自卿卿；我自用我法，卿自用卿法。"

【今　注】

①王太尉：王衍。　庾子嵩：庾敳。

②卿之：称他为"卿"。卿，你。　不置：不停止。

③尔：如此。

④君：指称呼。

【今　译】

王衍不和庾敳交往，庾敳却不停地用"卿"来称呼他。王衍说："你不可以如此称呼我。"庾敳说："你尽管用"君"来称呼我，我当然用"卿"来称呼你。我自用我的方法，你自用你的方法。"

【解　义】

据《晋书·庾敳列传》记载，王衍对庾敳的为人非常敬重。因此，所谓"王太尉不与庾子嵩交"的说法应出自后人之误会。

二十一

阮宣子伐社树①，有人止之，宣子曰："社而为树，伐树则社亡；树而为社，伐树则社移矣。”

【今　注】

①阮宣子：阮修。　社：土地神，此指土地神庙或土地神坛。

【今　译】

阮修砍伐土地庙旁的树，有人制止他。阮修说：“如果立社庙是为了种树，那么砍了树，社神就不存在了；如果种树就是为了立社庙，那么砍了树，社神也就迁移了。”

【解　义】

阮修否认存在鬼神，所以故意去砍伐社庙旁的树，以证明他的观点。古人立社，都会种上当地适宜的树木，称之为社树。因此，社树其实是作为社神的象征。

二十二

阮宣子论鬼神有无者①。或以人死有鬼，宣子独以为无。曰：“今见鬼者，云著生时衣服，若人死有鬼，衣服复有鬼邪？”

【今　注】

①阮宣子：阮修。

【今　译】

阮修谈论是否有鬼神的问题，人们认为人死后有鬼，只有阮修认为没有。他说：“现在那些自称见到鬼的人，说鬼穿着生前的衣服，如果人死了有鬼，那衣服也有鬼吗？”

【解　义】

阮修的观点承袭自东汉王充，见刘孝标注引《论衡·论死篇》。

二十三

元皇帝既登阼[①]，以郑后之宠[②]，欲舍明帝而立简文[③]。时议者咸谓舍长立少，既于理非伦[④]，且明帝以聪亮英断，益宜为储副[⑤]。周、王诸公并苦争恳切[⑥]，唯刁玄亮独欲奉少主以阿帝旨[⑦]。元帝便欲施行，虑诸公不奉诏，于是先唤周侯、丞相入[⑧]，然后欲出诏付刁[⑨]。周、王既入，始至阶头，帝逆遣传诏遏[⑩]，使就东厢。周侯未悟，即却略下阶[⑪]。丞相披拨传诏[⑫]，径至御床前[⑬]，曰："不审陛下何以见臣[⑭]？"帝默然无言，乃探怀中黄纸诏裂掷之。由此皇储始定。周侯方慨然愧叹曰："我常自言胜茂弘[⑮]，今始知不如也！"

【今　注】

①元皇帝：晋元帝司马睿。　登阼（zuò）：指登基。

②郑后：郑阿春，荥阳（今河南荥阳）人。元帝纳为夫人，得宠，生简文帝司马昱。孝武帝时追尊为简文太后。

③明帝：晋明帝司马绍，元帝长子。　简文：简文帝司马昱，晋元帝幼子。

④非伦：不合伦理道德。

⑤益：更。　储副：储君，太子。

⑥周、王：周顗、王导。　苦：竭力。

⑦刁玄亮：刁协（？—322)，字玄亮，渤海饶安（今河北盐山西南）人。元帝时任尚书令，崇上抑下，为朝臣所侧目，后为王敦所杀。　阿（ē)：迎合。

⑧周侯：周顗。　丞相：王导。

⑨刁：刁协。

⑩逆：预先。　遏（è）：阻止。

⑪却略：退身。

⑫披拨：用手拨开。

⑬御床：皇帝的坐榻。

⑭审：知道。

⑮茂弘：王导，字茂弘。

【今　译】

晋元帝登上帝位后，因为宠爱郑后，就想废掉长子司马绍改立郑后所生的司马昱。当时议论者都认为舍弃长子改立幼子，不合伦常之理，并且司马绍聪明果断，更适宜做储君。周顗、王导等人都竭力恳切地争辩，只有刁协一人想拥戴幼主以迎合元帝的心意。元帝于是想实施，又怕诸位大臣不肯接受诏令，就先叫周顗、王导入朝，然后准备拿诏书给刁协。周顗、王导入宫后，刚走到台阶前，元帝预先派遣传诏者阻止他们，让他们到东厢房去。周顗尚未醒悟过来，就退身走下台阶。王导用手推开传诏者，径直走到皇帝坐榻前说："不知道陛下为什么召见臣下？"元帝默然无言，就从怀里拿出黄色诏书来撕碎扔掉。从此太子之位才确定下来。周顗这才惭愧地感慨道："我常自认为胜过王导，现在才知道不如他！"

【解　义】

刘孝标注认为王导进宫后也没说什么能打动人心的话，晋元帝怎么可能就此改变主意？这一疑问合情合理。本文所载王导与晋元帝之间发生的一幕，叙述者仿佛身临其境，这当然不可能，所以应当出自杜撰。侯门尚且深似海，更何况皇宫大内。据刘孝标注引《中兴书》记载，晋元帝确实有过改立太子的想法，但在咨询了王导的意见后打消了这个念头。后人或许因为王导位高名重，而晋元帝又对他礼敬有加，所以在立储一事上进行演绎。

二十四

王丞相初在江左[1]，欲结援吴人[2]，请婚陆太尉[3]。对曰："培塿无松柏[4]，薰莸不同器[5]。玩虽不才[6]，义不为乱伦之始[7]。"

【今　注】

①王丞相：王导。　江左：江东。

②结援：以结交来求得援助。　吴人：指南方的士族。

③请婚：请求通婚。　陆太尉：陆玩。

④培塿（pǒulǒu）：小土丘。

⑤薰莸（yóu）：香草和臭草。

⑥不才：无才，自谦之词。

⑦乱伦：乱了人伦，指门第不相当。

【今　译】

王导刚到江东时，想结交吴人，向陆玩请求通婚。陆玩回答道："小土丘上长不出松柏，香草和臭草不能放在同一个器皿里。我虽然无才，也不能够乱了人伦。"

【解　义】

有人认为陆玩之所以不愿意与王导通婚，是因为陆玩看不起王导。这种说法有问题，陆氏虽然是吴中大姓，但名望远不及琅琊王氏，而且陆玩是王导手下属官，更没有看不起王导的理由。本文所载亦见《晋书·陆玩列传》。史官对此事的解释是"其轻易权贵如此"，意指陆玩轻视权贵。很显然，陆玩拒婚是因为不愿意攀龙附凤，这是编者将本文列入"方正"的原因。

二十五

诸葛恢大女适太尉庾亮儿[①]，次女适徐州刺史羊忱儿[②]。亮子被苏峻害[③]，改适江虨[④]。恢儿娶邓攸女。于时谢尚书求其小女婚[⑤]。恢乃云："羊、邓是世婚，江家我顾伊[⑥]，庾家伊顾我，不能复与谢裒儿婚。"及恢亡，遂婚。于是王右军往谢家看新妇[⑦]，犹有恢之遗法，威仪端详，容服光整。王叹曰："我在遣女，裁得尔耳[⑧]！"

【今　注】

①诸葛恢（284—345）：字道明，琅邪阳都（今山东沂水南）人。诸葛靓之子。元帝时为江宁令。愍帝时为尚书郎、会稽太守。元帝太兴初，以政绩第一受赏。明帝时拜为侍中、吏部尚书。成帝加侍中、金紫光禄大夫等。适：出嫁。　庾亮儿：庾会。

②羊忱儿：羊楷（生卒不详），字道茂，官至尚书郎。

③被苏峻害：庾会在苏峻之乱时被杀害。

④改适江虨：诸葛恢长女改嫁一事见本书《假谲》第十则。

⑤谢尚书：谢裒。

⑥伊：他，第三人称。

⑦王右军：王羲之。

⑧裁，通"才"。　尔：如此。

【今　译】

诸葛恢的大女儿嫁给太尉庾亮的儿子，二女儿嫁给徐州刺史羊忱的儿子。庾亮的儿子被苏峻杀害后，诸葛恢的大女儿改嫁江虨。诸葛恢的儿子娶了邓攸的女儿。当时尚书谢裒请求诸葛恢把小女儿嫁给自己的儿子。诸葛恢于是说："羊家、邓家是世代通婚的姻亲，江家是我顾念他，庾家是他顾念我，不能再与谢裒的儿子结为姻亲了。"等到诸葛恢死后，才通婚。于是王羲之就去谢家看新娘子，新娘子还有诸葛恢的气度，仪容举止端庄安详，服饰华丽整齐。王羲之叹道："我嫁女儿时，就应该这样！"

【解　义】

所谓"看新妇"，是古代的婚俗。据《南史·顾协传》记载，从两晋时期开始，结婚后三天，新娘要见公婆，这时宾客可以列坐围观。刘孝标曾称诸葛恢"清英"（见本书《假谲》第十则），而本文又称诸葛恢之女有"威仪端详"的遗风，说明诸葛恢拥有不凡的仪容气度。

二十六

周叔治作晋陵太守①，周侯、仲智往别②，叔治以将别，涕泗不止。仲智恚之曰③："斯人乃妇女，与人别，唯啼泣。"便舍去。周侯独留与饮酒言话，临别流涕，抚其背曰："奴好自爱④。"

【今　注】

①周叔治：周谟，字叔治。　作：任。

②周侯：周顗。　仲智：周嵩，字仲智。

③恚（huì）：恨，怒。

④奴：长兄对小弟的昵称。

【今　译】

周谟赴任晋陵太守时，周顗、周嵩去送别。周谟因为兄弟将要分别，止不住涕泪交流。周嵩对此很恼怒，说："你这人像个妇人，与人分别，只知道哭哭啼啼的！"说完就先走了。

周顗独自留下来和周谟喝酒说话，临别时流着眼泪，拍着他的背说："你要好自珍重。"

【解 义】

据刘孝标注引邓粲《晋纪》记载，周嵩个性"狡直果侠""以才气陵物"，意即耿直果敢、恃才傲物，所以他受不了哭哭啼啼的作风。

二十七

周伯仁为吏部尚书[①]，在省内[②]，夜疾危急。时刁玄亮为尚书令[③]，营救备亲好之至[④]，良久小损[⑤]。明旦，报仲智[⑥]，仲智狼狈来[⑦]。始入户，刁下床对之大泣[⑧]，说伯仁昨危急之状。仲智手批之[⑨]，刁为辟易于户侧[⑩]。既前，都不问病[⑪]，直云："君在中朝[⑫]，与和长舆齐名[⑬]，那与佞人刁协有情[⑭]！"径便出。

【今 注】

①周伯仁：周顗。 吏部尚书：吏部的长官，掌全国官吏任免、升降、调动等。

②省：指官署。

③刁玄亮：刁协。 尚书令：官名，尚书省长官，负责政令。

④备：指全力、竭力。 至：极。

⑤损：指病情减缓。

⑥仲智：周嵩。

⑦狼狈：指慌忙。

⑧床：坐榻。

⑨批：用手掌打。

⑩辟易：退避。辟，同"避"。

⑪都：完全。

⑫中朝：指西晋。

⑬和长舆：和峤。

⑭那（nǎ）：何，疑问代词。　佞人：指媚上之人。

【今　译】

周顗担任吏部尚书时，一天夜里在吏部官署里发病，病情很危急。当时刁协当尚书令，设法全力营救病人，表现得极为亲密友好。过了很久周顗的病情才稍有减轻。第二天早上，通报了周嵩，周嵩慌忙赶来，刚刚进门，刁协就下了坐榻对着周嵩大哭起来，说了周顗昨天晚上病情危急的状况。周嵩听后就打了刁协一个巴掌，刁协被打得退到了门边。周嵩走到周顗面前，完全不问病情，直截了当地对周顗说："你在西晋洛阳时，与和峤齐名。哪里与佞人刁协有什么交情？"说完就径直出来走了。

【解　义】

据《晋书·刁协列传》记载，刁协性格刚强，每每崇上抑下，借酒放肆，侵毁公卿，朝中大臣因此对他侧目。因此，周嵩"手批"刁协，或许就是借机泄愤。刁协对晋王朝尽心尽力，东晋开国后的典章制度大多出自他的手笔，可以说是忠臣，王导曾感叹自己不如刁协"察察"（见本书《赏誉》第五十四则）。因此，本文所谓"佞人"，代表了一部分人对晋元帝宠信刁协的不满。

二十八

王含作庐江郡[①]，贪浊狼籍[②]。王敦护其兄[③]，故于众坐称："家兄在郡定佳，庐江人士咸称之。"时何充为敦主簿，在坐，正色曰："充即庐江人，所闻异于此。”敦默然。旁人为之反侧[4]，充晏然[5]，神意自若。

【今 注】

①作庐江郡：任庐江郡太守。

②狼籍：指行为不检点，名声极坏。

③护：庇护。

④反侧：转侧，形容不安。

⑤晏然：平静的样子。

【今 译】

王含任庐江郡太守时，因为贪污而声名狼藉。王敦袒护他的哥哥，特意在大庭广众中称赞道：“家兄在郡内必定政绩很好，所以庐江人士都称颂他。”当时何充担任王敦的主簿，也在座，严肃地说：“我就是庐江人，所听到的与此不同。”王敦默不作声。旁边的人都为他感到不安，何充却很坦然，神态自如。

【解 义】

据刘孝标注引《中兴书》记载，王敦称赞王含时，大家因为畏惧王敦，所以只能随声附和，只有何充敢于提出反对意见，王敦因此将他贬为东海王文学（藩王的属官）。

二十九

顾孟著尝以酒劝周伯仁[1]，伯仁不受，顾因移劝柱，而语柱曰：“讵可便作栋梁自遇[2]！”周得之欣然，遂为衿契[3]。

【今 注】

①顾孟著：顾显（生卒不详），字孟著，吴郡吴县（今江苏苏州）人，顾荣之侄。官至散骑侍郎。早亡。 周伯仁：周顗。

②讵：岂，怎。　遇：对待。

③衿（jīn）契：情投意合的好朋友。

【今　译】

顾显曾经向周顗劝酒，周顗推辞不喝。顾显于是转身向柱子劝酒，对柱子说道："怎么就可以把自己当作栋梁来对待呢？"周顗听了很高兴，便和顾显成为情投意合的好朋友。

【解　义】

据刘孝标注引徐广《晋纪》记载，顾显字孟著，顾荣兄子。又据《三国志·吴书·顾雍传》裴松之注引《晋书》记载，顾荣兄子顾禺，字孟著。前者名"显"，后者名"禺"，二字形近易讹，未知何者为是。

三十

明帝在西堂会诸公饮酒[①]，未大醉，帝问："今名臣共集，何如尧、舜时？"周伯仁为仆射[②]，因厉声曰："今虽同人主，复那得等于圣治[③]！"帝大怒，还内作手诏满一黄纸，遂付廷尉令收[④]，因欲杀之。后数日，诏出周。群臣往省之[⑤]，周曰："近知当不死，罪不足至此。"

【今　注】

①明帝：晋明帝司马绍。

②周伯仁：周顗。　仆射（yè）：尚书仆射，当时分左右仆射。

③圣治：至善之治。

④廷尉：官名，掌刑狱。　收：逮捕。

⑤省（xǐng）：看望。

【今　译】

晋明帝在西堂会集诸位大臣一起饮酒，还没到大醉的程度，他问道："今天名臣共集一堂，比起尧、舜的时候怎么样？"当时周顗任尚书左仆射，便高声说道："如今虽然同为人主，又怎么能够与至善之治等同！"明帝大怒，回到内宫写了满满一张黄纸的诏书，交给廷尉命令逮捕周顗，准备杀了他。过了几天，又下诏书释放周顗。大臣们都去看望他，周顗说："近来我知道不应当死，我的罪过还不到死的地步。"

【解　义】

周顗在晋明帝还没有即位时就已被王敦杀害，所以刘孝标注认为本文所载不实。《晋书·周顗列传》记载了此事，但将晋明帝改为晋元帝，说明史官也认为此传闻不尽可信，所以进行了订正。

三十一

王大将军当下①，时咸谓无缘尔②。伯仁曰③："今主非尧、舜，何能无过？且人臣安得称兵以向朝廷④？处仲狼抗刚愎⑤，王平子何在⑥？"

【今　注】

①王大将军：王敦。　下：指王敦于元帝永昌年间（322）以讨伐刘隗（wěi）、刁协为名起兵，从武昌东下建康。

②缘：缘由，原因。　尔：如此。

③伯仁：周顗。

④称兵：起兵。

⑤处仲：王敦，字处仲。　狼抗：傲慢，怪戾。　刚愎：倔强任性。

⑥王平子：王澄。

【今　译】

大将军王敦将要领兵东下京城，当时人都认为他没有理由这样做。周顗说："如今的皇上不是尧、舜，怎么能没有过错？况且臣下怎么能举兵向朝廷进攻呢？王敦为人狂妄任性，王澄如今在哪里？"

【解　义】

据刘孝标注引《周顗别传》记载，王敦以讨伐刘隗、刁协为名起兵后，温峤在承华门外遇到周顗，于是问他，王敦的举动在道义上能否成立，周顗因此指出这是以下犯上。所谓"王平子何在"，意指王澄原本与王敦是好友，结果也被王敦杀害。

三十二

王敦既下①，住船石头②，欲有废明帝意③。宾客盈坐，敦知帝聪明，欲以不孝废之。每言帝不孝之状，而皆云："温太真所说④。温尝为东宫率⑤，后为吾司马⑥，甚悉之。"须臾温来，敦便奋其威容，问温曰："皇太子作人何似？"温曰："小人无以测君子。"敦声色并厉，欲以威力使从己，乃重问温："太子何以称佳？"温曰："钩深致远⑦，盖非浅识所测。然以礼侍亲，可称为孝。"

【今　注】

①下：指举兵东下。

②石头：石头城，扼守秦淮河与长江交汇口的要塞，故址在今江苏南京清凉山。

③明帝：晋明帝司马绍，当时还是太子。

④温太真：温峤。

⑤东宫率：太子的属官。

⑥司马：将军府属官。

⑦钩深致远：语出《周易·系辞上》，原文曰："探赜索隐，钩深致远。"意指探究深奥的义理。

【今 译】

王敦举兵东下后，把船只停泊在石头城，有废黜明帝的意图。一天当宾客满座时，王敦知道明帝很聪明，就想用不孝的罪名废掉他。每说到明帝不孝的情况时，都称："这是温峤说的。温峤曾经当过东宫率，后来做我的司马，很熟悉这些情形。"一会儿温峤来了，王敦于是摆出威严的神色，问温峤道："皇太子为人怎么样？"温峤说："小人无法测度君子。"王敦声色俱厉，想用威力迫使温峤顺从自己，就重新问温峤："凭什么说太子好？"温峤说："太子能探究深奥的义理，不是浅薄者所能测度。但是他能按礼数来侍奉双亲，可以称得上是恪尽孝道。"

【解 义】

所谓"住船石头"，指王敦率水师驻扎在石头城。所谓"废明帝"，指废黜太子。当时晋明帝还没有即位，身份是太子。据《晋书·温峤列传》记载，温峤在明帝即位前任太子中庶子，明帝即位后任侍中、中书令，此后才改任王敦的左司马。因此，所谓"温尝为东宫率，后为吾司马"，与史实有出入，应是后人增益之辞。据《晋书·明帝纪》记载，温峤不愿意阿附王敦，对晋明帝作出了公正的评价，王敦只得打消了改立太子的企图。又据《晋书·王敦列传》记载，王敦第二次起兵后，钱凤问事成之后天子怎么办，王敦回答说要尽力保护"东海王及裴妃"。东海王应指晋元帝幼子简文帝司马昱，他当时受封为琅琊王，因为封地沦陷，食邑改在会稽、东阳，所以王敦称之为"东海王"。裴妃即王妃，名穆，是裴遐之女、王衍之外孙女，孝武帝即位后封为广德县君，其事迹见《晋书·后妃列传》。可见，王敦这次起兵，意在废明帝而改立简文帝。

三十三

王大将军既反①，至石头②，周伯仁往见之③。谓周曰："卿何以相负④？"对曰："公戎车犯正⑤，下官忝率六军⑥，而王师不振⑦，以此负公。"

【今　注】

①王大将军：王敦。

②石头：石头城。

③周伯仁：周顗。

④相负：辜负。

⑤戎车犯正：指起兵谋反。戎车，兵车。

⑥下官：官吏自谦之称。　忝（tiǎn）：谦辞，表示不够格。　六军：指朝廷的军队。

⑦不振：指战败。振，奋起，振作。

【今　译】

王敦谋反后，到了石头城，周顗前去看他。王敦对周顗说："你为什么辜负我？"周顗回答道："您兴兵冒犯朝廷，我勉强率领六军迎战，但王师战败，因此而辜负了您。"

【解　义】

王敦之所以责问周顗"卿何以相负"，是因为周顗在任荆州刺史时被叛将杜弢打败，不得不去投奔王敦，王敦认为自己对周顗有恩，而周顗现在却反对自己，所以指责周顗辜负了自己。

三十四

苏峻既至石头①，百僚奔散②，唯侍中钟雅独在帝侧[3]。或谓钟曰："见可而进，知难而退[4]，古之道也。君性亮直[5]，必不容于寇雠，何不用随时之宜[6]，而坐待其弊邪[7]？"钟曰："国乱不能匡[8]，君危不能济[9]，而各逊遁以求免[10]，吾惧董狐将执简而进矣[11]。"

【今　注】

①石头：石头城。

②僚：官吏。

③侍中：侍从皇帝左右的官。　帝：晋成帝司马衍。

④见可而进，知难而退：语出《左传·宣公十二年》，指作战时要见机而动，形势不利就撤退。可，合适。

⑤亮直：诚实正直。

⑥宜：适合，适当。

⑦弊：通毙。

⑧匡：匡扶，辅佐。

⑨济：救助。

⑩逊遁：退避。

⑪董狐：春秋时晋国的史官，以秉笔直书闻名，被孔子誉为良史。　简：古代用来记事书写的竹简或木简。

【今　译】

苏峻的叛军到了石头城时，朝中百官都逃散了，只有侍中钟雅随侍在成帝身旁。有人对钟雅说："作战时要见机而动，形势不利时就撤退，这是自古以来的道理。您生性诚实正直，必定不能为仇敌宽容，为什么不见机行事，而要坐以待毙呢？"钟雅说："国家混乱不能匡扶，君主危急不能救助，却各自退避以求免祸，我担心董狐要拿着竹简来记录了。"

【解　义】

据史料记载，苏峻之乱时，陪在成帝身边的大臣还有右卫将军刘超；而钟雅和刘超被害的原因，则是他们想带着受到软禁的成帝出逃（见本书《政事》第十一则）。

三十五

庾公临去[1]，顾语钟后事[2]，深以相委[3]。钟曰："栋折榱崩[4]，谁之责邪?"庾曰："今日之事，不容复言，卿当期克复之效耳[5]。"钟曰："想足下不愧荀林父耳[6]。"

【今　注】

①庾公：庾亮。

②顾：回头。　钟：钟雅。

③深：深切。　委：委托，托付。

④栋折榱（cuī）崩：梁椽折坏，比喻朝廷倾覆。栋，房屋正梁。榱，椽子。

⑤期：盼望，期望。　克复：指平定叛乱收复京城。

⑥荀林父：春秋晋国大臣，曾带兵出战，为楚人所败，但晋侯纳谏未予惩处。三年后他率军大败赤狄，一雪前耻。

【今　译】

庾亮在离开京城时，回头告诉钟雅善后事宜，诚恳地予以委托。钟雅说："朝廷倾覆，是谁的责任呢?"庾亮说："今天的事情，无须再说，您可以期待收复京城的结果。"钟雅说："想必您不愧是荀林父。"

【解　义】

所谓"庾公临去"，指苏峻进军建康，庾亮兵败后被迫出逃。庾亮此后联合陶侃、温峤等人，一同平定苏峻之乱，确实像荀林父那样一雪前耻。

三十六

苏峻时①，孔群在横塘，为匡术所逼②。王丞相保存术③，因众坐戏语，令术劝酒，以释横塘之憾④。群答曰："德非孔子，厄同匡人⑤。虽阳和布气⑥，鹰化为鸠⑦，至于识者，犹憎其眼。"

【今　注】

①苏峻时：指苏峻之乱时。

②横塘：在今南京西南。　匡术（生卒不详）：原为阜陵令，随苏峻反叛，后归降晋室，从陶侃平郭默，克马头坞（今湖北公安东北），屡立战功。

③王丞相：王导。

④释：消除。　憾：怨恨。

⑤厄同匡人：典出《孔子家语》，孔子到宋国时，匡简子命人围困，子路大怒，准备出战，孔子阻止，让子路弹剑，自己唱歌相和，终于使匡人解除了围困。

⑥阳和布气：指早春二月春气布满大地。

⑦鹰化为鸠：语出《礼记·月令》，原文曰："仲春之月，……鹰化为鸠。"指鹰鸟变形为布谷鸟。《大戴礼·夏小正》曰："鹰则为鸠。鹰也者，其杀之时也。鸠也者，非其杀之时也。善变而之仁，故其言之也。"指鹰的习性凶猛，是在凶杀之时，而鸠的习性仁慈，不是在凶杀之时。鸠，布谷鸟。

【今　译】

苏峻之乱时，孔群在横塘受匡术逼迫。丞相王导保全了匡术，借众人在座说笑谈话的机会，王导让匡术向孔群劝酒，来消除在横塘时产生的怨恨。孔群回答说：“我的德行不如孔子，遭遇的困厄相同。虽然春气布满大地时，鹰鸟会变为布谷鸟，但对于能识别者来说，还是憎恶它的眼睛。”

【解　义】

关于孔群在横塘受匡术逼迫之事，见本篇第三十八则。匡术随苏峻叛乱，苏峻命令他把守苑城（建康的宫城）。后来他看到叛军大势已去，于是率部投降，并受到王导的庇护。据《晋书·孔群列传》记载，王导听到孔群的话后面带惭愧之色。

三十七

苏子高事平①，王、庾诸公欲用孔廷尉为丹阳②。乱离之后，百姓凋弊③。孔慨然曰：“昔肃祖临崩④，诸君亲升御床⑤，并蒙眷识⑥，共奉遗诏。孔坦疏贱，不在顾命之列⑦。既有艰难，则以微臣为先。今犹俎上腐肉⑧，任人脍截耳⑨。”于是拂衣而去，诸公亦止。

【今　注】

①苏子高：苏峻。　事平：指苏峻之乱被平定。

②王、庾诸公：指王导、庾亮等。　孔廷尉：孔坦，官至廷尉，故称。　为丹阳：任丹阳尹。

③凋弊：困苦，衰败。

④肃祖：晋明帝庙号。　崩：称帝王之死。

⑤御：对皇帝所用之物的敬称。

⑥眷识：顾念赏识。

⑦顾命：《尚书》有《顾命》篇，记周成王临终遗命，后即指皇帝的遗诏。

⑧俎（zǔ）：切肉的砧板。

⑨脍（kuài）截：切割。脍，细切的肉。

【今　译】

苏峻之乱平定后，王导、庾亮等大臣想任用孔坦为丹阳尹。那时正是战乱流离之后，老百姓生活困苦，孔坦感慨地说："过去肃祖临终之时，诸位都亲临皇帝的床前，蒙受皇上的眷顾器重，一起接受遗诏。我才疏而微贱，不在顾命大臣之列。现在有了困难，就想到我了。我就像砧板上的一块腐肉，任人宰割。"于是拂袖而去，诸位大臣也就此作罢。

【解　义】

因晋成帝年幼，所以由王导、庾亮主持朝政，孔坦对此显然有所不满，所以他不愿意接受丹阳尹的任命。据《晋书·孔坦列传》记载，孔坦任侍中时曾劝谏成帝应当亲自主持朝政，因此触犯王导。王导明升暗降，将他改任为廷尉，从皇帝身边调开。孔坦怏怏不乐，于是称病辞官。

三十八

孔车骑与中丞共行[1]，在御道逢匡术[2]，宾从甚盛。因往与车骑共语，中丞初不视，直云："鹰化为鸠[3]，众鸟犹恶其眼。"术大怒，便欲刃之。车骑下车抱术曰："族弟发狂[4]，卿为我宥之[5]！"始得全首领[6]。

【今　注】

①孔车骑：孔愉，死后赠车骑将军，故称。　中丞：孔群。

②御道：皇帝车骑通行的道路。

③鹰化为鸠：见本篇第三十六则注。

④族弟：同族的兄弟。

⑤宥：原谅，宽恕。

⑥首领：头颈。此指性命。

【今　译】

孔愉与孔群一起同行，在御道上遇到了匡术，宾客随从很多。匡术便前去和孔愉说话，孔群不看匡术，只是说："老鹰哪怕变成了布谷鸟，其他鸟还是憎恶它的眼睛。"匡术大怒，就想杀了他。孔愉下车抱住匡术说："我的同族兄弟发疯了，您为我原谅他吧！"孔群这才得以保全性命。

【解　义】

所谓"鹰化为鸠，众鸟犹恶其眼"，与本篇第三十六则记载有重复，前者在苏峻之乱被平定后，本文所载则在苏峻作乱之时，其中必有一则出于后人误传。据《晋书·孔群列传》记载，匡术当时正受苏峻宠信，他之所以发怒要杀孔群，就是因为孔群连看都不看他一眼。史官显然认为本文所载有附会之处。

三十九

梅颐尝有惠于陶公[①]，后为豫章太守，有事，王丞相遣收之[②]。侃曰："天子富于春秋[③]，万机自诸侯出[④]，王公既得录[⑤]，陶公何为不可放！"乃遣人于江口夺之。颐见陶公拜，陶公止之。颐曰："梅仲真膝，明日岂可复屈邪？"

【今　注】

①梅颐（生卒不详）：字仲真，汝南西平（在今河南）人。官豫章太守、领军司马。陶公：陶侃。

②王丞相：王导。

③富于春秋：意指年轻。

④万机：指朝廷日常纷繁的政务。　诸侯：指有执政大臣如王导、庾亮等。

⑤录：逮捕。

【今　译】

梅颐曾经对陶侃有过恩惠。后来梅颐担任豫章太守，出了事，王导派人逮捕他。陶侃说："皇上年纪轻，政务都由大臣来决定，王导既然能够抓捕梅颐，我为什么不能放掉他？"于是派人在江口夺下梅颐。梅颐见陶侃时跪拜，陶侃制止他。梅颐说："我的双膝，明天难道可以再弯曲吗？"

【解　义】

据刘孝标注引邓粲《晋纪》及王隐《晋书》记载，王敦曾想害陶侃，王敦的谘议参军梅陶予以劝阻，王敦才打消念头。因此，有恩于陶侃的是梅颐的弟弟梅陶，本文所谓"梅颐尝有惠于陶公"，应出自后人的误传。所谓"豫章太守"，应为"豫章内史"之误，豫章当时是豫章王的封国，所以其行政长官应称内史。梅颐与中国学术史上的一件著名的公案密切相关。西晋末年典籍被毁的情况相当严重，《尚书》今、古文都散失，连熹平石经也遭破坏。东晋王朝建立后广求典籍，豫章内史梅颐于是献上了一部《古文尚书》。这部《古文尚书》此后一直被奉为经典，唐代还将其收入《十三经》中。直到清代，学者们通过研究才发现，这部《古文尚书》出自伪造。

四十

王丞相作女伎①，施设床席。蔡公先在坐②，不说而去③，王亦不留。

【今　注】

①王丞相：王导。　伎：歌舞艺人。

②蔡公：蔡谟（281—356），字道明，陈留考城（今河南民权东北）人。历官侍中、太常、征北将军、都督徐兖青州诸军事、扬州刺史。因不愿意就任司徒，被殷浩贬为庶人。

③说：通“悦”。

【今　译】

丞相王导安排女伎表演歌舞，布置坐榻席位。蔡谟先前已在坐，感到不高兴就走了，王导也不挽留。

【解　义】

本文所载亦见《晋书·蔡谟列传》，据史官解释，蔡谟之所以对王导“作女伎”感到不悦，是因为他个性方正雅直。

四十一

何次道、庾季坚二人并为元辅[①]。成帝初崩[②]，于时嗣君未定[③]。何欲立嗣子[④]，庾及朝议以外寇方强，嗣子冲幼[⑤]，乃立康帝[⑥]。康帝登阼[⑦]，会群臣，谓何曰：“朕今所以承大业，为谁之议？”何答曰：“陛下龙飞[⑧]，此是庾冰之功，非臣之力。于时用微臣之议，今不睹盛明之世。”帝有惭色。

【今　注】

①何次道：何充。　庾季坚：庾冰。　元辅：指辅政大臣，重臣。

②成帝：晋成帝司马衍。

③嗣君：继承帝位的君主。

④嗣子：嫡长子。

⑤冲幼：幼小。

⑥康帝：司马岳（322—344），字世同，成帝司马衍之同母弟。成帝时受封吴王，后改封琅邪王，历任散骑常侍、骠骑将军、侍中、司徒。即位仅两年就因病去世。

⑦登阼：即位。

⑧龙飞：比喻皇帝即位。语出《周易·乾》，原文曰："九五，飞龙在天。"

【今　译】

何充、庾冰二位都是辅政大臣。成帝刚去世时，继位者还没有确定，何充想立成帝的嫡长子为帝，庾冰及朝臣的议论都认为外敌强大，嫡长子年纪幼小，于是便立康帝。康帝即位后，会见群臣，对何充说："我现在所以能够继承大业，是谁的提议？"何充答道："陛下登上皇位，这是庾冰的功劳，不是我出的力。当时如果用了我的建议，那么今天就看不到太平盛世了。"康帝听后有惭愧之色。

【解　义】

据《晋书·康帝纪》记载，司马岳在成帝临终前被确定为皇位继承人，而不是在成帝去世后。根据史官的解释，庾冰以国舅的身份主持朝政，权倾一时，他担心如果立成帝之子为帝，那么自己与皇帝的亲属关系就会疏远，所以以外敌强大为借口，让成帝之弟司马岳继位，从而维持国舅的身份。据刘孝标注引《晋阳秋》记载，何充因为自己的建议不被采纳，于是出镇京口，以回避庾冰。庾冰出镇武昌后，何充从京口赶回京城，对康帝说："庾冰不宜外出。当年陛下登基，使晋室的德业再次兴隆，是庾冰的功勋。"

四十二

江仆射年少[①]，王丞相呼与共棋[②]。王手尝不如两道许[③]，而欲敌道戏[④]，试以观之。江不即下。王曰："君何以不行?"江曰："恐不得尔。"傍有客曰："此年少戏乃不恶。"王徐举首曰："此年少非唯围棋见胜[⑤]。"

【今　注】

①江仆射：江虨，曾任尚书仆射，故称。

②王丞相：王导。　棋：下围棋。

③手：指棋艺。　两道：指两子。　许：大约，表示估计的词。

④敌道戏：指下棋时分先，互不让子。

⑤非唯：非但，不仅。

【今　译】

江虨年轻时，丞相王导叫他一起来下围棋。王导的棋艺曾经比江虨差两子左右，而这次他想与对方分先下棋，看看结果会怎么样。江虨没有立即落子。王导说："你为什么不落子?"江虨说："恐怕不能这样。"旁边有位宾客说："这位年轻人的棋艺不错。"王导慢慢地抬头说："这位年轻人不仅以围棋见长。"

【解　义】

据刘孝标注引范汪《棋品》记载，江虨的棋艺在当时属于一品，而王导的棋艺则只能列入五品。由于两人棋艺相差较为悬殊，所以对弈时江虨要让王导两子。王导想试试分先对局，看看结果会如何，偏偏江虨不给面子。分先对奕时的规矩是由长者执白，因此可以推测当时王导拿过白棋，把黑棋留给江虨，江虨不愿意执黑先行，所以"不即下"。客人所谓"此年少戏乃不恶"，是在打圆场。不过，王导并不生气，所谓"此年少非唯围棋见胜”，显然是从此事看出江虨具有方正的个性。

四十三

孔君平疾笃[①]，庾司空为会稽[②]，省之[③]，相问讯甚至[④]，为之流涕。庾既下床，孔慨然曰：“大丈夫将终，不问安国宁家之术，乃作儿女子相问！”庾闻，回谢之[⑤]，请其话言。

【今　注】

①孔君平：孔坦。　疾笃：病重。

②庾司空：庾冰，死后赠司空，故称。　为会稽：任会稽内史。

③省（xǐng）：看望。

④问讯：问候。　至：周到，恳切。

⑤谢：道歉。

【今　译】

孔坦病重，庾冰当时任会稽内史，前去看望他，问候极为周到，还为此流了泪。庾冰离开坐榻后，孔坦感慨地说：“大丈夫将死之时，不问安国宁家的办法，却像小儿女一样来问候！”庾冰听到后，转身向孔坦道歉，请他说出关于“安国宁家”的临终遗言。

【解　义】

据《晋书·孔坦列传》记载，孔坦临终前致信庾亮，仍然以国事为忧，希望四海能够一统。

四十四

桓大司马诣刘尹[①]，卧不起。桓弯弹弹刘枕，丸迸碎床褥间。刘作色而起，曰[②]："使君如馨地[③]，宁可斗战求胜[④]？"桓甚有恨容。

【今 注】

①桓大司马：桓温。 刘尹：刘惔，曾为丹阳尹，故称。

②作色：变色。

③使君：对州郡长官的尊称。 如馨（xīn）：如此，这样。

④宁可：岂可，怎么能。

【今 译】

大司马桓温去拜访刘惔，刘惔躺着不起床。桓温就拿弹弓弹射刘惔的枕头，弹丸迸碎掉在被褥之间。刘惔变了脸色起身，说："使君用这样的办法，难道打起仗来可以求胜吗？"桓温露出非常恼恨的神色。

【解 义】

据刘孝标注引《中兴书》记载，桓温曾任徐州刺史，而刘惔是沛国相县（今安徽省宿州）人，沛国属徐州，所以刘惔称桓温为使君。桓温用弹弓和刘惔开玩笑，但刘惔却不假辞色地加以讥讽，说明刘惔对桓温有所不满。据《晋书·刘惔列传》记载，刘惔每每惊异于桓温的才能，但也知道桓温有不轨的居心。

四十五

后来年少多有道深公者[①]，深公谓曰："黄吻年少[②]，勿为评论宿士[③]。昔尝与元明二帝、王庾二公周旋[④]。"

【今 注】

①后来：后辈。 年少：年轻人。 深公：竺法深。

②黄吻：指黄口小儿，年轻人。雏雀嘴黄，所以用黄口或黄吻形容年幼无知者。

③宿士：指有声望、有学问的前辈。宿，年老的，久经其事的。

④元明二帝：晋元帝和晋明帝。　王庾二公：王导和庾亮。　周旋：交际应酬。

【今　译】

后辈年轻人中有很多议论竺法深的。竺法深对他们说："年轻人，不要评论前辈。我过去曾经与元帝、明帝以及王导、庾亮交往应酬过。"

【解　义】

据刘孝标注引《高逸沙门传》记载，晋元帝和晋明帝都曾礼敬竺法深，听其讲经弘法，而王导和庾亮也曾在一旁陪同，并为之倾心。竺法深告诫年轻人要尊重前辈，说明当时人对竺法深曾有所非议。

四十六

王中郎年少时[①]，江虨为仆射[②]，领选[③]，欲拟之为尚书郎[④]。有语王者，王曰："自过江来，尚书郎正用第二人[⑤]，何得拟我！"江闻而止。

【今　注】

①王中郎：王坦之。

②仆射（yè）：当时分左、右仆射，江虨任尚书左仆射。

③领选：掌管选取官员之事。

④拟：拟议。　尚书郎：尚书属官，主管文书起草。

⑤正：止，仅。　第二人：指第二流人物。

【今　译】

王坦之年轻的时候，江彪担任尚书左仆射，掌管选取官员，准备提议他为尚书郎。有人告诉王坦之，王坦之说："自从过江以来，尚书郎只用第二流人物来担任，怎么能用我！"江彪听到后就作罢了。

【解　义】

据刘孝标注解释，尚书郎的官品不高。王坦之不屑担任尚书郎，认为这个官职只适合第二流人物担任，说明他自视甚高，以第一流自居。

四十七

王述转尚书令①，事行便拜②。文度曰③："故应让杜许④。"蓝田曰："汝谓我堪此不⑤？"文度曰："何为不堪，但克让自是美事⑥，恐不可阙⑦。"蓝田慨然曰⑧："既云堪，何为复让？人言汝胜我，定不如我。"

【今　注】

①转：调动官职。

②拜：行拜礼，指接受任命。

③文度：王坦之，字文度，王述之子。

④故：固，毕竟。　杜许：事迹不详。

⑤堪：胜任。

⑥克让：能谦让。

⑦阙：古代用作"缺"字。

⑧蓝田：王述，袭父爵为蓝田侯，故称。

【今　译】

王述调任尚书令，任命一下就立即行拜礼。王坦之说："应当谦让给杜许。"王述说："你说我能胜任这职务吗？"王坦之道："为什么不能胜任！但是能够谦让自然是好事，恐怕不可以缺少。"王述感慨地说："既然说能胜任，为什么又要谦让？别人说你胜过我，我说你必定不如我。"

【解　义】

据刘孝标注引《王述别传》记载，王述认为为人处世应当对自己有清醒的认识，能够胜任的事情就应当义不容辞，不能够胜任的事情就要坚决推辞。本文所载也说明，王述具有坚贞方正的个性。

四十八

孙兴公作《庾公诔》[①]，文多托寄之辞。既成，示庾道恩[②]，庾见，慨然送还之，曰："先君与君自不至于此。"

【今　注】

①孙兴公：孙绰。　庾公：庾亮。

②庾道恩：庾羲（生卒不详），字叔和，小字道恩，庾亮第三子。官至建威将军、吴国内史。

【今　译】

孙绰写《庾公诔》，文中有很多寄托深情厚谊之文辞。写成后，拿给庾羲看。庾羲看后，感慨地送还给孙绰，说："先父与您的交情不至于如此。"

【解　义】

据本书《文学》第七十八则记载，孙绰所作《庾公诔》被袁羊评价为"见此张缓"，而且这一评价得到公认。据《晋书·孙绰列传》记载，庾亮过世时，其家人请孙绰撰写碑文后才刻石立碑。因此，所谓"慨然送还之"显然与史实不符。又据《晋书·孙绰列传》记载，孙绰与许询都是一时的名流，有人喜爱许询高迈之气，因此鄙视孙绰；有人则喜爱孙绰的才华辞藻，因此轻视许询。本文或许就是鄙视孙绰者所杜撰。

四十九

王长史求东阳[1]，抚军不用[2]。后疾笃，临终，抚军哀叹曰："吾将负仲祖[3]。"于此命用之。长史曰："人言会稽王痴[4]，真痴。"

【今 注】

①王长史：王濛，曾任司徒左长史，故称。 求东阳：请求做东阳郡太守。

②抚军：指简文帝司马昱，当时任抚军大将军。

③仲祖：王濛，字仲祖。

④会稽王：简文帝司马昱，当时受封会稽王。 痴：指痴心，痴情。

【今 译】

王濛请求担任东阳郡太守，抚军大将军司马昱不接受。后来王濛病重，司马昱哀叹说："我将有负王濛。"于是下令任用。王濛说："人家说会稽王重情，真是痴情。"

【解 义】

王濛"求东阳"之事亦见本书《政事》第二十一则记载。王濛是司马昱倚重的幕僚，司马昱之所以不接受王濛的请求，或许是觉得让王濛去任太守，未免大材小用。

五十

刘简作桓宣武别驾[1]，后为东曹参军[2]，颇以刚直见疏。尝听记[3]，简都无言。宣武问："刘东曹何以不下意[4]？”答曰：“会不能用[5]。”宣武亦无怪色。

【今　注】

①刘简（生卒不详）：字仲约，南阳（今河南南阳）人。官至大司马参军。　桓宣武：桓温，死谥宣武，故称。别驾：官名，刺史的佐吏。

②东曹：两晋时期，诸公及开府位从公者置东、西曹办事，东曹地位在西曹之下。

③记：指示。

④下意：指发表意见。

⑤会：当然，应当。

【今　译】

刘简任宣武侯桓温的别驾，后来担任东曹参军，因为性格刚烈正直被疏远。曾经在听取桓温指示后，一言不发。桓温问：“刘东曹为什么不发表意见？”刘简答道：“应当不会被采用。”桓温听了也没有怪罪的意思。

【解　义】

桓温虽然因为刘简性格刚直而不愿意重用他，但也不加怪罪，说明桓温对人才还是比较尊重的。

五十一

刘真长、王仲祖共行[1]，日旰未食[2]。有相识小人贻其餐[3]，肴案甚盛[4]，真长辞焉。仲祖曰：“聊以充虚[5]，何苦辞[6]？”真长曰：“小人都不可与作缘[7]。”

【今　注】

①刘真长：刘惔。　王仲祖：王濛。

②日旰（gàn）：天晚。

③小人：此指人格低下者。　贻（yí）：赠给。

④肴（yáo）案：指菜肴。案，端饭菜用的木盘。

⑤充虚：指充饥。

⑥何苦：何必，不值得。

⑦作缘：指结交、交往。

【今　译】

刘惔、王濛一同出行，到天晚了还没有吃饭。有个相识的小人给他们送饭，菜肴很丰盛，刘惔推辞不吃。王濛说："权且充饥，何必极力推辞！"刘惔说："只要是小人，都不可以与他们交往。"

【解　义】

魏晋南北朝时期的士人非常注重个人品行的修炼，刘惔甚至在饥饿时都不愿意吃"小人"送来的食物。由此可见，虽逢乱世，当时的社会主流阶层仍能恪守传统的道德规范。

五十二

王修龄尝在东山①，甚贫乏。陶胡奴为乌程令②，送一船米遗之③。却不肯取④，直答语："王修龄若饥，自当就谢仁祖索食⑤，不须陶胡奴米。"

【今　注】

①王修龄：王胡之。　在东山：指隐居。东山在今浙江上虞，因谢安隐居于此而闻名，后以东山泛指隐居之地。

②陶胡奴：陶范，小字胡奴，陶侃之子。　乌程：在今浙江湖州南。

③遗（wèi）：赠与。

④却：不受。

⑤谢仁祖：谢尚。

【今　译】

王胡之曾经隐居过，生活很贫困。陶范任乌程县令，送了一船米给他。王胡之退还不肯接受，直率地回话说：“我如果挨饿，自然会到谢尚那里要吃的，不需要陶范的米。”

【解　义】

有人认为陶侃出身寒门，虽然功成名就，但其后人依然被士人所轻视。这一解释似乎牵强。魏晋时期虽然重视门第，但门第也会有盛有衰，并非一成不变。如谢氏因谢鲲而显名，桓氏因桓彝而显名。陶侃平定苏峻之乱，功勋卓著，连庾亮、王导都对他拜伏改容，当时士人又有什么理由轻蔑陶氏呢？本文列入“方正”，说明或许是因为陶范品行有不端之处，所以王胡之不肯收取他的馈赠。陶范当时任乌程令，说明王胡之就隐居在乌程（在今浙江湖州）。

五十三

阮光禄赴山陵[①]，至都，不往殷、刘许[②]，过事便还。诸人相与追之，阮亦知时流必当逐己[③]，乃遄疾而去[④]，至方山不相及[⑤]。刘尹时为会稽[⑥]，乃叹曰：“我入，当泊安石渚下耳[⑦]，不敢复近思旷傍[⑧]。伊便能捉杖打人[⑨]，不易。”

【今　注】

①阮光禄：阮裕。　赴山陵：指谒陵。山陵，帝王的坟墓。

②殷、刘：殷浩、刘惔。　许：处所。

③时流：当时的名流。

④遄（chuán）疾：急速。

⑤方山：在今江苏江宁东。

⑥刘尹：刘惔，曾为丹阳尹，故称。　为会稽：任会稽内史。

⑦入：《晋书》本传作“东当”，本文漏“东”字。　泊：停船靠岸。　安石：谢安。　渚（zhǔ）：江河上的沙洲。

⑧思旷：阮裕字思旷。　傍：通“旁”。

⑨伊：他。　捉：握，拿。

【今　译】

阮裕去谒陵，到了京城，没去殷浩、刘惔那里，拜谒后就回去了。诸多名士一起去追赶他，阮裕也知道当时名流一定会来追赶自己，于是急速离开，众人一直到方山也没有赶上。刘惔当时任会稽内史，于是叹息说：“我东下进入会稽，应当把船停泊在谢安附近，不敢再靠近阮裕了。他即便能拿着拐杖来打人，也不那么容易了。”

【解　义】

据《晋书·阮裕列传》记载，晋成帝驾崩后，阮裕前去谒陵。因此，所谓“阮光禄赴山陵”，应在咸康八年（342）。据《晋书·刘惔列传》记载，刘惔并没有在会稽担任过官职。因此，所谓“刘尹时为会稽”应为误传。所谓“不敢复近思旷傍”，意指自愧不如。

五十四

王、刘与桓公共至覆舟山看[①]。酒酣后，刘牵脚加桓公颈，桓公甚不堪，举手拨去。既还，王长史语刘曰[②]：“伊讵可以形色加人不[③]？”

【今　注】

①王、刘：王濛、刘惔。　桓公：桓温。　覆舟山：在今

江苏南京东北，钟山西足形如覆舟，故名。又称玄武山、龙舟山、龙山、小九华山。

②王长史：王濛。

③形色：指脸色。　不：同“否”。

【今　译】

王濛、刘惔与桓温一同到覆舟山去赏景。畅饮之后，刘惔提起脚来架在桓温的脖子边，桓温难以忍受，举起手来拨开。回来之后，王濛对刘惔说：“他难道可以拿脸色给人看吗？”

【解　义】

刘惔有不拘小节的个性，酒酣之后甚至把脚翘到了桓温的肩膀上。桓温接受不了刘惔的得意忘形之举，所以不留情面地用手拨开。王濛与刘惔的个性相近，所以他为刘惔打抱不平。

五十五

桓公问桓子野[①]：“谢安石料万石必败[②]，何以不谏？”子野答曰：“故当出于难犯耳[③]。”桓作色曰[④]：“万石挠弱凡才[⑤]，有何严颜难犯？”

【今　注】

①桓公：桓温。　桓子野：桓伊（生卒不详），字叔夏，小字子野，谯国铚县（今安徽濉溪县）人。官至豫州刺史。

②谢安石：谢安。　万石：谢万。

③犯：抵触，违逆。

④作色：变色，指生气。

⑤挠（náo）弱：懦弱。

【今　译】

桓温问桓伊：“谢安料到谢万必定会失败，为什么不劝阻他？”桓伊回答道：“大概是由于难以触犯吧。”桓温生气地说：“谢万是懦弱的庸才，有什么威严的颜面难以触犯？”

【解　义】

本书《简傲》第十四则也记载谢安预料谢万“必败”，但桓温“何以不谏”的疑问切中要害。谢安是谢万之兄，所以桓伊所谓“难犯”的解释也说不通。因此，“谢安石料万石必败”的说法或许出自好事者附会。

五十六

罗君章曾在人家①，主人令与坐上客共语，答曰：“相识已多，不烦复尔。”

【今　注】

①罗君章：罗含（292—372），字君章，桂阳耒阳（今湖南衡阳耒阳）人。有文才，初为州主簿，后为桓温推重，官至廷尉，长沙相。

【今　译】

罗含曾在别人家里作客，主人让他与坐上的宾客一起交谈。罗含答道：“相识之人够多了，不必再如此烦劳了。”

【解　义】

所谓“人家”，据《太平御览》卷四九八引《语林》记载，罗含是在桓温的坐上。据刘孝标注引《罗府君别传》记载，罗含被桓温征辟为别驾，他嫌官署喧扰嘈杂，于是在城外小洲上搭了茅屋，伐木为床，织苇为席，布衣蔬食，怡然自处。桓温曾称赞他为“江左之清秀”。

五十七

韩康伯病[①]，拄杖前庭消摇[②]。见诸谢皆富贵[③]，轰隐交路[④]，叹曰："此复何异王莽时[⑤]！"

【今　注】

①韩康伯：韩伯。

②消摇：同"逍遥"，自由自在，怡然自得。

③诸谢：指谢安与弟谢石及侄谢玄等人。

④轰隐：指车马往来的响声。　交路：在道路上交错往来。

⑤王莽（前 45—后 23）：字巨君，魏郡元城（今河北大名）人，汉元帝皇后王政君之侄。以外戚掌握政权，后毒死平帝，自称假皇帝。初始元年（8 年）称帝，改国号为新，在位十五年，天下大乱，绿林军攻入长安时被杀。

【今　译】

韩康伯生病后，拄着拐杖在前院逍遥自在。看到谢氏家族富贵荣华，门前车马往来不绝，感叹道："这和王莽时又有什么不同？"

【解　义】

王莽家族中共有十人被封侯，而谢氏家族因功受封者也有多人，如谢安封建昌县公、谢石封南康郡公、谢琰封望蔡公、谢玄封东兴县侯等。韩伯将谢氏家族与王莽相提并论，或许是担忧谢氏家族专揽朝政，但其实他是过虑了。

世说新语

无障碍读本

（南朝宋）刘义庆／撰　沈海波／编著

团结出版社

（中册）原文·注释·译文·解义

图书在版编目（CIP）数据

《世说新语》无障碍读本 / (南朝宋) 刘义庆撰；沈海波编著. -- 北京：团结出版社, 2021.1

ISBN 978-7-5126-8393-8

Ⅰ. ①世… Ⅱ. ①刘… ②沈… Ⅲ. ①笔记小说－中国－南朝时代 Ⅳ. ①I242.1

中国版本图书馆CIP数据核字(2020)第213442号

《世说新语》无障碍读本

(南朝宋) 刘义庆 撰 沈海波 编著

出　　版：团结出版社
（北京市东城区东皇城根南街84号　邮编：100006）
责任编辑：郑　纪
电　　话：（010）65228880
发　　行：（010）51393396
网　　址：http://www.tjpress.com
E-mail：65244790@163.com
经　　销：全国新华书店
印　　刷：三河市双升印务有限公司

开　　本：145 × 210　1/32
印　　张：36
字　　数：550千字
版　　次：2021年1月第1版
印　　次：2021年1月第1次印刷

书　　号：ISBN 978-7-5126-8393-8
定　　价：88.00元(全三册)

五十八

王文度为桓公长史时[①]，桓为儿求王女，王许咨蓝田[②]。既还，蓝田爱念文度，虽长大，犹抱著膝上。文度因言桓求己女婚[③]。蓝田大怒，排文度下膝，曰："恶见文度已复痴[④]，畏桓温面[⑤]？兵，那可嫁女与之！"文度还报云："下官家中先得婚处。"桓公曰："吾知矣，此尊府君不肯耳。"后桓女遂嫁文度儿[⑥]。

【今 注】

①王文度：王坦之。 桓公：桓温。

②蓝田：王述，封蓝田侯，故称。 咨：商议。

③爱念：怜爱。

④恶见：语义费解，可能是衍字，《晋书·王述列传》无此二字。

⑤畏桓温面：指伤了桓温的面子。

⑥文度儿：刘孝标注认为是长子王恺，也有人认为是次子王愉。

【今 译】

王坦之当桓温长史的时候，桓温为儿子求娶王坦之的女儿，王坦之答应去同父亲商议。回到家后，王述非常怜爱王坦之，虽然儿子已经长大，但还是把他抱在膝上。王坦之于是说桓温要求和自己女儿通婚。王述大怒，把王坦之推下膝头，说："文度你已经痴呆了，是怕驳了桓温的面子吗？当兵的，怎么可以把女儿嫁给他！"王坦之回报桓温道："我家里先前已经给女儿找到夫家了。"桓温说："我知道了，这是令尊不肯罢了。"后来桓温的女儿便嫁给了王坦之的儿子。

【解　义】

有人认为王述不愿意将孙女嫁给桓温之子，是因为桓氏家族门第不高。这或许是误解，谯国桓氏因桓彝而显名，门第不可谓不高，而且王坦之是桓温的属官，王述没有理由看不起桓温。王述所谓“兵，那可嫁女与之”，将自己的想法说得很清楚，意即将士征战沙场难保平安，为了避免意外，所以不愿意与桓温通婚。不过，王述显然并不介意让孙子去娶桓温的女儿。这也能够证明，所谓门第高低之说属于臆测。

五十九

王子敬数岁时①，尝看诸门生樗蒲②。见有胜负，因曰：“南风不竞③。”门生辈轻其小儿，乃曰：“此郎亦管中窥豹④，时见一斑。”子敬瞋目曰⑤：“远惭荀奉倩⑥，近愧刘真长⑦。”遂拂衣而去。

【今　注】

①王子敬：王献之。

②门生：指依附于世家大族门下的寒士。　樗（chū）蒲：古代的一种赌博游戏。

③南风不竞：典出《左传》襄公十八年，谓师旷能从乐声中听出楚军士气不振。南风，南方的音乐；不竞，乐声低微。指竞赛的一方较弱。

④郎：指王献之。

⑤瞋（chēn）目：瞪大眼睛以示愤怒。

⑥荀奉倩：荀粲。

⑦刘真长：刘惔。

【今　译】

王献之才几岁时，曾观看门生玩樗蒲游戏。看到分出胜负后，就说：“输方太弱了。”门生轻视他是个小孩子，便说：“这位小郎也只是用管窥豹，只见一点斑纹。”王献之瞪大眼睛说：“我愧对荀粲和刘惔！”说完拂袖而去。

【解　义】

荀粲和刘惔都以慎于交游而著称，王献之此言意指自己不该与小人为伍，去看他们玩游戏，所以自感羞愧。

六十

谢公闻羊绥佳①，致意令来②，终不肯诣。后绥为太学博士③，因事见谢公，公即取以为主簿④。

【今　注】

①谢公：谢安。　羊绥（生卒不详）：字仲彦，泰山南城（今山东费县西南）人。官至中书侍郎，早逝。

②致意：传达意思。

③太学博士：学官名，职掌教授太学生。

④主簿：官名，大臣幕府中的重要僚属。

【今　译】

谢安听说羊绥这人很优秀，就请人致意让他来，但他始终不肯登门拜访。后来羊绥做了太学博士，因有事见到谢安，谢安立即任用他为主簿。

【解　义】

据本书《伤逝》第十四则记载，羊绥为人“简贵”，意即简约高贵。羊绥正是因为有着清高的个性，所以他始终不愿意去见谢安。而谢安显然欣赏这样的个性，所以唯才是举，延揽羊绥为主簿。

六十一

王右军与谢公诣阮公[①]，至门，语谢："故当共推主人[②]。"谢曰："推人正自难[③]。"

【今　注】

①王右军：王羲之。　谢公：谢安。　阮公：阮裕。

②故：毕竟。　推：推崇，赞许。

③正：恰好。

【今　译】

王羲之与谢安去拜访阮裕，到了阮裕家门口时，王羲之对谢安说："应当一起推崇主人。"谢安说："推崇别人恰好是件难事。"

【解　义】

阮裕为世人所企慕，所以王羲之希望与谢安一同推崇他，以示敬意。但谢安却感到为难，或许在他看来，当面恭维他人即所谓面谀，这与他方正的个性相悖。

六十二

太极殿始成[①]，王子敬时为谢公长史[②]，谢送版使王题之[③]，王有不平色，语信云[④]："可掷著门外。"谢后见王，曰："题之上殿何若？昔魏朝韦诞诸人亦自为也[⑤]。"王曰："魏阼所以不长[⑥]。"谢以为名言。

【今　注】

①太极殿：东晋孝武帝时建成的宫殿。

②王子敬：王献之。　谢公：谢安。

③版：指匾额。

④信：使者。

⑤韦诞诸人：指魏明帝时的书法家韦诞及东汉灵帝时书法家梁鹄。

⑥阼：指国运。

【今 译】

太极殿刚刚建成时，王献之担任谢安的长史，谢安派人把匾额送给王献之题写。王献之露出不高兴的脸色，对使者说："可以扔在门外。"谢安后来见到王献之，说："把匾额挂上去题写怎么样？过去魏朝韦诞等人也都这么做过。"王献之说："这就是魏朝国运不长的原因。"谢安认为这是名言。

【解 义】

王献之以书法闻名，尤其擅长草隶，所以谢安让他给太极殿题字。但题写匾额一般只能用正体，难以展现个性，所以王献之不愿意题。韦诞题字的故事见本书《巧艺》第三则，谢安想借此刺激王献之。王献之所谓"魏阼所以不长"，意指曹魏的国运之所以不长，就是因为将大臣置于险境。

六十三

王恭欲请江卢奴为长史[①]，晨往诣江，江犹在帐中。王坐，不敢即言，良久乃得及。江不应，直唤人取酒，自饮一碗，又不与王。王且笑且言："那得独饮？"江云："卿亦复须邪？"更使酌于王。王饮酒毕，因得自解去。未出户，江叹曰："人自量，固为难！"

【今 注】

①江卢奴：江敳（生卒不详），字仲凯，小字卢奴，济阳（今山东济南）人。江虨之子，历官黄门侍郎、骠骑

咨议。

【今　译】

王恭想请江敳担任长史，清早前去拜访江敳，江敳还在床帐中高卧。王恭坐下后，不敢立即提出，过了很久才说出来。江敳没有反应，只是叫人拿酒来，独自喝了一碗，也不给王恭。王恭边笑边说："怎么可以独自喝酒呢？"江敳说："您也需要喝吗？"就再叫人斟酒给王恭，王恭喝完了酒，借机就脱身而去。还没有出门，江敳叹息道："一个人能够估量自己，原来是很难的。"

【解　义】

江敳自视很高，所以认为王恭是不自量力。

六十四

孝武问王爽[①]："卿何如卿兄[②]？"王答曰："风流秀出[③]，臣不如恭，忠孝亦何可以假人[④]！"

【今　注】

①孝武：东晋孝武帝司马曜。

②卿兄：指王恭。

③风流：风度。　秀出：优秀出众。

④假人：借给别人。

【今　译】

孝武帝问王爽："你和你的兄长相比怎么样？"王爽答道："风度出众方面，我不如王恭，但忠孝方面我不让任何人！"

【解　义】

据刘孝标注引《中兴书》记载，王爽忠孝正直，孝武帝去世时，王国宝想夜间入宫写遗诏。王爽当时任黄门郎，将王国宝拒之门外，说："皇上刚刚驾崩，太子还没有即位，有敢于进入者斩首。"王国宝感到惧怕，只得作罢。

六十五

王爽与司马太傅饮酒[1]，太傅醉，呼王为"小子"。王曰："亡祖长史[2]，与简文皇帝为布衣之交[3]；亡姑、亡姊，伉俪二宫[4]。何小子之有？"

【今　注】

①司马太傅：司马道子。

②亡祖长史：指王濛，官至司徒左长史，故称。

③简文皇帝：简文帝司马昱。

④亡姑：王濛之女王穆之，是晋哀帝皇后。　亡姊：王爽之姊法惠，是晋孝武帝皇后。　伉俪二宫：意指做了二宫的皇后。

【今　译】

王爽和司马道子一起喝酒。司马道子喝醉了，称呼王爽为"小子"。王爽说："我先祖父长史，与简文帝是布衣之交；已去世的姑母和姐姐，是两宫的皇后。哪有什么小子？"

【解　义】

司马道子对王爽的家世不可能不知道，特别是王爽之姊王法惠还是他的皇嫂。而且，王爽即便在司马道子醉酒的情况下受辱，完全可以据礼抗言，没必要自夸门庭。本文或许是后人根据王爽刚直的个性而为之演绎的，因此其情节未免俗套。

六十六

张玄与王建武先不相识[1]，后遇于范豫章许[2]，范令二人共语。张因正坐敛衽[3]，王孰视良久[4]，不对。张大失望，便去。范苦譬留之[5]，遂不肯住。范是王之舅，乃让王曰[6]："张玄，吴士之秀，亦见遇于时[7]，而使至于此，深不可解[8]。"王笑曰："张祖希若欲相识，自应见诣。"范驰报张，张便束带造之[9]。遂举觞对语，宾主无愧色。

【今　注】

①张玄：一作张玄之。　王建武：王忱。

②范豫章：范宁，曾任豫章太守，故称。　许：处所。

③敛衽（rèn）：整整衣襟，表示恭敬。

④孰视：细看。

⑤苦譬：极力晓谕。

⑥让：责备。

⑦见遇于时：为当时人所赏识。遇，遇合，为人所赏识。

⑧深：极，很。

⑨束带：腰中束带，指穿着整齐以示庄重。　造：拜访。

【今　译】

张玄和王忱先前并不相识，后来在范宁那里遇见，范宁让他们两人一起说说话。张玄于是正襟危坐，王忱细看张玄很久，却不交谈。张玄非常失望，便要离开。范宁极力解劝，张玄最终不肯留下来。范宁是王忱的舅父，于是责备王忱说："张玄是吴地士人中的优秀人物，也为时贤赏识，而你却使他到了这种地步，很让人不可理解。"王忱笑道："张玄如果想与我相识，自然应当来见我。"范宁赶快派人去告诉张玄，张玄于是穿戴整齐去拜访王忱。两人于是举杯对话，宾主之间没有什么惭愧的神色。

【解　义】

王忱的母亲是范宁之妹范盖，所以他与范宁之间是甥舅关系。王忱弱冠时就已与王恭、王珣齐名，自恃才气，行为放诞，因此他在张玄面前表现得较为傲慢。所谓“宾主无愧色”，说明当时名士的胸襟都很豁达，不拘泥于小节，一旦隔阂消除，就能做到不计前嫌。

雅量第六

雅量，指胸怀宽广、气度优雅淡定。小人之虑不能度君子之心，而君子量不极，胸吞百川流，魏晋士人展现出来的正是这种气质，如裴楷被捕时“神气无变”；嵇康临刑前“神气不变”，从容弹奏《广陵散》。

一

豫章太守顾邵[①]，是雍之子[②]。邵在郡卒。雍盛集僚属，自围棋。外启信至，而无儿书，虽神气不变，而心了其故[③]，以爪掐掌，血流沾褥。宾客既散，方叹曰:“已无延陵之高[④]，岂可有丧明之责[⑤]!”于是豁情散哀[⑥]，颜色自若。

【今 注】

①顾邵（184—214）：字孝则，吴郡吴县（今江苏苏州）人。官至豫章太守。

②雍：顾雍（168—243），字元叹。历官会稽太守、尚书令、丞相、平尚书事，进封醴陵侯。

③了：明白。

④延陵：季札，又称公子札，春秋时吴国贵族，封于延陵（今江苏常州），称延陵季子。

⑤丧明之责：指子夏因儿子过世而哭瞎眼睛，为此受到指责。

⑥豁：消散，消除。

【今 译】

豫章太守顾邵是顾雍的儿子。顾邵在郡守的任上去世。顾雍正大请同僚部属聚会，自己在下围棋。外面禀报信使来了，却没有儿子的书信，顾雍虽然神色不变，但心里已明白其中的原因。顾雍用指甲掐自己的掌心，血流到了坐垫上。宾客散去后，才叹息道:“我已经没有季札那样的高远旷达了，怎么可以再受丧明的责备呢?”于是驱散悲痛哀伤之情，神色变得坦然自如。

【解　义】

顾邵死后家属必然会向至亲报丧，所以顾雍因不见儿子的书信而知其已亡故的情节，应出自后人的演绎。季札之事见于《礼记·檀弓下》，季札长子死后下葬于嬴、博之间，孔子认为季札是吴国习礼之人，于是前往参观葬礼。葬礼十分简单，季札哭了三遍，并说骨肉回到土里是命，而其魂魄则无所不在。孔子称赞季札所为合乎礼数。“丧明之责”典出《礼记·檀弓上》，子夏哭子失明，曾子去慰问时批评他有三错：“事奉夫子，老了退处西河，使西河人把他比为夫子。自己的长辈死了，百姓也无所闻；儿子死了却哭瞎了眼睛。”子夏听后立即丢掉手杖拜服。顾雍为人严谨，不饮酒，寡言语，在宴饮场合，左右往往不敢尽情畅饮，怕有什么不当，连孙权都对他有所忌惮。后人就因为顾雍之缜密持重，将其列为“魏晋八君子”之一。不过本文所载则说明顾雍也具有通达的个性，所以面对丧子之痛，没有过度哀伤。

二

嵇中散临刑东市①，神色不变，索琴弹之，奏《广陵散》②。曲终，曰：“袁孝尼尝请学此散③，吾靳固不与④，《广陵散》于今绝矣！”太学生三千人上书，请以为师，不许。文王亦寻悔焉⑤。

【今　注】

①嵇中散：嵇康。　东市：指刑场。

②《广陵散》：琴曲名，又称《广陵止息》，嵇康以善弹此曲著称。

③袁孝尼：袁准。

④靳固：吝惜固执。

⑤文王：司马昭。

【今　译】

嵇康在东市临刑时，神色不变，索取古琴弹奏《广陵散》。曲终后，说："袁准曾经请求学奏此曲，我因为吝惜而没答应，《广陵散》从此要绝响了！"太学生三千人向朝廷上书，请求以嵇康为师，不被准许。司马昭不久也后悔了。

【解　义】

嵇康之死，系受好友吕安挝母案牵连。据刘孝标注引《晋阳秋》及《文士传》记载，吕安因殴打母亲而被告发，论罪应流放边陲，吕安自行申诉，并请嵇康为其辩护，钟会因此认为嵇康伤风败俗，应当论为死罪。据《晋书·嵇康列传》记载，钟会因为拜访嵇康时没有受到款待而怀恨在心，于是借嵇康为吕安辩护的机会，向司马昭进谗，认为嵇康是卧龙，会对司马氏构成威胁，现在嵇康、吕安言论放荡，正好借机除掉。司马昭因此将嵇康、吕安一同论斩。关于《广陵散》之来源，文献记载颇具传奇色彩。据《晋书·嵇康列传》记载，嵇康曾暮宿华阳亭，半夜有客来访，自称古人，以《广陵散》相传授，并让嵇康发誓为之保密。这一记载并不足信，应出自后人的演绎。嵇康精于丝竹，向秀《思旧赋》曰："嵇博综技艺，于丝竹特妙，临当就命，顾视日影，索琴而弹之。"嵇康临刑而神色不变，却为《广陵散》之绝响而深感遗憾，似乎说明《广陵散》就是嵇康本人所创作。

三

夏侯太初尝倚柱作书[①]，时大雨，霹雳破所倚柱，衣服焦然[②]，神色无变，书亦如故。宾客左右皆跌荡不得住[③]。

【今　注】

①夏侯太初：夏侯玄。

②焦然：烧焦的样子。

③跌荡：指惊慌失措。

【今　译】

夏侯玄曾经倚靠在柱子上写字，当时正下着大雨，惊雷击破了他所倚靠的柱子，衣服都烧焦了，但他神色不变，照样写字。宾客和左右随从都惊慌失措无法自控。

【解　义】

夏侯玄开清谈之风，被称为“一时之杰士”，本书《方正》第六则记载称其赴刑场时“颜色不异”，足见其从容大度之气质。所以在遭遇雷击时，夏侯玄能够临危不乱。

四

王戎七岁，尝与诸小儿游。看道边李树，多子折枝，诸儿竞走取之，唯戎不动。人问之，答曰：“树在道边而多子，此必苦李。”取之，信然[①]。

【今　注】

①信然：确实如此。

【今　译】

王戎七岁的时候，曾经与其他孩子一起游玩。看到路边有李树，李子多得把树枝都压断了，孩子们都争着跑过去摘李子，只有王戎一个人站着不动。有人问他为什么不去摘取，他答道：“李树在路边却有这么多李子，说明这必定是苦李。”摘下李子来一尝，确实如此。

【解　义】

这是一个妇孺皆知的故事，成语“道旁苦李”即出于此，但值得玩味。道旁苦李不可食，这需要生活经验。王戎年仅七岁，如果没有得到过成人的晓谕或告诫，恐怕未必能够具备如此明确的判断能力。所以，本文应出于后人之附会，因为玩伴们既然已经“竞走取之”，那么李子之甘苦马上就清楚了，何须旁人“取之，信然”？其穿凿之迹非常明显。

五

魏明帝于宣武场上断虎爪牙①，纵百姓观之②。王戎七岁，亦往看。虎承间攀栏而吼，其声震地，观者无不辟易颠仆③，戎湛然不动④，了无恐色⑤。

【今　注】

①魏明帝：曹叡。　宣武场：操练场，在洛阳宣武观北面。　断：隔断。

②纵：放纵，听任。

③辟易：避开，退避。　颠仆：跌倒。

④湛然：安然的样子。

⑤了：完全。

【今　译】

魏明帝在宣武场把老虎的爪牙包裹起来，听任老百姓来观看（斗兽表演）。王戎当时七岁，也前去观看。老虎乘机攀住围栏大吼起来，吼声震天动地，观看的人没有不退避跌倒的，只有王戎安然不动，毫无恐惧之色。

【解　义】

中国古代没有像古罗马那样的斗兽场，但也有斗兽的竞技。据戴逵《竹林七贤论》记载，魏明帝在宣武场周围设立围栏，将虎牙包扎起来，让大力士们轮流与老虎搏斗。王戎也前往观看，当时年仅七岁。魏明帝在阁楼上远远看到王戎镇定自若的样子，于是派人前去问他姓名。

六

王戎为侍中①，南郡太守刘肇遗筒中笺布五端②，戎虽不受，厚报其书③。

【今　注】

①侍中：魏晋时其地位相当于宰相。

②南郡：治所在今湖北省江陵。　刘肇：事迹不详。　遗（wèi）：赠送。　筒中笺布：细布，卷作筒形。　端：古代布帛长度名称。二丈为一端，相当于一匹。

③厚：深，重。　报：答谢。

【今　译】

王戎担任侍中时，南郡太守刘肇赠送他五匹细布，王戎虽然没有接受，却写了书信表示深切感谢之意。

【解　义】

刘肇赠送王戎厚礼一事，后来被人举发。据刘孝标注引《晋阳秋》记载，司隶校尉刘毅上奏将刘肇除名终身，而王戎因为书信还没有送达，所以没有受到牵连。又据刘孝标注引《竹林七贤论》记载，王戎的书信受到了人们的议论，晋武帝感到担忧，于是发出口诏说："王戎作为一个士人，怎么可能怀有私心？"人们这才停止议论，而王戎也不谢恩。王戎没有对晋武帝的公道话表示感谢，是因为心中并无杂念，所以能够坦然处之，这也是魏晋名士不拘泥于礼教的一贯作风。编者将本文列入"雅量"，说明编者认为王戎并不贪财，"厚报其书"的行为也无可议之处。

七

裴叔则被收[①]，神气无变，举止自若[②]。求纸笔作书。书成，救者多，乃得免。后位仪同三司[③]。

【今　注】

①裴叔则：裴楷。　收：逮捕。

②举止：举动。

③仪同三司：指给予三公的待遇。

【今　译】

裴楷被逮捕，神态不变，举动如常。他索取纸笔来写信。书信写成后，营救他的人很多，才得以免罪。后来他官位做到仪同三司。

【解　义】

关于裴楷被捕的原因，文献记载不一。据刘孝标注引《晋诸公赞》记载，裴楷之子裴瓒娶杨骏女，杨骏被杀后，裴楷由于姻亲的关系而受株连。据刘孝标注引《名士传》记载，裴楷是受楚王司马玮（晋武帝第五子）牵连，为李肇所憎恶而下狱。《晋书·裴楷列传》取前一说，并称裴楷虽有赖侍中傅祇救护而幸免于难，但还是被免官。杨骏死后，受株连而被杀者达到数千人，所以当时凡是与杨骏有关系者无不惊慌失措，所幸裴楷临危不乱，快速用书信通报可信赖之人为自己脱罪，一旦举止失当，其结果必然是满门抄斩。因此，雅量不仅指宽宏的气量，也指从容镇定的气度。

八

王夷甫尝属族人事[①]，经时未行[②]。遇于一处饮燕[3]，因语之曰："近属尊事，那得不行？"族人大怒，便举樏掷其面[4]。夷甫都无言，盥洗毕，牵王丞相臂[5]，与共载去。在车中照镜，语丞相曰："汝看我眼光，乃出牛背上。"

【今　注】

①王夷甫：王衍。　属：通"嘱"，请托之意。

②经时：经过很长时间。

③燕：通"宴"。

④樏（lěi）：食具，器型类似盘，中有隔档。

⑤王丞相：王导。

【今　译】

王衍曾经嘱托族人办事，过了很久也没有办成。后来在一个宴会上遇到族人，因而对他说："前些日子托付的事情，怎么没有办？"族人大怒，于是拿起食盒扔到他的脸上。王衍一言不发，洗盥后，拉着王导的手臂，和他一起坐车离去。王衍在车上照着镜子，对王导说："你看我的眼光，竟然超出牛背之上。"

【解　义】

此事应发生在王衍、王导年轻时，因为在族人中的地位还不高，加以问话中带有责备的语气，所以族人向其发怒。王衍对王导所说的话较为隐晦，刘孝标大致解释了寓意所在，即王衍自认为风姿神俊，所以不与他人计较。但刘孝标此说较为笼统，后人对其具体的语义仍有费解之感。今按，魏晋时盛行牛车，而牛的体态特征之一是牛首、牛眼的水平位置低于牛背。王衍坐在牛车上，所以说自己的眼光超过牛背，喻指自己的眼界高于对方，之所以在冲突时一句话都不说，是不与对方一般见识。

九

裴遐在周馥所[①]，馥设主人[②]。遐与人围棋，馥司马行酒[③]，遐正戏，不时为饮[④]，司马恚[⑤]，因曳遐坠地[⑥]。遐还坐，举止如常，颜色不变，复戏如故。王夷甫问遐："当时何得颜色不异？"答曰："直是闇当故耳[⑦]！"

【今　注】

①周馥（？—311）：字祖宣，汝南（今河南正阳东北）人。晋惠帝时为平东将军，都督扬州诸军事，代刘准为镇东将军。因讨陈敏有功，封永宁伯。后与东海王司马越交恶，为其所败，忧愤而死。

②设主人：准备酒肴当东道主。设，布置，指准备食物。

③行酒：依次斟酒。

④时：按时，及时。

⑤恚：恨，恼怒。

⑥曳：同"拽"。

⑦直：正。　闇：愚昧。

【今　译】

裴遐在周馥家中时，周馥准备酒菜当东道主。裴遐与人下围棋，周馥的司马依次给客人斟酒。裴遐正忙着下棋，没有及时饮酒。这位司马感到恼怒，因此将裴遐拉倒在地。裴遐起身回到座位上，举止如常，神色不变，照样下棋。王衍问裴遐："当时你脸色怎么一点都不变呢？"裴遐答道："他正是愚昧无知才会如此。"

【解　义】

裴遐的言外之意是怎么可以和愚昧无知之人一般见识。裴遐是王衍的女婿，王衍之所以将女儿嫁给他，或许就是因为赏识他的雅量。

十

刘庆孙在太傅府[①]，于时人士多为所构[②]，唯庾子嵩纵心事外[③]，无迹可间[④]。后以其性俭家富，说太傅令换千万[⑤]，冀其有吝，于此可乘。太傅于众坐中问庾，庾时颓然已醉[⑥]，帻坠几上[⑦]，以头就穿取。徐答云："下官家故可有两娑千万[⑧]，随公所取。"于是乃服。后有人向庾道此，庾曰："可谓以小人之虑，度君子之心[⑨]。"

【今　注】

①刘庆孙：刘舆（265—311），字庆孙，中山魏昌（今河北无极）人，刘琨之兄。历官散骑侍郎、中书侍郎、颍川太守、魏郡太守等。东海王司马越辅政，以为左长史，封定襄侯。　太傅：司马越（？— 311 年），字元超，讨杨骏有功，封东海王。怀帝永嘉初为丞相，专擅威权，以致上下离心，后忧惧成疾而死。

②构：陷害。

③庾子嵩：庾敳。　纵：放任。

④间：离间。

⑤说（shuì）：劝说。　换：借取。

⑥颓然：醉酒之貌。

⑦帻（zé）：头巾。

⑧娑（sà）：即"三"之重读。

⑨度（duó）：推测。

【今　译】

刘舆在太傅府（任职）时，有很多士人被他陷害。只有庾敳一人逍遥于世事之外，没有什么事情可以离间。此后因为庾敳生性俭朴而家境殷实，（刘舆）就劝说太傅向庾敳借取千万，希望他有所吝啬，由此找到可乘之机。太傅在众人面前问庾敳（借钱），庾敳已经喝得酩酊大醉，头巾掉在几案上，就把脑袋凑上去套。庾敳平缓地答道："我家里原有两三千万，公等随便去拿就是。"刘舆于是心服。后来有人对庾敳说起这件事，庾敳说："这就是以小人之虑，度君子之心。"

【解　义】

庾敳所说典出《左传·昭公二十八年》，原文曰："愿以小人之腹为君子之心。"《论语·述而》曰："子曰：'君子坦荡荡，小人长戚戚。'"意即君子心胸宽广，而小人则心胸狭窄，时常算计他人，内心会充满忧虑。所以庾敳认为以小人狭隘的思虑，怎么能够揣度君子坦荡的胸怀。气量之大小与心胸之宽狭成正比，唯有君子，才会有雅量。

十一

王夷甫与裴景声志好不同①，景声恶欲取之②，卒不能回③。乃故诣王肆言极骂，要王答己，欲以分谤④。王不为动色，徐曰："白眼儿遂作⑤。"

【今　注】

①王夷甫：王衍。　裴景声：裴邈（生卒不详），字景声，河东闻喜（今属山西）人。历官太傅从事中郎、左司马、监东海王军事。

②恶：厌憎。

③卒：终于。

④分谤：分担诽谤。

⑤白眼儿：指人生气时爱翻白眼。

【今　译】

王衍与裴邈志趣喜爱不同，裴邈对王衍准备任用自己而感到厌恶，但最终不能改变王衍的主意。裴邈于是特地去王衍处肆意大骂，刺激王衍回击自己，想以此让王衍分担他人的诽谤。王衍不为所动，平缓地说："白眼儿终于发作了。"

【解　义】

裴邈少年时就有通才，受到堂兄裴頠的赏识，两人常常在一起清谈析义，甚至通宵达旦。王衍准备任用裴邈为下属，显然也是因为对其欣赏有加。但裴邈与王衍志趣不同，生怕自己因屈就王衍之下而遭人讽刺讥笑，所以就想出放肆谩骂的方式，制造与王衍之间的冲突。但王衍看破了裴邈的用意，所以能够不为所动。

十二

王夷甫长裴成公四岁[①]，不与相知[②]。时共集一处，皆当时名士，谓王曰："裴令令望何足计[③]？"王便卿裴[④]，裴曰："自可全君雅志。"

【今　注】

①王夷甫：王衍。　裴成公：裴頠，谥"成"，故后人称"裴成公"。

②相知：指相互交往，彼此情谊深厚。

③裴令：裴楷，因任中书令，故称。　令望：好名声。

④卿裴：用"卿"来称呼裴頠。"卿"一般是长辈对晚辈或同辈间关系亲密者的昵称。

【今　译】

王衍年长裴頠四岁，相互间并非知交。当时集会在一处，都是当时的名士，有人对王衍说："裴令公的名声哪里值得一提!”王衍便用“卿”来称呼裴頠。裴頠说:“我当然可以成全您的愿望。”

【解 义】

王衍曾称赞裴頠“善谈名理,混混有雅致”(见本书《言语》第二十三则),因此,所谓“不与相知”应指他们起先并不相知。王衍的辈分比裴頠高(王衍堂兄王戎是裴頠丈人),所以他用“卿”来称呼裴頠,是表示亲热。但王衍毕竟仅比裴頠年长四岁,而且相互间也非至交知己,所以“卿”的称谓显得有些轻慢失礼。裴頠的话似乎并没有什么特别的含义,只是在回答王衍的问话而已,但他用“君”来称呼王衍,说明他并不计较王衍的态度,仍然得体地尊称对方。

十三

有往来者云①:“庾公有东下意②。”或谓王公③:“可潜稍严④,以备不虞⑤。”王公曰:“我与元规虽俱王臣,本怀布衣之好⑥。若其欲来,吾角巾径还乌衣,何所稍严⑦?”

【今 注】

①往来者:指来到京城建康的人。

②庾公:庾亮。 东下意:指镇守武昌的庾亮有准备东下京城罢黜王导的意图。

③王公:王导。

④潜:暗中。 严:指严密防备。

⑤不虞:不测。虞,猜测,预料。

⑥布衣之好:指故交。布衣,平民百姓。

⑦角巾:为古代隐士冠饰,借指解职去官。 乌衣:乌衣巷(今南京市东南),是东晋时王、谢家族所居之地。 何所:为什么。

【今　译】

有人来到建康说："庾亮有东下京都的意图。"有人对王导说："应当暗中加以严防，以防不测。"王导说："我与庾亮虽然都是朝廷大臣，但原本就是故交。如果他想来，我即刻解去官职回乌衣巷，为什么要严加防备？"

【解　义】

陶侃死后，庾亮继任征西将军，兼领江、荆、豫三州刺史，都督七州诸军事，不仅手握重兵，而且还是庾太后之兄，可谓权倾一时。陶侃之子南蛮校尉陶称不知出于何种目的，派人散播流言，挑拨庾亮与王导之间的关系。据《晋书·王导列传》记载，王导听到谗言后不为所动，还致信陶称，认为庾亮是成帝之舅，应当善待，流言于是平息。又据《晋书·孙盛列传》记载，流言传开后，庾亮和王导各怀戒心，所以孙盛对庾亮进行劝谏，认为王导神情朗达，常有世外之怀，所以这必然是佞邪之徒的离间计，庾亮听后表示认同。谣言止于智者，这一危机能够安然度过，说明王导和庾亮都具有过人的智慧。惟有智者才能具备宽广的胸怀。

十四

王丞相主簿欲检校帐下①，公语主簿："欲与主簿周旋②，无为知人几案间事③。"

【今　注】

①王丞相：王导。　主簿：职官名，掌管文书簿籍印信等。　检校：查核。　帐下：指丞相府的僚属。

②周旋：应酬，打交道。

③无为：不要，不必。　几案间事：指处理公文之事。

【今　译】

王导的主簿要查核丞相府僚属的案卷文书，王导对主簿说："我只要与主簿打交道，不必知道别人怎么处理案卷公文。"

【解　义】

古人提倡无为而治，《周易·系辞下》曰："黄帝、尧、舜垂衣裳而天下治。"意即主政者只需示天下以礼，即可达到治理的效果。王导主政时就遵循这一原则，故其为政"务在清静"，"镇之以静，群情自安"（《晋书·王导列传》）。所以，王导阻止主簿去干预下属。王导的话是表示下属如何处理文书并不重要，他只要掌握大致情况即可。据《规箴篇》第十五则记载，王导在扬州刺史任上时曾派人去各地巡查，并让他们汇报各地官员们的情况；顾和对他进行劝谏，认为不着眼于全局大事，却通过传言来处理细枝末叶的问题，是本末倒置之举；王导不禁为之称善。可见，王导此举是受到了顾和的影响。

十五

祖士少好财[①]，阮遥集好屐[②]，并恒自经营[③]。同是一累[④]，而未判其得失[⑤]。人有诣祖，见料视财物[⑥]，客至，屏当未尽[⑦]，余两小簏，著背后[⑧]，倾身障之[⑨]，意未能平。或有诣阮，见自吹火蜡屐[⑩]，因叹曰："未知一生当著几量屐[⑪]！"神色闲畅。于是胜负始分。

【今　注】

①祖士少：祖约（？—330），字士少，范阳遒县（今河北涞水）人。祖逖之弟，祖逖死后继任平西将军、豫州刺史。后与苏峻一同起兵作乱，失败后投奔后赵，为石勒所杀。

②阮遥集：阮孚。　屐：木制，鞋底有齿。

③恒：一直。

④累：连累，牵累。

⑤判：分别，辨别。

⑥料视：料理查看。

⑦屏当：收拾，料理。

⑧簏（lù）：竹箱。

⑨倾：斜，歪。

⑩蜡屐：给木屐上蜡。

⑪量：通“緉”（liǎng），量词，双。

【今　译】

祖约爱财，阮孚爱屐，都一直亲自经营。同样是一种拖累，但不能判定他们的得失优劣。有人去拜访祖约，看到他正在检点钱财，客人来时，他还没有收拾完，留下两只小竹箱，就藏在背后，侧着身子来遮挡，神态上不能保持平静。有人去拜访阮孚，看见他正在吹火给木屐上蜡，还感叹道：“不知道这辈子能穿几双木屐？”神态安详自然。于是两人之间由此分出高下。

【解　义】

祖约和阮孚各有嗜好，如何评其优劣，确是不易。本文从两人对待客人的动作与话语来比较：祖约精于计算，当着客人的面躲躲藏藏，鬼鬼祟祟；而阮孚则神态自若，只是牵挂一生还能穿几双屐，洒脱很多。不过他们最大的不同是，祖约不仅贪财，更贪权贪势，夺人田地，后随苏峻谋反；而阮孚为人“疏放”“蓬头饮酒”“终日酣纵”（《晋书·阮孚列传》），颇有阮籍之风。

十六

许侍中、顾司空俱作丞相从事[①]，尔时已被遇[②]，游宴集聚，略无不同。尝夜至丞相许戏[③]，二人欢极，丞相便命使入已帐眠。顾至晓回转[④]，不得快孰[⑤]。许上床便咍台大鼾[⑥]。丞相顾诸客曰："此中亦难得眠处。"

【今　注】

①许侍中：许璪，字思文，义兴阳羡（今江苏宜兴）人。官至吏部侍郎。　顾司空：顾和。

②遇：指赏识重用。

③许：住所。

④回转：指翻来覆去不能入睡。

⑤孰：通"熟"。

⑥咍（hāi）台：打鼾声。　鼾：打呼噜。

【今　译】

许璪、顾和都在丞相王导手下担任从事，当时都已得到赏识重用，参加游乐宴饮聚会时，两人的表现没有什么不同。有一次他们晚上到王导家游玩，二人尽欢后，王导便让他们到自己帐中睡觉。顾和直到天亮还在辗转反侧，难以熟睡。许璪一上床就鼾声大作。王导看着宾客们说："这里也难以找到安睡的地方。"

【解　义】

顾和因为睡在上司的住处，或许感到不习惯，或许有所顾虑，以至于一夜难寐。许璪则心无杂念，所以倒头就睡。可见，具有雅量者即便处于不同的环境，也能够坦然自处。

十七

庾太尉风仪伟长[①]，不轻举止，时人皆以为假。亮有大儿数岁，雅重之质便自如此，人知是天性。温太真尝隐幔怛之[②]，此儿神色恬然，乃徐跪曰："君侯何以为此[③]？"论者谓不减亮。苏峻时遇害。或云："见阿恭[④]，知元规非假。"

【今　注】

①庾太尉：庾亮。　风仪：风度和仪容。

②温太真：温峤。　幔：帐幕。　怛（dá）：惊吓。

③君侯：对达官贵人的尊称。

④阿恭：庾会（313—331），庾亮长子，字会宗，小字阿恭。

【今　译】

庾亮风度超群，仪容伟岸，举止稳重得体，当时人都认为他是假装的。庾亮大儿子几岁时，文雅稳重的气质就已经如此，人们于是知道这是天性。温峤曾经躲藏在帐幔后面吓唬他，这孩子神色从容安详，竟然从容地跪下说："君侯为什么要这样？"议论的人认为他颇似其父。后来他在苏峻作乱时被害。有人说："见到阿恭，就知道庾亮（的风度）不是假装的。"

【解　义】

魏晋士人推崇越名教而任自然，庾亮却反其道而行之，《晋书·庾亮列传》称其平时一切举动都按照礼节，也就是本文所说"不轻举止"，这就不免让人怀疑他的优雅风度是伪装出来的。当然，一个人的气质很难伪装，所以人们又从庾亮长子庾会的身上，得出了"天性"如此的结论。其实，人的相貌可以天成，气质却一定是后天所养成。庾会年幼时即有乃父风范，当然是家庭熏陶所致，而非天性。

十八

褚公于章安令迁太尉记室参军[①]，名字已显而位微，人未多识。公东出，乘估客船[②]，送故吏数人，投钱唐亭住[③]。尔时，吴兴沈充为县令[④]，当送客过浙江[⑤]，客出[⑥]，亭吏驱公移牛屋下。潮水至，沈令起彷徨[⑦]，问："牛屋下是何物[⑧]？"吏云："昨有一伧父来寄亭中[⑨]，有尊贵客，权移之[⑩]。"令有酒色，因遥问："伧父欲食䴵不？姓何等？可共语。"褚因举手答曰："河南褚季野[⑪]。"远近久承公名，令于是大遽[⑫]，不敢移公，便于牛屋下修刺诣公[⑬]，更宰杀为馔具[⑭]，于公前鞭挞亭吏，欲以谢惭。公与之酌宴，言色无异，状如不觉。令送公至界。

【今　注】

①褚公：褚裒。　章安令：章安县令。章安县在今浙江临海东。　太尉：郗鉴。　记室参军：将军府的重要幕僚。

②估（gǔ）客：商贩。

③钱唐：钱塘，旧县名，治所在今浙江杭州市西。　亭：驿站。

④吴兴：郡名，治所在今浙江湖州。　沈充：事迹不详。

⑤浙江：即钱塘江。

⑥出：来到。

⑦彷徨：来回徘徊。

⑧何物：轻蔑语，意即什么人。

⑨伧（cāng）父：南方人对北方人的蔑称。

⑩权：暂且。

⑪褚季野：褚裒字季野。

⑫遽：惊慌。

⑬修刺：写名帖。刺，名帖，名片。

⑭馔（zhuàn）：菜肴。具：摆设。

【今　译】

褚裒由章安县令升任太尉府记室参军，他已经出名但官位不高，人们还不认识他。当时他从东面出发，乘坐商贩船，和送行的几位属吏投宿在钱塘驿亭。这时候吴兴人沈充担任县令，要送客人过钱塘江，客人来后，亭吏就把褚裒赶到牛棚里。夜里潮水涨起，沈充起床来回徘徊，问：“牛棚里是什么人？”亭吏说：“昨天有一个北方佬来亭中寄宿，因为有贵客，所以暂时移到牛棚里。”沈充有了醉意，便远远地问：“北方佬要吃饼吗？姓什么？可以过来一起谈谈。”诸裒因而举手答道：“河南褚季野。”远近的人早已久闻褚裒的大名，沈充于是大为惊慌，不敢让褚裒移步，便在牛棚下写好帖子拜见褚裒。又宰杀禽畜备办酒食，当着褚裒的面鞭打亭吏，想借此表示惭愧之意。褚裒和他一起喝酒，言谈神色没有什么异样，好像毫无察觉一样。沈充后来把褚裒一直送到了县界。

【解　义】

本文所载与本书《轻诋》第七则记载有类似之处。褚裒早年官阶不高，晋康帝司马越即位后才因为是皇后之父的缘故而身居要职，后人或许即因此演绎其早年不为世人所知的故事。本文与正史记载有出入，据《晋书·褚裒列传》记载，褚裒在任参军前是吴王司马越的文学（职掌典章故事，备顾问侍从），而不是章安县令；褚裒在苏峻之乱时被车骑将军郗鉴引为记室参军。本文之所以称为“太尉记室参军”，或许是因为郗鉴此后官至太尉的缘故。也因此，刘孝标注误以为“太尉”指庾亮，其实，庾帝去世后才获赠太尉，所以此处之“太尉”必然是指郗鉴。本文有明显的演绎痕迹，褚裒并非平民百姓，投宿驿站时不可能不通报身份，更何况还有“故吏数人”随行，亭吏怎么可能将他赶到牛棚里？

十九

郗太傅在京口①，遣门生与王丞相书②，求女婿。丞相语郗信③：“君往东厢，任意选之。”门生归白郗曰：“王家诸郎亦皆可嘉，闻来觅婿，咸自矜持④。唯有一郎在床上坦腹卧，如不闻。”郗公云：“正此好⑤！”访之，乃是逸少⑥，因嫁女与焉。

【今　注】

①郗太傅：郗鉴。　京口：古城名，故址在今江苏镇江。

②门生：依附于世家豪族之人。　王丞相：王导。

③信：使者。

④矜持：指拘谨。

⑤正：恰，表情态之词。

⑥逸少：王羲之字“逸少”。

【今　译】

郗鉴在京口时，派门生送信给王导，想找女婿。王导对郗鉴的信使说：“你到东厢房去，任意挑选。”门生回去报告郗鉴说：“王家诸位郎君都值得称道，他们听说来挑女婿，都显得很拘谨。只有一位郎君在床榻上坦腹而卧，好像什么都没听见。”郗鉴说：“恰恰是这一位好！”再去打听，原来是王羲之，就把女儿嫁给他了。

【解　义】

所谓“郗太傅在京口”，是指郗鉴以车骑将军领徐州刺史时驻镇在京口。成语“东床快婿”即典出于此。王家子弟听说有人来挑女婿，大多显得拘谨，这是常人之态，毕竟谁都不想表现不佳。但王羲之却能不为所动，处之泰然，这样的气度自然受到郗鉴的青睐。

二十

过江初，拜官①，舆饰供馔②。羊曼拜丹阳尹③，客来蚤者④，并得佳设⑤，日晏渐罄⑥，不复及精，随客早晚，不问贵贱。羊固拜临海⑦，竟日皆美供⑧，虽晚至，亦获盛馔。时论以固之丰华，不如曼之真率。

【今 注】

①拜官：授任官职。

②舆：都，皆。 饰：整治。

③羊曼（274—328）：字延祖，泰山郡南城（今山东新泰）人。历官黄门侍郎、尚书吏部郎、晋陵太守、丹阳尹等。后为苏峻所害。

④蚤：通“早”。

⑤佳设：佳肴。

⑥晏：晚。 罄（qìng）：尽，空。

⑦羊固（生卒不详）：字道安，泰山郡南城（今山东新泰市羊流镇）人，历官临海太守、黄门侍郎。

⑧竟日：终日。 美供：精美的饮食。

【今 译】

朝廷南渡初期，拜授官职时都要置办酒宴。羊曼出任丹阳尹时，宾客来得早的，都能吃到佳肴，天色晚了食物渐渐吃光，就不再有精美的食物供应了，随着客人到来的早晚招待，不论客人身份的贵贱。羊固出任临海太守时，全天都有精美的食物招待客人，客人虽然来得晚，也能吃到丰盛的菜肴。当时人议论认为羊固宴席虽然丰盛精美，但比不上羊曼的真诚坦率。

【解　义】

据刘孝标注引《羊曼别传》记载，羊曼性格宏达任放，与阮放等人一同被誉为“兖州八达”。

二十一

周仲智饮酒醉[1]，瞋目还面，谓伯仁曰[2]：“君才不如弟，而横得重名[3]。”须臾，举蜡烛火掷伯仁，伯仁笑曰：“阿奴火攻[4]，固出下策耳。”

【今　注】

①周仲智：周嵩。

②瞋目：怒目相向。　伯仁：周顗，周嵩之兄。

③横：指不正常，有所意外。

④阿奴：兄对弟的爱称。

【今　译】

周嵩喝醉了酒，怒目圆睁地转过脸，对周顗说：“你的才能不如我，却无端获得了盛名！”随即，他举起点着火的蜡烛扔向周顗，周顗笑道：“阿奴用火攻，实属下策啊！”

【解　义】

本文所载亦见《晋书·周顗列传》，但似不可信。周嵩为人狷直果侠，即性格耿直行事果敢仗义，但文中周嵩嫉妒周顗的言行则属于狷介，即偏激而狭隘，二者相去甚远。周嵩也是当世名士，应当不至于作出这等令天下人耻笑的举动。据《晋书·周嵩列传》，周嵩曾在晋元帝面前直谏而被论为大不敬，廷尉华恒议处弃市，但晋元帝因为顾及周顗而隐忍。王敦杀害周顗后，派人去周嵩处吊唁，周嵩说："亡兄天下人，为天下人所杀，复何所吊！"王敦因此怀恨在心，此后派人将其陷害致死。从兄弟二人之间的关系看，此则故事应出于后人之附会，目的是为了渲染周顗的雅量。

二十二

顾和始为扬州从事，月旦当朝[①]，未入顷[②]，停车州门外。周侯诣丞相[③]，历和车边[④]。和觅虱，夷然不动[⑤]。周既过，反还，指顾心曰："此中何所有？"顾搏虱如故[⑥]，徐应曰："此中最是难测地。"周侯既入，语丞相曰："卿州吏中有一令仆才[⑦]。"

【今　注】

①月旦：农历每月初一。　朝：指下级官吏晋见上级长官。

②顷：指短时间。

③周侯：周顗。　丞相：王导，此时任扬州刺史。

④历：经过。

⑤夷然：平静镇定的样子。

⑥搏：捕捉。

⑦令仆：尚书令和仆射的简称，同居宰相之任。

【今　译】

顾和刚任扬州刺史从事时，初一朝会时，还没到进去的时间，就把车停在州府门外。周顗这时来拜访丞相王导，在顾和的车旁经过。顾和正在捉虱子，神情平静，纹丝不动。周顗走过去后，又回转身来，指着顾和的心口说："这里面有什么？"顾和照旧捉虱子，从容地回答说："这里面是最难揣测的地方。"周顗进去后，对王导说："你的属吏中有一位能当宰相的人才。”

【解　义】

通常情况下，下属去见上司时难免会有紧张情绪，但顾和却是一副轻松自在的样子，竟然有闲心利用片刻时间抓虱子，而且在周顗问话时仍然表现得很从容。周顗以气度出众而闻名，所以顾和淡定的气度自然受到他的赏识。气度与才学密不可分，顾和的答语就富有智慧，这是周顗认为顾和具有宰相之才的原因。

二十三

庾太尉与苏峻战①，败，率左右十余人乘小船西奔。乱兵相剥掠②，射，误中柂工，应弦而倒，举船上咸失色分散③。亮不动容，徐曰：“此手那可使著贼④！”众乃安。

【今　注】

①庾太尉：庾亮。

②乱兵：指溃散败逃的士兵。　剥掠：抢劫。

③举船：全船。

④那可：怎么可以。　著贼：指射中贼兵。

【今　译】

庾亮与苏峻交战，战败，带了十几个随从乘小船向西逃跑。乱兵正在抢劫，随从向乱兵射箭，误中船上的柂工，柂工应声而倒，船上的人都惊慌失色，想各自奔逃。庾亮毫不变色，从容地说：“这双手怎么可以去杀贼呢！”众人这才安下心来。

【解　义】

据《晋书·庾亮列传》记载，苏峻起兵反叛后，乘胜南下建康，庾亮率军战于建阳门外，但军心涣散，以至于阵列还未排好，士众就已经弃甲而走，庾亮只能乘船逃跑。本文所载亦见《晋书·庾亮列传》，庾亮所说意在提醒自己的随从，如果你们都逃走了，难道要我亲自杀贼吗？随从们这才意识到他们的责任，所以情绪上镇定下来。

二十四

庾小征西尝出未还[①]。妇母阮是刘万安妻[②]，与女上安陵城楼上[③]。俄顷，翼归[④]，策良马[⑤]，盛舆卫[⑥]。阮语女："闻庾郎能骑，我何由得见？"妇告翼，翼便为于道开卤簿，盘马[⑦]，始两转，坠马堕地，意色自若。

【今　注】

①庾小征西：庾翼。庾亮、庾翼先后任征西将军，故称庾翼为小征西将军。

②妇母：岳母。　阮：阮姓，阮蕃之女，字幼娥。　刘万安：刘绥（生卒不详），字万安，高平国（今山东巨野南）人，安北大将军刘宝之侄，官至骠骑长史。

③安陵：当作"安陆"，是江夏郡的治所，在今湖北安陆市北。

④俄顷：转眼，短时间。

⑤策：用鞭赶马。

⑥舆卫：车马卫兵。

⑦卤簿：仪仗队。　盘马：骑马盘旋驰骋。

【今　译】

庾翼曾外出没回来。他的岳母阮氏是刘绥的妻子，与女儿一起登上安陆城的城楼。不一会儿庾翼回城，驱策着骏马，车马侍卫簇拥。阮氏对女儿说："听说庾郎擅长骑马，我怎样可以看到他的骑术呢?”庾翼的妻子派人告诉了庾翼，庾翼就为岳母在大道上摆开仪仗队，骑马盘旋，才转了两圈，就掉下马背摔倒在地，但神情却坦然自若。

【解　义】

通常情况下，表演失败是件丢脸的事，但庾翼却毫不在意，完全是无所谓的样子，表现出了超乎常人的豁达气度。

二十五

宣武与简文、太宰共载①，密令人在舆前后鸣鼓大叫。卤簿中惊扰②，太宰惶怖求下舆。顾看简文，穆然清恬③。宣武语人曰:“朝廷间故复有此贤。”

【今　注】

①宣武：桓温。　简文：简文帝司马昱。　太宰：司马晞(316—381)，字道升，晋元帝第四子，封武陵王，永和八年(352)进拜太宰，后为桓温所诬，徙新安。

②卤簿：仪仗队。

③穆然：镇静的样子。　清恬：清静安适。

【今　译】

桓温和司马昱、司马晞同乘一辆车出行，暗中让人在车子前后击鼓大喊。仪仗队受到惊扰，司马晞惊慌之中要求下车。回头看司马昱，神情镇定娴雅。桓温对人说:“朝廷里原来还有这样的贤人。”

【解　义】

司马晞为元帝之四子，司马昱为元帝之少子。司马晞尚武，司马昱则尚清谈。兄弟二人志好不同，境界也不同，当面临危险时，其表现也就有了高下之分。

二十六

王劭、王荟共诣宣武①，正值收庾希家②。荟不自安，逡巡欲去③。劭坚坐不动，待收信还④，得不定⑤，乃出。论者以劭为优。

【今　注】

①王劭（生卒不详）：字敬伦，王导第五子，官至尚书仆射、吴国内史。　王荟（生卒不详）：字敬文，小字小奴，王导第六子，官至会稽内史，进号镇军将军，加散骑常侍。　宣武：桓温。

②收：逮捕。　庾希（？—372）：字始彦，庾冰长子，官至北中郎将、徐兖二州刺史。后为桓温所杀。

③逡（qūn）巡：有所顾忌而徘徊。

④信：使者。

⑤得不定：指得知逮捕庾希之事还没结果。

【今　译】

王劭、王荟一起去拜访桓温，正遇到桓温命人去抓捕庾希。王荟感到不安，有所顾忌而想离开。王劭则坚持坐着不为所动，等到去逮捕的使者回来，得知抓捕庾希之事没结果，这才告辞出来。议论的人都认为王劭更为优秀。

【解　义】

据《晋书·庾希列传》记载，桓温构陷庾倩及庾柔，并将他们杀害，庾希与弟弟庾邈等逃至海陵。后庾希夜入京口城，放城内囚徒数百人，并配发兵器，矫称海西公密旨，要诛除凶逆桓温，结果兵败被俘，与庾邈及子侄五人一同问斩于建康。本文所谓“不定”，即指庾希出逃。

二十七

桓宣武与郗超议芟夷朝臣①，条牒既定②，其夜同宿。明晨起，呼谢安、王坦之入，掷疏示之，郗犹在帐内。谢都无言，王直掷还，云："多③。"宣武取笔欲除，郗不觉，窃从帐中与宣武言。谢含笑曰："郗生可谓入幕宾也④。"

【今　注】

①桓宣武：桓温。　芟（shān）夷：铲除，消灭。

②条牒：文书。

③多：指铲除的人太多了。

④生：即先生之简称。

【今　译】

桓温与郗超商议铲除一些朝廷大臣，文书拟定后，夜里就一起休息。第二天早晨起来，桓温招呼谢安、王坦之进来，把拟好的奏疏丢给他们看，郗超这时还睡在帷帐内。谢安一句话都没说，王坦之径直把奏疏丢还给桓温，说："太多了。"桓温拿过笔来想删削名单，郗超不知不觉就悄悄从帷帐中与桓温说话。谢安含笑说："郗先生可称得上是入幕之宾啊。"

【解　义】

幕宾指将军府的谋士，郗超小字嘉宾，所以谢安语带调侃，称之为入幕之宾。桓温准备大肆铲除朝中的异己，当时弥漫着肃杀之气，而朝中大臣属于王谢宗族、姻亲及亲近者不在少数，势必会有所牵连。桓温删削名单的结果事关重大，常人在此紧要关头都会手捏一把汗，但谢安却能从容镇定，甚至口出幽默，其气度自然让人钦佩。

二十八

谢太傅盘桓东山时①，与孙兴公诸人泛海戏②。风起浪涌，孙、王诸人色并遽③，便唱使还④。太傅神情方王⑤，吟啸不言⑥。舟人以公貌闲意说⑦，犹去不止。既风转急，浪猛，诸人皆喧动不坐。公徐曰："如此将无归⑧？"众人即承响而回⑨。于是审其量⑩，足以镇安朝野。

【今　注】

①谢太傅：谢安。　盘桓：逗留。　东山：谢安早年隐居之地，在今浙江上虞西南。

②孙兴公：孙绰。　泛海戏：出海游玩。

③孙、王：孙绰、王羲之。　遽：惊惧。

④唱：高呼。

⑤王（wàng）：指精神旺，兴致高。

⑥吟啸：吟诗吹口哨。啸，撮口作声，即吹口哨。

⑦闲：娴静。　说（yuè）：愉悦。

⑧将无：大概、恐怕。

⑨承响：应声。

⑩审：知悉。　量：气量。

【今　译】

谢安隐居东山时，与孙绰等人出海游玩。海上风起浪涌，孙绰、王羲之等人的神色都惊慌不已，于是高呼让船驶回去。谢安兴致正高，吟诗吹口哨而没有回答。船夫因为谢安面色娴静神态愉悦，所以还是向前行船。及至风势变急，浪头猛烈，船上人都叫喊躁动坐不住。谢安从容地说："既然这样还是回去吧。"大家即刻应声附和而回。从这件事审度谢安的气量，足以镇定安抚朝野上下。

【解　义】

谢安处变不惊的事例不少，本文即为其一。本文所载亦见《晋书·谢安列传》，字句稍有不同。

二十九

桓公伏甲设馔[①]，广延朝士，因此欲诛谢安、王坦之。王甚遽[②]，问谢曰："当作何计?"谢神意不变，谓文度曰[③]："晋阼存亡[④]，在此一行。"相与俱前。王之恐状转见于色，谢之宽容愈表于貌。望阶趋席[⑤]，方作洛生咏[⑥]，讽"浩浩洪流[⑦]"。桓惮其旷远[⑧]，乃趣解兵[⑨]。王、谢旧齐名，于此始判优劣。

【今　注】

①桓公：桓温。　伏甲：埋伏兵士。甲：穿甲胄的士兵。　设馔（zhuàn）：备好酒食。馔，饮食。

②遽：恐惧。

③文度：王坦之。

④阼（zuò）：指皇位、国运。

⑤趋：快步走。

⑥方：模仿。　洛生咏：东晋名士盛行仿效洛阳口音吟诗，故称"洛生咏"。

⑦浩浩洪流：嵇康《赠秀才入军五首》第四首第一句。

⑧旷远：指胸襟开阔超脱。

⑨趣（cù）：赶快。　解兵：撤走伏兵。

【今　译】

桓温摆设宴席埋伏穿甲的士兵，大请朝中官员，想要趁机杀掉谢安、王坦之。王坦之非常恐惧，问谢安道："应当作什么打算?"谢安神态意气一点不变，对王坦之说："晋朝国运的存亡，就在此行了。"两人一起前去赴宴。王坦之恐惧的样子表现在了神色上，谢安的从容镇定越发表现在面容上。他看着台阶快步走向座席，还模仿起洛生咏，吟诵"浩浩洪流"。桓温忌惮他开阔超脱的胸襟，于是赶快撤走伏兵。王坦之、谢安过去齐名，从这件事开始才分出了高下。

【解　义】

据刘孝标注引宋明帝《文章志》，桓温在新亭大陈兵卫，招谢安及王坦之来见，准备加害他们，王坦之举止失常，汗流浃背，连手版都拿倒了，而谢安则神色不变，环顾桓温的左右卫士，说："我听说诸侯有道的话，就只需要防守四邻，您怎么在墙壁间设卫士?"桓温慑于谢安的气度，威风顿失，于是摆开宴席，依次敬酒。东晋时期，随着北方士族大量南迁江东地区，洛阳方言逐渐成为南方士人的时尚口音。据刘孝标注引宋明帝《文章志》及《晋书·谢安列传》记载，谢安患有鼻炎，所以他的洛生咏带有很重的鼻音，很多名流无法模仿，就用手掩着鼻子，以发出类似的浊音。洛生咏在东晋时期一直很流行，据《南齐书·张融传》记载，吴郡人张融任封溪令，出游时被獠人抓获，张融镇定自如，作洛生咏，獠人感到诧异，所以没有加害他。陈寅恪先生据此指出："江东士族不独操中原之音，且亦斅（xiào，意为仿效）洛下之咏。张融本吴人，而临危难仍能作洛生咏，虽由于其心神镇定，异乎常人，要必平日北音习熟，否则决难致此无疑也。"（《东晋南朝之吴语》）所谓"王之恐状，转见于色"，恐怕失实，毕竟王坦之曾任桓温长史，不仅与桓温有旧交，而且还是儿女亲家（王坦之之子娶桓温之女），应当不至于如此惊慌失措。后人或许为了烘托谢安之从容镇定，所以拿王坦之当了陪衬。

三十

谢太傅与王文度共诣郗超[①]，日旰未得前[②]。王便欲去，谢曰："不能为性命忍俄顷[③]？"

【今 注】

①谢太傅：谢安。 王文度：王坦之。

②日旰（gàn）：天色晚。

③俄顷：瞬间。

【今 译】

谢安与王坦之一起去拜访郗超，天色已晚还未能得到接见。王坦之便想离去，谢安说："难道就不能为了性命再忍耐一会儿吗？"

【解 义】

郗超是桓温的心腹谋士，桓温准备铲除朝中异己的计划也是与郗超一同策划的，所以刘孝标称其"专杀生之威"。谢安所谓"为性命"，并非顾及个人之安危，而是指在桓温准备大开杀戒时，为朝中大臣请命。

三十一

支道林还东[①]，时贤并送于征虏亭[②]。蔡子叔前至[③]，坐近林公；谢万石后来[④]，坐小远[⑤]。蔡暂起，谢移就其处。蔡还，见谢在焉，因合褥举谢掷地[⑥]，自复坐。谢冠帻倾脱[⑦]，乃徐起，振衣就席[⑧]，神意甚平，不觉瞋沮[⑨]。坐定，谓蔡曰："卿奇人，殆坏我面[⑩]。"蔡答曰："我本不为卿面作计[⑪]。"其后二人俱不介意。

【今　注】

①还东：回到东边。

②征虏亭：谢安所建，时任征虏将军，故名征虏亭，在今江苏江宁东。

③蔡子叔：蔡系（生卒不详），字子叔，蔡谟第二子，官至抚军长史。

④谢万石：谢万。

⑤小：稍微。

⑥褥：指坐垫。

⑦帻（zé）：裹头发的头巾。

⑧振衣：整衣。

⑨瞋（chēn）沮（jǔ）：生气懊丧。

⑩殆：几乎，差不多。

⑪作计：作打算。

【今　译】

支道林将要东归时，名士都到征虏亭送行。蔡系先到，坐在靠近支道林的地方。谢万后来，坐得稍远。蔡系暂时起身离开，谢万就移坐到蔡系的位子上。蔡系回来后，看到谢万坐在自己的位置上，就连同坐垫把谢万举起来扔到地上，自己重新坐回原来的位子。谢万的帽子头巾都歪斜脱落，于是从容起身，整整衣服回到座位上，神色意态很平静，感觉不到气恼懊丧的样子。谢万坐好后，对蔡系说："你是个怪人，差点毁了我的面容。"蔡系答道："我原本就不为你的面容作打算。"此后两人都没把这事放在心上。

【解　义】

所谓"还东"，据《高僧传·支遁传》记载，指晋哀帝请支道林至京城东安寺讲经，支道林留住三年后退隐。蔡系看到谢万占了自己的位置，所以一怒之下将其掀翻。谢万也知道自己理亏在先，只是觉得蔡系下手重了点而已。魏晋名士以自然率真为高，不拘泥于礼数，也不会在乎所谓颜面。所以蔡系不留情面，谢万则不觉得自己有失面子。两人都有名士风范，事情过去后自然就不再心存芥蒂。本文所载亦见《晋书·谢万列传》，并称谢万表现出的风度受到了人们的称道。

三十二

郗嘉宾钦崇释道安德问①，饷米千斛②，修书累纸③，意寄殷勤④。道安答直云⑤："损米⑥，愈觉有待之为烦。"

【今　注】

①郗嘉宾：郗超。　钦崇：钦佩崇敬。　释道安（314—385）：俗姓卫，常山扶柳（今河北冀州西）人。十二岁出家，师事佛图澄。长期在襄阳传法，研讲般若学。后至长安五重寺主持译场，著译甚多，为般若学六大家之一。　德问：道德声誉。问，通"闻"，声誉。

②饷：赠送。　斛（hú）：量器名，十斗为一斛。

③累纸：好几张纸。累，重叠。

④殷勤：周到。

⑤直：径直。

⑥损：减少。

【今　译】

郗超佩服崇敬道安和尚的道德声望，赠送了一千斛米，写了很长的信，殷勤地向他致意。道安回信直截了当地说："破费这么多粮食，让我愈发感到心烦。"

【解　义】

按照佛家的原始教义，出家人不能从事生产，不能拥有钱财，只能托钵乞食。一千斛米，无疑是一笔巨额财富，所以让道安感到不胜其烦。道安重视戒律，曾广泛搜求戒本，并制订了一套戒规，影响至今。如出家人以“释”为姓，即为道安所创。习凿齿曾致书谢安说：“来此见释道安，故是远胜，非常道士，师徒数百，斋讲不倦。无变化技术可以惑常人之耳目，无重威大势可以整群小之参差；而师徒肃肃，自相尊敬，洋洋济济，乃是吾由来所未见。”（《高僧传》卷五）

三十三

谢安南免吏部尚书，还东[1]。谢太傅赴桓公司马，出西[2]。相遇破冈[3]，既当远别，遂停三日共语。太傅欲慰其失官，安南辄引以它端。虽信宿中涂[4]，竟不言及此事。太傅深恨在心未尽[5]，谓同舟曰：“谢奉故是奇士。”

【今　注】

①谢安南：谢奉，曾任安南将军，故称。　还东：指从京城建康回山阴。

②谢太傅：谢安。　赴：赴任桓温的司马。　桓公司马：桓温幕府的司马。　出西：西行。

③破冈：破冈渎。三国时孙权发兵开凿的运河，以连接秦淮河和太湖之间的船运，所凿通的分水岭名破冈，故称。

④信宿：连宿两夜。　中涂：路途中，“徐”通“途”。

⑤恨：遗憾。

【今　译】

谢奉被免去吏部尚书，准备回山阴。谢安赴任桓温的司马，正要西行。两人在破冈渎相遇，值此久别之际，于是停留了三天一起叙谈。谢安想安慰谢奉被免官之事，谢奉总是把话题引开。两人虽然在途中连住了两夜，竟然没有说到这件事。谢安对没能把心里话说出来而深感遗憾，对同船的人说："谢奉本来就是个奇人。"

【解　义】

魏晋名士崇尚纵情丘壑，大多不会以去就为意。谢安因未能表达安慰之意而耿耿于怀，未免有世俗之嫌，也反衬出谢奉的气度。不过，本文的真实性存疑。谢安出山是在升平四年（360 年），而据《晋书·礼志》记载，谢奉于升平五年（361）仍然在任。

三十四

戴公从东出[①]，谢太傅往看之[②]。谢本轻戴，见，但与论琴书，戴既无吝色[③]，而谈琴书愈妙。谢悠然知其量[④]。

【今　注】

①戴公：戴逵（约 326—396），字安道，谯郡铚县（今安徽宿州西南）人，后徙居会稽剡县（今浙江嵊州）。少博学，好清谈，善属文，能鼓琴，工书画。性高洁，屡辞征辟。擅长人物、山水、走兽画，为瓦官寺所塑之《五世佛》，与顾恺之《维摩诘像》、狮子国（斯里兰卡）之玉佛，并称"三绝"。　东出：指从会稽到建康，会稽在京城建康之东，故称东出。

②谢太傅：谢安。

③吝色：指不乐意的神色。

④悠然：徐缓的样子。　量：气度。

【今　译】

戴逵从会稽来到建康，谢安去看望他。谢安原本有点低估戴逵，见面后，只是与他谈论琴道与书法，戴逵不但没有表现出不悦的神色，而且谈论起琴道与书法来愈发精妙。谢安这才慢慢体悟到了他的气度。

【解　义】

谢安对戴逵的才学有所低估，所以见面后不和他谈玄论道，只和他谈论琴道与书法。琴棋书画只是文人的雅好，并非他们的专攻，所以谢安的举动就有点不礼貌了。不过，琴棋书画并不只是单纯的技艺，也可反映文人士子的审美能力及其对事物的认知能力。谢安从戴逵的精妙议论中认识到了他的博学多才，并由此对他的气度有所认知。

三十五

谢公与人围棋[①]，俄而谢玄淮上信至[②]。看书竟，默然无言，徐向局[③]。客问淮上利害[④]，答曰："小儿辈大破贼[⑤]。"意色举止不异于常。

【今　注】

①谢公：谢安。

②俄而：不久。　淮上：淮河上。晋孝武帝太元八年(383)，前秦苻坚以八十七万大军南下攻晋，谢安派谢玄等率军八万迎战，以少胜多，大破苻坚，史称淝水之战。淝水为淮河上游之支流，故称。　信：信使。

③徐：慢慢。　局：棋局。

④利害：指胜负。

⑤小儿辈：淝水之战中，晋军主要将领大多为谢安之子侄，故称。

【今　译】

谢安和客人下围棋，不一会儿谢玄从淮河前线派来的信使到了，谢安看完来信后，沉默不说话，慢慢把脸转向棋局。客人问淮河上的胜负消息，谢安答道：“小儿们大破贼军。”神态举动与平时没有不同。

【解　义】

本文所载亦见《晋书·谢安列传》，末曰：“既罢，还内，过户限，心甚喜，不觉屐齿之折，其矫情镇物如此。”矫情镇物指掩饰内心以安定旁人的情绪。淝水之战事关东晋之存亡，谢安的内心不可能没有激动兴奋的情绪，所以他在迈过门槛时双腿僵硬，甚至连木屐的齿被碰折都不知道。这一情节或许出于后人之演绎，但符合谢安善于在众人面前保持克制和镇定的一贯风格。

三十六

王子猷、子敬曾俱坐一室[①]，上忽发火，子猷遽走避[②]，不惶取屐[③]。子敬神色恬然[④]，徐唤左右扶凭而出[⑤]，不异平常。世以此定二王神宇[⑥]。

【今　注】

①王子猷（yóu）：王徽之（？—388），字子猷，王羲之第五子，官至黄门侍郎。　子敬：王献之。

②遽：急。

③惶：通“遑”，闲暇。

④恬然：安闲的样子。

⑤扶：搀。　凭：靠。

⑥神宇：神情器宇。

【今　译】

王徽之、王献之曾经同坐在一间屋子里，房上忽然起火，王徽之赶紧跑开躲避，来不及穿上木屐。而王献之则神色安闲，从容不迫地叫左右侍从把他搀扶着出去，与平常没有什么不同。当时人们就用此事来评定二王神情气宇的高下。

【解　义】

王徽之、王献之兄弟二人均享有盛名，所以人们热衷于替他们分出高下。本文所载亦见《晋书·王献之列传》，并称王献之的风流为“一时之冠”，可见二人之高下在当时已有定论。

三十七

苻坚游魂近境[1]，谢太傅谓子敬曰[2]：“可将当轴[3]，了其此处[4]。”

【今　注】

①游魂：指苻坚入侵的威胁，如鬼魂一般。

②谢太傅：谢安。　子敬：王献之。

③将：率领。　当轴：官居要职者，指将领。

④了（liǎo）：结束，消灭。

【今　译】

苻坚像游魂一般迫近边境，谢安对王献之说：“我可以率领众将，在此处消除苻坚的威胁。”

【解　义】

面对苻坚的强大兵力，东晋王朝显得岌岌可危，朝臣人心浮动，但执掌朝政的谢安用自己从容不迫的态度来安定人心，他对王献之所说，也是其信心的表达。此后，谢安亲任征讨大都督，并派谢石、谢玄等率军出征，最终获得空前的大捷。

三十八

王僧弥、谢车骑共王小奴许集[1]，僧弥举酒劝谢云："奉使君一觞[②]。"谢曰："可尔。"僧弥勃然起，作色曰："汝故是吴兴溪中钓碣耳[③]，何敢诪张[④]！"谢徐抚掌而笑，曰："卫军[⑤]，僧弥殊不肃省[⑥]，乃侵陵上国也[⑦]！"

【今　注】

①王僧弥：王珉。　谢车骑：谢玄，因任车骑将军，故称。　王小奴：王荟。　许：处所。

②使君：对州郡长官的尊称。谢玄曾任徐州刺史，故称。

③吴兴：郡名，今浙江湖州。谢安曾任吴兴刺史，谢玄少时也曾住吴兴。　钓碣：水中便于垂钓之石。谢玄性好钓鱼，小字羯，与碣同音，所以钓碣是双关语。

④诪（zhōu）张：欺诳诈惑。

⑤卫军：王荟，死后赠卫将军。

⑥肃省（xǐng）：恭敬检点。

⑦上国：春秋时中原诸侯国被尊称为"上国"，南方吴、楚等国则被蔑称为蛮夷。

【今　译】

王珉和谢玄一起在王荟家聚会。王珉举杯向谢玄劝酒说："敬使君一杯酒。"谢玄道："该当如此。"王珉听了勃然大怒站起来，变色道："你本来是吴兴溪涧中一块钓鱼的碣石而已，怎么敢欺诳诈惑！"谢玄从容地拍手而笑，说："王荟，王珉太不恭敬检点了，这是以下犯上啊。"

【解　义】

王荟死后才追赠卫将军，所以对话中不应出现"卫军"的称呼，因此本文应出于后人追述。王珉向谢玄敬酒，谢玄故意摆出一副高高在上的样子，以致王珉勃然大怒。谢玄实则是在逗乐，所以在王珉出口辱骂后，不仅毫不生气，而且抚掌而笑，语带幽默。

三十九

王东亭为桓宣武主簿[①]，既承藉[②]，有美誉，公甚欲其人地，为一府之望[③]。初见谢失仪[④]，而神色自若，坐上宾客即相贬笑[⑤]，公曰："不然。观其情貌，必自不凡，吾当试之。"后因月朝阁下伏[⑥]，公于内走马直出突之[⑦]，左右皆宕仆[⑧]，而王不动。名价于是大重[⑨]，咸云"是公辅器也[⑩]。"

【今　注】

①王东亭：王珣。　桓宣武：桓温。

②承藉：继承凭借。王珣是王导的孙子，名门望族之后，故称。

③人地：人才与门第。　一府：指桓温大司马府。　望：指有名望的人。

④见谢：指晋见桓温答谢。　失仪：失礼。

⑤贬笑：贬斥嘲笑。

⑥月朝：指下属每月初一按例朝见长官。

⑦走马：骑马奔驰。

⑧宕仆：躲闪跌倒。

⑨名价：名声。

⑩公辅：指三公、丞相之类的大臣。　器：才干。

【今　译】

王珣担任桓温的主簿时，凭借祖上的名位，享有美誉，桓温很敬重他的才华和门第，成为大司马府中最有名望的人。王珣初次晋见桓温时有失礼仪，但他神色自如，座上的宾客随即贬斥嘲笑他，桓温说："不对。看他的神态面貌，必定不同寻常，我要试试他。"后来趁着月朝拜伏在官署阁下之时，桓温从里面骑马直冲出来，左右之人都躲闪跌倒，而王珣则纹丝不动。名声于是大为提高，人们都说：“他具有做三公丞相的才干。”

【解　义】

王珣能够处变不惊，所以深受桓温的赏识。据《晋书·王珣列传》记载，桓温将机要全都委任王珣处理，府中文武数万人都认识王珣。

四十

太元末[1]，长星见[2]，孝武心甚恶之[3]。夜，华林园中饮酒[4]，举杯属星云[5]：“长星，劝尔一杯酒，自古何时有万岁天子？”

【今　注】

①太元：东晋孝武帝年号（376—396）。

②长星：彗星的古称。　见：同“现”，出现。

③孝武：东晋孝武帝司马曜。

④华林园：宫苑名，故址在今南京古台城内。

⑤属：同“嘱”，请托。

【今　译】

太元末年，彗星出现，孝武帝心里感到很厌恶。夜间，在华林园中饮酒，他举起酒杯来向彗星嘱告道：“彗星啊！劝你饮一杯酒。自古以来什么时候有过万岁的天子？”

【解　义】

彗星古称“妖星”，俗称“扫帚星”，主不祥之兆。据《晋书·天文志》记载，太元二十年（395）九月有彗星出现，次年（396）九月，孝武帝驾崩。又据《晋书·孝武帝纪》记载，孝武帝溺于酒色，为长夜之饮，因醉酒而暴崩。编者将本文归入“雅量”，或许认为孝武帝所言是看穿了生死。但实际上孝武帝不过是纵情酒色的昏君罢了。

四十一

殷荆州有所识作赋[①]，是束晳慢戏之流[②]，殷甚以为有才，语王恭："适见新文，甚可观。"便于手巾函中出之[③]。王读，殷笑之不自胜[④]；王看竟，既不笑，亦不言好恶，但以如意帖之而已[⑤]。殷怅然自失[⑥]。

【今　注】

①殷荆州：殷仲堪，因任荆州刺史，故称。

②束晳（264—303）：字广微，阳平元城（今河北大名）人。以博学多闻、善为文辞而知名。历官著作佐郎、尚书郎。生前著述颇多散逸，明人辑有《束广微集》。慢戏：轻率游戏。慢，不庄重。

③函：套子。

④自胜：克制自己。

⑤如意：用竹、玉、骨等制成的供搔背或观赏等用的器物。　帖：通“贴”，妥贴，平伏。

⑥怅然：不痛快的样子。　自失：若有所失。

【今　译】

殷仲堪有一位相熟悉的人写了一篇赋，属于束晳那种游戏之作。殷仲堪认为很有才气，对王恭说："刚才见到一篇新作，很值得一看。"于是从手巾套子里拿出赋来。王恭读赋的时候，殷仲堪在一旁笑得克制不住。王恭看完赋后，既没笑，也不说这篇赋的好坏，只是用如意把这篇赋压整齐而已。殷仲堪不觉怅然若失。

【解　义】

据刘孝标注引《文士传》记载，束晳曾作《饼赋》等文，诙谐而戏谑。殷仲堪推荐的这篇游戏之作或许有很多逗乐之处，所以在王恭看的时候，殷仲堪忍不住要笑，以为王恭也会有同感。但王恭显然不认为这种游戏之作有什么可取之处，所以看后只是默默放下而已。两人的审美情趣由此可以分出高下。殷仲堪应当也是立刻发觉自己有些无聊，所以怅然自失。

四十二

羊绥第二子孚①，少有俊才，与谢益寿相好②。尝蚤往谢许③，未食。俄而王齐、王睹来④，既先不相识，王向席有不说色，欲使羊去。羊了不眄⑤，唯脚委几上⑥，咏瞩自若⑦。谢与王叙寒温数语毕⑧，还与羊谈赏⑨，王方悟其奇，乃合共语。须臾食下，二王都不得餐，唯属羊不暇。羊不大应对之，而盛进食，食毕便退。遂苦相留，羊义不住⑩，直云：“向者不得从命⑪，中国尚虚⑫。”二王是孝伯两弟⑬。

【今　注】

①孚：羊孚。

②谢益寿：谢混。

③蚤：通“早”。　许：家。

④王齐：王熙（生卒不详），字叔和，小字齐，王恭弟。官太子洗马，早卒。　王睹：王爽。

⑤了不眄（miàn）：完全不看。了，完全。眄，斜视。

⑥委：放，置。　几：小矮桌。

⑦瞩：专注。　自若：神情闲适。

⑧寒温：寒暄。

⑨谈赏：谈论玩赏。

⑩义：正理，正道。

⑪向者：先前。　从命：听从吩咐，遵命。

⑫中国尚虚：指腹内尚空。以中国比腹心，此以四肢比夷狄。

⑬孝伯：王恭。

【今　译】

羊绥的第二个儿子羊孚，年轻时就有俊秀之才，与谢混相友好。他曾经一大早到谢混家去，还未到吃饭的时候。一会儿王熙和王爽也来了，他们先前互相都不认识，王氏兄弟落座时就有不悦的神色，想让羊孚离开。羊孚完全不看他们一眼，只是把脚搁在小几上，自在地专注于吟咏。谢混与二王兄弟寒暄了几句后，转过头来与羊孚谈论起来，二王兄弟这才感悟到羊孚的奇特，于是便同他一起谈话。不一会儿饭菜上来了，二王兄弟都顾不得吃饭，只是不停地劝羊孚吃。羊孚不太搭理他们，大吃起来，吃完了就告退。二王竭力挽留，羊孚坚决不留下来，直截了当地说："先前我不能遵命离开这里，是因为我肚子还饿着。"二王兄弟是王恭的两位弟弟。

【解　义】

王熙和王爽对素不相识的羊孚露出不悦之色，羊孚显然是注意到了，所以才会说"向者不得从命"。所谓"了不眄"，是指羊孚发现二王兄弟对自己并无善意后，故意摆出的倨傲之态，包括把脚搁在几案上，以及自顾自地吟咏。二王前倨而后恭，羊孚却并不领情，吃饱喝足后一走了之，说明羊孚并无雅量。相较于本篇所载名士间虽有误会但事后毫不介意的多则故事，羊孚的心胸似乎略嫌狭隘。

识鉴第七

识鉴，指对人或事物的认知和鉴别。知人才能善任，但千里马常有而伯乐不常有，可见知人之难。诸葛亮曾提出七条知人之道："一曰问之以是非而观其志，二曰穷之以辞辨而观其变，三曰资之以计谋而观其识，四曰告之以祸福而观其勇，五曰醉之以酒以观其性，六曰临之以利以观其廉，七曰期之以事以观其信。"（《将苑·知人性》）意即鉴别人物可以从志趣、口才、见识、勇毅、性情、廉耻、信义等方面予以考察。本篇共有28则，既有对世事的判断，也有对人物的品评和识鉴，展现出魏晋士人审时度势、见微知著的洞察力。

一

曹公少时见乔玄[①]，玄谓曰："天下方乱，群雄虎争，拨而理之[②]，非君乎？然君实是乱世之英雄，治世之奸贼。恨吾老矣，不见君富贵，当以子孙相累[③]。"

【今　注】

①曹公：曹操。　乔玄（110—184）：又作"桥玄"，字公祖，梁国睢阳（今河南商丘）人，汉末名臣。历官上谷太守、汉阳太守、度辽将军、河南尹、司空、司徒、太中大夫。

②拨：整顿。

③累：劳累，麻烦。

【今　译】

曹操年少时去拜见乔玄，乔玄对他说："天下正在动荡，各路英雄如虎相争，拨乱并治理天下的，不是您吗？您实在是乱世的英雄，治世的奸贼。但遗憾的是我已老了，不能看到您富贵之时了，只有把子孙托付给您照顾。"

【解　义】

据《后汉书·桥玄列传》记载，桥玄认为曹操有安定天下的才能，但没有所谓"乱世之英雄，治世之奸贼"的评语。据刘孝标注引孙盛《杂语》记载，许劭曾对曹操作出"治世之能臣，乱世之奸雄"的评价；又据《后汉书·许邵列传》记载，许邵的评价是"清平之奸贼，乱世之英雄"。对曹操的经典评价存在着不同的版本，当系口耳相传所致。"治世之能臣"较符合正面评价，而"治世之奸贼"或"清平之奸贼"则系对曹操持负面评价者所衍生。因此，刘孝标注认为本文谬误。

二

曹公问裴潜曰[①]："卿昔与刘备共在荆州[②]，卿以备才如何？"潜曰："使居中国[③]，能乱人，不能为治；若乘边守险，足为一方之主。"

【今　注】

①曹公：曹操。　裴潜（？—244）：字文行，河东闻喜（今属山西）人。曹魏时历官兖州刺史、散骑常侍、魏郡太守、颍川典农中郎将、荆州刺史、大司农、尚书令、光禄大夫。入晋后封清阳亭侯。

②刘备（161—223）：字玄德，涿郡涿县（今河北涿州）人。三国时蜀汉的建立者。

③中国：指中原地区。

【今　译】

曹操问裴潜："你过去与刘备一起在荆州，你认为刘备的才能怎么样？"裴潜说："如果让他占有中原地区，能扰乱人心，不能治理天下；如果让他驻守边境扼据险要，那么他就能成为一方的霸主。"

【解　义】

据《三国志·魏书·裴潜传》记载，裴潜避乱荆州，刘表待以宾客之礼，但裴潜认为刘表不具备霸王之才，却自比为周文王，必败无疑。由此可见，裴潜的品鉴能力非同一般。而裴潜对刘备的评价，也与此后三国鼎立之形势相吻合。

三

何晏、邓飏、夏侯玄并求傅嘏交[①]，而嘏终不许。

诸人乃因荀粲说合之[②]，谓嘏曰："夏侯太初一时之杰士[③]，虚心于子，而卿意怀不可交。合则好成，不合则致隙[④]。二贤若穆[⑤]，则国之休[⑥]。此蔺相如所以下廉颇也[⑦]。"傅曰："夏侯太初志大心劳[⑧]，能合虚誉[⑨]，诚所谓利口覆国之人[⑩]。何晏、邓飏有为而躁，博而寡要[⑪]，外好利而内无关籥[⑫]，贵同恶异[⑬]，多言而妒前[⑭]。多言多衅[⑮]，妒前无亲。以吾观之，此三贤者皆败德之人耳，远之犹恐罹祸[⑯]，况可亲之邪？"后皆如其言。

【今　注】

①邓飏（？—249）：字玄茂，南阳宛（今河南新野）人。历官颍川太守、侍中、尚书。后为司马懿诛杀，夷三族。

②说合：游说促成他人之事。

③夏侯太初：夏侯玄。　杰士：才智出众者。

④致隙：导致隔阂。

⑤穆：和睦。

⑥休：美善，福禄。

⑦下：退让。

⑧心劳：指思虑过多，费尽心思。

⑨合：聚，会。　虚誉：虚名。

⑩利口覆国：语出《论语·阳货》："恶利口之覆邦家者。"指巧言会导致国家败亡。

⑪寡要：不得要领。

⑫关籥（yuè）：关门之锁，引申为检点、约束。

⑬贵同恶异：看重相同意见而厌恶不同意见。

⑭妒前：忌妒胜过自己的人。

⑮衅：缝隙。

⑯罹祸：遭到祸害。罹，遭遇。

【今　译】

何晏、邓飏、夏侯玄都希望与傅嘏结交，但傅嘏始终不答应。几个人就通过荀粲来促成此事，荀粲对傅嘏说："夏侯玄是当代杰出之士，他对您很虚心，而您却不愿意结交。互相交好能成事，不能交好就会造成隔阂。两位贤者如能和睦相处，就是国家之福。这也就是蔺相如为什么向廉颇退让的原因。"傅嘏说："夏侯玄志向远大劳费心力，集虚名于一身，就是古人所说'利口覆国'之人。何晏、邓飏有作为却很浮躁，学识广博却不得要领，外在贪利而内在不检点，看重相同意见而厌恶不同意见，喜欢浮谈而妒忌超过自己的人。言多必然多嫌隙，妒忌超过自己的人必定无人亲近。照我看来，这三位贤者都是败坏道德的人而已。疏远他们还怕遭到牵连，何况去亲近他们？"后来他们三人的结局都与傅嘏说的一样。

【解　义】

据《三国志·魏书·傅嘏传》记载，曹爽执掌朝政时，何晏任吏部尚书，傅嘏对曹爽之弟曹羲说："何晏外表恬淡而内心阴暗，他一定会来蛊惑你们两兄弟，朝政会因此日趋衰败。"何晏因此与傅嘏不和，不久就借小事罢免了傅嘏。此后傅嘏为太傅司马懿延揽，任从事中郎，从此成为司马氏的得力助手。裴松之认为傅嘏能预知夏侯玄之败，却不能预知钟会之败，甚至与其交好，说明傅嘏厚此薄彼是出于爱憎，并非真实的识鉴。这一分析极为精辟。

四

晋武帝讲武于宣武场[①]。帝欲偃武修文[②]，亲自临幸[③]，悉召群臣。山公谓不宜尔[④]。因与诸尚书言孙、吴用兵本意[5]，遂究论[6]，举坐无不咨嗟[7]，皆曰：“山少傅乃天下名言[8]。”后诸王骄汰[9]，轻遘祸难[10]，于是寇盗处处蚁合[11]，郡国多以无备不能制服，遂渐炽盛，皆如公言。时人以谓“山涛不学孙、吴，而闇与之理会”。王夷甫亦叹云[12]：“公闇与道合。”

【今　注】

①宣武场：操练场，在洛阳宣武观北。

②偃武修文：停止武备加强文治。

③临幸：皇帝亲临。

④山公：山涛。

⑤孙、吴：孙武、吴起。

⑥究论：详细推论。

⑦咨嗟：赞叹。

⑧山少傅：山涛，曾为太子少傅，故称。

⑨诸王：指晋武帝即位后所封宗室。　骄汰：过分骄纵。汰，过分。

⑩遘：通“构”，构成。

⑪蚁合：像蚂蚁般聚合，形容极多。

⑫王夷甫：王衍。

【今　译】

晋武帝在宣武场上讲论武事，他想停止武备加强文治，所以亲自莅临，把群臣全都召来。山涛认为不适宜这么做，因此与各位尚书说孙武、吴起用兵的本意，于是深入地推论，满座的人听后无不赞叹，都说：“山涛所说是天下的至理名言。”后来分封到各地的宗室过于骄纵，轻易地酿成了祸乱，于是盗贼四处蜂起，各地郡县多数因为没有防备而不能予以制伏，其势因此逐渐炽烈，完全如山涛所说。当时的人们认为山涛虽然不学孙、吴的兵法，但他的见解暗中与兵法相通。王衍也感叹道："山公的看法与道理暗合。"

【解　义】

周武王伐纣后，归马于华山之阳，放牛于桃林之野，以示不再用兵。晋武帝弭兵就是仿效马放南山的故事，当时州郡大幅削减常备驻军的规模，大郡仅配备武吏百人，小郡更是减半。有人将西晋后期出现的混乱局面归咎于此，是只见其牛不见其羊。削减常备兵力，可以减少政府的财政支出，减轻百姓的赋税压力，应当说是一项高明的举措。因为只要百姓能够安居乐业，天下自然太平无事。西晋之亡，源于八王之乱，这是不争的事实。而八王之乱是皇族为争权夺利而引发的一场内乱，各方兵戎相见，导致社会动荡，民不聊生。因此，各地盗贼蜂起的原因，是统治者非但没有延续弭兵的政策，反而走向穷兵黩武的结果。百姓无法维持生计，必然铤而走险，落草为寇。山涛论兵法未必是为了反对弭兵的政策，否则在晋武帝亲临的情况下，举座赞叹就等于是群臣公然和晋武帝唱对台戏。

五

王夷甫父乂为平北将军[①]，有公事，使行人论[②]，不得。时夷甫在京师，命驾见仆射羊祜[③]、尚书山涛。夷甫时总角[④]，姿才秀异，叙致既快[⑤]，事加有理，涛甚奇之。既退，看之不辍，乃叹曰："生儿不当如王夷甫邪？"羊祜曰："乱天下者，必此子也。"

【今　注】

①王夷甫：王衍。　乂：王乂，王衍父。

②行人：使者。

③命驾：吩咐仆人驾车。　仆射：尚书仆射，尚书省副长官，分左右，左仆射有纠弹百官之权，权力大于右仆

射。羊祜曾任尚书左仆射。

④总角：古时未成年人将头发扎成髻，借指童年。

⑤叙致：指叙述事理。

【今　译】

王衍的父亲王乂任平北将军时，遇到一件公事，想派使者去说明情况，却找不到合适的人。当时王衍在京城，便吩咐仆人驾车载他去见仆射羊祜、尚书山涛。王衍当时年纪还小，姿容才能优秀出众，叙述事情不仅畅快，而且有条有理，山涛感到很惊奇。王衍退下后，山涛还是不停地看（他的背影），于是感叹道："生儿子不应当像王衍这样的吗？"羊祜说："将来搅乱天下的，必定是这个人。"

【解　义】

据《晋书·王衍列传》记载，王衍终日清谈，"矜高浮诞，遂成风俗焉"。羊祜重德行，或许因为看不惯王衍的浮谈之风，所以认为他将来会败坏风尚。

六

潘阳仲见王敦小时①，谓曰："君蜂目已露②，但豺声未振耳③。必能食人，亦当为人所食。"

【今　注】

①潘阳仲：潘滔（生卒不详），字阳仲，荥阳中牟（今河南中牟县）人，历官黄门侍郎、散骑常侍、河南尹，石勒之乱时遇害。

②蜂目：眼睛如蜂，形容相貌凶恶。

③豺声：声音如豺，形容凶恶残忍者的声音。

【今　译】

潘滔见到少年时的王敦，对他说："您已露出凶恶之相，但是还没有发出豺狼之声。您必定能吃人，也会被人吃掉。”

【解　义】

“蜂目豺声”，语出《左传》文公元年，楚王准备立商臣为太子，于是向令尹子上征询意见，子上形容商臣“蜂目而豺声”，是一个残忍的人。“能食人，亦当为人所食”，语出《汉书·王莽传》，有人问王莽的样貌，待诏形容为“鸱目虎吻豺狼之声者也”，并认为“故能食人，亦当为人所食”。商臣弑父自立为王，王莽则篡汉建立新朝。东晋建立后，王敦曾两次起兵反叛，其结局果然与商臣、王莽相近似。

七

石勒不知书[①]，使人读《汉书》[②]。闻郦食其劝立六国后[③]，刻印将授之，大惊曰：“此法当失，云何得遂有天下！”至留侯谏[④]，乃曰：“赖有此耳！”

【今　注】

①石勒（274—333）：字世龙，上党武乡（今山西榆社北）人。羯族。后为刘渊大将，联合汉族失意官僚发展为割据势力。公元319年自称赵王，定都襄国，史称后赵。公元329年灭前赵，占据北方大部分地区。谥号明皇帝，庙号高祖，葬于高平陵。

②《汉书》：班固著，中国第一部纪传体断代史。

③郦食其（？—前203）：秦汉之际陈留高阳乡（今河南杞县）人。献计刘邦，攻克陈留，封广野君。后为齐王田广烹杀。

④留侯：张良（？—前189），字子房，相传为城父（今河南宝丰东）人。刘邦的主要谋士，汉朝建立后封留侯。

【今 译】

石勒不识字，让人读《汉书》。听到郦食其劝刘邦立六国君王的后代为王，将要刻印章授给他们，大惊道："这个办法大错，如何能得到天下！"听到留侯张良进谏劝阻，于是说："全靠有他进谏！"

【解 义】

石勒目不识丁，手不能书，但悟性过人，常使人诵读史书，听后就能理解其意。据《晋书·石勒列传》记载，石勒听儒生读史书后，常常论古帝王的善恶，朝中群臣听者"莫不归美焉"。后世史家因此称"其天资莫达如此"。

八

卫玠年五岁，神衿可爱①。祖太保曰："此儿有异，顾吾老②，不见其大耳。"

【今 注】

①神衿：神态气度。衿，气度，胸怀。

②祖太保：卫玠的祖父卫瓘（220—291），官至太保，故称。 顾：但。

【今 译】

卫玠五岁的时候，神态气度都很可爱。祖父卫瓘说："这孩子不同寻常，但是我老了，看不到他长大成人了。"

【解 义】

卫玠成年后果然如卫瓘所说不同寻常，不仅体貌出众，而且清谈玄理也非常出色，见者赞为"玉人"，闻者也为之叹息绝倒。

九

刘越石云[①]："华彦夏识能不足[②]，强果有余[③]。"

【今 注】

①刘越石：刘琨。

②华彦夏：华轶（？—311），字彦夏，平原郡高唐（今山东高唐）人，华歆曾孙。初为博士，累迁散骑常侍，官至振威将军、江州刺史。后因拒不服从晋元帝之命而被杀。 识能：见识才能。

③强果：刚强果断。

【今 译】

刘琨说："华轶这个人见识才能显得不足，倒是刚强果断有余。"

【解 义】

华轶在江州刺史任上时，能够礼贤下士，所以颇得民心。但他不仅个性极为固执，而且才智有限，对西晋末年的混乱局势缺乏判断力。晋元帝即位后，华轶拒不服从元帝之命，最终为王敦所败。据刘孝标注引《汉晋春秋》记载，刘琨知道华轶必败，认为他是咎由自取。

十

张季鹰辟齐王东曹掾[①]，在洛，见秋风起，因思吴中菰菜羹、鲈鱼脍[②]，曰："人生贵得适意尔[③]，何能羁宦数千里以要名爵[④]？"遂命驾便归。俄而齐王败，时人皆谓为见机[⑤]。

【今　注】

①张季鹰：张翰（生卒不详），字季鹰，吴郡吴县（今江苏苏州）人。齐王司马冏执政时为大司马东曹掾，因天下大乱而辞归故里。　辟：征召。　齐王：司马冏。　东曹掾：东曹的属官。曹，官署中分科办事的机构。

②吴中：吴地。　菰菜：茭白。　脍：切细的鱼或肉。

③尔：罢了，而已。

④羁宦：在异乡做官。　要：同“邀”，求取。　爵：官位。

⑤见机：能预知结果。

【今　译】

张翰受征召为齐王的东曹掾，在洛阳时，看到秋风起，因而想念家乡吴地的茭白羹、鲈鱼脍，说：“人生贵在能够顺心如意而已，怎能客居数千里外以求取名位呢?”于是他就命人驾车回乡。不久齐王兵败被杀，当时的人们都说他能预知结果。

【解　义】

本文末云“时人皆谓为见机”，所以编者将其归入“识鉴”。但张翰所说“人生贵得适意尔”，体现的是魏晋士人所推崇的达观境界。因此，张翰在历史上以达观著称。如王维《送从弟蕃游淮南》曰：“归来见天子，拜爵赐黄金。忽思鲈鱼脍，复有沧洲心。”沧洲心指归隐之心。又如李白《行路难》（其三）曰：“君不见吴中张翰称达生，秋风忽忆江东行。”而菰菜羹和鲈鱼脍则成为后人思乡的用典。如司马光《又和开叔》曰：“向使吴儿见，不思菰菜羹。”又如朱希晦《和韵简天则上人》：“故乡鲈鲙牵归思，近砌蛩声搅夜眠。”

十一

诸葛道明初过江左[①]，自名道明，名亚王、庾之下[②]。先为临沂令[③]，丞相谓曰[④]："明府当为黑头公[⑤]。"

【今　注】

①诸葛道明：诸葛恢。　江左：江南。

②亚：次，次一等。　王、庾：王导、庾亮。

③令：县令。

④丞相：王导。

⑤明府：汉时对郡守的尊称，后亦可称县令。　黑头公：指尚未白发就已晋身三公之位。

【今　译】

诸葛恢刚刚渡江到江南时，自己起名叫道明，名声在王导、庾亮之下。他先前担任临沂县令时，丞相王导曾对他说："您必定能在年青时成为三公。"

【解　义】

诸葛恢在晋元帝即位之初，就以政绩第一，增秩中二千石。晋明帝时因讨王含有功，封建安伯，迁吏部尚书、尚书令。晋成帝即位后，加侍中、金紫光禄大夫。前后仅数年时间，诸葛恢就如王导所说，跻身三公之列。

十二

王平子素不知眉子[①]，曰："志大其量，终当死坞壁间[②]。"

【今　注】

①王平子：王澄。　知：赏识。　眉子：王玄（生卒不详），字眉子，王衍之子，王澄之侄。少有俊才，与卫玠齐名。后被盗贼杀害。

②坞壁：防御用的小城堡。

【今　译】

王澄一向不赏识王玄，说："王玄的志向大于气量，最后必定死在小城堡之间。"

【解　义】

王玄最终为盗贼所害，属于意外事故，与不自量力无关。所以王澄所谓"终当死坞壁间"，或许是后人根据王玄的经历而加以附会。

十三

王大将军始下①，杨朗苦谏不从②，遂为王致力③。乘中鸣云露车径前，曰④："听下官鼓音，一进而捷。"王先把其手曰："事克，当相用为荆州⑤。"既而忘之⑥，以为南郡⑦。王败后，明帝收朗⑧，欲杀之；帝寻崩，得免。后兼三公⑨，署数十人为官属⑩。此诸人当时并无名，后皆被知遇⑪。于时称其知人。

【今　注】

①王大将军：王敦。　下：指王敦于永昌元年（322）起兵，从武昌沿江而下进攻建康（今江苏南京）。

②杨朗（生卒不详）：字世彦，弘农（今河南三门峡）人，官至雍州刺史。

③致力：效力。

④中鸣云露车：一种战车，车上有层楼，可观察敌情，车中置锣鼓，指挥军队作战之进退。 径前：意指勇往直前。

⑤相用为荆州：任为荆州刺史。

⑥既而：不久。

⑦南郡：治所在江陵县（今湖北荆州）。

⑧明帝：晋明帝司马绍。 收：逮捕。

⑨三公：即三公曹，主断狱。

⑩署：委任。

⑪知遇：赏识。

【今 译】

王敦大将军刚起兵东下时，杨朗苦苦劝谏，王敦不听从，杨朗于是为王敦效力，他乘上中鸣云露车径直向前，说："听属下的鼓音进攻，一战即可告捷。"王敦之前握住他的手说："事成之后，必当任你为荆州刺史。"不久王敦就忘了，任为南郡太守。王敦失败后，晋明帝收押了杨朗，准备处死他。不久晋明帝驾崩，杨朗得以免死。后来杨朗兼掌三公曹，委任了几十人做属官。这些人当时并没有什么名气，后来都受到了人们的赏识。当时人都称赞他识人。

【解 义】

王敦起兵时，杨朗苦谏是因为预料到难以成功。杨朗同时也有知人善任之明，所以他所委任的几十个属官，也都能崭露头角。

十四

周伯仁母冬至举酒赐三子[①]，曰："吾本谓度江托足无所[②]，尔家有相[③]，尔等并罗列吾前，复何忧!"

周嵩起，长跪而泣曰[④]："不如阿母言。伯仁为人志大而才短，名重而识闇[⑤]，好乘人之弊，此非自全之道。嵩性狼抗[⑥]，亦不容于世。唯阿奴碌碌[⑦]，当在阿母目下耳。"

【今　注】

①周伯仁：周顗。　冬至：二十四节气之一，在阳历十二月二十二日或二十三日。此日夜长昼短，民间有祭祖、宴饮的习俗。

②度江：渡江。　托足：立足，安身。

③相：吉相。

④周嵩：周顗之弟。

⑤闇：愚昧，糊涂。

⑥狼抗：骄傲，乖戾。

⑦阿奴：指周谟，阿奴是对弟弟的昵称。　碌碌：平庸无所作为的样子。

【今　译】

周顗的母亲在冬至时赐酒给三个儿子，说："我本以为渡江后没有地方可以立足安身，幸而你们家有吉相，你们都在我跟前，我还有什么可忧虑的呢？"周嵩起身，长跪在母亲面前哭泣道："并不像母亲所说。周顗为人志向虽大而才能不足，名望虽然很高但见识短浅，喜欢乘人之危，这并非自我保全之道。我的性格傲慢，也不能为世人所容纳。只有阿奴碌碌无为，应当可以留在母亲跟前。"

【解　义】

周顗以气度出众而著称，所谓"好乘人之弊"并不符合他的个性。据《晋书·周顗列传》记载，王敦起兵反叛时，王导入朝请罪，碰到周顗也准备上朝，于是请其代为说情，周顗表面上不加理会，让王导误以为周顗落井下石，王敦攻入建康后也因此杀掉周顗。事后他们才知道周顗暗中曾竭力保全王导，所以各自悔恨不已。因此，“好乘人之弊”之说应当就是由当时的误会而衍生。或许是由于周顗与周嵩均为王敦所杀的缘故，因而有好事者加以演绎。

十五

王大将军既亡①，王应欲投世儒②，世儒为江州③；王含欲投王舒，舒为荆州④。含语应曰：“大将军平素与江州云何？而汝欲归之？”应曰：“此乃所以宜往也。江州当人强盛时，能抗同异⑤，此非常人所行。及睹衰危，必兴愍恻⑥。荆州守文⑦，岂能作意表行事⑧！”含不从，遂共投舒，舒果沈含父子于江。彬闻应当来，密具船以待之，竟不得来，深以为恨。

【今　注】

①王大将军：王敦。

②王应（？—324）：字安期，王含之子，因王敦无子而养为嗣子，王敦病死前以其为武卫将军。　世儒：王彬（278—336），王敦堂弟，从平华轶之乱，封都亭侯，迁军咨祭酒。晋元帝即位后，拜侍中，出任豫章太守，迁江州刺史。王敦之乱平定后，拜光禄勋，迁度支尚书。晋成帝时拜将作大匠，迁尚书右仆射。

③为江州：任江州刺史。

④王含：王敦之兄。　王舒（？—333）：字处明，王敦堂弟。历官镇东参军、溧阳令、谘议参军、车骑司马、北中郎将、监青徐二州军事、鹰扬将军、荆州刺史、领护南蛮校尉、监荆州沔南诸军事、抚军将军、会稽内史，封彭泽县侯。谥号穆，追赠车骑大将军、开府仪同

三司。

⑤抗：抗论，直言不讳。　同异：不同的意见，偏义复词。

⑥愍恻：哀怜，恻隐。

⑦守文：遵守成法。

⑧意表：意外。　行事：行为。

【今　译】

王敦病死后，王应想投奔王彬，王彬当时任江州刺史。王含想投奔王舒，王舒当时任荆州刺史。王含对王应说："大将军一向与王彬关系如何？而你却想投奔他？"王应说："这正是应当去的原因。王彬在别人得势的时候，敢于直言不讳，这不是常人所能做到的。等到看见别人困厄时，必定生出恻隐之心。王舒遵守成法，怎么能作出意料之外的事情呢？"王含不听他的话，于是就一起投奔王舒，王舒果然把王含父子沉到江里。王彬听说王应要来，就秘密地准备船只等待他们，最终王应父子没能来，他为此深感遗憾。

【解　义】

据刘孝标注引《王彬别传》记载，王敦杀害周顗后，王彬为之恸哭，去见王敦时脸色还带着凄惨之容，王敦问他缘故，王彬答道："刚才哭周顗之死，情不能自已。"王敦说："周顗咎由自取，你又何必哭他呢？"王彬说："周顗是有清誉之人，有什么罪。"并历数王敦之罪："犯上作乱，杀害忠良。"王敦听后大怒，王导在一旁也为他感到害怕，命令王彬跪地谢罪。王彬说："我的脚有病，见到天子也无法下拜，更别提给别人下跪了。"王敦威胁道："脚上的病有头颈上的病（意指砍头）严重么？"最终王敦因为王彬是其堂弟而没有加害。王含所说"大将军平素与江州云何"，即指此事。

十六

武昌孟嘉作庾太尉州从事[①]，已知名。褚太傅有知人鉴[②]，罢豫章[③]，还过武昌，问庾曰："闻孟从事佳，今在此不[④]？"庾云："卿自求之。"褚眄睐良久[⑤]，指嘉曰："此君小异，得无是乎[⑥]？"庾大笑曰："然。"于时既叹褚之默识，又欣嘉之见赏。

【今　注】

①武昌：郡名，治所在今湖北鄂城。　孟嘉（生卒不详）：字万年，江夏鄳（今河南信阳东北）人。历官庐陵从事、江州别驾、征西参军，晚年任桓温的从事中郎，迁长史。　庾太尉：庾亮。　州从事：江州府的从事。当时庾亮兼任江州刺史。

②褚太傅：褚裒。　鉴：察照的能力。

③罢豫章：被免豫章太守之职。

④不：同"否"。

⑤眄睐：斜视，眷顾，指四处察看。

⑥得无：莫非。

【今　译】

武昌人孟嘉任庾亮的江州府从事，已经有了名声。褚裒有知人的能力。他被免豫章太守一职后，经过武昌，问庾亮："听说孟嘉很优秀，如今在这里么？"庾亮说："请试着自己找他。"褚裒四处察看了很久，指着孟嘉说："这位稍有不同，莫非就是他吗？"庾亮大笑道："是。"当时的人们既赞叹褚裒的鉴别能力，又欣喜于孟嘉得到赏识。

【解　义】

所谓"罢豫章，还过武昌"，指咸康八年（342）晋康帝征召褚裒（时任豫章太守）入朝任侍中、尚书，褚裒为避外戚干政的嫌疑，苦请外出任职，于是被任命为建威将军、江州刺史，而江州的治所在武昌。江州刺史原为庾亮所兼任，所以褚裒到武昌后向庾亮了解江州府中的官员情况。一个人的才华高低，通常会影响到他的外在气质。外表猥琐者，绝不可能是一个坦荡君子；而才华出众者，即便五官有缺陷，也会有奕奕之神采。褚裒能从庾亮诸多下属中辨别出孟嘉，恐怕就是因为孟嘉有着不同于常人的气质。

十七

戴安道年十余岁[①]，在瓦官寺画[②]。王长史见之[③]，曰："此童非徒能画，亦终当致名[④]。恨吾老，不见其盛时耳！"

【今　注】

①戴安道：戴逵。

②瓦官寺：佛寺名，始建于东晋兴宁二年（364），故址在今南京。

③王长史：王濛。

④致名：成名。

【今　译】

戴逵十多岁时，在瓦官寺作画。王濛看见后说："这孩子非但能作画，最终还能成名。遗憾的是我老了，看不到他享有盛名的时候了！"

【解　义】

王濛死时年仅三十九岁，不应有"恨吾老"之叹，所以本文所载很可能出自好事者之附会。古人往往将名家之所以拥有超凡才华的原因，归结于早慧，也因此演绎出大量类似的故事。殊不知少时之颖悟与壮年时之成就并不存在必然的联系，泯然众人者比比皆是。

十八

王仲祖、谢仁祖、刘真长俱至丹阳墓所省殷扬州①，殊有确然之志②。既反，王、谢相谓曰："渊源不起③，当如苍生何？"深为忧叹。刘曰："卿诸人真忧渊源不起邪？"

【今　注】

①王仲祖：王濛。　谢仁祖：谢尚。　刘真长：刘惔。　省：拜望。　殷扬州：殷浩，曾任扬州刺史，故称。

②确然之志：指退隐之志坚定不移。典出《周易·乾·文言》，曰："不易乎世，不成乎名。遁世无闷，不见是无闷。乐则行之，忧则违之，确乎其不可拔，潜龙也。"

③渊源：殷浩，字渊源。　起：指出仕。

【今　译】

王濛、谢尚、刘惔一起到丹阳殷羡的墓地拜访殷浩，知道他的退隐之志很坚定。回来后，王濛和谢尚互相议论道："殷浩不肯出仕，天下百姓怎么办呢？"他们为此担忧叹息。刘惔说："你们几位真的担忧殷浩不肯出仕吗？"

【解　义】

"丹阳墓所"指殷浩之父殷羡的墓地。殷浩曾多次推辞朝廷的征辟，在墓旁前后隐居了将近十年。永和二年（346），卫将军褚裒举荐殷浩为建武将军、扬州刺史。殷浩再三辞让，但在会稽王司马昱的坚请下，终于接受征召。刘惔或许看出殷浩隐居深山并非彻底遁世，所以他并不担心殷浩会终身不仕。

十九

小庾临终①，自表以子园客为代②。朝廷虑其不从命，未知所遣，乃共议用桓温。刘尹曰③："使伊去④，必能克定西楚⑤，然恐不可复制⑥。"

【今　注】

①小庾：庾翼，庾亮之弟，故称。

②园客：庾爰之，字仲真，小字园客，庾翼的次子。

③刘尹：刘惔，曾任丹阳尹，故称。

④伊：他，第三人称代词。

⑤西楚：指荆州一带。

⑥制：控制。

【今　译】

庾翼临终时，自行向朝廷上表要求以儿子庾爰之接替自己任荆州刺史。朝廷担心庾翼不听从任命，不知道该派谁去，于是一起商议任命桓温。刘惔说："派他去，必定能安定西楚地区，但是恐怕不能再控制他了。"

【解　义】

据《晋书·刘惔列传》记载，刘惔每每对桓温的才能表示惊讶，但他同时也觉察到桓温有异心。荆州是东晋重镇，所以刘惔担心桓温一旦担任荆州刺史，将来朝廷就难以再节制他。事实也证明刘惔的担心是正确的，桓温此后手握重兵，又建伐蜀之功，于是集内外大权于一身，朝廷反而为其所挟持。

二十

桓公将伐蜀①，在事诸贤，咸以李势在蜀既久②，承藉累叶[③]，且形据上流，三峡未易可克。唯刘尹云[④]："伊必能克蜀，观其蒲博[⑤]，不必得则不为。"

【今　注】

①桓公：桓温。　蜀：指成汉，十六国之一。

②在事诸贤：指在朝掌权的大臣们。　李势（？—361）：字子仁，成汉的最后一位国君，公元 343 年至 347 年在位。

③承藉：凭借，依靠。　累叶：累世，一代又一代。叶，世代。

④刘尹：刘惔。

⑤蒲博：即樗（chū）蒲，东汉末兴起的一种棋类游戏，由西域传入。博戏中用于掷采的投子由樗木制成，故称樗蒲。木制掷具五枚一组，所以又称五木之戏。

【今　译】

桓温将讨伐成汉，朝廷的大臣们都认为李势在蜀地已经很久了，凭借祖先几代人的基业，而且在地形上占据长江上游，三峡地区不容易攻克。只有刘惔说："他必定能攻克蜀地，看他博戏，不是势在必得就不去做。"

【解　义】

蜀地易守难攻，所以在局外人看来桓温难有胜算。但刘惔深知桓温的个性，所以他断定桓温既然决意出兵，必然已经成竹在胸。果然，桓温出兵后，三战三胜，李势最终只能面缚而降。

二十一

谢公在东山畜妓[①]，简文曰[②]："安石必出，既与人同乐，亦不得不与人同忧。"

【今 注】

①谢公：谢安。 东山：谢安隐居之地，在今浙江上虞西南。 妓：指歌伎舞女。

②简文：简文帝司马昱。

【今 译】

谢安隐居东山时蓄养歌伎舞女，简文帝说："谢安必定会出山，他既然能与人同乐，也就不得不与人同忧。"

【解 义】

谢安隐居东山，朝廷虽屡次征辟，但都坚辞不就。简文帝当时为相，他留意观察谢安的动向，所以认为谢安出山只是时间早晚的问题。

二十二

郗超与谢玄不善。苻坚将问晋鼎[①]，既已狼噬梁、岐[②]，又虎视淮阴矣[③]。于时朝议遣玄北讨，人间颇有异同之论[④]。唯超曰："是必济事[⑤]。吾昔尝与共在桓宣武府[⑥]，见使才皆尽，虽履屐之间[⑦]，亦得其任。以此推之，容必能立勋[⑧]。"元功既举[⑨]，时人咸叹超之先觉，又重其不以爱憎匿善。

【今 注】

①问晋鼎：指讨伐东晋。

②狼噬：指吞并。 梁：梁州，治所在今陕西汉中。 岐：岐山，今陕西岐山东北。

③淮阴：指淮河以南地区。

④异同：指不同，偏义复词。

⑤济事：成事。

⑥桓宣武：桓温。

⑦履屐：鞋子，此喻指小事。屐，木头做底的鞋。

⑧容：也许，或许。

⑨元功：大功。指谢玄在淝水之战中大败苻坚。

【今　译】

郗超与谢玄关系不好。苻坚将要讨伐东晋，已经吞并梁州岐山一带，又对淮阴地区虎视眈眈。这时朝廷决定派遣谢玄向北征伐，人们对此颇有不同看法，只有郗超说："他必定能成功。我过去曾经与他一起在桓宣武的幕府共事，看他用人时都能人尽其才，即使是极细微的事情，也都能处理得当。由此推论，他或许能建立功勋。"大功告成后，当时人都赞叹郗超的先见之明，又推崇他不以自己的好恶来掩盖他人的长处。

【解　义】

据《晋书·郗超列传》记载，郗超认为自己的父亲郗愔出身名门，其名位应与谢安相当，但谢安却执掌朝政，而郗愔则只能悠游而已，因此愤愤不平，与谢家关系不和。不过郗超在大敌当前之际，倒是保持着清醒。据《晋书·谢安列传》记载，郗超知道谢安举荐侄子谢玄之后，称赞道："安违众举亲，明也。玄必不负举，才也。"意即谢安有举贤不避亲之明，而谢玄则有不负重托之才。

二十三

韩康伯与谢玄亦无深好[①]，玄北征后，巷议疑其不振[②]。康伯曰："此人好名，必能战。"玄闻之甚忿，常于众中厉色曰："丈夫提千兵入死地，以事君亲故发[③]，不得复云为名！"

【今　注】

①韩康伯：韩伯。

②巷议：指民间舆论。

③君亲：指君王，偏义复词。

【今　译】

韩伯与谢玄也没有很深的交情，谢玄北征后，街谈巷议都怀疑他不能振作。韩伯说："这人看重名誉，必定能奋力作战。"谢玄听到后很气愤，常常在众人面前声色俱厉地说："大丈夫率领千军万马出生入死，为的是效忠君王，不能再说是为了扬名！"

【解　义】

苻坚大举南下时，其前锋兵力达三十万，而谢玄仅率八万兵力迎敌。由于双方兵力悬殊，所以人们才会产生谢玄惧战的怀疑。韩伯虽然与谢玄关系一般，但他深知谢玄的个性，一定会为维护自己的名誉而力战，不会落下惧敌的污名。而谢玄之所以感到气愤，显然是将"好名"理解为贪图名位之意。这是由于两人之间并无"深好"，所以谢玄对韩伯的话产生了误会。编者将本文列入"识鉴"，说明至少在编者看来，韩伯的话是一种正面评价。

二十四

褚期生少时[①]，谢公甚知之，恒云："褚期生若不佳者，仆不复相士[②]！"

【今　注】

①褚期生：褚爽（生卒不详），字弘茂，小字期生，恭帝皇后之父，褚裒之孙。官至义兴太守。早卒，追赠金紫光禄大夫。

②相士：品鉴人物。

【今　译】

褚爽年轻时，谢安很赏识他，常常说："褚爽如果不优秀的话，那么我就不再品鉴人物了。"

【解　义】

《晋书》有褚爽的传，但文字过于简略。据刘孝标注引《续晋阳秋》记载，褚爽好老庄之言，不屑于功名利禄，与殷仲堪相友善。

二十五

郗超与傅瑗周旋[①]。瑗见其二子，并总发[②]。超观之良久，谓瑗曰："小者才名皆胜，然保卿家，终当在兄。"即傅亮兄弟也[③]。

【今　注】

①傅瑗（生卒不详）：字叔玉，北地郡灵州交往，县（今宁夏灵武）人，官至安城太守。　周旋：应酬，交往，打交道。

②总发：古时成年人的发式，借指成年。

③傅亮兄弟：傅迪、傅亮。傅迪（？—421），字长猷，官至五兵尚书。傅亮（374—426），字季友，官至光禄大夫。

【今　译】

郗超与傅瑗有交往。傅瑗让两个儿子拜见郗超，两个人都已成年。郗超对他们看了很久，对傅瑗说："小的一位才学和名声都超过哥哥，但是保全您家的，最终应当靠哥哥。"他们就是傅亮兄弟。

【解　义】

据《宋书·傅亮传》记载，郗超看到傅亮兄弟后，对傅瑗说："卿小儿才名位宦当远逾于兄，然保家传祚，终在大者。"意即傅亮的才学名位会超过傅迪，但傅家香火的传承则要靠傅迪。刘宋王朝建立后，傅亮曾权倾一时，但在元嘉三年（426）被诛，长子傅演早卒，傅演之弟傅悝、傅湛逃亡。而傅迪虽名位不及傅亮，但未曾遇祸。本文应系后人根据傅迪、傅亮之结局而演绎。

二十六

王恭随父在会稽，王大自都来拜墓[①]，恭暂往墓下看之[②]。二人素善，遂十余日方还。父问恭："何故多日？"对曰："与阿大语，蝉连不得归[③]。"因语之曰："恐阿大非尔之友，终乖爱好[④]。"果如其言。

【今　注】

①父：王蕴，时任会稽内史。　王大：王忱。

②暂：指不久。

③蝉连：接连不断。

④乖：不合，不和谐。

【今　译】

王恭跟随父亲（王蕴）在会稽，王忱从京城来扫墓，王恭不久到墓地去看他。两人一向很好，于是待了十多天才回去。父亲问王恭："为什么去了这么多天？"答道："与王忱说话，话题不断不能回来。"父亲于是对他说："恐怕王忱不是你的朋友，最终会因爱好志趣不同而不合。"后来果然像他所说的那样。

【解　义】

根据本书《赏誉》第一五三则刘孝标注引《晋安帝纪》，王恭与王忱交恶是因为受到袁悦的离间，而非志趣不同所致。

相反，王恭和王忱能一同盘桓相处十余日，恰恰说明两人之志趣爱好有相近之处。而且，即便两人之间已经产生嫌隙，王恭仍然对王忱表示欣赏，并赞誉道：“王大故自濯濯。”（《赏誉篇》第一五三则）由此可知，所谓“终乖爱好”与事实不符。因此，本文当系好事者因两人最终交恶而附会。

二十七

车胤父作南平郡功曹[①]，太守王胡之避司马无忌之难[②]，置郡于酆阴[③]。是时胤十余岁，胡之每出，尝于篱中见而异焉。谓胤父曰：“此儿当致高名。”后游集，恒命之。胤长，又为桓宣武所知[④]，清通于多士之世[⑤]，官至选曹尚书[⑥]。

【今　注】

①南平郡：治所在作唐县（今湖南安乡县北）。　功曹：郡守属官。

②司马无忌（？—350）：字公寿，晋王室，谯愍王司马承之子。

③酆阴：影宋本作“澧阴”，澧水之南。澧水，在湖南北部，流入洞庭湖。

④桓宣武：桓温。

⑤清通：清明通达。　多士：人才众多。

⑥选曹尚书：吏部尚书。

【今　译】

车胤的父亲担任南平郡功曹的时候，太守王胡之为躲避司马无忌的报复，把郡治设在澧水之南。当时车胤十多岁，王胡之出行时曾在篱笆中见到他，认为他很特异出众，便对车胤父亲说：“这孩子当会得到很高的名声。”后来在游宴集会时，经常叫他来参加。车胤长大后，又被桓温所赏识，在人才众多的时代里显得清明通达，官至吏部尚书。

【解　义】

王敦叛乱时，司马承受命讨伐，后被王敦部下王廙所杀。司马无忌是司马承之子，而王胡之则是王廙之子，所以王胡之怕司马无忌为父报仇，想避开他，即本文所谓“避司马无忌之难”。据刘孝标注引《续晋阳秋》记载，车胤因家中贫困，夏月以练囊盛荧火虫苦读，成人后风姿出众，博学多闻，先后受到桓温、谢安的器重。

二十八

王忱死，西镇未定[①]，朝贵人人有望[②]。时殷仲堪在门下[③]，虽居机要，资名轻小[④]，人情未以方岳相许[⑤]。晋孝武欲拔亲近腹心[⑥]，遂以殷为荆州。事定，诏未出。王珣问殷曰：“陕西何故未有处分[⑦]？”殷曰：“已有人。”王历问公卿，咸云：“非。”王自计才地[⑧]，必应在己。复问：“非我邪？”殷曰：“亦似非。”其夜，诏出用殷。王语所亲曰：“岂有黄门郎而受如此任！仲堪此举，乃是国之亡征。”

【今　注】

①西镇未定：指荆州刺史之职尚未确定。西镇，荆州为西部重镇，故称。

②朝贵：朝中的权贵。

③门下：门下省，皇帝的顾问机构。

④资名：资历名望。

⑤方岳：喻指重镇。　许：期望。

⑥拔：提拔。　腹心：亲信。

⑦陕西：指荆州。　处分：处置。

⑧才地：才能与门第。

【今　译】

王忱死后，荆州刺史的人选尚未确定，朝中权贵人人都有愿望。当时殷仲堪在门下省任职，虽然位居机要，但是资历浅名望低，人们不认为他能镇守重镇。孝武帝要提拔自己的心腹，于是以殷仲堪任荆州刺史。事情确定后，诏书尚未颁发。王珣问殷仲堪说：“荆州的事为什么没有处置？”殷仲堪说：“已经有人选了。”王珣遍举公卿的名字，殷仲堪都说：“不是。”王珣估计自己的才能与门第，必定是任命自己。再问：“莫非是我吗？”殷仲堪说：“也不是。”这天晚上，诏书颁出任用殷仲堪。王珣对亲近的人说：“哪有黄门侍郎能得到如此重任？任命殷仲堪的举动，是亡国的征兆。”

【解　义】

荆州位居南北要冲，坐镇荆州意味着可以手握重兵，荆州刺史的空缺自然让人眼红。殷仲堪就任荆州刺史后，朝野都期待他能有一番作为，但他只是好行小惠，虽能笼络人心，但却纲目不举，以致屡有疏失，从振威将军降为鹰扬将军，又降为宁远将军。殷仲堪信奉天师道，精心事神而不行仁义，计谋绵密而疏于策略，最终为桓玄所败，并被逼自杀。殷仲堪虽有其才华，但难当大任，所以王珣认为孝武帝提拔心腹的举动是亡国之征。

赏誉第八

赏誉，指对人物的鉴赏和赞誉。赏誉其实就是识鉴的延伸，赏誉内容所反映出的是对人物识鉴的标准。由本篇所载可知，魏晋时期鉴别人物，重精神、重气度、重才智、重悟性。

一

陈仲举尝叹曰[①]："若周子居者[②]，真治国之器[③]。譬诸宝剑，则世之干将[④]。"

【今　注】

①陈仲举：陈蕃。

②周子居：周乘。

③器：才能。

④干将：宝剑名。据《吴越春秋》载，春秋时吴国干将与妻莫邪精心铸成阴阳宝剑，阳者名干将，阴者名莫邪。

【今　译】

陈蕃曾赞叹说："像周乘这样的人，真的具有治国才能。用宝剑来比喻的话，那就是闻名于世的干将。"

【解　义】

陈蕃之所以称赞周乘是"治国之器"，是因为周乘有着极高的道德修养。据刘孝标注引《汝南先贤传》记载，周乘个性孤傲，特立独行，只与贤人交游。又据《续汉书》记载，周乘官拜侍御史、公车司马令，不畏强权，为幸臣所恨。(《太平御览》卷二百三十引)

二

世目李元礼[①]："谡谡如劲松下风[②]。"

【今　注】

①目：品评。　李元礼：李膺。

②谡谡（sù）：风起的样子。

【今　译】

世人品评李膺："犹如劲松下的风，强而有力。"

【解　义】

孔子说："君子之德，风；小人之德，草。草上之风，必偃。"（《论语·为政》）意即君子之德行就像风吹草偃一样，可以教化世人。据本书《德行》第四则记载，李膺"风格秀整，高自标持，欲以天下名教是非为己任"。正因为李膺是世人的楷模，所以人们认为他如同"劲松下风"。

三

谢子微见许子将兄弟曰[①]："平舆之渊，有二龙焉[②]。"见许子政弱冠之时[③]，叹曰："若许子政者[④]，有干国之器[⑤]。正色忠謇[⑥]，则陈仲举之匹[⑦]；伐恶退不肖[⑧]，范孟博之风[⑨]。"

【今　注】

①谢子微：谢甄（生卒不详），汝南邵陵（今河南郾城东）人。善于品鉴人物，早卒，年仅三十五。　许子将兄弟：许劭及兄许虔。许劭（150—195），字子将，汝南平舆（今河南平舆）人。少有重名，善知人，与郭泰并称"许郭"。许虔（生卒不详），字子政，许劭之兄，人称兄弟二人为"平舆二龙"。

②渊：深水。

③弱冠：指二十岁左右年纪。古代男子二十岁行冠礼，以示其已为成人。

④许子政：许虔。

⑤干国：国之栋梁。

⑥正色：指态度严肃，神色严厉。　忠謇（jiǎn）：忠诚

正直。

⑦匹：比得上，相当。

⑧伐恶：打击恶人。 不肖：不贤之人。

⑨范孟博：范滂（137—169），字孟博，汝南征羌（今河南漯河）人。历官清诏使、光禄勋主事。按察不法，贪赃枉法者望风弃官。因党锢之祸死于狱中。

【今　译】

谢甄见到许劭兄弟时说："平舆的深渊中，有两条龙。"见到弱冠时的许虔，赞叹道："像许虔这样的人，有栋梁之才。严肃忠诚正直，与陈蕃相当；打击恶人斥退不贤者，又有范滂之风。"

【解　义】

孔子曾经说："其身正，不令而行；其身不正，虽令不从。"（《论语·子路》）意即为政者不能仅靠法令治国，还必须作出表率。许虔能够做到"正色忠謇""伐恶退不肖"，属于"身正"，所以谢甄认为许虔有治国之才。

四

公孙度目邴原[①]："所谓云中白鹤，非燕雀之网所能罗也[②]。"

【今　注】

①公孙度（150－204）：字升济，一字叔济，辽东襄平（今辽宁辽阳北）人，官至辽东太守。东伐高句丽，西击乌桓，南取东莱诸县，威行海外，自立为辽东侯、平州牧。后曹操上表封其为永宁乡侯。 目：品评，评价。 邴原（生卒不详）：字根矩，北海朱虚（今山东临朐东）人。历官东阁祭酒、丞相征事、五官将长史。

②罗：张网捕捉。

【今　译】

公孙度品评邴原："就是云中白鹤，不是捕捉燕雀的小网所能网罗的。"

【解　义】

据刘孝标注引《邴原别传》记载，邴原避乱至辽东，受到公孙度礼遇，此后准备重回中原，但遭到公孙度的阻挠，邴原不得不设计逃脱，公孙度因此感叹邴原不是"鷃鷃之网所能罗也"。公孙度之语意即邴原回到中原可以大展才干，而辽东地处偏远，无法网罗这样的人才。

五

钟士季目王安丰[①]："阿戎了了解人意[②]。"谓裴公之谈"经日不竭"[③]。吏部郎阙[④]，文帝问其人于钟会[⑤]。会曰："裴楷清通[⑥]，王戎简要[⑦]，皆其选也[⑧]。"于是用裴。

【今　注】

①钟士季：钟会。　王安丰：王戎。

②阿戎：对王戎的昵称。　了了：聪明懂事。

③裴公：裴頠。

④阙，通缺，空缺。

⑤文帝：司马昭。

⑥清通：清晰通达。

⑦简要：简明扼要。

⑧选：指人选。

【今　译】

钟会评论王戎："阿戎聪明懂事，善解人意。"认为裴頠的清谈“整天都说不完”。吏部侍郎的官职有缺，晋文帝向钟会问询合适的人选。钟会说：“裴楷清晰通达，王戎简明扼要，他们都是合适的人选。”于是任用了裴楷。

【解　义】

据《晋书·裴頠列传》记载，乐广曾与裴頠清谈，准备以理服之，没想到裴頠辞论广博，乐广最终只能含笑不语，当时人因此认为裴頠是“言谈之林薮”。所谓“言谈之林薮”，指裴頠之辩论可以滔滔不绝。钟会认为裴頠的清谈可以“经日不竭”，其原因就在此。裴楷与王戎两人年少时齐名，均以识鉴过人著称。因此，钟会说他们“皆其选也”（王戎此后也担任过吏部尚书），说明钟会确实有知人之明。

六

王浚冲、裴叔则二人总角诣钟士季①，须臾去。后客问钟曰：“向二童何如？”钟曰：“裴楷清通，王戎简要。后二十年，此二贤当为吏部尚书，冀尔时天下无滞才②。”

【今　注】

①王浚冲：王戎。　裴叔则：裴楷。　总角：指童年。　诣：拜访。　钟士季：钟会。

②冀：希望。　尔时：那时。　滞才：遗漏的人才。

【今　译】

王戎、裴楷两人童年时去拜访钟会，不久离去。后面的客人问钟会：“刚才两位童子怎么样？”钟会说：“裴楷清晰通达，王戎简明扼要。二十年后，这两位贤人当做吏部尚书，希望那时候天下再没有被遗漏的人才。”

【解　义】

本文与上文类似，钟会对裴楷与王戎的评价也相同，只是作出评价的时间不同。钟会在王戎、裴楷童年时就判断他们有选贤任能的才华，似乎有点夸张，因此，本文所载或许出自后人演绎。相较而言，上一则记载较为可信。

七

谚曰[①]："后来领袖有裴秀[②]。"

【今　注】

①谚：谚语。

②后来：指后辈。　裴秀（224—271）：字季秀，河东闻喜（今山西闻喜）人。晋武帝时官至司空。曾总结前人制图经验，在《禹贡地域图序》中提出"制度六体"。

【今　译】

谚语说："后辈领袖有裴秀。"

【解　义】

刘孝标注引虞预《晋书》，叙述了这个谚语的由来，裴徽很有名望，宾客们去拜访裴徽时，都会顺便去拜会一下他那年仅十多岁的侄子裴秀，所以人们称裴秀为"后进领袖"。

八

裴令公目夏侯太初[①]："肃肃如入廊庙中[②]，不修敬而人自敬[③]。"一曰[④]："如入宗庙，琅琅但见礼乐器[⑤]。"见钟士季[⑥]："如观武库[⑦]，但睹矛戟[⑧]。"见傅兰硕[⑨]："汪廧靡所不有[⑩]。"见山巨源[⑪]："如登山临下，幽然深远。"

【今　注】

①裴令公：裴楷。　夏侯太初：夏侯玄。

②肃肃：严正的样子。　廊庙：指朝廷。

③修：整治。

④一：另外。

⑤琅琅：形容玉石的光彩。

⑥钟士季：钟会。

⑦武库：藏兵器的仓库。

⑧矛戟：泛指兵器。

⑨傅兰硕：傅嘏。

⑩汪廧（qiáng）："汪"字原作"江"，据影宋本改。汪廧，同"汪翔"，与"汪洋"同义，指宽广无边的样子。

⑪山巨源：山涛。

【今　译】

裴楷评论夏侯玄说："看到他严正的样子就像进入朝廷，不用修整敬重而人们自然会敬重他。"另一种说法是："好像进入宗庙，只看见琳琅满目的礼乐之器。"见到钟会，说："就像参观武器库，只看见到处都是兵器。"见到傅嘏，说："宽广无边，无所不包。"见到山涛，说："就像登山往下看，幽然深远。"

【解　义】

孔子说："居处恭，执事敬。"（《论语·子路》）又说："出门如见大宾，使民如承大祭。"（《论语·颜渊》）意即为人处事要有严正肃穆的态度。当然，恭敬之心并非与生俱来，需要靠修身来培养。所谓"不修敬而人自敬"，指的是夏侯玄的修为已到了很高的境界，"肃肃"之貌毫无矫揉造作之处，所以人们自然而然地对他产生敬意。宗庙是庄重肃穆之地，礼器则是烘托其氛围的象征物，所谓"琅琅但见礼乐器"，同样是喻指夏侯玄的“肃肃”之貌。钟会有将才，曾从司马师征讨毌丘俭，从司马昭征讨诸葛诞，在灭蜀之役中也立下战功。所谓“但睹矛戟”，是指其有英武之气。傅嘏好论才性，有“清理识要”之誉，所谓“汪廧靡所不有”，是指其才学之渊博。山涛以德行著称，所谓“幽然深远”，是指其气度宽广。

九

羊公还洛[①]，郭奕为野王令[②]。羊至界，遣人要之[③]，郭便自往。既见，叹曰：“羊叔子何必减郭太业[④]！”复往羊许，小悉还[⑤]，又叹曰：“羊叔子去人远矣！”羊既去，郭送之弥日[⑥]，一举数百里，遂以出境免官。复叹曰：“羊叔子何必减颜子[⑦]！”

【今　注】

①羊公：羊祜。　洛：洛阳。

②郭奕（生卒不详）：字太业，太原阳曲（今山西太原）人。官至雍州刺史、尚书。　野王：县名，在今河南沁阳。

③要：同“邀”，邀请。

④何必：不必。　减：减色，逊色。

⑤小悉：少顷，一会儿。

⑥弥日：一整天。

⑦颜子：颜回。

【今　译】

羊祜回洛阳时，郭奕正担任野王县令。羊祜到了野王县界后，派人邀请郭奕，郭奕于是前往。见面之后，郭奕赞叹道：“羊祜不见得比我郭奕差！”再次到羊祜处，很快就回来了，又赞叹道：“羊祜远远超过我啊！”羊祜离开时，郭奕相送了一整天，送出了几百里地，因为超出了县境而被免去了官职。他再次赞叹道："羊祜不一定比颜回逊色！"

【解　义】

据《晋书·郭奕列传》记载，郭奕"高简有雅量"。所以，他能够由衷赞叹羊祜的才华。

十

王戎目山巨源[①]："如璞玉浑金[②]，人皆钦其宝[③]，莫知名其器[④]。"

【今　注】

①山巨源：山涛。

②璞玉浑金：未雕琢之玉和未冶炼之金，比喻人品质朴。

③钦：钦佩，敬重。

④器：度量。

【今　译】

王戎评论山涛："他像是未经雕琢的玉石，未经冶炼的金子，人人都敬重它是宝物，但就是不能形容它的气度。"

【解　义】

裴楷曾称赞山涛"如登山临下，幽然深远"（见本篇第八则）。王戎所谓"莫知名其器"，意思与之相近，都是形容山涛的德行难以测度。

十一

羊长和父繇与太傅祜同堂相善[①]，仕至车骑掾[②]，蚤卒。长和兄弟五人幼孤。祜来哭，见长和哀容举止宛若成人，乃叹曰："从兄不亡矣[③]！"

【今　注】

①羊长和：羊忱。　繇：羊繇，字堪甫，官至车骑掾。太傅祜：羊祜。　同堂：堂房的兄弟。

②车骑掾：车骑将军的属官。

③从兄：堂兄。

【今　译】

羊忱的父亲羊繇与太傅羊祜是堂兄弟，彼此友善，官至车骑将军的掾属，早死。羊忱兄弟五人幼年就成了孤儿。羊祜来哭丧，看到羊忱悲哀的神情和举动仿佛成年人一样，于是感叹道："堂兄没有死！"

【解　义】

所谓"从兄不亡矣"，是指羊忱有乃父风范，羊繇后继有人。

十二

山公举阮咸为吏部郎①，目曰："清真寡欲，万物不能移也②。"

【今　注】

①山公：山涛。　阮咸（222—278）：字仲容，陈留尉氏（今河南开封尉氏）人，"竹林七贤"之一，阮籍之侄。旷放不拘礼节，善弹琵琶。历官散骑侍郎、始平太守。

②清真：纯洁质朴。　寡欲：欲望节制。　移：改变。

【今　译】

山涛举荐阮咸为吏部侍郎，评价道："纯洁质朴欲望节制，性格执着坚定不移。"

【解　义】

据《晋书·阮咸列传》记载，晋武帝认为阮咸沉迷于饮酒，虚浮不务实，所以没有采纳山涛的举荐。

十三

王戎目阮文业[①]："清伦有鉴识[②]，汉元以来[③]，未有此人。"

【今　注】

①阮文业：阮武（生卒不详），字文业，陈留尉氏（今河南开封尉氏）人。阮籍族兄，官至清河太守。著有《阮子》。

②清伦：人品清高。　鉴识：精辟的见识。

③汉元：指汉王朝建立。

【今　译】

王戎评论阮武："人品清高见解精深，从汉王朝建立以来，未曾有这样的人才。"

【解　义】

王戎以识鉴著称，但他显然认为阮武的识鉴能力更胜一筹，所以说"汉元以来"无人可以匹敌。据刘孝标注引《陈留志》记载，阮武在阮籍童年时就认为他可以超越自己。无怪乎阮武的知人之明受到王戎的极力推崇。

十四

武元夏目裴、王曰[①]："戎尚约[②]，楷清通。"

【今　注】

①武元夏：武陔（生卒不详），字元夏，沛国竹邑（今安徽宿县北）人。官至左仆射。　裴、王：裴楷、王戎。

②尚约：崇尚简约。

【今　译】

武陔评论裴楷、王戎说："王戎崇尚简约，裴楷清晰通达。"

【解　义】

武陔对裴楷、王戎的评价与钟会相同（见本篇第五、第六则），说明这两人的特点得到了时人的公认。

十五

庾子嵩目和峤[①]："森森如千丈松[②]，虽磊砢有节目[③]，施之大厦，有栋梁之用。"

【今　注】

①庾子嵩：庾敳。

②森森：树木茂盛的样子。

③磊砢：树木多节的样子。　节目：树木枝干交接之处为节，纹理纠结不顺的部分为目。

【今　译】

庾敳评论和峤道："他就像树枝茂密的千丈巨松，虽然树枝多节，但如果建造大厦，却可以用作栋梁。"

【解　义】

据《晋书·庾敳列传》记载，当时人们认为庾敳聚敛财富，对他多有讥刺，温峤为此还对他进行弹劾，但庾敳对温峤反而更为器重，并认为他有栋梁之才。庾敳评价的对象究竟是和峤还是温峤，史书记载不一，可以存疑。但庾敳所受贪财之讥，应出于里巷传言。据《晋书·庾敳列传》记载，庾敳为人从容酣畅，静默无为，为士人所推崇。这样的性格显然与贪婪好财相悖，而且当刘舆设计陷害他时（见《雅量》第十则），他对钱财从容淡泊的态度，也可以证明世人对他的讥讽毫无依据。庾敳家财万贯，但却生性俭朴，这或许是招来非议的原因。

十六

王戎云："太尉神姿高彻[①]，如瑶林琼树[②]，自然是风尘外物[③]。"

【今　注】

①太尉：王衍。　神姿：风采。　高彻：超脱通达。

②瑶林琼树：传说中生于昆仑的仙树，形容容貌智力出众。

③风尘：世俗，尘世。

【今　译】

王戎说："王衍风采超脱通达，就像仙树一样，自然是世俗之外的人。"

【解　义】

王衍不仅才华横溢，而且容貌出众，受到时人的一致推崇。王戎的评价具有代表性。王衍任太尉时，王戎已经去世，所以本文王戎称王衍为"太尉"，应出自后人之追述。

十七

王汝南既除所生服[①]，遂停墓所。兄子济每来拜墓[②]，略不过叔[③]，叔亦不候。济脱时过[④]，止寒温而已。后聊试问近事[⑤]，答对甚有音辞[⑥]，出济意外，济极惋愕。仍与语，转造清微[⑦]。济先略无子侄之敬，既闻其言，不觉懔然[⑧]，心形俱肃[⑨]。遂留共语，弥日累夜。济虽俊爽，自视缺然[10]，乃喟然叹曰[11]："家有名士，三十年而不知！"济去，叔送至门。济从骑有一马[12]，绝难乘，少能骑者。济聊问叔："好骑乘不？"曰："亦好尔。"济又使骑难乘马。叔姿形既妙，回策如萦[13]，名骑无以过之。济益叹其难测，非复一事。既还，浑问济[14]："何以暂行累日[15]？"济曰："始得一叔[16]。"浑问其故，济具叹述如此[17]。浑曰："何如我？"济曰："济以上人。"武帝每见济，辄以湛调之曰[18]："卿家痴叔死未？"济常无以答。既而得叔后[19]，武帝又问如前。济曰："臣叔不痴。"称其实美。帝曰："谁比？"济曰："山涛以下，魏舒以上[20]。"于是显名，年二十八始宦。

【今　注】

①王汝南：王湛（249—295），字处冲，太原晋阳（今山西太原）人，司空王昶之子。历官太子洗马、尚书郎、太子中庶子、汝南内史。　除：脱去。　所生服：孝服。所生，指父母。

②济：王济。

③略不：完全不，几乎不。

④脱：偶尔。

⑤聊：略微。

⑥音辞：指言辞很有意味。

⑦造：进入。

⑧懔然：凛然，肃然起敬的样子。

⑨心形：内心与外表。

⑩缺然：有所欠缺的样子。

⑪喟（kuì）然：叹气的样子。

⑫从骑：随从的马。

⑬策：马鞭。萦：盘旋，回绕。

⑭浑：王浑，王济之父，王湛之兄。

⑮累日：连日，几天。

⑯始：方才。

⑰具：俱，全，都。

⑱调：调笑，开玩笑。

⑲既而：不久。

⑳魏舒（209—290）：字阳元，任城樊县（今山东兖州西南）人。曹魏时历官渑池令、浚仪县令、尚书郎、后将军长史、相国参军。入晋后官至司徒，领兖州中正。

【今　译】

王湛脱去孝服后，就住在墓旁。兄长的儿子王济每次来墓地祭拜，几乎不来探望叔叔，叔叔也不去问候他。王济偶尔来探望一次，只是寒暄几句而已。后来王济略微试着问近来发生的事，王湛的答对很有意味，出乎王济意料之外，王济极为惊讶。继续交谈下去，逐渐进入精微之境。王济先前完全没有子侄对长辈的敬意，听了王湛的话后，不觉肃然起敬，由内到外都严肃起来。于是便留下来交谈，夜以继日。王济虽然俊迈爽朗，却自觉有所欠缺，于是喟然叹道："家里有名士，却三十年都不知道！"王济告辞离去时，叔叔送他到门口。王济随从中有一匹马，极难骑乘，很少人能骑它。王济随口问叔叔："喜欢骑马吗？"王湛说："也喜欢的。"王济便让他骑这匹难骑的马。叔叔不仅骑马的姿态绝妙，挥起马鞭来盘旋萦回，就是著名的骑手也不能超过他。王济更加感叹他高深莫测，不只一件事情。王济回家后，王浑问他："为什么出去一下却好几天才回来？"王济说："刚才得到了一位叔叔。"王浑问其中的原因，王济感叹着详细地讲述了情况。王浑说："与我比怎么样？"王济说："是在我以上的人。"过去晋武帝每次见到王济，总拿王湛来取笑他说："你家的痴叔死了没有？"王济常常无言以对。得到叔叔以后不久，武帝又像以前那样问他，王济说："臣下的叔叔不痴。"称赞叔叔确实很优秀。武帝说："可以与谁相比？"王济说："在山涛以下，魏舒以上。"从此王湛名声远扬，到了二十八岁才为官。

【解　义】

王湛出仕较晚，这或许让世人对他产生了偏见，也让他背上了痴愚的名声（又见本书《贤媛》第十五则）。这种情形与阮籍相似。据《晋书·阮籍列传》记载，阮籍早年博览群籍，或闭户视书，累月不出；或登临山水，经日忘归，于是当时人多以为痴。王济与王湛一谈倾心，说明王湛的才学、谈吐均属一流，可见王湛痴愚之名纯属外人误解。王湛结庐墓侧，这在古代是一种令人尊敬的孝行，世人没有理由认为他"痴"，家族成员更没有理由轻视他。本文所载应出自里巷传言。王济去爷爷王昶的墓地祭拜，其父王浑作为王昶的嗣子没有理由不去，但本文中扫墓似乎只是王济的事，而与王浑无关。此外，据刘孝标注引邓粲《晋纪》记载，王湛从未骑过马，但一跨上马，就能驰骋自如，与本文所载近似。马术需要训练，不可能天然自成，因此，相关情节必然出自附会。

十八

裴仆射①，时人谓为言谈之林薮②。

【今　注】

①裴仆射：裴頠。

②林薮：山林与湖泽。此喻事物聚集之处。

【今　译】

裴頠，当时人认为他是言谈的汇集处而无竭尽。

【解　义】

钟会曾品评裴頠，认为其清谈可以“经日不竭”（见本篇第五则），其意与本文相同，都是指裴頠有滔滔雄辩之才。

十九

张华见褚陶[①]，语陆平原曰[②]：“君兄弟龙跃云津[③]，顾彦先凤鸣朝阳[④]，谓东南之宝已尽，不意复见褚生。”陆曰：“公未睹不鸣不跃者耳。”

【今　注】

①褚陶（生卒不详）：字季雅，吴郡钱塘（今浙江杭州）人。少聪慧，十三岁作《鸥鸟》《水碓》二赋，为人所奇，官至九真太守。

②陆平原：陆机，曾平原内中，故称。

③兄弟：指陆机和陆云。　云津：云间。

④顾彦先：顾荣。

【今　译】

张华见到褚陶后，对陆机说：“您兄弟俩就像腾跃在云间的双龙，顾荣犹如迎着朝阳长鸣的凤凰，我认为东南的珍宝已囊括尽了，没想到能再见到褚先生。”陆机说：“只因为您尚未见到不出名的人罢了。”

【解　义】

据《晋书·张华列传》记载，张华爱才惜才，但凡遇到一介人才，无论出身是否穷贱，都会为之传扬名声，陆机、陆云及褚陶都得到他的赏识和推荐。

二十

有问秀才[①]："吴旧姓何如[②]？"答曰："吴府君[③]，圣王之老成[④]，明时之俊乂[⑤]；朱永长[⑥]，理物之至德[⑦]，清选之高望[⑧]；严仲弼[⑨]，九皋之鸣鹤[⑩]，空谷之白驹[⑪]；顾彦先[⑫]，八音之琴瑟[⑬]，五色之龙章[⑭]；张威伯[⑮]，岁寒之茂松，幽夜之逸光[⑯]；陆士衡、士龙[⑰]，鸿鹄之裴回[⑱]，悬鼓之待槌。凡此诸君：以洪笔为锄耒[⑲]，以纸札为良田，以玄默为稼穑[⑳]，以义理为丰年，以谈论为英华[㉑]，以忠恕为珍宝，著文章为锦绣，蕴五经为缯帛[㉒]，坐谦虚为席荐[㉓]，张义让为帷幕，行仁义为室宇，修道德为广宅。"

【今　注】

①秀才：才能秀美者，指蔡洪。

②旧姓：指世家大族。

③吴府君：吴展（生卒不详），字士季，吴下邳（今江苏睢宁西北）人。仕吴，官至广州刺史、吴郡太守。吴亡后退隐故里。

④老成：指阅历多而通于世故者。

⑤俊乂（yì）：贤能的人。

⑥朱永长：朱诞（生卒不详），字永长，吴郡（今江苏苏州）人，官至议郎。

⑦理物：治理人民。　至德：最高的德行。

⑧清选：指高尚之贵官。　高望：崇高的名望。

⑨严仲弼：严隐（生卒不详），字仲弼，吴郡（治在今苏州）人，吴时为宛陵令。

⑩九皋之鸣鹤：语见《诗经·小雅·鹤鸣》，原诗曰："鹤

鸣于九皋，声闻于野。”皋，沼泽。九，喻沼泽曲折深远。比喻严仲弼为世外高人。

⑪空谷之白驹：语见《诗经·小雅·白驹》，原诗曰：“皎皎白驹，在彼空谷。”谓皎洁的小白马，在那空谷中奔驰。为思念贤友之作。

⑫顾彦先：顾荣。

⑬八音：中国古代乐器，指金、石、丝、木、竹、匏、土、革。　琴瑟：两种乐器名。

⑭五色：青、黄、赤、白、黑为五色，这里泛指各种颜色。　龙章：龙形花纹。

⑮张威伯：张畅（生卒不详），字威伯，吴郡（今江苏苏州）人。

⑯逸光：放出的光。

⑰陆士衡、士龙：陆机、陆云。　鸿鹄：大雁和天鹅。

⑱裵回：指盘旋飞翔。

⑲洪笔：大笔。　锄耒：锄头和木叉，泛指农具。

⑳玄默：深沉寡言。　稼穑：种植和收割。

㉑英华：草木之美者。

㉒蕴：积聚。　缯帛：丝织物的总称。

㉓席荐：草垫。

【今　译】

有人问蔡洪：“吴地的旧家族怎么样？”蔡洪答道：“吴展是圣明时代深谙世道的贤才；朱诞是治理百姓的有德者，众望之所归；严隐似九皋之鸣鹤，空谷之白驹；顾荣是乐器中的琴瑟，五色中的龙纹；张畅是寒冬中茂盛的松柏，黑夜里放射的光芒；陆机、陆云是盘旋飞翔的天鹅，是等待敲打的悬鼓。所有上述诸位，都是用大笔当农具，用纸张做良田，用沉默种植收获，用义理作为丰年，用清谈作为华彩，用忠恕作为珍宝，著述文章作为锦绣，积聚五经作为丝帛，用谦虚作为席垫，伸张道义礼让作为帷幕，推行仁义作为屋宇，修养道德作为大厦。”

【解　义】

蔡洪是吴郡人，所以对吴地的人物相当了解，吴亡后，蔡洪任州从事。据刘孝标注引《蔡洪集》所载《与刺史周俊书》，刺史周俊曾向蔡洪询问吴地旧家大族的情况，于是蔡洪为之一一历数俊秀之才。

二十一

人问王夷甫[①]：“山巨源义理何如[②]？是谁辈？”王曰：“此人初不肯以谈自居，然不读《老》《庄》，时闻其咏，往往与其旨合。”

【今　注】

①王夷甫：王衍。

②山巨源：山涛。　义理：名理之学。

【今　译】

有人问王衍：“山涛的名理之学怎么样？可以和谁相比？”王衍说：“此人当初不肯以善于清谈自居，虽然不读《老子》《庄子》，时常听到他的吟咏，却每每与《老子》《庄子》的旨趣相符。”

【解　义】

据《晋书·山涛列传》记载，山涛性好老、庄，每每隐身自晦。所以，本文所谓“不肯以谈自居”，就是山涛隐身自晦的表现。而所谓“不读《老》《庄》”，应出自误传。

二十二

洛中雅雅有三嘏[①]：刘粹字纯嘏[②]，宏字终嘏[③]，漠字冲嘏[④]，是亲兄弟，王安丰甥[⑤]，并是王安丰女婿。宏，真长祖也[⑥]。洛中铮铮冯惠卿[⑦]，名荪，是播子[⑧]。荪与邢乔俱司徒李胤外孙[⑨]，及胤子顺并知名[⑩]。时称“冯才清，李才明，纯粹邢[⑪]。”

【今　注】

①洛中：洛阳。　雅雅：温文娴雅。

②刘粹（生卒不详）：字纯嘏，沛国相（今安徽濉溪西北）人。官至侍中、南中郎将。

③宏：刘宏（生卒不详），字终嘏，历官秘书监、光禄大夫。

④漠：刘漠（生卒不详），字冲嘏，官至吏部尚书。

⑤王安丰：王戎。

⑥真长：刘惔。

⑦铮铮：形容人刚正不阿。　冯惠卿：冯荪（生卒不详），字惠卿，长乐（今河南安阳东）人。官至侍中，为长沙王司马乂所害。

⑧播：冯播（生卒不详）：字友声，官至大宗正。

⑨邢乔（？—306）：字曾伯，河间（今属河北）人，官至司隶校尉。　李胤（？—282）：字宣伯，辽东襄平（今辽宁辽阳）人，官至司徒。

⑩顺：李顺（生卒不详），字曼长，官至太仆卿。

⑪纯粹：纯一不杂，精美无瑕。

【今　译】

洛阳城中温文娴雅者中有“三嘏”：刘粹字纯嘏，刘宏字终暇，刘漠字冲暇，他们是亲兄弟，是王戎的外甥，又都是他的女婿，刘宏是刘惔的祖父。洛阳城中刚正不阿者是冯惠卿，名叫荪，是冯播的儿子。冯荪与邢乔都是司徒李胤的外孙，与李胤的儿子李顺都很出名。当时人称“冯荪才学清通，李胤才学明达，学问纯正当推邢乔”。

【解　义】

刘孝标注根据《刘氏谱》记载，指出刘邠之妻是武周的女儿，“三暇”并不是王戎的外甥。

二十三

卫伯玉为尚书令[1]，见乐广与中朝名士谈议[2]，奇之，曰：“自昔诸人没已来，常恐微言将绝[3]，今乃复闻斯言于君矣！”命子弟造之，曰：“此人，人之水镜也[4]，见之若披云雾睹青天。”

【今　注】

①卫伯玉：卫瓘。

②中朝：东晋建立以后，称西晋为中朝。

③微言：指清谈中的精微之言。

④水镜：以水和镜子的清亮照人比喻人的明鉴或性格开朗。

【今　译】

卫瓘担任尚书令时，见乐广与当时的名士清谈议论，感到惊奇，说：“自从当初诸位名士去世以来，常常担心清谈中的微言即将断绝了，如今竟然又从您这里听到了这些！”他让子弟去拜访乐广，说：“这人，是人中的水镜，看到他就像拨开云雾见到青天。”

【解　义】

本文所谓“诸人”，指曹魏时期的何晏、夏侯玄等人。乐广善于清谈，就连裴楷也曾自叹不如。据《晋书·乐广列传》记载，王衍自认为言谈简捷，但看到乐广后，就觉得自己太啰嗦了。因此，本文所谓“微言”，指能够一语中的之妙语。本文出自东晋人之追述，所以文中称西晋为“中朝”。

二十四

王太尉曰①：“见裴令公精明朗然②，笼盖人上③，非凡识也④。若死而可作，当与之同归⑤。”或云王戎语。

【今　注】

①王太尉：王衍。

②裴令公：裴楷。　精明：精细明察。　朗然：爽朗的样子。

③笼盖：高出在上。

④凡识：平凡的见识。

⑤作：起来，此指活过来。　归：归附，跟从。

【今　译】

王衍说：“看到裴楷精细明察，高出众人之上，见识非凡。如果可以死而复活，我定当跟从他。”有人说这是王戎的话。

【解　义】

《国语·晋语》曰：“死者若可作也，吾谁与归？”《礼记·檀弓下》曰：“文子曰：‘死者如可作也，吾谁与归？’”意即如能死而复活，我要跟从谁呢？表达了对志同道合者的渴望。裴楷于元康元年（291）病逝，王衍所谓“若死而可作，当与之同归”，应是对亡者的追思。

二十五

王夷甫自叹①："我与乐令谈②，未尝不觉我言为烦。"

【今　注】

①王夷甫：王衍。

②乐令：乐广。

【今　译】

王衍感叹道："我和乐广清谈时，总是觉得我的话烦琐。"

【解　义】

学者间探讨学术，往往只需要只言片语即可点中问题要害，达到豁然开朗的效果。乐广在清谈时能够做到要言不烦，所以王衍觉得自己显得啰嗦。

二十六

郭子玄有俊才①，能言《老》《庄》，庾敳尝称之，每曰："郭子玄何必减庾子嵩②！"

【今　注】

①郭子玄：郭象。　俊才：卓越的才智。

②何必：不必，不见得，反问语气。

【今　译】

郭象有卓越的才智，善于谈论《老子》《庄子》，庾敳曾称赞他，常说："郭象不见得比我庾子嵩逊色！"

【解　义】

据刘孝标注引《名士传》记载，庾敳所说意指自己的观点都包括在郭象的学说中了。

二十七

王平子目太尉[①]："阿兄形似道[②]，而神锋太俊[③]。"太尉答曰："诚不如卿落落穆穆[④]。"

【今　注】

①王平子：王澄。　太尉：王衍。

②道：有道者。

③神锋：神采突出。

④落落穆穆：冷峻威严的样子。

【今　译】

王澄品评王衍道："阿哥外貌像是有道之人，神采突出至为俊秀。"王衍答道："但不如你的神态冷峻威严。"

【解　义】

王澄是王衍的弟弟，善于品鉴人物。据《晋书·王澄列传》记载，王澄品鉴人物后，如果有人再去征询王衍的意见，王衍都会说平子已经品鉴了。王衍神采之出众受到公认，所以王澄说"神锋太俊"是并不为过的。而王澄与乃兄的风格不同，好勇力，声望甚至盖过以英武著称的王敦。因此，所谓"落落穆穆"，指王澄神态之冷峻威严。

二十八

太傅府有三才[①]：刘庆孙长才[②]，潘阳仲大才[③]，裴景声清才[④]。

【今　注】

①太傅：指东海王司马越。

②刘庆孙：刘舆。

③潘阳仲：潘滔。

④裴景声：裴邈。

【今　译】

东海王司马越太傅府中有三才：刘舆是有专长之才，潘阳是博学之才，裴邈是清廉之才。

【解　义】

据刘孝标注引《八王故事》记载，刘舆之“长才”在于“综核”，潘滔之“大才”在于博学，裴邈之“清才”在于行为方正。所谓“综核”，据刘孝标注引《晋阳秋》记载，刘舆不仅熟知各地物资储备及道路交通状况，而且擅长筹划统合，调度物资可以做到井然有序。

二十九

林下诸贤①，各有俊才子②：籍子浑③，器量弘旷④；康子绍⑤，清远雅正⑥；涛子简⑦，疏通高素⑧；咸子瞻⑨，虚夷有远志⑩，瞻弟孚⑪，爽朗多所遗⑫；秀子纯、悌⑬，并令淑有清流⑭；戎子万子⑮，有大成之风，苗而不秀⑯，唯伶子无闻。凡此诸子，唯瞻为冠，绍、简亦见重当世。

【今　注】

①林下诸贤：指竹林七贤。

②俊才子：指他们的儿子均有卓越的才能。

③浑：阮浑，字长成，官至太子中庶子。

④弘旷：宽广开朗。

⑤绍：嵇绍。

⑥清远雅正：志向高远，本性正直。

⑦简：山简。

⑧疏通高素：通达高洁。

⑨瞻：阮瞻。

⑩虚：谦虚平易。

⑪孚：阮孚。

⑫遗：指超脱世俗。

⑬纯、悌：向纯、向悌。向纯（？—311），字长悌，官至侍中。向悌（？—311），字叔逊，官至御史中丞。

⑭令淑：美好善良。　清流：指具有时望的清高的名士。

⑮万子：王绥。

⑯苗而不秀：语出《论语·子罕》，原文曰："苗而不秀者，有矣夫！"是孔子痛惜学生颜渊早逝而发感慨，后即喻人之早夭。秀，指庄稼吐穗开花。

【今　译】

竹林诸位贤士，都有才能卓越的儿子：阮籍的儿子阮浑，度量宽广开朗；嵇康的儿子嵇绍，志向高远，本性正直；山涛的儿子山简，通达高洁；阮咸的儿子阮瞻，谦虚平易，有远大的志向；阮瞻的弟弟阮孚，性格爽朗，而对世务多不放在心上；向秀的儿子向纯、向悌，都很美好善良，是具有时望的清高名士；王戎的儿子王万子，颇有成就大器的风度，可惜早夭；只有刘伶的儿子默默无闻。这些年轻后辈中，阮瞻堪称第一，嵇绍、山简也被当时人所推重。

【解　义】

本文介绍竹林七贤的八位子侄，他们身上都有七贤的遗风。如阮浑"有父风，少慕通达，不饰小节"（《晋书·阮浑列传》）；山简"性温雅，有父风"（《晋书·山简列传》）。他们都有"俊才"，具备正直美好、度量宽广、清高超脱、志向高远等品德，其中尤以阮瞻为诸贤之冠，由此可见家学之重要性。

三十

庾子躬有废疾[①]，甚知名，家在城西，号曰：“城西公府。”

【今　注】

①庾子躬：庾琮（生卒不详），字子躬，庾敳之兄，官至太尉掾。　废疾：残疾。

【今　译】

庾琮身有残疾，很有名气，家在城西，号称“城西公府”。

【解　义】

“公府”原指三公的官府。庾琮虽然只是太尉的属官，但因为他是士人中的领袖人物，登门拜会者众多，所以人们称其住所为“公府”。

三十一

王夷甫语乐令[①]：“名士无多人，故当容平子知[②]。”

【今　注】

①乐令：乐广。

②容：等待。　知：识鉴。

【今　译】

王衍对乐广说：“名士没有多少人，所以应当等待王澄来识鉴。”

【解　义】

据刘孝标注引《王澄别传》记载，凡是王澄品评过的人物，其兄王衍和堂兄王戎就不再措辞。王衍之语意应该是指天下名士由王澄来品评就足够了，表达了对王澄识鉴人物能力的肯定。

三十二

王太尉云[①]："郭子玄语议如悬河写水[②]，注而不竭[③]。"

【今　注】

①王太尉：王衍。

②郭子玄：郭象。　写：通"泻"。

③注：灌入。

【今　译】

王衍说："郭象的论议就像瀑布倾泻，滔滔不绝。"

【解　义】

郭象深谙老、庄之学，但所注《庄子》为人诟病，以为剽窃向秀之注，详见本书《文学》第十七则。

三十三

司马太傅府多名士[①]，一时俊异[②]。庾文康云[③]："见子嵩在其中[④]，常自神王[⑤]。"

【今　注】

①司马太傅：东海王司马越。

②俊异：才智出众。

③庾文康：庾亮。

④子嵩：庾敳。

⑤神王：精神旺盛。王，通"旺"。

【今　译】

太傅司马越府内有很多名士，都是当时才智出众者。庾亮说："看到庾敳在这些人中，常常不由自主地感到精神旺盛。"

【解　义】

本文所载亦见《晋书·庾敳列传》，但"常自神王"作"常自袖手"（"神旺"与"袖手"形近似，故有异文）。所谓"常自袖手"，指庾敳身处多事之秋，采取静默无为的方式，以避免无妄之灾。

三十四

太傅东海王镇许昌①，以王安期为记室参军②，雅相知重③，敕世子毗曰④："夫学之所益者浅，体之所安者深⑤。闲习礼度⑥，不如式瞻仪形⑦；讽味遗言⑧，不如亲承音旨⑨。王参军人伦之表⑩，汝其师之⑪！"或曰："王、赵、邓三参军⑫，人伦之表，汝其师之！"谓安期、邓伯道、赵穆也。袁宏作《名士传》，直云王参军⑬。或云赵家先犹有此本。

【今　注】

①太傅东海王：司马越。　许昌：县名，在今河南许昌东。

②王安期：王承。

③雅：很。

④敕：告诫。　世子：王侯的嫡子，爵位继承者。　毗（pí）：司马毗，事迹不详。

⑤体：指体察、体会、体验。　安：适合。

⑥闲习：熟习，"闲"通"娴"。

⑦式瞻：瞻仰。式，发语词。　仪形：指法式、模范。

⑧讽味：诵读玩味。　遗言：指古训。

⑨音旨：指教诲。

⑩参军：王承。　人伦：指行为准则。　表：表率。

⑪师：学，习。

⑫王、赵、邓：王承、赵穆、邓攸。赵穆（生卒不详），字季子，汲郡（今河南汲县）人。

⑬直：仅，只。

【今　译】

太傅东海王司马越出镇许昌时，任用王承为记室参军，对他非常赏识敬重，告诫世子司马毗说："学习中所得到的感受肤浅，亲身体验所得的感受深刻。熟习礼法制度，不如瞻仰法式；诵读玩味古训，不如倾听教诲。王承是行为的表率，你要以他为师！"另一种说法是："王、邓、赵三位参军，是行为的表率，你要以他们为师！"指王承、邓攸、赵穆。袁宏所作《名士传》，只说王参军。有人说赵家先前还有这个本子。

【解　义】

孔子曾说："学而时习之，不亦说乎？"（《论语·学而》）意即学到知识后时时加以练习，就会感受到无穷的乐趣。司马越所说"学之所益者浅，体之所安者深"，其实就是对"学而时习之"的理解和发挥。末句"或云赵家先犹有此本"，指赵家藏有"或曰"的版本。据刘孝标注引《赵吴郡行状》记载，司马越让世子司马毗效法的对象还包括阮瞻。

三十五

庾太尉少为王眉子所知[①]，庾过江，叹王曰："庇其宇下[②]，使人忘寒暑。"

【今　注】

①庾太尉：庾亮。　王眉子：王玄。

②宇下：屋檐下。

【今　译】

庾亮年轻时受到王玄赏识，庾亮渡江南下后，赞叹王玄说："庇护在他的屋檐下，可以让人忘记寒冷和酷热。"

【解　义】

王玄早年与卫玠齐名，据刘孝标注引《八王故事》记载，有人劝王玄去投奔王敦，王玄认为王敦一时得志，容不下他人，连王澄都杀害了，所以更容不得他，言下之意是他的器宇会遭王敦忌惮。因此，庾亮所说是称赞王玄之胸怀气度。

三十六

谢幼舆曰[①]："友人王眉子清通简畅[②]，嵇延祖弘雅劭长[③]，董仲道卓荦有致度[④]。"

【今　注】

①谢幼舆：谢鲲。

②王眉子：王玄。

③嵇延祖：嵇绍。　弘雅：宽弘高雅。　劭长：品德美好。

④董仲道：董养（生卒不详），字仲道，陈留（今河南开封陈留）人。因朝政混乱，于是隐遁避世，入于蜀山，不知所终。　卓荦（luò）：优秀出众。　致度：风度。

【今　译】

谢鲲说："友人王玄清静明朗，简易畅达；嵇绍宽弘高雅，品德美好；董养优秀出众有风度。"

【解　义】

据刘孝标注引谢鲲《元化论序》，董养对西晋末年王室大乱的局面有所感慨，于是与妻子退隐蜀地，不知所终。

三十七

王公目太尉[①]：“岩岩清峙[②]，壁立千仞[③]。”

【今　注】

①王公：王导。　太尉：王衍。

②岩岩：高峻的样子。　清峙：清新脱俗地耸立。

③壁立：像墙壁一样陡立。　千仞：极言其高，一仞八尺。

【今　译】

王导品评王衍道：“形貌伟岸清新脱俗，仿佛千仞峭壁一般。”

【解　义】

据《晋书·王衍列传》记载，王敦曾说，王衍在众人之中，就像珠玉在瓦石间一样。因此，“岩岩清峙，壁立千仞”意指王衍的风度气质在众人中处于独领风骚的地位。

三十八

庾太尉在洛下[①]，问讯中郎[②]。中郎留之，云：“诸人当来。”寻温元甫、刘王乔、裴叔则俱至[③]，酬酢终日[④]。庾公犹忆刘、裴之才俊、元甫之清中[⑤]。

【今　注】

①庾太尉：庾亮。

②问讯：问候。　中郎：指庾敳。

③寻：不久。　温元甫：温几（生卒不详），字元甫，太原（今山西太原）人。历官司徒右长史、湘州刺史。

刘王乔：刘畴（生卒不详），字王乔，彭城（今江苏徐州）人。官至司徒左长史。 裴叔则：裴楷。

④酬酢（zuò）：筵席上主宾相互敬酒。

⑤清中：清婉平和。

【今 译】

庾亮在洛阳时，前去问候庾敳。庾敳挽留他，说："还有很多人会来。"不久温几、刘畴、裴楷都到了，主宾之间互相敬酒应酬了整整一天。庾亮后来依然怀念刘畴和裴楷出众的才华温几的清婉平和。

【解 义】

裴楷以"清通"著称（见本篇第五则），庾亮称之为"才俊"亦不为过。而据刘孝标注引《晋诸公赞》记载，温几"才性清婉"，本文称之为"清中"，其义相同。据《晋书·刘畴列传》记载，刘畴之才华受到名士的公认。

三十九

蔡司徒在洛①，见陆机兄弟住参佐廨中②，三间瓦屋，士龙住东头③，士衡住西头④。士龙为人文弱可爱，士衡长七尺余，声作钟声，言多忼慨⑤。

【今 注】

①蔡司徒：蔡谟。

②陆机兄弟：陆机、陆云。 参佐：属官。 廨：官署。

③士龙：陆云。

④士衡：陆机。

⑤忼慨：指情绪激昂。

【今 译】

蔡谟在洛阳的时候，看到陆机兄弟俩住在属官的官署中，三间瓦房，陆云住在东头，陆机住在西头。陆云为人文弱可爱，陆机身长七尺多，声如洪钟，言辞之间多慷慨激昂的气概。

【解　义】

陆机、陆云兄弟二人个性不同。据刘孝标注引《文士传》记载，陆云个性宁静，是士人乐于师法的人物；而陆机“清厉有风格”，为乡人所忌惮。“清厉”既指耿介有骨气，也指声音激切高昂，即本文所谓“声作钟声，言多慷慨”。

四十

王长史是庾子躬外孙[①]，丞相目子躬云[②]：“入理泓然[③]，我已上人[④]。”

【今　注】

①王长史：王濛。　庾子躬：庾琮。

②丞相：王导。

③泓然：深邃的样子。

④已上：以上。

【今　译】

王濛是庾琮的外孙，王导品评庾琮道：“领悟义理深邃，在我之上。”

【解　义】

庾琮的家被称为“城西公府”（本篇第三十则），可见庾琮在士人中的地位，甚至连王导也自叹不如。可惜庾琮的事迹大多散逸，其学术思想也已失传。

四十一

庾太尉目庾中郎[①]："家从，谈谈之许[②]。"

【今　注】

①庾太尉：庾亮。　庾中郎：庾敳。

②家从：我家堂叔。从，堂房叔伯的通称。庾敳是庾亮的堂叔。　谈谈：意指深邃。　许：处所，地方。

【今　译】

庾亮品评庾敳："我家堂叔是深邃之地。"

【解　义】

据刘孝标注引《名士传》记载，庾敳对名理问题不为条辨缕析，而是提纲挈领，并受到王衍的推崇。因此，庾亮之语应指庾敳已达到了高深的境界。

四十二

庾公目中郎[①]："神气融散[②]，差如得上[③]。"

【今　注】

①庾公：庾亮。　中郎：庾敳。

②融散：恬适疏淡。

③差如：颇为。　得上：超拔向上。

【今　译】

庾亮品评庾敳："神情气度恬适疏淡，颇为超拔。"

【解　义】

庾亮形容庾敳的外在气质之卓尔不群，实际上是称赞其内心世界之超然。

四十三

刘琨称祖车骑为朗诣①，曰："少为王敦所叹。"

【今　注】

①祖车骑：祖逖（266—321）：字士稚，范阳遒县（今河北涞北）人。西晋时历官司州主簿、大司马掾、骠骑祭酒、太子中舍人。永嘉年间率部曲百余家渡江，晋元帝时为豫州刺史，建武元年（317年）率部北伐。因病去世，追赠车骑将军。　朗诣：开朗通达。

【今　译】

刘琨称赞祖逖开朗通达，说："他年轻时为王敦所赞叹。"

【解　义】

据刘孝标注引《晋阳秋》记载，祖狄与刘琨都以雄豪著称，二十四岁时才出仕，与刘琨一同任司州主簿。

四十四

时人目庾中郎①："善于托大②，长于自藏③。"

【今　注】

①庾中郎：庾敳。

②托大：指襟怀宽广，不把世事放在心上。

③自藏：指韬晦，不露锋芒。

【今　译】

当时人品评庾敳："襟怀宽广，擅于隐藏锋芒。"

【解　义】

据刘孝标注引《名士传》记载，当时世事多变，有为者大多难料福祸，而庾敳虽然身居要职，却远离是非，所以能够从容处世。可见，庾敳在西晋末年的动荡局面下，采取了明哲保身的策略，亦即本文所谓“自藏”。

四十五

王平子迈世有俊才[①]，少所推服[②]。每闻卫玠言，辄叹息绝倒[③]。

【今　注】

①王平子：王澄。　迈世：超脱世俗。

②推服：推崇佩服。

③绝倒：指极为佩服。

【今　译】

王澄有超凡脱俗的才能，很少有人被他推崇。可他每次听到卫玠的清谈，总是极为钦佩赞叹。

【解　义】

据刘孝标注引《卫玠别传》记载，王澄自视甚高。但每次听到卫玠的清谈，都会为之倾倒，所以当时人编了个顺口溜：“卫君谈道，平子三倒。”

四十六

王大将军与元皇表云[①]：“舒风概简正[②]，允作雅人[③]，自多于邃[④]，最是臣少所知拔[⑤]。中间夷甫、澄见语[⑥]：‘卿知处明、茂弘[⑦]。茂弘已有令名[⑧]，真副卿清论[⑨]。处明亲疏无知之者，吾常以卿言为意，殊未有得，恐已悔之。’臣慨然曰：‘君以此试。’顷来始乃有称之者[⑩]，言常人正自患知之使过，不知使负实[⑪]。”

【今　注】

①王大将军：王敦。　元皇：晋元帝司马睿，谥号元皇帝。

②舒：王舒。　风概：风度气概。　简正：简易端正。

③允：确实。　雅人：高尚之人。

④多：超过。　邃：王邃（生卒不详），字处重，王舒之弟，官至尚书左仆射。

⑤知拔：赏识提拔。

⑥夷甫：王衍。　澄：王澄。

⑦处明：王舒。　茂弘：王导。

⑧令名：美名。

⑨副：符合。　清论：清雅的言谈，高论。

⑩顷来：近来。

⑪负实：违背事实。

【今　译】

王敦上呈晋元帝的表章说："王舒的风度气概简易端正，称得上是雅士，自然超过王邃，他是臣下年轻时最为赏识的。其中王衍、王澄告诉我说：'你赏识王舒、王导。王导已经有美名了，确实符合你的高论。王舒在众人中得不到赏识，我常用你的品评来观察他，但绝对无所得，恐怕你已经后悔了吧。'臣下感慨道：'您以此来检视他。'近来才有了称赞他的人，我认为常人总担心赏识他人过了头，却不考虑辜负其才干。"

【解　义】

据《晋书·王舒列传》记载，王敦为青州刺史时，府中多辎重金银宝物，亲友无不竞相索取，只有王舒不为所动。而且他认为时局多变，不必在意一时得失，于是在家潜心学问，四十多岁时仍不就征辟。这些或许就是王敦极力向晋元帝推荐他的原因。但王敦病故后，王含、王应父子前去投奔王舒，却被王舒用沉江的方式杀死。这恐怕是王敦做梦也想不到的。

四十七

周侯于荆州败绩还[①]，未得用。王丞相与人书曰[②]："雅流弘器[③]，何可得遗[④]？"

【今　注】

①周侯：周顗。　败绩：溃败。

②王丞相：王导。

③雅流：高雅之辈。　弘器：指有大才干的人。

④遗：遗弃。

【今　译】

周顗在荆州溃败而归后，没有得到任用。王导在写给别人的书信中说："周顗是高雅大器之人，怎么可以废弃不用？"

【解　义】

据《晋书·周顗列传》记载，晋元帝即位之初，任命周顗为宁远将军、荆州刺史。周顗到任后就遭到流寇杜弢的进攻，周顗无法招架，狼狈不堪，陶侃派兵救援后才得以脱身。本文所谓"败绩"，即指此事。又据《晋书·周顗列传》记载，周顗失利后前去投奔王敦，但并没有得到王敦的帮助，晋元帝于是召为扬威将军、兖州刺史。周顗回建康后，晋元帝将其留下，任为军谘祭酒，不久又转为右长史。王导对周顗的推荐，或许就是周顗再次得到重用的原因，但本文所谓"未得用"，应是后人附会之语。

四十八

时人欲题目高坐而未能[①]，桓廷尉以问周侯[②]。周侯曰："可谓卓朗[3]。"桓公曰："精神渊著[4]。"

【今　注】

①题目：品评。　高坐：高坐道人（当时和尚通称道人）。

②桓廷尉：桓彝。　周侯：周顗。

③卓朗：卓越清朗。

④桓公：桓温，桓彝之子。　渊著：既深沉又显明。

【今　译】

当时人想要品评高坐道人而未能找到合适的评语，桓彝因此问周顗。周顗说："可说是卓越清朗。"桓温说："精神既深沉又显明。"

【解　义】

周顗所说"卓朗"与桓温所说"著"的意思相近，都是形容高坐道人气度恢宏，"渊"则是桓温认为其同时还具有沉稳的一面。

四十九

王大将军称其儿云[1]："其神候似欲可[2]。"

【今　注】

①王大将军：王敦。　儿：指王含之子王应。王敦无子，以其为嗣子。

②神候：神情，器宇。

【今　译】

王敦称赞儿子说："他的器宇似乎还可以。"

【解　义】

据《晋书·周顗列传》记载，王敦临终前对嗣子王应说：

"我死后，你马上继位，先立朝廷百官，再处理我的后事。"但王敦死后，王应秘不发丧，与诸葛瑶等纵酒淫乐。可见，王应根本就不成器。

五十

卞令目叔向[①]："朗朗如百间屋[②]。"

【今 注】

①卞令：卞壶（kūn），曾任尚书令，故称。 叔向：春秋时晋国大夫羊舌肸（xī）。

②朗朗：指胸怀开朗坦荡。

【今 译】

卞壶品评叔向："胸怀坦荡，犹如上百间房屋那样广大敞亮。"

【解 义】

清代学者文廷式认为《世说新语》记载了许多魏晋南北朝时人之间相互品评之语，不应收入对古人的评论，所以"叔向"二字有误（《纯常子枝语》卷五）。此说可从。

五十一

王敦为大将军，镇豫章[①]，卫玠避乱[②]，从洛投敦。相见欣然，谈话弥日。于时谢鲲为长史，敦谓鲲曰："不意永嘉之中[③]，复闻正始之音[④]。阿平若在[⑤]，当复绝倒[⑥]。"

【今 注】

①豫章：今江西南昌。

②避乱：指永嘉之乱。

③永嘉：西晋怀帝年号（307—313）。

④正始之音：三国魏齐王曹芳正始年间（240—248），士人崇尚玄学清谈，后称为“正始之音”。

⑤阿平：王澄。

⑥绝倒：佩服倾倒。

【今　译】

王敦担任大将军时，镇守在豫章。卫玠为躲避战乱，从洛阳投奔王敦。两人见面后很高兴，谈了一整天的话。当时谢鲲任王敦幕府长史，王敦对谢鲲说：“想不到在永嘉年间，又能听到正始之音。王澄如果在座的话，必定又要为之倾倒了。”

【解　义】

据本篇第四十五则记载，王澄每当听到卫玠的清谈，都会为之赞叹倾倒。本文所谓“阿平若在，当复绝倒”，即指此。据《晋书·卫玠列传》记载，王敦见到卫玠后感叹道，没想到在永嘉末年的乱世中还能听到正始之音，如果何晏还在的话，一定会大笑不能自持。与本文所载略有不同。

五十二

王平子与人书[①]，称其儿：“风气日上[②]，足散人怀[③]”。

【今　注】

①王平子：王澄。

②风气：风度气质。

③散：排遣。　怀：心情，胸怀。

【今　译】

王澄在写给别人的信里，称赞自己的儿子：“风度气质日新月异，足以让我感到宽慰。”

【解　义】

刘孝标注引《永嘉流人名》，认为王澄称赞的是其第四子王微。但《晋书·王澄列传》仅记载王澄长子为王詹、次子为王徽。或许“微”“徽”因字形相近而讹误。

五十三

胡毋彦国吐佳言如屑①，后进领袖。

【今　注】

①胡毋彦国：胡毋辅之。　屑：木屑。

【今　译】

胡毋辅之的佳言妙语犹如木屑接连而出，络绎不断，是后辈中的领袖人物。

【解　义】

锯木时产生的木屑绵绵不绝，“如屑”意指胡毋辅之的言谈绵长而有意味。据《晋书·胡毋辅之列传》记载，本文是王澄所作评价，原文语义更为完整，曰：“彦国吐佳言如锯木屑，霏霏不绝，诚为后进领袖也。”

五十四

王丞相云①：“刁玄亮之察察②，戴若思之岩岩③，卞望之之峰距④。”

【今　注】

①王丞相：王导。

②刁玄亮：刁协。　察察：明辨，清楚。《老子》：“众人察察，我独闷闷。”指为人处事精明。

③戴若思：戴渊（269—322），字若思，广陵（今江苏淮阴西南）人，历官豫章太守、治书侍御史、骠骑司马、散骑侍郎、征西将军、骠骑将军，封秣陵侯。后为王敦所杀，追赠左光禄大夫、仪同三司。　岩岩：态度严峻的样子。

④卞望之：卞壸。　峰距：严峻有锋芒。

【今　译】

王导说："刁协处事精明，戴俨待物严峻，卞壶为人严正。"

【解　义】

据刘孝标注引《语林》记载，晋成帝到王导家时曾拜曹夫人，孔坦密奏晋成帝，认为此举不妥，王导听说后自叹才智低下，性格懦弱，认为如果自己像刁协、戴俨、卞壶那样，就不至于让君王拜臣子之事发生。本文所载王导之语，就是出于此时。

五十五

大将军语右军[①]："汝是我佳子弟，当不减阮主簿[②]。"

【今　注】

①大将军：王敦。　右军：王羲之。

②阮主簿：阮裕，时任王敦大将军府主簿，故称。

【今　译】

王敦对王羲之说："你是我们家族出色的子侄，应当不比阮裕差。"

【解　义】

此事应当在王羲之年少时。王敦将堂侄王羲之与阮裕相比，是认为他将来能够享有阮裕那样的声望。

五十六

世目周侯[1]："嶷如断山[2]。"

【今　注】

①周侯：周顗。

②嶷（nì）：端庄的样子。　断山：高耸孤立的山。

【今　译】

世人品评周顗："他端庄的样子如同高耸的孤山。"

【解　义】

周顗性格幽默诙谐，当时的士人也喜欢和他调侃。但据刘孝标注引《晋阳秋》记载，周顗神态端庄凝重时，哪怕是同辈人也不敢用轻慢的姿态接近他。

五十七

王丞相招祖约夜语[1]，至晓不眠。明旦有客，公头鬓未理[2]，亦小倦[3]。客曰："公昨如是，似失眠。"公曰："昨与士少语[4]，遂使人忘疲。"

【今　注】

①王丞相：王导。

②鬓：脸旁靠近耳朵的头发。

③小倦：稍感疲倦。

④士少：祖约，字士少。

【今　译】

王导邀请祖约晚上叙谈，直到天亮也没睡。第二天一早有客人来，王导的头发鬓毛还未梳理，也感到有些疲倦。客人说：“您昨晚如此疲倦，似乎失眠了。”王导说：“昨天晚上我和祖约叙谈，于是让人忘了疲倦。”

【解　义】

所谓“夜语”，就是相约在晚上一起清谈。魏晋时期虽然时局动荡，但士人阶层仍然孜孜以求地对名理问题进行探讨，所谓“发愤忘食，乐以忘忧”（《论语·述而》），自然也就忘记了疲倦。

五十八

王大将军与丞相书①，称杨朗曰：“世彦识器理致②，才隐明断③。既为国器④，且是杨侯淮之子⑤。位望殊为陵迟⑥，卿亦足与之处。”

【今　注】

①王大将军：王敦。　丞相：王导。

②世彦：杨朗。　识器：见识度量。　理致：思想情趣。

③才隐：指才学广博。

④国器：治国之才。

⑤杨侯淮：杨准（生卒不详），杨修之孙，官至冀州刺史。“淮”为“准”字之误。

⑥位望：地位名望。　陵迟：衰落。

【今　译】

王敦写信给王导，称赞杨朗说：“杨朗有见识气度与思想情趣，才学广博，明于决断。他既是治国之大器，又是杨淮（准）之子。他的地位名望过于低微，但你也值得与他交往。”

【解　义】

据本书《识鉴》第十三则记载，王敦起兵谋反时杨朗曾力谏阻止，王敦失败后兼掌三公曹，有知人之明。

五十九

何次道往丞相许[①]，丞相以麈尾指坐[②]，呼何共坐曰："来，来，此是君坐。"

【今　注】

①何次道：何充。　丞相：王导。　许：处所。

②麈尾：拂尘。魏晋时名士清谈时常执的一种拂子，用麈的尾毛制成。

【今　译】

何充前往王导处，王导用拂尘指着座位，叫何充来与自己一起坐，说："来，来，这是您的座位。"

【解　义】

据下文刘孝标注引《晋阳秋》记载，王导对何充非常器重，经常在众人面前流露出让何充担任副手并继任相位的想法。因此，本文所谓"此是君坐"是双关语，明着是指点何充来与自己共坐，暗着是指何充就是自己的副手。

六十

丞相治杨州廨舍[①]，按行而言曰[②]："我正为次道治此尔[③]！"何少为王公所重，故屡发此叹。

【今　注】

①丞相：王导。　治：整修。　杨州廨（xiè）舍：指杨

州刺史官署。

②按行：视察巡行。

③正：仅，只。　次道：何充。

【今　译】

王导修整扬州刺史官署，在视察巡行时说："我只是为何充修整这个官署罢了！"何充年轻时就深得王导的器重，所以王导不止一次地发出这样的感叹。

【解　义】

王导是何充的姨父，不仅对他欣赏有加，而且还有让他继任相位的想法，所以时时流露出对何充的期待。

六十一

王丞相拜司徒而叹曰[①]："刘王乔若过江[②]，我不独拜公。"

【今　注】

①王丞相：王导。　司徒：与司空、太尉合称三公。司徒在晋时相当于丞相。

②刘王乔：刘畴。

【今　译】

王导被授予司徒时感叹道："刘畴如果过江南下，那么就不会只有我拜三公之位了。"

【解　义】

据《晋书·刘畴列传》记载，蔡谟经常感叹："如果刘畴能够南渡，那会是司徒的最佳人选。"史官指出："其为名流之所推服如此。"

六十二

王蓝田为人晚成[①]，时人乃谓之痴。王丞相以其东海子[②]，辟为掾[③]。常集聚[④]，王公每发言，众人竞赞之。述于末坐曰："主非尧、舜[⑤]，何得事事皆是？"丞相甚相叹赏。

【今　注】

①王蓝田：王述，袭封蓝田侯，故称。　晚成：成就较迟。

②东海：王承，曾任东海太守。

③辟（bì）：征召。　掾（yuàn）：属官。

④常：经常。

⑤主：主人，对长官的尊称，指王导。

【今　译】

王述成名比较迟，当时人便认为他痴呆。王导因为他是东海太守王承的儿子，征召为属官。大家经常聚会，王导每次发言，大家都竞相赞美他。王述在末座说："主公不是尧、舜，怎么可能事事都是对的呢？"王导对他的话非常赞赏。

【解　义】

据《晋书·王述列传》记载，王述年少时父亲去世，事母至孝，安贫守约，不求闻达；王导因为王述的门第而征召为属官，见面后只询问江东米价，王述睁大着眼睛回答不出，王导于是说："王述不痴，人们为什么要说他痴呢？"陆贾《新语·辅政》曰："故智者之所短，不如愚者之所长。"文人士子一心求学问道，往往不会顾及生计问题，孔子所谓"居无求安，食无求饱"（《论语·学而》）正是此意，所以在王导看来，安贫乐道者当然是真正的智者。不过，这在世俗者眼中难免有痴呆之嫌。王导既有知人之明，也有纳谏之量，所以当王述对众人的阿谀奉承提出批评时，不仅欣然接受，而且对王述更为赏识。

六十三

世目杨朗："沈审经断[1]。"蔡司徒云[2]："若使中朝不乱[3]，杨氏作公方未已。"谢公云："朗是大才。"

【今　注】

①沈审：深沉审慎。　经断：善于判断。经，擅长。

②蔡司徒：蔡谟。

③中朝：朝中。此指西晋王朝。

【今　译】

世人品评杨朗："深沉审慎，善于判断。"蔡谟说："如果中朝不乱，杨家担任三公之位的人会连续不断。"谢安说："杨朗是大才。"

【解　义】

据刘孝标注引《八王故事》记载，杨准有六个儿子，分别是杨乔、杨髦、杨朗、杨琳、杨俊、杨伸，人们认为他们都有担任三公宰辅之位的名望。这是蔡谟之所以说"杨氏作公方未已"的原因。

六十四

刘万安即道真从子[1]，庾公所谓"灼然玉举[2]。"又云："千人亦见，百人亦见。"

【今　注】

①刘万安：刘绥（生卒不详），字万安，高平（今山东巨

野南）人。官至骠骑长史。 道真：刘宝。 从子：侄儿。

②庾公：庾琮。 灼（shuò）然：鲜亮的样子。 玉举：玉立。

【今 译】

刘绥是刘宝的侄子，就是庾琮所说的“鲜亮玉立”之人。又说：“他在千百人中也能显明突出。”

【解 义】

有人将“灼然”理解为科举之名，有误。科举功名对名士而言不足挂齿，不可能用作赞语，本书中也无他例。所谓“千人亦见，百人亦见”，说明“灼然玉举”是形容样貌出众。

六十五

庾公为护军①，属桓廷尉觅一佳吏②，乃经年③。桓后遇见徐宁而知之④，遂致于庾公，曰：“人所应有，其不必有；人所应无，己不必无。真海岱清士⑤！”

【今 注】

①庾公：庾亮。 护军：护军将军，掌军职的选用。

②属（zhǔ）：嘱托。 桓廷尉：桓彝。

③乃：竟。

④徐宁：字安期，东海郯（今山东郯城北）人。历官吏部郎、左将军、江州刺史。

⑤海岱：指东海和泰山之间的地区。 清士：高雅之士。

【今 译】

庾亮担任护军将军时，嘱托桓彝找一位好的属吏，竟然过了一年（尚未找到）。桓彝后来遇见徐宁并赏识他，于是推荐给庾亮，说：“常人所应当具备的，他不一定具备；常人所不应当具备的，他不一定不具备。真是海岱一带的高雅之士！”

【解　义】

桓彝之赞语意指徐宁与众不同。据《晋书·桓彝列传》记载，桓彝经过舆县时，遇到县令徐宁，发觉他性格通达开朗，学识渊博，于是停留多日，相与结交。桓彝回去后就向庾亮推荐，庾亮立刻将他升迁为吏部郎。

六十六

桓茂伦云[①]："褚季野皮里阳秋[②]。"谓其裁中也[③]。

【今　注】

①桓茂伦：桓彝。

②褚季野：褚裒。　皮里阳秋：表面上不作评价，但实际上却有所褒贬。皮里阳秋，原作"皮里春秋"，因晋简文帝母名春，故晋人避讳，以"阳"代"春"。

③裁中：指内心的判断。

【今　译】

桓彝说："褚裒是皮里阳秋。"指表面上不作评价而内心却有所褒贬。

【解　义】

《晋书·褚裒列传》对桓彝之语进行了解释："言其外无臧否，而内有所褒贬也。"其义与本文所谓"裁中"相同。

六十七

何次道尝送东人[①]，瞻望，见贾宁在后轮中，曰[②]："此人不死，终为诸侯上客[③]。"

【今　注】

①何次道：何充。　东人：指建康以东地区（吴郡和会稽

郡）的人。

②贾宁（生卒不详）：字建宁，长乐人。曾为苏峻之谋士，后归降朝廷，官至新安太守。　后轮：指后面的车辆。

③诸侯：指统领一方的军政长官。

【今　译】

何充曾经送别东方人，放眼远望，看到贾宁在后面的车辆上，说："这人不死的话，最终会成为诸侯的座上客。"

【解　义】

据刘孝标注引《晋阳秋》记载，贾宁最初与王敦嗣子王应结交，王应失败后漫游于吴郡和会稽郡，一直受到侮辱。听说苏峻进军建康后，贾宁就前去投奔，受到苏峻的重用，成为主要的谋士，苏峻屯兵石头城就是他的主意。

六十八

杜弘治墓崩[①]，哀容不称[②]。庾公顾谓诸客曰[③]："弘治至羸[④]，不可以致哀[⑤]。"又曰："弘治哭不可哀。"

【今　注】

①杜弘治：杜乂（生卒不详），字弘治，京兆（今陕西西安东南）人，杜预之孙。官至丹阳丞，早卒。　墓崩：指祖坟崩塌。

②不称（chèn）：不适合。

③庾公：庾亮。　顾：回头。

④羸：瘦弱。

⑤致哀：尽哀。

【今　译】

杜乂的祖坟崩塌了，他表现出的悲哀表情与之不相称。庾亮转头对诸位宾客说："杜乂身体极其衰弱，不能尽哀。"又说："杜乂哭的时候不能太哀伤。"

【解　义】

祖坟坍塌问题相当严重，子孙会极其哀痛。所谓"哀容不称"，指杜乂的表情并没有让人感觉到他的哀伤。杜乂的体质与卫玠一样羸弱，也是英年早逝。

六十九

世称"庾文康为丰年玉[①]，稚恭为荒年谷[②]。"庾家论云："是文康称恭为荒年谷，庾长仁为丰年玉[③]。"

【今　注】

①庾文康：庾亮，谥号文康。　丰年玉：庆丰收之玉器，比喻治理太平之世的人才。

②稚恭：庾翼。　荒年谷：荒年歉收之谷，比喻乱世能济时救世之人才。

③庾长仁：庾统（生卒不详），字长仁，小字赤玉，庾亮之侄。历官抚军司马、会稽王司马、建威将军、宁夷护军、寻阳太守。早卒。

【今　译】

世人称赞"庾亮是丰年的美玉，庾翼是荒年的稻谷"。庾家评论说："是庾亮称赞庾翼为荒年的稻谷，庾统为丰年的美玉。"

【解　义】

据刘孝标注，"丰年玉"指治国之才，"荒年谷"指济世之才。名士的事迹和言论最初都是口耳相传，因此会出现偏差，所谓"庾家论云"，是庾氏后人对坊间传闻进行纠正。

七十

世目："杜弘治标鲜①，季野穆少②。"

【今　注】

①杜弘治：杜乂。　标鲜：指仪表清秀俊美。

②季野：褚裒。　穆少：肃穆寡言。

【今　译】

世人品评："杜乂仪表清秀俊美，褚裒肃穆寡言。"

【解　义】

桓彝曾评价褚裒"皮里阳秋"（见本篇第六十六则），侧重内心；本文所谓"穆少"，则侧重外表。

七十一

有人目杜弘治①："标鲜清令②，盛德之风③，可乐咏也。"

【今　注】

①杜弘治：杜乂。

②清令：秀雅美好。

③盛德：高尚的德行。

【今　译】

有人品评杜乂："清秀俊美而优雅，盛德的风范，值得歌唱咏叹。"

【解　义】

所谓"盛德之风"，是因为杜乂不仅有着优雅的外表，而且还有着丰富的学识。

七十二

庾公云[①]："逸少国举[②]。"故庾倪为碑文云[③]："拔萃国举[④]。"

【今　注】

①庾公：庾亮。

②逸少：王羲之。　国举：举国推戴。

③庾倪：庾倩（生卒不详），字少彦，小字倪，庾冰之子。官至太宰长史。后为桓温所杀。

④拔萃：出众超群。

【今　译】

庾亮说："王羲之为举国所推戴。"所以庾倩为他写的碑文说："出类拔萃举国推戴。"

【解　义】

庾亮所谓"国举"，指王羲之的才学出类拔萃；庾倩所谓"拔萃国举"，是使用叠词以加重语气。

七十三

庾稚恭与桓温书称[①]："刘道生日夕在事[②]，大小殊快[③]。义怀通乐既佳[④]，且足作友，正实良器。推此，与君同济艰不者也[⑤]。"

【今　注】

①庾稚恭：庾翼。

②刘道生：刘惔。　日夕：日夜。　在事：办事，忙于公务。

③快：畅快，称心。

④义怀：道义胸怀。　通乐：通达乐观。

⑤艰不（pǐ）：艰难困苦。

【今　译】

庾翼写信给桓温说："刘恢（惔）日夜忙于公务，大事小事都让人称心。胸怀仁义，通达乐观，而且值得结为朋友，确实是优秀的人才。把他推荐给你，可以与你共度艰难。"

【解　义】

桓温与刘惔有交游，但刘惔逐渐认为桓温有不臣之心。

七十四

王蓝田拜扬州[①]，主簿请讳[②]，教云："亡祖先君，名播海内，远近所知。内讳不出于外[③]，余无所讳。"

【今　注】

①王蓝田：王述。　拜扬州：受任扬州刺史。

②请讳：请示该避讳的字。古人重家讳，故新官上任时属吏要请示避讳问题。

③教：指大臣的指示。　内讳：指家中女性长辈的名讳。

【今　译】

王述就任扬州刺史时，主簿请示该避讳的字，王述批示道："我已故的祖父、父亲名扬海内，远近无人不知。内讳不出于门，其余就没有什么可避讳的了。"

【解　义】

王述的曾祖父是曹魏司空王昶，祖父是汝南太守王湛，父亲是东海太守王承，都是一代名士，所以"远近所知"。王述所说"内讳不出于外"，语出《礼记·曲礼上》，原文曰："妇讳不出门。”指女性的名讳只要家人知道即可，不传出门外。

七十五

萧中郎[①]，孙丞公妇父[②]。刘尹在抚军坐[③]，时拟为太常[④]，刘尹云：“萧祖周不知便可作三公不？自此以还[⑤]，无所不堪[⑥]。”

【今　注】

①萧中郎：萧轮（生卒不详），字祖周，乐安（今山东博兴北）人。历官散骑常侍、太学博士。

②孙丞公：孙统（生卒不详），字承公，历官鄞令、吴宁令、余姚令。　妇父：妻子的父亲，即岳父。

③刘尹：刘惔。　抚军：简文帝司马昱，时任抚军大将军。

④太常：官名，九卿之一，掌宗庙礼仪。

⑤以还：以下。

⑥堪：胜任。

【今　译】

萧轮是孙统的岳父。刘惔在抚军司马昱处作客，当时准备让萧轮担任太常一职，刘惔说：“萧轮不知可以担任三公吗？从三公以下，他没有什么不能胜任的。”

【解　义】

太常主要执掌宗庙礼仪，地位重要，列九卿之首。刘惔之语意指萧轮足以胜任太常一职，所以“自此以还，无所不堪”。

七十六

谢太傅未冠[1]，始出西[2]，诣王长史[3]，清言良久。去后，苟子问曰[4]："向客何如尊[5]？"长史曰："向客亹亹[6]，为来逼人。"

【今　注】

①谢太傅：谢安。　未冠：尚未成年。古代男子二十岁行冠礼，表示已成年。

②出西：往西边，指去建康。谢安当时住会稽，到建康是向西。

③王长史：王濛。

④苟子：王修，小字苟子，王濛之子。

⑤尊：尊称父亲。

⑥亹亹（wěi）：勤勉不倦的样子。

【今　译】

谢安尚未成年时，刚向西到达京城，拜望王濛时，清谈了很长时间。谢安离开后，王修问道："刚才的客人比起父亲怎么样？"王濛说："刚才的客人勤勉不倦，清谈时咄咄逼人。"

【解　义】

据《晋书·谢安列传》记载，谢安四岁时，桓彝就赞叹道："风神秀彻，将来可与王承比肩。"此外，王导也对谢安非常器重，谢安由此很早就享有了盛誉。

七十七

王右军语刘尹[1]："故当共推安石[2]。"刘尹曰："若安石东山志立[3]，当与天下共推之。"

【今　注】

①王右军：王羲之。　刘尹：刘惔。

②故当：当然。　安石：谢安。

③东山志：指不愿出仕隐居东山的志趣。

【今　译】

王羲之对刘惔说："我们应当一同推荐谢安。"刘惔说："如果谢安确立了隐居东山之志，那么我们就应当与天下人共同推荐他。"

【解　义】

据刘孝标注引《续晋阳秋》记载，谢安隐居会稽郡上虞县，优游山林，不就征辟，有司因此对他进行弹劾，但他却处之泰然，毫不为意。可见，谢安不愿出仕的志向非常坚定。刘惔是谢安的妻舅，所谓"当与天下共推之"，意即他和王羲之还不足以打动谢安，必须天下名士共同出面。

七十八

谢公称蓝田[①]："掇皮皆真[②]。"

【今　注】

①谢公：谢安。　蓝田：王述。

②掇（duō）皮：去掉皮。常指直率，无所掩饰。

【今　译】

谢安称赞王述道："摘去外表后才是本真。"

【解　义】

据刘孝标注引徐广《晋纪》记载，王述为人审慎，其内心真实想法往往隐而不露。因此，所谓"掇皮皆真"，与桓彝评价褚裒时所说"皮里阳秋"（见本篇第六十六则）之义相近。

七十九

桓温行经王敦墓边过，望之云："可儿[①]！可儿！"

【今　注】

①可儿：即可人，指有长处的人或能干的人。儿，通"人"。

【今　译】

桓温出行时从王敦墓边经过，望着王敦的墓说："能人！能人！"

【解　义】

王敦在东晋王朝建立的过程中起到非常重要的作用，战功显赫，威震四方，所以桓温也情不自禁地表示出敬佩之意。

八十

殷中军道王右军云[①]："逸少清贵人[②]，吾于之甚至[③]，一时无所后[④]。"

【今　注】

①殷中军：殷浩。　道：称道。　王右军：王羲之。
②逸少：王羲之。　清贵人：清高尊贵之人。
③于：对于。　之：代词，指王羲之。　至：诚挚。
④一时：当时。

【今　译】

殷浩称赞王羲之说："王羲之是清高尊贵之人，我对待他非常推重，当时没人能比得上他。"

【解　义】

据《晋书·谢安列传》记载，庾亮临终前上疏举荐王羲之，认为其清贵有识鉴之才，朝廷上下也都认可，但王羲之屡辞征召。此后，又征召其为护军将军，王羲之又推辞不拜。殷浩对王羲之一直非常器重，于是写信劝他，王羲之这才应召。

八十一

王仲祖称殷渊源①："非以长胜人，处长亦胜人②。"

【今　注】

①王仲祖：王濛。　殷渊源：殷浩。

②处：对待。

【今　译】

王濛称赞殷浩道："他不但以长处胜过他人，在对待自己长处的态度上也胜过他人。"

【解　义】

据刘孝标注引《晋阳秋》，殷浩善于以通达温和的方式与人交往。因此，所谓"处长亦胜人"，意指殷浩为人处事不恃才傲物。

八十二

王司州与殷中军语①，叹云："己之府奥②，早已倾写而见③；殷陈势浩汗④，众源未可得测。"

【今　注】

①王司州：王胡之。　殷中军：殷浩。

②府奥：指胸中所有。

③倾写：即倾泻。写，通"泻"。

④陈势：阵势。陈，通"阵"。　浩汗：浩瀚。

【今　译】

王胡之与殷浩谈论，叹息道："我自己胸中所有的，早就已经倾泻出来了；但殷浩的谈锋阵势浩瀚无边，谈资源头众多不可测量。"

【解　义】

殷浩字渊源，所以王胡之语带双关，用其名、字中的"浩"和"源"来称赞其广博。

八十三

王长史谓林公[①]："真长可谓金玉满堂[②]。"林公曰："金玉满堂，复何为简选[③]？"王曰："非为简选，直致言处自寡耳[④]。"

【今　注】

①王长史：王濛。　林公：支道林。

②真长：刘惔。　金玉满堂：语出《老子》，原指财富众多，此处比喻学识丰富。

③简选：挑选，选择。

④直：但，只。　致言：发言。

【今　译】

王濛对支道林说："刘惔的学识可称得上是金玉满堂。"支道林说："既然是金玉满堂，又为什么要简择言辞呢？"王濛说："不是简择言辞，只是说出来时自然精炼而已。"

【解　义】

支道林所说意指刘惔言辞不多，如果学识丰富，为什么不是出口成章呢？王濛所说则意指刘惔可以做到言简意赅。

八十四

王长史道江道群[①]："人可应有，乃不必有；人可应无，已必无。"

【今 注】

①王长史：王濛。 江道群：江灌（生卒不详），字道群，陈留（今河南开封东北）人。历官吏部郎、抚军司马、御史中丞、吴兴太守、吴郡太守等。

【今 译】

王濛称赞江灌道："别人可以有的，他不一定有；别人可以没有的，他必定没有。"

【解 义】

桓彝曾称赞徐宁："人所应有，其不必有，人所应无，已不必无。"（见本篇第六十五则）其赞语与本文相似，但侧重点不同。王濛所说意指江灌道德品行之端正，所以《晋书·江灌列传》称其性格方正耿直，而且不把权贵放在眼里。

八十五

会稽孔沈、魏顗、虞球、虞存、谢奉并是四族之俊[①]，于时之桀。孙兴公目之曰[②]："沈为孔家金，顗为魏家玉，虞为长、琳宗[③]，谢为弘道伏[④]。

【今 注】

①魏顗（生卒不详）：字长齐，会稽（治在今绍兴）人，官至山阴令。 虞球（生卒不详）：字和琳，会稽余姚（今浙江余姚）人。官至黄门侍郎。 四族：指上述之孔、魏、虞、谢四个家族。

②孙兴公：孙绰。

③虞：虞家。　长：指虞存，字道长。　琳：虞球。　宗：宗仰，尊崇。

④谢：谢安。　弘道：谢奉。　伏：通“服”，佩服，钦佩。

【今　译】

会稽孔沈、魏顗、虞球、虞存、谢奉全是四个家族中的英才，当时的杰出人物。孙绰品评议说：“孔沈是孔家的金子，魏顗是魏家的宝玉，虞家宗奉虞球和虞存之才，谢安钦佩谢奉。”

【解　义】

据本书《雅量》第三十三则记载，谢奉被免官后回山阴，半路上正好碰到谢安，两人在一起盘桓了三天，谢安想安慰谢奉，总是被谢奉扯开话题，谢安因此感叹谢奉是奇士。所谓“谢为弘道伏”，即指此事。

八十六

王仲祖、刘真长造殷中军谈①，谈竟，俱载去。刘谓王曰：“渊源真可②。”王曰：“卿故堕其云雾中③。”

【今　注】

①王仲祖：王濛。　刘真长：刘惔。　造：拜访。　殷中军：殷浩。

②可：表示赞许。

③云雾：喻指令人迷惑之所。

【今　译】

王濛、刘惔拜访殷浩清谈，谈论结束后，一起乘车离去。刘惔对王濛说：“殷浩确实行。”王濛说：“你肯定是被他迷惑了。”

【解　义】

王濛和刘惔都以清谈见长，但刘惔还是情不自禁地对殷浩表示赞叹。王濛所谓“卿故堕其云雾中”，只是一种调侃，并非表示反对。据刘孝标注引《中兴书》记载，殷浩谈论精微，天下名士无不钦佩师法。然而，刘惔性格高傲，自认为是清谈名士中的第一流人物，不太可能对殷浩如此心悦诚服。本书《文学》第三十三则记载道，殷浩和刘惔清谈时有点理屈，却仍然说一些不着边际的话，刘惔于是不再搭理他，等殷浩离开后，刘惔将他蔑称为“田舍儿”。所以，本文所载或许出自后人附会，意在彰显殷浩在名士中的地位。

八十七

刘尹每称王长史云①：“性至通而自然有节②。”

【今　注】

①刘尹：刘惔。　王长史：王濛。

②通：通达。　节：节制。

【今　译】

刘惔常称赞王濛说：“他的性格极为通达，而且自然有节制。”

【解　义】

据《晋书·王濛列传》记载，王濛经常说：“刘君知我，胜我自知。”可知两人相交、相知之深。

八十八

王右军道谢万石①“在林泽中，为自遒上②。”叹林公“器朗神俊[③]。”道祖士少“风领毛骨[④]，恐没世不复见如此人[⑤]。”道刘真长“标云柯而不扶疏[⑥]。”

【今　注】

①王右军：王羲之。　谢万石：谢万。

②遒（qiú）上：强健挺拔。

③林公：支道林。　器朗神俊：器宇开朗。　神俊：形容才智出众、资质不凡。

④祖士少：祖约。　风领毛骨：形容风姿毛发骨相不同凡俗。

⑤没世：终身。

⑥刘真长：刘惔。　标：高扬，高耸。　云柯：凌云的大树。　扶疏：形容树枝繁茂分披的样子。

【今　译】

王羲之称赞谢万“在山林水泽之中，可谓强健挺拔。”赞叹支道林“器宇开朗，神态秀雅。”赞誉祖约“风姿骨相不同凡俗，恐怕这辈子再也见不到这样的人了。”称道刘惔：“如高耸入云的大树而枝叶却并不茂盛。”

【解　义】

据《晋书·谢万列传》记载，王羲之曾致信桓温道：“谢万才流经通，处廊庙，参讽议，故是后来一器。而今屈其迈往之气，以俯顺荒余，近是违才易务矣。”大意是指谢万有治国之才，但现在压抑他超凡脱俗的气质，就属于屈才。因此，本文所谓“在林泽中，为自遒上”，是形容谢万之不同凡响。祖约在其兄祖逖去世后，继任豫州刺史，但缺乏驾驭部下的才能。此后又对朝廷心生怨望，与苏峻一同起兵作乱，失败后投奔石勒。石勒鄙薄其为人，将他和族人一同诛杀。因此，王羲之所谓“风领毛骨”，似有过誉之嫌。王濛曾称赞刘惔的学识丰富，而且能够做到要言不烦（见本篇第八十三则）。本文所谓“标云柯”，应是形容刘惔见识之高，“不扶疏”则是形容其谈吐精炼。

八十九

简文目庾赤玉[①]：“省率治除[②]。”谢仁祖云[③]：“庾赤玉胸中无宿物[④]。”

【今　注】

①简文：简文帝司马昱。　庾赤玉：庾统，小字赤玉。

②省率：爽直坦率。　治除：修身以去除不良习气。

③谢仁祖：谢尚。

④宿物：隔夜的东西。

【今　译】

简文帝品评庾统道：“爽直坦率，修身内省。”谢尚说：“庾统胸怀坦荡。”

【解　义】

简文帝和谢尚对庾统的品评相近，可惜庾统英年早逝，年仅二十九岁。

九十

殷中军道韩太常曰[①]：“康伯少自标置[②]，居然是出群器[③]。及其发言遣辞[④]，往往有情致[⑤]。”

【今　注】

①殷中军：殷浩。　韩太常：韩伯，病故后赠太常，故称。

②标置：标榜，自负。

③居然：确实。　出群：超群，出类拔萃。　器：才能。

④遣辞：说话，运用词语。

⑤情致：情趣，兴致。

【今　译】

殷浩称赞韩伯说："韩伯年轻时就很自负，确实是出类拔萃的人才。每当他遣词造句时，常常充满情趣。"

【解　义】

据《晋书·韩伯列传》记载，韩伯性情清静平和，有思辨能力，而且留心文艺，所以得到舅舅殷浩的称赞。

九十一

简文道王怀祖[①]："才既不长，于荣利又不淡[②]，直以真率少许[③]，便足对人多多许。"

【今　注】

①王怀祖：王述。

②荣利：名位利禄。

③直：但，求。　真率：真诚坦率。　许：表示约数。

【今　译】

简文帝称赞王述道："才能不是很突出，对名位利禄方面也不淡泊，只是他凭着少许的真诚坦率，就足够抵得上其他人很多很多了。"

【解　义】

据《晋书·王述列传》记载，王述家贫，担任宛陵令时，经常收受馈赠，王导派人去查问时，王述回答道："足够了就自然不收了。"他升迁时从不推辞，儿子建议应按惯例推辞一番，他认为能胜任就不必让，不能胜任就一定不接受。王述的作风，就是魏晋名士所推崇的坦率。

九十二

林公谓王右军云[①]："长史作数百语[②]，无非德音[③]，如恨不苦[④]。"王曰："长史自不欲苦物[⑤]。"

【今　注】

①林公：支道林。　王右军：王羲之。

②长史：王濛。

③德音：善言，敬称对方之言。

④如：奈，只是。　苦：此指令人词穷。

⑤物：指人。

【今　译】

支道林对王羲之说："王濛讲了几百字，都是善言，只是遗憾不能令人词穷。"王羲之说："王濛本来就不想为难人。"

【解　义】

据《高僧传·支遁传》记载，王濛构思了一段议论，去找支道林清谈，自以为支道林不能反驳，没想到支道林从容地说："我和你一别多年，你的清谈还是没有长进。"王濛大感羞愧。本文支道林所谓"如恨不苦"，似乎是指王濛之长篇大论看似句句精妙，但不能切中要害。

九十三

殷中军与人书[①]，道谢万"文理转遒[②]，成殊不易。"

【今　注】

①殷中军：殷浩。

②文理：文辞义理。　转：更加。　遒：遒劲。

【今　译】

殷浩给人写信时，称道谢万“文辞义理越来越遒劲，他的成就很不容易。”

【解　义】

据《晋书·谢万列传》记载，谢万长于清谈，善属文，曾叙历代隐逸与出仕者各四人之优劣，著《八贤论》。又据《隋书·经籍志》记载，谢万著有文集十六卷、《周易系辞注》二卷、《集解孝经》一卷。

九十四

王长史云①：“江思悛思怀所通②，不翅儒域③。”

【今　注】

①王长史：王濛。

②江思悛：江惇（生卒不详），陈留（今河南开封陈留）人。好学，兼治儒、道，著《通道崇俭论》。庾亮请为儒林参军，征拜博士、著作郎，皆不就。年四十九而卒。　思怀：指学识。

③不翅：不止。翅，同“啻”。

【今　译】

王濛说：“江惇所通晓的学识，不局限在儒学领域。”

【解　义】

据刘孝标注引徐广《晋纪》记载，江惇博览三坟、五典，兼通儒、道。因此，本文所谓“思怀所通，不翅儒域”，是指江惇之博学。

九十五

许玄度送母始出都[①]，人问刘尹[②]："玄度定称所闻不[③]？"刘曰："才情过于所闻[④]。"

【今　注】

①许玄度：许询。　出都：指到京城。

②刘尹：刘惔。

③定：到底，究竟。　称（chèn）：苻合，相称。　不：同"否"。

④才情：才华。

【今　译】

许询送母亲到京城时，有人问刘惔："许询究竟与所传闻的相称不相称？"刘惔道："他的才华超出传闻。"

【解　义】

许询到京城时，曾借宿在刘惔家（见本书"言语"篇第六十九则），所以旁人向刘惔询问对许询的印象。

九十六

阮光禄云[①]："王家有三年少：右军[②]、安期[③]、长豫[④]。"

【今　注】

①阮光禄：阮裕。

②右军：王羲之。

③安期：王应。

④长豫：王悦。

【今　译】

阮裕说："王家人有三位（出色的）少年：王羲之、王应、王悦。"

【解　义】

本文亦见《晋书·王羲之列传》，"安期"（王应）作"王承"。王应是王敦之继子，王敦死后纵情酒色，后为王含所杀。史官或许因此以为阮裕所说"三年少"不应包括王应，并将王应改为王承。但王承与阮裕之辈分相同，年纪也相近，肯定不会是阮裕口中的"年少"，肯定有所不妥。所以，"三年少"应指王导之子侄，均为王家之晚辈。

九十七

谢公道豫章[①]"若遇七贤[②]，必自把臂入林[③]。"

【今　注】

①谢公：谢安。　豫章：谢鲲，曾为豫章太守，故称。

②七贤：竹林七贤。

③把臂：挽着手臂，表示亲热、亲近。　入林：指加入竹林七贤的行列。

【今　译】

谢安称赞谢鲲"如果碰到七贤，他一定会与他们手拉手进入竹林，亲近地在一起。"

【解　义】

据《晋书·光逸列传》记载，谢鲲经常与阮放、毕卓、羊曼、桓彝、阮孚等人散发裸袒，闭室酣饮。因此，谢安所说意指谢鲲有竹林七贤之遗风。

九十八

王长史叹林公[①]“寻微之功[②]，不减辅嗣[③]。”

【今　注】

①王长史：王濛。　林公：支道林。

②寻微：探寻精微之玄理。

③辅嗣：王弼。

【今　译】

王濛赞叹支道林“探寻精微玄理的能力，不比王弼逊色。”

【解　义】

王弼著有《老子注》《老子指略》《周易注》《周易略例》，引老、庄之学解《周易》，以见解精深而著称于世，开魏晋玄学之风。支道林则引佛学注《庄子》，用即色义解逍遥义，同样深受世人推崇。因此，王濛将支道林与王弼相提并论。

九十九

殷渊源在墓所几十年[①]，于时朝野以拟管、葛[②]，起不起[③]，以卜江左兴亡[④]。

【今　注】

①殷渊源：殷浩。　几：将近。

②拟：比拟。　管、葛：管仲、诸葛亮。

③起不起：指出仕与隐遁。

④卜：占卜，预测。　江左：指东晋王朝。

【今　译】

殷浩在父亲墓地隐居了将近十年，当时朝廷内外都把他比拟为管仲、诸葛亮，根据其出仕与否，预测东晋王朝的兴亡。

【解 义】

据刘孝标注引《续晋阳秋》记载，晋穆帝年幼时由会稽王司马昱辅政，因为桓温功高震主，所以起用殷浩为扬州刺史，对桓温加以制衡。本文所谓“起不起，以卜江左兴亡”，是指朝廷上下将晋室存亡的希望寄托在了殷浩身上。然而，殷浩最终因兵败而被贬为庶人。

一〇〇

殷中军道右军[①]“清鉴贵要[②]。”

【今 注】

①殷中军：殷浩。 右军：王羲之。

②清鉴：高明的见解。 贵要：尊贵显要。

【今 译】

殷浩称赞王羲之“见解高明，尊贵显要。”

【解 义】

殷浩称赞王羲之“贵要”，并非因为他是名门之后，而在于其风骨“清举”（刘孝标注引《晋安帝纪》），即清俊超逸。

一〇一

谢太傅为桓公司马[①]，桓诣谢，值谢梳头，遽取衣帻[②]。桓公云：“何烦此？”因下共语至暝[③]。既去，谓左右曰：“颇曾见如此人不？”

【今 注】

①谢太傅：谢安。 桓公：桓温。

②遽：急。　帻（zé）：包头巾。

③暝（míng）：黄昏。

【今　译】

谢安出任桓温的司马时，桓温去见谢安，正碰上谢安在梳头，谢安急忙取来衣服和包头巾。桓温说："何必为这个麻烦呢？"于是就下堂与谢安一起谈论到傍晚。桓温离开后，对左右侍从说："你们曾经见过这样的人物吗？"

【解　义】

据《晋书·谢安列传》记载，谢安就任桓温司马后，桓温与谢安欢笑竟日，谢安离开后，桓温问随从："你们看到过我有这样的客人吗？"此后桓温去见谢安，谢安正在整理头发，谢安是一个慢性子，过了很久才理好，然后派随从去拿头巾，桓温恰好看到，于是对随从说："让谢司马慢慢戴好帽子再来。"其情节与本文略有不同，但都可以看出桓温对谢安之重视。

一〇二

谢公作宣武司马[①]，属门生数十人于田曹中郎赵悦子[②]。悦子以告宣武，宣武云："且为用半[③]。"赵俄而悉用之[④]，曰："昔安石在东山[⑤]，缙绅敦逼[⑥]，恐不豫人事[⑦]。况今自乡选[⑧]，反违之邪？"

【今　注】

①谢公：谢安。　宣武：桓温。

②属：嘱托。　田曹中郎：官名，管理农事。　赵悦子：赵悦（生卒不详），字悦子，下邳（今江苏宿县）人。官至左卫将军。

③且：暂时。

④俄而：不久。

⑤东山：山名，在今浙江上虞县西南，谢安早年隐居于此。

⑥缙绅：古代大官插笏垂绅，后指官僚士大夫。　敦逼：催促逼迫。

⑦豫：同“预”，参预。　人事：世事。

⑧乡选：在乡里选拔人才，士人由此可应召任职。

【今　译】

谢安担任桓温司马时，把几十个门生托付给田曹中郎赵悦安排职位。赵悦把这件事告诉桓温，桓温说：“暂时任用一半。”不久赵悦全部任用了他们，说：“过去谢安隐居在东山时，缙绅们催逼他出仕，就怕他不肯参预过问政事。何况如今是他亲自从家乡选拔来的人才，我反而要违背他的意愿吗？”

【解　义】

桓温对谢安所推荐的人之所以说“且为用半”，或许是怀疑谢安带有私心。而赵悦则从谢安出仕是为天下人的角度考虑，所以认为他的推荐是求之不得，干脆将这些人全部予以任用。

一〇三

桓宣武表云[①]：“谢尚神怀挺率[②]，少致民誉[③]。”

【今　注】

①桓宣武：桓温。　表：奏章。

②神怀：胸怀。　挺率：直爽坦率。

③少：年轻时。　致：获致，得到。

【今　译】

桓温呈上奏章说：“谢尚胸怀直爽坦率，年轻时就获得人们的赞誉。”

【解　义】

据刘孝标注引《桓温集》，本文为桓温收复洛阳后所上奏《平洛表》之语，他称赞谢尚的目的，是为了举荐谢尚担任都督司州诸军事。

一〇四

世目谢尚为“令达”[1]。阮遥集云[2]：“清畅似达[3]。”或云：“尚自然令上[4]。”

【今　注】

①令达：美好通达。

②阮遥集：阮孚。

③清畅：高雅疏放。

④令上：美好卓越。

【今　译】

世人都品评谢尚为“美好通达”。阮孚说：“高雅疏放近似通达。”有人说：“谢尚之美好卓越是自然天成的。”

【解　义】

谢尚得到世人的赞誉并非偶然。据《晋书·谢尚列传》记载，谢尚聪明秀异，开朗不拘小节，不为流俗之事。这应该就是被世人目为“令达”的原因。

一〇五

桓大司马病[1]，谢公往省病[2]，从东门入[3]。桓公遥望，叹曰：“吾门中久不见如此人！”

【今　注】

①温大司马：桓温。

②谢公：谢安。　省（xǐng）：探望。

③东门：指姑孰（今安徽当涂）东门。

【今　译】

桓温生病，谢安去探望，从东门进去。桓温远远望着，感叹道："我的门中很久以来见不到这样的人物了！"

【解　义】

根据刘孝标注，桓温此时在姑孰。如果刘孝标所说无误，那么此事之时间不难推知。兴宁三年（365年），前燕攻打洛阳，守将陈祐出逃。会稽王司马昱闻讯后与桓温在洌洲（今安徽和县）会面，命他移镇姑孰，准备征讨之事。太和四年(369)，桓温北伐。因此，本文所载之事应当就在此期间，谢安此时已被征召入朝，担任侍中，后升任吏部尚书、中护军。谢安任桓温的司马时，桓温曾对随从说："颇曾见如此人不？"（见本篇第一〇一则）此时桓温又称"吾门中久不见如此人"，可见谢安的表现在当时名士中显得极为突出。

一〇六

简文目敬豫为"朗豫[①]"。

【今　注】

①简文：简文帝司马昱。　敬豫：王恬。　朗豫：开朗和悦。

【今　译】

司马昱对王恬的品评是"开朗和悦"。

【解　义】

王恬字敬豫，恬、豫之义相近。简文帝的品评中用了王恬的字，意指王恬人如其名。

一〇七

孙兴公为庾公参军①，共游白石山②，卫君长在坐③。孙曰："此子神情都不关山水，而能作文？"庾公曰："卫风韵虽不及卿诸人④，倾倒处亦不近⑤。"孙遂沐浴此言⑥。

【今　注】

①孙兴公：孙绰。　庾公：庾亮。

②白石山：在今江苏溧水北。

③卫君长：卫永（生卒不详），字君长，咸阳（今陕西咸阳）人，官至左军长史。

④风韵：风度韵致。

⑤倾倒：令人佩服。　近：浅近，平凡。

⑥沐浴：借指玩味。

【今　译】

孙绰担任庾亮的参军时，一起去游览白石山，卫永当时在场。孙绰说："这位先生的神情毫不关注山水风光，却能写文章？"庾亮说："卫永的风度韵致虽然不如你们各位，但令人佩服的地方也不同凡响。"孙绰于是细细玩味这句话。

【解　义】

刘勰《文心雕龙·物色篇》曾说："若乃山林皋壤，实文思之奥府。"意即山水景色是作家创作的源泉。卫永在游白石山时对景色似乎提不起兴致，所以孙绰觉得不可思议。所谓"而能作文"应是反问句。文人雅士不可能对山水无动于衷，卫永或许没有像其他人一样流露出兴致勃勃的样子，庾亮所谓"风韵虽不及卿诸人"，即指卫永之神态而言。所谓"倾倒处亦不近"，意指人各有所长。

一〇八

王右军目陈玄伯[①]："垒块有正骨[②]。"

【今 注】

①王右军：王羲之。 陈玄伯：陈泰。

②垒块：指胸中郁结不平。 正骨：指刚正的品格。

【今 译】

王羲之品评陈泰道："胸中有郁结的不平之气，品格刚正。"

【解 义】

陈泰有刚正不阿的品格，故称"正骨"。

一〇九

王长史云[①]："刘尹知我[②]，胜我自知。"

【今 注】

①王长史：王濛。

②刘尹：刘惔。

【今 译】

王濛说："刘惔了解我，超过我对自己的了解。"

【解 义】

据刘孝标注引《王濛别传》记载，王濛与刘惔齐名，两人也是知己，当时的人们将王濛比作汉末的袁涣，将刘惔比作曹魏时期的荀粲。

一〇

王、刘听林公讲[①]，王语刘曰："向高坐者[②]，故是凶物[③]。"复东听[④]，王又曰："自是钵釪后王、何人也[⑤]。"

【今　注】

①王、刘：王濛、刘惔。　林公：支道林。

②向：刚才。

③凶物：不吉之人。物，指人。

④复：原作"东"，据影宋本改。

⑤钵（bó）釪（yú）：僧人的食器钵盂，此指僧徒。钵，即盂之借用字。　王、何：王弼、何晏。

【今　译】

王濛、刘惔听支道林讲经，王濛对刘惔说："刚才坐在台上宣讲的人，原来是不吉之人。"再听下去，王濛又说："他是佛门中的王弼、何晏。"

【解　义】

随着佛教的传入，也带来很多全新的思想理念，但人性的弱点之一，就是在接触新事物之初会本能地产生抵触情绪。因为新知超出了固有的认知范畴，人们往往就会轻率地将新知归入谬误。王濛在听支道林讲经之初，恐怕就是因为出于对佛学的无知，所以认为支道林是"凶物"。继续听讲后，他才逐渐领悟到玄妙之处，于是改变态度，盛赞支道林。

一一

许玄度言[①]："《琴赋》所谓'非至精者[②]，不能与之析理’，刘尹其人[3]；‘非渊静者[4]，不能与之闲止[5]’，简文其人[6]。”

【今　注】

①许玄度：许询。

②《琴赋》：嵇康所作。

③刘尹：刘惔。

④渊静：沉静恬淡。

⑤闲止：闲居，安居。指平和地相处。

⑥简文：简文帝司马昱。

【今　译】

许询说：“《琴赋》所说的‘不精通玄理的人，不能同他辨析玄理’，刘惔就是这样的人；‘不沉静恬淡的人，不能同他平和地相处’，简文帝就是这样的人。”

【解　义】

许询引用嵇康《琴赋》来赞誉刘惔之善于清谈及简文帝之沉静恬淡。

一一二

魏隐兄弟少有学义[1]，总角诣谢奉[2]。奉与语，大说之，曰：“大宗虽衰[3]，魏氏已复有人。”

【今　注】

①魏隐兄弟：魏隐、魏逷。魏隐（生卒不详），字安时，会稽上虞（今浙江上虞）人。历官义兴太守、御史中丞。魏逷（生卒不详），官至黄门郎。　学义：才学。

②总角：指童年。

③大宗：尊称他人家族。

【今　译】

魏隐兄弟从小就有才学，童年时去拜望谢奉。谢奉和他们谈话后，十分喜欢他们，说："魏氏家族虽然衰微，但现在已经有了继承人。"

【解　义】

所谓"大宗虽衰"，指魏氏家族很久以来没有出过什么重要的人物。

一一三

简文云[①]："渊源语不超诣简至[②]，然经纶思寻处[③]，故有局陈[④]。"

【今　注】

①简文：简文帝司马昱。

②渊源：殷浩。　超诣：高超。　简至：简要精到。

③经纶：整理丝缕，理出丝绪叫经，编丝成绳叫纶，引申为筹划治理之意。　思寻：思索，思考。

④局陈：局阵，陈通"阵"，指说话有条理。

【今　译】

简文帝说："殷浩的话并不高超精到，但是在组织条理方面，确实讲究格局法度。"

【解　义】

由简文帝的赞语，可知殷浩的清谈具有思路清晰、逻辑缜密的特色。

一一四

初，法汰北来[①]，未知名。王领军供养之[②]。每与周旋行来[3]，往名胜许[4]，辄与俱。不得汰，便停车不行。因此名遂重。

【今　注】

①北来：从北方来。

②王领军：王洽（323—358），王导第三子。历官散骑中书郎、司徒左长史、建武将军、吴郡内史。征拜领军，故称。

③周旋：应酬，往来。　行来：往来，交往。

④名胜：有名望的人，名流。　许：处。

【今　译】

当初法汰从北方来，没有什么名气。王洽供养他。常常与他应酬交往，到名流处时，总要邀他一起。等不到法汰，就停车不走。因此法汰的名望就高了。

【解　义】

据刘孝标注引车频《秦书》记载，道安为躲避北方的战乱，率众南迁，他派弟子法汰前往扬州，认为那里是名流汇聚之所，可以借助他们的影响力来弘传佛法。

一一五

王长史与大司马书[1]，道渊源："识致安处[2]，足副时谈[3]。"

【今　注】

①王长史：王濛。　大司马：桓温。

②渊源：殷浩。　识致：见识情致。　安处：日常居处。

③副：相称。　时谈：当时的评论。

【今　译】

王濛致信桓温，称道殷浩："见识情致和日常居处，足以与当时人的评论相称。"

【解　义】

据《晋书·殷浩列传》及本篇第九十九则记载，殷浩隐居时深受朝野的赞誉，被比作管仲、诸葛亮。此后殷浩被征召为扬州刺史。王濛致信桓温，或许就是对这一任命的肯定。

一一六

谢公云①："刘尹语审细②。"

【今　注】

①谢公：谢安。

②刘尹：刘惔。　审细：审慎精细。

【今　译】

谢安说："刘惔的言论周密精细。"

【解　义】

据《品藻》第四十八则刘孝标注引《刘惔别传》记载，刘惔的才华与王濛相比肩，但"叙致过之"。"叙致过之"是指刘惔叙述事理的能力超过王濛，其原因或许就是刘惔之"审细"。

一一七

桓公语嘉宾①："阿源有德有言②，向使作令仆③，足以仪刑百揆④，朝廷用违其才耳⑤。"

【今　注】

①桓公：桓温。　嘉宾：郗超，小字嘉宾。

②阿源：殷浩，小字阿源。　有德有言：有德行有嘉言。

③向：从前。　令仆：尚书令、仆射。

④仪刑：法式，模范。　百揆（kuí）：百官。

⑤用：任用。

【今　译】

桓温对郗超说："殷浩既有美德又有嘉言，当初如果让他做尚书令或仆射，足以成为百官的模范，而现在朝廷却没有按他的才能任用他啊。"

【解　义】

桓温所谓"朝廷用违其才"，指殷浩北伐失败而言。桓温的评论让后人以为殷浩并无军事才能，但并不公允。殷浩北伐失利，很重要的一个原因是谢尚不能安抚降将张遇，招致反叛，谢尚前往讨伐又遭败绩，此后降将姚襄等也陆续反叛，晋军只能溃退而回。据《晋书·殷浩列传》记载，会稽王司马昱重用殷浩以制衡桓温，桓温因此有所记恨，在殷浩失利后即上疏，列举其罪，要求朝廷予以惩处。其实，谢尚是桓温所举荐，北伐失利，桓温也有举荐失当的责任。而且，桓温数次北伐均遭失败，但似乎没有人否认桓温的统兵才能。因此，桓温的评论恐怕只是以成败论人，也有落井下石之嫌。

一一八

简文语嘉宾①："刘尹语末后亦小异②，回复其言③，亦乃无过。"

【今　注】

①简文：简文帝司马昱。　嘉宾：郗超。

②刘尹：刘惔。

③回复：指反复回味。

【今　译】

简文帝司马昱对郗超说："刘惔清谈时的最后部分与前面所说也小有不同，但反复回味他的话，却也没有什么差错。"

【解　义】

撰述文章往往经过反复推敲，所以能够做到首尾相贯。但清谈时大多都是即兴发言，所以前后略有差异也是在所难免。这种差异并不会偏离清谈者的主旨，所以简文帝觉得"回复其言，亦乃无过"。

一一九

孙兴公、许玄度共在白楼亭[1]，共商略先往名达[2]。林公既非所关[3]，听讫云："二贤故自有才情[4]。"

【今　注】

①孙兴公：孙绰。　许玄度：许询。　白楼亭：驿亭名，在今浙江绍兴。

②商略：讨论，筹划。　先往：先前，以往。　名达：名流贤达。

③林公：支道林。　既：完全。

④故自：的确，确实。

【今　译】

孙绰、许询都在白楼亭时，一起评论以前的名流贤达人物。支道林完全没有参与讨论，听完之后说："二位贤士确实有才华。"

【解　义】

对先贤人物的品评，可以反映出评论者自身见识及趣味之高低。孙绰和许询的见识无疑都是一流水平，所以支道林听完以后对二人大加称赞。

一二〇

王右军道东阳[①]："我家阿林[②]，章清太出[③]。"

【今　注】

①王右军：王羲之。　东阳：王临之（生卒不详），字仲产，琅邪（今山东临沂）人，王羲之堂侄，官至东阳太守。

②阿林："林"当作"临"，音近而讹。阿临，长辈对王临之的昵称。

③章清太出：显著突出。

【今　译】

王羲之称赞王临之道："我们家的阿临，才华显著而突出。"

【解　义】

王羲之是王临之的叔伯辈，所以昵称其为"阿临"。

一二一

王长史与刘尹书[①]，道渊源[②]："触事长易[③]。"

【今　注】

①王长史：王濛。　刘尹：刘惔。

②渊源：殷浩。

③触事：指处事。　长：通"常"。　易：平易，平和。

【今　译】

王濛写信给刘惔，称赞殷浩道："处事平和。"

【解　义】

据《晋书·殷浩列传》记载，殷浩北伐失利后被废黜流放，但他口无怨言，坦然处之，平日谈咏不辍，家人从未看到他有任何被流放的伤感。“触事长易”，说明殷浩气度之宽广。王濛在殷浩北伐前即已去世，说明他确实有知人之明。

一二二

谢中郎云[①]：“王修载乐托之性[②]，出自门风[③]。”

【今　注】

①谢中郎：谢万。

②王修载：王耆之（生卒不详），字修载，琅邪（今山东临沂）人。历官中书郎、鄱阳太守、给事中。乐（luò）托：通“落托”“落拓”，指放浪不羁，不拘小节。

③门风：家风，家族世传之风尚。

【今　译】

谢万说：“王耆之豪放不羁的性格，来自他的家风。”

【解　义】

据《晋书·王廙列传》记载，王廙曾倚船楼长啸，王导对庾亮说：“他为世事而伤感。”庾亮说：“这足以抒发他那飘逸之气。”王耆之是王廙之子，所以谢万认为他的“乐托之性”出自家风。

一二三

林公云[①]：“王敬仁是超悟人[②]。”

【今　注】

①林公：支道林。

②王敬仁：王修。　超悟：超常悟性。

【今　译】

支道林说："王修是有超常领悟能力的人。"

【解　义】

王修是王濛之子，据《晋书·王濛列传》记载，王修年仅十二即作《贤全论》，刘惔看后大为欣赏，认为这篇文章已足以参悟玄言。可惜王修早逝，年仅二十四岁。

一二四

刘尹先推谢镇西①，谢后雅重刘②，曰："昔尝北面③。"

【今　注】

①刘尹：刘惔。　推：推崇。　谢镇西：谢尚。

②雅：很。

③北面：指败北。

【今　译】

刘惔率先推崇谢尚，谢尚后来也非常敬重刘惔，说："我过去曾经败北。"

【解　义】

所谓"北面"，旧解以为指谢尚向刘惔行弟子礼，刘孝标注认为谢尚比刘惔年长，而且很早就已经成名，不可能师事刘惔，所以本文失实。其实，刘惔和谢尚互相推崇，两人的关系很明显是友人而非师徒。因此，谢尚所说"北面"应当解释为败北，意指过去清谈时曾输给刘惔，

一二五

谢太傅称王修龄曰[①]："司州可与林泽游[②]。"

【今　注】

①谢太傅：谢安。　王修龄：王胡之。

②司州：指王胡之，曾任司州刺史，故称。　林泽：指隐居之地。

【今　译】

谢安称赞王胡之道："王胡之是值得一同遁世隐居之人。"

【解　义】

据刘孝标注引《王胡之别传》记载，王胡之不关心世事俗务，情怀高尚，与谢安相友善。由谢安之语可知，他将王胡之视为同道中人。

一二六

谚曰："扬州独步王文度[①]，后来出人郗宾[②]。"

【今　注】

①独步：独一无二。　王文度：王坦之。

②出人：超卓于人。　郗宾：郄超。

【今　译】

谚语说："王坦之独步扬州，后起之秀是郗超。"

【解　义】

据《晋书·王坦之列传》记载，王坦之与郗超都有盛名，当时人因此说"盛德绝伦郗嘉宾，江东独步王文度"。与本文略有不同。扬州之辖境即江东地区，所以"江东独步"与"扬州独步”议相同。所谓“后来出人”，可能是因为王坦之年长郗超六岁的缘故。

一二七

人问王长史江虨兄弟群从[①]，王答曰：“诸江皆复足自生活。”

【今 注】

①王长史：王濛。 江虨兄弟：江虨、江惇。 群从：指同族兄弟及子侄。

【今 译】

有人问王濛有关江虨兄弟及堂房子弟的情况，王濛答道：“江家诸位兄弟子侄都能够自立于世。”

【解 义】

江统是西晋名臣，曾举荐郗鉴、阮修、程收等人，所以人们关心其后人的情况。

一二八

谢太傅道安北[①]：“见之乃不使人厌。然出户去，不复使人思。”

【今 注】

①谢太傅：谢安。 安北：王坦之，死后追赠安北将军，故称。

【今 译】

谢安称赞王坦之道：“看见他并不会让人讨厌。但是出门离开后，也不再让人挂念。”

【解　义】

刘孝标注认为王坦之曾劝谏谢安不要贪恋妓乐，谢安对他的直言不讳有所不满，所以不思。此说似有误。本文列入“赏誉”，说明至少在编者看来是褒奖之辞，所谓“道”也就是称道之意。因此，谢安所言不应含有贬义，究竟意有何指，已经难以确考。

一二九

谢公云①：“司州造胜遍决②。”

【今　注】

①谢公：谢安。

②司州：王胡之。　造胜：指清谈玄言达到了美妙的境界。造，达到。胜，优、佳。　遍：普遍。　决：解决疑难。

【今　译】

谢安说：“王胡之玄谈能达到胜境，解决所有疑难问题。”

【解　义】

这是称赞王胡之的清谈水平已达到极高的境界。

一三〇

刘尹云①：“见何次道饮酒②，使人欲倾家酿③。”

【今　注】

①刘尹：刘惔。

②何次道：何充。

③家酿：家中自酿的酒。

【今　译】

刘惔说："看到何充饮酒，会让人愿意把家里的酒都拿出来喝。"

【解　义】

据刘孝标注及《晋书·何充列传》的解释，刘惔所说意指何充饮酒可以做到"温克"。"温克"语出《诗经》，《小雅·小宛》曰："人之齐圣，饮酒温克。"意即醉酒后能自控不失态。正因为何充饮酒可以做到"温克"，所以人们会认为他有海量，并因此倾尽"家酿"以为款待。

一三一

谢太傅语真长[①]："阿龄于此事[②]，故欲太厉。"刘曰："亦名士之高操者[③]。"

【今　注】

①谢太傅：谢安。　真长：刘惔。

②阿龄：王胡之，字修龄，故昵称之。

③高操：指高尚品格。

【今　译】

谢安对刘惔说："王胡之对于此事，确实过于严厉了。"刘惔说："他也是名士中节操高尚的人。"

【解　义】

所谓"此事"，据刘孝标注引《王胡之别传》记载，指王胡之注重个人操守而言。刘惔称王胡之是名士中的"高操者"，也可作为旁证。

一三二

王子猷说[①]："世目士少为朗[②]，我家亦以为彻朗[③]。"

【今　注】

①王子猷：王徽之。　说：讲，叙说。

②士少：祖约。

③我家：我，第一人称代词。　彻朗：通达开朗。

【今　译】

王徽之说："世人评价祖约开朗，我也认为他通达而开朗。"

【解　义】

据刘孝标注引《晋诸公赞》记载，祖约少年时就有美誉。本文反映了当时人对祖约的普遍评价，"彻朗"与"朗"的意思并无不同，因为开朗者必通达，通达者必开朗。王徽之加了一个"彻"字，是为了强调对世人评价的肯定。

一三三

谢公云[①]："长史语甚不多[②]，可谓有令音[③]。"

【今　注】

①谢公：谢安。

②长史：王濛。

③令音：善言，美好的言辞。令，美好。音，指言辞。

【今　译】

谢安说："王濛的话不多，但可以说是妙语。"

【解　义】

据刘孝标注引《王濛别传》记载，王濛长于清谈，简捷明了，“辞旨劭令”。“辞旨劭令”就是谢安所谓“令音”。

一三四

谢镇西道敬仁①：“文学镞镞②，无能不新。”

【今　注】

①谢镇西：谢尚。　敬仁：王修。

②文学：文章博学。　镞镞（zú）：杰出的样子。

【今　译】

谢尚称赞王修道：“文章博学出众，随处都能标新立异。”

【解　义】

据刘孝标注引《语林》记载，王修有异于常人的才华，受到当时名流的敬重。王羲之曾坐着牛车去迎接王修。王修嫌他的牛车跑得慢，王羲之于是不论刮风下雨，都会骑着马去迎接。

一三五

刘尹道江道群①：“不能言而能不言②。”

【今　注】

①刘尹：刘惔。　江道群：江灌。

②言：指玄言，清谈。

【今　译】

刘惔称赞江灌道：“不擅长清谈而能够不说。”

【解　义】

据《晋书·江灌列传》记载，江灌任吏部郎时，因性格方正而得罪尚书谢尚。谢尚于是借故将其免官，但他毫无怨言。刘惔所谓“能不言”，或许即因此事而称赞其心胸开阔。

一三六

林公云[①]：“见司州警悟交至[②]，使人不得住[③]，亦终日忘疲。”

【今　注】

①林公：支道林。

②司州：王胡之。　警悟：敏捷有悟性。　交至：一起来。

③不得住：停不下来，指应接不暇。

【今　译】

支道林说：“看到王胡之的敏捷与悟性一起呈现出来，令人应接不暇，也令人终日忘记疲劳。”

【解　义】

支道林是清谈名家，却对王胡之大加赞誉，可见谢安所说“造胜遍决”（见本篇第一二九则）并非过誉之词。

一三七

世称苟子秀出[①]，阿兴清和[②]。

【今　注】

①苟子：王修。

②阿兴：王蕴（329—384年），字叔仁，小字阿兴，王修

弟。历官吏部郎、吴兴太守、徐州刺史、尚书左仆射、丹阳尹、会稽内史。

【今　译】

世人称赞王修明秀出众，王蕴清静平和。

【解　义】

王修与王蕴都是王濛之子，兄弟二人各有特色，王修以才华突出而著称，王蕴则以性格平和而受人肯定。

一三八

简文云[①]："刘尹茗柯有实理[②]。"

【今　注】

①简文：简文帝司马昱。

②刘尹：刘惔。　茗柯：即茗仃、酩酊，大醉，指外貌迷迷糊糊的样子。

【今　译】

简文帝说："刘惔看似迷迷糊糊，但清谈却有实在的道理。"

【解　义】

据《晋书·刘惔列传》记载，孙绰为刘惔所作之诔文曰："居官无官官之事，处事无事事之心。"这或许就是简文帝形容刘惔"茗柯"的缘故。

一三九

谢胡儿作著作郎[①]，尝作《王堪传》[②]，不谙堪是何似人[③]，咨谢公[④]。谢公答曰："世胄亦被遇[⑤]。堪，烈之子[⑥]，阮千里姨兄弟[⑦]，潘安仁中外[⑧]，安仁诗所谓‘子亲伊姑，我父唯舅[⑨]’，是许允婿[⑩]。”

【今　注】

①谢胡儿：谢朗，小字胡儿。　著作郎：官名，主编纂国史。

②王堪（生卒不详）：字世胄，东平寿张（今山东阳谷、范县一带）人。官至尚书左丞，后为石勒所害。

③谙：熟悉。　何似：怎么样。

④咨：咨询。　谢公：谢安。

⑤遇：指得到恩遇赏识。

⑥烈：王烈（生卒不详），字阳秀，三国魏时官至治书御史。

⑦阮千里：阮瞻。　姨兄弟：姨表兄弟。

⑧潘安仁：潘岳。　中外：中表兄弟。中，指舅父子女，外，指姑母子女。

⑨子亲伊姑，我父唯舅：见潘岳《北芒送别王世胄诗》。伊，你。唯，语助词。

⑩许允（？—254）：字士宗，高阳（今河北高阳）人。官至吏部郎，后为司马师所杀。

【今　译】

谢朗任著作郎时，曾作《王堪传》，不熟悉王堪是什么样人物，就去询问谢安。谢安答道：“王堪也曾经受到过恩遇。王堪是王烈的儿子，是阮瞻的姨表兄弟，是潘岳的中表兄弟，就是潘岳诗中所说的‘你母亲是我姑母，我父亲是你舅父’，是许允的女婿。”

【解　义】

据《晋书·职官志》记载，著作郎上任后必须先撰写一篇名臣的传记。所以，谢朗虽然对王堪不熟悉，但就任著作郎后不得不按照规矩为他写传记。在重视门第的年代里，家族背景及姻亲关系可以反映人物的社会地位，所以谢安着重予以介绍。

一四〇

谢太傅重邓仆射[①]，常言："天地无知，使伯道无儿[②]。"

【今 注】

①谢太傅：谢安。　邓仆射：邓攸，官至尚书右仆射，故称。

②伯道：邓攸。

【今 译】

谢安很敬重邓攸，常常说："天地无知，竟然使邓攸没有儿子。"

【解 义】

邓攸在逃难途中为保全侄子而遗弃亲生子（见"德行"篇第二十八则）。据《晋书·邓攸列传》记载，当时人为邓攸之义而感伤，因此说："天道无知，使邓伯道无儿。"或许史官认为这句话并非谢安所说，所以没有采纳本文的说法。

一四一

谢公与王右军书曰[①]："敬和栖托好佳[②]。"

【今 注】

①谢公：谢安。　王右军：王羲之。

②敬和：王洽。　栖托：寄托，安身。

【今 译】

谢安给王羲之写信说："王洽居住的地方十分优美宜人。"

【解　义】

王洽是王导六个儿子中最为知名的，深得穆帝的器重，曾任吴郡内史。吴郡治所在吴县（今江苏苏州姑苏区），所以谢安所说应指王洽在吴县有一个景色优美、环境宜人的居所。

一四二

吴四姓[①]，旧目云：“张文，朱武，陆忠，顾厚。”

【今　注】

①吴：吴郡。　四姓：四大家族。

【今　译】

对吴郡四大家族，过去的品评说：“张姓崇文，朱姓尚武，陆姓忠诚，顾姓宽厚。”

【解　义】

文中所说吴郡四姓，张指张昭家族，张昭（156—236）原为徐州彭城（今江苏徐州）人，后辅立孙权，官至辅吴将军，晚年定居吴郡；朱指朱然家族，朱然（182—249）原为丹杨故鄣（今浙江安吉）人，后助孙权平定东南，拜安国将军，封故鄣侯，晚年定居吴郡，其子朱治（156 — 224）也是一代名将。陆指陆逊家族，忠于孙氏，被誉为“社稷之臣”。顾指顾雍家族，以宽厚待人著称。上述四大家族在三国时盛极一时。

一四三

谢公语王孝伯[①]：“君家蓝田[②]，举体无常人事[③]。”

【今　注】

①谢公：谢安。　王孝伯：王恭。

②蓝田：王述。

③举体：全身，浑身。举，全。

【今　译】

谢安对王恭说：“你们家的蓝田侯，浑身上下都超凡脱俗。”

【解　义】

刘孝标注认为王述性格暴躁易怒，所以如果本文不是谢安故意虚为褒奖，那么就一定是编者所伪造。其实，谢安对王述的评价一直很高，比如此前曾称赞其“掇皮皆真”（本篇第七十八则）。而且，王述晚年已经改掉了他的暴脾气。据《晋书·王述列传》记载，王述身居要职后，“每以柔克为用”。所谓“柔克”，意即柔和克制。据《晋书·王述列传》记载，庾亮曾称赞王述身上的清白坚贞与简傲高贵之风可与其祖父王湛、父亲王承相比拟。因此，谢安所谓“举体无常人事”应非虚言。

一四四

许掾尝诣简文①，尔夜风恬月朗②，乃共作曲室中语③。襟怀之咏④，偏是许之所长⑤，辞寄清婉⑥，有逾平日。简文虽契素⑦，此遇尤相咨嗟⑧，不觉造膝⑨，共叉手语⑩，达于将旦。既而曰⑪：“玄度才情，故未易多有许⑫。”

【今　注】

①许掾：许询。　简文：简文帝司马昱。

②尔夜：那天夜里。　恬：安静。

③曲室：密室。

④襟怀之咏：抒发怀抱之诗。咏，指诗歌。

⑤偏：最，特别。

⑥清婉：清丽婉转。

⑦契素：素来意志相投。

⑧咨嗟：赞叹。

⑨造膝：促膝，膝与膝相接，形容亲近。

⑩叉手：指叉手礼，双手交叉胸前，以示尊敬。

⑪既而：不久，过后。

⑫许：语气词。

【今　译】

许询曾去拜见简文帝，那天夜里风平月明，于是就一起在密室清谈。作诗抒发情怀，是许询最擅长的，他诗中所寄托的辞意清丽婉转，超过了平常。简文帝虽然与许询素来意气相投，但对这次晤谈尤其赞叹，不知不觉促膝而坐，一同叉手而谈，直到天快亮了。事后简文帝说："许询的才华确实不易多得。"

【解　义】

据刘孝标注引《续晋阳秋》记载，许询因为接姐姐而到京城，简文帝和刘惔对他的情怀以及诗作都非常欣赏，经常和他促膝对谈，夜以继日。

一四五

殷允出西①，郗超与袁虎书云②："子思求良朋，托好足下③，勿以开美求之④。"世目袁为"开美"，故子敬诗曰⑤："袁生开美度⑥。"

【今　注】

①殷允（生卒不详）：字子思，陈郡长平（今河南西华）人。历官豫章太守、吏部尚书、太常。

②袁虎：袁宏，小字虎。

③托好：结交，交好。

④开美：指豁达。

⑤子敬：王献之。

⑥度：气度。

【今　译】

殷允出京城去西面，郗超写信给袁宏说："殷允要寻求良友，想与您结交，请不要以豁达来要求他。"世人品评袁宏为"豁达"，因此王献之有诗句说："袁生气度豁达。"

【解　义】

"殷允出西"，或许指殷允出任豫章太守一事。郗超所谓"勿以开美求之"，是委婉地告诉袁宏，殷允是个值得结交的人，但在气度方面有所不足。

一四六

谢车骑问谢公①："真长性至峭②，何足乃重③？"答曰："是不见耳！阿见子敬④，尚使人不能已⑤。"

【今　注】

①谢车骑：谢玄。　谢公：谢安。

②真长：刘惔。　峭：山势高陡，喻指性格高傲。

③乃：如此。

④阿：我。　子敬：王献之。

⑤不能已：意指钦佩。

【今　译】

谢玄问谢安："刘惔性格高傲，哪里值得如此敬重？"谢安回答道："这是因为你没有见到他罢了！我见到王献之，尚且不得不钦佩他。"

【解　义】

据《晋书·刘琰惔列传》记载，人们将刘惔比为荀粲。又据《三国志·魏书·荀粲传》记载，荀粲性格简傲高贵。所以，所谓“至峭”指刘惔性格高傲。谢玄认为刘惔自视太高，所以不值得尊敬。谢安则认为谢玄对刘惔的才华不了解。据《晋书·王献之列传》记载，王献之少年时就有盛名，性格高迈不羁，但谢安却对他非常钦爱。谢安所谓“阿见子敬，尚使人不能已”，言外之意是王献之更为高傲。

一四七

谢公领中书监①，王东亭有事②，应同上省③。王后至，坐促④，王、谢虽不通⑤，太傅犹敛膝容之。王神意闲畅，谢公倾目⑥。还谓刘夫人曰⑦：“向见阿瓜⑧，故自未易有⑨，虽不相关，正是使人不能已已⑩。”

【今　注】

①谢公：谢安。　领：兼任。　中书监：官名，中书省长官，掌机要。

②王东亭：王珣。

③上省：赴中书省。

④坐促：指座位窄小，不宽。

⑤不通：指不交往，不通问。

⑥倾目：注目。

⑦刘夫人：谢安夫人刘氏，刘惔之妹。

⑧阿瓜：王珣的小字。

⑨故自：确实。

⑩正是：只是。　已：止。　已：句末语气词。

【今　译】

谢安兼任中书监时，王珣有事入朝，照例应当与谢安一同赴中书省。王珣后到，座位窄小拥挤，王、谢两家虽然互不通问询，谢安还是收拢双膝容纳王珣同坐。王珣神态闲适舒畅，谢安注目看他。回到家，谢安对夫人说："刚才见到王珣，确实是位难得的人，我们之间虽然不再有关系了，只是总是令人心动不已。"

【解　义】

据《晋书·王珣列传》记载，王珣是谢万的女婿，其弟王珉是谢安的女婿，后来因为猜忌导致嫌隙，谢安于是先后让侄女、女儿与王珣、王珉离婚，两家因此反目成仇。本文或许出自后人之演绎，所谓"敛膝容之""神意闲畅""谢公倾目"，这些细节越是绘声绘色，越是不真实。因为除非出自当事者之口，否则旁人根本无从知晓。据本书《方正》第十四则记载，西晋初中书监与中书令进出宫省时同乘，后来因为中书令和峤与中书监荀勖不合，改为各乘一车。所以，中书监谢安与时任秘书监的王珣即便需要一同赴中书省，也不可能同乘。不过有一点或许是真实的，即谢安对王珣一直保持着欣赏的态度。君子绝交不出恶声，谢安这样的名流当然具备这种风度，否则后人也不至于有此传说。据本书《伤逝》第十五则记载，王珣在谢安去世时曾前往哭吊，而且非常悲痛。这也可以证明这两位名士之间虽然绝交，但仍然惺惺相惜。

一四八

王子敬语谢公①："公故萧洒②。"谢曰："身不萧洒③。君道身最得④，身正自调畅⑤。"

【今　注】

①王子敬：王献之。　谢公：谢安。

②故：确实。萧：同"潇"。

③身：我。

④道：品评，评论。　得：得意，满意。

⑤正自：真，确实。　调畅：调和畅达。

【今　译】

王献之对谢安说："您的风度确实潇洒。"谢安说："我并不潇洒。您所说最让我自得，我正是自我调和畅达。"

【解　义】

谢安所谓"君道身最得"，意指潇洒正是自己所追求的目标，所以王献之的评论让自己感到自得。

一四九

谢车骑初见王文度，曰[①]："见文度，虽萧洒相遇[②]，其复愔愔竟夕[③]。"

【今　注】

①谢车骑：谢玄。　王文度：王坦之。

②萧洒：无意，偶然。

③其：那种。　复：语助词，无义。　愔愔（yīn）：安闲和悦的样子。　竟夕：整夜。

【今　译】

谢玄初次见到王坦之时，说："见到王坦之，虽然是偶然相遇，但他仍然整夜都是那种安闲和悦的样子。"

【解　义】

据《晋书·王坦之列传》记载，王坦之弱冠时与郗超齐名，当时人因此称赞道："盛德绝论郗嘉宾，江东独步王文度。"可知郗超以品行著称，而王坦之则以气度见长。

一五〇

范豫章谓王荆州[①]："卿风流俊望[②]，真后来之秀。"王曰："不有此舅，焉有此甥？"

【今　注】

①范豫章：范宁，曾任豫章太守，故称。　王荆州：王忱，曾任荆州刺史，故称。

②风流：仪表出众。　俊望：名望很高。

【今　译】

范宁对王忱说："你仪表出众，名望很高，真是后起之秀。"王忱说："没有这样的舅舅，哪里会有这样的外甥？"

【解　义】

据《晋书·王忱列传》记载，王忱去拜访舅舅范宁，正好张玄在座，范宁就让王忱与张玄交谈，但王忱却不加理会，张玄只能失望而去。范宁问王忱："张玄也是吴地的人才，为什么不和他交谈？"王忱道："如果他想要和我结识，自可以来相见。"范宁派人去告诉张玄，张玄于是整肃衣冠造访王忱。本文所载范宁与王忱之对话即由此事而起。

一五一

子敬与子猷书道[①]："兄伯萧索寡会[②]，遇酒则酣畅忘反，乃自可矜[③]。"

【今　注】

①子敬：王献之。　子猷：王徽之。

②兄伯：兄长。　萧索：孤寂。　寡会：寡合，指与流俗不合。

③可矜：可贵。

【今　译】

王献之写信给王徽之说："兄长性格孤寂不合流俗，但一遇到酒就酣畅痛饮而忘返，确实可贵。"

【解　义】

据《晋书·王徽之列传》记载，王徽之性格卓荦不羁，任大司马桓温参军时，常蓬首散带，不理政务。王献之的性格与之相同，所以盛赞乃兄。

一五二

张天锡世雄凉州[①]，以力弱诣京师，虽远方殊类[②]，亦边人之桀也。闻皇京多才[③]，钦羡弥至[④]。犹在渚住[⑤]，司马著作往诣之[⑥]，言容鄙陋[⑦]，无可观听。天锡心甚悔来，以遐外可以自固[⑧]。王弥有俊才美誉[⑨]，当时闻而造焉[⑩]。既至，天锡见其风神清令[⑪]，言话如流，陈说古今，无不贯悉[⑫]。又谙人物氏族中表[⑬]，皆有证据。天锡讶服。

【今　注】

①世雄：世代雄踞。　凉州：治所在今甘肃武威。

②殊类：异族。

③皇京：京都，指建康。

④弥至：愈甚，更加。

⑤渚：指江边。

⑥司马著作：事迹不详，姓司马，担任著作郎。

⑦言容：言语容貌。

⑧遐外：指边远地区。遐，远。

⑨王弥：王珉，小字僧弥。

⑩造：造访。

⑪风神：风度文采。　清令：高雅美好。

⑫贯悉：贯通熟悉。

⑬谙：熟悉。　氏族：宗族，指同宗同族的人。　中表：原作“中来”。“来”系“表”之误，据李慈铭批校改。

【今　译】

张天锡世代雄踞凉州，因为势力衰弱投奔京城，他虽然是远方的异族，但也是边关地区的豪杰之士。他听说京都有很多人才，钦佩羡慕备至。他还住在江边时，司马著作去拜访他，此人言论粗俗容貌丑陋，没有什么可看可听的。张天锡心里很后悔到京城来，认为在边远地区可以巩固自身的地位。王珉有卓越的才干又有好名声，当时听说张天锡之后就去拜访他。来到后，张天锡看到王珉的风度文采高雅美好，言谈滔滔不绝，论古说今，无不通晓。又熟悉人物的宗族和亲戚关系，都言而有据。张天锡既惊讶又佩服。

【解　义】

所谓“力弱”，指张天锡为苻坚所败。所谓“诣京师”，指淝水之战后张天锡归顺东晋并来到建康。王珉是王导之孙，与王献之齐名，所以其风采和才华让张天锡折服。

一五三

王恭始与王建武甚有情[①]，后遇袁悦之间[②]，遂致疑隙[③]。然每至兴会[④]，故有相思。时恭尝行散至京口谢堂[⑤]，于时清露晨流，新桐初引[⑥]，恭目之曰：“王大故自濯濯[⑦]。”

【今　注】

①王建武：王忱。

②袁悦（？—389年）：字元礼，阳夏（今河南太康）人。初为会稽王司马道子所宠信，后为孝武帝所杀。 间：离间。

③疑隙：因猜疑而造成的隔阂。

④兴会：兴致所至，偶有所感而产生的意趣。

⑤行散：服食五石散后须行走，使药性散发。 京口：今江苏镇江。 谢堂：练习射箭的场所。

⑥引：萌发。

⑦王大：王忱，小字佛大，故称。 故自：的确。 濯濯：清朗的样子。

【今 译】

王恭当初与王忱很有感情，后来遭到袁悦的离间，于是造成隔阂。但是每当兴致来的时候，还是会有想念。王恭曾经行散到京口射堂，这时清澄的露水在晨曦中闪烁，新桐刚刚萌芽，王恭看到后说："王大的确是清爽开朗啊。"

【解 义】

王恭是王忱的叔伯侄子，二人齐名，起初互相友善。两人交恶的原因，据刘孝标注引《晋安帝纪》记载，孝武帝和司马道子的关系不睦，当时已有主相不合的言论出现。王恭深感忧虑，于是希望担任骠骑长史的王忱对司马道子有所劝谏，做到主相谐睦。王忱虽然表示认同，但担心自己的意见不被采纳，于是让袁悦去向司马道子进言。袁悦一直想要离间王恭和王忱间的关系，于是故意在司马道子面前厉声指责王恭散布主相不合的言论。王恭误以为是王忱陷自己于不义，王忱则是百口莫辩，两人由此交恶。据《晋书·王恭列传》记载，袁悦行狡诈，依附司马道子，王恭于是进言孝武帝，将其诛杀。

一五四

司马太傅为二王目曰[①]："孝伯亭亭直上[②]，阿大罗罗清疏[③]。"

【今　注】

①司马太傅：司马道子。　二王：指王恭、王忱。　目：品评。

②孝伯：王恭。　亭亭：高耸的样子。

③阿大：王忱。　罗罗：狂放不羁。　清疏：清朗疏放。

【今　译】

司马道子对王恭、王忱品评说："王恭高高耸立向上，王忱狂放不羁清朗疏达。"

【解　义】

据《晋书·王恭列传》记载，王恭少年时就有美誉，清操过人。因此，本文所谓"亭亭直上"，即指王恭为人正直不阿。本文所谓"清疏"，其义与上一则王恭所说"濯濯"近似。

一五五

王恭有清辞简旨[①]，能叙说[②]，而读书少，颇有重出[③]。有人道："孝伯常有新意[④]，不觉为烦。"

【今　注】

①清辞：清新的言辞。　简旨：简明的意思。

②叙说：陈述。

③重出：重复出现。

④孝伯：王恭。

【今　译】

王恭的谈论言辞清新、意思简明，善于陈述，但是他读书少，有很多重复的地方。有人说："王恭的看法常常有新意，并不觉得（他的话）腻烦。"

【解　义】

本文所谓"读书少"，当系后人臆测之辞。王恭既然有"清辞简旨"，而且"能叙说"，又怎么可能读书少。刘孝标注引《中兴书》，称"恭虽才不多，而清辩过人"。这一记载同样自相矛盾，才能不多又怎么可能清辩过人。据《晋书·王恭列传》记载，王恭死后，人们发现他家中没有财物，"唯书籍而已"。

一五六

殷仲堪丧后，桓玄问仲文①："卿家仲堪定是何似人②？"仲文曰："虽不能休明一世③，足以映彻九泉④。"

【今　注】

①仲文：殷仲文，殷仲堪堂弟。

②定：到底，究竟。

③休明：美好清明。

④九泉：黄泉，指阴间。

【今　译】

殷仲堪死后，桓玄问殷仲文："您家仲堪到底是什么样的人？"殷仲文说："他虽然不能一生都美好清明，但也足以光照九泉。"

【解　义】

殷仲堪之死，是为桓玄逼迫自杀。桓玄原本与殷仲堪有深交，当然知道其为人如何，所谓“何似人”，是让殷仲文对其堂兄作出评价。殷仲文是桓玄的姐夫，在桓玄于元兴元年（402）攻占建康后前去投奔，任谘议参军，所以桓玄的提问当在此之后。

品藻第九

品藻，指鉴别人物的流品，即区分不同人物的品类及高下。魏晋时期，鉴别人物流品的风气极为盛行，士人阶层热衷于对不同的人物进行比较，以此分出高下优劣，或各自的人格特点。唐代学者刘知几认为，自司马迁、班固开始对人物进行归类立传后，史官对人物流品高下的鉴别流于粗疏，甚至有善恶混淆的情况；他对鉴别人物流品的目的和意义进行了概括："夫能申藻镜，别流品，使小人君子臭味得朋，上智中庸等差有叙，则惩恶劝善，永肃将来，激浊扬清，郁为不朽者矣。"（《史通·品藻》）意即区别流品可以起到惩恶劝善的重要作用。

一

汝南陈仲举、颍川李元礼二人①，共论其功德，不能定先后。蔡伯喈评之曰②：“陈仲举强于犯上③，李元礼严于摄下④，犯上难，摄下易。”仲举遂在“三君”之下⑤，元礼居“八俊”之上⑥。

【今　注】

①陈仲举：陈蕃。　李元礼：李膺。

②蔡伯喈：蔡邕（132—192），字伯喈，陈留圉（今河南杞县南）人。官至中郎将，后因感叹董卓被杀而下狱，死于狱中。

③犯上：指冒犯上司。

④摄下：指管束下属。　摄，通“慑”。

⑤三君：指东汉末的窦武、刘淑、陈蕃三人。

⑥八俊：指东汉末的李膺、荀绲、杜楷、王畅、刘佑、魏朗、赵典、朱宇八人。俊，才智杰出之士。

【今　译】

对于汝南陈蕃、颍川李膺二人，大家共同议论他们的功业德行，不能确定谁先谁后。蔡邕品评他们说：“陈蕃敢于冒犯上司，李膺管束下属很严厉，冒犯上司困难，管束下属容易。”于是陈蕃就排在“三君”之末，李膺居于“八俊”之首。

【解　义】

陈蕃列名三君之末。李膺位居八俊之首。陈蕃和李膺都是东汉末年的直臣、名臣，一个敢于抗上，一个善于驭下，都值得赞誉。但究竟孰先孰后，一时难定。据刘孝标注引姚信《士纬》记载，自从蔡邕作出评价后，人们一致予以认可。由此可知，蔡邕对他们所作“犯上难”“摄下易”的评价恰到好处。

二

庞士元至吴[①]，吴人并友之[②]。见陆绩、顾邵、全琮[③]，而为之目曰："陆子所谓驽马，有逸足之用[④]；顾子所谓驽牛[⑤]，可以负重致远。"或问："如所目，陆为胜邪？"曰："驽马虽精速，能致一人耳。驽牛一日行百里，所致岂一人哉？"吴人无以难。"全子好声名，似汝南樊子昭[⑥]。"

【今　注】

①庞士元：庞统。

②友之：与他交朋友。友，作动词。

③陆绩（187—219）：字公纪，吴郡吴县（今江苏苏州）人。仕吴，官至郁林太守，通天文、历算。作《浑天图》，注《周易》《太玄经》。　顾邵（生卒不详）：字孝则，吴郡吴县（江苏苏州）人。顾雍之子，官至豫章太守。早逝，年仅三十二岁。　全琮（？—249）：字子黄，吴郡钱塘（今浙江杭州）人。三国时期吴国名将，官至大司马、左军师。

④驽马：跑不快的马。　逸：安乐，安闲，使动用法。

⑤驽牛：走得慢的牛。

⑥樊子昭（生卒不详）：东汉末汝南（今河南上蔡）人，出身卑微（商贾），能修身守静，为许劭所赏识。

【今　译】

庞统到了吴地，吴地人都和他交朋友。他看到陆绩、顾邵、全琮，就对他们评论说："陆绩就是所谓的驽马，但可以为人代步；顾邵就是所谓的驽牛，但可以负重跑远路。"有人问："如你所评论，陆绩更胜一筹吗?"他说："劣马比起笨牛来虽然速度很快，但只能承载一人而已。笨牛一天行走百里，但所承载的岂止一个人?"吴人不能反驳。"全琮注重声誉，就像汝南的樊子昭。"

【解　义】

所谓"庞士元至吴"，据《三国志·蜀书·庞统传》记载，周瑜死后，庞统为其送丧，因此来到吴地，并见到陆绩、顾邵和全琮。驽马与驽牛并非贬义，是用以形容陆绩、顾邵各自的特点。据《三国志·吴书·陆绩传》记载，陆绩与庞统相友善，任郁林太守时虽然战事不断，但仍然著述不辍，作《浑天图》，注《周易》《太玄经》。所以，所谓"有逸足之用"，似指陆绩注释经典可以裨益后学而言。据《三国志·吴书·顾邵传》记载，顾邵任豫章太守时，严禁淫祀，奖掖后进，选贤与能，风化大行。所以，所谓"可以负重致远"，似指顾邵之德政看似缓不济急，实际上却可以教化百姓、惠及后人，故而"所致岂一人哉"。

三

顾邵尝与庞士元宿语①，问曰："闻子名知人②，吾与足下孰愈③?"曰："陶冶世俗④，与时浮沈⑤，吾不如子。论王霸之余策⑥，览倚伏之要害⑦，吾似有一日之长⑧。"邵亦安其言⑨。

【今　注】

①庞士元：庞统。

②名知人：以知人而闻名。知人，有眼光能体察人之品行与才能。

③愈：优，强。

④陶冶：熏陶化育。

⑤浮沈：随波逐流，指随顺世事变迁。

⑥王霸：先秦儒家称以仁义治天下为王道，以武力平天下为霸道。

⑦倚伏：原作“倚仗”，影宋本作“倚伏”，于义为顺。“倚伏”典出《老子》，原文曰：“祸兮福之所倚，福兮祸之所伏。”意谓祸福之间互相依存。

⑧一日之长：指自己略胜一筹。

⑨安：指安然接受。

【今　译】

顾邵曾和庞统一同住宿谈话，他问庞统：“听说先生以知人闻名，我与先生之间谁更胜一筹？”庞统说：“在熏陶化育社会风尚、随顺世事变迁方面，我不如先生。但在论说王道霸业、观察祸福之要义方面，我似乎稍有所长。”顾邵对庞统之言也安然接受。

【解　义】

本文所载亦见张勃《吴录》（《三国志·蜀书·庞统传》裴松之注引），内容略有小异。据《三国志·蜀书·庞统传》记载，陆绩和顾邵曾对庞统说：“如果天下太平的话，那么我们与您一同品评四海之士。”他们并且与庞统结为至交。

四

诸葛瑾、弟亮及从弟诞[①]，并有盛名，各在一国。于时以为蜀得其龙，吴得其虎，魏得其狗。诞在魏，与夏侯玄齐名。瑾在吴，吴朝服其弘量[②]。

【今　注】

①诸葛瑾（174—241）：字子瑜，诸葛亮之兄，琅邪阳都

（今山东沂南）人。孙权称帝后，官至大将军，领豫州牧。亮：诸葛亮。 从弟：堂弟，族弟。 诞：诸葛诞（？—258），字公休，诸葛瑾的族弟，仕魏，任镇东将军、司空。甘露二年（257），起兵反对司马昭，次年失败被杀。

②弘量：宏大的器量。

【今　译】

诸葛瑾与弟弟诸葛亮以及族弟诸葛诞，三人都享有盛名，分别身处一国。当时人认为蜀国得到了龙，吴国得到了虎，魏国得到了狗。诸葛诞在魏国，与夏侯玄齐名。诸葛瑾在吴国，吴国朝廷上下都佩服他的宏大器量。

【解　义】

狗（犬）在古代并非贬称，如《六韬》的末篇即以“犬韬”为题。所以，人们用龙、虎、狗来形容诸葛瑾、诸葛亮和诸葛诞，均为褒义。

五

司马文王问武陔①：“陈玄伯何如其父司空②？”陔曰：“通雅博畅③，能以天下声教为己任者④，不如也；明练简至⑤，立功立事，过之。”

【今　注】

①司马文王：司马昭。

②陈玄伯：陈泰。 司空：指陈群，曾任司空，故称。

③通雅：通达雅正。 博畅：博学通畅。

④声教：声威教化。

⑤明练：精明干练。 简至：简要周到。

【今　译】

司马昭问武陔："陈泰与他父亲相比怎么样？"武陔说："在通达雅正、博学通畅、以教化天下为己任方面，不如他父亲；而在精明干练、简要周到、建功立业方面，超过他父亲。"

【解　义】

据《三国志·魏书·陈泰传》记载，司马师、司马昭及武陔都与陈泰亲近友善。刘孝标注认为，司马昭因此让武陔对陈泰进行评价。

六

正始中[①]，人士比论[②]，以五荀方五陈[③]，荀淑方陈寔，荀靖方陈谌[④]，荀爽方陈纪，荀彧方陈群，荀顗方陈泰[⑤]。又以八裴方八王：裴徽方王祥，裴楷方王夷甫，裴康方王绥[⑥]，裴绰方王澄[⑦]，裴瓒方王敦[⑧]，裴遐方王导，裴頠方王戎，裴邈方王玄。

【今　注】

①正始：三国魏齐王曹芳的年号（240—249）。

②人士：有名望者。　比论：比较评论。

③方：比拟。

④荀靖（生卒不详）：字叔慈，荀淑第三子。有才学，终身不仕，号玄行先生。

⑤荀顗（？—274）：字景倩，荀彧之子。曹魏时官至光禄大夫，晋时官至太尉、侍中，封临淮郡公。

⑥裴康（生卒不详）：裴徽次子，字仲豫。官太子左卫率。王绥（生卒不详）：字彦猷，王愉之子。少有美称，但品行低劣，官至荆州刺史，因王愉谋乱被诛。

⑦裴绰（生卒不详）：字季舒，裴楷之弟。官至黄门侍郎、

长水校尉。

⑧裴瓒（生卒不详）：字国宝，裴楷之子。才气爽俊，风韵超群，为王绥所器重，官至中书郎。

【今　译】

正始年间，在品评人物时，以五荀比拟五陈：荀淑比拟陈寔，荀靖比拟陈谌，荀爽比拟陈纪，荀彧比拟陈群，荀顗比拟陈泰。又以八裴比拟八王：裴徽比拟王祥，裴楷比拟王衍，裴康比拟王绥，裴绰比拟王澄，裴瓒比拟王敦，裴遐比拟王导，裴頠比拟王戎，裴邈比拟王玄。

【解　义】

魏晋时期，荀、陈、裴、王这几大家族较为兴盛，人物辈出，所以士人们热衷于对他们进行比较。

七

冀州刺史杨淮二子乔与髦[①]，俱总角为成器[②]。淮与裴頠、乐广友善，遣见之。頠性弘方[③]，爱乔之有高韵[④]，谓淮曰："乔当及卿，髦小减也[⑤]。"广性清淳，爱髦之有神检[⑥]，谓淮曰："乔自及卿，然髦尤精出[⑦]。"淮笑曰："我二儿之优劣，乃裴、乐之优劣。"论者评之，以为乔虽高韵，而检不匝[⑧]，乐言为得，然并为后出之俊。

【今　注】

①乔：杨乔（生卒不详），字国彦，官至二千石。　髦：杨髦（生卒不详），字士彦，官至二千石，西晋末年为石勒所杀。

②总角：指童年。　成器：喻指成材。

③弘方：旷达方正。

④高韵：高雅的气质。

⑤减：不如，差。

⑥清淳：高洁淳朴。　神检：清秀超逸的仪表。

⑦精出：优秀突出。

⑧匝：周遍，完备。

【今　译】

冀州刺史杨淮有两个儿子杨乔与杨髦，都是在童年时就成材了。杨淮与裴頠、乐广相友善，就让两个儿子去见他们。裴頠性格旷达方正，喜欢杨乔高雅的气质，对杨淮说："杨乔应当赶得上你，杨髦稍稍不如。"乐广性格高洁淳朴，喜欢杨髦清秀超逸的仪表，对杨淮说："杨乔自然赶得上你，但是杨髦更为优秀突出。"杨淮笑道："我两个儿子的优劣，竟然是裴頠、乐广的优劣。"当时人们议论此事，认为杨乔虽然有高雅的气质，但仪表有所欠缺，乐广的评论得当，不过兄弟俩都是后起之秀。

【解　义】

裴頠与乐广个性不同，各有偏好，他们对杨乔与杨髦也就有了不同的评价。所以，杨淮笑称两个儿子的优劣体现在了裴頠和乐广身上。本文所载亦见《晋书·乐广列传》，文字稍异。

八

刘令言始入洛①，见诸名士而叹曰："王夷甫太解明②，乐彦辅我所敬③，张茂先我所不解④，周弘武巧于用短⑤，杜方叔拙于用长⑥。"

【今　注】

①刘令言：刘讷（生卒不详），字令言，彭城（今江苏徐州）人。二十四友之一，官司隶校尉。

②王夷甫：王衍。　解明：《晋书·刘讷列传》作“鲜明”，意指光彩照人。

③乐彦辅：乐广。

④张茂先：张华。

⑤周弘武：周恢（生卒不详），字弘武，汝南（今河南）人，安东将军周浚之侄。官至散骑常侍。

⑥杜方叔：杜育（？—311），字方叔，襄城邓陵（今河南襄城）人。幼年时就有神童之誉，成年后不仅风采出众，而且有才学，人称“杜圣”。二十四友之一，官至国子祭酒。永嘉之乱时遇害。

【今　译】

刘纳刚到洛阳时，见到众名士后感叹道：“王衍实在是光彩照人，乐广是我所敬佩的，张华是我所不理解的，周恢能巧妙地应对他的短处，杜育不善于运用他的长处。”

【解　义】

王敦曾称赞王衍：“处众人中，似珠玉在瓦石间。”（《容止》第十七则）王戎也称赞道：“太尉神姿高彻，如瑶林琼树，自然是风尘外物。”（《赏誉》第十六则）所以，此所谓“王夷甫太解（鲜）明”，是赞叹王衍的风姿异常出众。所谓“张茂先我所不解”，意指张华之博学是自己所不能及的。《晋书·刘讷列传》称刘讷有人伦鉴识，说明他的品鉴受到了史官的肯定。

九

王夷甫云①：“闾丘冲优于满奋、郝隆②。此三人并是高才，冲最先达③。”

【今　注】

①王夷甫：王衍。

②闾丘冲（？—311）：字宾卿，西晋高平（今山东巨野南）人。官至光禄勋。　郝隆："郝"应为"郗"字之误。郗隆（？—301），字弘始，高平昌邑（今山东巨野县）人，郗鉴叔父。官至扬州刺史，后为王邃所杀。

③先达：德行学问高深。

【今　译】

王衍说："闾丘冲比满奋、郝隆（郗隆）两人出色。这三个人都是高才，闾丘冲的德行学问最高。"

【解　义】

闾丘冲与满奋、郗隆都是高平人，所以王衍对他们进行比较。据刘孝标注引《兖州记》记载，满奋和郗隆虽然比闾丘冲显达得早，但刘宝和王衍都认为闾丘冲有谦逊高贵的气质，这足以使他后来居上。

十

王夷甫以王东海比乐令①，故王中郎作碑云②："当时标榜，为乐广之俪③。"

【今　注】

①王夷甫：王衍。　王东海：王承，曾任东海太守，故称。　乐令：乐广。

②王中郎：王坦之。　碑：碑文。

③标榜：称赞。　俪（lí）：并列。

【今　译】

王衍将王承比作乐广，所以王坦之为他作碑文说："当时人们的称赞，和乐广并列。"

【解　义】

据刘孝标注引《江左名士传》记载，王承论述玄理辨析名物时，不仅言辞简练，而且能够切中要害，所以王衍认为他可以与乐广相提并论。《晋书·王承列传》也有相同记载。

十一

庾中郎与王平子雁行①。

【今　注】

①庾中郎：庾敳，曾任从事中郎，故称。　王平子：王澄。　雁行（háng）：并行，指齐名。

【今　译】

庾敳与王澄并驾齐驱。

【解　义】

据刘孝标注引《晋阳秋》记载，王衍对天下士人进行排名，认为王澄第一、庾敳第二、王敦第三；但庾敳却认为王澄和王敦并不如自己。王衍的品鉴能力虽然受到世人的推崇，但从本文所载可以知道，当时还存在不同观点。

十二

王大将军在西朝时①，见周侯辄扇障面不得住②。后度江左③，不能复尔④。王叹曰："不知我进伯仁退⑤。"

【今　注】

①王大将军：王敦。　西朝：指西晋。

②周侯：周顗。　住：停止。

③度：同"渡"。　江左：江东。

④尔：如此。

⑤伯仁：周顗。

【今　译】

王敦在西晋时，看见周顗时总是不停地用扇子遮脸。后来南渡到江东，就不再如此了。王敦感叹说："不知道是我进步了还是周顗退步了。"

【解　义】

据刘孝标注引沈约《晋书》记载，王敦素来忌惮周顗，只要见面就会脸上发热，即便是在寒冬腊月，也会用扇子扇个不停。但刘孝标注认为王敦的性格残忍，石崇杀行酒美人时，王敦都面不改色，怎么可能忌惮周顗？所以本文所载不实。

十三

会稽虞马斐①，元皇时与桓宣武同侠②，其人有才理胜望③。王丞相尝谓马斐曰④："孔愉有公才而无公望，丁潭有公望而无公才⑤。兼之者，其在卿乎？"马斐未达而丧⑥。

【今　注】

①虞马斐（fēi）：字思行，会稽余姚（今属浙江）人。官至金紫光禄大夫。

②元皇：指晋元帝司马睿。　桓宣武：当为"桓宣城"之误，指桓温之父宣城内史桓彝。　同侠：当为"同僚"之误。据《晋书·虞马斐列传》记载，虞马斐曾与桓彝一同担任吏部郎，交情非常深厚。

③才理胜望：指才思名望。

④王丞相：王导。

⑤丁潭：字世康，山阴（今浙江绍兴）人。官至光禄大夫。

⑥达：显达，显贵。

【今　译】

会稽虞马斐在晋元帝时与桓彝是同僚，此人有才思名望。王导对虞马斐说："孔愉有作三公的才能却缺乏名望，丁潭有作三公的名望却缺乏才能。兼而有之者，恐怕就是你了吧？"虞马斐未及显达就去世了。

【解　义】

据刘孝标注引《虞光禄传》记载，虞马斐在被征召为金紫光禄大夫后去世，连九卿之位都没有做到，所以本文称"未达而丧"。

十四

明帝问周伯仁[①]："卿自谓何如郗鉴？"周曰："鉴方臣，如有功夫[②]。"复问郗，郗曰："周顗比臣，有国士门风[③]。"

【今　注】

①明帝：司马绍。　周伯仁：周顗。

②功夫：修养，造诣。

③国士：国中有才德声望的人。　门风：风范，家风。

【今　译】

晋明帝问周顗："你认为自己和郗鉴相比怎么样？"周顗说："郗鉴和我比，好像更有修养。"明帝再问郗鉴，郗鉴说："周顗和我相比，有国士风范。"

【解　义】

郗鉴和周顗均为东晋开国重臣，他们之间互相推崇，体现着名士风范。

十五

王大将军下①，庾公问②："闻卿有四友，何者是？"答曰："君家中郎、我家太尉、阿平、胡毋彦国③。阿平故当最劣。"庾曰："似未肯劣④。"庾又问："何者居其右⑤？"王曰："自有人。"又问："何者是？"王曰："噫⑥！其自有公论。"左右蹑公⑦，公乃止。

【今　注】

①王大将军：王敦。　下：指东下到京城建康。

②庾公：庾亮。

③中郎：指庾敳。　太尉：王衍。　阿平：王澄。

④肯：必，一定。

⑤右：上。古以右为尊。

⑥噫：叹词，表示感慨。

⑦蹑：踩。

【今　译】

王敦东下京城，庾亮问："听说你有四位朋友，他们是谁？"王敦答道："你家的庾敳中郎、我家的王衍、王澄和胡毋辅之。王澄在其中应当是最差的。"庾亮说："他似乎不一定是最差的。"庾亮又问："哪一位居首呢？"王敦说："自然有人。"庾亮又问："是哪位？"王敦说："噫！自有公论吧。"左右的人踩庾亮的脚，庾亮才停止发问。

【解　义】

王衍认为王澄在庾敳和王敦之上，有人认为庾敳和王澄不相上下（见本篇第十一则），庾敳则认为自己居上，王敦所谓"自有公论"，显然认为居上者非己莫属。据《晋书·王澄列传》记载，王澄的声望在王敦之上，王敦对他颇为忌惮，并借机将他杀害。所以，王敦特地强调“阿平故当最劣”，或许就是出于忌恨的心理。

十六

人问丞相①："周侯何如和峤②？" 答曰："长舆嵯蘖③。"

【今　注】

①丞相：指王导。

②周侯：周顗。

③长舆：和峤。　嵯（cuó）蘖（niè）：山体高峻的样子，形容超凡出众。

【今　译】

有人问王导："周顗与和峤相比怎么样？" 王导答道："和峤超群出众。"

【解　义】

据《晋书·周顗列传》记载，周顗早年在海内享有盛名，但在南渡后因为嗜酒荒放，行为多有失检，声誉由此受损。王导所谓“长舆嵯蘖”，言下之意是周顗无法与和峤相比。

十七

明帝问谢鲲①："君自谓何如庾亮？" 答曰："端委庙堂②，使百僚准则③，臣不如亮；一丘一壑④，自谓过之。"

【今　注】

①明帝：司马绍。

②端委：礼服，此处指朝服。　庙堂：指朝廷。

③准则：学习，效法。

④一丘一壑：丘壑指纵情山水隐居不仕，此处意指超脱世俗。

【今　译】

晋明帝问谢鲲："你认为自己与庾亮相比怎么样？"谢鲲答道："穿上朝服效力朝廷，让百官效法，我不如庾亮；但在超脱世俗方面，我自认为胜过他。"

【解　义】

据《晋书·谢鲲列传》记载，谢鲲任王敦长史，他看到王敦有不臣之心，于是纵酒优游，不屑政事。谢鲲曾被王敦委以出使建康之任，明帝还是太子，对谢鲲很看重，本处所载两人的对话即在此时。

十八

王丞相二弟不过江[①]，曰颖[②]，曰敞[③]。时论以颖比邓伯道[④]、敞比温忠武[⑤]，议郎、祭酒者也[⑥]。

【今　注】

①王丞相：王导。　过江：指西晋末年士人渡江南下。

②颖：王颖（生卒不详），字茂英，官至议郎。早逝，年仅二十岁。

③敞：王敞（生卒不详），字茂平，被召为丞相祭酒。早逝，年仅二十二岁。

④邓伯道：邓攸，字伯道。

⑤温忠武：温峤，谥号忠武，故称。

⑥议郎：为光禄勋所属郎官之一，职掌顾问应对。　祭酒：丞相主簿祭酒，丞相属官。

【今　译】

王导的两个弟弟没有南渡过江，他们是王颖和王敞。当时的舆论把王颖比为邓攸，把王敞比为温峤。他们分别担任议郎和祭酒。

【解　义】

所谓“不过江”，是指王颖和王敞因为早逝而未及南渡。据《晋书·王导列传》记载，王颖和王敞少年时与王导同样知名，当时人将王颖比作温峤，将王敞比邓攸。与本文所载有所不同。

十九

明帝问周侯[①]：“论者以卿比郗鉴，云何？”周曰：“陛下不须牵顗比。”

【今　注】

①明帝：司马绍。　周侯：周顗。

【今　译】

晋明帝问周顗：“人们的议论把你和郗鉴相比，你觉得怎么样？”周顗说：“陛下无须拿周顗来相比。”

【解　义】

刘孝标注指出，晋明帝在周顗被害一年后才即位，但文中周顗却称其为陛下，显然有误。本文所载与本篇第十四则类似，应是同一故事之误传。

二十

王丞相云[①]：“顷下论以我比安期、千里[②]，亦推此二人；唯共推太尉，此君特秀③。”

【今　注】

①王丞相：王导。

②顷下：近来。　安期：王承，字安期。　千里：阮瞻，字千里。

③太尉：王衍。　秀：突出，优秀。

【今　译】

王导说：“近来的评论把我比为王承、阮瞻，我也推崇这两个人；只是大家一致推崇王衍，他特别优秀。”

【解　义】

王衍和乐广在西晋末年引领清谈风尚，王导所谓“此君特秀”，足以说明王衍的领袖地位。

二十一

宋祎曾为王大将军妾①，后属谢镇西②。镇西问祎：“我何如王？”答曰：“王比使君③，田舍贵人耳④。”镇西妖冶故也⑤。

【今　注】

①宋祎（yī）：石崇宠姬绿珠的弟子，貌美，善吹笛，先后属晋明帝、阮孚、王敦、谢尚等。　王大将军：王敦。

②谢镇西：谢尚，曾任镇西将军，故称。

③使君：指谢尚，曾任江州刺史，故称。

④田舍：乡巴佬。

⑤妖冶：艳丽。

【今　译】

宋祎曾经是王敦的姬妾，后归属谢尚。谢尚问宋祎：“我和王敦比怎么样？”宋祎回答道：“王敦比起你来，是乡巴佬比贵人。”这是因为谢尚长得妖艳动人的缘故。

【解　义】

王敦以雄豪著称，早年就有“田舍”的名声（见《豪爽》第一则）。而谢尚不仅是一个美男子，而且擅长音乐舞蹈，喜欢穿华丽的衣着。所以，宋祎将王敦和谢尚比喻为乡巴佬和贵人。

二十二

明帝问周伯仁①：“卿自谓何如庾元规②？”对曰：“萧条方外③，亮不如臣；从容廊庙④，臣不如亮。”

【今　注】

①明帝：司马绍。　周伯仁：周顗。

②庾元规：庾亮。

③萧条：超脱自在。　方外：世俗之外。

④从容：意指得心应手。　廊庙：指朝廷。

【今　译】

晋明帝问周顗：“你认为自己和庾亮比怎么样？”周顗回答：“超脱自在于世俗之外，庾亮不如我；得心应手地主持朝政，我不如庾亮。”

【解　义】

刘孝标注指出，各种记载都是将谢鲲与庾亮相比，没听说与周顗比。说明刘孝标对本文所载有所存疑。本文所载与本篇第十七则记载极为类似，或许是因为口耳相传的缘故，所以有人将谢鲲误为周顗，毕竟周顗也是一个潇洒自在的人物。

二十三

王丞相辟王蓝田为掾①，庾公问丞相②："蓝田何似？"王曰："真独简贵，不减父祖③；旷然澹处④，故当不如尔。"

【今　注】

①王丞相：王导。　辟（bì）：征召。　王蓝田：王述。　掾（yuàn）：属官。

②庾公：庾亮。

③真独：真率突出。　简贵：简约尊贵。　父祖：指王述之父王承、祖父王湛。

④旷然：心胸开阔的样子。　澹处：淡于名利。

【今　译】

王导征召王述为属官，庾亮问王导："王述怎么样？"王导说："真率孤傲、简约高贵，不比他的父亲和祖父差；但在心胸开阔、淡泊名利方面，则肯定不如他们。"

【解　义】

王述早年个性急躁，所以王导认为他在"旷然澹处"方面有所不足。

二十四

卞望之云①："郗公体中有三反②：方于事上③，好下佞己④，一反；治身清贞⑤，大修计校⑥，二反；自好读书，憎人学问，三反⑦。"

【今　注】

①卞望：卞壸。

②郗公：郗鉴。　反：互相矛盾。

③方：正直。　事上：指侍奉皇帝。

④佞（nìng）：谄媚。

⑤治身：修身。　清贞：清廉，坚贞。

⑥修：指讲究。计校：计较。

⑦学问：指学习。

【今　译】

卞壶说："郗鉴身上有三个相互矛盾的地方：对君王正直，却喜欢下属谄媚自己，这是第一个矛盾的地方；修身养性清廉坚贞，却十分计较利害得失，这是第二个矛盾的地方；自己爱好读书，却讨厌他人有学问，这是第三个矛盾的地方。"

【解　义】

人性有弱点，即便是君子，也会存在缺陷，即所谓"人无完人"。儒家提倡修身，并不意味着就能彻底杜绝人性中的不足。所谓"三反"，有绝对化之嫌，因为世上并不存在十全十美的圣人。正视人性的弱点，才能循序渐进地扬善祛恶。史料记载中并没有任何关于郗鉴"三反"的实例。据《三国志·魏书·王肃传》裴松之注，刘寔曾对王肃评价说，王肃有三个自相矛盾之处，对君王正直却喜欢下属献媚、贪图荣华富贵但不会苟且奉迎、吝惜钱财又注重修身。刘寔之语与本文卞壶之语类似。

二十五

世论温太真是过江第二流之高者[①]。时名辈共说人物[②]，第一将尽之间，温常失色。

【今　注】

①温太真：温峤。

②名辈：名流。

【今　译】

世人评论温峤是渡江南下人物中第二流的佼佼者。当时名流们一起议论人物，第一流人物将要说完时，温峤常常会紧张得失去常态。

【解　义】

温峤自视甚高，自认为可跻身一流人物之中，所以当别人历数一流人物时就会紧张，即所谓“失色”。

二十六

王丞相云①：“见谢仁祖②，恒令人得上③。与何次道语④，唯举手指地曰：‘正自尔馨⑤。’”

【今　注】

①王丞相：王导。

②谢仁祖：谢尚。

③得上：指精神焕发。

④何次道：何充。

⑤尔馨：如此，这样。

【今　译】

王导说：“见到谢尚，常常令人精神焕发。与何充说话，他只是举手指着地说：‘正是如此。’”

【解　义】

所谓“举手指地”，意指何充不善清谈析理。

二十七

何次道为宰相①，人有讥其信任不得其人②。阮思旷慨然曰③：“次道自不至此④。但布衣超居宰相之位⑤，可恨唯此一条而已。”

【今　注】

①何次道：何充。

②信任不得其人：指用人不当。

③阮思旷：阮裕。

④自：本来。

⑤布衣：平民，指地位低下者。

【今　译】

何充担任宰相，有人讥讽他用人不当。阮裕感慨道：“何充本来不至于这样，但他从布衣跃居宰相之位，可遗憾的就是这一点而已。”

【解　义】

据《晋书·何充列传》记载，何充在选材任人时总是以功臣为优先，不培植亲信势力，受到人们的推崇。但他信任和亲近的人过于芜杂，所以也有用人不当之处。阮裕之语意指何充已经做得不错了。

二十八

王右军少时①，丞相云②：“逸少何缘复减万安邪③？”

【今　注】

①王右军：王羲之。

②丞相：王导。

③何缘：为什么。　减：不如，差。　万安：刘绥。

【今　译】

王羲之年轻时，王导说：“王羲之为什么还不如刘绥呢？”

【解　义】

庾琮曾称赞刘绥"灼然玉举"(《赏誉》第六十四则),可见世人对他的评价很高。王羲之虽然从小就有美誉,但声望恐怕在刘绥之下,所以王导要为他鸣不平。

二十九

郗司空家有伧奴①,知及文章②,事事有意③。王右军向刘尹称之④,刘问:"何如方回⑤?"王曰:"此正小人有意向耳⑥,何得便比方回?"刘曰:"若不如方回,故是常奴耳。"

【今　注】

①郗司空:郗鉴。　伧奴:北方奴仆。

②知:懂得。

③意:指意趣。

④王右军:王羲之。　刘尹:刘惔。

⑤方回:郗愔,字方回。

⑥正:只,仅。　意向:志向。

【今　译】

郗鉴家有一个北方的奴仆,懂得文辞,办事都能用心着(zhuó)意。王羲之向刘惔称赞他,刘惔问:"跟郗愔相比怎么样?"王羲之说:"这只是小人有志向而已,怎么能和郗愔比呢?"刘惔说:"如果不如郗愔,那只是个平常的奴仆而已。"

【解　义】

刘惔故意让王羲之将仆人与其妻舅郗愔比较,借机讽刺郗愔才能平庸,仅仅超过平常的仆人而已。

三十

时人道阮思旷[①]："骨气不及右军[②]，简秀不如真长[③]，韶润不如仲祖[④]，思致不如渊源[⑤]，而兼有诸人之美。"

【今　注】

①阮思旷：阮裕。

②骨气：骨相气质。　右军：王羲之。

③简秀：简约俊秀。　真长：刘惔。

④韶润：美好温润。　仲祖：王濛。

⑤思致：才思情趣。　渊源：殷浩。

【今　译】

当时人称道阮裕："骨相气质不如王羲之，简约俊秀不如刘惔，美好温润不如王濛，才思情趣不如殷浩，但兼有上述众人的优点。"

【解　义】

阮裕认为不必深究学问，应当以礼让为根本，所以他虽然不像其他名士那样特点突出，但兼有众人之长。据本书《栖逸》第六则记载，王羲之曾称赞阮裕宠辱不惊，即便是古代的隐士，也不过如此。可见，阮裕的境界连王羲之都很钦佩。

三十一

简文云[①]："何平叔巧，累于理[②]；嵇叔夜俊，伤其道[③]。"

【今　注】

①简文：简文帝司马昱。

②何平叔：何晏。　理：玄理。

③嵇叔夜：嵇康。　俊：指才智出众。　道：指虚澹自然之道。

【今　译】

简文帝说："何晏巧言虚夸，拖累到他所说的玄理；嵇康才智出众，伤害到他主张的道。"

【解　义】

何晏主张贵无贱有，但他却投机取巧与曹爽结党，结果为司马懿所杀，所以简文帝称之为"累于理"。嵇康崇尚老庄之学，主张清静无为，但他却想凭借才智为好友吕安忤逆一案辩护，结果为司马昭所杀，所以简文帝称之为"伤其道"。简文帝所说意指何晏与嵇康的行为与他们的主张不符，所以才会遭致杀身之祸。

三十二

时人共论晋武帝出齐王之与立惠帝①，其失孰多？多谓立惠帝为重。桓温曰："不然。使子继父业，弟承家祀，有何不可？"

【今　注】

①晋武帝：司马炎。　出齐王：指晋武帝让齐王司马攸回封地一事。齐王司马攸是司马昭第二子，晋武帝司马炎之弟，过继给司马师为子。因受到离间，被迫出朝回到封地，忧愤而死。　立惠帝：指晋武帝立惠帝司马衷为太子。

【今　译】

当时人共同议论晋武帝让齐王回封地和立惠帝为太子，哪一件事失误更大？多数人认为立惠帝为太子的失误更大。桓温说："不是这样。让儿子继承父辈的事业，让弟弟承袭家族的香火，有什么不可以？"

【解　义】

齐王司马攸深孚众望，朝中大臣大多希望由齐王继位，但晋武帝的宠臣荀勖和冯紞却大肆离间，晋武帝于是逼迫齐王回封地，齐王忧愤不已，吐血而死。晋武帝死后，昏庸痴愚的晋惠帝即位，最终酿成八王之乱。东晋时期，士人们往往会讨论这两个事件的影响，以及孰轻孰重的问题。桓温之语意指晋武帝什么都没做错，两件事情都是天经地义。刘孝标注认为晋武帝酿成祸害的原因连奴仆都知道，桓温不可能不清楚，所以本文所载有误。

三十三

人问殷渊源①："当世王公以卿比裴叔道②，云何？"殷曰："故当以识通暗处③。"

【今　注】

①殷渊源：殷浩。

②裴叔道：裴遐。

③暗处：指玄理。

【今　译】

有人问殷浩："当代的达官贵人们把你比为裴遐，为什么？"殷浩说："当然是因为我们都能用才识探讨玄理。"

【解　义】

裴遐和殷浩都以善于清谈著称，所以人们将他们相提并论，而殷浩对此也认可。

三十四

抚军问殷浩①："卿定何如裴逸民②？"良久，答曰："故当胜耳。"

【今　注】

①抚军：简文帝司马昱，曾任抚军大将军，故称。

②定：到底，究竟。　裴逸民：裴頠。

【今　译】

司马昱问殷浩："你和裴頠比到底怎么样？"过了很久，殷浩回答道："当然超过他了。"

【解　义】

本文所载似乎有误。名士之间互比高下，必须是同一时代者。而关于不同时代人物的对比则适合用"方"字来形容，也就是比拟。裴頠和殷浩是身处两个时代的人物，所以，将殷浩比拟为裴頠才合乎情理，而非比较高下。

三十五

桓公少与殷侯齐名①，常有竞心②。桓问殷："卿何如我？"殷云："我与我周旋久③，宁作我④。"

【今　注】

①桓公：桓温。　殷侯：指殷浩。

②竞心：争胜之心。

③我与我：《晋书·殷浩列传》作"我与君"，于义为顺。　周旋：指打交道。

④宁：宁可，宁愿。

【今　译】

桓温年轻时与殷浩齐名，常有争胜之心。桓温问殷浩："你和我比怎么样?"殷浩说："我和你打交道已经很久了，我宁可做我自己。"

【解　义】

据《晋书·殷浩列传》记载，"桓公"与"殷侯"是指桓温与殷浩。又据《晋书·殷浩列传》记载，桓温以雄豪自负，每每轻视殷浩，他曾对别人说："我和殷浩小时候一起骑竹马，我丢弃以后，殷浩就会拿走，所以他的成就肯定在我之下。"史官所叙似乎有误。殷浩年长桓温将近十岁，所谓"桓公少与殷侯齐名"及小时候一同骑竹马的说法恐怕难以成立。本文所谓"桓公"与"殷侯"，或许是指桓玄与殷仲堪，两人年纪相当，有可能在少年时"齐名"及共骑竹马。史官失察，误以为桓温与殷浩之事。

三十六

抚军问孙兴公[①]："刘真长何如[②]?"曰："清蔚简令[③]。""王仲祖何如[④]?"曰："温润恬和[⑤]。""桓温何如?"曰："高爽迈出[⑥]。""谢仁祖何如[⑦]?"曰："清易令达[⑧]。""阮思旷何如[⑨]?"曰："弘润通长[⑩]。""袁羊何如[⑪]?"曰："洮洮清便[⑫]。""殷洪远何如[⑬]?"曰："远有致思[⑭]。""卿自谓何如?"曰："下官才能所经，悉不如诸贤。至于斟酌时宜[⑮]，笼罩当世[⑯]，亦多所不及。然以不才，时复托怀玄胜[⑰]，远咏《老》《庄》，萧条高寄[⑱]，不与时务经怀[⑲]，自谓此心无所与让也[⑳]。"

【今　注】

①抚军：简文帝司马昱。　孙兴公：孙绰。

②刘真长：刘惔。

③清蔚简令：清高有才思，简约而美好。

④王仲祖：王濛。

⑤温润恬和：温和柔顺，安适和畅。

⑥高爽迈出：杰出豪爽，超群出众。

⑦谢仁祖：谢尚。

⑧清易令达：清高简易，美好通达。

⑨阮思旷：阮裕。

⑩弘润通长：宽宏温和，通达和善。

⑪袁羊：袁乔。

⑫洮洮（táo）清便：指善于辞令，滔滔不绝。洮洮，通"滔滔"，连续不绝。 清便，指善于清谈，有口才。

⑬殷洪远：殷融。

⑭远有致思：志向高远，富于情趣。致思，即思致，指思想性情。

⑮斟酌：衡量，反复考虑。 时宜：时势所需。

⑯笼罩：把握，控制。

⑰托怀：寄托情怀。 玄胜：指玄理殊胜的境界。

⑱萧条：超脱，闲逸。 高寄：寄托高远。

⑲经怀：操心，烦心。

⑳让：谦让。

【今 译】

简文帝问孙绰："刘惔怎么样？"孙绰答道："清高有才思，简约而美好。""王濛怎么样？"答道："温和柔顺，恬淡和畅。""桓温怎么样？"答道："杰出豪爽，超群出众。""谢尚怎么样？"答道："清高简易，美好通达。""阮裕怎么样？"答道："宽宏温和，通达和善。""袁乔怎么样？"答道："善于辞令，滔滔不绝。""殷融怎么样？"答道："志向高远，富于情趣。""您认为自己怎么样？"答道："我的才学能力，都不如上述诸位贤人。至于权衡时势、把握时局的能力，也大多赶不上他们。但是以我的能力，时常在玄理的境界寄托情怀，品味老、庄的意趣，超然物外，不把世事放在心上，我自认为这种心胸是没有什么可谦让的。”

【解　义】

赋诗作文不仅需要雕章绘句，更需要展现胸怀，即所谓“诗言志”。孙绰以文才著称，与许询并为一时之冠，说明孙绰确实达到了“萧条高寄”的境界。

三十七

桓大司马下都①，问真长曰②：“闻会稽王语奇进③，尔邪④？”刘曰：“极进，然故是第二流中人耳。”桓曰：“第一流复是谁？”刘曰：“正是我辈耳。”

【今　注】

①桓大司马：桓温。　下都：指东下到都城。

②真长：刘惔。

③会稽王：简文帝司马昱，即位前封会稽王，故称。　语：指清谈。　奇：很。

④尔：如此，这样。

【今　译】

桓温来到京城，问刘惔道：“听说会稽王的清谈很有长进，是这样吗？”刘惔说：“极有长进，但仍然是第二流中的人物罢了。”桓温说：“第一流又是谁呢？”刘惔说：“正是我们这些人。”

【解　义】

刘惔个性高傲自负，所以他毫不谦让地将自己列入第一流的行列。

三十八

殷侯既废[①]，桓公语诸人曰[②]："少时与渊源共骑竹马[③]，我弃去已[④]，辄取之，故当出我下。"

【今　注】

①殷侯：殷浩。　废：指殷浩北伐失败后被废为庶人。

②桓公：桓温。

③渊源：殷浩，字渊源。　竹马：儿童的玩具，用竹竿当马骑。

④已：讫，完毕。

【今　译】

殷浩被废为庶人后，桓温对大家说："我小时候与殷浩一起骑竹马，我丢弃后，他就会拿去，所以他本应该在我之下。"

【解　义】

本文所载应当有误，相关分析见本篇第三十五则。

三十九

人问抚军[①]："殷浩谈竟何如？"答曰："不能胜人，差可献酬群心[②]。"

【今　注】

①抚军：简文帝司马昱。

②差：略，尚。　献酬：原指主人向客人敬酒，此指满足。

【今　译】

有人问司马昱："殷浩的清谈到底怎么样？"司马昱答道："不能超过别人，但大体上还可以满足大家。"

【解　义】

据《晋书·殷浩列传》记载，殷浩的清谈为士人所宗奉。又据本书《文学》第二十二则记载，殷浩与王导清谈时，清谈名家王濛在一旁紧张得“如生母狗馨”。所以，简文帝所谓“不能胜人”的评价有失公允。

四十

简文云①：“谢安南清令不如其弟②，学义不及孔岩③，居然自胜④。”

【今　注】

①简文：简文帝司马昱。

②谢安南：谢奉。　清令：清雅美好。　其弟：谢聘（生卒不详），字弘远。历官侍中、廷尉卿。

③学义：才学义理。　孔岩：《晋书》作“孔严”。孔严（？—370），字彭祖，会稽山阴（今浙江绍兴）人。历官司徒掾、尚书殿中郎、扬州刺史别驾、尚书左丞、吴兴太守、丹阳尹。

④居然：竟然。

【今　译】

简文帝说：“谢奉在清雅方面不如弟弟谢聘，在才学义理上不如孔严，但竟然胜过他们。”

【解　义】

谢聘和孔严二人各有谢奉所不及之处，但谢奉却胜过他们，刘孝标注认为简文帝所谓“居然自胜”是指谢奉“任天真”的缘故，意即性情直率而单纯。

四十一

未废海西公时[①]，王元琳问桓元子[②]："箕子、比干迹异心同[③]，不审明公孰是孰非[④]？"曰："仁称不异[⑤]，宁为管仲[⑥]。"

【今　注】

①海西公：晋废帝司马奕。

②王元琳：王珣，字元琳。　桓元子：桓温，字元子。

③箕子：殷纣王之叔。纣王暴虐，箕子谏不听，于是披发佯狂为奴，为纣王所囚。　比干：殷纣王之伯父，犯颜强谏，纣王怒剖其心。

④审：知道。　明公：尊称有地位的人。

⑤仁称：仁人的称呼。

⑥宁：宁可。

【今　译】

海西公司马奕还没有被废黜时，王珣问桓温："箕子、比干事迹不同而用心相同，不知您认为谁对谁不对？"桓温答道："仁人的称呼没有不同，我宁愿做管仲。"

【解　义】

箕子佯狂和比干强谏，都是因为不满于纣王之暴虐，所以王珣称为"迹异心同"。管仲辅助齐桓公成就霸业，所以心怀大志的桓温以之为楷模。孔子曾将微子、箕子、比干称为殷朝的"三仁"（《论语·微子》），并认为管仲的功业就是仁德（《论语·宪问》），所以桓温称为"仁称不异"。

四十二

刘丹阳、王长史在瓦官寺集①，桓护军亦在坐②，共商略西朝及江左人物③。或问："杜弘治何如卫虎④？"桓答曰："弘治肤清⑤，卫虎奕奕神令⑥。"王、刘善其言。

【今　注】

①刘丹阳：刘惔，曾任丹阳尹，故称。　王长史：王濛。　瓦官寺：故址在今南京。　集：聚会。

②桓护军：桓伊，曾任护军将军，故称。

③商略：评论，品评。　西朝：指西晋。　江左：江东。

④杜弘治：杜乂。　卫虎：卫玠，小字虎。

⑤肤：指外貌。　清：清秀。

⑥奕奕神令：指神采焕发。

【今　译】

刘惔、王濛在瓦官寺聚会，桓伊也在座，一起评论西晋和江南的人物。有人问："杜乂比卫玠怎么样？"桓伊答道："杜乂外貌漂亮，卫玠神采焕发。"王濛、刘惔认为他的话说得好。

【解　义】

据刘孝标注引《卫玠别传》记载，永和年间，刘惔和谢尚一同评论西晋时期的人物，有人问杜乂是否可以比拟卫玠，谢尚说："怎么能比？他们之间差得远。"据刘孝标注引《江左名士传》记载，刘惔曾做过"弘治肤清，叔宝神清"的评论。又据《晋书·杜乂列传》记载，桓彝曾说"卫玠神清，杜乂形清"。记载不一，或许有讹传之处，但说明卫玠之神采和杜乂之外貌是得到公认的。

四十三

刘尹抚王长史背曰[①]："阿奴比丞相[②]，但有都长[③]。"

【今　注】

①刘尹：刘惔。　王长史：王濛。

②阿奴：王濛小字。　丞相：王导。

③都长：指外貌娴雅。

【今　译】

刘惔拍着王濛的背说："你和王导丞相比，只是外表娴雅美好罢了。"

【解　义】

据刘孝标注引《语林》记载，刘惔因为与王导关系不怎么融洽，所以认为王濛和王导相比，条理通达、相貌清美。而本文所载则说明，刘惔仅仅认为王濛在相貌方面胜出。

四十四

刘尹、王长史同坐[①]，长史酒酣起舞。刘尹曰："阿奴今日不复减向子期[②]。"

【今　注】

①刘尹：刘惔。　王长史：王濛。

②阿奴：王濛小字。

【今　译】

刘惔、王濛坐在一起，王濛酒喝多了就起身跳舞。刘惔说："你现在与向秀类似。"

【解　义】

根据刘孝标注的解释，刘惔所说是指王濛所表现出来的任性率真与向秀类似。

四十五

桓公问孔西阳①："安石何如仲文②？"孔思未对，反问公曰："何如？"答曰："安石居然不可陵践其处③，故乃胜也④。"

【今　注】

①桓公：桓温。　孔西阳：孔岩，封西阳侯，故称。

②安石：谢安，字安石。　仲文：殷仲文，桓温的女婿。

③居然：显然。　陵践：欺凌。　处：指处世之道。

④故乃：确实。

【今　译】

桓温问孔岩："谢安与殷仲文比怎么样？"孔岩思考后没回答，反问桓温："你认为怎么样？"桓温回答道："谢安处世显然不可被欺凌，确实胜过殷仲文。"

【解　义】

殷仲文是桓温的女婿，桓温对他显然另眼相看，甚至于想将他和谢安做比较，但他自己其实也清楚谢安并非殷仲文所能比。

四十六

谢公与时贤共赏说①，遏、胡儿并在坐②。公问李弘度曰③："卿家平阳④，何如乐令⑤？"于是李潸然流涕曰[⑥]”:“赵王篡逆[⑦]，乐令亲授玺绶[⑧]。亡伯雅正[⑨]，耻处乱朝，遂至仰药[⑩]，恐难以相比。此自显于事实，非私亲之言。”谢公语胡儿曰:“有识者果不异人意。”

【今　注】

①谢公：谢安。　时贤：当时的名流、贤达。　赏说：谈论，品评人物。

②遏：谢玄，小字遏。　胡儿：谢朗小字。

③李弘度：李充。

④平阳：李重，曾任平阳太守，故称。

⑤乐令：乐广。

⑥潸然：流泪的样子。

⑦赵王：赵王司马伦。　篡逆：指赵王司马伦废惠帝后自立为帝。

⑧玺绶：古代印玺上必有组绶，因此称印玺为玺绶。此指皇帝之印玺。

⑨亡伯：指李重。　雅正：正派，正直。

⑩仰药：服毒自杀。

【今　译】

谢安与当时的贤士共同品评人物，谢玄、谢朗同时在座。谢安问李充说:“你家的李重与乐广比怎么样?”这时李充泪流不止地说:“赵王篡位时，乐广亲自授给他玺绶。先伯父为人正直，以处于乱朝为耻，以至于服毒自尽，他们恐怕难以相比。这是很明显的事实，不是偏袒亲人的话。”谢安对谢朗说:“有见识的人果然可以使人满意。”

【解　义】

赵王司马伦篡位时，乐广表现得较为怯懦顺从，而李重则抗拒任命，故意有病不治，所以李重的节操无疑远胜乐广。关于李重的死因，李充说是“仰药”，刘孝标注引《晋诸公赞》

及《晋书·李重列传》都说是有病不治，今已难以确考。

四十七

王修龄问王长史[①]："我家临川[②]，何如卿家宛陵[③]？"长史未答，修龄曰："临川誉贵[④]。"长史曰："宛陵未为不贵。"

【今　注】

①王修龄：王胡之。　王长史：王濛。

②临川：王羲之，曾任临川太守，故称。

③宛陵：王述，曾任宛陵令，故称。

④誉：声誉。

【今　译】

王胡之问王濛："我家王羲之与你家王述相比，谁更强些？"王濛尚未回答，王胡之就说："王羲之的声誉更高贵。"王濛说："王述也未见得不高贵。"

【解　义】

王胡之与王羲之是堂房兄弟，王濛与王述也是堂房兄弟。王羲之与王述关系不睦，互相轻视，以至于他们的亲友也在暗中为他们较劲。

四十八

刘尹至王长史许清言[①]，时苟子年十三[②]，倚床边听。既去，问父曰："刘尹语何如尊[③]？"长史曰："韶音令辞[④]，不如我；往辄破的，胜我[⑤]。"

【今　注】

①刘尹：刘惔。　王长史：王濛。　许：处。　清言：

清谈。

②苟子：王修，小字苟子，王濛之子。

③尊：对父亲的敬称。

④韶音：美好的音调。　令辞：美好的言辞。

⑤往：指与对方辩难。　的：原指箭靶中心，指要害。

【今　译】

刘惔到王修处清谈，当时王修十三岁，靠在床边听。刘惔离开后，王修问父亲道："刘尹的谈论比父亲怎么样？"王濛说："在美好的音调和言辞方面，不如我；与对方开始切中要害方面，胜过我。"

【解　义】

刘惔与王濛都是清谈名家，但各有所长，刘惔擅长条分缕析，王濛则擅长辞藻修饰。

四十九

谢万寿春败后①，简文问郗超②："万自可败，那得乃尔失士卒情③？"超曰："伊以率任之性④，欲区别智勇。"

【今　注】

①寿春败：晋穆帝升平三年（359），谢万北伐时在寿春溃败而回。

②简文：简文帝司马昱。

③那得：怎么，为什么。　乃尔：如此。　卒情：军心。

④伊：他，第三人称代词。　率任：随意放任。

【今　译】

谢万在寿春大败后，简文帝问郗超："谢万自然可以失败，但怎么会如此失去军心呢？"郗超说："他想凭着随意放任的个性，来区分智谋和英勇。”

【解　义】

谢万不能笼络人心，其部下在撤退时自行溃散，酿成惨败的结局，以至于简文帝深感疑惑。郗超所说意指谢万太过于随性，无法区分什么是智谋和英勇。

五十

刘尹谓谢仁祖曰[①]：“自吾有四友[②]，门人加亲[③]。”谓许玄度曰[④]：“自吾有由[⑤]，恶言不及于耳。”二人皆受而不恨[⑥]。

【今　注】

①刘尹：刘惔。　谢仁祖：谢尚。

②四友：根据王先谦的考证，“四友”当为“回也”误写。回，指颜回。

③门人：弟子，门生。

④许玄度：许询。

⑤由：仲由，字子路。

⑥恨：遗憾，不满。

【今　译】

刘惔对谢尚说：“自从我有了颜回后，门生弟子都更加亲近我了。”对许询说：“自从我有了仲由后，恶言恶语就再也听不到了。”二人都接受对方的说法没有不满意。

【解　义】

刘惔之语典出《尚书大传》，他自比为孔子，而将谢尚和许询比作颜回和子路，未免过于狂妄。而谢尚和许询竟然“受而不恨”，更是让人匪夷所思。后人或许因为刘惔有恃才傲物的个性，故而为之演绎，但情节有些不伦不类。

五十一

世目殷中军[①]“思纬淹通[②]，比羊叔子[③]。”

【今　注】

①殷中军：殷浩，曾任中军将军，故称。

②思纬：思路，思维。　淹通：广博而通达。

③羊叔子：羊祜。

【今　译】

世人品评殷浩“思维广博而通达，可以与羊祜相比。”

【解　义】

刘孝标注认为羊祜的才能经受过考验，所以殷浩与羊祜相比就像烛光与日月。这显然是在以成败论人。由本文所载可知，世人将北伐的希望寄托在殷浩身上，所以将他与羊祜相提并论。

五十二

有人问谢安石、王坦之优劣于桓公[①]。桓公停欲言[②]，中悔曰：“卿喜传人语，不能复语卿。”

【今　注】

①谢安石：谢安。　桓公：桓温。

②停：正，副词。

【今　译】

有人向桓温问谢安和王坦之两人的优劣。桓温正想说，又后悔道：“你喜欢传别人的话，我不能再对你说了。”

【解　义】

谢安和王坦之在当时齐名，而且都曾经担任过桓温的属官，所以有人希望桓温能对他们二人的优劣作出评判。桓温与王坦之是儿女亲家，之所以欲言又止，或许是因为他认为谢安胜过王坦之，但是担心被人传话出去，影响他和王坦之的关系。

五十三

王中郎尝问刘长沙曰①："我何如苟子②？"刘答曰："卿才乃当不胜苟子，然会名处多③。"王笑曰："痴。"

【今　注】

①王中郎：王坦之。　刘长沙：刘奭（生卒不详），字文时，彭城（今江苏徐州）人。历官车骑咨议、长沙相、散骑常侍。

②苟子：王修，小字苟子。

③会名处：领悟名理的地方。

【今　译】

王坦之曾经问刘奭："我和王修比怎么样？"刘奭答道："你的才学应当不会超过王修，但是领悟名理的地方却比他多。"王坦之笑着说："傻。"

【解　义】

领悟名理当然是才学高的表现，但刘奭却认为王坦之的才学不如王修，所以王坦之说他傻。

五十四

支道林问孙兴公①："君何如许掾②？"孙曰："高情远致③，弟子早已服膺④；一吟一咏⑤，许将北面⑥。"

【今　注】

①孙兴公：孙绰。

②许掾：许询，曾被征为司徒掾，故称。

③高情远致：高尚的情操，深远的志趣。

④服膺（yīng）：佩服。

⑤一吟一咏：吟诗作赋。

⑥北面：臣服，指认输。

【今　译】

支道林问孙绰："你比起许询来怎么样？"孙绰说："他的高尚情操和深远志趣，我早已衷心佩服；至于吟诗作赋方面，他将臣服于我。"

【解　义】

据《晋书·孙绰列传》记载，孙绰年少时与许询都怀有高尚之志，此后二人殊途异趣，孙绰出仕而许询则终身不仕。所以，孙绰也坦承在"高情远志"方面不如许询。据《续晋阳秋》记载，许询与孙绰同为"一时文宗"。因此，孙绰所谓"一吟一咏，许将北面"，属于文人相轻。

五十五

王右军问许玄度[①]："卿自言何如安石[②]？"许未答，王因曰："安石故相与雄[③]，阿万当裂眼争邪[④]？"

【今　注】

①王右军：王羲之。　许玄度：许询。

②安石：当作"安、万"，指谢安与谢万。

③相与雄：一起称雄。

④阿万：谢万，谢安弟。　裂眼：瞪大眼睛。

【今　译】

王羲之问许询："你自己认为与谢安、谢万比怎么样？"许询没有回答，王羲之就说："谢安本来可以和你一起称雄，谢万应当瞪着眼睛来争吗?”

【解　义】

据《晋书·谢万列传》记载，谢万的器量虽不及谢安，但却善于自我炫耀。因此，王羲之所谓“阿万当裂眼争邪”，意指谢万虽然不及谢安和许询，但他却很自负。

五十六

刘尹云[①]：“人言江虨田舍[②]，江乃自田宅屯[③]。”

【今　注】

①刘尹：刘惔。

②田舍：乡巴佬。

③田宅：田地住宅。　屯：屯集。

【今　译】

刘惔说：“人们说江虨是乡巴佬，江虨乃是田宅汇聚之所。”

【解　义】

刘惔之语义颇为难解，似乎是指江虨有自然清新的气质。

五十七

谢公云[①]：“金谷中苏绍最胜[②]。”绍是石崇姊夫[③]，苏则孙[④]，愉子也[⑤]。

【今　注】

①谢公：谢安。

②金谷：石崇所建别墅，故址在今河南洛阳东北。　苏绍（生卒不详）：字世嗣，石崇的姐夫，官至议郎，封关内

侯。　最胜：最为优胜。

③石崇（249—300）：字季伦，渤海南皮（今河北南皮）人。历官散骑常侍、荆州刺史、南蛮校尉、鹰扬将军、徐州刺史、征虏将军、卫尉。为赵王司马伦所杀。

④苏则（生卒不详）：字文师，官至河南相。

⑤愉：苏愉（生卒不详），字休豫，苏则次子，官至光禄大夫。

【今　译】

谢安说："金谷诗会中以苏绍的诗作最好。"苏绍是石崇的姐夫，苏则的孙子，苏愉的儿子。

【解　义】

元康六年（296），石崇在金谷园中与众多名士为即将就任征西大将军祭酒的王诩送行。他们饮酒赋诗，各抒胸怀。这就是著名的金谷诗会，他们的诗作辑为《金谷诗》，由石崇作序。苏绍时年五十，是金谷诗会中年纪最长者，可惜其诗作今已散逸不存。

五十八

刘尹目庾中郎①："虽言不愔愔似道②，突兀差可以拟道③。"

【今　注】

①刘尹：刘惔。　庾中郎：庾敳。

②愔愔（yīn）：幽深寂静的样子。　道：指境界。

③突兀：突出，独立不群的样子。　差：大致。　拟：类似，比拟。

【今　译】

刘惔品评庾敳："他的话虽然没有幽远的境界，但是他特立独行的性格却类似于得道。”

【解　义】

据刘孝标注引《名士传》记载，庾敳为人和顺，深远而旷放，没有任何事情可以打动他。

五十九

孙承公云[①]：“谢公清于无奕[②]，润于林道[③]。”

【今　注】

①孙承公：孙统。

②谢公：谢安。　清：清雅。　无奕：谢奕。

③润：柔润。　林道：陈逵（生卒不详），字林道，颍川许昌（今河南许昌）人。官至西中郎将，梁、淮南二郡太守。

【今　译】

孙统说：“谢安比谢奕清雅，比陈逵柔润。”

【解　义】

据本书《忿狷》第五则记载，谢弈性格“粗强”，因此所谓“谢公清于无奕”，应是指谢安的个性而言。

六十

或问林公[①]：“司州何如二谢[②]？”林公曰：“故当攀安提万[③]。”

【今　注】

①林公：支道林。

②司州：王胡之，拜司州刺史，故称。 二谢：谢安、谢万。

③攀：高攀。 提：提携。

【今　译】

有人问支道林："王胡之和二谢相比怎么样？"支道林说："当然是上攀谢安，下提谢万。"

【解　义】

永和四年（348），王胡之官拜司州刺史、平北将军，临行前病故。本文称王胡之为"司州"，说明这是人们在王胡之去世后对他进行评价。谢安与谢万既是亲兄弟，又都是成名人物，但当时人们普遍认为谢安的才能在谢万之上。支道林之语指王胡之介于谢安和谢万之间。

六十一

孙公兴、许玄度皆一时名流①。或重许高情②，则鄙孙秽行③；或爱孙才藻④，而无取于许。

【今　注】

①孙兴公：孙绰。 许玄度：许询。

②高情：高尚的情操。

③秽行：污浊的行为。

④才藻：才思文采。

【今　译】

孙绰、许询都是当时的名流。有的人敬重许询的高尚情操，而鄙视孙绰的污浊行为；有的人喜爱孙绰的才思文采，而不推崇许询。

【解　义】

据刘孝标注引《续晋阳秋》记载，孙绰虽然有文才，但是行为不端，受到人们的鄙视。关于孙绰的"秽行"，不见任何记载，恐怕出自后人诋毁。据刘孝标注引宋明帝《文章志》记载，孙绰博通经史，以文笔见长，与许询一同阐发超俗之论。许询至死不降其志，而孙绰则受世事所束缚（指孙绰出仕而言）。后人或许就是因为孙绰出仕而许询终生隐遁，因此对两人产生截然不同的评价。

六十二

郗嘉宾道谢公①："造膝虽不深彻②，而缠绵纶至③。"又曰："右军诣嘉宾④。"嘉宾闻之云："不得称诣，政得谓之朋耳⑤。"谢公以嘉宾言为得⑥。

【今　注】

①郗嘉宾：郗超。　谢公：谢安。

②造膝：原指谈话亲近，此指交谈。　深彻：深刻透彻。

③缠绵：原指情意深厚，此指周详备至。　纶至：指思路明晰，有条理。

④右军：王羲之。　诣：造诣，指学问或艺术所达到的程度。

⑤政：通"正"，只。　朋：同等，齐同。

⑥得：对，正确。

【今　译】

郗超品评谢安："他的谈论虽然不很深刻透彻，但是却周详备至、条理分明。"又有人说："王羲之比郗超有造诣。"郗超听到后说："不能称他造诣高，只能说是同等而已。"谢安认为郗超的话正确。

【解　义】

根据刘孝标注的解释，郗超之语指谢安虽然不够透彻，但王羲之也没有更高的造诣，他们水平其实在伯仲之间。本文所谓“右军诣嘉宾”，“嘉宾”二字属衍文。

六十三

庾道季云[①]：“思理伦和[②]，吾愧康伯[③]；志力强正[④]，吾愧文度[⑤]。自此以还[⑥]，吾皆百之[⑦]。”

【今　注】

①庾道季：庾龢。

②思理：指思路。　伦和：指有条理。

③康伯：韩伯。

④志力：意志力。　强正：坚强。

⑤文度：王坦之。

⑥以还：以外。

⑦百：百倍。

【今　译】

庾龢说：“在思路清晰有条理方面，我自愧不如韩伯；在意志力坚强方面，我自愧不如王坦之。除此以外，我都超过他们百倍。”

【解　义】

据本书《言语》第七十八则记载，庾龢曾说清谈时面对韩伯无需全力投入，面对王坦之就要有殊死一搏的决心。可见庾龢一直认为自己整体上可以胜过他们。

六十四

王僧恩轻林公[①]，蓝田曰[②]：“勿学汝兄[③]，汝兄自不如伊。”

【今　注】

①王僧恩：王祎之（生卒不详），字文劭，小字僧恩，太原晋阳（今山西太原）人。王述次子，娶寻阳公主，官至中书郎。早逝，未满三十岁。　林公：支道林。

②蓝田：王述。

③汝兄：指王坦之。

【今　译】

王祎之轻视支遁，王述说："不要学你哥哥，你哥哥本就不如他。"

【解　义】

据本书《轻诋》第二十一则记载，王坦之和支道林"绝不相得"，说明王坦之对支道林持轻视态度。王述认为支道林的才学超过自己的儿子，所以他希望王祎之不要像他哥哥王坦之那样轻视支道林。

六十五

简文问孙兴公[①]："袁羊何似[②]？"答曰："不知者不负其才[③]，知之者无取其体[④]。"

【今　注】

①简文：简文帝司马昱。　孙兴公：孙绰。

②袁羊：袁乔。

③负：指舍弃。

④体：指品德。

【今　译】

简文帝问孙绰："袁乔这人怎么样？"孙绰回答道："不了解他的人不会舍弃他的才能，了解他的人不会选取他的品德。"

【解　义】

根据刘孝标注的解释，孙绰所说意指袁乔有才而无德。

六十六

蔡叔子云①："韩康伯虽无骨干②，然亦肤立③。"

【今　注】

①蔡叔子：蔡系，字叔子。

②韩康伯：韩伯。　骨干：骨架。

③肤立：指外表形象尚能挺立。

【今　译】

蔡系说："韩伯的身材看上去虽然没有骨架，但他的外表还是能挺立。"

【解　义】

之所以说韩伯"无骨干"，刘孝标注引《语林》记载，是因为韩伯体胖像肉鸭一样。

六十七

郗嘉宾问谢太傅曰①："林公谈何如嵇公②？"谢云："嵇公勤著脚③，裁可得去耳④。"又问："殷何如支⑤？"谢曰："正尔有超拔⑥，支乃过殷。然亹亹论辩⑦，恐殷欲制支⑧。"

【今　注】

①郗嘉宾：郗超。　谢太傅：谢安。

②林公：支道林。　嵇公：嵇康。

③勤著脚：指努力赶向前。

④裁：通“才”。

⑤殷：殷浩。

⑥正尔：正好。　超拔：指超凡拔俗的风度。

⑦亹亹（wěi）：形容谈话不绝的样子。

⑧制：压制，制服

【今　译】

郗超问谢安说：“支道林的清谈和嵇康比怎么样？”谢安道：“嵇康努力向前，才能赶上去啊。”郗超又问：“殷浩和支道林比怎么样？”谢安说：“恰好支道林有超凡脱俗的风度，才能超过殷浩。但是在滔滔论辩方面，恐怕殷浩可以盖过支道林。”

【解　义】

据《高僧传·支遁传》记载，郗超认为支道林在阐发义理方面堪称数百年来的第一人。由本文所载可知，殷浩更擅长辩论。

六十八

庾道季云[①]：“廉颇、蔺相如虽千载上死人[②]，懔懔恒如有生气[③]；曹蜍、李志虽见在[④]，厌厌如九泉下人[⑤]。人皆如此，便可结绳而治[⑥]，但恐狐狸猯狢啖尽[⑦]。”

【今　注】

①庾道季：庾龢。

②廉颇、蔺相如：战国时赵国将相。

③懔懔（lǐn）：严正的样子。

④曹蜍（chú）：曹茂之（生卒不详），字永世，小字蜍，彭城（今江苏徐州）人。官至尚书郎。　李志（生卒不详）：字温祖，江夏钟武（今河南信阳东南）人。官至

员外常侍、南康相。　见：同“现”。

⑤厌厌（yān）：精神不振的样子。　九泉：黄泉。

⑥结绳而治：语出《易·系辞下》：“上古结绳而治，后世圣人易之以书契。”结绳是文字产生前帮助记忆的方法，相传大事打大结，小事打小结。指上古时代民风纯朴，易于治理。

⑦猯（tuán）：猪獾（huān）。　貉（hé）：又称狗獾（huān）。　啖（dàn）：吃。

【今　译】

庾龢说：“廉颇、蔺相如虽然是千年以上的古人，但仍然正气懔然勃勃有生气；曹蜍、李忠虽然现在活着，却精神萎靡不振像死人。如果人人都像他们一样，就可以结绳而治了，但恐怕人都要被野兽吃光了。”

【解　义】

刘孝标注认为庾龢的语义，指像廉颇和蔺相如那样建功立业，是虽死犹生；而像曹蜍、李忠那样，就无从建功立业了。

六十九

卫君长是萧祖周妇兄[①]，谢公问孙僧奴[②]：“君家道卫君长云何?”孙曰[③]：“云是世业人[④]。”谢曰：“殊不尔，卫自是理义人[⑤]。”于时以比殷洪远[⑥]。

【今　注】

①卫君长：卫永。　萧祖周：萧轮。

②谢公：谢安。　孙僧奴：孙腾（生卒不详），字伯海，小字僧奴，太原人。历官中庶子、廷尉。

③君家：君，第二人称代词。

④世业：指建功立功。

⑤理义：名理、经义。

⑥殷洪远：殷融。

【今　译】

卫永是萧轮的妻兄，谢安问孙腾："您说卫永怎么样？"孙腾说："是建功立业的人。"谢安说："根本不是这样，卫永本是擅长名理的人。"当时都把他比为殷融。

【解　义】

刘孝标注引《中兴书》记载，殷融著《象不尽意》《大贤须易论》，理义精微，受到人们的赞誉。谢安称赞卫永是"理义人"，所以人们将他与殷融相提并论。

七十

王子敬问谢公[①]："林公何如庾公[②]？"谢殊不受，答曰："先辈初无论，庾公自足没林公[③]。"

【今　注】

①王子敬：王献之。　谢公：谢安。

②林公：支道林。　庾公：庾亮。

③自：原本，本来。　没：湮没，指超过、胜过。

【今　译】

王献之问谢安："支道林和庾亮比怎么样？"谢安很不愿意，回答道："先辈们当初没有议论过，庾亮本来就足以盖过支道林。"

【解　义】

据《晋书·庾亮列传》记载，庾亮善谈论，性好老庄。又据刘孝标注引《殷羡言行》记载，当时有人称赞庾亮是通晓义理之人，殷羡认为庾亮喜欢拿着根本宗旨“槌人”。“槌人”意指庾亮在清谈时总是居高临下，说明庾亮确实精通义理。所谓“先辈初无论”，是因为人们一直将支道林与殷浩作比较。据本篇第六十七则记载，谢安认为殷浩的雄辩能力超过支道林。殷浩是庾亮的幕僚，所以谢安认为庾亮自然足以盖过支道林。

七十一

谢遏诸人共道竹林优劣①，谢公云②：“先辈初不臧贬七贤③。”

【今　注】

①谢遏：谢玄。　竹林：指竹林七贤。

②谢公：谢安。

③臧贬：褒贬，评论。臧，善，称许。七贤：指竹林七贤。

【今　译】

谢玄等人一起评论竹林七贤的优劣，谢安说：“前辈们当初并不褒贬他们。”

【解　义】

刘孝标注根据孙盛《魏氏春秋》对竹林七贤的评价，认为谢安所谓“先辈初不臧贬七贤”有误。其实，孙盛与谢安是同时代人，孙盛的记载只能说明，从东晋中期开始，士人们开始议论竹林七贤相互间的优劣。

七十二

有人以王中郎比车骑①。车骑闻之曰②：“伊窟窟成就③。”

【今　注】

①王中郎：王坦之。

②车骑：指谢玄，死后追赠车骑将军，故称。

③窟窟：当作"掘掘（kū）"，勤奋用力的样子。

【今　译】

有人拿王坦之和谢玄相比。谢玄听到后说："他勤奋努力而有成就。"

【解　义】

所谓"窟窟成就"，据刘孝标注引《续晋阳秋》记载，是指王坦之的作风严肃庄重。

七十三

谢太傅谓王孝伯①："刘尹亦奇自知②，然不言胜长史③。"

【今　注】

①谢太傅：谢安。　王孝伯：王恭。

②刘尹：刘惔。　奇：极，甚。　自知：指自负。

③长史：指王濛，曾任司徒左长史，故称。

【今　译】

谢安对王恭说："刘惔也极为自负，但他不说自己能超过王濛。"

【解　义】

谢安是刘惔的妹夫，他的言外之意是王濛与刘惔不相上下。

七十四

王黄门兄弟三人俱诣谢公①，子猷、子重多说俗事[2]，子敬寒温而已[3]。既出，坐客问谢公："向三贤孰愈[4]？"谢公曰："小者最胜。"客曰："何以知之？"谢公曰："吉人之辞寡，躁人之辞多[5]。推此知之。"

【今　注】

①王黄门：王徽之，曾任黄门侍郎，故称。　兄弟三人：指王徽之、王操之、王献之兄弟三人。　谢公：谢安。

②子猷：王徽之。　子重：王操之。

③子敬：王献之。　寒温：寒暄，说客气话。

④向：刚才。　孰：谁，哪一个。　愈：优，强。

⑤吉人之辞寡，躁人之辞多：语出《周易·系辞下》，指善人真诚正直，所以说话少；浮躁的人轻浮，所以说话多。吉人，善人。躁人，浮躁之人。

【今　译】

王徽之兄弟三人一起去拜访谢安，王徽之、王操之大多说一些世俗的事，王献之只是寒暄几句而已。他们辞别出去后，在座的宾客问谢安："刚才三位贤人中哪一位最好？"谢安说："小的那位最好。"宾客说："怎么知道他最好？"谢安说："美善之人的言辞少而精，浮躁之人的言辞多而杂。"

【解　义】

臧否人物自汉魏以来形成风气，东晋时期士人尤其喜好分出人物的优劣。王徽之和王献之兄弟有着相同的个性，所以二人孰优孰劣的问题也为人们所热衷讨论。

七十五

谢公问王子敬[1]："君书何如君家尊？"答曰："固当不同[2]。"公曰："外人论殊不尔。"王曰："外人那得知？"

【今　注】

①谢公：谢安。　王子敬：王献之。

②固当：当然。

【今　译】

谢安问王献之："您的书法和令尊比怎么样？"王献之回答道："当然不一样。"谢安说："外边人们的评论根本不是这样。"王献之说："外人怎么懂呢？"

【解　义】

据刘孝标注引宋明帝刘彧《文章志》记载，王献之擅长隶书，字形秀媚，一改王羲之的质朴古风，妙绝当时，但他的章草功力却较弱，远远不及王羲之。王献之所谓"固当不同"，指自己与父亲在书法方面各有所长。谢安所谓"外人论殊不尔"，指世人认为王羲之的书法从总体上胜过王献之。王献之所谓"外人那得知"，展现了他极其自负的个性。

七十六

王孝伯问谢太傅[①]："林公何如长史[②]？"太傅曰："长史韶兴[③]。"问："何如刘尹[④]？"谢曰："噫[⑤]！刘尹秀。"王曰："若如公言，并不如此二人邪？"谢云："身意正尔也[⑥]。"

【今　注】

①王孝伯：王恭。　谢太傅：谢安。

②林公：支道林。　长史：王濛，曾任司徒左长史，故称。

③韶兴：美好的意趣。兴，兴会，意趣。

④刘尹：刘惔。

⑤噫：叹词。

⑥身：我。

【今　译】

王恭问谢安："支道林和王濛比怎么样？"谢安说："王濛意趣美好。"又问："支道林和刘惔比怎么样？"谢安说："噫！刘惔优秀。"王恭说："如果像你说的这样，那么他都不如这两个人吗？"谢安说："我的意思正是这样。"

【解　义】

据本篇第四十八则记载，王濛自称"韶音令辞"胜过刘惔，所以谢安认为王濛有着美好的意趣。据本篇第三十六则记载，孙绰曾评价刘惔"清蔚简令"，"令"与"秀"义近。

七十七

人有问太傅[①]："子敬可是先辈谁比[②]？"谢曰："阿敬近撮王、刘之标[③]。"

【今　注】

①太傅：谢安。

②子敬：王献之。

③近：就近。　撮：汇集，聚合。　王：王濛。　刘：刘惔。　标：格调，风度。

【今　译】

有人问谢安："王献之可以与先辈中哪一位相比？"谢安说："王献之就近聚合了王濛、刘惔的格调。"

【解　义】

据刘孝标注引《续晋阳秋》记载，谢安意指王献之虽并不擅长文章义理，但他却能聚合王濛和刘惔的意趣境界。

七十八

谢公语孝伯[①]："君祖比刘尹[②]，故为得逮[③]。"孝伯云："刘尹非不能逮，直不逮[④]。"

【今　注】

①谢公：谢安。　孝伯：王恭。

②君祖：指王恭的祖父王濛。　刘尹：刘惔。

③逮：及，赶得上。

④直：只是，仅仅。

【今　译】

谢安对王恭说："令祖父和刘惔比，确实是赶得上的。"王恭说："刘惔不是不能赶上，只是我祖父不想赶罢了。"

【解　义】

刘孝标注认为王恭的话是指王濛质朴而刘惔则富于文采。这一解释似乎不妥，王濛曾自认为"韶音令辞"胜过刘惔（见本篇第四十八则），因此，实际上是王濛富于文采而刘惔较为质朴。王恭所谓"直不逮"，应指王濛与刘惔原本就不相上下，不存在是否赶得上的问题。

七十九

袁彦伯为吏部郎[①]，子敬与郗嘉宾书曰[②]："彦伯已入[③]，殊足顿兴往之气[④]。故知捶挞自难为人[⑤]，冀小却[⑥]，当复差耳[⑦]。"

【今　注】

①袁彦伯：袁宏。

②子敬：王献之。　郗嘉宾：郗超。

③入：指进入吏部。

④顿：顿挫，挫伤。　兴往之气：指锐意行事的气概。

⑤捶挞：指笞刑，即用荆条或小竹板打臀、腿或背。

⑥冀：希望。　小却：稍后，过些时候。

⑦差（chài）：同“瘥”，病愈，指适应。

【今　译】

袁宏担任吏部郎后，王献之给郗超写信说：“袁宏已经进入吏部任职了，这很足以挫伤他的锐气。原本就知道笞刑让人难堪，希望过些时候，他能够适应。”

【解　义】

自东汉以后，一直有杖罚属官的刑罚。据《晋书·王濛列传》记载，王导征召王濛任司徒左西属，王濛以“此职有谴则应受杖”为托词，坚决辞让。正因为笞刑让人难堪，所以王献之担心个性刚直的袁宏难免会受辱。

八十

王子猷、子敬兄弟共赏《高士传》人及赞[①]，子敬赏“井丹高洁[②]”，子猷云：“未若‘长卿慢世[③]’。”

【今　注】

①王子猷：王徽之。　子敬：王献之。　《高士传》：嵇康撰，已佚。　人及赞：指《高士传》中的人物传记及赞语。赞语一般用韵文赞扬传主。

②井丹（生卒不详）：字大春，东汉扶风郿（今陕西眉县）人，以高洁著称。

③长卿：司马相如。　慢世：任性不拘礼法。

【今　译】

王徽之、王献之兄弟一起欣赏《高士传》中的人物及赞语。王献之欣赏“井丹高洁”的赞语，王徽之说：“不如‘长卿慢世’更好。”

【解 义】

据刘孝标注引嵇康《高士传》记载，井丹不交非类（不与志不同道不合者交往）。而王献之也有着相同的个性，所以他欣赏井丹之高洁。又据刘孝标注引嵇康《高士传》记载，司马相如穿着犊鼻裈在市场里洗涤器皿，不耻其状。而王徽之也同样卓荦不羁，担任桓温参军时甚至蓬首散带，所以他欣赏司马相如之慢世。

八十一

有人问袁侍中曰①：“殷仲堪何如韩康伯②？”答曰：“理义所得③，优劣乃复未辨④。然门庭萧寂⑤，居然有名士风流⑥，殷不及韩。故殷作诔云⑦：‘荆门昼掩⑧，闲庭晏然⑨。’”

【今 注】

①袁侍中：袁恪之（生卒不详），字元祖，陈郡阳夏（今河南太康）人。官至侍中。

②韩康伯：韩伯。

③理义：名理经义。

④乃复：竟，竟然。

⑤萧寂：冷落寂寞。

⑥居然：显然。 风流：风度。

⑦诔（lěi）：记叙死者生平以示哀悼的文字。

⑧荆门：用荆条编的门，形容简陋。

⑨晏然：平静的样子。

【今 译】

有人问袁恪之：“殷仲堪和韩伯比怎么样？”袁恪之答道：

“在名理经义的心得方面，两人的优劣竟然不能辨别。但是门庭冷落寂寞，显然有名士风度方面，殷仲堪比不上韩伯。所以殷仲堪（为韩伯）作诔文说：‘荆条编的门白昼紧闭，清闲的庭院一派宁静。’”

【解　义】

据《晋书·韩伯列传》记载，庾亮曾评价韩伯“能自标置”，意即自我定位很高，所以他能够淡泊名利。又据《晋书·罗企生列传》记载，殷仲堪个性优柔寡断，罗企生因此认为他“事必无成”。显然，个性上的差异是韩伯的名士风度远超殷仲堪的原因。

八十二

王子敬问谢公①：“嘉宾何如道季②？”答曰：“道季诚复钞撮清悟③，嘉宾故自上④。”

【今　注】

①王子敬：王献之。　谢公：谢安。

②嘉宾：郗超。　道季：庾龢。

③诚复：确实，的确。　钞撮：撮取。钞，通“抄”，拿，取。　清悟：指悟性高。

④上：超过别人，杰出。

【今　译】

王献之问谢安：“郗超和庾龢比怎么样？”谢安答道：“庾龢确实能集众人之长，悟性高，但郗超本来就很杰出。”

【解　义】

刘孝标注认为谢安意指郗超更为出色。

八十三

王珣疾，临困[1]，问王武冈曰[2]：“世论以我家领军比谁[3]？”武冈曰：“世以比王北中郎[4]。”东亭转卧向壁[5]，叹曰：“人固不可以无年[6]！”

【今　注】

①困：病重。

②王武冈：王谧（360—407），字稚远，一作雅远。王导之孙，王劭之子。少有美誉，官至司徒。

③领军：指王洽，王珣之父，曾征拜领军，故称。

④王北中郎：王坦之，曾任北中郎将，故称。

⑤东亭：王珣，封东亭侯，故称。

⑥年：年寿。

【今　译】

王珣生病，到了病重时，问王谧：“世人评论把我家领军比作哪一位？”王谧道：“世人把他比为王坦之。”王珣翻过身面向墙壁，叹息说：“人真是不能没有年寿！”

【解　义】

王洽早逝，年仅二十六岁。刘孝标注认为王珣所谓“人固不可以无年”，意指其父亲的名望与德行超过王坦之，但却年寿不长。

八十四

王孝伯道谢公[1]：“浓至[2]。”又曰：“长史虚[3]，刘尹秀[4]，谢公融[5]。”

【今　注】

①王孝伯：王恭。　谢公：谢安。

②浓至：浓郁深沉。

③长史：王濛。　虚：谦虚。

④刘尹：刘惔。　秀：优秀，突出。

⑤融：融通，融会条畅。

【今　译】

王恭称道谢安："浓郁深沉。"又说："王濛谦虚，刘惔优秀，谢安融合通达。"

【解　义】

据本篇第七十六则记载，谢安曾对王恭说过"刘尹秀"。因此，王恭所谓"刘尹秀"，或许是谢安的品评已成公论。

八十五

王孝伯问谢公①："林公何如右军②？"谢曰："右军胜林公。林公在司州前③，亦贵彻④。"

【今　注】

①王孝伯：王恭。　谢公：谢安。

②林公：支道林。　右军：王羲之，曾任右军将军，故称。

③司州：指王胡之。

④贵彻：尊贵通达。

【今　译】

王恭问谢安："支道林和王羲之相比怎么样？"谢安说："王羲之胜过支道林。支道林在王胡之之上，也算是尊贵通达。"

【解　义】

谢安之所以强调支道林在王胡之之上，是在名士中为支道林的地位作一个定位。

八十六

桓玄为太傅①，大会，朝臣毕集。坐裁竟②，问王桢之曰③："我何如卿第七叔④？"于时宾客为之咽气⑤。王徐徐答曰："亡叔是一时之标⑥，公是千载之英⑦。"一坐欢然⑧。

【今　注】

①太傅：应为太尉，本文系后人追述，所以误传为太傅。

②裁：通"才"，刚刚。

③王桢之（生卒不详）：字公干，王徽之之子。历官侍中、大司马长史。

④第七叔：指王献之，他是王羲之的第七子，所以是王桢之的七叔。

⑤咽气：屏住呼吸，指不敢出气、样子紧张。

⑥标：楷模，典范。

⑦英：英杰。

⑧欢然：喜悦的样子。

【今　译】

桓玄担任太傅时，大会宾客，朝廷大臣都汇集到此。刚刚坐定，桓玄问王桢之说："我和你七叔比怎么样？"这时宾客们都紧张得屏住了呼吸。王桢之从容地回答道："我亡叔是一时的典范，桓公则是千载难遇的英豪。"满座宾客无不喜悦。

【解　义】

桓玄和王献之是不同类型的人物，他们之间唯一可以比较的是书法。王献之以工于草隶而闻名，而桓玄也爱好书法。据《晋书·桓玄列传》记载，凡是别人有法书好画，桓玄就要想办法收为己有。因此，桓玄让王桢之将自己与王献之比较，是比较书法造诣。王桢之故意回避正面回答，所谓“亡叔是一时之标”指王献之的书法是典范，所谓“公是千载之英”则夸奖桓玄能够建功立业。这样的回答回避了正面的比较，所以宾客们都松了一口气。

八十七

桓玄问刘太常曰①：“我何如谢太傅②？”刘答曰：“公高，太傅深。”又曰：“何如贤舅子敬③？”答曰：“楂、梨、橘、柚④，各有其美。”

【今　注】

①刘太常：刘瑾（生卒不详），字仲璋，南阳（今河南南阳）人。王羲之外孙，历官尚书、太常卿。

②谢太傅：谢安。

③子敬：王献之。

④楂、梨、橘、柚：语出《庄子·天运篇》。原文曰：“故譬三皇五帝之礼义法度，其犹楂、梨、橘、柚，其味相反，皆可于口也。”意指这几种水果虽然味道不同，但都很可口。

【今　译】

桓玄问刘瑾：“我和谢安比怎么样？”刘瑾答道：“您高明，谢安深沉。”桓玄又问：“我和令舅王献之比怎么样？”刘瑾答道：“山楂、梨、橘子、柚子，各有各的美味。”

【解　义】

据张彦远《法书要录》记载，桓玄对自己的书法也很自负，认为可以比肩王羲之，但人们并不认可，认为他只能与孔琳之相伯仲。或许就是因为桓玄过于自负，而人们又不予以认可，所以他特地让王献之的后辈来作评价，以自我满足。根据本文及上一则记载，桓玄显然是将自己与王献之比较，而非王羲之。因此，张彦远《法书要录》可能是将王献之误为王羲之。

八十八

旧以桓谦比殷仲文①。桓玄时，仲文入，桓于庭中望见之，谓同坐曰："我家中军②，那得及此也。"

【今　注】

①桓谦（？—410）：字敬祖，桓玄的堂兄弟。官尚书仆射、中军将军。　殷仲文：桓玄的姐夫。

②我家中军：指桓谦，时任中军将军，故称。

【今　译】

过去拿桓谦比殷仲文。桓玄执政时，殷仲文从外面进来，桓玄在庭院中望见他，对同座的人说："我家桓谦，哪里赶得上这个人。"

【解　义】

据本篇第四十五则记载，桓温甚至让孔岩将殷仲文与谢安作比较，说明殷仲文的才能与气质确实有出众之处。

规箴第十

规箴，指规劝或告诫。自司马迁因李陵之祸而受刑后，士人阶层噤若寒蝉，司马相如《大人赋》虽有意规劝汉武帝，但不敢直言，结果欲讽反劝，汉武帝看后“飘飘有凌云之气，似游天地之间意”（《史记·司马相如列传》）。魏晋士人则展现出了风骨，既有借古讽今、微言大义者，也有犯颜直谏者。

一

汉武帝乳母尝于外犯事[①]，帝欲申宪[②]。乳母求救东方朔[③]，朔曰："此非唇舌所争[④]，尔必望济者[⑤]，将去时，但当屡顾帝[⑥]，慎勿言，此或可万一冀耳[⑦]。"乳母既至，朔亦侍侧，因谓曰："汝痴耳！帝岂复忆汝乳哺时恩邪？"帝虽才雄心忍，亦深有情恋，乃凄然愍之[⑧]，即赦免罪。

【今　注】

①汉武帝：刘彻（前156—前87）。　犯事：犯法。

②申宪：依法惩办。

③东方朔（前154—前93）：字曼倩，平原厌次（今山东惠民东）人，汉武帝时拜郎中，性谈谐滑稽，工辞赋。

④唇舌：指言辞。

⑤济：指成功。

⑥顾：回头看。

⑦冀：希望。

⑧愍：怜悯。

【今　译】

汉武帝的乳母曾经在外面犯了罪，武帝想要依法惩办，乳母向东方朔求救。东方朔说："这不是靠言辞所能够争辩的，你唯一的希望，是在你将要离开时，应当频频回头看，千万不要说话，这样或许有万一的机会。"乳母来见武帝告别时，东方朔也在武帝身边陪侍，于是就对乳母说："你真愚笨啊！皇帝哪里再能回想起你哺乳的恩情呢？"武帝虽然才能出众心狠手辣，但对乳母也深有情感，于是悲伤怜悯她，便赦免了她的罪。

【解　义】

据《史记·滑稽列传》记载，乳母所求救的对象是郭舍人，而非东方朔。所以，本文所载系后人误传。

二

京房与汉元帝共论[1]，因问帝："幽、厉之君何以亡[2]？所任何人？"答曰："其任人不忠。"房曰："知不忠而任之，何邪？"曰："亡国之君各贤其臣，岂知不忠而任之？"房稽首曰[3]："将恐今之视古，亦犹后之视今也。"

【今　注】

①京房（前77—前37）：今文易学"京氏学"的开创者。本姓李，字君明，东郡顿丘（今河南清丰西南）人。曾学《周易》于焦延寿，好讲灾异。汉元帝时立为博士，屡次上疏，以灾异推论时政得失。因弹劾石显等专权，出为魏郡太守，不久下狱而死。著有《京氏易传》三卷。　汉元帝：刘奭（前75—前33），汉宣帝子，好儒术。在位期间因赋役繁重，国力由盛向衰。

②幽、厉之君：周幽王和周厉王。幽王荒淫，为犬戎所杀；厉王暴虐，为国人所逐。

③稽（qǐ）首：古时一种最恭敬的跪拜礼，叩头到地。

【今　译】

京房与汉元帝一起谈论，于是就问元帝："周幽文、周厉王这样的国君为什么会亡国？他们所任用的都是什么人？"元帝答道："他们所任用的人不忠。"京房说："知道不忠还要任用他们，是为什么呢？"元帝说："亡国之君各自认为他们的臣子是贤能的，哪里知道他们不忠还会去任用他们呢？"京房叩头说："恐怕我们今人看古人，也就像后人看今人一样啊。"

【解　义】

京房与汉元帝之间的对话详见《汉书·京房传》。所谓"将恐今之视古，亦犹后之视今也"，《汉书》作"臣恐后之视今，犹今之视前也"，王羲之《兰亭集序》"后之视今，亦犹今之视昔"即引用此句。

三

陈元方遭父丧①，哭泣哀恸，躯体骨立②。其母愍之③，窃以锦被蒙上④。郭林宗吊而见之⑤，谓曰："卿海内之俊才，四方是则⑥，如何当丧⑦，锦被蒙上？孔子曰：'衣夫锦也，食夫稻也，于汝安乎⑧？'吾不取也！"奋衣而去⑨。自后宾客绝百所日⑩。

【今　注】

①陈元方：陈纪。

②骨立：形容人消瘦到只剩下骨架子。

③愍：同"悯"，怜悯。

④窃：私下，暗地里。

⑤郭林宗：郭泰。　吊：吊丧。

⑥则：准则，模范。

⑦当：面对。

⑧衣夫锦也，食夫稻也。于汝安乎：语出《论语·阳货》，原文曰："宰我问：'三年之丧，其已久矣！……'子曰：'食夫稻，衣夫锦，于汝安乎？'"

⑨奋衣：拂袖，甩袖，以示激动。

⑩所：许，表示约数。

【今　译】

陈纪遭遇父亲的丧事，哭泣哀痛，瘦得只剩下骨架子了。他母亲心疼他，私下里用锦缎被子盖在他身上。郭林宗来吊丧看见了，对他说："你是国内杰出的人才，四面八方的人士都以你为榜样，你怎么面对丧事，却盖上锦被？孔子说：'穿着锦衣，吃着米饭，你能安心吗？'我是看不起这种人的！"说完拂袖而去。此后宾客不上门吊丧有一百多天。

【解　义】

本文应出自后人之演绎。守丧期间应素衣素食，陈纪之母不会不明白这个道理，即使心痛儿子，也不至于用锦被。

四

孙休好射雉①，至其时，则晨去夕反。群臣莫不止谏②："此为小物，何足甚耽③"休曰："虽为小物，耿介过人④，朕所以好之。"

【今　注】

①孙休（235—264）：东吴第三位皇帝，字小烈，孙权第六子，初封琅邪王，公元二五八年即位，死谥景帝。雉（zhì）：野鸡。

②止谏：阻止劝谏。

③耽（dān）：沉溺，入迷。

④耿介：有节操，正直。

【今　译】

孙休爱好射野鸡，到了射猎的季节，就会早出晚归。臣子们都加以劝阻："这是小东西，哪里值得过于入迷？"孙休说："虽然是小东西，但它的耿直专一超过一般人，我所以喜欢它。"

【解　义】

据《三国志·吴书·潘翳传》裴松之注引《江表传》记载，孙权曾经也喜欢射雉，此后在大臣的劝谏下才戒了这个爱好。据刘孝标注引环济《吴纪》记载，孙休即位后专心致志地读书，只有去射雉时才会放下书。又据刘孝标注引《条列吴书》记载，孙休在位时只有射雉一事受到人们的批评。

五

孙皓问丞相陆凯曰①："卿一宗在朝有几人②？"陆曰："二相、五侯、将军十余人。"皓曰："盛哉！"陆曰："君贤臣忠，国之盛也；父慈子孝，家之盛也。今政荒民弊③，覆亡是惧，臣何敢言盛。"

【今　注】

①陆凯（198—269）：字敬风，吴郡吴县（今江苏苏州）人。历官儋耳太守、建武校尉、巴丘督、偏将军、武昌右部督、荡魏将军、绥远将军。孙休继位后拜征北将军、假节、领豫州牧。孙皓即位后迁镇西大将军、领荆州牧，进封嘉兴侯。官至左丞相。

②在朝：指在朝为官。

③荒：荒废。　弊：疲困。

【今　译】

孙皓问丞相陆凯："你们家族在朝廷当官的有几个人？"陆凯说："两个丞相、五个侯爵，十多个将军。"孙皓说："真兴旺啊！"陆凯说："国君贤明臣下忠诚，表明国家兴旺；父母慈爱儿子孝顺，表明家庭兴旺。如今政务荒废民众疲困，恐怕社稷会覆亡，我怎么敢说兴旺呢。"

【解　义】

据刘孝标注引《吴录》记载，孙皓虽然残暴，但由于忌惮陆氏宗族强盛，所以不敢对陆凯兴师问罪。

六

何晏、邓飏令管辂作卦[①]，云："不知位至三公不[②]？"卦成，辂称引古义，深以戒之。飏曰："此老生之常谈。"晏曰："知几其神乎[③]，古人以为难。交疏而吐诚[④]，今人以为难。今君一面，尽二难之道，可谓'明德惟馨[⑤]'。《诗》不云乎：'中心藏之，何日忘之[⑥]！'"

【今　注】

①管辂（209—256）：字公明，平原（今山东平原）人，官至少府丞。以擅长《周易》和占卜闻名。

②三公：指与三公官位相当的高官。

③知几其神乎：语出《周易·系辞下》，指由细微征兆就能预知其变化，其义与见微知著相近。几，细微，征兆。

④交疏：交情疏远。　吐诚：吐露真诚。

⑤明德惟馨：语出《左传》僖公五年引《周书》，原文曰："黍稷非馨，明德惟馨。"意指只有完美的德行才能飘香。

⑥中心藏之，何日忘之：语出《诗经·小雅·桑》，意指思念之情藏在心里，始终不忘。

【今　译】

何晏、邓飏让管辂卜卦，说："不知道我们能升到三公之位吗？"卜卦完成后，管辂引经据典，语重心长地劝戒他们。

邓飏说："这是老生常谈。"何晏说："见微知著，古人认为很难。交情疏远却能吐露真诚，今人认为很难。现在你我只是一面之交，你却能尽行二难之道，可称得上是'完美的德行可以飘香'。《诗经》不是说过吗：'中心藏之，何日忘之！'"。

【解　义】

所谓"称引古义，深以戒之"，其详细情况见刘孝标注引《管辂别传》。据刘孝标注引《名士传》记载，何晏在管辂进言后感受到了危机，于是因忧惧而赋诗。据《三国志·魏书·管辂传》记载，管辂为何晏算卦后，仅仅过了十多天时间，何晏、邓飏就都被杀了。管辂被奉为卜卦观相的祖师之一，其事迹大多牵强附会。以本文所载为例，何晏等人既然已经大难临头，那么管辂"称引古义"，其实就是不着边际。

七

晋武帝既不悟太子之愚①，必有传后意②，诸名臣亦多献直言。帝尝在陵云台上坐③，卫瓘在侧，欲申其怀④，因如醉跪帝前，以手抚床曰："此坐可惜！"帝虽悟，因笑曰："公醉邪？"

【今　注】

①晋武帝：司马炎。　太子：司马衷。

②传后意：指武帝传给太子的打算。

③凌云台：台名，故址在今河南洛阳东。

④怀：想法，心意，指规劝武帝废太子之意。

【今　译】

晋武帝对太子的愚痴既然没有醒悟，就必然有将帝位传给他的意图，诸位名臣也多直言进谏。武帝曾坐在陵云台上，卫瓘陪在旁边，想要申说他自己的想法，便像喝醉似地跪在武帝前，用手抚摸武帝的坐榻说："这个座位多么可惜啊！"武帝虽然明白他的意思，却笑着说："你喝醉了吗？"

【解　义】

晋惠帝做太子时就表现得愚昧无知，所以朝中很多大臣都希望晋武帝将皇位传给齐王司马攸。据刘孝标注引《晋阳秋》记载，贾充此后将卫瓘劝谏晋武帝的情况告诉女儿贾妃，贾妃因此怨恨卫瓘，在惠帝即位后将他杀害。

八

王夷甫妇①，郭泰宁女②，才拙而性刚，聚敛无厌③，干豫人事④。夷甫患之而不能禁。时其乡人幽州刺史李阳⑤，京都大侠，犹汉之楼护⑥，郭氏惮之。夷甫骤谏之⑦，乃曰："非但我言卿不可，李阳亦谓卿不可。"郭氏小为之损⑧。

【今　注】

①王夷甫：王衍。

②郭泰宁：郭豫（生卒不详），字太（泰）宁，太原阳曲（山西太原市北）人。官至相国参军。

③聚敛：搜刮财物。　无厌：不满足。厌，满足。

④干豫：干涉。

⑤李阳（生卒不详）：字景祖，高平（今山东巨野南）人。官幽州刺史。

⑥楼护：字君卿，西汉齐（治所在今山东淄博）人，官至天水太守。

⑦骤：屡次。

⑧小：稍微。　损：收敛。

【今　译】

王衍的妻子是郭豫的女儿，笨拙而性格倔强，聚敛财物贪得无厌，喜欢干涉别人的事情。王衍感到忧虑却无法禁止她。当时他的同乡人幽州刺史李阳，是京都的大侠，就像汉代的楼护那样，郭氏很怕他。王衍屡次劝谏她无效，于是说：“不只是我说你不能这样，李阳也说你不可以如此。”郭氏这才略有收敛。

【解　义】

据《晋书·王衍列传》记载，王衍的妻子郭氏与贾后是表亲，所以借着后宫的势力，刚愎自用，贪婪暴戾。

九

王夷甫雅尚玄远①，常嫉其妇贪浊②，口未尝言“钱”字。妇欲试之，令婢以钱绕床，不得行。夷甫晨起，见钱阂行③，呼婢曰：“举却阿堵物④！”

【今　注】

①王夷甫：王衍。　雅：素来，向来。　尚：崇尚。　玄远：指深奥精微的玄理。

②嫉：憎恨，厌恶。

③阂（hé）：阻碍，阻隔。

④举却：拿掉。　阿堵：这个，当时人的口语。

【今　译】

王衍向来崇尚深奥精微的玄理，常常厌恶他妻子的贪婪污浊，所以口中从来不说“钱”字。妻子想试探他，便命婢女用钱围绕在床边，让他无法下床行走，王衍早晨起床，看见钱妨碍他走路，就叫婢女说：“拿掉这个东西！”

【解　义】

据刘孝标注引王隐《晋书》记载，王隐认为王衍求富贵得富贵，家中钱财堆积如山，用也用不完，不须再问钱之多少，所以世人因王衍不问钱而推崇他，是被迷惑了。王隐的看法恐怕不能成立，贪婪者的欲望是永无止境的，焉有因为钱财用不完就不再贪图的道理。据刘孝标注引《晋阳秋》记载，王衍好施舍，就连其父当年借贷给他人的字据，也都付之一炬。可见，王衍虽然异常富有，但他却并不贪婪吝啬，而这一点，也是他能够雅尚玄远的原因。

十

王平子年十四五[①]，见王夷甫妻郭氏贪，欲令婢路上儋粪[②]。平子谏之，并言不可。郭大怒，谓平子曰："昔夫人临终[③]，以小郎嘱新妇[④]，不以新妇嘱小郎。"急捉衣裾[⑤]，将与杖。平子饶力[⑥]，争得脱，逾窗而走。

【今　注】

①王平子：王澄。

②儋："擔（担）"的古体字。

③夫人：指她的婆婆，王衍、王澄兄弟之母。

④小郎：称小叔子，即丈夫之弟。　嘱：嘱托。　新妇：已婚妇女的自称。

⑤裾（jū）：衣服的大襟。

⑥饶力：指力气大。

【今　译】

王澄十四五岁时，看到王衍妻子郭氏贪婪，想让婢女到路上去挑粪。王澄劝谏她，并且说不可以如此。郭氏大怒，对王澄说："当年老夫人临终时，把小叔子托付给我，没有把我托付给小叔子。"她立即抓住王澄的衣襟，准备拿木棍打他。王澄力气大，挣扎脱身，跳窗逃跑了。

【解 义】

本文所载亦见《晋书·王澄列传》，但应属好事者所演绎，郭氏再怎么贪婪，也不至于让婢女去挑粪，史官于此明显失察。

十一

元帝过江犹好酒①，王茂弘与帝有旧②，常流涕谏。帝许之，命酌酒一酣，从是遂断③。

【今 注】

①元帝：晋元帝司马睿。

②王茂弘：王导。 旧：旧相识，老交情。

③酣：酣畅饮酒。

【今 译】

晋元帝渡江南下后仍然爱喝酒，王导与晋元帝有旧情，常常流着眼泪劝谏。元帝答应戒酒，叫人斟酒来酣畅地喝了一回，从此以后就戒酒了。

【解 义】

晋元帝以善于纳谏而受到世人的赞许。关于戒酒一事，亦见《晋书·元帝纪》。据《大清一统志》卷五十《建康志》记载，上元县（今江苏江宁县）北三里有覆杯池，传说晋元帝在王导劝谏下戒酒，覆杯池中，该池因此得名。

十二

谢鲲为豫章太守，从大将军下至石头①。敦谓鲲曰：“余不得复为盛德之事矣②！”鲲曰：“何为其然？但使自今已后③，日亡日去耳④。”敦又称疾不朝，鲲谕敦曰⑤：“近者明公之举，虽欲大存社稷⑥，然四海之内，实怀未达⑦。若能朝天子，使群臣释然⑧，万物之心⑨，于是乃服。仗民望以从众怀，尽冲退以奉主上⑩，如斯则勋侔一匡⑪，名垂千载。”时人以为名言。

【今　注】

①从大将军下至石头：指王敦以讨伐刘隗为名起兵后，沿江东下并进占石头城，谢鲲也一同随行。

②不得复为盛德之事：暗指不再为王室效力。

③已后：以后。

④日亡日去：指一天又一天，渐渐忘记过去君臣之间不愉快之事。

⑤谕：劝告。

⑥大存社稷：指用力保存社稷。

⑦实怀：实际用意。怀，本怀，用意，心意。

⑧释然：指疑虑消除。

⑨万物：指万众，众人。

⑩冲退：谦和退让。

⑪侔（móu）：相等。　一匡：指辅佐王室、匡正天下。匡，匡正。语出《论语·宪向》，原文曰：“子曰：‘管仲相桓公，霸诸侯，一匡天下，民至于今受其赐。’”

【今　译】

谢鲲担任豫章太守时，随从大将军王敦东下到石头城。王敦对谢鲲说：“我不可能再为王室效力了！”谢鲲说：“为什么会这样呢？只要从今以后，逐渐忘掉过去就行了。”王敦又托病不去朝见晋元帝，谢鲲劝告王敦说：“近来你的举动，虽然想用力保存社稷，但在天下，你的真实心意并未表达出来。如果你能去朝见天子，让群臣的疑虑消除，万众之心就会敬服你。倚靠声望顺从大众的心意，竭尽谦和退让的态度来奉侍主上，这样你的功勋就可以和一匡天下的管仲相同，名垂千古。”当时人都认为他的话是至理名言。

【解　义】

据《晋书·谢鲲列传》记载，王敦任命谢鲲为豫章太守后，并没有让他上任，而是借重他的名望，逼着他一同进军建康。王敦进占石头城后，建康已经成了王敦的囊中之物，晋元帝无奈之下只能向王敦屈服，命公卿百官到石头城去拜见王敦，并任命他为丞相。王敦之所以“称疾不朝”，据刘孝标注引《晋阳秋》记载，是因为他担心入宫觐见时会遭遇不测。

十三

元皇帝时[①]，廷尉张闿在小市居[②]，私作都门[③]，早闭晚开，群小患之[④]，诣州府诉，不得理；遂至檛登闻鼓[⑤]，犹不被判。闻贺司空出[⑥]，至破冈[⑦]，连名诣贺诉。贺曰：“身被征作礼官[⑧]，不关此事。”群小叩头曰：“若府君复不见治[⑨]，便无所诉。”贺未语，令“且去，见张廷尉当为及之”。张闻，即毁门，自至方山迎贺[⑩]。贺出见，辞之曰[⑪]：“此不必见关，但与君门情[⑫]，相为惜之。”张愧谢曰：“小人有如此，始不即知，早已毁坏。”

【今　注】

①元皇帝：晋元帝。

②廷尉：掌管刑狱的官。张闿（265—328）：字敬绪，丹阳（今江苏南京）人。历官给事黄门侍郎、大中正、侍中、晋陵内史、大司农、征虏将军、廷尉卿、金紫光禄大夫。小市：指小集市。

③都门：指小集市的总门。

④群小：指百姓。 患：忧虑，厌恶。

⑤檛（zhuā）：击。 登闻鼓：古时帝王在朝堂外悬鼓，臣民有冤情或谏议可击鼓上闻。

⑥贺司空：贺循。

⑦破冈：即破冈渎，水渠名。

⑧征：召，征聘。 礼官：掌礼仪之官。

⑨府君：对官员的尊称。

⑩方山：山名，在今江苏江宁县东南。

⑪辞：辞谢。

⑫门情：指世交。贺循祖父贺齐为吴国将军，张闿祖父张昭为吴国丞相，两人颇有交情，所以两家是世交。

【今 译】

晋元帝时，廷尉张闿住在小集市，私自做了里巷的总门，每天不是很早关门就是很晚开门，老百姓都为此事忧虑，到州衙门去告状，得不到审理；于是去击打登闻鼓，还是没有得到判处。听说贺循出行，到了破冈渎，便联名到贺循处申诉。贺循说："我被任命为礼官，与此事无关。"百姓们叩头道："如果府君再不受理，我们就无处申诉了。"贺循没多说什么，只是让他们暂时离开，说见到张廷尉时会提到此事。张闿听说后，立即把门拆掉，亲自到方山去迎候贺循。贺循出来见张闿，辞谢道："此事本与我无关，只是与你有世交之谊，为你惋惜。"张闿惭愧地谢罪说："百姓有此种情形，当初我不知道，现在早已经拆了。"

【解 义】

据《晋书·贺循列传》记载，张闿之所以要在里巷口设门，是为了夺左右邻居的地以扩建宅邸，所以故意早关门晚开门。百姓到贺循那里告状后，张闿因为敬重贺循的为人，便立刻就把门拆了。

十四

郗太尉晚节好谈[①]，既雅非所经[②]，而甚矜之[③]。后朝觐[④]，以王丞相末年多可恨[⑤]，每见必欲苦相规诫。王公知其意，每引作他言[⑥]。临还镇[⑦]，故命驾诣丞相[⑧]，翘须厉色[⑨]，上坐便言："方当乖别[⑩]，必欲言其所见。"意满口重，辞殊不流。王公摄其次曰："后面未期[⑪]，亦欲尽所怀[⑫]，愿公勿复谈。"郗遂大瞋，冰衿而出[⑬]，不得一言。

【今　注】

①郗太尉：郗鉴。　晚节：晚年。

②雅：向来，素来。　经：擅长。

③矜：夸耀。

④朝觐（jìn）：朝见君主。

⑤王丞相：王导。　末年：晚年。

⑥引：指把话题引开。

⑦还镇：指回到住镇之地。

⑧故：故意，特地。　命驾：令人驾车。

⑨翘须：翘起胡子。原文为"丞相翘须"，"丞相"二字系衍文，今从唐写本删去。　厉色：怒容满面。

⑩乖别：离别

⑪摄（niè）：通"蹑"，跟，随。　次：中间。　期：期限，约定时间。

⑫怀：指心意。

⑬冰衿：指脸色阴沉，态度傲慢。

【今　译】

郗鉴晚年喜欢谈论，这本不是他所擅长的，而他对此却很夸耀。后来朝见皇帝时，他认为王导晚年多可恨之事，每次见面必定要苦苦规劝告诫。王导知道他的意思，每次都用其他话题引开。郗鉴到了要回去之时，便特地让人驾车去拜访王导。郗鉴翘起胡子，怒容满面，一坐下就说："正当离别之时，我定要说出所见到的情况。"他想说的意思很多，却口齿迟钝，说话很不流畅。王导插话说："以后见面的日期不知何时，我也想述说心意，希望你不要再谈了。"郗鉴听了大为恼怒，脸色阴沉、态度傲慢地走了，想说的话一句都没说出来。

【解　义】

所谓王导"末年多可恨"，指王导晚年为政宽和，对藩镇将领的很多越轨举动采取容忍的策略。王导之所以不接受郗鉴的苦苦规劝，是因为他自信这是稳定政局的有效措施。据本书《政事》第十五则记载，王导曾自叹曰："人言我愦愦，后人当思此愦愦。"

十五

王丞相为扬州①，遣八部从事之职②。顾和时为下传还③，同时俱见。请从事各奏二千石官长得失④，至和独无言。王问顾曰："卿何所闻？"答曰："明公作辅⑤，宁使网漏吞舟⑥，何缘采听风闻⑦，以为察察之政⑧？"丞相咨嗟称佳⑨，诸从事自视缺然也⑩。

【今　注】

①王丞相：王导。　为扬州：指兼任扬州刺史。

②八部从事：州刺史属官。扬州刺史统领丹阳郡、会稽国、吴国、吴兴郡、宣城郡、东阳郡、临海郡、新安郡八部，所以分别派遣从事八人。　之职：到职。

③下传（zhuàn）：指顾和作为刺史属官乘驿车到辖区去视

察。传，指驿车。

④二千石：对郡守的通称。汉时郡守俸禄为二千石，故称。

⑤辅：指辅佐帝王之人。

⑥网漏吞舟：谓鱼网太疏会漏掉吞舟之大鱼，比喻法令过宽会漏掉大奸大恶之人。

⑦何缘：为何。 风闻：传闻。

⑧察察之政：严苛细小之政。

⑨咨嗟：指赞赏。

⑩自视缺然：自己认为有欠缺。

【今 译】

王导任丞相时兼领扬州刺史，派遣八位从事到八部就职。顾和当时作为属官乘驿车到下面视察回来，同其他从事一起进见。诸位从事各自奏说二千石长官的得失，轮到顾和时唯独他无话可说。王导问顾和道："你听到些什么？"顾和回答说："您担任宰辅，宁可让吞舟之鱼漏网，又为什么要采集传闻之辞，来实行严苛之政呢？"王导对此赞叹说好，其他从事为此感到自己非常欠缺。

【解 义】

"网漏吞舟"指王导为政宽和，而"察察之政"则显然与此相矛盾。所以，顾和对王导自相矛盾的施政方式提出批评。

十六

苏峻东征沈充[①]，请吏部郎陆迈与俱[②]。将至吴[③]，密敕左右[④]，令人阊门放火以示威[⑤]。陆知其意，谓峻曰："吴治平未久，必将有乱。若为乱阶[⑥]，请从我家始。"峻遂止。

【今　注】

①沈充（？—324）：字士居，吴兴（今浙江湖州）人，深受王敦器重，历官参军、宣城内史、车骑将军、吴国内史。后为其旧将吴儒所杀。

②陆迈（生卒不详）：字功高，吴郡（今江苏苏州）人，历官振威太守、尚书吏部郎。

③吴：吴郡。

④敕：命令。

⑤阊门：古代吴县（今苏州）城门名。因像天门之有阊阖，故名阊门。

⑥乱阶：祸端。

【今　译】

苏峻东征沈充，请吏部郎陆迈与他一起去。将要到吴郡时，苏峻密令左右随从，让他们进入阊门时放火来显示军威。陆迈知道他的用意，对苏峻说："吴郡安定平静没多久，必定将有祸乱发生。如果要制造祸端，请从我家放火烧起。"苏峻于是放弃纵火。

【解　义】

太宁二年（324），王敦再次起兵进军建康时，沈充率众一万余人北上响应。他和钱凤会师后，准备渡秦淮河进攻建康，遭到苏峻的逆袭，大败。沈充烧毁营寨逃回吴兴，被旧将吴儒诱杀。所谓"苏峻东征沈充"，应指苏峻率部追击沈充。

十七

陆玩拜司空[①]，有人诣之索美酒[②]，得便自起，泻著梁柱间地[③]，祝曰："当今乏才，以尔为柱石之用[④]，莫倾人栋梁[⑤]。"玩笑曰："戢卿良箴[⑥]。"

【今　注】

①拜：授予官职。　司空：官名，三公之一，职掌工程。

②索：索取，讨取。

③泻：倾倒。

④柱石：柱子及其下面的基石，比喻担当国家重任。

⑤倾：倾覆。

⑥戢（jí）：收藏，引申为记住。　箴（zhēn）：规劝。箴，告诫，规劝。

【今　译】

陆玩被授予司空之职，有人拜访他索要美酒，拿到酒后就站起来，把酒倒在梁柱边的地上，祝祷说："如今缺乏人才，用你作为柱石，切莫倾覆人家的栋梁。"陆玩笑着说："我会记住你的箴言。"

【解　义】

据刘孝标注引《陆玩别传》记载，王导、郗鉴、庾亮等人陆续去世后，陆玩因为享有德望，于是被拜为司空。陆玩对朋友们叹息道："让我成为三公，是因为天下无人。"由此可见，陆玩具备谦逊的品格。所谓"莫倾人栋梁"，并非讥讽之语，而是出自诚意的规劝，所以陆玩也坦然接受。

十八

小庾在荆州[①]，公朝大会[②]，问诸僚佐曰："我欲为汉高、魏武，何如[③]？"一坐莫答，长史江虨曰："愿明公为桓、文之事[④]，不愿作汉高、魏武也。"

【今　注】

①小庾：庾翼，庾亮弟，故称。　在荆州：指在荆州刺史任上。

②公朝：指僚属参拜长官。

③汉高：汉高祖刘邦。　魏武：魏武帝曹操。

④桓：齐桓公，任用管仲，安定东周王室内乱。　文：晋文公，平定周室内乱，迎周襄王复位。

【今　译】

庾翼任荆州刺史，在下属参拜长官的大会上，问诸位僚属："我想做一番汉高祖、魏武帝那样的事业，怎么样？"满座的人没人回答，长史江虨说："希望您做齐桓公、晋文公那样的事业，不希望您成为汉高祖、魏武帝那样的人。"

【解　义】

庾翼有北伐恢复中原的志向，但以刘邦和曹操自比，难免有篡逆之嫌。宋明帝刘彧《文章志》认为庾翼不应如此狂妄，所以本文所载出于传闻者的谬误。

十九

罗君章为桓宣武从事①，谢镇西作江夏②，往检校之③。罗既至，初不问郡事④，径就谢数日饮酒而还⑤。桓公问："有何事？"君章云："不审公谓谢尚何似人⑥？"桓公曰："仁祖是胜我许人⑦。"君章云："岂有胜公人而行非者？故一无所问。"桓公奇其意而不责也⑧。

【今　注】

①罗君章：罗含。　桓宣武：桓温。　从事：官名，刺史僚属。

②谢镇西：谢尚。　作：指担任官职。　作江夏：任江夏相。

③检校：检查。

④初：从来，丝毫，表示程度的副词。

⑤径：指直捷行事。

⑥审：知道。

⑦胜：超过。　许：这样。

⑧奇：赏识。

【今　译】

罗含担任桓温的从事时，谢尚任江夏相，罗含前去视察。他到了江夏，完全不过问郡里的事，直接到谢尚那里喝了几天酒就回来了。桓温问："有什么事吗？"罗含说："不知您认为谢尚是什么样的人？"桓温说："谢尚是超过我的人。"罗含道："哪里有超过您的人却会做错事呢？所以我什么事都没问。"桓温赏识他的话，没有责怪。

【解　义】

据《晋书·罗含列传》记载，庾亮任荆州刺史时，征罗含为部江夏从事，他与江夏相谢尚为"方好之好"（意指有着超乎世俗的交情）。桓温任荆州刺史时，罗含转任征西参军。因此，本文所谓"为桓宣武从事"有误。桓温之所以派罗含去江夏视察，或许就是因为他曾任部江夏从事的缘故。罗含对谢尚显然十分了解，他根本就不认为谢尚会出什么偏差。

二十

王右军与王敬仁、许玄度并善①。二人亡后，右军为论议更克②。孔岩诫之曰："明府昔与王、许周旋有情③，及逝没之后，无慎终之好④，民所不取。"右军甚愧。

【今　注】

①王右军：王羲之。　王敬仁：王修。　许玄度：许询。

②更：改，变。　克：苛刻。

③明府：对郡太守的尊称。王羲之曾任会稽内史，孔岩为

山阴（属会稽）人，故称。 周旋：交往。

④慎终：语出《论语·学而》："慎终追远。"原指对父母和祖先要依礼追祭，此处指尊重已故之人。

【今　译】

王羲之与王修、许询都很友善。王修和许询死后，王羲之议论起他们来变得苛刻。孔岩对他劝戒道："您过去与王修、许询往来有交情，他们去世之后，就不再尊重他们，这是我不赞成的。"王羲之感到很惭愧。

【解　义】

王羲之经孔岩批评后就立刻感到惭愧，他或许只是一时失言。

二十一

谢中郎在寿春败[①]，临奔走，犹求玉帖镫[②]。太傅在军[③]。前后初无损益之言[④]，尔日犹云[⑤]："当今岂须烦此[⑥]？"

【今　注】

①谢中郎：谢万，曾任西中郎将，故称。

②玉帖镫（dèng）：以玉为饰的马镫。镫，马镫。

③太傅：谢安。

④初：从来，副词，表程度。 损益之言：指批评或建议。

⑤尔日：这天。

⑥须：需要。

【今　译】

谢万在寿春战败时，临逃跑前，还在找用玉装饰的马镫。谢安当时跟随在军中，从来没有提过批评或建议，这天仍然只是说："如今还需要麻烦这个？"

【解　义】

刘孝标注指出谢安在谢万去世前一直没有出仕，他怎么肯轻率地进入军旅？所以他认为本文所载非常荒谬。本书《简傲》第十四则记载也提到谢安随军，应当都是好事者所演绎。

二十二

王大语东亭[①]："卿乃复论成，不恶[②]，那得与僧弥戏[③]？"

【今　注】

①王大：王忱，小字佛大，故称。　东亭：王珣，袭封东亭侯，故称。

②乃复：竟，竟然。　论成：指议论已经形成。　不恶：不坏。

③僧弥：王珉，小字僧弥。

【今　译】

王忱对王珣说："对您的评论已经形成，评论不坏，怎么能与王珉开玩笑呢？"

【解　义】

据刘孝标注引《续晋阳秋》记载，王珉的声誉超过哥哥王珣，当时人们评价说："法护非不佳，僧弥难为兄。"法护是王珣的小字，意指王珣与王珉的才能不相上下。

二十三

殷觊病困[①]，看人政见半面[②]。殷荆州兴晋阳之甲[③]，往与觊别，涕零，属以消息所患[④]。觊答曰："我病自当差[5]，正忧汝患耳!”

【今　注】

①病困：病重。

②政：通“正”，只。

③殷荆州：殷仲堪，任荆州刺史，故称。　兴晋阳之甲：典出《春秋公羊传·定公十三年》，晋赵鞅取晋阳之甲，驱逐国君身边的恶人。后即喻指以清君侧为名起兵。

④属：通“嘱”，叮嘱。　消息：休息，调养。　患：病患。

⑤差（chài）：同“瘥”，指病愈。

【今　译】

殷觊病重，看望的人只能看到他半边脸。殷仲堪起兵清君侧，前去与殷觊告别，泪流满面，叮嘱他调养病体。殷觊答道：“我的病自然会痊愈的，我只忧虑你的祸患!”

【解　义】

所谓“看人政见半面”，指殷觊因病重而卧床不起。所谓“兴晋阳之甲”，指隆安二年（398）王恭举兵讨伐江州刺史王愉及谯王司马尚之，殷仲堪起兵响应。殷觊是殷仲堪的堂兄弟，据刘孝标注引《晋安帝纪》记载，殷觊不赞同殷仲堪起兵，拒绝随军同行，最后因忧虑过度而去世。

二十四

远公在庐山中[1]，虽老，讲论不辍[2]。弟子中或有堕者[3]，远公曰：“桑榆之光[4]，理无远照。但愿朝阳之晖[5]，与时并明耳。”执经登坐，讽诵朗畅[6]，词色甚苦[7]。高足之徒皆肃然增敬[8]。

【今　注】

①远公：慧远。

②辍（chuò）：停止。

③堕：通“惰”，懒惰，懈怠。

④桑榆之光：日落时照在桑榆树上的阳光，比喻人的晚年。

⑤晖：阳光。

⑥讽诵：背诵。　朗畅：响亮流畅。

⑦苦：指恳切。

⑧高足之徒：指优秀的弟子。

【今　译】

慧远在庐山时，虽然年纪老了，但不停止讲论佛经。弟子中有偷懒的，慧远说：“我像日暮的夕阳，照理不会久远照耀了。但愿你们如清晨朝阳之光，能随着时光的推移而越发明亮。”他手执经卷登上讲席，诵读经文响亮流畅，言辞神色都很恳切，他的高足弟子都对他更加肃然起敬。

【解　义】

慧远原本客居荆州上明寺，后来准备前往罗浮山静修，途经庐山时被景色所吸引，于是建造精舍。此后江州刺史桓伊特意在庐山东侧建起东林寺，由慧远主持。慧远在庐山弘法三十多年，成为净土宗始祖。

二十五

桓南郡好猎①，每田狩②，车骑甚盛，五、六十里中，旌旗蔽隰③，骋良马，驰击若飞，双甄所指④，不避陵壑⑤。或行陈不整⑥，麏兔腾逸⑦，参佐无不被系束⑧。桓道恭⑨，玄之族也，时为贼曹参军⑩，颇敢直言。常自带绛绵绳著腰中[11]，玄问："此何为？"答曰："公猎，好缚人士，会当被缚，手不能堪芒也。"玄自此小差[12]。

【今　注】

①桓南郡：桓玄，袭爵南郡公，故称。

②田狩：狩猎。

③隰（xí）：低湿的地方，泛指原野。

④双甄（zhēn）：军阵的左翼和右翼，合称双甄。

⑤陵壑：山陵沟壑。

⑥行（háng）陈（zhèn）：行列队形。陈，同"阵"，

⑦麏（jūn）：獐子。　腾逸：逃跑。

⑧参佐：僚属。　系束：捆绑。

⑨桓道恭（生卒不详）：字祖猷，历官贼曹参军、淮南太守、江夏相。

⑩贼曹参军：军府中掌管盗贼事务的属官。

⑪绛（jiàng）：深红色。

⑫小差（chài）：略有好转。差，同"瘥"，病愈，此指好转。

【今　译】

桓玄喜欢狩猎，每次出去打猎，随从的车马非常多，绵延五、六十里范围内，旌旗遍野，良马驰骋，奔走如飞，左右两翼所向之处，不避山陵沟壑。有时行列队形不整齐，或者让獐子兔子逃跑了，僚属就要被捆绑。桓道恭是桓玄的同族人，当时担任贼曹参军，很敢直言。他常常自带深红色的绵绳系在腰间，桓玄问他："这个做什么用？"桓道恭答道："您打猎时喜欢捆绑人，我早晚会被捆绑，我的手不能忍受绑绳上的芒刺。"桓玄从此以后略有好转。

【解　义】

桓道恭是桓彝的堂弟，按辈分论，他是桓玄的从祖父，这或许是他"颇敢直言"的原因。

二十六

王绪、王国宝相为唇齿①，并上下权要②。王大不平其如此③，乃谓绪曰："汝为此欻欻④，曾不虑狱吏之为贵乎⑤？"

【今 注】

①王绪（？—397）：字仲业，太原（今山西太原）人。任会稽王司马道子从事中郎，与堂兄王国宝勾结弄权，为司马道子所宠幸。 王国宝（？—397）：王坦之第三子，堂妹为会稽王司马道子之妃。司马道子辅政，得宠，用为侍中、中书令、中领军等，权倾内外。后与王绪一起被王恭所杀。 唇齿：比喻相互依赖的关系。

②上下权要：指弄权。权要，指权势、权力。

③王大：王忱。 不平：愤慨，不满。

④欻欻（xū）：忽然，指轻举妄动。

⑤曾：竟。 狱吏之为贵：典出《史记·绛侯周勃世家》。有人告发周勃准备谋反，汉文帝于是把周勃关进大牢。经过一番曲折，周勃终于出狱，因此感叹道："我曾经统领千军万马，怎么会知道狱吏的尊贵！"

【今 译】

王绪、王国宝互相勾结，一同把持权柄。王忱对他们的所作所为愤愤不平，于是对王绪说："你们这样轻举妄动，难道不担心狱吏的尊贵吗？"

【解 义】

王忱是王国宝的弟弟，所以他敢于直言不讳。王国宝和王绪是堂兄弟，两人互相勾结，谄事司马道子，以致引起公愤，王恭为此起兵讨伐。司马道子无奈之下，只能将王国宝赐死，将王绪斩首。

二十七

桓玄欲以谢太傅宅为营①，谢混曰："召伯之仁②，犹惠及甘棠③；文靖之德④，更不保五亩之宅⑤？"玄惭而止。

【今　注】

①谢太傅：谢安。

②召（shào）伯：姬奭（shì），初封于召（今陕西岐山西南），辅佐武王灭商后封于燕，与周公共同辅政。

③甘棠：据说召伯巡行南国时在甘棠树下休息，后人感念他的德行，爱其树而不忍砍伐，并作《甘棠》（《诗经·召南》）予以赞美。

④文靖：谢安，死后谥文靖。

⑤五亩之宅：语出《孟子·梁惠王上》，后泛指一户人家的住所。

【今　译】

桓玄想用谢安的老宅作军营，谢混说："召伯的仁爱，还能使甘棠树受到恩惠；文德公的德行，竟然不能保住五亩之宅？"桓玄感到惭愧就罢手了。

【解　义】

谢混是谢安之孙，娶晋孝武帝之女晋陵公主为妻。历官中书令、中领军、尚书左仆射。所谓"谢太傅宅"也就是谢混的祖宅，桓玄恐怕不至于要去抢朝廷重臣的家，更何况军营也不是"五亩之宅"所能容。本文所载亦见《晋书·谢混列传》，史官于此或许有失察之处。

捷悟第十一

捷悟，指思维敏捷、领悟能力过人。一般而言，学者的领悟能力会超出常人，但学者对学问的悟性很难为常人所理解，所以常人所能演绎的故事内容不外乎猜谜之类。本篇所载大多是里巷传言，不足为信。

一

杨德祖为魏武主簿①，时作相国门②，始构榱桷③，魏武自出看，使人题门作“活”字，便去。杨见，即令坏之④。既竟⑤，曰：“‘门’中‘活’，‘阔’字，王正嫌门大也⑥。”

【今　注】

①杨德祖：杨修（175—219），字德祖，弘农华阴（今属陕西）人。曹操为丞相时，辟为主簿，有才学。此后因为成为曹植的羽翼而受到猜忌，为曹操所杀。　魏武：曹操。　主簿：官名，丞相府重要僚属，总领府事，参与机要。

②相国门：相国府的门。

③构：建，搭。　榱（cuī）桷（jué）：椽子，屋椽。

④坏：拆毁。

⑤竟：完毕，终了。

⑥王：魏王，指曹操。

【今　译】

杨修担任曹操的主簿，当时正建造相国府的大门，刚刚搭建屋椽，曹操亲自出来察看，让人在门上题了一个“活”字，就离开了。杨修看到后，立即命人把门拆了。拆掉后，杨修解释说：“‘门’中加‘活’字，就是‘阔’字，魏王正是嫌门太大啊。”

【解　义】

据《三国志·魏书·任城陈萧王传》裴松之注引《典略》记载，杨修有才学，曹操任命他为仓曹属主簿。因办事称心如意，得到曹操的信任。本篇前三则都是有关杨修猜谜的记载，猜谜只是民间喜好的一种娱乐活动，所以均应出自里巷传言，不足为信。

二

人饷魏武一杯酪[1]，魏武啖少许[2]，盖头上题“合”字以示众，众莫能解。次至杨修，修便啖，曰：“公教人啖一口也[3]，复何疑？”

【今　注】

①饷（xiǎng）：赠送。　酪（lào）：用牛或羊乳制成的乳浆。

②啖：吃。

③啖一口：“合”字拆开，即为“人一口”。

【今　译】

有人送给曹操一杯乳酪，曹操吃了一点点，在杯盖上题了“合”字依次给大家看，大家都不明白是什么意思。轮到杨修时，杨修就吃了一口，说：“曹公让大家吃一口，还迟疑什么？”

【解　义】

“合”字的谜底较为简单，只需简单拆字就可以知道。

三

魏武尝过曹娥碑下[1]，杨修从。碑背上见题作“黄绢幼妇，外孙齑臼”八字[2]，魏武谓修曰：“解不[3]？”答曰：“解。”魏武曰：“卿未可言，待我思之。”行三十里，魏武乃曰：“吾已得。”令修别记所知。修曰：“黄绢，色丝也，于字为‘绝’；幼妇，少女也，于字为‘妙’；外孙，女子也，于字为‘好’；齑臼，受辛也[4]，于字为‘辞[5]’。所谓‘绝妙好辞’也。”魏武亦记之，与修同，乃叹曰：“我才不及卿，乃觉三十里[6]。”

【今　注】

①魏武：曹操。　曹娥碑：曹娥的墓碑。曹娥，上虞（今浙江上虞）人。其父曹盱淹水而死，曹娥为寻父尸，投江而死，年仅十四。县令度尚悲怜孝女，为之立碑，并命弟子邯郸淳撰文。此碑今已不存。

②齑（jī）：切或捣成细末的姜蒜。　臼（jiù）：舂食物的石制或木制器具。

③不：同“否”。

④受辛：古时用石臼舂菜时，常加大蒜等辛辣的佐料，石臼要承受辛辣之味，所以称“受辛”。

⑤辞：繁体字为“辤”，即“受辛”之异体字。

⑥觉：通“较”，相差之意。

【今　译】

曹操曾经过曹娥碑下，杨修随从。见到碑的背面题有“黄绢幼妇，外孙齑臼”八个字，曹操对杨修说：“你能不能解出来？”杨修回答说：“能解出来。”曹操说：“你不要说出来，等我思考一下。”走了三十里，曹操才说：“我已经解出来了。”他让杨修另行记下理解的意思。杨修说：“黄绢，是有颜色的丝，合起来就是一个‘绝’字；幼妇，是少女，合起来就是一个‘妙’字；外孙，是女儿之子，合起来就是一个‘好’字；齑臼，意指受辛，合起来就是一个‘辞’字。就是‘绝妙好辞’之意。”曹操也记下自己的理解，与杨修完全相同，于是感叹道：“我的才思不如你，竟相差了三十里。”

【解　义】

曹娥碑在会稽郡，而曹操和杨修从来都没有渡过长江，所以本文所载很显然是出自小说家的演绎。

四

魏武征袁本初①，治装②，余有数十斛竹片③，咸长数寸。众云并不堪用，正令烧除。太祖思所以用之④，谓可为竹椑楯⑤，未显其言。驰使问主簿杨德祖⑥，应声答之，与帝心同⑦。众伏其辩悟⑧。

【今　注】

①魏武：曹操。　袁本初：袁绍（？—202），汝南汝阳（今河南商水西北）人，字本初，出身世家大族。董卓之乱时起兵，称冀州牧，后占有冀、青、幽、并等地。建安五年（200），在官渡之战中被曹操击败，后病死。

②治装：整治装备。

③斛（hú）：古代量器，十斗为一斛。

④太祖：指曹操。

⑤椑（pí）楯（dùn）：椭圆形盾牌。椑，椭圆形。楯，同“盾”，盾牌。

⑥杨德祖：杨修。

⑦帝：指曹操。

⑧辩悟：聪明颖悟。

【今　译】

曹操征讨袁绍时，整治备办军队的装备，剩下几十斛竹片，每片都只有几寸长。大家都说不能用了，正要叫人烧掉。曹操思考着利用这些竹片，认为可以做成椭圆形的竹盾牌，但没有把话说出来。他派人骑马去问主簿杨修，杨修应声答复来人，与曹操的心意相同。大家都佩服杨修聪明颖悟。

【解　义】

作为一个统帅，如果连怎么利用多余的竹片都要过问，那么显然不可能有什么作为。曹操之所以能够在群雄逐鹿的乱局中脱颖而出，是由于他的雄才大略，而非事必躬亲。所以，本文所载也应出自里巷传言。

五

王敦引军，垂至大桁①，明帝自出中堂②。温峤为丹阳尹，帝令断大桁，故未断③，帝大怒瞋目④，左右莫不悚惧⑤。召诸公来，峤至不谢⑥，但求酒炙⑦。王导须臾至，徒跣下地，谢曰⑧："天威在颜⑨，遂使温峤不容得谢⑩。"峤于是下谢，帝乃释然⑪。诸公共叹王机悟名言⑫。

【今　注】

①引军：率领军队。　垂：将，快。　大桁（háng）：即大航，又称朱雀航、朱雀桁、朱雀桥，是建康朱雀门外的浮桥，横跨秦淮河。

②明帝：司马绍。　中堂：都城屯军之处，在建康宣阳门外。

③故：仍然。

④瞋（chēn）目：瞪大眼睛。

⑤悚惧：恐惧。

⑥谢：道歉，赔罪。

⑦炙（zhì）：烤肉。

⑧徒跣（xiǎn）：赤足步行，以示谢罪。

⑨天威：天子的威严，指皇帝发怒。

⑩谢：谢罪。

⑪释然：指怒气消解。

⑫机悟：机警聪明。

【今　译】

王敦进军建康，将到朱雀桥，明帝亲自来到驻军之地中堂。温峤当时任丹阳尹，明帝命令他拆掉朱雀桥，但没有拆掉，明帝大怒，瞪起了眼睛，左右随从都感到害怕。明帝召集大臣们，温峤来了却不谢罪，只是索要酒肉。过了一会儿王导来了，赤脚走到地上，谢罪说："皇上露出震怒之色，所以使得温峤没有机会能够谢罪。"温峤于是跪拜谢罪，明帝这才消解了怒气。大家都赞叹王导所说是机警聪敏的名言。

【解　义】

所谓"王敦引军"，指王敦于太宁二年（324）起兵，进军建康。刘孝标注引《晋阳秋》《邓纪》，认为本文所谓"帝令断大桁，故未断"存在谬误。据《晋书·温峤列传》记载，明帝之所以动怒，是因为温峤烧毁了朱雀桥。温峤对明帝解释说，增援的兵力还没有到达，万一贼军突入京城，势必危及社稷，所以没必要惋惜一座桥。因此，本文所载应出自里巷之误传。

六

郗司空在北府①，桓宣武恶其居兵权②。郗于事机素暗③，遣笺诣桓④："方欲共奖王室⑤，修复园陵。"世子嘉宾出行⑥，于道上闻信至，急取笺，视竟，寸寸毁裂便回。还更作笺，自陈老病不堪人间⑦，欲乞闲地自养。宣武得笺大喜，即诏转公督五郡、会稽太守⑧。

【今　注】

①郗司空：郗愔。　北府：指徐州刺史的治所京口（今江苏镇江）。因在建康之北，故称北府。

②桓宣武：桓温。　恶（wù）：憎恨。

③事机：指行事的时机。　素：素来，一向。　暗：昏暗

不明。

④笺：书信。

⑤奖：指辅助。

⑥世子：王公侯爵之嗣子。郗愔袭爵南昌县公，故称郗超为世子。　嘉宾：郗超，时任桓温帐下参军。

⑦人间：指世事。

⑧转：调任。　五郡：指浙江以东之吴郡、宣城郡、吴兴郡、会稽国、东阳郡。　会稽太守：应为会稽内史。会稽是藩王的封国，所以行政长官应称内史而不称太守。

【今　译】

郗愔在京口时，桓温憎恶他掌握兵权。郗愔对于行事的时机一向糊涂，他派人送信给桓温说："正要与你共同辅助王室，修复先帝的陵园。"他的嗣子郗超出门时，在路上听说信使来了，便急忙拿过信，看完后，把信撕得粉碎就回去了。回去后重新写了一封信，陈述自己年老多病难以承受世事，想请求清闲之地以养老。桓温看到信后非常高兴，立即代拟诏书调郗愔任都督五郡军事、会稽太守（内史）。

【解　义】

所谓"郗司空在北府"，指郗愔任徐、兖二州刺史，驻镇京口之时。关于郗愔转任会稽内史之事，史书中的记载不相一致。据《晋书·郗愔列传》记载，郗愔任徐、兖二州刺史，是桓温所推荐；桓温北伐时，郗愔听从郗超的建议，以自己并非将帅之才，而且不堪军旅之劳为由，坚决要求解职，并劝桓温兼任徐、兖二州刺史，于是转任冠军将军、会稽内史。简文帝即位后，加镇军将军、都督浙江东五郡军事。但《晋书·郗超列传》则取本文所载。事实究竟如何，似乎已不得而知。又据《晋书·郗愔列传》记载，郗愔为人简约静默，与王羲之、许询交游，有超凡脱俗之气。因此，本文所谓"于事机素暗"，是指郗愔因不问世事，所以不能老于世故。

七

王东亭作宣武主簿[①]，尝春月与石头兄弟乘马出郊[②]。时彦同游者连镳俱进[③]，唯东亭一人常在前，觉数十步[④]，诸人莫之解。石头等既疲倦，俄而乘舆回[⑤]。诸人皆似从官[⑥]，唯东亭奕奕在前[⑦]，其悟捷如此。

【今　注】

①王东亭：王珣。　宣武：桓温。

②石头：桓熙，桓温长子，小字石头。

③时彦：当时的名流。彦，有才学之士。　连镳（biāo）：并辔，指骑马同行。镳，马嚼子。

④觉：通“较”，相差。

⑤俄而：一会儿，不久。

⑥从官：下属官吏，侍从官。

⑦奕奕：神采焕发的样子。

【今　译】

王珣担任桓温主簿时，曾经在春天里与桓熙兄弟骑马到郊外游玩。当时名流并辔与他们同游并进，只有王珣一人常常在前面，相差几十步的距离，大家都不理解他为什么如此。桓熙兄弟等人玩得疲倦了，一会儿就乘车回去了。同行之人都像随从官一样跟在后面，只有王珣神采奕奕地走在前面，他就是如此敏捷颖悟。

【解　义】

春日里正是万物复苏之时，所以文人雅士喜作赏春之游。王珣“一人常在前”，足见其游兴之高。王珣在春色中兴致盎然，“奕奕在前”，而桓熙兄弟却提不起精神，跟在王珣后面就像随从一样。两者相较，其审美趣味高下立判。据《晋书·桓温列传》记载，桓温长子桓熙才能平庸，所以桓温临终前让桓冲统领部下。第四子桓祎最为愚钝，甚至连菽麦都分不清。可见桓温的六个儿子中，前四个都是才智平庸者。

夙惠第十二

夙慧，即早慧，俗称早熟。为人父母者无不殷切期望子女能够出人头地，伴随着这种期望，很多儿童早慧的故事也因此产生。童言童语，成人往往觉得可爱，有些甚至于被视为孩子聪敏的表现。其实，天才未必早慧，大器大多晚成。智慧的高低与知识的掌握与运用能力成正比，大器之所以晚成，是因为知识的积累与思维能力的培养需要时间，不可能一蹴而就。所谓早慧者大多数都会泯然众人，其原因就在于大多数人不能做到好学不倦。因此，历史上诸多早慧的故事，往往出于人为附会。

一

宾客诣陈太丘宿[①]，太丘使元方、季方炊[②]。客与太丘论议，二人进火，俱委而窃听[③]，炊忘著箪[④]，饭落釜中[⑤]。太丘问："炊何不馏[⑥]？"元方、季方长跪，曰[⑦]："大人与客语，乃俱窃听，炊忘著箪，饭今成糜[⑧]。"太丘曰："尔颇有所识不[⑨]？"对曰："仿佛志之[⑩]。"二子俱说，更相易夺[⑪]，言无遗失。太丘曰："如此，但糜自可，何必饭也！"

【今　注】

①陈太丘：陈寔。

②元方：陈纪。　季方：陈谌。　炊：烧火做饭。

③委：舍弃，抛开。

④著：放置。　箪（bì）：蒸饭时所用竹制盛器。

⑤釜：古代的一种锅，圆底圆口而无足，可以用来煮、炖、煎、炒等。

⑥馏（liù）：指先将米下水煮，再捞出来蒸熟。

⑦长跪：挺直上身而跪。

⑧糜（mí）：粥。

⑨识（zhì）：记住。

⑩仿佛：大略。

⑪易夺：订正补充。

【今　译】

有宾客拜访陈寔时留宿，陈寔让陈纪、陈谌烧火做饭。客人与陈寔正在谈论，二人烧上火后，就跑去偷听，蒸饭时忘了放上竹箪，饭全都掉落在了蒸锅里。陈寔问："为什么不蒸熟呢？"两个儿子挺直身跪着，说："大人与客人说话，于是我们都在偷听，忘了放竹箄了，所以现在干饭烧成了粥。”陈寔说：“你们记得些什么吗?”两人答道：“大概都记得。”他们一起叙说，互相订正补充，毫无遗漏。陈寔说：“既然这样，只要粥就可以了，何必一定得是饭呢!”

【解　义】

据《后汉书·陈寔列传》记载，陈寔六个儿子中，以陈纪、陈谌最有贤能，兄弟俩与父亲一同号为“三君”。

二

何晏七岁，明惠若神①，魏武奇爱之②。因晏在宫内，欲以为子。晏乃画地令方③，自处其中。人问其故，答曰：“何氏之庐也。”魏武知之，即遣还。

【今　注】

①明惠：聪明。惠，通“慧”。

②魏武：曹操。 奇：极，很。

③画地令方：在地上画成方形。令方，使其成方形。

【今　译】

何晏七岁时，聪明过人如有神助。曹操非常喜欢他，因为何晏长在宫里，想认他为子。何晏就在地上画了一个方形框框，自己就在里面。有人问他原因，他答道：“这是何家的房屋。”曹操知道这事后，立即把他送回家。

【解　义】

本文所载应为里巷传言，不足为信。据刘孝标注引《魏略》记载，何晏的父亲早亡，曹操娶何晏之母并收养何晏，对其宠爱有加，视同己出（刘孝标系节引，文字也有错讹之处，详细内容可参看《三国志·魏书·何晏传》裴松之注所引）。又据《三国志·魏书·何晏传》记载，何晏“长于宫省”，说明何晏从小在曹操身边长大。此外，唐写本中有刘孝标注引《魏氏春秋》，也称何晏的母亲尹氏为曹操的夫人，所以何晏自幼在王宫中长大。可见，刘孝标对本文所载也持怀疑态度。

三

晋明帝数岁[1]，坐元帝膝上[2]。有人从长安来，元帝问洛下消息[3]，潸然流涕[4]。明帝问何以致泣，具以东渡意告之[5]，因问明帝："汝意谓长安何如日远？"答曰："日远。不闻人从日边来，居然可知[6]。"元帝异之。明日，集群臣宴会，告以此意，更重问之。乃答曰[7]："日近。"元帝失色，曰："尔何故异昨日之言邪？"答曰："举目见日，不见长安。"

【今　注】

①晋明帝：司马绍。

②元帝：司马睿。

③洛下：指洛阳，西晋京城。

④潸（shān）然：流泪的样子。

⑤东渡：指永嘉之乱后，司马睿东渡，在建康（今江苏南京）重新建立政权，史称东晋。

⑥居然：显然。

⑦乃：竟。

【今　译】

晋明帝几岁大的时候，坐在元帝膝盖上。有人从长安来，元帝询问洛阳方面的消息，流下了眼泪。明帝问为什么会流泪，元帝把东渡南下的原因告诉他，接着就问明帝："你认为长安与太阳相比哪个更远？"明帝答道："太阳更远。没听说有人从太阳那边来，这是显而易见的。"元帝感到惊异。第二天，元帝召集群臣举行宴会，告诉他们明帝说的话，又重新问明帝。明帝竟答道："太阳近。"元帝变了脸色，说："你为什么与昨天说的不一样呢？"明帝说："抬眼就能见到太阳，却见不到长安。"

【解　义】

唐写本中有刘孝标注，其中引述了桓谭《新论》的记载，孔子东游时看到有两个孩子在辩论太阳的远近问题，一个孩子认为太阳刚升起时较近，正午时分则较远，因为太阳刚升起时看上去像车盖一样大，而正午时分就变得像小盘子一样，这符合远处显小而近处显大的视觉规律；另一个孩子则认为太阳刚升起时较远，正午时分则较近，因为太阳刚升时感觉凉爽，而到了正午时分就热得像把手伸进烫水一样，这符合远处较凉而近处较热的体感规律。刘孝标认为本文所载与之相类似。

四

司空顾和与时贤共清言[①]。张玄之、顾敷是中外孙[②]，年并七岁，在床边戏。于时闻语，神情如不相属[③]。瞑于灯下[④]，二儿共叙客主之言，都无遗失。顾公越席而提其耳，曰："不意衰宗复生此宝[⑤]。"

【今　注】

①清言：清谈。

②中外孙：孙子和外孙。儿子所生为中，女儿所生为外。

③相属（zhǔ）：相关。

④瞑（míng）：闭目。

⑤衰宗：谦称自己家族不够兴旺。

【今　译】

顾和与当时的名流在一起清谈。张玄之、顾敷是他的外孙、孙子，年龄都是七岁，正在坐榻旁玩耍。当时听他们清谈，神情似乎毫不相关。顾和在灯下闭目养神时，两个孩子一起叙述主客之间的对话，一句不漏。顾和离开坐席提着他们的耳朵，说："想不到我们这个衰落的家族又能生出这样的宝贝。"

【解　义】

据本书《言语》第五十一则记载，张玄之比顾敷大两岁，顾和对他们都很欣赏。本文所谓"年并七岁"或许有误。本文所谓"提其耳"，即耳提面命，典出《诗经·大雅·抑》，原诗曰："匪面命之，言提其耳。"形容对后生晚辈热情恳切之教诲。

五

韩康伯数岁①，家酷贫，至大寒，止得襦②。母殷夫人自成之，令康伯捉熨斗③，谓康伯曰："且著襦，寻作复裈④。"儿云："已足，不须复裈也。"母问其故？答曰："火在熨斗中而柄热，今既著襦，故不须耳。"母甚异之，知为国器⑤。

【今　注】

①韩康伯：韩伯。

②襦（rú）：短袄。

③捉：拿，握。

④复裈（kūn）；夹裤。裈，有裆的裤子。

⑤国器：治国之才。

【今　译】

韩伯只有几岁的时候，家里极为贫穷，到了大冷天时，只能穿一件短袄。他母亲殷夫人亲自缝制短袄时，叫韩伯拿着熨斗，对韩伯说："你暂时先穿短袄，随后就给你做夹裤。"韩伯说："已经够了，不需要夹裤了。"母亲问他什么原因？回答说："火在熨斗里柄也是热的，现在已经穿上短袄了，所以不需要夹裤了。"母亲对他的话深感惊异，知道儿子具有治国之才。

【解　义】

本文所载亦见《晋书·韩伯列传》，韩伯所说是指既然火在熨斗之中柄就会热，那么上身穿上短袄后，下身也会暖和。其实，韩伯的话只是可爱而已，谈不上有什么悟性，如果因此就认为他有治国之才，未免牵强。此外，韩伯是殷浩的外甥，所谓"家酷贫"的说法恐怕不可信。

六

晋孝武年十二[①]，时冬天，昼日不著复衣[②]，但著单练衫五、六重[③]，夜则累茵褥[④]。谢公谏曰[⑤]："圣体宜令有常[⑥]。陛下昼过冷，夜过热，恐非摄养之术[⑦]"。帝曰："昼动夜静。"谢公出，叹曰："上理不减先帝[⑧]。"

【今　注】

①晋孝武：司马曜。

②复衣：夹衣。

③单练衫：单层白绢上衣。练，白色熟绢。衫，上衣。

④累：重叠，　茵褥：床垫。

⑤谢公：谢安。

⑥常：规律。

⑦摄养：调理保养。

⑧上：皇上。　理：指玄理。　先帝：已故的皇帝，指简文帝。

【今　译】

晋孝武帝十二岁那年，当时正值冬季，他白天不穿夹衣，只穿五、六层白绢单衣，夜里睡觉时却铺上层层的垫褥。谢安劝谏说："保养圣体应当有规律。陛下白天过冷，夜晚过热，恐怕不是调理保养的方法。"孝武帝说："白天活动不冷，夜晚静卧要保暖。"谢安出来后，感叹道："皇上的玄理不亚于先帝。"

【解　义】

"晋孝武年十二"，即晋孝武帝登基后的第二年。所谓"昼动夜静"只是普通的生活常识，所以本文所载不见史籍，说明史官也不相信谢安会对这么浅显的道理感到惊讶。

七

桓宣武薨①，桓南郡年五岁②。服始除③，桓车骑与送故文武别④，因指语南郡："此皆汝家故吏佐⑤。"玄应声恸哭，酸感傍人⑥。车骑每自目己坐曰："灵宝成人⑦，当以此坐还之。"鞠爱过于所生⑧。

【今　注】

①桓宣武：桓温。　薨（hōng）：指诸侯或有爵位者之死。

②桓南郡：桓玄。

③服：丧服。

④桓车骑：桓冲，桓温之弟，官至车骑将军，故称。　送：指送行。　故文武：原先的下属文武官员。

⑤故吏佐：旧部属。

⑥酸：悲痛。　傍人：别人。

⑦灵宝：桓玄小字。

⑧鞠爱：抚育爱护。

【今 译】

桓温死时，桓玄年五岁。丧服刚刚脱去，桓冲与送行的下属文武官员们道别，于是指着他们对桓玄说："这些人都是你家的旧部属。"桓玄立刻放声痛哭，悲伤之情感人。桓冲常看着自己的座位说："桓玄成人后，我要把这个座位还给他。"抚育爱护之情超过亲生孩子。

【解 义】

"服始除"是指服丧期满后除去孝服，这一年是宁康三年(375)。桓冲因谢安德高望重，便主动请求解任扬州刺史以让贤，自己改任徐州刺史。所谓"桓车骑与送故文武别"，指桓玄与前来送行的扬州府中的文武官员道别。

豪爽第十三

豪爽，指性格豪迈、行事爽快。两晋时期的豪爽著称者首推王敦，其次是桓温。《晋书·恒温列传》曰："温豪爽有气概，姿貌甚纬。"本篇共有十三则故事，大多与这两人有关，反映出的是行伍之人的外在气质。

一

王大将军年少时[①]，旧有田舍名[②]，语音亦楚[③]。武帝唤时贤共言伎艺事[④]，人皆多有所知，唯王都无所关[⑤]，意色殊恶[⑥]。自言知打鼓吹[⑦]，帝令取鼓与之。于坐振袖而起，扬槌奋击，音节谐捷[⑧]，神气豪上[⑨]，傍若无人，举坐叹其雄爽[⑩]。

【今　注】

①王大将军：王敦。

②田舍：指乡巴佬、庄稼汉，有轻视意。　名：名声。

③楚：指楚音。

④伎艺：技艺，才艺。

⑤关：关涉，关联。

⑥意色：表情神色。

⑦打鼓吹：指击鼓。

⑧谐捷；和谐敏捷。

⑨豪上：豪迈向上。

⑩雄爽：雄壮豪爽。

【今　译】

王敦年轻时，一直有乡巴佬的名声，话音里也带有楚音。晋武帝召唤当时名流共同谈论技能才艺，别人都知道很多。只有王敦什么都不会，表情神色非常不好。他说懂得击鼓，晋武帝叫人拿鼓给他。他就在座位上挥袖起身，拿起鼓槌奋力击打。音节和谐敏捷，神情豪迈向上，旁若无人，满座人都赞叹他雄壮豪爽。

【解　义】

王敦为琅邪临沂（今山东临沂）人，其地属先秦时的鲁国，鲁国后为楚国所灭，所以其方言属于广义上的楚音，这是王敦“语音亦楚”的原因。但是，琅琊王氏在魏晋时期属于名门望族，因为语音问题而受到歧视的说法恐怕并不属实。而且，本文所谓“旧有田舍名”，与下一则记载所谓“世许高尚之目”明显矛盾。刘孝标注引述的一则故事，饶有趣味。王敦曾坐在武昌钓台上，听到江中传来行船击鼓声，赞叹其水平很高。不久，有一槌的鼓声略有异样，王敦拿扇柄敲击几案说：“可恨！”这时王应在一旁说：“这应该是回帆槌。”王敦派人去查看，果然如此。

二

王处仲①，世许高尚之目②。尝荒恣于色③，体为之敝④。左右谏之，处仲曰：“吾乃不觉尔，如此者甚易耳。”乃开后閤⑤，驱诸婢妾数十人出路，任其所之。时人叹焉。

【今　注】

①王处仲：王敦。

②许：赞许。　目：品评，评价。

③荒恣：放纵。

④敝：疲困。

⑤后閤（gé）：后阁小楼，女子妾妇所居。閤：“阁”的异体字。

【今　译】

王敦这人，当时人给予高尚的评价。他曾经放纵于声色，身体为此疲乏困顿。左右人劝谏他，王敦说：“我竟然没有觉察到，如果是这样的话很容易。”于是就打开后阁小楼，把几十个婢妾赶上路，任凭她们投奔哪里。当时人都为此赞叹。

【解　义】

本文所载亦见《晋书·王敦列传》。据《晋书·王澄列传》记载，王敦、阮瞻、谢鲲、胡毋辅之等人曾和王澄一起恣意酣饮，穷极欢娱。因此，王敦不仅仅是荒恣于色，而且还纵情于酒。据本书《德行》第二十三则刘孝标注引王隐《晋书》记载，阮籍嗜酒荒放，露头散发，裸袒箕锯。阮瞻、王澄、谢鲲、胡毋辅之等人纷纷效仿，形成风气，当时人认为他们已经到了通达的境界。又据《宋书·五行志》记载，晋惠帝元康年间，贵游子弟相与为散发裸身之饮，对弄婢妾。因此，王敦之所以"荒恣"，其实是意在效仿竹林七贤不羁的处世作风。

三

王大将军自目高朗疏率①，学通《左氏》②。

【今　注】

①王大将军：王敦。高朗：高洁爽朗。　疏率：疏放真率。

②《左氏》：指《春秋左氏传》。

【今　译】

王敦自我评论为高洁爽朗真率，学问上精通《春秋左氏传》。

【解　义】

据《晋书·王敦列传》记载，王敦眉目疏朗，学通《左氏》。因此，本文所谓"自目"，其意并非是王敦自我评价，而应为"眉目"之误；"高朗疏率"则是对其相貌的形容，指开阔清亮有豪气。

四

王处仲每酒后[①]，辄咏"老骥伏枥，志在千里。烈士暮年，壮心不已[②]"，以如意打唾壶[③]，壶口尽缺。

【今　注】

①王处仲：王敦。

②"老骥伏枥"等句：语出曹操《步出夏门行·龟虽寿》。骥，千里马。伏枥，伏在马厩里。烈士，胸怀建功立业之志者。暮年，晚年。壮心，雄心。不已，不止。

③唾壶：痰盂。

【今　译】

王敦每次喝酒以后，总是吟咏"老骥伏枥，志在千里。烈士暮年，壮心不已"的诗句，并用如意击打唾壶，壶口都被敲掉。

【解　义】

据《晋书·王敦列传》记载，王敦手握重兵，威名赫赫，因此产生了专权之心。晋元帝对此相当忌惮，于是重用刘隗、刁协等人，以牵制王敦。双方的嫌隙越来越深。王敦每次酒后都会吟咏曹操的诗句，流露出问鼎的企图。

五

晋明帝欲起池台[①]，元帝不许[②]。帝时为太子，好武养士。一夕中作池，比晓便成[③]。今太子西池是也。

【今　注】

①池台：池沼台榭。

②元帝：司马睿，明帝之父。

③比晓：等到天亮。

【今　译】

晋明帝想建造池沼台榭，晋元帝不同意。明帝当时还是太子，喜欢养一些武士。就让他们在一天晚上造池沼，等到天亮就成了。就是现在的太子西池。

【解　义】

据刘孝标注引《丹阳记》记载，西池就是孙权的太子孙登所开西苑，晋明帝将其修复。本文所谓“一夕中作池”，应出自小说家之演绎。

六

王大将军始欲下都处分树置①，先遣参军告朝廷②，讽旨时贤③。祖车骑尚未镇寿春④，瞋目厉声语使人曰⑤：“卿语阿黑⑥，何敢不逊⑦！催摄面去⑧！须臾不尔⑨，我将三千兵槊脚令上⑩！”王闻之而止。

【今　注】

①王大将军：王敦。　下都：指沿长江东下至东晋都城建康。　处分树置：安排处置。

②参军：王敦军府之属官。

③讽旨：暗示意图。　时贤：当时的名流贤达。

④祖车骑：祖逖，追赠车骑将军，故称。　寿春：今安徽寿县。

⑤瞋（chēn）目：瞪大眼睛以示愤怒。

⑥阿黑：王敦的小字。

⑦逊：恭顺。

⑧催摄：指快速。　面：背向，转面。

⑨须臾（yú）：片刻，一会儿。　不尔：不是如此。

⑩将：率领。　槊（shuò）：长矛，此处用作动词，指戳、刺。

【今　译】

王敦原要沿江东下到京都，对朝政作出安排处置，先派参军去朝廷报告，向当时的名流暗示自己的意图。祖逖当时还没有镇守寿春，便瞪着眼睛声色俱厉地对使者说："你去告诉阿黑，他怎么敢如此不恭！叫他速速转身回去！如果稍有耽误，我就率领三千兵马刺他的脚后跟，赶他回去！"王敦听后就停止了。

【解　义】

所谓"祖车骑尚未镇寿春"，指祖逖还没有渡江北伐。但此时东晋尚未建立，王敦还在为晋王司马睿开疆拓土。因此，本文所载应为里巷传言。据《晋书·祖逖列传》记载，晋元帝任命戴渊为征西将军，出镇合肥。祖逖感到自己得不到信任，又听说王敦与刘隗等人有嫌隙，担心朝廷会有内乱，北伐大业难成，因此激愤发病，不久后去世。

七

庾稚恭既常有中原之志[①]，文康时[②]，权重未在已。及季坚作相[③]，忌兵畏祸，与稚恭历同异者久之[④]，乃果行。倾荆、汉之力[⑤]，穷舟车之势，师次于襄阳[⑥]。大会参佐[⑦]，陈其旌甲[⑧]，亲援弧矢，曰[⑨]："我之此行，若此射矣！"遂三起三叠[⑩]。徒众属目[⑪]，其气十倍。

【今　注】

①庾稚恭：庾翼。　中原之志：指恢复中原的志向。

②文康：庾亮，谥号文康。

③季坚：庾冰，庾亮之弟，庾翼之兄。

④同异：偏义复词，偏指异，即不同。

⑤荆、汉：指荆州地区和汉水流域。

⑥次：驻扎。　襄阳：今湖北襄樊。

⑦参佐：下属。

⑧陈：陈列。　旌甲：旗帜与甲士。

⑨援：拉。　弧矢：弓箭。

⑩三起三叠：指三发三中。起，古时以发射为起。叠，指击鼓，古时射箭中的以击鼓为号。

⑪属（zhǔ）：同“瞩”，瞩目。

【今　译】

庾翼早就有收复中原的志向，庾亮执政时，大权不在他自己手里。等到庾冰作丞相时，忌讳出兵害怕惹祸，与庾翼持不同意见已很久，最后才发兵北伐。庾翼倾尽荆州和汉水一带的兵力，发动所有车船，驻军于襄阳。他大会部属，陈列旗帜与甲士，亲自拉开弓箭，说：“我这次出征，就像这箭一样！”于是三发三中。部属为之瞩目，士气十倍于前。

【解　义】

庾亮与弟庾冰、庾翼都力主收复中原。据《晋书·庾亮列传》记载，咸康五年（339年），庾亮意图北伐，派辅国将军毛宝、西阳太守樊峻领精兵一万戍守邾城；以陶称为南中郎将、江夏相，率部曲五千人进入沔中；以武昌太守陈嚣为辅国将军、梁州刺史，进军子午谷；派庾翼为南蛮校尉、南郡太守，镇守江陵；自己则亲率十万大军驻扎石城。后因毛宝战败身死，庾亮忧闷成疾，不久去世。本文所谓“文康时，权重未在己”，指庾亮准备北伐时，庾翼还只能承担辅助任务。本文所谓庾冰“忌兵畏祸”以及庾翼与庾冰“历同异者久之”的说法，并非事实。据《晋书·庾翼列传》及《晋书·庾冰列传》记载，庾翼驻军襄阳准备北伐时，满朝文武都认为不可行。只有庾冰和桓温等人支持，庾冰甚至要求出镇武昌，以援应庾翼。

八

桓宣武平蜀[①]，集参僚，置酒于李势殿[②]，巴蜀缙绅莫不来萃[③]。桓既素有雄情爽气，加尔日音调英发[④]，叙古今成败由人，存亡系才。其状磊落[⑤]，一坐叹赏。既散，诸人追味余言。于时寻阳周馥曰[⑥]：“恨卿辈不见王大将军[⑦]。”

【今　注】

①平蜀：指桓温平定成汉。

②李势：成汉第二代国主，降晋，封归义侯。

③缙绅：指官僚士大夫。　萃：聚集。

④尔日：这天。　英发：英武奋发。

⑤磊落：形容人的状貌英武、气概不凡的样子。

⑥周馥（生卒不详）：字湛隐，寻阳（今江西九江）人，曾为王敦的属官。

⑦王大将军：王敦。

【今　译】

桓温平定蜀地以后，召集部下僚属，在李势的大殿上置办酒席，巴蜀的官僚士大夫都汇聚一堂。桓温本来就有雄壮豪爽的气概，加上这天说话的音调英武奋发，谈论古往今来的成败取决于人，人才关系到国家的存亡等等。桓温的状貌英武，气概不凡，满座的人都感叹赞赏。酒宴散后，大家还在追忆回味他的言论。这时寻阳人周馥说：“遗憾的是你们没有见到过王敦大将军。”

【解　义】

王敦以雄豪著称，可参考本篇第一和第三则记载。据《晋书·王敦列传》记载，晋明帝曾下诏说，谁再以大将军称呼王敦，就以军法从事。但王敦的豪气显然让世人为之折服，所以人们一直延续着“大将军”的称谓。

九

桓公读《高士传》①，至於陵仲子便掷去②，曰：“谁能作此溪刻自处③。”

【今　注】

①桓公：桓温。

②於（wū）陵仲子：陈仲子，字子终，隐居楚地於陵（今山东邹平）。后楚王欲聘为相，他携妻逃走，为人灌园。

③溪刻：苛刻。　处：对待。

【今　译】

桓温读《高士传》时，读到於陵仲子的事迹时就把书扔了，说：“谁能这样苛刻地对待自己。”

【解　义】

据刘孝标注引皇甫谧《高士传》记载，齐人陈仲子之兄为齐国之相，俸禄万钟。陈仲子认为其兄食禄不义，于是隐居在楚地於陵。陈仲子曾回家看望母亲，刚好有人送了一只鹅给他的兄长，陈仲子希望不要吃这只鹅，但母亲还是杀了煮来吃，陈仲子不知道是鹅肉而误食；其兄回家后问：“这是鹅肉吗？”陈仲子立刻跑出门，把吃下去的鹅肉都吐了出来。这就是桓温认为陈仲子对自己过于苛刻的原因。

十

桓石虔[①]，司空豁之长庶也[②]，小字镇恶。年十七八，未被举[③]，而童隶已呼为镇恶郎[④]。尝住宣武斋头[⑤]，从征枋头[⑥]，车骑冲没陈[⑦]，左右莫能先救[⑧]。宣武谓曰："汝叔落贼，汝知不?"石虔闻之，气甚奋[⑨]，命朱辟为副[⑩]，策马于数万众中，莫有抗者，径致冲还[⑪]，三军叹服。河朔后以其名断疟[⑫]。

【今　注】

①桓石虔（？—388)：小字镇恶，桓温之侄。有才干，矫捷勇武，官至豫州刺史。

②司空豁：桓豁，死后追赠司空，故称。　长（zhǎng）庶：庶出的长子。

③举：指正式承认身份地位。当时看重门第，并严分长庶。庶出者须经其父正式承认方能确立身份。

④童隶：仆役。童，即"僮"，奴仆。　郎：奴仆对主人的称呼。

⑤宣武：桓温死后谥号。　斋头；卧室、书房。

⑥枋头：在今河南浚县西南。

⑦车骑冲：桓冲，曾任车骑将军，故称。　没（mò）陈（zhèn)：指陷入敌阵。陈，同"阵"。

⑧先：抢先。

⑨奋：振作。

⑩朱辟：桓石虔的副将。

⑪径：直捷。

⑫河朔：指黄河以北地区。

【今　译】

桓石虔是司空桓豁的庶出长子，小字镇恶。到了十七八岁时，还没有被正式承认身份，但是家里的奴仆都已称他为镇恶郎了。他曾经住在桓温家中，后随桓温北征至枋头，车骑将军桓冲陷入敌阵，左右将士没有人能抢先去救他。桓温对石虔说："你叔叔陷落在贼寇阵中，你知道吗？"石虔听到后，气势非常振作，命令朱辟为副将，策马驰骋在数万敌军中，没人能够抵挡他，直接把桓冲救了回来，三军将士无不赞叹佩服。河朔地区后来就用他的名字来驱逐疟鬼。

【解　义】

枋头之战在太和四年（369），燕国大将慕容垂、傅末波等率军八万与晋军对峙，最终桓温因粮草不济而退兵，遭到追击后，在襄邑（今河南睢县）战败。所谓"车骑冲没陈"，似指襄邑之战时桓冲所部陷入包围。据《晋书·桓石虔列传》记载，桓冲被敌军围困后即将陷没，桓石虔跃马将其救出，威名远震。民间因此传说，如果有人患上疟疾，那么只要对他说"桓石虔来了"，就可以吓跑疟鬼。

十一

陈林道在西岸①，都下诸人共要至牛渚会②。陈理既佳③，人欲共言折④。陈以如意拄颊⑤，望鸡笼山⑥，叹曰："孙伯苻志业不遂⑦。"于是竟坐不得谈⑧。

【今　注】

①陈林道：陈逵，字林道。

②都下：指京都建康。　要：通"邀"，相约。　牛渚：山名，在安徽当涂西北，山脚突入长江的部分称为采石矶。

③陈理：指陈逵谈论的玄理。

④言折：驳倒。

⑤拄：支撑。

⑥鸡笼山：在南京西北，山形如鸡笼，故名。

⑦孙伯苻：孙策（175—200），字伯苻，东汉末吴郡富春（今浙江富阳）人。占据江东，为吴国的建立奠定基业。　遂：成功。

⑧竟坐：满座。

【今　译】

陈逵在长江西岸时，京城的友人们一起相约到牛渚山聚会。陈逵谈论的玄理已很妙，大家都想驳倒他。陈逵用如意撑住脸颊，望着鸡笼山，感叹说："孙策的志向和事业都没有完成。"于是满座的人都谈不下去了。

【解　义】

所谓"在西岸"，据刘孝标注引《晋阳秋》记载，指陈逵任西中郎将，领淮南太守，戍守在历阳（今安徽和县）。陈逵曾随征北大将军褚裒北伐，领军进至寿春。后又随殷浩北伐，担任前锋。陈逵所谓"志业不遂"的感叹，应是两次北伐均告失利后，心中有所失落所致。这种情绪固然表现出其雄心，却未免有些凝重。而且陈逵以东吴的开国人物孙策为喻，事关敏感，有篡夺之嫌，所以"竟坐不得谈"。

十二

王司州在谢公坐①，咏"入不言兮出不辞，乘回风兮载云旗"②。语人云："当尔时③，觉一坐无人。"

【今　注】

①王司州：王胡之。　谢公：谢安。

②入不言兮出不辞，乘回风兮载云旗：语出《楚辞·九歌·少司命》，写少司命（主宰人类子嗣之神）与恋人匆

匆定情之后，既没有说话，也不及告辞，就乘着旋风驾着云旗，飘然而去。

③尔时：此时。

【今 译】

王胡之在谢安处做客时，吟咏“入不言兮出不辞，乘回风兮载云旗”。他对人说：“那个时候，我感觉满座空无一人。”

【解 义】

据《晋书·王廙列传》记载，王廙才智出众而爽朗，曾从寻阳乘船到建康，借着劲风飞帆，朝发暮至，他倚着船楼吟咏长啸，神态极为飘逸。王胡之是王廙之子，如果本文所载属实，那么说明王胡之颇有乃父之风。但据《晋书·王廙列传》记载，王胡之有“风眩疾”，意即感受风寒外邪就会引起头晕目眩，所以很难相信王胡之在吟咏“乘回风兮载云旗”时会进入物我两忘的境界。或许这是后人将王廙之事误植于其子王胡之。刘孝标注所谓《离骚·九歌·少司命》，即《楚辞·九歌·少司命》，古人常以“离骚”代称“楚辞”。

十三

桓玄西下[①]，入石头，外白司马梁王奔叛[②]。玄时事形已济[③]，在平乘上笳鼓并作[④]，直高咏云[⑤]：“箫管有遗音，梁王安在哉[⑥]？”

【今 注】

①西下：指桓玄沿着长江顺流而下，进军建康。

②白：禀告，报告。 司马梁王：司马珍之（生卒不详），字景度，晋宗室，后为刘裕所杀。 奔叛：逃亡，逃跑。桓玄篡位时，司马珍之逃至寿阳。

③事形：形势。 济：成。

④平乘：又名平乘舫，船头船尾皆呈平形。 笳：胡笳，类似笛子，传自北方的一种乐器。

⑤直：仅仅，只是。

⑥“箫管有遗音，梁王安在哉”：语见阮籍《咏怀诗》第三十一首。该诗凭吊战国时魏国的古迹吹台，借古喻今，感慨时政腐败。箫管，管乐器。梁王，指战国魏王婴，魏国都城是大梁，故又称魏王为梁王。桓玄借此诗以讥讽司马珍之出逃。

【今　译】

桓玄西下，进入石头城，外面报告说司马梁王逃跑了。桓玄当时认为自己已经大功告成，便在大船上吹笳击鼓，高声吟咏道：“箫管还有古时的遗音，可是梁王如今又在哪里呢？”

【解　义】

本文列入“豪爽”似乎并不妥帖，豪爽是英雄之气概，而非得意忘形之态。得意忘形是失败祈前兆，桓玄篡位后不久，就在义军的围攻下败逃。

容止第十四

容止，指仪容举止。爱美之心人皆有之，但魏晋士人对美的追求方式有其独特性，有女性化倾向，流行化妆（如傅粉）。当代人往往会对此表示不解，其实这只是古今审美观念有所不同而已。实际上当代也开始出现男性女性化或女性男性化的现象。魏晋士人注重仪容，对相貌英俊者会不吝赞美之词。如嵇康被形容为玉山，庾亮被誉为玉树。跟随苏峻反叛作乱的许永因为相貌漂亮，所以朝中大臣在平叛后甚至准备赦免他（《政事》第十一则）。而魏晋时期的女性也会直白地流露出对美丑的爱憎，比如姿容出众的潘岳出门时，妇女们会手拉手围着他；而相貌丑陋的左思出门时，则会遭到老妇们乱唾（本篇第七则）。本篇共有 39 则，反映出魏晋士人的审美趣味。

一

魏武将见匈奴使①，自以形陋，不足雄远国②，使崔季珪代③，帝自捉刀立床头④。既毕，令间谍问曰："魏王何如？"匈奴使答曰："魏王雅望非常⑤，然床头捉刀人，此乃英雄也。"魏武闻之，追杀此使。

【今　注】

①魏武：魏武帝曹操。　匈奴：我国古代北方的少数民族。

②雄：称雄，威慑。

③崔季珪：崔琰（？—216），字季珪，清河东武城（今山东武城西）人。眉目疏朗，鬓长四尺，很有威仪，后被曹操赐死。

④帝：指曹操。　捉刀：握刀。

⑤雅望：高雅的仪容风采。

【今　译】

曹操将要接见匈奴使者，自认为相貌丑陋，不足以威慑远方的国家，便让崔琰来代替自己，自己握刀站在坐榻旁。接见过后，派间谍去问："魏王怎么样？"匈奴使者回答说："魏王高雅的仪容风采非同寻常，但是坐榻旁的握刀人，这才是真英雄。"曹操听说后，派人追杀了这位使者。

【解　义】

本文之情节颇为荒唐，应系小说家之言。首先，一代枭雄曹操不至于自卑到不好意思会见使者；其次，两国相争尚且不斩来使，斩杀使者岂非徒留骂名。不过，由于这则故事，也衍生了"捉刀"的典故。

二

何平叔美姿仪[①]，面至白。魏明帝疑其傅粉[②]，正夏月，与热汤饼[③]。既啖[④]，大汗出，以朱衣自拭，色转皎然[⑤]。

【今　注】

①何平叔：何晏。

②魏明帝：曹叡。　傅粉：搽粉。

③汤饼：指汤面。

④啖（dàn）：吃。

⑤皎然：洁白的样子。

【今　译】

何晏姿态仪容很美，脸很白皙。魏明帝怀疑他搽了粉，正当夏天，就给他吃热汤面。何晏吃完后，脸上大汗，便用官服来揩拭，结果脸色更加洁白了。

【解　义】

魏晋士人确实喜欢搽粉，何晏也不例外，据刘孝标注引《魏略》记载，何晏平时粉帛不离手。但本文应出自后人之附会，诚如刘孝标注所说，何晏作为曹操的养子，和曹叡在宫中一同长大，曹叡对何晏的姿容根本就不需要去验证。

三

魏明帝使后弟毛曾与夏侯玄共坐[①]，时人谓“蒹葭倚玉树”[②]。

【今　注】

①魏明帝：曹叡。　毛曾（生卒不详）：魏明帝毛皇后之

弟，官驸马都尉、散骑侍郎。

②蒹葭：芦苇一类草本植物。　玉树：传说中的仙树。

【今　译】

魏明帝让皇后的弟弟毛曾与夏侯玄坐在一起，当时人认为是“芦苇倚靠着玉树。”

【解　义】

据《三国志·魏书·夏侯玄传》记载，夏侯玄耻于和毛曾同坐，流露出不悦之色。魏明帝怀恨在心，将其由散骑侍郎贬为羽林监。本文所谓“蒹葭倚玉树”，是形容毛曾与夏侯玄的外在气度上有着天壤之别。

四

时人目夏侯太初“朗朗如日月之入怀[①]”、李安国“颓唐如玉山之将崩[②]”。

【今　注】

①夏侯太初：夏侯玄。　朗朗：明亮的样子。

②李安国：李丰（？—254），字安国，冯翊东县（今陕西大荔一带）人。历官黄门郎、给事中、永宁太仆、侍中、尚书仆射、中书令，后为司马昭所杀。　颓唐：精神萎靡不振的样子。　玉山：形容仪容美好。　崩：倒塌。

【今　译】

当时人品评夏侯玄“光彩闪耀像日月照亮怀抱”、李丰“萎靡不振如玉山将要崩塌”。

【解　义】

李丰虽然让人感觉颓唐，但他的气度却同样能让人折服，所谓“如玉山之将崩”，就是形容其优雅的气质。

五

嵇康身长七尺八寸，风姿特秀。见者叹曰："萧萧肃肃[①]，爽朗清举[②]。"或云："肃肃如松下风[③]，高而徐引[④]。"山公曰[⑤]："嵇叔夜之为人也，岩岩若孤松之独立[⑥]；其醉也，傀俄若玉山之将崩[⑦]。"

【今　注】

①萧萧肃肃：形容风度潇洒严整的样子。

②清举：清高脱俗的样子。

③肃肃：形容风声畅快有力的样子。

④高而徐引：高远而绵长。

⑤山公：山涛。

⑥岩岩：高耸的样子。

⑦傀（guī）俄：通"巍峨"，高峻的样子。

【今　译】

嵇康身高七尺八寸，风度姿容出众美好。看到的人都赞叹道："风度潇洒严整，爽朗清高而脱俗。"有人说："劲爽如松下之风，高远而绵长。"山涛说："嵇康的为人，高耸如独立的孤松；喝醉酒时，如高峻的玉山将要崩塌。"

【解　义】

嵇康身材伟岸，气度出众，所以当时人们对他有诸多赞誉，而山涛的比喻则最为形象。醉酒者给人的印象一般都不会好，但嵇康即便醉酒，也依然是那样的优雅。所以山涛用"若玉山之将崩"来形容，语义与上文相同。

六

裴令公目王安丰[①]“眼烂烂如岩下电[②]。”

【今　注】

①裴令公：裴楷，官中书令。　王安丰：王戎，封安丰县侯。

②烂烂：明亮的样子。　电：闪电。

【今　译】

裴楷品评王戎是“他眼睛炯炯有神，就像山岩下的闪电似的。”

【解　义】

王戎虽然身材矮小，但气质非常出众，尤其是双目如电，刘孝标注甚至夸张地认为可以“视日不眩”。

七

潘岳妙有姿容，好神情[①]。少时挟弹出洛阳道[②]，妇人遇者，莫不连手共萦之[③]。左太冲绝丑[④]，亦复效岳游遨[⑤]。于是群妪齐共乱唾之[⑥]，委顿而返[⑦]。

【今　注】

①神情：神态风度。

②弹：弹弓。

③萦：围绕。

④左太冲：左思。

⑤游遨：游玩。

⑥妪（yù）：妇人。

⑦委顿：疲乏困顿。

【今　译】

潘岳有美好的身姿容貌和神态风度。少年时带着弹弓走在洛阳的街道上，妇女们遇到他，全都手拉手围观他。左思相貌极丑，也仿效潘岳出游，结果妇女们都朝他乱吐唾沫，只能疲乏困顿地回去。

【解　义】

本文或许有虚构之处，但却真实地反映出魏晋时期的女性能够自由地表达对异性美丑的爱憎。

八

王夷甫容貌整丽①，妙于谈玄②。恒捉白玉柄麈尾③，与手都无分别④。

【今　注】

①王夷甫：王衍。　整丽：端正秀丽。

②妙：精熟，擅长。

③麈（zhǔ）尾：以麈（鹿类动物）尾制成的拂尘，当时名士喜执之清谈，以示高雅。

④都：完全。

【今　译】

王衍容貌端正秀丽，擅长谈论玄理。常拿着白玉柄的麈尾，白玉与手的颜色完全没有分别。

【解　义】

本文称赞王衍肤色之白。

九

潘安仁、夏侯湛并有美容①，喜同行，时人谓之

"连璧[②]"。

【今　注】

①潘安仁：潘岳。

②连璧：并列在一起的两块玉。比喻并美的人或物。

【今　译】

潘岳、夏侯湛都有漂亮的容貌，喜欢一起同行，当时人称他们为"连璧"。

【解　义】

相较于两汉时期，魏晋士人对美的追求更为热烈，也更为直接，包括他们对容颜的注重与修饰。魏晋时期以容貌著称的士人为数甚多，其中最为世人所知者即为潘岳，民间习惯称之为潘安。

十

裴令公有俊容姿[①]。一旦有疾，至困，惠帝使王夷甫往看[②]。裴方向壁卧，闻王使至，强回视之。王出，语人曰："双目闪闪若岩下电[③]，精神挺动，体中故小恶[④]。"

【今　注】

①裴令公：裴楷。　俊：美。

②王夷甫：王衍。

③岩下电：岩下的闪电。

④挺动：指精神迟滞、倦怠的样子。　恶：指病疾。

【今　译】

裴楷有英俊的容貌。有一天生病，病得很重，晋惠帝派王衍去看望。裴楷正面向墙壁躺着，听到王衍奉使而来，勉强回过头来看他。王衍出来后，对人说："他双眼闪闪发光如岩下之闪电，但精神倦怠，体内确有小恙。"

【解　义】

裴楷不仅容貌出色，双目也是炯炯有神，其外在气质由此可见。

十一

有人语王戎曰："嵇延祖卓卓如野鹤之在鸡群①。"答曰："君未见其父耳。"

【今　注】

①嵇延祖：嵇绍，嵇康之子。　卓卓：突出的样子。

【今　译】

有人对王戎说："嵇绍出众的样子就像野鹤站在鸡群中一样。"王戎答道："您还没有见过他的父亲罢了。"

【解　义】

成语"鹤立鸡群"典出于此。

十二

裴令公有俊容仪①，脱冠冕②，粗服乱头皆好③，时人以为"玉人"。见者曰："见裴叔则，如玉山上行，光映照人。"

【今　注】

①裴令公：裴楷。

②冠冕：礼帽。

③粗服乱头：粗劣的衣服，蓬乱的头发，形容仪容不整的

样子。

【今　译】

裴楷有英俊的容貌仪表，就是脱下礼帽，穿着粗劣的衣服，蓬乱着头发，也都很好，当时人认为是“玉人”。见到的人说：“看到裴楷，就像在玉山上行走，光彩照人。”

【解　义】

容貌需要修饰和打扮，但人的外在气质最终还是取决于内在的修养。所以，裴楷的气质已经让人忽略了他的装饰打扮。

十三

刘伶身长六尺，貌甚丑悴①，而悠悠忽忽②，土木形骸③。

【今　注】

①丑悴：丑陋憔悴。

②悠悠忽忽：神情悠然恍惚。

③土木：此指形体如同土木一样质朴自然指不加修饰。

形骸：指人的身体躯壳。

【今　译】

刘伶身高六尺，容貌非常丑陋憔悴，而且神情悠然恍惚，浑身上下不加修饰。

【解　义】

魏晋士人流行傅粉饰面，但竹林七贤则反其道而行之，如嵇康、刘伶等人都是“土木形骸”，以此表示对世俗的不满。

十四

骠骑王武子是卫玠之舅①，俊爽有风姿②。见玠，辄叹曰：“珠玉在侧，觉我形秽[③]。”

【今　注】

①骠骑：骠骑将军。　王武子：王济。

②俊爽：俊美豪爽。

③形秽：指相貌丑陋。

【今　译】

骠骑将军王济是卫玠的舅父，俊美豪爽有风采。他见到卫玠，总是感叹说：“珠玉在身旁，我觉得自己形象很丑陋。”

【解　义】

成语“自惭形秽”典出于此。

十五

有人诣王太尉[①]，遇安丰、大将军、丞相在坐[②]；往别屋，见季胤、平子[③]。还，语人曰：“今日之行，触目见琳琅珠玉[④]。”

【今　注】

①王太尉：王衍。

②安丰：王戎，封安丰侯。　大将军：王敦。　丞相：王导。

③季胤：王诩（生卒不详），字季胤，王衍之弟，官至修武令。　平子：王澄。

④触目：目光所及。　琳琅：美玉。

【今　译】

有人去拜访王衍，遇见王戎、王敦、王导在座；到另一间屋去，又见到王诩、王澄。回来后，对人说：“今天出去，满眼见到的都是美玉珠宝。”

【解　义】

琅邪王氏是魏晋时期最有影响力的家族之一，人才辈出。文中提到的王衍、王戎、王敦、王导、王诩、王澄六人都是一时之秀，也是影响两晋之交历史的关键性人物。成语“琳琅满目”或“琳琅触目”典出于此。

十六

王丞相见卫洗马曰[①]：“居然有羸形[②]，虽复终日调畅[③]，若不堪罗绮。[④]”

【今　注】

①王丞相：王导。　卫洗马：卫玠，官太子洗马。

②居然：显然、明显。　羸（léi）形：瘦弱的样子。

③虽复：虽然。　调畅：指调养。

④不堪：不能承受。　罗绮：指丝织品做的衣服。

【今　译】

王导见到卫玠后说：“瘦弱的样子很明显，虽然整天调养得很好，但好像连轻软的衣服也承受不起。”

【解　义】

王导所谓“若不堪罗绮”，系化用“弱不胜衣”的典故。《荀子·非相》曰：“叶公子高微小短瘠，行若将不胜其衣。”

十七

王大将军称太尉[①]：“处众人中，似珠玉在瓦石间。”

【今　注】

①王大将军：王敦。　太尉：王衍。

【今　译】

王敦称赞王衍道："处于众人之中，就像珍珠宝玉在瓦片石头中间一样。"

【解　义】

王衍气质出众，在时人中广受赞誉，王戎也曾称赞他"神姿高彻，如瑶林琼树，自然是风尘外物"（本书《赏誉》第十六则）。

十八

庾子嵩长不满七尺①，腰带十围②，颓然自放③。

【今　注】

①庾子嵩：庾敳。

②围：量词，指拇指与食指张开的长度。

③颓然自放：沉静而潇洒的样子。

【今　译】

庾敳身高不足七尺，腰围倒有十围之粗，一副沉静而潇洒的样子。

【解　义】

"腰带十围"指身体发福、大腹便便。庾敳虽然没有王衍、裴楷那样出众的仪表，但他潇洒的气质仍然让人瞩目。

十九

卫玠从豫章至下都①，人久闻其名，观者如堵墙②。玠先有羸疾③，体不堪劳，遂成病而死。时人谓"看杀卫玠"。

【今　注】

①豫章：郡名，治所在今江西南昌。　下都：指东晋都城建康，相对西晋都城洛阳（称上都）而言。

②堵墙：墙壁，比喻人多而密集。

③羸疾：瘦弱之病。

【今　译】

卫玠从豫章郡来到京城建康，人们早就听说他的名声，围观的人围成了一堵墙。卫玠原先就有瘦弱之病，身体不堪劳累，于是病重而死。当时人说是“看杀卫玠”。

【解　义】

“看杀”是夸大之词。卫玠原本就弱不胜衣，南渡时又一路颠沛流离，所以，长途旅行的劳累恐怕才是卫玠早逝的原因。刘孝标注根据《永嘉流人名》的记载，指出卫玠应当病故于豫章，不可能前往建康。此外，《言语》第三十二则刘孝标注引《卫玠别传》也称卫玠卒于豫章。所以，本文所载应系里巷传言。《晋书·卫玠列传》也有“看杀”的记载，史官对此显然失察。

二十

周伯仁道桓茂伦①：“嵚崎历落可笑人②”。或云谢幼舆言③。

【今　注】

①周伯仁：周顗。　道：品评，评论。　桓茂伦：桓彝。

②嵚崎（qīnqí）：山高峻的样子，喻指品格特异，不同于人。　历落：树木多节，喻指奇才异能。　笑：值得钦慕之意，并非指嘲笑。

③谢幼舆：谢鲲。

【今　译】

周顗评论桓彝："品格出众有奇才，为人所钦慕。"有人说这话是谢鲲说的。

【解　义】

辛弃疾诗有"侬是嵚崎可笑人"（《浣溪沙·赠子文侍人名笑笑》）句，即典出于此。

二十一

周侯说王长史父①："形貌即伟②，雅怀有概③。保而用之，可作诸许物也④。"

【今　注】

①周侯：周顗。　王长史父：王濛的父亲王讷。王长史，王濛，曾任司徒左长史。王讷（生卒不详），字文开，官至新淦令。

②伟：壮美。

③雅怀：高尚的情怀。　概：气概。

④诸许物：指许多事情。

【今　译】

周顗评说王濛的父亲是"他的形貌本来就很伟岸，情怀高尚又有气概，如保举任用他，可以有很多成就。"

【解　义】

王讷的事迹不详，或许是因为早逝的缘故，没有作出什么丰功伟业，所以史籍也缺少记载。

二十二

祖士少见卫君长云①："此人有旄仗下形②。"

【今　注】

①祖士少：祖约。　卫君长：卫永。

②旄（máo）仗：仪仗。

【今　译】

祖约看到卫永，说："这人颇有仪仗者的形象。"

【解　义】

执仪仗者都是身形魁梧、气质出色之人，因此，从祖约的赞语可知卫永有着伟岸的身姿。

二十三

石头事故[①]，朝廷倾覆。温忠武与庾文康投陶公求救[②]，陶公云："肃祖顾命不见及[③]，且苏峻作乱，衅由诸庾[④]，诛其兄弟，不足以谢天下。"于时庾在温船后闻之[⑤]，忧怖无计。别日，温劝庾见陶，庾犹豫未能往，温曰："溪狗我所悉[⑥]，卿但见之，必无忧也！"庾风姿神貌，陶一见便改观。谈宴竟日[⑦]，爱重顿至[⑧]。

【今　注】

①石头事故：指咸和二年（327）苏峻之乱。苏峻和祖约举兵声讨庾亮，攻入京城建康，迁成帝于石头城，专擅朝政。后为陶侃、温峤击败。

②温忠武：温峤，谥忠武。　庾文康：庾亮，谥文康。陶公：陶侃。

③肃祖：晋明帝司马绍庙号。　顾命：指皇帝的遗诏。

④衅：罪责。　诸庾：指庾亮、庾怿、庾条、庾翼兄弟。

⑤庾：庾亮。

⑥溪狗：六朝时北方的世家大族对江西一带人的蔑称。陶

侃是江西人，又出身寒微，故温峤以此蔑称之。溪，一作“傒”。

⑦但：尽管，只管。　竟日：终日，整日。

⑧顿：顿时，立刻。

【今　译】

苏峻之乱时，朝廷被倾覆。温峤与庾亮投奔陶侃求救，陶侃说：“明帝当初的遗诏中未曾提到我，况且苏峻作乱，罪责在庾氏兄弟，即使诛杀庾氏兄弟，也不足以向天下人谢罪。”此时庾亮在温峤船后听到这些话，感到忧惧恐怖。后来，温峤劝庾亮去见陶侃，庾亮犹豫不决，温峤说：“那溪狗是我所熟悉的，你尽管去见他，必然没有可忧虑的事。”庾亮的风度神态，让陶侃一见就改变了看法。两人叙谈宴饮了一整天，陶侃顿生喜爱敬重之意。

【解　义】

本文所载应系里巷传言，与史实不符。据《晋书·温峤列传》记载，苏峻之乱后，庾亮前去投奔温峤，温峤堂弟温充建议推举陶侃为盟主，共同征讨苏峻，温峤于是派督护王愆期去见陶侃，陶侃虽然答应，但迟迟不起兵。后来苏峻杀了陶侃的儿子陶瞻，陶侃受到刺激，这才率军出征。又据《晋书·庾亮列传》记载，陶侃进军至寻阳后，有传言说陶侃要杀庾亮以谢天下。庾亮于是前去拜访陶侃，引咎自责，再加上风度翩翩，终于打动陶侃，陶侃由此改变了对庾亮的看法。

二十四

庾太尉在武昌[①]，秋夜气佳景清，佐吏殷浩、王胡之之徒登南楼理咏[②]，音调始遒[③]，闻函道中有屐声甚厉[④]，定是庾公。俄而率左右十许人步来[⑤]，诸贤欲起避之，公徐云："诸君少住，老子于此处兴复不浅[⑥]。"因便据胡床与诸人咏谑[⑦]，竟坐甚得任乐[⑧]。后王逸少下[⑨]，与丞相言及此事[⑩]，丞相曰："元规尔时风范不得不小颓[⑪]。"右军答曰："唯丘壑独存[⑫]。"

【今　注】

①庾太尉：庾亮。

②佐吏：辅佐官员，指属下。　理咏：指吟诵。

③遒（qiú）：强劲有力。

④函道：楼梯。　屐：木屐。　厉：猛烈。

⑤俄而：不久。

⑥老子：汉晋人自称老子，如后世人自称老夫，是自谦之词。

⑦据：靠。　胡床：古代由胡地传入的折叠椅。　咏谑（xuè）：吟咏说笑。

⑧竟坐：满座。　任乐：尽情快乐。

⑨王逸少：王羲之。　下：此指从上游武昌到下游建康。

⑩丞相：王导。

⑪元规：庾亮。　风范：风度气派。　颓：减弱。

⑫丘壑：指高蹈的情趣。

【今　译】

庾亮在武昌时，一个秋高气爽的夜晚，属下殷浩、王胡之等人登上南楼吟诵，气氛开始热烈时，听到楼梯上传来响亮的木屐声，知道一定是庾亮。不久庾亮领着十多位侍从走来，大家想起身避开，庾亮从容地说："诸位留步，老夫对于此地的兴趣也不浅。"于是他便靠在胡床上与大家吟咏说笑，满座的人都尽情欢乐。后来王羲之到建康，与丞相王导说起这件事，王导说："庾亮那时的风度气派不得不说已稍稍减弱。"王羲之回答说："只是高蹈的情趣还在。"

【解　义】

咸和九年（334），陶侃去世，庾亮被任为都督江、荆、豫、益、梁、雍六州诸军事，兼领江、荆、豫三州刺史，于是移镇武昌。庾亮此时已步入晚年，所以王导说他的风范“小颓”。

二十五

王敬豫有美形①，问讯王公②。王公抚其肩曰：“阿奴恨才不称③。”又云：“敬豫事事似王公④。”

【今　注】

①王敬豫：王恬，王导次子。　美形：指外貌好。

②问讯：问候。

③阿奴：表示亲暱的称呼。　恨才不称：指才学与容貌不能相称。

④事事：每件事。

【今　译】

王恬有出色的容貌，有一次去问候父亲王导。王导拍着他的肩膀说：“你呀，遗憾的是才学与容貌不能相称。”有人说：“王恬样样都像他父亲王导。”

【解　义】

末句应为他人的评论，因为王导不可能自称“王公”，所以“又云”应为“有云”之误。据刘孝标注引《语林》记载，谢安曾说小时候见到王导时，就有清风拂面的感觉。王恬外貌出众，显然有乃父之风，所以人们认为王恬“事事似王公”。但王恬性格放诞傲慢，所以王导对王恬并不满意。据《晋书·王恬列传》记载，王导看到长子王悦就高兴，看到次子王恬就生气。这是王导说“恨才不称”的原因。

二十六

王右军见杜弘治[①]，叹曰："面如凝脂[②]，眼如点漆[③]，此神仙中人。"时人有称王长史形者[④]，蔡公曰[⑤]："恨诸人不见杜弘治耳。"

【今　注】

①王右军：王羲之。　杜弘治：杜乂。

②凝脂：凝结的油脂，形容皮肤细腻光洁。

③点漆：形容眼睛黑亮如漆。

④王长史：王濛。　形：指容貌。

⑤蔡公：蔡谟。

【今　译】

王羲之见到杜乂时，赞叹道："面色细洁光滑，眼睛黑亮，这像是神仙中人。"当时有人称赞王濛容貌，蔡谟说："遗憾的是大家没见到杜乂。"

【解　义】

本书《赏誉》第七十则已有时人对杜乂容貌之赞誉。据刘孝标注引《江左名士传》，人们认为杜乂大致可与卫玠相媲美。杜乂早亡，所以蔡谟感慨很多人没能见到他。

二十七

刘尹道桓公[①]："鬓如反猬皮[②]，眉如紫石稜[③]，自是孙仲谋、司马宣王一流人[④]。"

【今　注】

①刘尹：刘惔。　桓公：桓温。

②反猬皮：倒过来的刺猬皮，刺猬的棘刺向上，此处指

向下。

③紫石稜：有稜角的紫色石英石。

④孙仲谋（182—252）：孙权，字仲谋。三国时期吴国的创立者。 司马宣王：司马懿。

【今　译】

刘惔称道桓温："双鬓如倒着的刺猬棘刺，眉毛如有稜角的紫色石英，自然是孙权、司马懿一类人物。"

【解　义】

刘惔一直认为桓温有野心，曾力阻桓温出任荆州刺史。刘惔所说是古人常用的相人术，但没有什么实际意义。不过，由此可以知道桓温有着强悍威武的外貌。

二十八

王敬伦风姿似父[①]，作侍中[②]，加授桓公公服[③]。从大门入，桓公望之曰："大奴固自有凤毛[④]。"

【今　注】

①王敬伦：王劭，王导第五子。

②侍中：官名，侍从皇帝左右。

③桓公：桓温。 公服：官服。

④大奴：指王劭。 固自：本来，确实。 凤毛：凤凰的羽毛，比喻有父辈的仪容风采。

【今　译】

王劭的风度姿态像他的父亲，他担任侍中时，为桓温加授官服。从大门进入官署后，桓温远远望着他说："大奴确实有他父亲的风范。"

【解　义】

据《金楼子·杂记篇上》记载，南朝时人通称他人之子像父亲者为“凤毛”。

二十九

林公道王长史[①]：“敛衿作一来[②]，何其轩轩韶举[③]！”

【今　注】

①林公：支道林。　王长史：王濛。

②敛衿（jīn）：收拢衣襟，表示恭谨。　作：起，指站起来。

③轩轩：仪态昂扬的样子。　韶举：美好挺拔。

【今　译】

支道林称道王濛：“他收拢衣襟站起来时，仪态是何等的轩昂美好挺拔！”

【解　义】

王濛的外表一直受人称道，他本人也颇为自得。据刘孝标注引《语林》记载，王濛每每揽镜自照，说：“王文开怎么生了这么个儿子。”文开是其父王讷的字。

三十

时人目王右军[①]：“飘如游云[②]，矫若惊龙[③]。”

【今　注】

①王右军：王羲之。

②飘：飘逸。　游云：流动的云。

③矫：矫健。　惊龙：受惊的龙。

【今　译】

当时人品评王羲之“飘逸得如流动的云，矫健得像受惊的龙。”

【解　义】

据《晋书·王羲之列传》记载，这是人们对王羲之书法的赞誉之词。曹植《洛神赋》在描写洛神时说：“其形也，翩若惊鸿，婉若游龙。”“飘若浮云，矫若惊龙”即化用其句。

三十一

王长史尝病[①]，亲疏不通[②]。林公来[③]，守门人遽启之曰[④]：“一异人在门[⑤]，不敢不启。”王笑曰：“此必林公。”

【今　注】

①王长史：王濛。

②亲疏：指亲友关系亲近的或疏远的。　通：通报。

③林公：支道林。

④遽（jù）：急忙，赶快。　启：禀报。

⑤异人：指相貌怪异丑陋。

【今　译】

王濛曾经患病，无论是亲近的还是疏远的亲友都不许通报。支道林来访，守门人急忙禀告说：“有一位相貌怪异的人在门口，我不敢不报。”王濛笑道：“这必定是支道林。”

【解　义】

本文或许有夸张之处。支道林作为一代高僧，与当时的名士有着密切的交往，王濛的守门人应当不至于没见到过他。据刘孝标注引《语林》记载，有人邀请阮裕一起去拜访支道林，阮裕说：“我想听他的话，但讨厌看到他的脸。”刘孝标注因此认为支道林的相貌可能非常丑陋。

三十二

或以方谢仁祖不乃重者[①]。桓大司马曰[②]："诸君莫轻道，仁祖企脚北窗下弹琵琶[③]，故自有天际真人想[④]。"

【今　注】

①方：比方，比拟。　谢仁祖：谢尚。　乃：是。　重：指轻视。

②桓大司马：桓温。

③企脚：踮起脚跟。

④天际真人：修真得道之人，神仙。想：情怀。

【今　译】

有把人比拟为谢尚而不太重视的。桓温说："诸位不要轻易评说他，谢尚踮起脚跟在北窗下弹琵琶时，确实有神仙般的情怀。"

【解　义】

琵琶置于膝头，演奏者一旦全神贯注，就会踮起脚跟。桓温所说"企脚"，就是形容谢尚演奏时之专注与投入。据《艺文类聚》卷四十四引《俗说》记载，桓温听说谢尚善于弹筝，于是特意让他弹奏一曲，谢尚理弦抚筝，并高歌《秋风》，意气遒劲，桓温由此对他大为推崇。

三十三

王长史为中书郎[①]，往敬和许[②]。尔时积雪，长史从门外下车，步入尚书[③]，著公服[④]。敬和遥望，叹曰："此不复似世中人！"

【今　注】

①王长史：王濛。

②敬和：王洽。　许：处所。

③尚书：指尚书省衙门。

④著（zhuó）：穿。　公服：官服。

【今　译】

王濛担任中书郎时，到王洽处去。那时正积雪，王濛从门外下车，走进尚书省衙门，身穿官服。王洽远远望见，赞叹道："这位不像是世俗中的人"。

【解　义】

王濛原本就风度翩翩，在皑皑白雪的背景下身穿红色的官服，红白映衬，难免让人有神仙下凡之感。

三十四

简文作相王时[①]，与谢公共诣桓宣武[②]。王珣先在内[③]，桓语王："卿尝欲见相王，可住帐里[④]。"二客既去，桓谓王曰："定何如[⑤]？"王曰："相王作辅[⑥]，自然湛若神君[⑦]。公亦万夫之望[⑧]，不然，仆射何得自没[⑨]？"

【今　注】

①简文：简文帝司马昱。　相王：司马昱以会稽王的身份担任丞相，故称。

②谢公：谢安。　桓宣武：桓温。

③内：指帷帐内。

④住：留。

⑤定：到底，究竟。

⑥辅：指辅佐大臣。

⑦湛：深沉。　神君：形容人贤明若神。

⑧万夫之望：为万人所敬仰的人。

⑨仆射（yè）：谢安，曾任尚书仆射。　何得：岂可。自没：埋没自己。

【今　译】

简文帝担任丞相时，与谢安一起去拜访桓温。王珣先已在帷帐内，桓温对王珣说："你曾经想见相王，可以留在帷帐后面。"两位客人离开后，桓温对王珣说："他们究竟怎么样？"王珣说："相王担任辅政大臣，自然是深沉如贤明若神。您也是众望所归者，不然的话，谢公怎么会埋没自己呢？"

【解　义】

简文帝司马昱在当时享有很高的声望，王珣的评价并非过誉之词。但王珣为避免桓温尴尬，也肯定其为"万夫之望"。王珣所说"仆射何得自没"，指谢安出山时曾任桓温帐下司马之事。

三十五

海西时[①]，诸公每朝，朝堂犹暗，唯会稽王来[②]，轩轩如朝霞举[③]。

【今　注】

①海西：晋废帝海西公司马奕。

②会稽王：司马昱。

③轩轩：仪度轩昂的样子。　举：升起。

【今　译】

晋废帝在位时，群臣每当上朝，朝堂里还很昏暗，只有会稽王到来时，气宇轩昂的样子如朝霞升起一般。

【解　义】

曹植《洛神赋》描绘洛神“皎若太阳升朝霞”。此后即常用朝霞形容人的相貌气质，如南朝王枢《徐尚书座赋得阿怜诗》曰：“红莲披早露，玉貌映朝霞。”

三十六

谢车骑道谢公[1]：“游肆，复无乃高唱[2]，但恭坐捻鼻顾睐[3]，便自有寝处山泽间仪。”

【今　注】

①谢车骑：谢玄。　谢公：谢安。

②肆：指街市。

③捻：捏。　顾睐：环视。睐，看。

【今　译】

谢玄称赞谢安道：“游于街市，不再高歌唱咏，只是端坐着捏着鼻子环顾四周，便自然有一种栖息在山林水泽间的潇洒仪态。”

【解　义】

据《晋书·谢安列传》记载，谢安隐居东山时与王羲之、支道林等众多名士交游，出则渔弋山水，入则吟咏诗文。谢玄所说“游肆，复无乃高唱”，指谢安出山后不能再像以前那样纵情潇洒。但是谢安所表现出的非凡气质，让他看上去仍像是身处山泽间一样。谢安患有鼻炎，或许因此养成“捻鼻”的习惯。

三十七

谢公云[1]：“见林公双眼[2]，黯黯明黑[3]。”孙兴公见林公[4]："棱棱露其爽[5]。"

【今　注】

①谢公：谢安。

②林公：支道林。

③黯黯（àn）：形容眸子黑亮的样子。

④孙兴公：孙绰。

⑤棱棱（léng）：威严的样子。　爽：豪爽。

【今　译】

谢安说："见到支道林的双眼，足以明亮漆黑。"孙绰见到支道林说："威严中露出豪爽的姿态。"

【解　义】

支道林作为一位名士，相貌固然有点怪异，但他的气质却不同寻常，因为外在的气质取决于内在的修养。

三十八

庾长仁与诸弟入吴[1]，欲住亭中宿[2]。诸弟先上，见群小满屋[3]，都无相避意。长仁曰："我试观之。"乃策杖将一小儿[4]，始入门，诸客望其神姿，一时退匿[5]。

【今　注】

①庾长仁：庾统。

②亭：驿亭，古时供行旅沿途歇息。

③群小：指百姓。

④将：带，此为"领着"意。

⑤匿：藏匿，躲避。

【今　译】

庾统与弟弟们到吴郡去，半路上想在驿亭中住宿。弟弟们先进去，见到满屋子都是百姓，全都没有避让的意思。庾统说："我去看看。"于是拄着拐杖带着一位小童，刚进门，屋里的客人们望见他的神情姿态，一下子都避开了。

【解　义】

庾统是庾亮大弟庾怿的独生子，所谓"诸弟"指堂兄弟。

三十九

有人叹王恭形茂者[1]，云："濯濯如春月柳[2]。"

【今　注】

①茂：美好。

②濯濯：清朗的样子。　春月：春天。

【今　译】

有人赞美王恭外貌美好，说："他清朗的样子就像春天的柳枝一样婀娜多姿。"

【解　义】

唐人乔知之以此句入诗，其《横吹曲辞·折杨柳》曰："可怜濯濯春杨柳，攀折将来就纤手。"后人以"春月柳"形容柔美的仪态。宋晁冲之《和十二兄》之一曰："孰云醉无度，婉婉春月柳。"

自新第十五

自新，指改过从善。人非圣贤孰能无过，但关键是要能知耻悔过，孔子曾说:“过则勿惮改。”(《论语·学而篇》)意即有了过错就不要害怕改正。孔子之所以说“勿惮改”，是因为改正错误需要勇气。知耻而后勇，悔过才能自新。本篇仅有两则，其中周处的故事流传最广，京剧《除三害》即以此为蓝本。

一

周处年少时[1]，凶强侠气[2]，为乡里所患[3]。又义兴水中有蛟[4]，山中有邅迹虎[5]，并皆暴犯百姓[6]。义兴人谓为“三横”[7]，而处尤剧[8]。或说处杀虎斩蛟[9]，实冀三横唯余其一[10]。处即刺杀虎，又入水击蛟。蛟或浮或没，行数十里，处与之俱。经三日三夜，乡里皆谓已死，更相庆[11]。竟杀蛟而出[12]，闻里人相庆，始知为人情所患，有自改意。乃入吴寻二陆[13]，平原不在[14]，正见清河[15]，具以情告，并云：“欲自修改，而年已蹉跎[16]，终无所成。”清河曰：“古人贵朝闻夕死[17]，况君前途尚可。且人患志之不立，亦何忧令名不彰邪？”处遂改励[18]，终为忠臣孝子。

【今　注】

①周处（236—297）：字子隐，义兴（今江苏宜兴）人。年轻时凶强，为害乡里，后发奋改过。仕吴时官东观左丞、无难都督；仕魏时历官新平太守、广汉太守、散骑常侍、御史中丞、建威将军。

②侠气：指意气用事。

③患：祸患。

④义兴：郡名，西晋时治所在阳羡县（今江苏宜兴）。蛟：鳄鱼，古人神化为蛟龙。

⑤邅（zhān）迹虎：针足虎，因腿歪而行走不便的老虎。

⑥暴犯：侵犯，祸害。

⑦横（hèng）：横暴。

⑧剧：厉害，严重。

⑨说（shuì）：劝说。

⑩冀：希望。

⑪更相：互相。

⑫竟：最后，最终。

⑬入吴：到吴郡。

⑭平原：陆机，曾任平原内史，故称。

⑮正：只。　清河：陆云，曾任清河内史，故称。

⑯蹉跎：虚度光阴。

⑰朝闻夕死：语出《论语·里仁》，原文曰："朝闻道，夕死可矣。"意指人生在世贵在求知，即使早晨听到圣贤之道晚上就死去，也没有遗憾。

⑱改励：改过自新。

【今　译】

周处年轻时，凶狠蛮横意气用事，被乡邻们当作祸害。此外义兴的河水中有蛟龙为害，山中有斜足虎肆虐，它们都祸害百姓，义兴人把它们称为"三横"，而其中周处尤为厉害。有人劝说周处去斩杀虎蛟，实际上是希望三横中只留下其中一横。周处立即去刺杀老虎，又下河去击杀蛟龙。蛟龙有时浮出水面，有时潜入水中，游了几十里，周处始终与蛟龙纠缠搏斗。经过三天三夜，乡里人都认为他已经死了，便互相庆贺。周处最终杀死蛟龙并出水，听到了乡里人互相庆贺，这才知道自己被人们厌恶，有了改过自新的想法。于是便到吴郡去寻访陆机、陆云兄弟。陆机不在，只见到陆云。周处便把事情都告诉他，并说："自己想改过自新，但岁月已经虚度，恐怕最终一事无成。"陆云说："古人看重朝闻夕死，何况你的前途还有希望。而且人就怕不能立志，又何必担心美名不能传扬呢？"周处于是改过自新，最终成为忠臣孝子。

【解　义】

《晋书·周处列传》也收录了本文的记载，但根据清代学者劳格的考证（《读书杂识》卷五），周处年长陆机二十多岁，周处弱冠时，陆机和陆云还没有出生；而陆机弱冠时，周处已经出仕很久了。因此，所谓"入吴寻二陆"以及周处与陆云之间对话等情节很明显出自后人附会。文中所谓"终为忠臣孝子"，指周处曾因母亲年事已高而辞官，此后就任建威将军，在征讨氐人齐万年时力战而死。

二

戴渊少时，游侠不治行检①，尝在江淮间攻掠商旅②。陆机赴假还洛③，辎重甚盛④。渊使少年掠劫，渊在岸上，据胡床指麾左右⑤，皆得其宜。渊既神姿锋颖⑥，虽处鄙事⑦，神气犹异。机于船屋上遥谓之曰："卿才如此，亦复作劫邪？"渊便泣涕，投剑归机，辞厉非常⑧。机弥重之⑨，定交⑩，作笔荐焉⑪。过江，仕至征西将军。

【今　注】

①游侠：指任性妄为。　行检：品行操守。

②江淮：指处于江淮流域一带的江苏、安徽地区。　攻掠：抢劫。　商旅：商人、旅客。

③赴假：销假。

④辎（zī）重：行李物品。

⑤胡床：可折叠的轻便坐具。　指麾（huī）：指挥。

⑥神姿：神情姿态。　锋颖：形容其神情姿态不凡，引人注目。

⑦鄙事：为人所鄙视之事。此指抢劫。

⑧辞厉：言辞激切。

⑨弥：更加。

⑩定交：结为朋友。

⑪作笔：提笔。

【今　译】

戴渊年轻时，任性妄为不检点品行操守，曾在江淮一带抢劫商人旅客。陆机休假回洛阳时，行李物品很多。戴渊指使少年抢劫，他靠着胡床指挥，一切布置都很适宜。戴渊的神情姿态本来就不凡，虽然在做卑鄙之事，神态意气还是不同一般。陆机在船屋上远远地对他说：“你的才能如此不俗，也要做劫贼吗？”戴渊于是哭泣流泪，丢下剑归顺了陆机，言辞非常激切。陆机更加看重他，与他结为朋友，并提笔写信推荐他。过江以后，官至征西将军。

【解　义】

所谓“作笔荐焉”，指陆机写信向赵王司马伦推荐。所谓“过江”，指永嘉之乱时渡江南下。

企羡第十六

企慕，指极为深切的仰慕。本篇所载与赏誉相近，只不过赞誉之中都带有仰慕之意。

一

王丞相拜司空[①]，桓廷尉作两髻、葛裙、策杖[②]，路边窥之，叹曰："人言阿龙超[③]，阿龙故自超[④]。"不觉至台门[⑤]。

【今　注】

①王丞相：王导。　司空：三公之一。

②桓廷尉：桓彝，死后追赠廷尉，故称。　髻（jì）：梳在头顶的发结。　葛裙：葛布做的下裳。裙，下裳。

③阿龙：王导小字。　超：超脱。

④故自：本来。

⑤台门：指朝廷所在之中央官府。

【今　译】

王导被授为司空时，桓彝把头发梳成两个髻，穿着葛裙，拄着拐杖，在路边暗暗观察他，赞叹道："人们都说阿龙超脱，阿龙原本就有超脱的气质。"不知不觉间跟到了台门。

【解　义】

王导拜司空时，桓彝已在朝中为官，应该不至于乔装打扮去路边窥探。并且，桓彝称呼王导的小字也不伦不类。因此，本文所载当出自里巷传言。

二

王丞相过江[①]，自说昔在洛水边，数与裴成公、阮千里诸贤共谈道[②]。羊曼曰："人久以此许卿[③]，何须复尔[④]？"王曰："亦不言我须此[⑤]，但欲尔时不可得耳[⑥]。"

【今　注】

①王丞相：王导。　过江：指西晋末渡江南下。

②数（shuò）：屡次。　裴成公：裴頠。　阮千里：阮瞻。道：指玄理。

③许：赞许。

④何须：何必。

⑤须：需要。

⑥但：只是。

【今　译】

王导渡江后，述说过去在洛水边时，屡次与裴頠、阮瞻诸位名流共同谈玄论理。羊曼说："人们早就以此赞许您了，何必再重提往事呢？"王导说："也不是我要自我标榜，只是想念当年时光却已不可再得了。"

【解　义】

永嘉之乱后，大量北方士人不得不背井离乡渡江南下。他们难免会怀念故土，留恋往日盛景。对于名士而言，在洛水边行吟宴饮、谈玄论道的时光显然最为难忘。如王导与殷浩清谈后曾感慨"正始之音，正当尔耳"（《文学》第二十二则）。王敦与卫玠清谈后也曾感慨"不意永嘉之中，复闻正始之音"（《赏誉》第五十一则）。王导所谓"欲尔时不可得耳"，流露出来的也是这种怀旧情感。

三

王右军得人以《兰亭集序》方《金谷诗序》①，又以己敌石崇②，甚有欣色。

【今　注】

①王右军：王羲之。　《兰亭集序》：晋穆帝永和九年

(353）三月三日，王羲之与谢安等四十一人会于会稽山阴之兰亭，吟诗作赋，并由王羲之作序。　方：比拟。《金谷诗序》：晋惠帝元康六年（296），石崇、苏绍等三十人集于金谷涧（今河南洛阳西北），游宴赋诗，各抒其怀，石崇为之作序。

②敌：相当，匹敌。

【今　译】

王羲之听说人们将《兰亭集序》与《金谷诗序》相提并论，又将自己与石崇相匹敌，露出喜悦的神色。

【解　义】

金谷之会在西晋，兰亭之会在东晋，两者相隔半个世纪，都是文坛佳话。后人关注《兰亭集序》，大多是从书法的角度。但由本文所载可知，《兰亭集序》之所以问世后就享有盛誉，主要是因为其文采出众。后人往往将刘孝标注所谓“临河叙”当作《兰亭集序》的别称，恐怕有误，应为临河作序之意。曲水流觞，群贤赋诗作文，所以王羲之在水边即兴挥笔作序。

四

王司州先为庾公记室参军①，后取殷浩为长史②。始到，庾公欲遣王使下都③。王自启求住，曰④：“下官希见盛德⑤，渊源始至⑥，犹贪与少日周旋⑦。”

【今　注】

①王司州：王胡之。　庾公：庾亮。　记室参军：诸侯、三公、大将军等幕府所设属官，掌表章文书。

②取：录用。　长史：将军府的幕僚长。

③下都：东下都城建康。

④自启：自己报告。　住：留下。

⑤希：少。　盛德：德高望重之人。

⑥渊源：殷浩。

⑦少日：指几天。　周旋：交往。

【今　译】

王胡之先前担任庾亮的记室参军，后来庾亮又任用殷浩为长史。殷浩刚到时，庾亮想派王胡之出使去京城。王胡之报告要求留下，说："我很少见到德高望重之人，殷浩才到，还希望与他交往几天。"

【解　义】

庾亮在进号征西将军时任殷浩为记室参军，此后殷浩一直在庾亮幕府，累迁至左长史，庾亮去世后归隐。因此，王胡之进庾亮幕府的时间应在殷浩之后。本文所载在时间顺序上有所颠倒，"先为"应是"后为"，"后取"应是"先取"，"始到"应是指王胡之刚到任。王胡之见到幕僚长殷浩后就仰慕不已，所以请求推迟出使的时间。

五

郗嘉宾得人以己比苻坚①，大喜。

【今　注】

①郗嘉宾：郗超。

【今　译】

郗超听说有人把自己比作苻坚，大为欣喜。

【解　义】

苻坚系敌国君主，将郗超与其比拟，并非褒奖。所谓郗超闻言"大喜"的记载，应出自后人的诋毁，因为郗超曾有助桓温谋逆之嫌。

六

孟昶未达时[①]，家在京口[②]，尝见王恭乘高舆[③]，被鹤氅裘[④]。于时微雪，昶于篱间窥之，叹曰："此真神仙中人!"

【今　注】

①达：显达，显贵。

②京口：今江苏镇江。

③高舆：高大的车子。

④被：同"披"。　鹤氅（chǎng）裘：鸟羽制成的裘衣。

【今　译】

孟昶还没有显达时，家住京口，曾经看到王恭乘坐高车，身披用鸟羽制作的皮衣。当时正下着小雪，孟昶透过篱笆缝隙窥探他，赞叹道："这真是神仙中人啊!"

【解　义】

太元十五年（390），王恭出任都督兖青冀幽并徐及扬州之晋陵诸军事、前将军、兖青二州刺史，驻镇京口。所以，家在京口的孟昶能够看到王恭出行。据《晋书·王恭列传》记载，王恭容貌仪态出众，有人曾称赞他"濯濯如春月柳"。晚唐诗人孙元晏有诗咏之："春风濯濯柳容仪，鹤氅神情举世推。"所谓"鹤氅神情"即典出于此。

伤逝第十七

伤逝，指对逝者的感伤与哀思。圣人有情无情的问题是魏晋清谈的品目之一，何晏持圣人无情论，王弼则持圣人有情论。久而久之，士人逐渐倾向于持圣人有情论，所以王戎又有“圣人忘情”说。正是因为对情感问题进行了广泛的思考，所以魏晋士人的情感世界极为丰富，尤其是对亡者的哀思，王戎所谓“情之所钟，正在我辈”，最能体现魏晋士人重情的内心世界。

一

王仲宣好驴鸣[①]。既葬，文帝临其丧[②]，顾语同游曰[③]："王好驴鸣，可各作一声以送之[④]。"赴客皆一作驴鸣[⑤]。

【今　注】

①王仲宣：王粲（177—217）字仲宣，山阳高平（今山东邹城西南）人。先依刘表，未得重用；后为曹操幕僚，官侍中。学识博洽，以诗、赋著称。建安七子之一。

②文帝：魏文帝曹丕。　临（lìn）：哭吊死者。

③顾：回头看。　同游：互相交往，指宾客。

④作：充当。

⑤赴客：送葬的客人。

【今　译】

王粲喜欢驴的叫声。他去世下葬后，曹丕亲自参加丧礼哭吊，回过头去对宾客们说："王粲喜欢驴叫的声音，大家每人可学一声驴叫来送别他。"参加丧礼的宾客于是就都学了一声驴叫。

【解　义】

据《三国志·魏书·王粲传》记载，建安二十一年（216），王粲随曹操征讨孙权。次年春天，王粲在途中病逝。这次出征时曹丕也同行，所以他能够出席丧礼。魏晋士人好歌啸，所谓"驴鸣"，或许是士人们模拟动物发声的一种尝试。据《后汉书·逸民列传》记载，戴良的母亲喜欢听驴鸣，戴良于是经常模仿驴鸣以取悦母亲。

二

王浚冲为尚书令[①]，著公服，乘轺车[②]，经黄公酒垆下过[3]。顾谓后车客："吾昔与嵇叔夜、阮嗣宗共酣饮于此垆[4]。竹林之游[5]，亦预其末[6]。自嵇生夭[7]、阮公亡以来，便为时所羁绁[8]。今日视此虽近，邈若山河[9]。"

【今　注】

①王浚冲：王戎，字浚冲。　尚书令：官名，尚书省长官。

②轺（yáo）车：用一匹马拉的轻便马车。

③黄公酒垆：酒家名。酒垆，酒店前放置酒瓮的土台。此指酒店。

④嵇叔夜：嵇康。　阮嗣宗：阮籍。

⑤竹林之游：指嵇康、阮籍、山涛、刘伶、阮咸、向秀、王戎等人相与交好，常宴集于竹林之下。

⑥预其末：参与末座。

⑦夭：早死。

⑧羁绁（jīxiè）：束缚，约束。

⑨邈（miǎo）：遥远。

【今　译】

王戎担任尚书令时，穿着官服，乘着轻便马车，从黄公酒家旁边经过。他回头对后面车上的客人说："我当初与嵇康、阮籍一起在这家酒店畅饮，竹林之游我也参与忝陪末座。自从嵇生早逝、阮公亡故以来，我便为时势所束缚。今天看到这家酒店虽然近在眼前，却感到遥远得如同隔着山河。"

【解　义】

本文所载应系里巷传言，可靠性存疑。据本书《轻诋》第二十四则记载，庾亮之子庾龢曾向谢安求证裴启《语林》的真实性，并引述了王珣根据黄公酒垆传说所作《经酒垆下赋》，但谢安却并不认可。又据刘孝标注引《竹林七贤论》记载，庾爰之也曾向其伯父庾亮求证黄公酒垆的传说，庾亮表示在中朝（西晋）时没有听说过，到了江南才忽然出现这一传说，属于好事者所为。不过，黄公酒垆的传说极有感染力，流传甚广，成语“黄垆之叹”即典出于此，形容对亡友的悼念。

三

孙子荆以有才[①]，少所推服，唯雅敬王武子[②]。武子丧时[③]，名士无不至者。子荆后来，临尸恸哭，宾客莫不垂涕。哭毕，向灵床曰：“卿常好我作驴鸣，今我为卿作。”体似真声[④]，宾客皆笑。孙举头曰：“使君辈存，令此人死！”

【今　注】

①孙子荆：孙楚。　以：凭借。

②雅敬：非常敬重。雅，甚，极。　王武子：王济。

③丧：丧礼。

④体似真声：应为“体似声真”，意指其模拟惟妙惟肖，声音逼真。

【今　译】

孙楚自负自己的才能，很少推崇佩服别人，只是对王济非常敬重。王济丧礼时，名士们都去吊唁。孙楚后到，面对尸体痛哭，宾客们无不为之流泪。哭完后，他对着灵床说：“你平时喜欢听我学驴叫，现在我就为你学。”他模仿得很逼真，宾客都笑了起来。孙楚抬头说：“怎么让你们活着，却让这个人死了！”

【解　义】

本文所载与本篇第一则类似。

四

王戎丧儿万子[①]，山简往省之[②]，王悲不自胜。简曰："孩抱中物[③]，何至于此?"王曰："圣人忘情[④]，最下不及情[⑤]。情之所钟[⑥]，正在我辈。"简服其言，更为之恸[⑦]。

【今　注】

①万子：王绥，早逝，年仅十九岁。

②省（xǐng）：看望。

③孩抱中物：已会笑还要人抱的幼儿，泛指年幼的孩子。

④忘情：指不动感情。

⑤最下：指最下等的愚民。　不及情：指不懂感情。

⑥钟：专注，集中。

⑦更：更改，转变。　恸（tòng）：悲痛。

【今　译】

王戎之子万子早逝，山简前去看望他，王戎悲痛得无法自制。山简说："不过是一个年幼的孩子，何至于伤心到这种地步?"王戎说："圣人能不动感情，最下等的小民不懂感情。感情最专注的，正是我们这种人。"山简佩服他的话，转而为之悲痛。

【解　义】

人类是情感的动物，但对情感的理解则因人而异。"最下"指底层未经教化的百姓，"我辈"指士人阶层。最下之所以不懂感情，我辈之所以钟情，原因就在于知识程度有高低。知识程度越高，对情感的理解越深刻。反之，对情感的理解就会越肤浅。圣人顾念天下苍生，所以忘却个人之私情，如诗圣杜甫所谓"安得广厦千万间，大庇天下寒士俱欢颜""吾庐独破受冻死亦足"，展现出的就是这种高尚情怀。

世说新语

无障碍读本

（南朝宋）刘义庆／撰　沈海波／编著

（下册）原文·注释·译文·解义

团结出版社

图书在版编目（CIP）数据

《世说新语》无障碍读本 / (南朝宋) 刘义庆撰 ; 沈海波编著. -- 北京 : 团结出版社, 2021.1
ISBN 978-7-5126-8393-8

Ⅰ. ①世… Ⅱ. ①刘… ②沈… Ⅲ. ①笔记小说－中国－南朝时代 Ⅳ. ①I242.1

中国版本图书馆CIP数据核字(2020)第213442号

《世说新语》无障碍读本

(南朝宋) 刘义庆 撰 沈海波 编著

出 版：团结出版社
（北京市东城区东皇城根南街84号 邮编：100006）
责任编辑：郑 纪
电 话：(010) 65228880
发 行：(010) 51393396
网 址：http://www.tjpress.com
E-mail：65244790@163.com
经 销：全国新华书店
印 刷：三河市双升印务有限公司

开 本：145×210 1/32
印 张：36
字 数：550千字
版 次：2021年1月第1版
印 次：2021年1月第1次印刷

书 号：ISBN 978-7-5126-8393-8
定 价：88.00元(全三册)

五

有人哭和长舆曰[①]："峨峨若千丈松崩[②]。"

【今　注】

①和长舆：和峤，字长舆。

②峨峨：高峻的样子。　崩：倒塌，崩坏。

【今　译】

有人哭吊和峤说："如同巍峨的千丈松倒下。"

【解　义】

据本书《赏誉》第十五则记载，庾敳曾对和峤作出"森森如千丈松"的评价。所以，本文所谓"有人"，或许就是庾敳。

六

卫洗马以永嘉六年丧[①]，谢鲲哭之[②]，感动路人。咸和中[③]，丞相王公教曰[④]："卫洗马当改葬。此君风流名士，海内所瞻，可修薄祭[⑤]，以敦旧好[⑥]。"

【今　注】

①卫洗（xiǎn）马：卫玠，官太子洗马，故称。　永嘉：晋怀帝年号。

②哭：哭吊。

③咸和：东晋成帝年号（326—334）。

④丞相王公：王导。　教：指上对下的告谕、批示、命令。

⑤修：治备。　薄祭：指简单的祭礼。

⑥敦：敦睦，意指宽慰。　旧好：旧友，老朋友。

【今　译】

卫玠在永嘉六年（312）去世，谢鲲去哭吊他，悲痛之情感动了过路人。咸和年间，丞相王导发布告谕说："卫洗马应当改葬。这位君子是风流名士，为天下人所仰慕，可以设简单的祭奠，以宽慰旧友的思念。"

【解　义】

据刘孝标注引《永嘉流人名》记载，卫玠去世时谢鲲悲痛得无法自控，并表示失去了一位栋梁之材。卫玠原葬于南昌城许征墓之东，由于地处偏远，所以王导下令将卫玠改葬于丹阳郡江宁县，以便故旧亲友可以就近凭吊祭扫。

七

顾彦先平生好琴[①]，及丧，家人常以琴置灵床上。张季鹰往哭之[②]，不胜其恸，遂径上床鼓琴[③]，作数曲竟，抚琴曰："顾彦先颇复赏此不[④]？"因又大恸，遂不执孝子手而出[⑤]。

【今　注】

①顾彦先：顾荣。

②张季鹰：张翰。

③径：直接。

④不：通"否"。

⑤孝子：儿子居父母之丧时称孝子。

【今　译】

顾荣平生喜欢弹琴，到他死后，家人常把琴放在灵床上。张翰前去哭吊他，悲痛得无法自制，于是直接坐上灵床弹琴，弹了几个曲子后，抚摸着琴说："顾彦先还能再欣赏这曲子吗？"因此又痛哭起来，于是没有握孝子的手就出来了。

【解　义】

按照礼法，吊丧完毕后都要和孝子握手致意，张翰因为悲伤过度，以致忘了礼数。

八

庾亮儿遭苏峻难遇害[①]。诸葛道明女为庾儿妇[②]，既寡，将改适[③]，与亮书及之，亮答曰："贤女尚少，故其宜也[④]。感念亡儿，若在初没[⑤]。"

【今　注】

①庾亮儿：庾会。　苏峻难：指苏峻之乱。

②诸葛道明：诸葛恢。

③改适：改嫁。

④宜：应当。

⑤没：通"殁"，死亡。

【今　译】

庾亮的儿子遭苏峻之乱遇害。诸葛恢的女儿是庾亮的儿媳妇，守寡之后，将要改嫁，诸葛恢致信庾亮提到这件事，庾亮答信道："令爱还年轻，改嫁本来是应当的。我想念死去的儿子，就好像他刚刚离去一样。"

【解　义】

庾亮因为思念儿子，所以他的言下之意是不希望儿媳立刻就离开，改嫁之事可以再等一等。诸葛恢的女儿此后改嫁给了江彪。

九

庾文康亡[①]，何扬州临葬，云[②]："埋玉树著土中[③]，使人情何能已已[④]！”

【今　注】

①庾文康：庾亮，谥文康。

②何扬州：何充，曾任扬州刺史，故称。

③玉树：比喻庾亮英姿勃发又有才干。

④已已：静止下来。后面的“已”为语气词，加重语气。

【今　译】

庾亮去世后，何充出席葬礼，说：“把玉树埋在土里，让人的心情怎么能平静得下来！”

【解　义】

庾亮风度潇洒，姿容出众，故何充誉之为“玉树”。后人以“玉树临风”形容美男子，以“埋玉树”作为悼亡之辞。如唐代李端《慈恩寺怀旧》曰：“鲤庭埋玉树，那忍见门人。”白居易《醉中见微之旧卷有感》曰：“银钩尘覆年年暗，玉树泥埋日日深。”陈子昂《同旻上人伤寿安傅少府》曰：“金兰徒有契，玉树已埋尘。”

十

王长史病笃[①]，寝卧灯下，转麈尾视之[②]，叹曰：“如此人，曾不得四十！”及亡，刘尹临殡[③]，以犀柄麈尾著柩中[④]，因恸绝[⑤]。

【今　注】

①王长史：王濛。

②麈尾：士人清谈时常执的一种拂尘，用麈的尾毛制成。

③刘尹：刘惔。　殡：殡葬，指停放灵柩或把灵柩送到墓地。

④犀柄：以犀牛角做柄。

⑤绝：昏厥。

【今 译】

王濛病重时，躺在灯下，转动麈尾看着，叹息道："像这样的人，竟活不到四十岁！"死后，刘惔出席葬礼，把犀牛角做柄的麈尾放入棺中，悲痛得昏厥了过去。

【解 义】

王濛与刘惔在当时齐名，而且两人是知己之交。王濛经常说"刘君知我，胜我自知"（《晋书·王濛列传》），所以刘惔对王濛的去世悲痛欲绝。王濛死时三十九岁，不久刘惔也去世，年仅三十六岁。

十一

支道林丧法虔之后①，精神賨丧②，风味转坠③。常谓人曰："昔匠石废斤于郢人④，牙生辍弦于钟子，推己外求⑤，良不虚也⑥。冥契既逝⑦，发言莫赏，中心蕴结⑧，余其亡矣！"却后一年⑨，支遂殒⑩。

【今 注】

①法虔：晋时僧人，支道林的同学。

②賨（yǔn）丧：坠落，指消沉、沮丧。

③风味：风采，风貌神韵。 转：渐渐，坠：衰退。

④匠石废斤于郢人：典出《庄子·徐无鬼篇》，谓楚国的郢人用白垩泥涂抹了一点在鼻尖上，让匠石用斧子把污点去掉，匠石挥动斧子，带着风把鼻尖上的污点削去，郢人不仅鼻子毫发无伤，而且神情自若。宋元君听说后召见匠石，让他也来试试，匠石回答道，我虽然曾经能够做到，但信任我的郢人已经死了。

⑤牙生辍弦于钟子：典出《淮南子·修务篇》，谓春秋时

楚人伯牙精于音律，只有钟子期能够听懂他志在高山流水。钟子期死后，伯牙认为再也找不到知音，于是绝弦破琴，终身不再弹琴。推：推想，推测。

⑥良：确实。

⑦冥契：指相互投合的知音。

⑧中心：内心。蕴结：郁闷。

⑨却后：以后。

⑩殒（yǔn）：死亡。

【今　译】

支道林在法虔去世以后，精神消沉，风貌神韵渐渐衰退。他常对人说："过去匠石因为郢人的去世而丢掉斧子，伯牙因为知音去世而停止弹琴，推己及人，确实不假。知音已经去世，说话无人欣赏，心中郁闷，我恐怕要死了！"一年后，支道林便去世了。

【解　义】

据《庄子·徐无鬼篇》记载，庄子在经过惠子墓时感叹道，自从先生去世后，自己再也找不到可以一起辩论的人了。自古知音难得，所以支道林在法虔去世后也同样感慨无人可以听他倾吐胸臆。据《高僧传·支道林传》记载，支道林去世前著《切悟章》，临终时写成，落笔而卒。

十二

郗嘉宾丧①，左右白郗公②："郎丧③。"既闻不悲，因语左右："殡时可道。"公往临殡，一恸几绝④。

【今　注】

①郗嘉宾：郗超。

②郗公：郗愔，郗超之父。

③郎：少主人，贵家子弟称"郎君"。

④绝：昏厥。

【今　译】

郗超死后，左右侍从禀报郗愔："少主人死了。"郗愔听后也并不悲痛，对身边的侍从说："殡殓时告诉我。"郗愔参加殡殓时，一下子悲痛得几乎昏厥。

【解　义】

据刘孝标注引《续晋阳秋》记载，郗超是桓温的谋主，而郗愔则忠于王室。郗超临死前担心父亲会悲伤过度，于是嘱咐门人将自己和桓温往来密谋的信件交给郗愔。郗愔见后大怒，于是不再悲伤。如果这一记载属实，那么郗超死后必然身败名裂。但据刘孝标注引《中兴书》记载，名流士子有四十多人为郗超作诔文，说明世人对郗超的去世普遍感到惋惜。又据本书《简傲》第十五则记载，郗愔因为王献之兄弟对他不敬，感慨道："如果郗超还没死的话，鼠辈怎么敢这样对我。"可见，郗愔对郗超非但没有恼怒之意，而且还对他的死感到遗憾。因此，《续晋阳秋》的记载应属里巷传言。《晋书·郗超列传》也有相同记载，应属史官失察。

十三

戴公见林法师墓，曰[①]："德音未远[②]，而拱木已积[③]。冀神理绵绵[④]，不与气运俱尽耳[⑤]。"

【今　注】

①戴公：戴逵。　林法师：支道林。

②德音：对他人言辞的敬称。

③拱木：指墓地上两手可合抱的大树，语出《左传》僖公三十二年，原文曰："中寿，尔墓之木拱矣！"后即以"拱木"指墓地之木。

④绵绵：绵延不断。

⑤气运：气数命运。

【今　译】

戴逵看到支道林的墓，说："高论犹在耳旁萦绕，而墓地的树木已经长成合抱的大树了。希望精妙的玄理能绵延不断，不像人的气数命运一起消逝。"

【解　义】

支道林是一代高僧，在东晋士人阶层中的名望极高，所以人们对他的去世无不感到痛惜。据《高僧传·支道林传》记载，支道林去世后，郗超为之作序传，袁宏为之作铭赞，周昙宝为之作诔文，孙绰《道贤论》将其比作向秀。又据刘孝标注引王珣《林法师墓下诗序》记载，王珣也曾于宁康二年（374）前往剡县石城山的支道林墓地凭吊。

十四

王子敬与羊绥善[①]。绥清淳简贵[②]，为中书郎[③]，少亡。王深相痛悼，语东亭云[④]："是国家可惜人[⑤]。"

【今　注】

①王子敬：王献之。

②清淳：清正朴实。　简贵：简约高贵。

③中书郎：中书侍郎。

④东亭：王珣，封东亭侯，故称。

⑤可惜：值得珍惜。

【今　译】

王献之与羊绥友好。羊绥清正朴实简约高贵，官为中书郎，年轻时就死了。王献之深深为之悲痛哀悼，对王珣说："这是国家值得珍惜的人。"

【解　义】

王献之对羊绥之死“深相痛悼”，说明他们是知己之交。据本书《忿狷》第六则刘孝标注引刘谦之《晋纪》记载，王献之个性端庄严正，不与志不同道不合者交往。所以，王献之与羊绥之所以能够成为知己，是因为个性相似，都极其清高。谢安曾想召见羊绥，但羊绥就是不肯登门拜访（见《方正》第六十则），所以本文称之为“简贵”。而谢安曾评价王献之“实自清立”，意即实在清高特立。

十五

王东亭与谢公交恶①。王在东闻谢丧②，便出都诣子敬，道③：“欲哭谢公。”子敬始卧，闻其言，便惊起曰：“所望于法护④。”王于是往哭。督帅刁约不听前⑤，曰：“官平生在时，不见此客。”王亦不与语，直前哭，甚恸，不执末婢手而退⑥。

【今　注】

①王东亭：王珣。　谢公：谢安。　交恶（wù）：交情破裂，彼此憎恶。

②在东：王珣当时在会稽，地处都城建康之东，故称。

③出都：到京都，赴京都。　子敬：王献之。

④法护：王珣的小名。

⑤督帅：指谢安帐下的领兵官。　刁约：督帅名，生平不详。

⑥末婢：谢琰，小字末婢，谢安之子。

【今　译】

王珣与谢安感情破裂后彼此憎恶。王珣在东边听说谢安去世后，便赶赴都城拜访王献之，说：“我想去哭吊谢公。”王献之起先躺着，听到他的话，于是吃惊地起身说："这正是我希望你做的。"王珣于是前往哭吊。谢安帐前的督帅刁约不让他上前，说："长官在世时，不见这位客人。"王珣也不与他说话，径直上前哭吊，非常悲痛，没有与谢琰握手就退出来了。

【解　义】

所谓"交恶"，指谢安先后让侄女和女儿与王珣、王珉离婚，两家因此反目成仇。东晋晚期政局混乱，谢安作为士人阶层的领袖人物，被人们寄以安定社稷的厚望。谢安去世时王珣不计前嫌前往哭吊，说明谢安的气度仍然让他折服。

十六

王子猷、子敬俱病笃①，而子敬先亡。子猷问左右："何以都不闻消息？此已丧矣！"语时了不悲②。便索舆来奔丧，都不哭。子敬素好琴，便径入坐灵床上，取子敬琴弹，弦既不调③，掷地云："子敬，子敬，人琴俱亡！"因恸绝良久。月余亦卒。

【今　注】

①王子猷：王徽之。　子敬：王献之。

②了：完全。

③调（tiáo）：协调，和谐。

【今　译】

王徽之、王献之都病得很重，王献之先死。王徽之问左右侍从："为什么没有听到一点消息？他已经死了啊！"说话时完全没有悲伤的样子。他于是备了车子去奔丧，一点也不哭。王献之一向喜欢弹琴，他便径直进去坐在灵床上，拿了王献之的琴来弹，琴弦无法调好，他就把琴扔在地上说："子敬！人与琴都死了！"因而久久地悲痛欲绝。过了一个多月也去世了。

【解　义】

据《晋书·王徽之列传》记载，王徽之与王献之相友爱，两人同时重病，当时有一个术士宣称，长寿者可以折寿给将死之人，王徽之于是表示愿意将自己的余年转给弟弟。术士说，以生代死必须是年寿有余之人，但你们两人的年寿都快没了。不多久王献之就去世了，王徽之前去奔丧也不哭，径直坐到灵床上调琴，并感慨人琴俱亡。一个多月后，王徽之背疮溃裂而死。史官所记显然是糅合了本文及刘孝标注引《幽明录》的记载，但《幽明录》所载纯属里巷传言，不足采信。

十七

孝武山陵夕①，王孝伯入临②，告其诸弟曰："虽榱桷惟新③，便自有《黍离》之哀④。"

【今　注】

①孝武：孝武帝司马曜。　山陵夕：指孝武帝入葬之夜。山陵，帝王之墓。

②王孝伯：王恭。　入临：指谒陵。

③榱桷（cuījué）：椽子，借指帝王陵寝建筑。

④《黍离》：《诗经·王风》中的篇名。东周大夫行役至于宗周，看到原来的宗庙宫室已经长满禾黍，彷徨不忍离去，于是作此诗。后人即以"黍离"形容亡国之痛。

【今　译】

孝武帝入葬之夜，王恭前去谒陵，对他的弟弟们说："虽然陵寝还是新的，但已经令人有亡国之哀。"

【解　义】

据刘孝标注引《中兴书》记载，孝武帝死后，会稽王司马道子执政，宠信王国宝，所以王恭谒陵时有此感叹。

十八

羊孚年三十一卒，桓玄与羊欣书曰[①]："贤从情所信寄[②]，暴疾而殒[③]。祝予之叹[④]，如何可言！"

【今　注】

①羊欣：字敬元，是羊孚同曾祖的堂弟，善隶书。官新安太守、中散大夫。

②贤从（zòng）：令堂兄。贤，尊称。　信寄：信赖寄托。

③暴疾：急病。　殒（yǔn）：死亡。

④祝予之叹：典出《公羊传》哀公十四年，原文曰："子路死，子曰：'噫，天祝予！'"意即子路死的时候孔子悲伤地表示这是老天要断绝我的事业。祝，断绝。予，我。

【今　译】

羊孚三十一岁时去世，桓玄给羊欣写信说："令堂兄是我所信赖寄托的人，如今急病而亡。孔子当年痛悼子路之死时曾发出断绝我事业的悲叹，让我又怎么能用言语来表达！"

【解　义】

刘孝标注引《羊氏谱》记载，羊孚去世时四十六岁，本文则称三十一岁，具体情况已难以稽考。又据本书《文学》第一〇四则记载，羊孚致信桓玄准备投靠时，桓玄迫不及待地派人快马迎接，可见桓玄对羊孚极为器重。因此，羊孚暴病而死后，桓玄有此"祝予之叹"。

十九

桓玄当篡位[①]，语卞鞠云[②]："昔羊子道恒禁吾此意[3]。今腹心丧羊孚，爪牙失索元[4]，而匆匆作此诋突[5]，讵允天心[6]？”

【今　注】

①当：将，将要。　篡位：指桓玄于元兴二年（403）逼晋安帝禅位，建立桓楚。

②卞鞠：卞范之，小字鞠。

③羊子道：羊孚，字子道。

④爪牙：这里比喻武臣。　索元（生卒不详）：字天保，敦煌（今甘肃敦煌）人。历官征虏将军、历阳太守。

⑤诋（dǐ）突：冒犯，触犯，指篡位事。

⑥讵（jù）：难道。　允：合乎，合于。

【今　译】

桓玄即将篡位时，对卞范之说：“从前羊孚一直不让我有这种意图。如今我的亲信中死了羊孚，武将中失去了索元，却要匆匆忙忙干这种犯上的事，难道是合乎天意的吗？”

【解　义】

据本书《文学》第一〇四则记载，羊孚是在元兴元年（402）桓玄攻入建康后担任记室参军的；本文所谓“桓玄当篡位”，说明羊孚卒于大亨元年（403）。桓玄对卞范之所说“讵允天心”，说明桓玄对篡位之事还是心存疑虑的。但桓玄最终仍然决定篡位，说明卞范之在此过程中或许起到了关键作用。据《晋书·卞范之列传》记载，卞范之最初是桓玄的长史，桓玄的潜谋密计都出自于他，桓玄逼迫安帝禅让的诏书即由他起草。

栖逸第十八

栖隐，指无意仕途、赋闲隐居。隐居是相对于出仕而言，但凡不入仕途者都可称之为隐。大隐隐于市，小隐隐于林，关键在于“心远地自偏”。文人士子的人生道路不仅仅只有进入仕途这一条，还有治学之路。古代社会中，文人士子虽然大多会选择出仕，但在魏晋时期，有越来越多的士人不愿意受世俗事务的约束，而选择走治学之路。陶渊明不愿意为五斗米折腰，是为了可以自由的治学，所谓“泛览周王传，流观山海图”，目的在于“俯仰终宇宙”，并从中享受到求知的乐趣，所以他有“不乐复何如”（《读山海经诗》其一）之咏。魏晋士人有先隐后仕者，如谢安；有先仕后隐者，如王羲之；也有终身不仕者，如许询。隐居的目的或许各有不同，但隐居时的作为却大致相同，都是求学问道。因此，魏晋时期的学术也因此趋于活跃和繁荣，如许询的诗文、戴逵的绘画、王羲之父子的书法、支遁等高僧的佛学等等。

一

阮步兵啸闻数百步①。苏门山中②，忽有真人③，樵伐者咸共传说。阮籍往观，见其人拥膝岩侧，籍登岭就之，箕踞相对④。籍商略终古⑤，上陈黄、农玄寂之道⑥，下考三代盛德之美⑦，以问之，仡然不应⑧。复叙有为之教⑨、栖神导气之术⑩，以观之，彼犹如前，凝瞩不转⑪。籍因时对之长啸。良久，乃笑曰："可更作。"籍复啸。意尽，退。还半岭许，闻上嗗然有声⑫，如数部鼓吹⑬，林谷传响。顾看，乃向人啸也⑭。

【今　注】

①阮步兵：阮籍，曾任步兵校尉，故称。　啸：撮口作声，即吹口哨。

②苏门山：山名，又名苏岭、北门山，在今河南辉县。

③真人：道家称得道之人。

④箕踞：一种傲慢放达的坐姿，两足伸开，状如簸箕。

⑤商略：商讨，评论。　终古：往昔，往古。

⑥黄、农：黄帝和神农氏，传说中的远古帝王。　玄寂：指道家玄远幽寂的道理。　三代：夏、商、周三个朝代。

⑦盛德：指夏、商、周三代所施行的大德美政。

⑧仡（yì）然：昂首的样子。

⑨有为之教：有作为的学说，指儒家学说。

⑩栖神导气之术：道家的修炼方法。栖神，凝聚心神使其不散乱。导气，此指导引气息，摄气运息。

⑪凝瞩：凝视，目不转睛。

⑫嗗（jiū）然：形容啸声。

⑬鼓吹：器乐合奏，用鼓、钲、箫、笳等乐器演奏。

⑭向：刚才，方才。

【今　译】

阮籍的啸声能传到百步外。苏门山中，忽然出现了一位得道真人，砍柴人都在传说。阮籍前往观看，见这人在山岩旁抱膝而坐，阮籍就登上山岭靠近他，箕踞相对。阮籍评论古代史事，往上陈述黄帝、神农氏玄远幽寂之道，往下考证夏商周三代德政之美，用这些来问他，他昂着头不回答。阮籍又叙述儒家的学说、道家凝聚心神导引气息的方法，用以观察他，他还是像先前那样，目不转睛。阮籍于是对着他长啸。过了很久，这人才笑着说："可以再来一次。"阮籍再次长啸。阮籍兴致已尽，就走了。回到半山腰处，听到山上啸声阵阵，好像几种乐器在演奏鼓吹曲，乐声在山林幽谷间传播回响。阮籍回头看，原来就是刚才那人在长啸。

【解　义】

本文所谓"真人"，刘孝标注引《魏氏春秋》作"苏门先生"，《晋书·阮籍列传》称就是孙登。孙登，字公和，汲郡共县（今河南辉县）人，长年隐居苏门山，著有《老子注》《老子音》（今佚），《晋书·隐逸列传》有其简略事迹。所谓"黄、农玄寂之道"，是后世道家将无为清净的学说假托于黄帝和神农。据刘孝标注引《竹林七贤论》记载，阮籍从苏门山回去后就写了《大人先生论》，阐述大人先生的胸怀意趣。据阮籍《大人先生论》，孙登曾向阮籍阐述天地如何肇始的问题，并谈论神农、黄帝之事。本文称阮籍"商略终古"而孙登"仡然不应"，与阮籍的自叙完全相反。因此，本文所载应出自小说家之演绎。

二

稽康游于汲郡山中[①]，遇道士孙登[②]，遂与之游。康临去，登曰："君才则高矣，保身之道不足。"

【今　注】

①汲郡：郡名，治所在今河南汲县西南。

②道士：有道之人，隐居不仕者。　孙登：字公和，魏末晋初道士。无家，隐居汲郡山中。

【今　译】

嵇康在汲郡山中漫游，遇到道士孙登，于是随他学习。嵇康临别时，孙登说："您的才学固然很高，但保全自身的能力还不足。"

【解　义】

据刘孝标注引《魏氏春秋》记载，嵇康曾跟从孙登游学三年，临别时孙登认为嵇康才学很高，但见识不足，将来难以保全自身。此后嵇康因受吕安牵连入狱，他写诗自责，感叹自己有愧于柳下惠和孙登。

三

山公将去选曹[①]，欲举嵇康[②]，康与书告绝[③]。

【今　注】

①山公：山涛。　去：离开。　选曹：主管选拔官吏的官署。

②举：荐举。

③告：宣告。　绝：绝交。

【今　译】

山涛即将离任吏部侍郎，准备举荐嵇康接替，嵇康却写信宣告与他绝交。

【解　义】

嵇康的信就是著名的《与山巨源绝交书》。据刘孝标注引《嵇康别传》记载，山涛即将由吏部侍郎升迁为散骑常侍时，举荐嵇康继任。嵇康与之绝交，自陈不堪流俗之意，并对商汤和周武王有所菲薄，司马昭听说此事后对嵇康产生恶感。因此，嵇康日后被司马昭借故杀害，或许就是此时埋下的祸根。

四

李廞是茂曾第五子①，清贞有远操②，而少羸病③，不肯婚宦④。居在临海⑤，住兄侍中墓下⑥。既有高名，王丞相欲招礼之⑦，故辟为府掾⑧。廞得笺命⑨，笑曰："茂弘乃复以一爵假人⑩。"

【今　注】

①李廞（xīn 欣）：字宗子，江夏钟武（今河南信阳东南）人。家世有名望，父李重。好学，善草隶。腿瘸不能行走，常仰卧，而弹琴、饮酒不停。以疾辞官不赴。　茂曾：李重，字茂曾。

②清贞：指心性清雅贞洁。远操：远大的志向。

③羸（léi）病：瘦弱多病。

④婚宦：结婚做官。

⑤临海：郡名，治所在今浙江临海。

⑥兄：指李廞长兄李式，字景则，历官临海太守、侍中。　墓下：指墓地。

⑦王丞相：王导。

⑧故：特意。　辟（bì）：征召。　府掾（yuàn）：丞相府的属官。

⑨笺命：授官文书。

⑩茂弘：王导，字茂弘。　爵：官爵。　假人：借给人，这里指给予人。

【今　译】

李廞是李重的第五个儿子，心性清雅贞洁，有远大的志向，但小时候瘦弱多病，所以不肯结婚做官。他在临海郡时，就住在兄长李式的墓地旁。他享有很高的名声后，王导想礼聘他，特地征召他做相府属官。李廞得到了授官文书，笑着说："王导竟然拿一个官爵送给我。"

【解　义】

据《晋书·李重列传》记载，李重"以清尚见称""家贫，宅宇狭小，无殡殓之地"。可知李家家风之清廉。本文称李廞"清贞有远操"，因肢残而不肯婚宦，对王导的征辟以一笑置之，都是其秉承家风不慕虚荣的表现。

五

何骠骑弟以高情避世①，而骠骑劝之令仕②，答曰："予第五之名，何必减骠骑③！"

【今　注】

①何骠骑：何充，任骠骑将军，故称。　弟：何准（生卒不详），字幼道。何充之五弟，穆章皇后之父。不就征辟，不问世事，享年四十七岁。　高情：高尚的情操。

②仕：出仕，做官。

③何必：未必不见得。　减：不如，差。

【今　译】

何充的弟弟何准因有高尚的情操而远避世事，而何充劝他出仕，何准回答说："我这第五的名望，未必比你骠骑将军逊色吧！"

【解　义】

何准是何充的五弟，所以他自称"予第五之名"。据《晋书·何准列传》记载，何充执政时权倾一时，何准却过着隐居生活，不过问人事，平时只是诵佛经、营修佛塔寺庙而已。朝廷征召他为散骑侍郎，不就。年四十七卒，追赠金紫光禄大夫，封晋兴县侯，其子何惔因父亲素来品行高洁，上表辞让不受。

六

阮光禄在东山[①]，萧然无事[②]，常内足于怀。有人以问王右军[③]，右军曰："此君近不惊宠辱[④]，虽古之沈冥[⑤]，何以过此。"

【今　注】

①阮光禄：阮裕，曾任金紫光禄大夫，故称。　东山：指隐居之地。

②萧然：冷落寂寞的样子。

③王右军：王羲之。

④近：接近，几乎。　不惊宠辱：典出《老子》，原文曰："何谓宠辱若惊？宠为下，得之若惊，失之若惊，是谓宠辱若惊。"意谓得到恩宠就感到心惊，失去恩宠也感到惊恐，这就叫做得宠和受辱都惊慌失措。

⑤沈冥：深藏不露之人，指隐士。沈，通"沉"。

【今　译】

阮裕隐居时，清净无事，内心常常感到满足。有人因此问王羲之，王羲之说："这位先生几乎达到宠辱不惊的境界，即便是古代的隐士，也不过如此。"

【解　义】

所谓"阮光禄在东山"，据刘孝标注引《阮裕别传》记载，阮裕隐居在会稽剡山（今浙江嵊县西北）。

七

孔车骑少有嘉遁意①，年四十余，始应安东命②。未仕宦时，常独寝③，歌吹自箴诲④。自称孔郎，游散名山⑤。百姓谓有道术，为生立庙。今犹有孔郎庙。

【今　注】

①孔车骑：孔愉。　嘉遁：指隐居不仕。嘉，善。遁，隐遁。

②安东：指晋元帝司马睿，晋怀帝时拜安东将军，故称。　命：任命。

③独寝：独居。

④歌吹：歌声与乐器吹奏声。此指吟咏弹唱。　箴（zhēn）诲：告诫教诲。

⑤游散：漫游。

【今　译】

孔愉年轻时就有隐居不仕的心意，到了四十多岁，才接受安东将军司马睿的任命。他尚未作官时，常常一个人独居，吟咏弹唱自我告诫。自称孔郎，漫游名山。老百姓都认为他有道术，在他生前就为他立庙，至今孔郎庙还在。

【解　义】

所谓“始应安东命”，与史实略有出入。据《晋书·孔愉列传》记载，安东将军司马睿征召孔愉为参军，但孔愉居无定所，家人没找到他。直至建兴初年，才接受征召任丞相掾。因此，孔愉出仕并非是在司马睿任安东将军时，而是在任丞相时。名士隐居山林，他们的风度气质往往让乡野村民惊异赞叹。如嵇康采药山泽时，砍柴者看到他后都以为遇到了神人。又如本篇第一则，砍柴者都传说苏门山中有真人。百姓认为孔愉“有道术”，在他生前就建了孔郎庙，实际上也是把他视为真人了。

八

南阳刘驎之①，高率②，善史传，隐于阳岐③。于时苻坚临江④，荆州刺史桓冲将尽訏谟之益⑤，征为长史，遣人船往迎，赠贶甚厚⑥。驎之闻命，便升舟，悉不受所饷⑦，缘道以乞穷乏，比至上明亦尽⑧。一见冲，因陈无用，翛然而退⑨。居阳岐积年⑩，衣食有无，常与村人共。值己匮乏⑪，村人亦如之。甚厚，为乡闾所安⑫。

【今　注】

①南阳：郡名，治所在今河南南阳。　刘驎之（生卒不详）：字子骥，又字遗民，南阳（今河南南阳）人。好游山水，清心寡欲，避世隐居。

②高率：高尚直率。

③阳岐：村名，濒临长，距荆州二百里。

④临江：指苻坚兵临长江。

⑤訏谟（xūmó）：宏图大计。

⑥赠贶（kuàng）：赠送礼物。

⑦饷（xiǎng）：赠送。

⑧缘道：沿途。　乞：给予。　比：等到。　上明：城名，在今湖北省松滋县南。

⑨翛（xiāo）然：洒脱的样子。

⑩积年：多年。

⑪匮乏：穷困。

⑫乡闾（lǘ）：乡里。

【今　译】

南阳刘驎之，为人高尚直率，熟悉历史传记，隐居在阳岐村。当时苻坚兵临长江，荆州刺史桓冲想尽力地实现宏图大计，征召刘驎之为长史，并派了人和船去迎接，赠送的礼物非常丰厚。刘驎之听到征召之命后，就登上船，对礼物全都不接受，沿途送给穷困者，等到了上明城时礼物也送完了。他一见到桓冲，就陈说自己是无用之人，洒脱地告退。他在阳岐村住了多年，不管吃的穿的有多少，常与村里人分享。遇到自己短缺时，村里人也同样帮助他。他为人厚道，是乡里人乐于相处的人。

【解　义】

《晋书·桓冲列传》简略记载了桓冲礼敬刘驎之及邓粲之事，刘驎之不为所动，而邓粲则受到感动，出任桓冲的别驾。邓粲所著《晋纪》对刘驎之的事迹有所记载。据《晋书·栖逸列传》记载，刘驎之曾深入衡山采药，看到两个石仓，一闭一开，但为涧水所阻隔无法渡过，刘驎之想要返回时迷路，幸亏遇到樵夫，这才勉强脱险。人们传说石仓中都是仙灵方药，于是刘驎之打算重新去搜寻，但始终没有结果。陶渊明《桃花源记》提到刘驎之曾试图探访桃花源，曰:“南阳刘子骥，高尚士也，闻之，欣然规往。未果，寻病终，后遂无问津者。”所谓“病终”，据邓粲《晋纪》记载，刘驎之是寿终。陶渊明之所叙或许是根据刘驎之采药的传闻而加以演绎。

九

南阳翟道渊与汝南周子南少相友[①]，共隐于寻阳[②]。庾太尉说周以当世之务[③]，周遂仕，翟秉志弥固[④]。其后周诣翟，翟不与语。

【今　注】

①翟道渊：翟汤（生卒不详），字道渊，南阳（今河南南阳）人。隐居不仕，屡辞征聘，人称卧龙。　汝南：郡名，治所在今河南汝南。　周子南：周邵，字子南，汝南人。少与翟汤共隐于寻阳，后为庾亮所举，官至西阳太守。

②寻阳：郡名，治在今江西九江市西。

③庾太尉：庾亮。　说（shuì）：游说。

④秉志：坚守自己的隐居不仕的志趣。　弥：更加。

【今　译】

南阳翟汤与汝南周邵是少年时的好朋友，一起隐居在寻阳。庾亮向周邵游说当世的要务，周邵于是出仕，但翟汤却更加坚持自己的志趣。后来周邵去拜访翟汤，翟汤不再和他说话。

【解　义】

本文所载与管宁和华歆割席断交的故事相类似。

十

孟万年及弟少孤居武昌阳新县①。万年游宦②，有盛名当世。少孤未尝出，京邑人士思欲见之，乃遣信报少孤云："'兄病笃。'狼狈至都。时贤见之者，莫不嗟重。因相谓曰：'少孤如此，万年可死。'"

【今　注】

①孟万年：孟嘉。　少孤：孟陋（生卒不详），字少孤，吴国司空孟宗的后人，孟嘉之弟。布衣蔬食，不言世事，博学多通，注《论语》。

②游宦：外出为官。

【今　译】

孟嘉和弟弟孟陋住在武昌阳新县。孟嘉外出做官，在当时有很大的名声。孟陋没有出仕过，京城里的名流都想见他，就派人送信给孟陋说："令兄病重。"孟陋匆忙赶到京城。京城贤达见到他，无不赞叹敬重。于是互相说："孟陋的才德如此，孟嘉可以死而无憾。"

【解　义】

据陶渊明《晋故征西大将军长史孟府君传》记载，孟嘉五十一岁时因病去世。所以，京城的名流给孟陋送信说"兄病笃"，并非谎报，而是借孟嘉病重的机会把孟陋召入京城。据刘孝标注引袁宏《孟处士铭》记载，桓温让会稽王司马昱征召孟陋，但孟陋称病不就，司马昱因此多年虚位以待。

十一

康僧渊在豫章[1]，去郭数十里立精舍[2]，旁连岭，带长川，芳林列于轩庭[3]，清流激于堂宇。乃闲居研讲，希心理味[4]。庾公诸人多往看之，观其运用吐纳[5]，风流转佳[6]，加处之怡然[7]，亦有以自得[8]，声名乃兴。后不堪，遂出。

【今　注】

①豫章：郡名，治所在今江西南昌。

②郭：外城。　精舍：僧人讲经修行的地方。

③轩庭：长廊庭院。

④希心：潜心，专心。　理味：研究体会。

⑤运用：指灵活多变地利用。　吐纳：吐故纳新，古人修炼养生之术，吐出污秽之气，吸入清新之气。

⑥风流：风度神采。　转：更加。

⑦加：加上。　怡然：和悦愉快的样子。

⑧自得：自威得意，自在。

【今　译】

康僧渊在豫章郡时，在离城几十里的地方建造了精舍，依傍着山岭，环绕着河流，庭院里满是芳香的林木，厅堂屋宇周围激荡着清澈的流水。于是闲居在这里研习讲论，潜心玩味佛学。庾亮等人常去看他，看到他运用吐纳之术，风度神采更加优雅，加上他处世悠然自在，颇为自得，声名于是大振。后来他不能忍受干扰，就离开了。

【解　义】

所谓“后不堪”，据《高僧传·康僧渊传》记载，指康僧渊声名鹊起之后，慕名而来向他求教的人越来越多，让他无法静心修行。

十二

戴安道既厉操东山①，而其兄欲建式遏之功②。谢太傅曰③：“卿兄弟志业何其太殊④？”戴曰：“下官不堪其忧，家弟不改其乐。”

【今　注】

①戴安道：戴逵。　厉操：磨练节操。　东山：在今浙江嵊县。

②其兄：戴逯（生卒不详），字安丘，以勇武显名，官至大司农，封广陵侯。　式遏（è）：遏止，引申为建功立业。语出《诗·大雅·民劳》：“式遏寇虐，憯不畏明。柔远能迩，以定我王。”喻指为国效力。

③谢太傅：谢安。

④志业：志趣事业。

【今　译】

载逵已隐居东山磨炼节操，而他的兄长则要建功立业。谢安对戴逯说：“你们兄弟的志趣为什么如此地悬殊？”戴逯说“我经不起忧苦，而家弟可以安贫乐道。”

【解　义】

所谓“不堪其忧”“不改其乐”，语出《论语·雍也》。原文曰：“子曰：‘贤哉回也，一箪食，一瓢饮，在陋巷，人不堪其忧，回也不改其乐。贤哉回也。’”这是孔子称赞弟子颜回安贫乐道的话。其实出仕与退隐只是志趣不同而已，出仕者未必不能安贫，魏晋时期身居高位却生活清贫的名士比比皆是，如山涛、王恭。戴逯是借孔子的话自嘲而已。

十三

许玄度隐在永兴南幽穴中[①]，每致四方诸侯之遗[②]。或谓许曰：“尝闻箕山人[③]，似不尔耳[④]。”许曰：“筐篚苞苴[⑤]，故当轻于天下之宝耳[⑥]。”

【今　注】

①许玄度：许询。　永兴：县名，晋时属会稽郡，故址在今浙江萧山西。　幽穴：很深的山洞。

②致：招引。　诸侯：指地方长官。　遗（wèi）：赠与。

③箕（jī）山：在今河南登封县。传说唐尧时巢父、许由曾隐居于此。

④尔：如此。

⑤筐篚（fěi）：竹筐。方者为筐，圆者为篚。　苞苴（jū）：即蒲包，用苇或茅编织成的包裹肉类的用具。

⑥天下之宝：喻指天子的尊位。

【今　译】

许询隐居在永兴南面的深山岩洞中，常常引来四方诸侯的馈赠。有人对许询说："曾听说箕山许由的故事，好像不是如此的。"许询说："竹筐蒲包里的礼物，自然要比天子之位轻啊。"

【解　义】

魏晋士人崇尚超然物外的人格境界，尊重隐逸遁世者，所以常常会对隐士有所馈赠，接济他们的生活。所谓"似不尔耳"，是讽刺许询接受达官贵人的礼物，不能做到洁身自好。许询所谓"筐篚苞苴，故当轻于天下之宝耳"，意指尧曾准备将天下禅让给许由，所以自己所接受的礼物远为逊色。

十四

范宣未尝入公门①，韩康伯与同载②，遂诱俱入郡③，范便于车后趋下④。

【今　注】

①公门：官府之门，衙门。

②韩康伯：韩伯。

③郡：指郡府。

④趋：快步走。

【今　译】

范宣从来没有进过官府之门，韩伯与他同乘一辆车时，就骗他一起进郡府，范宣察觉后便赶紧从车后跳了下去了。

【解　义】

古代车辆因为两侧有车轮，所以人们都是从后方上下车。

十五

郗超每闻欲高尚隐退者①，辄为办百万资②，并为造立居宇。在剡，为戴公起宅[③]，甚精整。戴始往旧居[④]，与所亲书曰："近至剡，如官舍。"郗为傅约亦办百万资[⑤]，傅隐事差互[⑥]，故不果遗[⑦]。

【今　注】

①高尚：崇尚高远。

②办：备办。

③剡：剡县，今浙江嵊州。　戴公：戴逵。

④旧：是传抄过程中增衍的字。

⑤傅约：傅琼，小字约，事迹不详。

⑥差互：指事情出差错或未办成。

⑦果：成为现实。　遗：赠与。

【今　译】

郗超每次听到有高尚隐居的人，就会给他们置办百万钱财，并且为他们建造宅邸。他在剡县为戴逵兴建宅邸，非常精致工整。戴逵刚去住时，给亲友写信说："最近到了剡县，好像官府的房舍一样。"郗超为傅约也置办了百万钱财，傅约隐居之事后来被拖延，所以馈赠未成。

【解　义】

据《晋书·郗超列传》记载，郗超生性乐于施舍，喜欢资助隐士，不仅为他们盖屋宇，而且还会备妥各种器物牲畜，哪怕耗费百万也不吝惜，结果散尽父亲郗愔的几千万家产。

十六

许掾好游山水[①]，而体便登陟[②]。时人云："许非徒有胜情[③]，实有济胜之具[④]。"

【今　注】

①许掾：许询，曾征为司徒掾，故称。

②便：便利。指矫健。 登陟（zhì）：攀登。

③非徒：不仅、不只。 胜情：指高雅的情怀。

④济胜之具：意指身体强健，具备条件。济，达到。

【今 译】

许询喜欢游览山水，而且身体矫健善于攀登。当时人说：“许询不只是有高雅的情怀，而且确实具有达到高雅的体魄。”

【解 义】

欣赏名山大川，不仅需要有高雅的情趣，也需要有相应的体魄。较为典型的例子就是徐霞客，据钱谦益《徐霞客传》记载，徐霞客能忍饥挨饿几天时间，能徒步数百里，凌绝壁、上下攀援、横渡山谷，都能轻松应对。显然，徐霞客的成就与他敏捷矫健的身手密不可分。

十七

郗尚书与谢居士善[①]，常称：“谢庆绪识见虽不绝人[②]，可以累心处都尽[③]。”

【今 注】

①郗尚书：郗恢（？—398），字道胤，小字阿乞，高平金乡（今山东金乡）人。郗昙之子，曾任雍州刺史。后在就任尚书的路上为殷仲堪所杀。 谢居士：谢敷（313—362），字庆绪，谢石次子，谢安之侄。入太平山修行十余年，不就征辟。

②绝人：超人。

③累心处：指烦扰人心的俗事。

【今 译】

郗恢与谢敷友好，常称赞说：“谢敷的见识虽不能超越他人，但已达到了超然的境界。”

【解　义】

据刘孝标注引《晋阳秋》记载，晋安帝时曾出现月犯少微星的天象，少微星又称处士星，人们认为这是有才德的隐士去世的征兆。当时戴逵住在剡县，才艺出众，而且比谢敷更早出名，人们都为戴逵感到担忧。不多久，谢敷去世，会稽人士因此讥讽道："吴中高士，便是求死不得。"意指谢敷才是真正的高士。戴逵是谯国（今安徽亳州）人，即所谓"吴中高士"（谯国属于吴地）。

贤媛第十九

贤媛，指贤淑的女子。古代社会中有诸多男女不平等的现象，这只是因为古人认知有限，并不存在对女性进行有意识迫害的问题。男女在不同历史时期的社会分工中各有其职责，也各有其要求，即所谓“士有百行”、“妇有四德”（见本篇第六则）。魏晋时期不仅文人士子各领风骚，贤淑女子也是大有人在，或相夫教子、持家有道，或文才出众，如貌丑而内慧的许允妇、有林下之风的谢道韫等，她们的风采也同样受到后世的景仰。

一

陈婴者[①]，东阳人，少修德行，著称乡党[②]。秦末大乱，东阳人欲奉婴为王，母曰："不可。自我为汝家妇，少见贫贱，一旦富贵，不祥。不如以兵属人[③]，事成，少受其利；不成，祸有所归。"

【今　注】

①陈婴（？一前 183）：秦末东阳人。秦末起兵，后依附项梁，封上柱国。项羽死后降汉。

②乡党：乡里，家乡。

③属：归属，属于。

【今　译】

陈婴是东阳人，年轻时修养道德品行，在家乡很著名。秦末时天下大乱，东阳人想拥戴陈婴为王。他母亲说："不行。自从我做了你家媳妇，年轻时就很贫贱，现在一下子富贵起来，不吉祥。不如把军队交给别人，事情成功的话，可以稍微得到一点好处；事情不成功的话，祸害由别人来承担。"

【解　义】

天下大乱之时，率先称王者容易成为众矢之的，所以陈婴之母予以阻止。

二

汉元帝宫人既多[①]，乃令画工图之[②]，欲有呼者，辄披图召之。其中常者[③]，皆行货赂[④]。王明君姿容甚丽[⑤]，志不苟求[⑥]，工遂毁为其状[⑦]。后匈奴来和[⑧]，求美女于汉帝，帝以明君充行[⑨]。既召见而惜之，但名字已去[⑩]，不欲中改[⑪]，于是遂行。

【今　注】

①汉元帝：刘奭（前 74—前 33），西汉第九位皇帝。

②图：画。

③披：翻阅。　中常：指相貌中等平常。

④货赂：指向画工行贿。

⑤王明君：王嫱，字昭君。晋人为避晋文帝司马昭之讳，改为王明君。王昭君为汉元帝时宫人，汉元帝对北方匈奴实行和亲政策，将昭君嫁给匈奴呼韩邪单于，为宁胡阏氏（yānzhī）。

⑥苟求：苟且求情。

⑦毁为其状：指作画时毁坏其容貌。

⑧匈奴来和：指匈奴呼韩单于向汉要求和亲事。

⑨充行：充当皇家宗室之女出嫁匈奴。

⑩去：送去。

⑪中改：路途更改。

【今　译】

汉元帝的宫女已经很多，便让画工把她们的相貌画下来，他想召见，就翻看图像。宫女当中那些姿色平常的，都贿赂画工。王昭君姿态容貌非常美丽，她不肯苟且求情，画工便在作画时把她的容貌画得很丑。后匈奴要求和亲，向汉元帝请求赏赐美女，元帝便用昭君来充当宗室之女嫁给单于。等到召见昭君后感到惋惜，但是名字已经送去了，又不想中途更改，于是王昭君就去了匈奴。

【解　义】

据《汉书·匈奴传》记载，竟宁元年（前 33），呼韩邪单于上书称愿与汉王朝和亲，汉元帝于是将宫人王昭君嫁给他，呼韩邪单于大为欢喜，上书表示愿意保卫塞上谷以西至敦煌一带地区。本文所载应出自小说家演绎，不足为信。因为既然“帝以明君充行”，说明汉元帝原本就是让王昭君冒充宗室，那么哪怕“名字已去”，另外找人冒名顶替又有何妨？

三

汉成帝幸赵飞燕[①]，飞燕谗班婕妤祝诅[②]，于是考问[③]。辞曰[④]：“妾闻死生有命，富贵在天[⑤]。修善尚不蒙福，为邪欲以何望？若鬼神有知，不受邪佞之诉[⑥]；若其无知，诉之何益？故不为也。”

【今　注】

①汉成帝：刘骜（前51—前7），西汉第十位皇帝。　幸：宠爱。　赵飞燕：原为长安宫女，善歌舞，号飞燕。后为成帝所宠幸，立为皇后。

②谗（chán）：说别人坏话。　班婕妤（jiéyú）：汉成帝宠姬，因遭赵飞燕谗毁失宠。　祝诅：指向鬼神祷告诅咒。

③考问：拷打审问。

④辞：供辞。

⑤妾：女子自称，表示谦卑。　死生有命，富贵在天：语出《论语·颜渊》，指人的生死富贵均由天命注定。

⑥邪佞（nìng）：邪恶谄媚。　诉：指祷告。

【今　译】

汉成帝宠幸赵飞燕，飞燕诬告班婕妤向鬼神诅咒，于是成帝就审问班婕妤。她申辩说：“我听说人的死生自有命运，富贵自有天意。修善还不一定能得到福报，作恶还能有什么指望？如果鬼神能够知道，就不会接受邪恶谄媚的祷告；如果鬼神不能知道，祷告又有什么用呢？所以我不会做这种事。”

【解　义】

据《汉书·外戚传》记载，赵飞燕在汉成帝面前进谮，谗毁许皇后和班婕妤，班婕妤的应对很有才情，汉成帝于是对她垂怜，赏赐黄金百斤。班婕妤知道赵飞燕恃宠而骄，而且嫉妒心强，便向汉成帝要求去侍奉太后。汉成帝死后，班婕妤自愿去园陵守墓，不久去世。

四

魏武帝崩①，文帝悉取武帝宫人自侍②。及帝病困③，卞后出看疾④。太后入户，见直侍并是昔日所爱幸者⑤。太后问："何时来邪？"云："正伏魄时过⑥。"因不复前而叹曰："狗鼠不食汝余⑦，死故应尔⑧！"至山陵⑨，亦竟不临⑩。

【今　注】

①魏武帝：曹操。

②文帝：曹丕。

③病困：病重。

④卞（biàn）后：曹丕之母，曹丕称帝后尊为皇太后。

⑤直侍：当班服侍的人。直，值。　并是：都是。

⑥伏魄：招魂。古人死后，举行招魂仪式，称伏魄。

⑦余：指吃剩下的东西。

⑧故：确实。

⑨山陵：帝王陵墓，此指曹丕葬礼。

⑩竟：最终。　临：指哭吊。

【今　译】

曹操死后，曹丕把曹操的宫人全部招来服侍自己。等到曹丕病重时，卞太后来探病。太后进门时，看到当班服侍的人都是曹操过去所宠爱的人。太后问："你们什么时候来的？"回答道："正当为武帝招魂时过来的。"卞太后于是不再往前走，并叹息道："狗鼠都不吃你剩下的东西，你确实该死！"到了举行葬礼时，卞太后最终没去哭吊。

【解　义】

本文所载不见史传记载，应出自里巷传言，意在诋毁曹丕。

五

赵母嫁女[①]，女临去，敕之曰[②]：“慎勿为好！”女曰：“不为好，可为恶邪？”母曰：“好尚不可为，其况恶乎！”

【今　注】

①赵母：三国时期吴人，桐乡县令虞韪妻。虞韪死后，孙权敬其有文才，诏入宫省，作《列女传解》，号“赵母注”。

②敕（chì）：告诫。

【今　译】

赵母嫁女儿，女儿临去时，告诫女儿说：“切莫做好事！”女儿说：“不做好事，可以做坏事吗？”赵母说：“好事尚且不可以做，何况做坏事呢！”

【解　义】

《淮南子·说山训》有关于嫁女时告诫女儿不要为善的记载，说明本文所谓“慎勿为好”是古已有之的处世之道。在封建专制年代里，明哲保身成为世俗社会的共识，也促使人们变得更为自私自利。

六

许允妇是阮卫尉女[①]，德如妹[②]，奇丑。交礼竟[③]，允无复入理[4]，家人深以为忧。会允有客至，妇令婢视之，还答曰："是桓郎。"桓郎者，桓范[5]也。妇云："无忧，桓必劝入。"桓果语许云："阮家既嫁丑女与卿，故当有意[6]，卿宜察之。"许便回入内，既见妇，即欲出。妇料其此出，无复入理，便捉裾停之[7]。许因谓曰："妇有四德[8]，卿有其几？"妇曰："新妇所乏唯容尔。然士有百行[9]，君有几？"许曰："皆备。"妇曰："夫百行以德为首，君好色不好德，何谓皆备？"允有惭色，遂相敬重。

【今　注】

①阮卫尉：阮共（生卒不详），字伯彦，尉氏（今河南尉氏）人，官至卫尉卿。卫尉，职掌官门警卫。

②德如：阮侃（生卒不详），字德如，阮共之子，官至河内太守。

③交礼：指结婚时行交拜礼。　竟：完毕。

④理：指意愿。

⑤桓范（？—249）：字元则，沛郡（今安徽宿县）人，官大司农。

⑥故当：必定，自然。

⑦裾：衣服前襟或后襟。

⑧四德：指女性应具备的四种德行，即品德、言语、容仪和女工。

⑨百行：指多方面的品行。

【今　译】

许允的妻子是阮共的女儿，阮侃的妹妹，特别丑陋。结婚时行过交拜礼后，许允就不再有进新房的意愿，家人都深感忧虑。正好许允有客人来，新娘就叫婢女去看是谁，婢女回来答道："是桓郎"。桓郎就是桓范。新娘说："不用担忧了，桓郎必定会劝他来的。”桓范果然对许允说：“阮家既然把丑女嫁给你，必定是有用意的，你应当体察一下。”许允于是回到新房，见到新娘后，立即就想退出去。新娘料想他这回出去，就再也不回来了，便抓住许允的衣襟。许允于是对她说：“妇人要有四种德行，你有哪几种？”新娘说：“我所缺少的只是仪容而已。然而士人应具备多方面的品行，你有哪几种？”许允说：“我全都具备。”新娘说：“各方面的品行中品德是首位，你爱美色而不爱德行，怎么能说都具备呢？”许允听了面带羞愧，于是对她开始敬重。

【解　义】

孔子曾经说：“吾未见好德如好色者也。”（《论语·子罕》）好色是人之天性，好德则需要靠后天之培养。许允的故事说明，魏晋名士对品德的追求，确实已经达到“如好色”的境界。

七

许允为吏部郎①，多用其乡里②，魏明帝遣虎贲收之③。其妇出诫允曰：“明主可以理夺，难以情求。”既至，帝核问之④。允对曰：“‘举尔所知⑤’，臣之乡人，臣所知也。陛下检校为称职与不⑥，若不称职，臣受其罪。”既检校，皆官得其人，于是乃释。允衣服败坏，诏赐新衣。初，允被收，举家号哭。阮新妇自若云⑦：“勿忧，寻还⑧。”作粟粥待⑨，顷之允至⑩。

【今　注】

①吏部郎：吏部侍郎，主管官吏选拔。

②乡里：此指同乡人。

③魏明帝：曹叡。　虎贲（bēn）：侍卫，禁卫军。　收：

逮捕。

④核（hé）：核实，指审问。

⑤举尔所知：举荐你所了解的人。语出《论语·子路》，原文曰："仲弓为季氏宰，问政。子曰：'先有司，赦小过，举贤才。'曰：'焉知贤才而举之？'子曰：'举尔所知。'"

⑥检校：检查，考察。　不：同"否"。

⑦自若：自如，与平常一样。

⑧寻：不久。

⑨粟：小米。

⑩顷之：不一会。

【今　译】

许允担任吏部郎时，任用的大都是同乡人，魏明帝知道后就派禁卫军去逮捕他。他妻子出来告诫许允说："英明的君王可以用道理来说服，很难去求情。"到了朝堂上，明帝审问他，许允对答说："孔子说'荐举你所了解的人'，臣子的同乡人，都是臣子所了解的。陛下可以考察他们是否称职，如果不称职，臣子愿意接受应得的罪名。"经过考察，他们的官职都与能力相称，于是就把他释放了。许允的衣服很破烂，明帝下诏赐给他新衣服。当初，许允被捕时，全家都号啕大哭，阮氏自如地说："不必忧虑，不久就会回来的。"烧了小米粥等着，一会儿许允就回来了。

【解　义】

古代选拔官吏都有严格的程序，曹魏实行九品中正制，由各郡中正官品评当地人物，根据家世、行状来定品，并向朝廷举荐。所谓"多用其乡里"之说似乎并不可信，因为吏部侍郎只能根据各地乡品来任用官员。而且，任人唯亲的指控，不会严重到要被禁卫军抓去。因此，本文应出自小说家之演绎。

八

许允为晋景王所诛[①]，门生走入告其妇[②]。妇正在机中[③]，神色不变，曰："蚤知尔耳[④]！"门人欲藏其儿，妇曰："无豫诸儿事[⑤]。"后徒居墓所，景王遣钟会看之[⑥]，若才流及父[⑦]，当收[⑧]。儿以咨母[⑨]，母曰："汝等虽佳，才具不多[⑩]，率胸怀与语[⑪]，便无所忧。不须极哀，会止便止[⑫]。又可少问朝事[⑬]。"儿从之，会反以状对[⑭]，卒免。

【今　注】

①晋景王：司马师。

②门生：供驱使的门人。　走：跑。

③正在机中：正在织机上，指正在织布。

④蚤：通"早"。　尔：如此。

⑤豫：参与，干涉。

⑥看：探望。

⑦才流：才智流品。　及：赶得上。

⑧收：逮捕。

⑨咨：商议，咨询。

⑩才具：才能。

⑪率胸怀：直爽坦白。

⑫止：指停止哭泣。

⑬少：稍微，略微。

⑭反：通"返"。　状：情况，状况。

【今　译】

许允被晋景王司马师所杀，门人跑来告诉阮氏。阮氏正在织布，神态脸色不变，说："早就知道会这样的！"门人想把他们的儿子藏起来，阮氏说："与儿子们无关。"后来他们迁居到许允墓地，司马师派钟会去探望他们，如果他们的才能流品赶得上父亲，就把他们抓起来。儿子便请教母亲，母亲说："你们虽然很优秀，但才能不够，可以敞开胸怀与他交谈，就可以无忧。不需要极度的哀痛，钟会停下来不哭了你们也停下。还可以稍稍询问朝中的事。"儿子们听从母亲的话，钟会回去后把情况告诉司马师，终于幸免。

【解　义】

据《三国志·魏志·夏侯玄传》记载，李丰密谋诛杀司马师，事泄被杀。许允因与李丰等人友善而受到牵连，被贬为镇北将军、都督河北诸军事，在途中病故。许允如果确实与李丰的密谋有关，那么覆巢之下焉有完卵，阮氏凭什么能够断定"无豫诸儿事"呢？因此，本文应系里巷传言，不足为信。但是，本文所载也可以反映两个真实之处。其一，关于许允之死，曾产生过被杀的谣传，如刘孝标注引《晋诸公传》。其二，许允之妻阮氏有贤德之名，所以后人为此演绎了不少故事，以彰显其贤。

九

王公渊娶诸葛诞女[①]。入室，言语始交，王谓妇曰："新妇神色卑下，殊不似公休[②]！"妇曰："大丈夫不能仿佛彦云[③]，而令妇人比踪英杰[④]？"

【今　注】

①王公渊：王广（？—251），字公渊，太原祁（今山西祁县）人，王凌之子。有才学，历官屯骑校尉、尚书。王凌谋立楚王曹彪为帝，事泄自杀。王广受牵连，为司马懿所杀。

②公休：诸葛诞。

③仿佛：仿效。 彦云：王凌，字彦云。

④比踪：与……并列，向……看齐。

【今 译】

王广娶诸葛诞的女儿为妻。进入洞房后，开始交谈，王广对妻子说："你的神态表情很低下，不像令尊公休！"妻子说："大丈夫不能仿效令尊彦云，却要让我去向英雄豪杰看齐？"

【解 义】

刘孝标注认为王广是名士，不可能拿岳父来开玩笑。其实名士之间甚至都可以拿名讳来开玩笑，所以王广和妻子戏谑几句亦无不可，而诸葛氏的回答也足见其才智，堪称贤媛。

十

王经少贫苦，仕至二千石[①]，母语之曰："汝本寒家子，仕至二千石，此可以止乎？"经不能用。为尚书，助魏，不忠于晋[②]，被收。涕泣辞母，曰："不从母敕[③]，以至今日。"母都无戚容，语之曰："为子则孝，为臣则忠，有孝有忠，何负吾邪？"

【今 注】

①二千石：指郡守。汉代郎将、郡守俸禄等级是二千石，王经曾任江夏太守，故称。

②晋：指司马氏。

③敕：教诲。

【今 译】

王经年轻时很贫苦，后做到了二千石的官位，母亲对他说："你本来是贫寒人家的孩子，官做到二千石，可以停止了吗？"王经没有听。后来担任尚书，帮助曹魏，不忠于司马氏，被收捕了。他流着眼泪辞别母亲，说："我没有听从母亲的教诲，以至于落到今天的下场。”母亲脸上完全没有哀伤的神色，对他说：“你做儿子尽孝，做臣子尽忠，有什么辜负我的地方呢？”

【解　义】

据刘孝标注引《汉晋春秋》记载，王经的母亲受株连，也一同被杀。专制年代里，不同利益集团为了争权夺利，不惜运用杀戮的手段，魏晋之交的情形最为典型。王导曾向晋明帝陈述司马氏夺取曹魏政权的历史，其血腥与残酷让晋明帝震惊（见本书《尤悔》第七则）。两晋时期，老子“知足不辱，知止不殆”的思想极为盛行，如潘岳《闲居赋》所谓“止足之分”。之所以如此，就是因为很多士人不愿意卷入权力斗争的漩涡。本文所载或许是人们为了说明“止足”的重要性而演绎。

十一

山公与嵇、阮一面①，契若金兰②。山妻韩氏觉公与二人异于常交，问公，公曰：“我当年可以为友者③，唯此二生耳。”妻曰：“负羁之妻亦亲观狐、赵④，意欲窥之⑤，可乎？”他日，二人来，妻劝公止之宿，具酒肉。夜穿墉以视之⑥，达旦忘反⑦。公入曰：“二人何如？”妻曰：“君才致殊不如⑧，正当以识度相友耳⑨。”公曰：“伊辈亦常以我度为胜⑩。”

【今　注】

①山公：山涛。　嵇：嵇康。　阮：阮籍。

②契若金兰：形容彼此相投，友谊深厚。契合，投合。金兰，形容友情深厚。

③当年：现在。

④负羁之妻亦亲观狐、赵：典出《左传》僖公二十三年，

原文曰："僖负羁之妻曰：'吾观晋公子之从者皆足以相国，若以相，夫子必反其国。反其国，必得志于诸侯。'" 大意是晋公子重耳遭骊姬之谗而流亡在外，随从亲信中有晋大夫狐偃、赵衰等人，曹大夫僖负羁之妻仔细观察狐偃、赵衰后，认为晋公子的随从都是贤才，如果由他们来辅佐，一定能回到晋国，成就一番事业。狐，此指晋大夫狐偃。赵，此指晋大夫赵衰（cuī）。

⑤窥：暗中观察。

⑥墉（yōng）：墙。

⑦达旦：通宵。 反：通"返"。

⑧才致：才情旨趣。

⑨识度：见识气度。

⑩伊辈：他们。

【今　译】

山涛与嵇康、阮籍一见面，就成为至交。山涛之妻韩氏感觉山涛与他们二人的交情非同寻常，就问山涛，山涛说："我一生的知音，只有这二位先生了。"韩氏说："僖负羁之妻曾亲自观察过狐偃、赵衰，我也想观察他们，可以吗？"后来有一天，二位来了，韩氏劝山涛把他们留下来住宿，准备好酒肉招待。夜晚韩氏打通墙壁观察他们，直到天亮都忘了回去。山涛进屋说："这二人怎么样？"韩氏说："你的才情旨趣远远不如他们，正应当以你的见识气度与他们交友。"山涛说："他们也常常认为我的气度胜人一筹。"

【解　义】

嵇康和阮籍的个性都极为孤傲，而山涛则能与时俯仰。并且，担任选拔官员的职位十多年，皆能选贤任能。所以，山涛虽然才致不如嵇康和阮籍，但识度则胜过他们。

十二

王浑妻钟氏生女令淑[①]，武子为妹求简美对而未得[②]。有兵家子，有俊才，欲以妹妻之，乃白母。曰："诚是才者[③]，其地可遗[④]，然要令我见。"武子乃令兵儿与群小杂处，使母帷中察之。既而母谓武子曰："如此衣形者，是汝所拟者非邪？"武子曰："是也。"母曰："此才足以拔萃[⑤]，然地寒[⑥]，不有长年[⑦]，不得申其才用[⑧]。观其形骨[⑨]，必不寿，不可与婚。"武子从之。兵儿数年果亡。

【今　注】

①令淑：美貌善良。

②武子：王济，字武子，王浑之子。　简：选择。　美对：好配偶。

③诚：确实，果真。

④地：门第。　遗：忽略，抛开。

⑤拔萃：超群。

⑥地寒：门第寒微。

⑦长年：长寿。

⑧申其才用：施展他的才干。

⑨形骨：形貌骨相。

【今　译】

王浑之妻钟氏生的女儿美丽善良，王济为妹妹选择一个好配偶而不成，有一位当兵人家的儿子，有出众的才干，王济想把妹妹嫁给他，便禀告母亲。母亲说："如果他确有才干的话，他的门第可以忽略，但要让我见一下。"王济于是让当兵人之子与百姓混杂相处，让母亲在帷幕中观察。看过后母亲对王济说："穿这种衣服如此形状的人，就是你准备选择的人吗？"王济说："是的。"母亲说："这人的才干称得上超群，但是他的门第寒微，不能长寿，就不能施展他的才干。看他的形貌骨相，必定不能长寿，不可与他结亲。"王济听从了母亲。这位当兵人之子几年后果然死了。

【解　义】

据刘孝标注引《王氏谱》记载，钟氏名琰之，是钟繇的孙女。所谓"观其形骨，必不寿"，或许是因为兵家子有病态，所以钟氏判断他可能会夭折。

十三

贾充前妇是李丰女[①]，丰被诛，离婚徙边[②]，后遇赦得还。充先已取郭配女[③]，武帝特听置左右夫人[④]。李氏别住外[⑤]，不肯还充舍。郭氏语充，欲就省李[⑥]，充曰："彼刚介有才气[⑦]，卿往不如不去。"郭氏于是盛威仪[⑧]，多将侍婢[⑨]。既至，入户，李氏起迎，郭不觉脚自屈，因跪再拜。既反，语充，充曰："语卿道何物[⑩]？"

【今　注】

①前妇：前妻。

②徙边：流放到边远地区。

③郭配女：郭槐。郭配（生卒不详），字仲南，官至城阳太守。

④武帝：晋武帝司马炎。　听：准许。

⑤别：另外。

⑥省（xǐng）：看望。

⑦刚介：刚强耿直。

⑧威仪：服饰仪表。

⑨将：带。

⑩何物：当时口语，什么。

【今　译】

贾充的前妻是李丰的女儿，李丰被杀后，与贾充离婚流放，后来遇到赦免得以回来。贾充之前已经娶了郭配之女，晋武帝特别准许贾充设置左右夫人。李氏另住在外，不肯回到贾充的宅邸。郭氏对贾充说，想去探望李氏，贾充说："她的性子刚直又有才气，还不如不去。"郭氏于是盛装打扮，带了很多侍从婢女。到了以后，进了门，李氏起身相迎，郭氏不知不觉地双腿弯曲，于是就跪下去再拜。回去后，把情形告诉贾充，贾充说："我跟你说过什么？"

【解　义】

《晋书·贾充列传》也记载了此事，但史官恐怕有失检之处。刘孝标注认为郭槐为人强悍狠辣，不可能给李氏下跪，所以本文所载不实。刘孝标的看法值得参考，或许是因为郭槐有妒悍之名，其女贾后专权又不得人心，而李氏则以才德闻名，所以后人附会演绎，以为讥讽。

十四

贾充妻李氏作《女训》①，行于世。李氏女②，齐献王妃③；郭氏女④，惠帝后。充卒，李、郭女各欲令其母合葬，经年不决⑤。贾后废，李氏乃祔葬⑥，遂定。

【今　注】

①《女训》：已佚。

②李氏女：贾充与前妻李氏生二女，长女贾荃是齐献王司

马攸之妃。

③齐献王：司马攸，谥号献。

④郭氏女：郭槐生一女，名南风。为晋惠帝的皇后，即贾后，与贾谧等专擅朝政，后被赵王司马伦所杀。

⑤经年：指多年。

⑥祔（fù）：此指合葬。

【今　译】

贾充的妻子李氏著《女训》，流行于世。李氏生的女儿，是齐献王的妃子；郭氏生的女儿，是惠帝的皇后。贾充死后，李氏、郭氏的女儿各自想让自己的母亲与贾充合葬，历经多年未能决定。贾后被废之后，李氏于是与贾充合葬，才尘埃落定。

【解　义】

在男权占主导地位的古代社会里，人们对于合葬问题极为看重，因为这关系到女性的名分，而名分则意味着能否得到后人的祭祀。

十五

王汝南少无婚[①]，自求郝普女[②]。司空以其痴[③]，会无婚处[④]，任其意便许之[⑤]。既婚，果有令姿淑德[⑥]，生东海[⑦]，遂为王氏母仪[⑧]。或问汝南："何以知之？"曰："尝见井上取水，举动容止不失常[⑨]，未尝忤观[⑩]，以此知之。"

【今　注】

①王汝南：王湛，曾任汝南内史，故称。

②郝普（生卒不详）：字道匡，太原襄城（今太原襄城）人。官至洛阳太守。

③司空：指王昶，王湛之父。官至司空，故称。

④会：反正，终究。

⑤任：听凭。

⑥令姿淑德：美好的姿容，善良的品德。

⑦东海：指王承，曾任东海郡太守，故称。

⑧母仪：做母亲的仪范。

⑨容止：仪容举止。

⑩忤观：指碍眼、不雅观的景象。

【今　译】

王湛年少时没有订婚，自己去求娶郝普之女。王昶认为他痴呆，反正也没人与他结婚，随他的意愿就答应了。结婚之后，新娘果然有容貌品德，生了王承，于是成为王氏门中为人之母的典范。有人问王湛："你是怎么了解她的？"王昶说："我曾看见她在井上汲水，举止仪容没有失常之处，没有任何不雅的样子，由此了解。"

【解　义】

所谓王湛痴呆的问题，已见本书《赏誉》第十七则。所谓"任其意便许之"，是因为王家的门第高而郝家的门第低，这在当时属于门不当户不对。所谓"生东海，遂为王氏母仪"，是因为王承在东晋初年南渡名士中最有名望，所以其母郝氏也由此获得盛誉。

十六

王司徒妇[①]，钟氏女，太傅曾孙[②]，亦有俊才女德[③]。钟、郝为娣姒[④]，雅相亲重[⑤]。钟不以贵陵郝[⑥]，郝亦不以贱下钟。东海家内[⑦]，则郝夫人之法[⑧]；京陵家内[⑨]，范钟夫人之礼[⑩]。

【今　注】

①王司徒：王浑，曾为司徒，故称。

②太傅：指钟繇，曾为太傅，故称。　曾孙：刘孝标注引《王氏谱》，钟夫人应为钟繇的孙女。

③俊才：出众的才能。

④娣姒（dìsì）：即妯娌。弟妻为娣，兄妻为姒。

⑤雅：极，甚。

⑥陵：欺侮，欺凌。

⑦东海：指王湛与郝氏所生之子王承。

⑧则：以……为准则。

⑨京陵：指王浑，袭父爵京陵侯，故称。

⑩范：以……为规范。

【今　译】

王浑的妻子是钟家的女儿，钟繇的曾孙女，也有出众的才能和女性的美德。钟氏与郝氏是妯娌，互相之间非常亲近敬重。钟氏不以门第高贵欺凌郝氏，郝氏也不以门第低微而屈居钟氏之下。王承家里，以郝夫人的规矩为准则；王浑家里，以钟夫人的礼法为规范。

【解　义】

钟夫人是钟繇的孙女，门第高贵；郝夫人是洛阳太守郝普之女，门第相对较低。不过妯娌俩互相尊重，所以成为后人称颂的佳话。

十七

李平阳①，秦州子②，中夏名士③，于时以比王夷甫④。孙秀初欲立威权⑤，咸云："乐令民望⑥，不可杀，减李重者又不足杀⑦。"遂逼重自裁⑧。初，重在家，有人走从门入[⑨]，出髻中疏示重[⑩]。重看之色动[⑪]，入内示其女，女直叫“绝”[⑫]。了其意[⑬]，出则自裁。此女甚高明[⑭]，重每咨焉[⑮]。

【今 注】

①李平阳：李重，曾任平阳太守，故称。

②秦州：李秉，字玄胄，曾任秦州刺史，故称。

③中夏：指中原地区。

④王夷甫：王衍。

⑤孙秀（？—301）：字俊忠，琅邪（今山东临沂）人。赵王司马伦篡位后任中书令，专朝政，后被杀。

⑥乐令：乐广。 民望：民众所仰望的人。

⑦减：不如，次于。

⑧自裁：自杀。

⑨走：跑。

⑩疏：奏议。

⑪色动：脸色改变。

⑫直：只是。 绝：意指完了。

⑬了：明了，明白。

⑭高明：见解高，有智慧。

⑮咨：咨询，征求意见。

【今 译】

李重是李秉的儿子，是中原的名士，当时人把他比作王衍。孙秀当初想建立威望权势，总是说：“乐广是众人所仰望的，不可以杀，不如李重的人又不值得杀。”于是就逼迫李重自杀。当初，李重在家时，有人跑着从大门外进来，从发髻中拿出奏议来给李重看。李重看了脸色都变了，走进内室给女儿看，女儿只是叫“完了”。他明白女儿的意思，出了内室就自杀了。这位女子很高明，李重有事常向她咨询。

【解　义】

刘孝标注认为，各种记载都是说李重是因为有病不治才去世，并非被逼迫自杀。在八王之乱的年代里，血腥的杀戮频繁上演，士大夫阶层人心惶惶，像李重这样有名望的人去世，自然会引来各种猜测，这或许是所谓“自裁”说的由来。本书《赏誉》第四十六则也有李重“仰药”的说法，说明“自裁”之说流传颇广。本文所载情节细致入微，应为小说家所演绎。

十八

周浚作安东时①，行猎，值暴雨，过汝南李氏②。李氏富足，而男子不在。有女名络秀③，闻外有贵人，与一婢于内宰猪羊，作数十人饮食，事事精办，不闻有人声。密觇之④，独见一女子，状貌非常。浚因求为妾，父兄不许，络秀曰：“门户殄瘁⑤，何惜一女？若连姻贵族，将来或大益。”父兄从之。遂生伯仁兄弟⑥。络秀语伯仁等：“我所以屈节为汝家作妾，门户计耳⑦。汝若不与吾家作亲亲者⑧，吾亦不惜余年⑨！”伯仁等悉从命。由此李氏在世得方幅齿遇⑩。

【今　注】

①周浚（生卒不详）：字开林，汝南安成（今河南汝南县）人。仕魏为扬州刺史，平吴有功，封成武侯。晋武帝时为侍中，后任都督扬州诸军事、安东将军。

②汝南：指汝南人。

③络秀：汝南李宗伯之女，安东将军周浚之妻，生三子：名顗、嵩、谟。

④觇（chān）：看，窥视。

⑤殄瘁（tiǎncuì）：败落。

⑥伯仁兄弟：指周顗、周嵩、周谟。

⑦计：考虑。

⑧亲亲：亲戚。

⑨不惜余年：不爱惜晚年，指不如死了。

⑩方幅：当时口语，指正当，正式。　齿遇：受到礼遇。

【今　译】

周浚任安东将军时，出外打猎，遇上暴雨，经过汝南人李氏家。李氏家境富足，但男子们不在家。有个女儿名叫络秀，听到外面有贵客来了，她与一个婢女在里面宰杀猪羊，做了几十个人的饮食，每件事都办得精细周到，听不到嘈杂的声音。周浚暗中察看，只看见一位女子，相貌长得不一般。周浚于是求娶她为小妾，父亲、兄长不答应，络秀说："我们家门第低微，何必吝惜一个女儿？如果与贵族结成婚姻，将来也许有很大的好处。"父亲兄长听从了她。于是生下周顗兄弟。络秀对周顗兄弟说："我委曲自己到你们家作小妾，是为了我家的门第考虑。你们如不与我家做亲戚，我也不会爱惜晚年！"周顗弟兄都听从母亲的话。从此李家在当时得到了礼遇。

【解　义】

古代的一夫多妻制能够维系千年之久，有其内在的社会心理为支撑。由于贫富贵贱之间存在着难以逾越的障碍，所以很多人希望通过嫁入豪门来走捷径，即便是做妾也情愿。本文所载或许为里巷传言，但却真实地反映出了古代社会中普遍存在的世俗心态。其实，当代社会中类似的社会心理仍然存在，所以虽然法律层面上已经禁止一夫多妻，但甘于被包养者却大有人在。古人的心理状态无可厚非，因为古人的认知有限。但是，如果进入二十一世纪后，世俗心态仍然不能有所进步，那说明社会文明的进步陷入了停滞状态。

十九

陶公少有大志[①]，家酷贫，与母湛氏同居[②]。同郡范逵素知名[③]，举孝廉[④]，投侃宿。于时冰雪积日，侃室如悬磬[⑤]，而逵马仆甚多。侃母湛氏语侃曰：“汝但出外留客[⑥]，吾自为计。”湛头发委地[⑦]，下为二髲[⑧]，卖得数斛米[⑨]；斫诸屋柱[⑩]，悉割半为薪；剉诸荐[⑪]，以为马草。日夕，遂设精食，从者皆无所乏。逵既叹其才辩，又深愧其厚意。明旦去，侃追送不已，且百里许。逵曰：“路已远，君宜还。”侃犹不返。逵曰：“聊可去矣。至洛阳，当相为美谈。”侃乃返。逵及洛，遂称之于羊晫、顾荣诸人[⑫]，大获美誉。

【今　注】

①陶公：陶侃。

②湛氏：陶侃之母，豫章新淦（今江西新干）人。

③范逵（生卒不详）：鄱阳（今江西鄱阳北）人，闻名乡里，与陶侃友善。

④孝廉：选拔官吏的科目。

⑤室如悬磬（qìng）：形容室内空无所有，如悬挂的石磬一样。磬，古代的打击乐器。

⑥但：只要。

⑦委：垂，拖。

⑧髲（bì）：假发。

⑨斛（hú）：量器名。古以十斗为斛。

⑩斫（zhuó）：砍。

⑪剉（cuò）：铡碎。　荐：草垫。

⑫羊晫（zhuó）：历仕豫章郎中令、十郡中正。

【今　译】

陶侃年轻时就有远大的志向，但家里极其贫困，与母亲湛氏住在一起。同郡人范逵一向很有名声，被荐举为孝廉，曾在陶侃家投宿。当时接连几天冰雪弥漫，陶侃家一无所有，而范逵的马匹仆从很多。陶侃母亲湛氏对陶侃说："你只要出去把客人留下来，我自然会想办法。"湛氏长发垂地，剪下来做成两段假发，卖掉换来几斛米；砍伐房柱，每根柱子劈下一半当柴烧；铡碎草垫子，用作喂马的草料。到了晚上，便准备好了精美的食物，连随从都得到了招待。范逵赞叹陶侃的能力与辩才，又有愧于他的深情厚谊。第二天一早离开时，陶侃一路追着送行，将近百里多地。范逵说："路途已经远了，你应该回去了。"陶侃仍然不肯回去。范逵说："你可以回去了，到了洛阳，我一定会为你美言。"陶侃于是返回。范逵到了洛阳后，便在羊晫、顾荣面前称赞陶侃，陶侃因此获得了很好的声誉。

【解　义】

据《晋书·陶侃列传》记载，陶侃原为鄱阳人，吴国被灭后迁居庐江郡寻阳县；范逵被举荐为鄱阳孝廉后，路过寻阳时去拜访同乡陶侃。陶侃之父早逝，所以早年孤贫，但其父陶丹曾任吴国的扬武将军（秩第四品），所以陶侃的出身门第并非寒门。陶侃进入仕途需要的是得到推荐，湛氏的殷勤招待无疑让范逵感受到了母慈子孝的气氛。据《晋书·列女列传》记载，范逵曾感慨道："非此母不生此子！"又据刘孝标注引《晋阳秋》记载，范逵此后向庐江太守张夔推荐，陶侃因此被举为孝廉。有关湛氏的故事，流传有各种版本。刘孝标注引王隐《晋书》及《晋书·陶侃列传》记载了湛氏削发待客的故事；刘孝标注引《晋阳秋》记载了湛氏铡碎草垫来喂马的故事；《晋书·列女列传》则兼有二者。本文不仅有上述内容，还增加了砍削房柱当柴烧的内容，未免过于夸张离奇。在房柱上大肆伐木，范逵又怎么可能安之若泰。因此，这一内容明显是出自后人的附会，将湛氏的待客之道演绎成了巴结权贵。

二十

陶公少时作鱼梁吏[1]，尝以坩鲊饷母[2]。母封鲊付使，反书责侃曰[3]："汝为吏，以官物见饷，非唯不益，乃增吾忧也。"

【今　注】

①陶公：陶侃。　鱼梁吏：指管理堵水捕鱼的小吏。

②坩（gān）：盛物的陶器。　鲊（zhǎ）：腌制的鱼。　饷（xiǎng）：赠送。

③反书：回信。反，同"返"。

【今　译】

陶侃年轻时当管理捕鱼的小吏，曾把一罐腌制的鱼送给母亲。母封好腌鱼交还给来人，回信责备陶侃说："你作为官吏，拿公家的东西送给我，非但没有好处，反而增加了我的忧虑。"

【解　义】

刘孝标注认为吴国司徒孟宗在任雷池监时曾给母亲送鲊鱼，但母亲没有接受，所以他怀疑后人将孟宗的故事移植给了陶侃。

二十一

桓宣武平蜀[1]，以李势妹为妾，甚有宠，常著斋后[2]。主始不知[3]，既闻，与数十婢拔白刃袭之。正值李梳头，发委藉地[4]，肤色玉曜[5]，不为动容，徐曰："国破家亡，无心至此，今日若能见杀，乃是本怀[6]。"主惭而退。

【今　注】

①桓宣武：桓温。　平蜀：指平定成汉政权。

②著：安置。

③主：公主，指桓温之妻南康公主。

④委：下垂。　藉：铺。

⑤曜（yào）：明亮。

⑥本怀：本愿，本意。

【今　译】

桓温平定蜀地后，娶了李势的妹妹为妾，非常宠爱她，常把她安置在书斋后面住。南康公主起初不知道，听说后，带了几十个婢女拔出刀子去杀她。李氏正在梳头，垂落的头发铺到了地上，肤色如白玉一般，毫不惊慌，从容地说："国破家亡，我也是无心到了此地，今天如果被杀，正是我的愿望。"公主惭愧地退了出去。

【解　义】

所谓"李势妹"，据刘孝标注引《妒记》记载，应为李势之女。

二十二

庾玉台[①]，希之弟也[②]。希诛，将戮玉台。玉台子妇，宣武弟桓豁女也[③]，徒跣求进[④]。阍禁不内[⑤]，女厉声曰："是何小人？我伯父门，不听我前[⑥]！"因突入[⑦]，号泣请曰："庾玉台常因人[⑧]，脚短三寸，当复能作贼不？"宣武笑曰："婿故自急[⑨]。"遂原玉台一门[⑩]。

【今　注】

①庾玉台：庾友（生卒不详），字惠彦，小字玉台，庾冰第三子。历官中书郎、东阳太守。

②希：庾希。

③宣武：桓温。　桓豁：桓温弟，字朗子，官征西大将军。

④徒跣：光着脚，赤脚。

⑤阍（hūn）：守门人。　内：同“纳”，进入。

⑥听：让，准许。

⑦突入：冲进去。

⑧因人：指庾友脚比常人短，必须靠他人帮助才能行走。因：依靠，凭借。

⑨婿：指庾希之子庾宣，是桓温的侄女婿。　故自：确实，的确。

⑩原：赦免。

【今　译】

庾友是庾希的弟弟。桓温杀了庾希后，将要杀庾友。庾友的儿媳是桓温弟弟桓豁的女儿，光着脚就去求见桓温。守门人禁止她进去，她厉声道：“哪里来的小人？我伯父家的门，竟然不准我进去！”于是就冲了进去，号哭着请求道：“庾友要靠别人帮助，脚短了三寸，还能谋反吗？”桓温笑道：“侄女婿确实是着急了。”于是便赦免了庾友一家人。

【解　义】

所谓“希诛”，指桓温构陷庾冰之子庾倩及庾柔，将他们杀害，其兄庾希得到消息后和弟弟庾邈逃走，此后夜入京口城，宣称海西公有密旨讨伐桓温，事败后被问斩于建康。所谓“桓豁女”，据《晋书·庾亮列传》记载，应是桓秘之女，她向桓温求情后，庾友一家才没有受到株连。刘孝标注引《庾氏谱》则与本文相同，称是“桓豁之女”。传闻不同，难以稽考。本文所载情节应出自后人之演绎。

二十三

谢公夫人帏诸婢[①]，使在前作伎[②]，使太傅暂见，便下帏。太傅索更开[③]，夫人云："恐伤盛德[④]。"

【今　注】

①谢公夫人：刘夫人，刘惔之妹。　帏（wéi）：帷帐。这里用作动词，即用帷帐遮隔之意。

②作伎：表演歌舞演奏乐曲。

③索：要求。

④伤：损害。

【今　译】

谢安夫人用帷帐遮隔众婢女，让她们在前面表演歌舞演奏乐曲，让谢安观看一会儿，就放下了帷帐。谢安要求再次打开帷帐，夫人说："恐怕会损害你的美德。"

【解　义】

据《晋书·谢安列传》记载，谢安好声色，每次出外游山赏水，都会带上伎女。沉迷声色自然会招致非议，刘夫人或许即因此希望谢安有所节制，但因此也留下了嫉妒之名。据《艺文类聚》卷三十五引《妒记》记载，刘夫人不让谢安娶妾，所以谢安就准备立妓妾。

二十四

桓车骑不好著新衣[①]，浴后，妇故送新衣与[②]。车骑大怒，催使持去。妇更持还，传语云："衣不经新，何由而故？"桓公大笑，著之。

【今　注】

①桓车骑：桓冲，官至车骑将军，故称。

②故：故意，特意。

【今　译】

桓冲不喜欢穿新衣服，一次洗澡后，妻子特意送新衣服给他。桓冲大怒，催促侍者拿走。妻子又派人拿回来，传话说："衣服不经过新，怎么会变成旧？"桓冲大笑，穿上新衣服。

【解　义】

据史书记载，桓冲与其兄桓温都有节俭的个性。

二十五

王右军郗夫人谓二弟司空、中郎曰[1]："王家见二谢[2]，倾筐倒庋[3]；见汝辈来，平平尔[4]。汝可无烦复往。"

【今　注】

①王右军：王羲之。　郗夫人：郗鉴之女。　司空：郗愔，郗鉴长子，死后追赠司空，故称。　中郎：郗昙，郗鉴次子，官北中郎将，故称。

②王家：指王羲之家的人。　二谢：谢万、谢安。

③倾筐倒庋（guǐ）：形容倾其所有，意指热情款待。庋，放东西的架子。

④平平：指态度平淡。

【今　译】

王羲之妻子郗夫人对两位弟弟郗愔、郗昙说："王家人见到谢万、谢安来，热情款待；见到你们来，态度平淡。你们可以不必再去了。"

【解　义】

谢万、谢安都是一代名士，才华横溢，所以王家对他们的到来会表现得无比热情。而郗愔、郗昙虽然是王羲之的妹夫，但才能平平，所以王家对他们的态度也就显得相对冷漠。

二十六

王凝之谢夫人既往王氏[①]，大薄凝之[②]。既还谢家，意大不悦。太傅慰释之曰[③]：“王郎，逸少之子[④]，人材亦不恶[⑤]，汝何以恨乃尔[⑥]？”答曰：“一门叔父[⑦]，则有阿大、中郎[⑧]；群从兄弟[⑨]，则有封、胡、遏、末[⑩]。不意天壤之中，乃有王郎！”

【今　注】

①谢夫人：王凝之的妻子谢道韫。　往：指出嫁。

②薄：轻视。

③慰释：宽慰劝解。

④逸少：王羲之字逸少。

⑤人材：指人的品貌、才干等等。

⑥乃尔：如此。

⑦叔父：父亲的兄弟。

⑧阿大：指谢尚，谢安的堂兄，故称阿大。　中郎：指谢安的二哥谢据，老二居中，故称。

⑨群从：指同族兄弟。从，堂房亲属。

⑩封、胡、遏、末：封，谢韶，小字封。胡，谢朗，小字胡儿。遏，谢玄，小字遏。末，谢渊，小字末。

【今　译】

王凝之夫人谢道韫嫁到王家后，很瞧不起王凝之。回到谢家后，心里很不高兴。谢安宽慰劝解她道：“王郎是王羲之的儿子，人品、才干也不差，你为什么会如此遗憾？”谢道韫答道：“我们谢家一门叔父中，有谢尚、谢据；同族兄弟中，又有谢韶、谢朗、谢玄、谢渊。想不到天地之间，竟有王郎这样的人！”

【解　义】

据《晋书·王凝之列传》记载，王凝之深信五斗米道，孙恩进攻会稽时，王凝之身为稽内史，竟然不加守备，以为可以靠祷告请来鬼兵助战，最终被杀。由此可见王凝之与谢氏门中的那些人物相比，根本就不在同一层面上。成语“天壤王郎”典出于此，喻指不合意的丈夫。

二十七

韩康伯母隐古几毁坏[①]，卞鞠见几恶[②]，欲易之[③]。答曰：“我若不隐此，汝何以得见古物？”

【今　注】

①隐：凭倚，扶靠。　几（jī）：几案，陈设于坐席旁，用来倚靠或陈放物品。

②卞鞠：卞范之。　恶：坏。

③易：掉换。

【今　译】

韩康伯母亲凭靠的古旧几案坏了，韩母的外孙卞范之见后，想要掉换它，韩母答道：“我如果不是凭靠这张几案，你怎么能见到古物呢？”

【解　义】

据《晋书·卞范之列传》记载，桓玄篡位后奢靡无度，卞范之也加以效仿，大肆营建宅邸，以富贵骄人。韩康伯之母是卞范之的外婆，她的话或许意在讽刺外孙过于奢侈。

二十八

王江州夫人语谢遏曰[①]：“汝何以都不复进？为是

尘务经心[2]，天分有限[3]？”

【今　注】

①王江州：王凝之，曾任江州刺史，故称。　夫人：谢道韫。　谢遏：谢玄，小字遏。

②为是：还是。　尘务：世俗之事。　经心：烦扰于心。

③天分：天资。

【今　译】

谢道韫对谢玄说：“你怎么不再长进？是因为世俗之事烦扰于心呢，还是天资有限呢？”

【解　义】

据《晋书·列女列传》记载，王献之与客人清谈时落入下风，谢道韫于是用青绫步鄣（障）遮挡，与客人辩论，阐述小叔子王献之的观点，结果客人无法反驳。可见谢道韫才华之高，谢玄也因此“绝重其姊”（见本篇第三十则）。

二十九

郗嘉宾丧[1]，妇兄弟欲迎妹还[2]。终不肯归，曰：“生纵不得与郗郎同室[3]，死宁不同穴[4]？”

【今　注】

①郗嘉宾：郗超。

②妇：指郗超之妻周氏。　还：指回家。

③纵：即使。

④宁（nìng）：难道。　同穴：指合葬。

【今　译】

郗超死后，他妻子的兄弟想接妹妹回娘家。妹妹始终不肯回去，说：“我活着的时候即使不能与郗郎同居一室，死后难道不能与他合葬吗？”

【解　义】

女子在丈夫死后选择守寡，这种情况在中古时期较为少见，说明郗超生前与妻子的感情极为深厚。明清时期，女子守寡成为主流社会所宣扬的一种美德，但并不带有强制性。

三十

谢遏绝重其姊①，张玄常称其妹②，欲以敌之③。有济尼者④，并游张、谢二家，人问其优劣，答曰："王夫人神情散朗⑤，故有林下风气⑥；顾家妇清心玉映⑦，自是闺房之秀⑧。"

【今　注】

①谢遏：谢玄。　绝：极，甚。　姊：指谢道韫。

②张玄：张玄之。

③敌：相当，匹配。

④济尼：名叫济的尼姑。

⑤王夫人：指谢道韫，嫁给王羲之次子王凝之，故称。　散朗：洒脱开朗。

⑥林下风气：指有竹林七贤那样超脱的风度。

⑦顾家妇：指张玄之的妹妹，嫁到顾家，故称。　清心玉映：心胸明净，如美玉照人。

⑧闺房之秀：妇女中的优秀人物。

【今　译】

谢玄非常推重他的姐姐，张玄之则常常称赞他的妹妹，想让她与谢道韫抗衡。有一位叫济的尼姑，与张、谢两家都有交往，有人问起她们的优劣，尼姑答道："王家的夫人神情洒脱开朗，的确有竹林七贤的风度气质；顾家的媳妇心胸明净如美玉照人，自然是闺阁中的优秀者。"

【解　义】

谢玄与张玄之齐名，人称“南北二玄”。谢道韫与张玄之的妹妹各有特点，但谢道韫之“林下风气”，无疑更胜一筹。

三十一

王尚书惠尝看王右军夫人①，问：“眼耳未觉恶不②？”答曰：“发白齿落，属乎形骸③；至于眼耳，关于神明④，那可便与人隔⑤？”

【今　注】

①王尚书惠：王惠（生卒不详），字令明，王导曾孙，是王羲之的孙辈，刘宋时官至吏部尚书。　王右军夫人：王羲之夫人郗氏。

②恶：指衰退。　不：同“否”。

③形骸（hái）：形体躯壳。

④神明：指人的精神。

⑤隔：隔绝。

【今　译】

王惠曾经去看望王羲之夫人，问道：“视力听力没有觉得衰退吧？”王夫人答道：“头发变白牙齿脱落，属于形体上的问题；至于眼睛耳朵，是关系到人的精神问题，怎么可以与人隔绝呢？”

【解　义】

据刘孝标注引《妇人集》所载《谢表》记载，郗夫人至少活到了九十岁，相当长寿，这在古代是非常少见的。由本文所载可知，郗夫人晚年耳聪目明，保持着奕奕神采。

三十二

韩康伯母殷[①]，随孙绘之之衡阳[②]，于阖庐洲中逢桓南郡[③]。卞鞠是其外孙，时来问讯。谓鞠曰："我不死，见此竖二世作贼[④]！"在衡阳数年，绘之遇桓景真之难也[⑤]，殷抚尸哭曰："汝父昔罢豫章[⑥]，征书朝至夕发[⑦]。汝去郡邑数年[⑧]，为物不得动[⑨]，遂及于难，夫复何言！"

【今　注】

①韩康伯：韩伯。　母殷：母亲殷氏。

②绘之：韩绘之（？—405），字季伦，韩伯之子。官至衡阳太守。

③阖庐洲：长江中的沙洲。　桓南郡：桓玄。

④竖：竖子，蔑称。　二世作贼：指桓玄与桓玄叔侄两代背叛朝廷作乱。

⑤桓景真：桓亮（？—405），字景真，桓温之孙，桓玄之侄。桓玄被杀后，在长沙聚众作乱，自号平南将军、湘州刺史。后为刘毅所灭。

⑥罢：罢免。　豫章：指豫章太守。

⑦征书：征召文书。

⑧去郡邑：指离任。

⑨为物：指为事务所拖累。

【今　译】

韩伯的母亲殷夫人，跟随孙子韩绘之到衡阳，在阖庐洲遇见桓玄。卞范之是殷夫人的外孙，常常来问候。她对卞范之说："我活到现在，看见这竖子两代人叛逆造反！"住在衡阳几年，韩绘之在桓亮作乱时遇害，殷夫人抚着尸体痛哭道："你父亲当年被免去豫章太守时，文书早上到晚上就起身了。你离任几年，为事务所拖累不得脱身，终于遇难被杀，还有什么话可说呢！”

【解　义】

所谓“之衡阳”，是指殷夫人随孙子韩绘之去衡阳就任太守。殷夫人在阖庐洲中遇见桓玄，并称其“二世作贼”，说明此时正值桓玄称帝后被刘裕击败，并向荆州败退的过程中。卞范之是桓玄最为忠心的谋臣，一直到桓玄被杀都陪同在旁，所以此时也来向外婆问候。所谓“遇桓景真之难”，指韩绘之在桓亮聚众作乱时被杀。韩绘之就任衡阳太守，应是出自桓玄的任命，桓玄被杀后，关于韩绘之的任命也被废，所以殷夫人说“去郡邑数年”。

术解第二十

术解，指通晓各种技能（不包括六艺）。艺术一词在古代分为艺和术，艺指六艺，而术则指六艺之外的其他技能，如占卜、风水、医药等。艺和术虽然都有技艺、技能之意，但在古代有高下之别。儒家重视礼、乐、射、御、书、数，所以尊之为艺，而将其余技能视为术。本篇所载有四则是关于郭璞卜筮的故事，这些内容从当代的角度看难免有迷信之嫌，但这是古人对事物规律进行认知的一种尝试。郭璞以卜筮闻名，所以后世阴阳家将其奉为祖师。

一

荀勖善解音声①，时论谓之"闇解"②。遂调律吕③，正雅乐④。每至正会⑤，殿庭作乐，自调宫商⑥，无不谐韵⑦。阮咸妙赏⑧，时谓"神解"⑨。每公会作乐⑩，而心谓之不调⑪，既无一言直⑫。勖意忌之，遂出阮为始平太守。后有一田父耕于野，得周时玉尺，便是天下正尺⑬。荀试以校已所治钟鼓、金石、丝竹⑭，皆觉短一黍⑮，于是伏阮神识。⑯

【今　注】

①音声：音调声律。

②闇（àn）解：意为精通。

③调（tiáo）：调整。　律吕：古代乐律分阴阳十二律，阳六为律，阴六为吕，合称律吕。

④正：校正。　雅乐：典雅纯正之乐，用于祭祀、朝会。

⑤正（zhēng）会：元旦朝会，指正月初一皇帝朝会群臣。

⑥宫商：泛指五音。古以宫、商、角、徵、羽代表五个不同的音阶。

⑦谐韵：音韵和谐。

⑧妙赏：美妙的欣赏能力。

⑨神解：神奇之见解。

⑩公会：因公事聚会。

⑪不调：不协调。

⑫既：竟然。　直：同"值"，表示肯定。

⑬始平：郡名，治所在槐里（今陕西兴平）。　正尺：标准尺。

⑭治：制作。　金石：钟磬类乐器。　丝竹：管弦乐器。

⑮黍（shǔ）：古长度单位。一黍为一分，百黍为尺。

⑯伏：通“服”，佩服。　神识：见识高超。

【今　译】

荀勖善于理解音调声律，当时人都称之为“闇解”。他于是调整乐律，校正雅乐。每到正月元旦聚会，要在殿堂奏乐时，都亲自调整五音，音韵完全和谐。阮咸有着高超的鉴赏能力，当时人都称为“神解”。每当因公事聚会奏乐时，阮咸心里都认为乐声不协调，于是不说一句肯定的话。荀勖心中忌恨他，便把阮咸贬为始平太守。后来有一个农夫在田野耕地时，得到一把周代的玉尺，这便是天下的标准尺。荀勖试着用来校正自己所制作的钟鼓、金石、丝竹，发现都短了一黍，于是才佩服阮咸见识高超。

【解　义】

据刘孝标注引《晋后略》《晋诸公赞》《晋纪》记载，经过东汉末年的动荡，乐器制作的方法已经失传，曹魏时期杜夔尝试恢复古制，但汉代以后的尺度已与先秦时期不同，长了四分，所以人们认为杜夔制作出来的乐器，乐声不正，有失礼度。西晋开国后，晋武帝命荀勖重新制定钟律。荀勖于是收集古器古物，包括周代的玉律、铜尺等，终于制作出了符合古音的乐器。本文所载从一个侧面反映出，魏晋时期人们在古音鉴赏和古器复制等方面存在着分歧。据《晋书·阮咸列传》记载，荀勖自认为不如阮咸，将他贬为始平太守。又据《晋书·乐志》记载，荀勖此后得到古铜尺，终于叹服阮咸在音乐理解上有高超之处，于是又将阮咸调回朝中。

二

荀勖尝在晋武帝坐上食笋进饭①，谓在坐人曰：“此是劳薪炊也②。”坐者未之信，密遣问之，实用故车脚③。

【今　注】

①晋武帝：司马炎。

②劳薪：指以车轮当柴火烧。车子运行靠车轮，故称劳薪。

③车脚：车轮。

【今　译】

荀勖曾经在晋武帝宴席上吃笋用饭，对在座的人说："这是用车轮烧出来的。"在座者不信，暗中派人去问，确实是用旧车轮当柴火烧的饭。

【解　义】

据《北史·王邵传》记载，师旷吃饭时品出柴火的味道，说这是用劳薪作炊，晋平王派人去查看，固然如此。师旷是春秋时期著名的盲人乐师，这则记载说明，传说中的师旷不仅有着灵敏的听觉，而且还有着过人的嗅觉。本文所载或许就是根据师旷的传说而演绎，但说明荀勖的音乐成就为世人所折服。

三

人有相羊祜父墓①，后应出受命君②。祜恶其言③，遂掘断墓后以坏其势④。相者立视之，曰⑤："犹应出折臂三公⑥。"俄而祜坠马折臂⑦，位果至公。

【今　注】

①相：指相墓，勘察墓地以卜吉凶。

②后：后代。　受命君：接受天命的君主。

③恶：厌恶。

④势：地理形势，指风水。

⑤立：立即。

⑥三公：太尉、司徒、司空为三公。

⑦俄而：不久。

【今　译】

有人为羊祜父亲的坟墓看风水，认为他的后代会出一位受天命的君主。羊祜厌恶他的话，便破坏了坟墓后面的风水。相墓人立即去察看，说："还是会出一位折臂三公的。"不久羊祜从马上摔下折断手臂，官位果然升到三公。

【解　义】

本文所载当然属于无稽之谈，但由此可见堪舆之术在魏晋南北朝时期广为盛行。

四

王武子善解马性①。尝乘一马，著连钱障泥②，前有水，终日不肯渡。王云："此必是惜障泥。"使人解去，便径渡。

【今　注】

①王武子：王济。

②著：放置。　连钱：一种花饰，形状如钱纹相连。　障泥：阻挡泥水的马饰。将垫子放在马鞍下，垂于马腹两侧。

【今　译】

王济很懂得马的脾性，曾经骑着一匹马，马背上铺着一块钱纹相连的垫子，前面有河水，马始终不肯渡水。王济说："这一定是马爱惜垫子。"派人解下垫子，于是径直渡过了河。

【解　义】

王济善解马性，所以能够理解马的行为。据刘孝标注引《语林》记载，杜预称王济有马癖、和峤有钱癖。晋武帝问杜预："你有什么癖好？"杜预回答道："我有《左传》癖。"杜预所著《春秋左氏传集解》是现存关于《左传》的最早注本。

五

陈述为大将军掾[①]，甚见爱重。及亡，郭璞往哭之，甚哀，乃呼曰："嗣祖，焉知非福？"俄而大将军作乱，如其所言。

【今 注】

①陈述（生卒不详）：字嗣祖，颍川许昌（今河南许昌）人。有美名，曾为王敦大将军府掾。 大将军：指王敦。 掾（yuàn）：属官。

【今 译】

陈述担任王敦的属官，很受王敦的喜爱敬重。他死时，郭璞前去哭吊，非常哀伤，呼喊道："嗣祖，怎么知道这不是福分？"不久王敦反叛作乱，正如郭璞所预言的那样。

【解 义】

郭璞当时任王敦记室参军，和陈述是同僚，所以为其早逝而哭吊。郭璞知道王敦素有异心，迟早会再次起兵叛乱，所以他感叹陈述之早逝可以避开动乱的局面，未必不是一种福分。

六

晋明帝解占冢宅[①]，闻郭璞为人葬[②]，帝微服往看[③]，因问主人："何以葬龙角[④]？此法当灭族[⑤]！"主人曰："郭云此葬龙耳，不出三年，当致天子[⑥]。"帝问："为是出天子邪？"答曰："非出天子，能致天子问耳。"

【今 注】

①晋明帝：司马绍。 解：懂。 占冢宅：占卜推算坟墓

宅邸的吉凶祸福。占，占卜，演算风水。

②为人葬：为别人择地安葬。

③微服：君王或官员穿平民百姓的衣服。

④龙角：古时看风水者将绵延的山势喻为龙，相风水者根据情况选择某处为墓地。此指选龙角之处为墓地。

⑤灭族：灭门。

⑥致：招来。

【今　译】

晋明帝懂得占卜墓地宅邸之术，听说郭璞为别人择地安葬，明帝于是穿上便装前往察看，因而问主人："为什么要葬在龙角的位置上？这种葬法会带来灭族之祸！"主人说："郭璞说这是葬在龙耳的位置上，不出三年，会招来天子。"明帝问："是指家里会出个天子吗？"主人答道："不是出天子，是指能招来天子的询问而已。"

【解　义】

郭璞不仅是学问大家，而且洞悉五行、天文、卜筮之术，妙于阴阳算历，为后人奉为风水术的宗师，后世出现的很多风水著作都会假托其名。民间也流传着不少郭璞神机妙算的传说，《晋书·郭璞列传》中也有采录，应属于附会无稽之谈。

七

郭景纯过江①，居于暨阳②，墓去水不盈百步。时人以为近水。景纯曰："将当为陆。"今沙涨，去墓数十里皆为桑田③。其诗曰："北阜烈烈④，巨海混混⑤。垒垒三坟⑥，唯母与昆⑦。"

【今　注】

①郭景纯：郭璞。　过江：指从北方渡江至南方。

②暨阳：县名，在今江苏江阴县。

③桑田：陆地，田地。

④阜：土山。　烈烈：高峻的样子。

⑤巨海：指大江。　混混（gǔn）：通“滚”，江水奔流的样子。

⑥垒垒：重叠的样子。

⑦唯：语气词。　昆：兄长。

【今　译】

郭璞渡江后，住在暨阳，墓地距离江水不足一百步，当时人认为离江水太近。郭璞说：“这里将会成为陆地。”如今泥沙淤积，距离墓地几十里地都成了农田。郭璞有诗道：“北面的土山高高耸起，江水波涛滚滚。重重叠叠有三座坟墓，是母亲与兄长的长眠之地。”

【解　义】

郭璞精通地理，曾为《水经》作注（今佚）。他将母亲和兄长葬于江边，应该是观察到这一带不断有泥沙淤积，陆地面积将会扩大，所以不担心墓地会遭到江水的侵蚀。

八

王丞相令郭璞试作一卦[①]。卦成，郭意色甚恶，云：“公有震厄[②]。”王问：“有可消伏理不[③]？”郭曰：“命驾西出数里[④]，得一柏树，截断如公长，置床上常寝处，灾可消矣。”王从其语，数日中，果震柏粉碎。子弟皆称庆。大将军云[⑤]：“君乃复委罪于树木[⑥]！”

【今　注】

①王丞相：王导。

②震厄：雷击的灾难。

③消伏理：消除的办法。理：办法。 不：同“否”。

④命驾：指出行。

⑤大将军：王敦。

⑥乃复：竟，竟然。 委罪：把罪过推给别人。

【今 译】

王导让郭璞试占一卦，卦占成后，郭璞的神情脸色很难看，说：“丞相您有雷击之灾！”王导问：“有消除的办法吗？”郭璞说：“您出行往西走几里地，看到一棵柏树，把它截断像你一般长短，放在床上常睡之处，灾祸即可消除了。”王导听他的话去做，几天之内，果然雷击把那节柏木打得粉碎，王家子弟都表示庆贺。王敦说：“你竟把罪过推给了树木！”

【解 义】

或许是因为郭璞精通《周易》的缘故，所以民间演绎了很多有关他占卜算卦的故事，不足为信。据《晋书·王导列传》记载，王导准备渡淮河南下时，让郭璞卜吉凶，郭璞算卦后说：“吉，毫无不利之处。除非淮水断流，王氏才会灭绝。”王导南渡早在郭璞之前，所以这一记载显然也是出自里巷传言。

九

桓公有主簿[①]，善别酒[②]，有酒辄令先尝，好者谓“青州从事[③]”，恶者谓“平原督邮[④]”。青州有齐郡，平原有鬲县[⑤]。“从事”言到脐[⑥]，“督邮”言在鬲上住。

【今 注】

①桓公：桓温。

②别：辨别酒质的优劣。

③从事：州刺史的属官。比喻好（hǎo）酒。

④督邮：郡守的佐吏。比喻劣酒。

⑤鬲：(gé)，隔膜。鬲通“隔”。

⑥脐：肚脐。

【今　译】

桓温有位主簿，善于区别酒的优劣，桓温有酒总是让他先品尝，好酒称为“青州从事”，劣酒称为“平原督邮”。青州有齐郡，平原有鬲县。“从事”指酒力可达肚脐，“督邮”指酒力只能停在半空。

【解　义】

从事是州刺史的属官，而督邮则是郡太守的属官，两者级别有高低之分，所以用来喻指优劣。青州有齐郡，“齐”通“脐”，指肚脐，所以青州从事喻指酒力强劲可以直达肚脐的好酒。平原郡有鬲县，“鬲”通“膈”(即横膈膜)，古人认为食饮不下，是因为膈堵塞不通，所谓“鬲上住”就是停在膈上之意，喻指酒力过弱不能让人感到痛快，所以平原督邮喻指劣酒。从本文所载可知，两晋时期人们判断酒的优劣，似乎是以酒精浓度高低为标准。

十

郗愔信道甚精勤[①]，常患腹内恶[②]，诸医不可疗。闻于法开有名，往迎之。既来便脉[③]，云：“君侯所患[④]，正是精进太过所致耳[⑤]。”合一剂汤与之[⑥]。一服即大下[⑦]，去数段许纸[⑧]，如拳大，剖看，乃先所服符也[⑨]。

【今　注】

①信道：信奉天师道。　精勤：专心勤奋。

②恶：指不舒服。

③脉：指把脉以诊断病情。

④君侯：对士大夫的尊称。

⑤精进：指勤奋而进步神速。

⑥合一剂汤：调配一剂汤药。合，调配。

⑦大下：大泻。

⑧去：指排出。许：约略估计之词。

⑨乃：竟。　符：符箓，道士用所画符咒以消灾袪病。

【今　译】

郗愔信奉道教非常专心勤奋，他常常苦于腹内不舒服，医生们都治不好。他听说于法开有名气，就去把他接来。于法开来了以后就把脉，说："您所患的病，正是修炼过头所造成的。"调配了一剂汤药给他。一服下去就大泻，排出了几个纸团，如拳头大小，剖开来看，竟然是先前所吞服的符箓。

【解　义】

所谓"于法开有名"，并非单指于法开有名望，因为他原本就是名士，而是特指其医术有名。郗愔的病其实就是符箓无法排出体内所致，所以于法开用泻药帮他排泄。据《晋书·郗愔列传》记载，郗愔信奉天师道，修黄老之术，专心绝谷。所谓"绝谷"，就是辟谷。从本文所载可知，魏晋时期的辟谷术，除了不吃五谷杂粮之外，还需要吞服符箓。

十一

殷中军妙解经脉[①]，中年都废[②]。有常所给使[③]，忽叩头流血。浩问其故，云："有死事，终不可说。"诘问良久，乃云："小人母年垂百岁，抱疾来久[④]，若蒙官一脉[⑤]，便有活理，讫就屠戮无恨[⑥]。"浩感其至性[⑦]，遂令舁来[⑧]，为诊脉处方。始服一剂汤便愈。于是悉焚经方[⑨]。

【今　注】

①殷中军：殷浩。　经脉：经络血脉。古人根据人体的经络气血来诊治病情，所以此处指医术。

②废：荒废。

③常：经常。　所给使：供差遣、使唤的仆役。

④抱疾：指身带疾病。　来久：指时间很久。

⑤官：尊称长官。

⑥讫：完毕之后。

⑦至性：指孝顺父母的至诚之性。

⑧舁（yú）：抬。

⑨经方：古代对医药方书的统称。

【今　译】

殷浩精通医术，到了中年便荒废了。有一个经常供他差遣的仆役，忽然给他叩头以致流血。殷浩问他原因，他说："有关生死的事，终究不能说。"追问了好久，才说道："小人母亲年近一百岁，身患疾病已久，如果承蒙长官替她把脉诊治，便有活下去的希望，看好之后就是把我杀了也没有遗憾。"殷浩被他的至诚之心感动，于是让他把母亲抬来，为她诊脉开方子。才服了一剂汤药就痊愈了。殷浩于是把医书全都烧了。

【解　义】

魏晋时期，士人研究医学者比比皆是，据陶弘景《本草集注叙录》记载，著名的人物有阮侃、张华、裴頠、皇甫谧、葛洪、蔡谟、殷浩等人。因此，本文所谓"殷中军妙解经脉"，说明殷浩确实以医术闻名。据《三国志·魏书·华佗传》记载，华佗原本是士人，后以医术行业，常常后悔从医，临终前将自己所著医书交给狱卒，狱卒不敢接受，于是华佗将其烧毁。华佗焚书是出于无奈，而殷浩焚书的动机却不得而知，或许只是后人为增加传奇色彩而附会。

巧艺第二十一

巧艺，指精通六艺（礼、乐、射、御、书、数）。本篇共有 14 则，反映了魏晋士人在绘画、书法、建筑等方面取得的成就，如顾恺之和戴逵的绘画、韦诞和羊枕的书法。其实，魏晋士人有诸多巧艺的故事，如阮籍善啸（《栖逸》第一则）、王湛精骑术（《赏誉》第十七则），这些故事因为各有侧重，所以被收入其他各篇之中。

一

弹棋始自魏[①]，宫内用妆奁戏[②]。文帝于此戏特妙[③]，用手巾角拂之[④]，无不中。有客自云能，帝使为之。客著葛巾角[⑤]，低头拂棋，妙逾于帝。

【今　注】

①弹棋：魏晋时的一种博戏。一般为二人对局，棋盘为方形，四周低平，中央隆起，黑白棋各六枚，先列棋相当，用手指或器物弹动己方棋子以碰击对方棋子。宋元以后失传。

②用妆奁戏：指宫女用梳妆的镜匣玩游戏。

③文帝：魏文帝曹丕。

④拂：碰触。

⑤葛巾：用葛布制成的头巾。

【今　译】

弹棋的游戏从曹魏开始，宫女们用梳妆的镜匣玩游戏。魏文帝对这种游戏特别精通，用手巾折角来弹拨棋子，没有不击中的。有位客人自称很擅长，文帝便让他来表演。客人戴着葛布头巾，低头用葛巾的角去弹拨棋子，比文帝更为巧妙。

【解　义】

本文所谓"弹棋始自魏"，应系误传。据刘孝标注引傅玄《弹棋赋叙》记载，汉成帝喜欢蹴鞠。刘向认为太耗费体力，于是就根据蹴鞠的游戏规则，发明了弹棋的游戏。《西京杂记》中也有类似的记载。这些记载未必可信，但至少说明弹棋的游戏应起源于汉代。不过，魏文帝确实对弹棋有所偏好，据刘孝标注引曹丕《典论自序》，曹丕自称从小喜欢戏弄之事，对于弹棋更是得心应手。所谓"宫内用妆奁戏"，据《弹棋经后序》

记载，是因为曹操不允许将博弈器具带进宫内，所以宫女们只能用镜匣来代替棋盘。

二

陵云台楼观精巧[①]，先称平众木轻重，然后造构，乃无锱铢相负揭[②]。台虽高峻，常随风摇动，而终无倾倒之理。魏明帝登台[③]，惧其势危[④]，别以大材扶持之，楼即颓坏[⑤]。论者谓轻重力偏故也。

【今　注】

①陵云台：楼台名，原址在今河南洛阳。　楼观：楼台观舍。

②乃：竟。锱铢（zīzhū）：指极微小的重量。　负揭：指上下出入，形容建筑物的轻重等计算精确，误差极小。

③魏明帝：曹叡。

④危：高，险，不安全。

⑤颓坏：坍塌。

【今　译】

陵云台的楼台观舍设计精巧，建造时先称量所用木材的轻重分量，然后才建造构筑，竟然没有丝毫的误差。楼台虽然高峻，常常随着风力而摇动，但始终没有倾倒的可能。魏明帝登上楼台时，怕楼台高峻有危险，另外用大木来支撑它，楼台于是坍塌。议论者都说这是轻重失去了平衡的缘故。

【解　义】

据刘孝标注引《洛阳宫殿簿》记载，陵云台高达十三丈多。据《艺文类聚》卷六十二引《洛阳记》记载，陵云台高二十三丈。据本篇下一则刘孝标注引卫恒《四体书势》记载，陵云台的匾额高度距地二十五丈。陵云台的具体高度已不得而知，从“陵云”的名称看，或许应在二十丈以上。关于陵云台倾覆的原因，本文所载恐怕只是里巷传言，因为设计者既然已经考虑到了建筑物的平衡问题，那么“别以大材扶持之”时，显然不会忽略“轻重力”。

三

韦仲将能书①。魏明帝起殿②，欲安榜③，使仲将登梯题之。既下，头鬓皓然④，因敕儿孙勿复学书⑤。

【今　注】

①韦仲将：韦诞，字仲将。　能书：擅长书法。
②魏明帝：曹叡。
③安榜：安放匾额。
④皓然：雪白的样子。
⑤敕：告诫。

【今　译】

韦诞擅长书法。魏明帝建造宫殿，想安放匾额，让韦诞登上梯子题写匾额。题好字下来后，韦诞的鬓发都变得雪白了。于是他告诫儿孙们今后不要再学书法了。

【解　义】

据刘孝标注引卫恒《四体书势》记载，韦诞擅长楷书，魏国的宫殿匾额大多都是他所题写。魏明帝建起陵霄观后，工匠们误将还没题字的匾额先钉了上去，于是只能把韦诞装在笼子里，吊上离地二十五丈的地方去题字。韦诞吓个半死，于是告诫子孙，不再写楷书。宋明帝《文章志》及《晋书·王献之列传》对韦诞题匾一事也有记载。但这一故事似乎不足为信，因为即便匾额先钉上去了，也可以取下。

四

钟会是荀济北从舅[1]，二人情好不协[2]。荀有宝剑，可直百万[3]，常在母钟夫人许。会善书，学荀手迹[4]，作书与母取剑，仍窃去不还[5]。荀勖知是钟而无由得也，思所以报之。后钟兄弟以千万起一宅，始成，甚精丽，未得移住。荀极善画，乃潜往画钟门堂[6]，作太傅形象[7]，衣冠状貌如平生。二钟入门[8]，便大感恸[9]，宅遂空废。

【今　注】

①荀济北：荀勖，封济北郡公，故称。　从舅：表舅，母亲的叔伯兄弟。

②情好：交情，友谊。　不协：不和谐，不和睦。

③直：值，价值。

④学：模仿。

⑤仍：就，于是。

⑥门堂：指门侧堂屋。

⑦太傅：钟繇，钟会和钟毓的父亲。

⑧二钟：指钟会和钟毓兄弟二人。

⑨感恸（tòng）：悲痛。

【今　译】

钟会是荀勖的堂舅，两人的感情不和。荀勖有一把宝剑，价值百万，平常放在母亲钟夫人处。钟会擅长书法，模仿荀勖的笔迹，写信给荀勖母亲拿宝剑，于是骗走了宝剑不还。荀勖知道是钟会干的，但却拿不回来，就想办法报复。后来钟会兄弟花了千万建起一座宅邸，刚建成，十分精致秀丽，还没有搬进去住。荀勖非常擅于绘画，便暗中到钟会新宅的堂屋，画了太傅钟繇的像，衣冠容貌就像生前一样。钟氏兄弟进门看见，于是极为悲痛，宅邸因此空置废弃。

【解　义】

魏晋时期的书法和绘画艺术呈现繁荣景象。本文所载虽然出自小说家的演绎，但似乎可以说明当时的肖像画水平，已达到了相当高的程度。

五

羊长和博学工书[①]，能骑射，善围棋。诸羊后多知书[②]，而射、奕余艺莫逮[③]。

【今　注】

①羊长和：羊忱，字长和。　工书：擅长书法。

②知书：懂得书法。

③射：射箭。　奕：通“弈”下棋。　莫逮：没有人赶得上。

【今　译】

羊忱学问渊博擅长书法，能骑马射箭，擅长围棋。羊忱的后人大多数懂书法，但射箭、下棋等技艺都赶不上他。

【解　义】

骑兵主要用于机动作战，弓箭是骑兵最主要的武器，用以对敌军进行远程杀伤，因此骑、射密不可分。羊忱文武双全，相当难得。

六

戴安道就范宣学[①]，视范所为，范读书亦读书，范钞书亦钞书。唯独好画，范以为无用，不宜劳思于此[2]。戴乃画《南都赋图》[3]，范看毕咨嗟[4]，甚以为有益，始重画[5]。

【今　注】

①戴安道：戴逵。　就：向。

②劳思：花费心思。

③《南都赋图》：戴逵根据《南都赋》所创作。《南都赋》，东汉张衡作。

④咨嗟：赞叹。

⑤始：才。

【今　译】

戴逵向范宣学习，一切都模仿范宣所做，范宣读书他也读书，范宣抄书他也抄书。唯独爱好绘画，范宣认为没有什么用处，不应该花费心思在这上面。戴逵于是画了一幅《南都赋图》，范宣看后很赞赏，认为很有益处，这才重视绘画。

【解　义】

据刘孝标注引《中兴书》记载，戴逵不远千里去向范宣求学，范宣也很欣赏戴逵，于是将侄女嫁给他。从先秦至两汉，绘画一直为士人所轻视，本文所载可以从一个侧面反映出，魏晋士人对绘画艺术从不屑到逐步重视的转变过程。

七

谢太傅云[1]："顾长康画[2]，有苍生来所无[3]。"

【今　注】

①谢太傅：谢安。

②顾长康：顾恺之。

③苍生：此处指人类。

【今　译】

谢安说："顾恺之的画，是有人以来所未曾有过的。"

【解　义】

顾恺之是魏晋南北朝时期绘画艺术的代表性人物，谢安所言，说明顾恺之的成就已经前无古人。

八

戴安道中年画行像甚精妙[①]。庾道季看之[②]，语戴云："神明太俗[③]，由卿世情未尽[④]。"戴云："唯务光当免卿此语耳[⑤]。"

【今　注】

①戴安道：戴逵。　行像：佛像。

②庾道季：庾龢。

③神明：神情。

④世情：世俗之情。

⑤务光：夏代的隐士。传说商汤将伐夏桀时向他问计，他认为与己无关。汤灭桀后准备把天下让给他，务光认为是无道之世，于是自沉于卢水。

【今　译】

戴逵中年时所画佛像非常精妙。庾龢看到后，对戴逵说："神情太俗气，这是由于你的世俗之情未能根除。"戴逵说："只有务光才能免于你的这种评价吧。"

【解　义】

庾龢对戴逵的评价看似过于苛刻，但其实揭示了一个原理，即艺术作品之成就高低，取决于创作者的审美品位。需要说明的是，戴逵的品味其实已经远超常人。

九

顾长康画裴叔则[①]，颊上益三毛[②]。人问其故，顾曰："裴楷俊朗有识具[③]，正此是其识具。"看画者寻之[④]，定觉益三毛如有神明[⑤]，殊胜未安时[⑥]。

【今　注】

①裴叔则：裴楷，字叔则。

②益：增加。

③俊朗：俊逸开朗。　识具：见识才具。

④寻：寻味，探求玩味。

⑤定：确定，的确。　神明：指人的精神。

⑥殊：甚，颇。

【今　译】

顾恺之画裴楷像，脸颊上加了三根毫毛。有人问他缘故，顾恺之说："裴楷俊逸开朗，又有见识才能，这正表现了他的见识才能。"看画的人寻味他的话，确实觉得加三根毫毛好像更有精神，远远胜过没有加上去的时候。

【解　义】

据刘孝标注，顾恺之为古今人物作画时，都会同时写赞。赞是一种用于颂扬人物的文体，说明顾恺之作人物肖像画时，会对创作对象进行深入的了解。所以，顾恺之不仅仅追求形似，更追求神似。他在裴楷脸颊上增加三根毫毛，显然达到了凸显裴楷俊朗气质的目的。

十

王中郎以围棋是坐隐[①]，支公以围棋为手谈[②]。

【今　注】

①王中郎：王坦之，曾任北中郎将，故称。　坐隐：坐着隐居。

②支公：支道林。　手谈：用手交谈。

【今　译】

王坦之认为下围旗是坐着隐居，支道林认为下围棋是用手交谈。

【解　义】

王坦之和支道林的比喻恰如其分，后人遂以“坐隐”“手谈”作为围棋对弈的别称。

十一

顾长康好写起人形①，欲图殷荆州②，殷曰：“我形恶③，不烦耳。”顾曰：“明府正为眼尔④。但明点童子⑤，飞白拂其上⑥，使如轻云之蔽日⑦。”

【今　注】

①起：选取。

②殷荆州：殷仲堪，任荆州刺史，故称。

③形恶：形象丑陋。

④明府：对刺史的尊称。　正：只。

⑤明：明着。　点：用笔点画　童子：瞳子，眼珠。

⑥飞白：中国画的一种笔法，线条枯笔露白。拂：画的一种笔法，轻轻拂拭。

⑦蔽日：应作“蔽月”，语出曹植《洛神赋》，原文曰：“仿佛兮若轻云之蔽月。”

【今　译】

顾恺之喜爱画人物肖像，想给殷仲堪画像，殷仲堪说：

"我样貌丑陋，就不麻烦你了。"顾恺之说："您只是因为眼睛的缘故，只需要明着点上瞳子，用飞白的笔法拂过上面，使其好像轻云遮住明月一样。"

【解　义】

据《晋书·殷仲堪列传》记载，殷仲堪之父多年患病，殷仲堪衣不解带，钻研医术。有一次不慎把药物弄到了眼睛里，因此瞎了一只眼。殷仲堪所谓"我形恶"及顾恺之所谓"明府正为眼尔"，指殷仲堪瞎一只眼而言。

十二

顾长康画谢幼舆在岩石里[1]。人问其所以[2]，顾曰："谢云：'一丘一壑，自谓过之[3]。'此子宜置丘壑中。"

【今　注】

①谢幼舆：谢鲲。

②所以：原因。

③一丘一壑，自谓过之：语见本书《品藻》第十七则。晋明帝问谢鲲，有人将他与庾亮相比，自认为如何，谢鲲认为自己在做官方面的能力不如庾亮，但自己比庾亮超脱。

【今　译】

顾恺之为谢鲲画像时把他画在岩石之中。有人问他原因，顾恺之说："谢鲲说过：'在隐居深山幽谷方面，我自己认为超过庾亮。'所以这位先生应当置身于深山幽谷之中。"

【解　义】

谢鲲并未隐遁，但顾恺之认为谢鲲具有超脱的气质，所以在画中让他置身丘壑之中，以衬托他的洒脱不羁。

十三

顾长康画人，或数年不点目精[①]。人问其故。顾曰："四体妍蚩[②]，本无关于妙处；传神写照[③]，正在阿堵中[④]。"

【今　注】

①目精：眼珠。

②四体：人的四肢。　妍蚩（chī）：美丑。

③写照：指人物肖像。

④阿堵：这个。

【今　译】

顾恺之画人，有时几年都不点上眼珠。有人问他是什么缘故，顾恺之说："四肢的美丑，原本与绘画的精妙无关；传神的肖像，正是在这个眼睛里。"

【解　义】

成语"传神阿堵"典出于此，形容逼真。

十四

顾长康道："画'手挥五弦'易，'目送归鸿'难[①]。"

【今　注】

①顾长康：顾恺之。　手挥五弦、目送归鸿：语出嵇康《赠秀才入军五首》，原诗曰："目送归鸿，手挥五弦。俯仰自得，游心泰玄。"

【今　译】

顾恺之说："画'手指拨弹五弦琴'容易，画'目光追随北归的鸿雁'难。"

【解　义】

之所以画"手挥五弦"容易，是因为这是一个具体的动作，可以临摹。之所以"目送归鸿"难，是因为目光无形，要做到传神的效果绝非易事。这也就是为什么顾恺之画人物肖像时几年不点目睛的缘故。

宠礼第二十二

宠礼，指宠信和礼遇。宠辱不惊是士人所应达到的境界，但本篇第五则所载，伏滔却有受宠若惊的表现，显然有失格局。

一

元帝正会[1]，引王丞相登御床[2]，王公固辞，中宗引之弥苦[3]。王公曰："使太阳与万物同晖，臣下何以瞻仰？"

【今　注】

①元帝：晋元帝司马睿。　正会：指正月初一的朝会。

②王丞相：王导。　御床：皇帝的坐卧之榻。

③中宗：晋元帝司马睿死后的庙号。　弥苦：更加恳切。

【今　译】

晋元帝在正月初一朝会时，拉着王导一起坐上皇帝的御座，王导坚决辞让，元帝拉着他更加恳切。王导说："假如太阳和万物发出同样的光辉，臣子又怎么仰视瞻望呢？"

【解　义】

晋元帝能够在永嘉之乱后登上帝位，王氏家族的支持起到了关键作用，而王导在安定政局方面更是举足轻重。所以，晋元帝对王导给予了非常高的礼遇。

二

桓宣武尝请参佐入宿[1]，袁宏、伏滔相次而至[2]。莅名[3]，府中复有袁参军。彦伯疑焉[4]，令传教更质[5]。传教曰："参军是袁伏之袁，复何所疑？"

【今　注】

①桓宣武：桓温。　参佐：僚属，部下。　入宿：入府值宿。

②相次：先后。

③莅（lì）名：点名，核对来者姓名。莅，到。

④彦伯：袁宏。

⑤传教：传令的吏卒。　更质：再次询问。

【今　译】

桓温曾请僚属入府值宿，袁宏、伏滔先后依次而来。核对名字时，府中还有一位袁参军。袁宏怀疑不是指自己，让传令小吏再去询问一下。传令小吏说："参军就是袁、伏之袁，还有什么可怀疑的?"

【解　义】

因为桓温府中还有一位姓袁的参军，所以传令小吏在报"袁参军"时，袁宏吃不准是否指自己。据《晋书·袁宏列传》记载，桓温府中将袁宏与伏滔并称为"袁伏"。所以，传令小吏特意回答"袁伏之袁"。

三

王珣、郗超并有奇才，为大司马所眷拔①。珣为主簿，超为记室参军。超为人多髯②，珣形状短小，于时荆州为之语曰："髯参军，短主簿，能令公喜，能令公怒。"

【今　注】

①大司马：指桓温。　眷拔：眷顾提拔。

②髯：面颊上的胡须。

【今　译】

王珣、郗超都有不同寻常的才干，得到大司马桓温的眷顾提拔。王珣担任主簿，郗超担任记室参军。郗超脸上多胡须，王珣身材矮小，当时荆州人为此编了顺口溜说："大胡子参军，矮个子主簿，能让桓公喜欢，能让桓公恼怒。"

【解　义】

王珣任桓温主簿时，桓温已经移镇姑孰（今安徽当涂）。所谓“荆州为之语”应有误。据《晋书·郗超列传》记载，这是桓温府中的人为他们编的顺口溜。

四

许玄度停都一月[1]，刘尹无日不往[2]，乃叹曰：“卿复少时不去，我成轻薄京尹[3]！”

【今　注】

①许玄度：许询。

②刘尹：刘惔，为丹阳尹，故称。

③轻薄：指不负责任。　京尹：京兆尹，都城地区的行政长官。刘惔时任丹阳尹，即京兆尹。

【今　译】

许询在京城停留了一个月，刘惔每天都去他那里，因此感叹道：“你再多呆一阵子，我就成轻薄京兆尹了！”

【解　义】

据本书《言语》第六十九则及《晋书·王羲之列传》记载，许询在京城时曾在刘惔家住宿。因此，所谓“无日不往”意指两人过从密切。刘惔所谓“轻薄京尹”，意指自己与许询应酬太多，荒废了政务。

五

孝武在西堂会[1]，伏滔预坐[2]。还，下车呼其儿[3]，语之曰：“百人高会，临坐未得他语，先问：‘伏滔何在？在此不？’此故未易得[4]。为人作父如此，何如？”

【今　注】

①孝武：孝武帝司马曜。　西堂：皇宫听堂名，指太极殿的西厅。

②预：参与，参加。

③儿：伏系，字敬鲁，官至光禄大夫。

④故：确实。

【今　译】

孝武帝在太极殿的西厅聚会，伏滔也在座。回家后，一下车就叫他儿子，对他说："上百人的盛会，皇上莅临就座没有说其他话，就先问：'伏滔在哪里？在这里吗？'这样的宠幸确实不容易得到。为人在世，做父亲的能够如此，怎么样？"

【解　义】

伏滔受到孝武帝礼遇后的反应，未免有些受宠若惊。据《晋书·袁宏列传》记载，人们称袁宏与伏滔为"袁伏"，但袁宏却耻于和伏滔齐名。究其原因，或许就是因为伏滔不能做到宠辱不惊。

六

卞范之为丹阳尹，羊孚南州暂还①，往卞许②，云："下官疾动③，不堪坐。"卞便开帐拂褥，羊径上大床，入被须枕④。卞回坐倾睐⑤，移晨达莫⑥。羊去，卞语曰："我以第一理期卿⑦，卿莫负我！"

【今　注】

①南州：指南兖州。西晋末年兖州沦陷，晋元帝于是在南方设置侨州，故称南兖州。

②许：处所。

③疾动：疾病发作。

④须：靠。

⑤倾睐：指注目。

⑥莫：同“暮”，晚上。

⑦第一理：指第一流的名士。　期：期望，期待。

【今　译】

卞范之担任丹阳尹时，羊孚从南兖州暂时回来，前往卞范之住所，说：“我的病发作了，不能坐着。”卞范之就打开帐子掸净被褥，羊孚径直上了大床，钻进被子靠着枕头，卞范之回到座位注目看着他，从清晨直到黄昏。羊孚走时，卞范之对他说：“我用第一流名士来期待你，你不要辜负我！”

【解　义】

桓玄于元兴元年（402）攻入建康后任命卞范之为丹阳尹。所谓“羊孚南州暂还”，指时任南兖州别驾的羊孚前去投奔桓玄，南州就是南兖州。从卞范之对羊孚青睐有加的态度看，羊孚之所以受到桓玄的重视并被任命为记室参军，应出自卞范之的推荐。本文所谓“下官疾动，不堪坐”，说明羊孚此时已抱病在身。据本书《伤逝》第十八则记载，羊孚不久就“暴疾而殒”。

任诞第二十三

任诞，指任性放达。魏晋士人不满礼教的束缚，借酒纵性。刘伶《酒德颂》描述“唯酒是务”的大人先生，贵介公子和搢绅处士对他怒目切齿，陈说礼法，但是大人先生却“兀然而醉”、“豁尔而醒”，“无思无虑，其乐陶陶”，表达了对礼法不屑一顾的态度。在竹林七贤的倡导下，魏晋士人形成了“指礼法为俗流，目纵诞为清高”的风尚。本篇所载反映出魏晋士人对个性自由与精神解放的追求。

一

陈留阮籍①、谯国嵇康②、河内山涛③，三人年皆相比④，康年少亚之⑤。预此契者⑥，沛国刘伶⑦、陈留阮咸、河内向秀、琅邪王戎⑧。七人常集于竹林之下，肆意酣畅⑨，故世谓“竹林七贤”。

【今　注】

①陈留：陈留郡，治所在陈留县（今河南开封东南）。

②谯国：谯郡，治所在谯县（今安徽亳县）。

③河内：河内郡，治所在野王县（今河南沁阳县）。

④比：接近。

⑤亚：次于。

⑥预：参与。　契：约会，聚会。

⑦沛国：沛郡，治所在相县（今安徽濉溪县）。

⑧琅邪：琅邪郡，治所在今山东诸城县一带。

⑨肆意：任意，随心所欲。　酣畅：畅快地饮酒。

【今　译】

陈留人阮籍、谯国人嵇康、河内人山涛，三个人的年龄都相近，嵇康的年龄稍小。参加聚会的，还有沛国人刘伶、陈留人阮咸、河内人向秀、琅邪人王戎。七个人常常聚集在竹林下，纵情畅饮，所以世人称为“竹林七贤”。

【解　义】

魏晋之交，一部分士人逐渐对世俗礼教的束缚感到不满，他们不仅恣意纵酒酣饮，而且行为放诞，甚至于裸露身体，以追求个性解放，于是形成风气。阮籍和嵇康是其中的代表人物，与他们声气相投的士人并不局限于七贤中的其他五位，还有吕安、刘昶等人，但这些人物或许存在瑕疵，如吕安曾经殴打母亲，这显然超出了世人的道德底线，所以未能入七贤之列。

二

阮籍遭母丧，在晋文王坐[①]，进酒肉。司隶何曾亦在坐[②]，曰："明公方以孝治天下，而阮籍以重丧[③]，显于公坐饮酒食肉[④]，宜流之海外[⑤]，以正风教[⑥]。"文王曰："嗣宗毁顿如此[⑦]，君不能共忧之，何谓？且有疾而饮酒食肉，固丧礼也[⑧]。"籍饮啖不辍[⑨]，神色自若[⑩]。

【今　注】

①晋文王：司马昭。

②司隶：司隶校尉，是监督京师和周边地区的监察官。　何曾（199—278）：字颖考，陈国阳夏（今河南太康）人。历官司隶校尉、侍中、太保、太傅。

③重丧：重大的丧事。阮籍母去世，故称。

④显：公开。

⑤流：流放。　海外：指边远地区。

⑥风教：风俗教化。

⑦嗣宗：阮籍，字嗣宗。　毁顿：因哀伤过度而导致身体毁损、精神困顿。

⑧有疾而饮酒食肉：语出《礼记·曲礼上》，原文曰："居丧之礼，头有创则沐，身有疡则浴，有疾则饮酒食肉，疾止复初。不胜丧，乃比于不慈不孝。"意指居丧之时，如果头上有疮，就可以洗头；身上发痒，就可以洗澡；如果生病，可以喝酒吃肉，病愈后就恢复居丧之礼；如果承当不起丧事的哀痛，就等于不慈不孝。　固：本来。

⑨饮啖（dàn）：吃喝。　辍（chuò）：停。

⑩自若：自如，不改常态。

【今　译】

阮籍在母亲去世的服丧期间，在司马昭宴席上饮酒吃肉。司隶校尉何曾也在座，对司马昭说："您正以孝道治理天下，但阮籍重丧在身，却公然在您的宴席上饮酒吃肉，应当把他流放到海外，以端正风俗教化。"司马昭说："阮籍哀伤过度，你不能为他分忧，还说什么？况且因病而饮酒吃肉，这本来就是符合丧礼的。"当时阮籍吃喝不停，神色自如。

【解　义】

阮籍在母亲过世后应该居家守孝，不可能在"晋文王坐"。本文所载不见《晋书·阮籍列传》，说明史官对此也有所质疑。或许是因为世人津津乐道阮籍在母丧期间的放诞行为，所以在口耳相传的过程中难免有所附会。

三

刘伶病酒①，渴甚，从妇求酒②。妇捐酒毁器③，涕泣谏曰："君饮太过，非摄生之道④，必宜断之⑤！"伶曰："甚善。我不能自禁，唯当祝鬼神⑥，自誓断之耳。便可具酒肉。"妇曰："敬闻命。"供酒肉于神前，请伶祝誓。伶跪而祝曰："天生刘伶，以酒为名⑦，一饮一斛⑧，五斗解酲⑨。妇人之言慎不可听！"便引酒进肉，隗然已醉矣⑩。

【今　注】

①病酒：指酗酒成瘾。

②从：向。　妇：指妻子。

③捐：丢弃。

④摄生：保养身体。

⑤宜：应当。

⑥祝：向鬼神祷告。

⑦名：通“命”。

⑧斛（hú）：古代量器，十斗为一斛。

⑨酲（chéng）：指醉酒。

⑩隗然：萎靡的样子。隗，通“颓”。

【今　译】

刘伶酗酒成瘾，感到异常口渴，向妻子要酒喝。妻子把酒倒掉把酒器毁坏，哭着劝说道：“你喝酒太过量，这不是保养身体的办法，必须戒酒！”刘伶说：“很好。但我自己戒不了，只能向鬼神祷告，自己发誓来戒酒。你就准备酒肉吧。”妻子说：“遵命。”于是在神前供上酒肉，请刘伶祷告发誓。刘伶跪着祷告道：“天生我刘伶，以酒为命，一次喝一斛，五斗消酒醉。妇人的话千万不能听。”于是喝酒吃肉，萎靡地醉倒了。

【解　义】

刘伶著有《酒德颂》，描述“唯酒是务”的大人先生遭到礼法之士的挞伐，但他仍然无思无虑，其乐陶陶，兀然而醉，豁尔而醒。因此，表面上刘伶像酒鬼一样嗜酒如命，实际上他是故意借酒狂放，表达对世俗礼法的不满。

四

刘公荣与人饮酒①，杂秽非类②。人或讥之，答曰：“胜公荣者，不可不与饮；不如公荣者，亦不可不与饮；是公荣辈者，又不可不与饮。故终日共饮而醉。”

【今　注】

①刘公荣：刘昶（生卒不详），字公荣，沛国（治所在今

安徽濉溪西北）人。性好酒，为人通达。官至兖州刺史。

②杂糅：杂乱。　非类：不是同一类人。

【今　译】

刘昶和别人喝酒时，不论对方的身份。有人讥笑他，他答道："酒量超过我的，我不能不和他喝酒；酒量不如我的，我也不能不和他喝酒；酒量和我相当的，又不可不和他喝酒。所以我整天和人饮酒而醉。"

【解　义】

魏晋名士之嗜酒，并非酒徒贪杯，而是希望通过饮酒来追求随性快意的境界。

五

步兵校尉缺[1]，厨中有贮酒数百斛，阮籍乃求为步兵校尉。

【今　注】

①步兵校尉：宿卫部队的统领。　缺：指职位空缺。

【今　译】

步兵校尉的官职出现空缺，而官署的厨房里储存了几百斛酒，阮籍于是请求担任步兵校尉。

【解　义】

据刘孝标注引《文士传》记载，阮籍放诞傲世，但司马昭对他很亲近，总是放任他。阮籍曾对司马昭说，因为喜欢东平郡的风土，所以希望去当太守，司马昭很高兴，就答应了他的要求。阮籍骑着驴子去上任后，把官署的墙壁打通，以便内外可以相望，由此教令清宁，十多天后阮籍就骑着驴子离开了。

此后阮籍听说步兵校尉的官署厨房里有三百石酒，就去向司马昭要求担任步兵校尉。又据刘孝标注引《竹林七贤论》记载，阮籍和刘伶在厨房里一同醉死。不过，刘孝标注指出这是好事者所附会，因为阮籍在景元（260—264）年间去世，而刘伶在太始（266—274）年间还健在。后人因阮籍曾任步兵校尉，所以称之为“阮步兵”。

六

刘伶恒纵酒放达①，或脱衣裸形在屋中。人见讥之，伶曰：“我以天地为栋宇②，屋室为㡓衣③，诸君何为入我㡓中？”

【今　注】

①放达：放纵通达。

②栋宇：房屋。

③㡓（kūn）衣：裤子。

【今　译】

刘伶常常纵情饮酒任性放诞，有时在屋中脱掉衣服赤身裸体。有人看到后讥笑他，刘伶说：“我把天地当房子，把房屋当裤子，你们为什么跑到我裤裆里来？”

【解　义】

衣冠是礼教的象征，所以刘伶故意用裸体的方式来表示轻蔑。除了刘伶，嵇康也有过裸体的行为。

七

阮籍嫂尝还家①，籍见与别。或讥之，籍曰：“礼岂为我辈设也②？”

【今　注】

①还家：这里指回娘家。

②礼：礼法。

【今　译】

阮籍的嫂嫂有一次回娘家，阮籍与她相见道别。有人讥笑他，阮籍回应说："礼法难道是为我们这些人而设的吗？"

【解　义】

叔嫂关系较为敏感，《礼记·曲礼上》有"嫂叔不通问"的规定，所以人们对阮籍与嫂嫂相见的行为予以讥讽。

八

阮公邻家妇有美色[①]，当垆酤酒[②]。阮与王安丰常从妇饮酒[③]，阮醉，便眠其妇侧。夫始殊疑之，伺察[④]，终无他意。

【今　注】

①阮公：阮籍。

②垆：酒家安放酒瓮的土台子，指酒家。　酤（gū）：卖酒。

③王安丰：王戎封安丰县侯，故称。

④伺察：探察。

【今　译】

阮籍邻家的妇人有漂亮的姿色，在酒铺卖酒。阮籍与王戎常常到妇人那里饮酒，阮籍喝醉后，就睡在这个妇人身旁。她丈夫开始很怀疑，细细探察后，发现他始终没有别的意图。

【解　义】

据刘孝标注引王隐《晋书》记载，阮籍有位邻家女，有才有貌，还没有出嫁就病故了。阮籍虽然和她素不相识，但还是前去哭吊。王隐因此指出，阮籍因为个性通达，所以不会去检点日常行为。本文所载与王隐《晋书》的记载相似，应是传闻出现差异所致。

九

阮籍当葬母，蒸一肥豚①，饮酒二斗，然后临诀②，直言③："穷矣④！"都得一号⑤，因吐血，废顿良久⑥。

【今　注】

①豚（tún）：小猪。

②临诀：指向遗体告别。

③直言：只是说。

④穷：孝子哭丧语。当时习俗，孝子哭丧言"穷"，意为穷极无奈，极度悲伤。

⑤都：总共。　号（háo）：悲痛大哭。

⑥废顿：指精神萎靡不振、疲惫不堪。

【今　译】

阮籍在安葬母亲时，蒸了一只小肥猪，喝了二斗酒，然后向母亲的遗体告别，只是说道："完了！"大哭一声，因此而吐血，委靡不振了很久。

【解　义】

阮籍因母亲过世而陷于悲伤哀痛之中，之所以饮酒、吃肉如故，是因为不屑遵从世俗之礼。

十

阮仲容、步兵居道南①，诸阮居道北；北阮皆富，南阮贫。七月七日，北阮盛晒衣[2]，皆纱罗锦绮。仲容以竿挂大布犊鼻裈于中庭[3]，人或怪之，答曰："未能免俗，聊复尔耳。"

【今　注】

①阮仲容：阮咸。　步兵：阮籍。

②晒衣：当时习俗，七月初七晒衣，可防虫蛀。

③大布：粗布。　犊（dú）鼻裈：一种干杂活时穿的裤子，无裆，形如小牛鼻。犊，小牛。

【今　译】

阮咸、阮籍居住在路南，其他阮姓人住在路北；住在路北的阮姓人都很富有，住在路南的都很贫穷。七月七日，路北的阮姓人大晒衣服，都是绫罗绸缎做的。阮咸就用竹竿在庭院中挂了一条粗布做的犊鼻形状的裤子，有人对他的做法很奇怪，他答道："我不能免俗，姑且也这样照做。"

【解　义】

所谓"北阮皆富，南阮贫"，是因为房屋建筑以坐北面南为最佳，所以富人一般住在道路北面，而穷人则只能住在道路南面。据刘孝标注引《竹林七贤论》记载，阮咸当时还未成年。

十一

阮步兵丧母，裴令公往吊之[1]。阮方醉，散发坐床，箕踞不哭[2]。裴至，下席于地，哭吊唁毕，便去。或问裴："凡吊，主人哭，客乃为礼。阮既不哭，君何为哭？"裴曰："阮方外之人[3]，故不崇礼制。我辈俗中人，故以仪轨自居[4]。"时人叹为两得其中。

【今　注】

①裴令公：裴楷。

②箕踞：伸开两腿而坐，形如簸箕。这种坐姿被视为放浪不拘、傲慢无礼之姿。

③方外：世俗之外。

④仪轨：规范，礼法。

【今　译】

阮籍死了母亲，裴楷前往吊唁。阮籍当时喝醉了酒，披头散发坐在坐榻上，两腿伸开，也不哭。裴楷到后，阮籍离开坐席下地，裴楷吊唁完毕后，就离开了。有人问裴楷："凡是吊唁，主人哭的时候，客人才行礼。阮籍既然不哭，您为什么哭？"裴楷说："阮籍是世俗之外的人，所以不尊崇礼制。我们是世俗之人，所以遵守礼法。"当时人认为他的话很适中。

【解　义】

裴楷所谓"我辈俗中人"是自嘲，意指自己达不到阮籍那样的洒脱境界。

十二

诸阮皆能饮酒[①]，仲容至宗人间共集[②]，不复用常杯斟酌[③]，以大瓮盛酒[④]，围坐，相向大酌[⑤]。时有群猪来饮，直接去上，便共饮之。

【今　注】

①诸阮：指阮氏同族人。

②仲容：阮咸字仲容。　宗人：同族人。

③斟酌：斟酒，饮酒。

④瓮（wèng）：陶制盛器。

⑤相向：面对面。

【今　译】

阮氏家族的人都能喝酒，阮咸到同族人当中共同聚会，不再用一般的杯子来喝酒，而是用大瓮来盛酒，大家一起围坐，面对面痛痛快快地大喝。当时有很多猪也来喝，它们直接就上去喝了，于是大家就与这群猪一道喝酒。

【解　义】

阮咸与堂兄弟们虽然都任性放诞，但他们并不在同一层次上。据本篇下一则刘孝标注引《竹林七贤论》记载，诸阮的行为并非怀有玄远之心，而是恣意放纵而已。

十三

阮浑长成[1]，风气韵度似父，亦欲作达[2]。步兵曰[3]："仲容已预之[4]，卿不得复尔。"

【今　注】

①阮浑（生卒不详）：字长成，阮籍之子，曾任太子中庶子。

②作达：做放任不羁的事。

③步兵：即阮籍，曾做步兵校尉。

④仲容：阮咸，字仲容。

【今　译】

阮浑长大成人后，风韵气度很像父亲，也想任性放达。阮籍说："阮咸已经参与了，你不能再这样了。"

【解　义】

据《晋书·阮咸列传》记载，阮咸的堂兄弟们都不愿意受世俗礼法的拘束，但是阮籍却并不赞同他们的行为。又据刘孝标注引《竹林七贤论》记载，阮籍之所以不赞同阮浑效仿自己，是因为阮浑并未真正理解阮籍放达的用意，只是邯郸学步而已。

十四

裴成公妇[1]，王戎女。王戎晨往裴许[2]，不通径前。裴从床南下，女从北下，相对作宾主，了无异色。

【今　注】

①裴成公：裴頠。

②许：处，处所。

【今　译】

裴頠的妻子是王戎的女儿。王戎有一天早上到裴頠家去，不经通报就直接进了内室。裴頠从床的南面下，女儿从床的北面下，宾客和主人互相面对着，完全没有一点异样的表情。

【解　义】

王戎个性"通任"，即通达不拘小节，所以他不通报一声就径直闯进女婿的卧室。而裴頠则是重礼法之人，他对丈人的举动能够"了无异色"，或许只是出于无奈。

十五

阮仲容先幸姑家鲜卑婢[1]，及居母丧，姑当远移，初云当留婢，既发，定将去[2]。仲容借客驴，著重服[3]，自追之。累骑而返[4]，曰："人种不可失[5]！"即遥集之母也[6]。

【今　注】

①阮仲容：阮咸。　幸：宠爱。　鲜卑：古代北方少数民族。

②定：终于。　将：带。

③重服：重孝时所穿的孝服。父母亡故为重孝。

④累骑：二人共骑。

⑤人种：指已怀孕的妇人。

⑥遥集：阮孚，字遥集，阮咸之次子。

【今　译】

阮咸原先宠爱姑母家的鲜卑族婢女，等到他为母亲守孝时，姑母要搬到远处去，起初说要留下婢女，到出发时，还是带她走了。阮咸借了客人的驴子，身穿重孝服，亲自去追她。两人合骑着回来，他说："我的种子不能失去！"她就是阮遥集的母亲。

【解　义】

据刘孝标注引《竹林七贤论》记载，阮咸因为追鲜卑婢一事受到世人的抨击，直到西晋咸宁年间才得以进入仕途。又据刘孝标注引《阮孚别传》记载，阮咸此后给他姑母写信说："胡婢生下了胡儿。"姑母回信时引用王延寿《鲁灵光殿赋》"胡人遥集于上楹"，建议孩子可以字"遥集"。这是阮孚字遥集的由来。

十六

任恺既失权势[①]，不复自检括[②]。或谓和峤曰："卿何以坐视元裒败而不救？"和曰："元裒如北夏门[③]，拉攞自欲坏[④]，非一木所能支。"

【今　注】

①任恺（223－284）：字元裒。乐安博昌（今山东博兴）人。晋武帝时历任侍中、太子少傅、吏部尚书，深受器重，后被贾充离间，不得志而死。

②检括：检点约束。

③北夏门：即大夏门，洛阳城门之一。

④拉攞：断裂。

【今　译】

任恺失去权势以后，不再检点约束自己。有人对和峤说："你为什么坐视元裒的挫败而不救呢？"和峤说："元裒就像北夏门，断裂后自然会损坏，不是一根木头能支撑得住的。"

【解　义】

所谓"任恺既失权势"，据刘孝标注引《晋诸公赞》及《晋书·任恺列传》记载，任恺与贾充不和，贾充于是指使尚书右仆射王珪弹劾，指控任恺私自使用御用食器，任恺因此被免官。和峤当时任中书令，所以有人责备他不去救援任恺。

十七

刘道真少时常渔草泽[①]，善歌啸[②]，闻者莫不留连。有一老妪，识其非常人，甚乐其歌啸，乃杀豚进之[③]。道真食豚尽，了不谢[④]。妪见不饱，又进一豚。食半余半，乃还之。后为吏部郎[⑤]，妪儿为小令史[⑥]，道真超用之[⑦]。不知所由[⑧]，问母，母告之。于是赍牛酒诣道真[⑨]，道真曰："去！去！无可复用相报。"

【今　注】

①刘道真：刘宝。

②歌啸：亦称"啸咏"，即吹口哨。

③豚：小猪。

④了不：完全不。了，完全。

⑤吏部郎：吏部郎官。

⑥小令史：掌文书的小吏。

⑦超用：超级任用，越级提拔。

⑧所由：何由。

⑨赍（jī）：携带。 诣：拜访。

【今 译】

刘宝少年时常在荒野湖沼中打渔，他善于吹口哨，听到的人没有不被吸引的。有一个老妇人，知道他不是普通人，非常喜欢他的歌啸，于是杀了一只小猪送给他。刘宝把小猪吃光了，完全不表示感谢。老妇人看他没有吃饱，又送给他一只。刘宝吃了一半剩下一半，便还给老妇人。后来刘宝做了吏部郎，老妇人的儿子是小令史，刘宝越级提拔了他。他不知道是什么原因，问母亲，母亲告诉了他，于是他带着牛肉和酒去拜见刘宝。刘宝说："走罢！走罢！不用再来报答。"

【解 义】

所谓"超用之"，未免有假公济私之嫌。本文应有后人演绎的成分。小令吏既然不知道母亲当年对刘宝有恩，那么刘宝又怎么可能知道小令吏的母亲是谁。

十八

阮宣子常步行[①]，以百钱挂杖头[②]，至酒店，便独酣畅，虽当世贵盛，不肯诣也[③]。

【今 注】

①阮宣子：阮修。

②杖：手杖，拐杖。

③诣：到……去，拜访。

【今 译】

阮修经常徒步外出，把上百枚钱挂在手杖顶端，走到酒店，就独自开怀畅饮，即使有当世的权贵名流，也不肯去拜访。

【解　义】

所谓“虽当世贵盛，不肯诣也”，指阮修一旦开怀畅饮，那么此时即便有权贵来邀请，他也提不起兴趣。

十九

山季伦为荆州[①]，时出酣畅，人为之歌曰：“山公时一醉，径造高阳池[②]，日莫倒载归，茗艼无所知[③]。复能乘骏马，倒著白接篱[④]，举手问葛彊，何如并州儿[⑤]？”高阳池在襄阳，彊是其爱将，并州人也。

【今　注】

①山季伦：山简，字季伦。　为荆州：任荆州刺史。

②径造：径直前去。　高阳池：池在襄阳。高阳，酒徒的代名词。

③莫：同“暮”。　茗艼：即酩酊，大醉的样子。

④倒著：倒着戴。著，戴。　接篱：用白鹭羽毛为装饰的帽子。

⑤葛彊：山简手下爱将，并州人。　并州：地名，约相当于今山西地区。

【今　译】

山简做荆州刺史的时候，经常外出痛饮，有人为他编了一首歌：“山公经常醉，径直去高阳池。日落归来倒卧车中，酩酊大醉无知觉。又能骑骏马，倒戴白接篱，挥手问葛彊，比你并州人怎样？”高阳池在襄阳，葛彊是山简的爱将，并州人。

【解　义】

高阳池原名习家池，据刘孝标注引《襄阳记》记载，东汉初侍中习郁在襄阳岘山南，依照范蠡养鱼法作鱼池，池旁筑起高堤，种竹、楸，水面上则养殖芙蓉、菱、芡等，成为游宴胜地。据《晋书·山简列传》记载，永嘉三年（309），山简出任征南将军，都督荆、湘、交、广四州诸军事、假节，住镇襄阳，游乐时大多会去习家池宴饮，每次都会喝得酩酊大醉，他于是将习家池命名为高阳池。据《史记·郦生列传》记载，郦食其见刘邦时自称高阳酒徒。因此，山简以高阳为池名，是自嘲为酒徒。本文所载传为美谈，白接篱也成为高蹈遁世的代名词。李白诗曰："山公醉酒时，酩酊高阳下。头上白接篱，倒著还骑马。……山公欲上马，笑杀襄阳儿。"（《襄阳曲四首》）杜甫诗曰："醉把青荷叶，狂遗白接篱。"（《陪郑广文游何将军山林十首》）陆游诗曰："红尘冠盖真堪怕，还我平生白接篱。"（《避暑近村偶题》）

二十

张季鹰纵任不拘[①]，时人号为"江东步兵[②]"。或谓之曰："卿乃可纵适一时[③]，独不为身后名邪[④]？"答曰："使我有身后名，不如即时一杯酒！"

【今　注】

①张季鹰：张翰，字季鹰。

②江东步兵：江东的阮籍。江东，指江南。

③乃可：虽然能够。

④独：难道。　身后：死后。

【今　译】

张翰任性放纵，当时人称他为"江东步兵"。有人对他说："你虽然能够纵情于一时，难道不为身后的名声着想吗？"张翰回答说："让我有身后的名声，还不如眼前的一杯好酒。"

【解　义】

张翰思吴中菰菜羹、鲈鱼脍的故事见本书《识鉴》第十则记载。张翰不求身后名，其旷达的境界因此流芳百世。“使我有身后名，不如即时一杯酒”也成为名言。

二十一

毕茂世云[①]：“一手持蟹螯，一手持酒杯，拍浮酒池中[②]，便足了一生。”

【今　注】

①毕茂世：毕卓（生卒不详），字茂世，新蔡鲖阳（今安徽临泉鲖城）人，曾任吏部郎、平南长史。

②拍浮：以手拍水游泳。

【今　译】

毕茂世说：“一手拿蟹螯，一手拿酒杯，在酒池中浮游，就足以了却此生了。”

【解　义】

据刘孝标注引《晋中兴书》记载，毕卓在晋元帝太兴末年（321）担任吏部郎，相邻官署的郎官酿酒后，毕卓夜间乘着醉意去拿酒喝，被当成小偷给捆了起来。主人知道毕卓是吏部郎官后，就把他放了。毕卓于是和主人一同在酒瓮边宴饮，大醉而归。

二十二

贺司空入洛赴命[①]，为太孙舍人[②]，经吴阊门[③]，在船中弹琴。张季鹰本不相识[④]，先在金阊亭[⑤]，闻弦甚清，下船就贺[⑥]，因共语，便大相知说[⑦]。问贺：“卿欲何之[⑧]？”贺曰：“入洛赴命，正尔进路。”张曰：“吾亦有事北京[⑨]。”因路寄载，便与贺同发。初不告家，家追问乃知。

【今　注】

①贺司空：贺循，死后赠司空，故称。

②太孙舍人：应为太子舍人，是太子属官，执掌东宫宿卫，兼掌秘书、侍从之职。

③吴：吴县。　阊门：西门，因像天门之有阊阖，故名阊门。

④张季鹰：张翰。

⑤金阊亭：亭名，在吴县（今苏州）阊门外。因位置在城西，又靠近阊门，故名金阊。金在五行中代表西方。

⑥下船：下到船上，指登上船。　就：靠近，到……去。

⑦知说（yuè）：赏识爱悦。说，通“悦”。

⑧何之：之何，去哪里。

⑨北京：指京城洛阳。吴地人氏称北方的京城为北京。

【今　译】

贺循接受诏命到洛阳，做太子舍人，途经吴县阊门时，在船中弹琴。张翰与贺循本来不相识，他先在金阊亭，听到琴弦声很清雅，于是到船上去拜访贺循，一经交谈，就十分赏识喜爱。张翰问贺循：“你打算到哪里去？”贺循说：“到洛阳去接受诏命，正在路上。”张翰说：“我也有事要到洛阳去。”于是顺路搭载，与贺循一同出发。张翰一开始没有告诉家里，家里人追寻才知道原委。

【解　义】

据《晋书·贺循列传》记载，贺循先后担任阳羡令和武康令，后来在陆机的举荐下才被征召为太子舍人。本文所载并不尽可信，古琴的音域并不宽，音调偏低，张翰在金阊亭中恐怕不可能听到琴声。本文所载亦见《晋书·张翰列传》，但史官似乎也注意到了这个问题，所以删去“先在金阊亭，闻弦甚清”一语。

二十三

祖车骑过江时[①]，公私俭薄[②]，无好服玩。王、庾诸公共就祖[③]，忽见裘袍重叠，珍饰盈列。诸公怪问之，祖曰："昨夜复南塘一出[④]。"祖于时恒自使健儿鼓行劫钞[⑤]，在事之人亦容而不问。

【今　注】

①祖车骑：祖逖，死后赠车骑将军，故称。

②公私俭薄：公库私府都不富裕。

③王、庾诸公：指王导、庾亮等东晋执政大臣。

④南塘：地名。在东晋都城建康秦淮河南岸。　一出：去一遭，到一趟。

⑤恒自：常常，总是。"自"是词缀。　鼓行：古代行军时击鼓则进，鸣金则退，因此称行进为鼓行。此处指公开进行。

【今　译】

祖逖渡江南下时，公库私府都不丰裕，没什么好的衣服和器物。王导、庾亮等人一起去拜访祖逖，忽然看到他那里裘皮衣服层层堆积，珍宝饰物陈列满架。他们感到很奇怪就问他，祖逖说："昨夜又去了一次南塘。"祖逖在当时常常让部下公开抢劫，当政的人也容忍而不加责问。

【解　义】

祖逖南下后就被琅琊王司马睿任命为徐州刺史，不久又被征为军谘祭酒，如果靠打家劫舍来充实府库，恐怕难以服众。据刘孝标注引《晋阳秋》记载，祖逖手下有很多宾客，都是凶悍狡黠的勇士，祖逖对待他们亲如兄弟。永嘉年间扬州地区闹饥荒，流民数以万计，这些宾客时有侵扰劫夺，而祖逖则袒护他们，人们于是对他有所非议。后人或许就是因为祖狄袒护手下宾客之所为，所以怀疑他就是主使者，并为之演绎。

二十四

鸿胪卿孔群好饮酒[①]，王丞相语云："卿何为恒饮酒？不见酒家覆瓿布[②]，日月糜烂？"群曰："不尔[③]，不见糟肉乃更堪久？"群尝书与亲旧："今年田得七百斛秫米[④]，不了曲蘖事[⑤]。"

【今　注】

①鸿胪卿：官名。掌朝贺庆吊等礼仪。　孔群：字敬林，会稽山阴（今浙江绍兴）人。嗜酒，志尚不群。曾任鸿胪卿、御史中丞等职。

②瓿（bù）：陶制小瓮，用以盛酒或水。

③不尔：不是这样。尔，这样。　糟肉：用酒或酒糟腌制的肉。　乃：却，反而。

④斛：古代量器。十斗为一斛。　秫米：高粱米。

⑤曲蘖（qūniè）：酒母，即酿酒用的发酵物，指酿酒。

【今　译】

鸿胪卿孔群喜欢喝酒，王导对他说："你为什么一直喝酒？难道没有看见酒家盖在酒器上的布，日子久了就烂掉了吗？"孔群说："并非如此，难道没有看见糟肉可以存放更久吗？"孔群曾经写信给亲戚故旧说："今年田里收到七百斛秫米，还不够酿酒之用。"

【解　义】

一般而言，三斤粮食一斤酒，所以七百斛秫米不可能都用来酿酒，否则酿出来的酒就足以开酒肆了。魏晋时期的士族豪门往往家中人口较多，除了妻妾子女之外，还包括仆人以及依附于他们的门客。因此，孔群所谓“不了曲蘖事”，意指收成不佳，留下口粮后就酿不了多少酒了。

二十五

有人讥周仆射与亲友言戏，秽杂无检节[①]。周曰：“吾若万里长江，何能不千里一曲[②]。”

【今　注】

①周仆射：周顗，曾任尚书左仆射，故称。　言戏：言谈戏乐。　秽杂：污秽不雅。

②千里一曲：长江千里间必有一弯曲处，借喻人的一生难免小有错失。

【今　译】

有人讥笑周顗和亲友说话轻慢，污秽不雅，毫无检点节制。周顗说：“我好像那万里长江，怎么能在千里之间没有一点儿弯曲呢？”

【解　义】

据干宝《搜神记》卷七记载，晋惠帝元康年间，贵族子弟在宴饮时喜欢散发裸体，甚至“对弄婢妾”。周顗或许也有元康年间贵族子弟的习气，所以毫不检点自己的言行。据刘孝标注引邓粲《晋纪》记载，周顗与王导等人到尚书纪瞻家看女伎表演，纪瞻的爱妾能唱新声，周顗于是在众人面前脱去衣服，想和她做爱，而且面无愧色，事后遭到有司弹劾。无论周顗是遭到讥讽还是弹劾，都说明从东晋开始，元康年间的风气已经改变。

二十六

温太真位未高时[①]，屡与扬州、淮中估客樗蒱[②]，与辄不竞[3]。尝一过大输物[4]，戏屈[5]，无因得反[6]。与庾亮善[7]，于舫中大唤亮曰："卿可赎我！"庾即送直[8]，然后得还。经此数四[9]。

【今　注】

①温太真：温峤，字太真。

②淮中：淮河一带。　估客：贩卖货物的行商。　樗蒲：一种赌博游戏。

③不竞：不能得胜。

④一过：一局，一场。输物：赌注。

⑤戏屈：赌输。

⑥无因：没有办法。

⑦善：友好。

⑧直：通"值"，即赎金。

⑨数四：好几次，表示约数的习惯用法。

【今　译】

温峤官位还不高时，屡次和扬州、淮中的行商赌博，每次都输。曾经有一次赌注很大，结果输了，没有办法脱身。他和庾亮很友好，便在船中大声呼唤庾亮："你应当来赎我！"庾亮随即送赎金过去，然后得以脱身回来。这样的事情发生过好多次。

【解　义】

据《晋书·温峤列传》记载，温峤早年任刘琨的参军，受命南下劝进晋元帝（时为晋王）即帝位，并因此与王导、庾亮等人相与亲善，此后历官散骑侍郎、骠骑长史、太子中庶子等。显然，温峤未居高位时不可能与南方估客樗蒲，而可能与南方估客樗蒲时已身居高位。因此，本文所载或许是后人因为温峤"不拘细行"（刘孝标注引《中兴书》）而演绎。

二十七

温公喜慢语[①]，卞令礼法自居[②]。至庾公许[③]，大相剖击[④]。温发口鄙秽[⑤]，庾公徐曰："太真终日无鄙言。"

【今　注】

①温公：温峤，字太真。　慢语：放纵傲慢的话。

②卞令：卞壶，官至尚书令，故称。

③庾公：庾亮。　许：处所。

④剖击：辩驳抨击。

⑤发口：开口。　鄙秽：粗鄙庸俗。

【今　译】

温峤喜欢放纵傲慢地说话，卞壶则以礼仪法度自居。两人到庾亮那里，相互辩驳抨击。温峤的话话粗鄙庸俗，庾亮从容地说："温峤整天没有一句庸俗的话。"

【解　义】

据刘孝标注解释，庾亮所说意指温峤为人旷达，所以难免说话任性。

二十八

周伯仁风德雅重[①]，深达危乱。过江积年[②]，恒大饮酒。尝经三日不醒，时人谓之"三日仆射[③]"。

【今　注】

①周伯仁：周顗。

②过江：指西晋末年南渡。

③三日仆射：后成为只饮酒不做事的典故。

【今　译】

周伯仁的风范德行很高，深明当时危乱的形势。过江多年，总是大肆饮酒，曾经一连三天醉酒不醒。当时人称之为“三日仆射”。

【解　义】

据刘孝标注引《晋阳秋》记载，周顗原本德高望重，但晚年屡屡因酒失言。据刘孝标注引《语林》记载，周顗在姐姐去世时喝醉了三天，姑母去世时喝醉了两天，所以名誉大减。又据《晋书·周顗列传》记载，周顗担任仆射后很少有酒醒的时候。因此，所谓“三日仆射”指周顗真正做仆射的时间很少，其他时候都处在醉醺醺的状态之中。

二十九

卫君长为温公长史[①]，温公甚善之。每率尔提酒脯就卫[②]，箕踞相对弥日[③]。卫往温许亦尔[④]。

【今　注】

①卫君长：卫永，字君长。　温公：温峤。
②每：经常。　率尔：随意，随便。　脯：干肉。
③箕踞：叉开两腿而坐。形容坐姿随意。　弥日：整天。
④许：住处。　尔：这样。

【今　译】

卫永担任温峤的长史，温峤对待他十分亲近，常随随便便地提着酒肉到卫永那里去，两人整天都随意地相对而坐。卫永到温峤那里去时也是如此。

【解　义】

卫永是温峤的幕僚，按理两人之间应讲究一定的礼仪，但温峤是一个不拘小节之人，所以他和卫永之间相处随意。

三十

苏峻乱[①]，诸庾逃散。庾冰时为吴郡[②]，单身奔亡。民吏皆去，唯郡卒独以小船载冰出钱塘口，蘧篨覆之[③]。时峻赏募觅冰，属所在搜检甚急[④]。卒舍船市渚[⑤]，因饮酒醉，还，舞棹向船曰："何处觅庾吴郡，此中便是！"冰大惶怖，然不敢动。监司见船小装狭，谓卒狂醉，都不复疑[⑥]。自送过淛江[⑦]，寄山阴魏家，得免。后事平，冰欲报卒，适其所愿。卒曰："出自厮下[⑧]，不愿名器[⑨]。少苦执鞭[⑩]，恒患不得快饮酒；使其酒足余年，毕矣，无所复须。"冰为起大舍，市奴婢，使门内有百斛酒，终其身。时谓此卒非唯有智，且亦达生。

【今　注】

①苏峻乱：晋成帝咸和二年（327），苏峻起兵作乱，攻入建康。　诸庾：庾亮和他的兄弟们。

②为吴郡：任吴郡内史。

③蘧篨（qū　chú）：用芦苇或竹篾编的粗席。

④属：通"嘱"，叮嘱，命令。　所在：各处，到处。

⑤市渚：到小洲上买东西。　市，买。　渚，水中小洲。

⑥都不：完全不，一点也不。

⑦自：副词，表已然。　淛江：即浙江。

⑧厮下：指地位卑微、低贱的仆役。

⑨名器：指为官。"名"指爵位，等级称号；"器"指车服仪制。

⑩执鞭：喻供人驱使。

【今　译】

苏峻作乱，庾氏兄弟都逃散了。庾冰当时是吴郡内史，只身逃亡。百姓和属官都逃散了，只有一个府役独自用小船载着庾冰逃出钱塘江口，用粗竹席盖住他。当时苏峻正悬赏捉拿庾冰，命令部下到处紧急搜查。府役离开船到江洲上去买东西，因而喝醉了，回来后，挥舞着船桨对着船说："到哪里去寻找庾吴郡？这里就是！"庾冰大为恐慌，但又不敢动。搜查的人看到船只十分狭小，认为府役喝醉了说胡话，就不再怀疑。府役把庾冰送过钱塘江，寄居在山阴魏家，得以幸免。后来叛乱平息，庾冰要报答府役，满足他的愿望。府役说："我出身于仆役，不愿意做官。从小就苦于受人差使，并一直苦于不能畅快地喝酒。假如给我足够的酒让我度过余年，就满足了，没有其他要求。"庾冰为他盖了大房子，买了奴婢，让他家里有上百斛的酒，安度余生。当时人说这位府役不仅有智谋，而且也很达观。

【解　义】

据刘孝标注引《中兴书》记载，苏峻派兵讨伐庾冰时，庾冰弃军逃亡到了会稽。

三十一

殷洪乔作豫章郡[①]，临去，都下人因附百许函书[②]。既至石头[③]，悉掷水中，因祝曰[④]："沉者自沉，浮者自浮，殷洪乔不能作致书邮[⑤]。"

【今　注】

①殷洪乔：殷羡，字洪乔。　作豫章郡：任豫章郡太守。

②都下：京城。　函：量词，用于书信。　书：信。

③石头：即石头城。

④祝：祷告，以言告神祈福。

⑤致书邮：送信的邮差。

【今　译】

殷羡作豫章郡太守，将要离开时，京城的人借机托他带了上百封信。到了石头城时，他把信全部抛入江中，并祝祷说："沉的自己沉下去，浮的自己浮上来，我殷洪乔不能做送信的邮差。"

【解　义】

殷羡如果不愿意做邮差，那么完全可以拒绝带信。但是他既受人之托，又不忠其事，其操守未免有些不堪。或许因为殷羡是殷浩之父的缘故，所以他的行为竟然没有受到后人的非议。

三十二

王长史、谢仁祖同为王公掾①，长史云："谢掾能作异舞。"谢便起舞，神意甚暇。王公熟视②，谓客曰："使人思安丰③。"

【今　注】

①王长史：王濛，曾任司徒左长史，故称。　谢仁祖：谢尚。　掾：官署属员。

②熟视：仔细看。

③安丰：王戎，封安丰侯，故称。

【今　译】

王濛和谢尚同为王导的属官，王濛说："谢掾会跳奇特的舞蹈。"谢尚于是跳起舞来，神情意色很悠闲。王公仔细地看着，对客人说："这让人想起王戎。"

【解　义】

据刘孝标注解释，王戎个性通达不拘小节，所以王导认为谢尚和他类似。

三十三

王、刘共在杭南[①]，酣宴于桓子野家[②]。谢镇西往尚书墓还[③]，葬后三日反哭[④]。诸人欲要之[⑤]，初遣一信[⑥]，犹未许，然已停车；重要[⑦]，便回驾。诸人门外迎之，把臂便下。裁得脱帻[⑧]，著帽酣宴。半坐，乃觉未脱衰[⑨]。

【今　注】

①王、刘：王濛、刘惔。　杭南：桥南。“杭”通“航”，指建康的朱雀航，即朱雀桥。

②桓子野：桓伊，小字子野。

③谢镇西：谢尚。　尚书：指尚书谢裒，谢尚的叔叔。

④反哭：古代丧葬仪式，亡者安葬后，主人捧神主返回庙中哭吊。

⑤要：通“邀”，邀请。

⑥信：使者。

⑦重要：重新邀请。

⑧裁：通“才”。　帻（zé）：巾帻，发巾。

⑨乃：才。　衰（cuī）：丧服。

【今　译】

王濛、刘惔同在朱雀桥南的桓伊家里畅饮。谢尚从谢裒墓地回来，是葬后三日的反哭。众人想邀请谢尚，起初派了一个送信人去请，他没答应，但是已经把车子停了下来；再次邀请，他就调转车头来了。众人在门外迎接他，他抓着别人的手臂就下车了。刚刚脱去头巾，换上便帽就痛饮起来。过了很久，才发现没有脱丧服。

【解　义】

据刘孝标注引宋明帝刘彧《文章志》记载，此事说明谢尚个性轻率，不拘小节。所谓“把臂便下”，是形容谢尚急着赴宴的状态。

三十四

桓宣武少家贫，戏大输[①]，债主敦求甚切。思自振之方，莫知所出。陈郡袁耽俊迈多能[②]，宣武欲求救于耽。耽时居艰，恐致疑[③]，试以告焉，应声便许，略无嫌吝。遂变服，怀布帽，随温去与债主戏。耽素有蓺名[④]，债主就局，曰：“汝故当不办作袁彦道邪[⑤]？”遂共戏。十万一掷，直上百万数，投马绝叫[⑥]，傍若无人，探布帽掷对人，曰：“汝竟识袁彦道不[⑦]？”

【今　注】

①桓宣武：桓温，死后谥宣武，故称。　戏：博戏，晋代盛行樗蒲赌博。

②袁耽（生卒不详）：字彦道，陈郡阳夏（今河南太康）人。历官参军、历阳太守、司徒从事中郎。

③居艰：居丧，在服丧期中。　疑：迟疑，犹豫。

④素：一向，素来。　蓺名：技艺高超的名声。“蓺”同“艺”。

⑤故当：当然。　不办：不能，不会。

⑥马：樗蒲之马。赌博时投掷，以决输赢。　绝叫：大声喊叫。绝，副词，表示程度，甚。

⑦不：同“否”。

【今　译】

桓温年轻时家里贫穷，一次博戏大输，债主催得很急。他想着自救的办法，可是想不出来。陈郡袁耽慷慨豪迈多才多艺，桓温准备向他求救。袁耽当时正在守丧，恐怕他为难，只能试着告诉他，袁躭立刻就答应了，没有一点为难的意思。于是脱下孝服，怀揣布帽，跟随桓温一起去和那个债主博戏。袁躭素来就有高手的名声，那个债主上了赌局，说："你应当不会是袁躭吧?"于是一起博戏。赌注从十万一掷，一直上升到百万之数。袁躭投下筹码后大喊大叫，旁若无人，从怀中拿出布帽掷向对方，说："你究竟认识袁彦道吗?"

【解　义】

所谓"布帽"，指服丧时头上戴的粗麻布帽子。据刘孝标注引《郭子》记载，袁躭和桓温出门后才发现虽然脱掉了丧服，但头上的布帽还戴着。本文所载应有后人附会演绎的成分。桓温是桓彝的长子，袭父爵万宁县男，因此，所谓"桓宣武少家贫"的说法明显有误。

三十五

王光禄云[①]："酒正使人人自远[②]。"

【今　注】

①王光禄：王蕴，曾任光禄大夫，故称。

②正：的确。　自远：忘却自我。

【今　译】

王蕴说："酒的确能使人们忘却自我。"

【解　义】

据刘孝标注引《续晋阳秋》记载，王蕴素来嗜酒，到了晚年愈演愈烈，在会稽时（任会稽内史）很少有醒着的日子。

三十六

刘尹云[①]："孙承公狂士[②]，每至一处，赏玩累日，或回至半路却返。"

【今　注】

①刘尹：刘惔，官至丹阳尹，故称。

②孙承公：孙统，字承公。

【今　译】

刘惔说："孙统是狂放之士，每到一个地方，就会欣赏玩乐多日，有时已经回到半途对折返再去游玩。"

【解　义】

据刘孝标注引《中兴书》记载，孙统喜好山水，自己要求任鄞县令，不关心琐碎的事务，纵情游览山水名胜。

三十七

袁彦道有二妹①，一适殷渊源，一适谢仁祖②。语桓宣武云③："恨不更有一人配卿！"

【今　注】

①袁彦道：袁耽。

②适：女子出嫁。　殷渊源：殷浩。　谢仁祖：谢尚。

③桓宣武：桓温，东晋大司马。

【今　译】

袁耽有两个妹妹，一个嫁给殷浩，一个嫁给谢尚。他对桓温说："遗憾的是没有另外一个妹妹可以许配给你。"

【解　义】

据刘孝标注引《袁氏谱》记载，嫁给殷浩的是袁躭的大妹，名叫女皇；嫁给谢尚的是袁躭的小妹，名叫女正。

三十八

桓车骑在荆州①，张玄为侍中②，使至江陵③，路经阳岐村。俄见一人持半小笼生鱼，径来造船，云："有鱼欲寄作脍④。"张乃维舟而纳之⑤，问其姓字，称是刘遗民⑥。张素闻其名，大相忻待⑦。刘既知张衔命⑧，问："谢安、王文度并佳不⑨？"张甚欲话言，刘了无停意。既进脍，便去，云："向得此鱼，观君船上当有脍具，是故来耳。"于是便去，张乃追至刘家。为设酒，殊不清旨，张高其人，不得已而饮之。方共对饮，刘便先起，云："今正伐荻⑩，不宜久废。"张亦无以留之。

【今　注】

①桓车骑：桓冲。

②张玄：又作张玄之。

③使：出使。　江陵：晋朝时为荆州治所，在今湖北省。

④寄：委托。　脍：细切的鱼肉。

⑤维舟：系船。

⑥刘遗民：刘驎之，字子骥，又字遗民。

⑦忻：同"欣"，欣喜。

⑧衔命：肩负使命。

⑨王文度：王坦之。　不：同"否"。

⑩荻：类似芦苇的草本植物。

【今　译】

桓冲任荆州刺史时，张玄担任侍中，出使到江陵，路过阳岐村。一会儿看见一个人拿着半小笼活鱼，径直来到船边，说："我有些鱼想切成鱼片。"张玄就停船让他上来。问他的姓和字，自称是刘遗民。张玄过去听说过他，十分欣喜地接待他。刘驎之知道张玄是奉命出使，问："谢安、王坦之都还好吗？"张玄很想和他谈谈，刘驎之却完全没有停留的意思。鱼片切好送进来后，他就要离开，说："刚才得到这些鱼，看您船上应当有切鱼的刀具，所以才来的。”于是便走了，张玄便追到了刘驎之家。刘驎之备了酒，酒色很不清醇。张玄敬重他的为人，不得已而喝。正要和他对饮时，刘驎之却起身说：“今天正要收割芦荻，不能耽搁太久。”张玄也没有办法留住他。

【解 义】

关于刘驎之的传奇故事，本书《栖逸》第八则已有记载。

三十九

王子猷诣郗雍州①，雍州在内。见有𣰆登②，云：“阿乞那得此物③？”令左右送还家。郗出觅之，王曰：“向有大力者负之而趋④。”郗无忤色⑤。

【今 注】

①王子猷：王徽之。　诣：拜访。　郗雍州：郗恢，曾任雍州刺史，故称。

②𣰆（tà）登：即𣰆㲪（dēng），西域传入的一种有花纹的羊毛毯，质地细密。

③阿乞：郗恢，小字阿乞。

④向：刚才。

⑤忤色：生气的样子。

【今 译】

王徽之去拜访郗恢时，郗恢正在内室。王徽之看到有𣰆㲪，说：“他从哪得到这个东西？”就叫手下人送回自己家中。郗恢出来寻找𣰆㲪，王徽之说：“刚才有个大力士背走了。”郗恢毫不生气。

【解 义】

王徽之较为任性，加上他和郗恢是姑表兄弟，所以毫不客气地就把喜欢的东西给搬走了。据刘孝标注引《中兴书》记载，郗恢身高八尺，体格魁梧，长着漂亮的络腮胡子，孝武帝对他很器重，提拔为雍州刺史。

四十

谢安始出西[①]，戏，失车牛，便杖策步归[②]。道逢刘尹[③]，语曰："安石将无伤[④]？"谢乃同载而归。

【今　注】

①出西：出行往西，指到建康。谢安隐居在会稽东山，而建康在会稽西北面，故称。

②杖策：拄着手杖。

③刘尹：刘惔。

④将无：恐怕，大概，六朝习语。

【今　译】

谢安初到建康，外出游玩时丢失了拉车的牛，于是拄着手杖步行回家。路上碰到刘惔，刘惔说："你没什么事吧？"谢安于是和他同乘而回。

【解　义】

谢安为人稳重，而且牛走失也是车夫的责任，所以编者将本文列入"任诞"，似乎欠妥。

四十一

襄阳罗友有大韵[①]，少时多谓之痴。尝伺人祠[②]，欲乞食，往太蚤，门未开。主人迎神出见，问以非时何得在此，答曰："闻卿祠，欲乞一顿食耳。"遂隐门侧，至晓得食便退，了无怍容[③]。为人有记功，从桓宣武平蜀④，按行蜀城阙观宇，内外道陌广狭，植种果竹多少，皆默记之。后宣武漂洲与简文集，友亦预焉⑤。共道蜀中事，亦有所遗忘，友皆名列，曾无错漏。宣武验以蜀城阙簿，皆如其言，坐者叹服。谢公云："罗友讵减魏阳元⑥。"后为广州刺史，当之镇，刺史桓豁语令莫来宿⑦，答曰："民已有前期⑧，主人贫，或有酒馔之费，见与甚有旧。请别日奉命。"征西密遣人察之⑨，至夕乃往荆州门下书佐家，处之怡然，不异胜达。在益州，语儿云："我有五百人食器。"家中大惊，其由来清，而忽有此物，定是二百五十沓乌樏⑩。

【今　注】

①罗友：字宅仁，晋襄阳人。嗜酒，放达。被大司马桓温所器重，官至襄阳太守、广益二州刺史。　韵：风度、气质。

②伺（sì）：探察，侦察。　祠：祭祀。

③怍容：惭愧的表情。

④记功：记忆力。　桓宣武：桓温。　平蜀：晋穆帝永和二年（公元 346 年），桓温率军伐蜀，次年蜀汉投降。

⑤漂洲：当作"溧洲"，一名烈州，又作洌洲，是长江上的沙洲，在今江苏南京市西南。因洲上有山，其形似栗，故名。　简文：晋简文帝司马昱。当时简文帝为会稽王。　预焉：参与其中。

⑥讵（jù）：哪里，怎么。　减：比……差。　魏阳元：魏舒，字阳元。

⑦刺史桓豁：时任荆州刺史。　莫：通"暮"，傍晚，晚上。

⑧民：对长官或国主自称民，表示谦卑。罗友是襄阳人，属荆州地界，桓豁为荆州刺史，所以他自称为民。　前

期：之前约定。

⑨征西：指桓豁。任征西大将军。

⑩沓（tà）：量词。食盒一具为一沓，意即一套。　乌樏（lěi）：黑漆食盒。樏，食盒。

【今　译】

襄阳罗友为人有特殊的风格，年少时很多人认为他痴呆。他曾经知道有人要祭祀，准备去讨吃的，去得太早了，人家还没有开门。主人迎神时出来看到他，问他还没到时候，为什么在这里，他回答说："听说您祭祀，想要讨一顿吃喝。"于是躲在门边，到天亮拿了食物就走了，没有一点羞惭的神色。他有很强的记忆力，跟随桓温平定蜀地时，他巡视蜀地的城池楼台屋宇，城内外大小道路的宽窄，以及种植的果树、竹子的多少，都默默地记在心里。后来桓温在溧洲与简文帝会面，罗友也参与其中。他们一起谈论当年蜀中的事情，有所遗忘的地方，罗友都能列出名目，竟然无一错漏。桓温用蜀地的簿籍来验证，都如他所说的一样，在坐众人都叹服。谢安说："罗友哪里比魏舒差。"后来罗友任广州刺史，应当去驻地时，刺史桓豁让他晚上来住宿，他回答说："小民已经有约在先，主人家穷，可能会破费钱财准备酒菜，我们有老交情。请允许我改日奉命。"桓豁暗中派人去观察罗友，到了晚上他竟然到荆州府的下属书佐家去了，彼此相处十分融洽，和对待名流达官没有什么不同。他在益州时，对儿子说："我有供五百人吃喝的餐具。"家里人大为吃惊，他一向清贫，却突然有这些东西，一定是二百五十套黑漆食盒。

【解　义】

魏舒是魏晋之交的名臣，司马昭曾称赞他是堂堂的领袖人物。所以，谢安所谓"罗友讵减魏阳元"，是认可罗友的才干。食盒并非容易隐藏之物，罗友如果真的有二百五十套食盒，那么家里人不可能不知道。因此，本文所载有后人演绎的成分。

据刘孝标注引《晋阳秋》记载，桓温对罗友的才学虽然非常器重，但认为罗友过于放诞，所以一直没有委以重任。后来桓温府中有人被任命为太守，桓温设宴送行，罗友很晚才到，桓温问他原因，罗友回答说，路上遇到一个鬼，被它嘲讽说只看到我送别人做太守，看不到别人送我做太守，我感到害怕和惭愧，回去缓解一下情绪，所以来晚了。桓温被罗友的滑稽逗乐，心里也感到有点惭愧，于是起用罗友为襄阳太守，此后迁任广州刺史、益州刺史。本文所谓“在益州”，指罗友任益州刺史之时。

四十二

桓子野每闻清歌[①]，辄唤“奈何[②]”。谢公闻之[③]，曰：“子野可谓一往有深情。”

【今　注】

①桓子野：桓伊。　清歌：挽歌。

②奈何：晋时风俗，父母之丧，有人吊丧，孝子哭唤“奈何”。

③谢公：谢安。

【今　译】

桓伊每次听到挽歌，就会哭喊“奈何”，谢安听说后，说：“子野可算得上是一往情深。”

【解　义】

据《晋书·桓伊列传》记载，桓伊不仅有军事才干，而且善音乐，能尽一时之妙，是江东第一人。又据本篇第四十三则刘孝标注引《续晋阳秋》记载，羊昙善于祭祀歌曲，桓伊能作挽歌，袁山松所作《行路难》也可以让人流泪，当时人称为“三绝”。对逝者的怀念与追思最能体现人类情感中的淳厚一面，所以桓伊的举动在凡人看来或许过于怪诞，但谢安却看到了他重情感的内心。成语“一往情深”典出于此。

四十三

张湛好于斋前种松柏[①]。时袁山松出游，每好令左右作挽歌[②]。时人谓：“张屋下陈尸，袁道上行殡。”

【今　注】

①张湛（生卒不详）：字处度，高平（今山西高平）人，官至中书郎。著有《列子注》八卷。

②挽歌：出殡时哀悼死者的歌曲。

【今　译】

张湛喜好在房前种植松柏。当袁山松外出游玩时，常常喜好让身边的人唱挽歌。当时人说：“张湛在房屋前停放尸体，袁山松在道路上出殡。”

【解　义】

古人有在墓地上种植松柏的习俗，而张湛却喜欢种在自家屋前，所以人们称为“屋下陈尸”。据刘孝标注引《续晋阳秋》记载，当时北方有《行路难》的歌曲，文辞较为粗陋，于是袁山松为之润饰，并且调整曲调，每次饮酒尽兴时都会高歌一曲，听者无不伤感流泪。因此，所谓“挽歌”指袁山松改编的《行路难》词曲凄凉哀婉，犹如挽歌一般。

四十四

罗友作荆州从事，桓宣武为王车骑集别[①]。友进，坐良久，辞出，宣武曰：“卿向欲咨事[②]，何以便去？”答曰：“友闻白羊肉美，一生未曾得吃，故冒求前耳[③]，无事可咨。今已饱，不复须驻。”了无惭色。

【今　注】

①桓宣武：桓温，当时为荆州刺史。　王车骑：刘孝标注认为指王洽。车骑，指车骑将军，但王洽并没有担任过车骑将军。因此，“王车骑”很可能是“桓车骑”之误，即桓冲。“王”“桓”音近而误。　集别：聚会饯行。

②向：刚才。

③求前：要求会见。前，见面。

【今　译】

罗友担任荆州从事时，桓温为王洽聚会饯行。罗友进来后，坐了很久，告辞出去，桓温说：“你刚才有事要问，为什么就走了呢？”罗友回答说：“我听说白羊肉鲜美，有生以来没有吃过，所以才冒昧求见，没有什么事情要问。现在已经饱了，不需要再呆下去。”完全没有惭愧的神色。

【解　义】

据本篇第四十一则刘孝标注引《晋阳秋》记载，罗友喜欢到处乞食，而且根本不顾虑别人的看法，桓温曾经为此责备他，但他却傲然不屑。

四十五

张驎酒后①，挽歌甚凄苦。桓车骑曰②：“卿非田横门人③，何乃顿尔至致④？”

【今　注】

①张驎：张湛，小字驎。

②桓车骑：桓冲。

③田横：秦末人，曾自立为齐王。刘邦称帝后派人招降，他羞为汉臣而自杀。

④顿尔：突然。

【今　译】

张湛酒后唱挽歌，唱得十分悲伤痛苦。桓冲说："你不是田横的门人，为什么突然悲伤到这个地步？"

【解　义】

所谓"卿非田横门人"，据刘孝标注引《谯子法训》记载，传说田横因不愿接受刘邦的招降，在户乡亭自刎，他的首级由门人带到长安，门人不敢哭，但又不胜悲哀，于是作挽歌以寄托哀思。所谓"挽歌"，泛指让人感到悲伤的词曲。

四十六

王子猷尝暂寄人空宅住①，便令种竹。或问："暂住，何烦尔？"王啸咏良久②，直指竹曰："何可一日无此君③？"

【今　注】

①王子猷：王徽之。

②啸咏：吹口哨。

③此君：指竹子。

【今　译】

王徽之曾经暂住在别人的空宅里，于是命人种竹子。有人问："只是暂住，何必劳烦呢？"王徽之啸咏了很久，直指竹子说："怎么能一天没有这位君子？"

【解　义】

竹之所以成为花中四君子之一，是因为人们认为其具有脱俗之气。刘禹锡诗曰："依依似君子，无地不相宜。"（《题吾友梁铁君侠者画竹》）苏轼诗曰："宁可食无肉，不可居无竹。无肉令人瘦，无竹令人俗。"（《于潜僧绿筠轩》）苏轼此诗是王徽之所谓“何可一日无此君”的最佳注脚。

四十七

王子猷居山阴①，夜大雪，眠觉，开室命酌酒。四望皎然，因起彷徨②，咏左思《招隐诗》③，忽忆戴安道④。时戴在剡，即便夜乘小船就之⑤。经宿方至，造门不前而返。人问其故，王曰：“吾本乘兴而行，兴尽而返，何必见戴。”

【今　注】

①王子猷：王徽之。　山阴：山阴县，晋时属会稽郡。

②彷徨：徘徊。

③《招隐诗》：共有两首，描写隐士生活。

④戴安道：戴逵，当时隐居在剡县。

⑤剡（shàn）：剡县，今浙江嵊州。　就之：到他那里去。

【今　译】

王徽之住在山阴的时候，一天夜里下大雪，他睡醒后，命人打开房门备酒，环顾四周一片洁白。因此起身徘徊，吟诵左思的《招隐诗》，忽然想起戴逵。当时戴逵在剡县，王徽之就连夜乘了小船去拜访。船行了一夜才到，到了门口不进去就返回了。有人问他缘故，他说：“我本来是乘兴而去的，兴致没了就回来，何必一定要见到戴逵。”

【解　义】

山阴县与剡县并不相邻，而且中间也没有直达的水道，所谓“夜乘小船就之”，“经宿方至”，应是后人夸大之词。左思《招隐诗》有二首，其一曰：“杖策招隐士，荒途横古今。岩穴无结构，丘中有鸣琴。白云停阴冈，丹葩曜阳林。石泉漱琼瑶，纤鳞或浮沉。非必丝与竹，山水有清音。何事待啸歌，灌木自悲吟。秋菊兼糇粮，幽兰间重襟。踌躇足力烦，聊欲投吾簪。”其二曰：“经始东山庐，果下自成榛。前有寒泉井，聊可莹心神。峭茜青葱间，竹柏得其真。弱叶栖霜雪，飞荣流余津。爵服无常玩，好恶有屈伸。结绶生缠牵，弹冠去埃尘。惠连非吾屈，首阳非吾仁。相与观所尚，逍遥撰良辰。”

四十八

王卫军云[①]：“酒正自引人著胜地[②]。”

【今　注】

①王卫军：王荟（生卒不详），字敬文，王导之子。官至会稽内史、镇军将军。

②正自：的确，“自”为词缀。　著：到。　胜地：胜境，美妙的境地。

【今　译】

王荟说：“酒的确能把人带到美妙的境地。”

【解　义】

成语“引人入胜”典出于此，借指山水风景或文艺作品有特别吸引人之处。

四十九

王子猷出都[①]，尚在渚下[②]。旧闻桓子野善吹笛[③]，而不相识，遇桓于岸上过。王在船中，客有识之者，云是桓子野，王便令人与相闻[④]，云：“闻君善吹笛，试为我一奏。”桓时已贵显，素闻王名，即便回下车[⑤]，踞胡床[⑥]，为作三调。弄毕，便上车去，客主不交一言。

【今　注】

①出都：赴京都，到京都去。出，到、至。

②渚：指青溪渚，建康东南青溪上的码头，是都城漕运要道。

③桓子野：桓伊。

④相闻：通消息，传话。

⑤回下车：转身下车。

⑥踞：靠，倚。　胡床：交椅，折叠椅。

【今　译】

王徽之到京城去，船还停泊在青溪渚下。他以前听说桓伊擅长吹笛，但是不相识，正好遇到桓伊从岸上经过。王徽之在船中，门客中有人认识，说是桓伊。王徽之于是派人去传话，说："听说您善于吹笛，请为我演奏一曲。"桓伊当时已经显贵，过去听说过王徽之的名声，于是回头下车，坐在交椅上，为他吹了三个曲子。吹完后，就上车离开了，宾主间没有交谈过一句话。

【解　义】

王徽之为人放诞不羁，而据刘孝标注引《续晋阳秋》记载，桓伊也有豪放真率的个性，因此他们之间没有多余的客套，桓伊兴起吹笛，兴尽即上车而去。

五十

桓南郡被召作太子洗马①，船泊荻渚②，王大服散后已小醉③，往看桓。桓为设酒，不能冷饮，频语左右，令"温酒来"，桓乃流涕呜咽。王便欲去，桓以手巾掩泪，因谓王曰："犯我家讳，何预卿事④！"王叹曰："灵宝故自达！"

【今　注】

①桓南郡：桓玄。　太子洗马：东宫太子属官，职掌图籍，太子出行则为前驱导威仪。

②荻渚：地名，故址在今湖北江陵。

③王大：王忱。　散：即寒食散，也称五石散。

④家讳：父祖的名讳。“温”字为桓玄父之讳。　预：干预，关涉。

【今　译】

桓玄被征召担任太子洗马，他的船停泊在荻渚，王忱服了五石散后已经微醉，前去看望桓玄。桓玄为他备酒，王忱不能喝冷酒，频频吩咐左右，叫他们给酒加热。桓玄于是流泪哭泣，王忱便要走，桓玄用手巾擦拭眼泪，并对王忱说：“犯了我的家讳，关你什么事？”王忱感叹道：“桓玄真是通达。”

【解　义】

桓玄于太元十六年（391）被征召为太子洗马，当时王忱任荆州刺史。所谓“船泊荻渚”，指桓玄准备从江陵乘船出发。所谓“往看桓”，指王忱去为桓玄送行。所谓“不能冷饮”，指服用五石散后不能进冷食，因为不利散发药性。桓玄是桓温之子，所以王忱说“温酒来”，是犯了桓玄的家讳。

五十一

王孝伯问王大[①]：“阮籍何如司马相如？”王大曰：“阮籍胸中垒块[②]，故须酒浇之。”

【今　注】

①王孝伯：王恭，字孝伯。　王大：王忱。

②垒块：疙瘩，指郁结，有不平之气。

【今　译】

王恭问王忱："阮籍和司马相如相比如何？"王忱说："阮籍胸中郁结有如疙瘩，因此必须用酒来浇它。"

【解　义】

刘孝标注认为王忱意指阮籍和司马相如之间只有饮酒有所不同。按照这一解释，王忱无疑认为阮籍超过司马相如，因为阮籍胸中有郁结不平之气，说明他更有风骨。

五十二

王佛大叹言[①]："三日不饮酒，觉形神不复相亲[②]。"

【今　注】

①王佛大：王忱，小字佛大。

②形：形体。　神：精神。

【今　译】

王忱感叹说："三天不喝酒，便觉得形体和精神不再相互亲近了。

【解　义】

据刘孝标注引《晋安帝纪》记载，王忱就任荆州刺史后越发嗜酒，常常一醉几天不醒，最终因饮酒过度而死。又据刘孝标注引宋明帝刘彧《文章志》记载，王忱嗜酒如命，自称"上顿"，后人因此称豪饮为"上顿"。

五十三

王孝伯言[①]："名士不必须奇才，但使常得无事[②]，痛饮酒，熟读《离骚》[③]，便可称名士。"

【今　注】

①王孝伯：王恭，字孝伯。

②但使：只要。

③《离骚》：指《楚辞》。《离骚》是《楚辞》的代表作，古人因此借指《楚辞》。

【今　译】

王恭说："名士不一定要有杰出的才华，只要能经常无事，尽兴喝酒，熟读《离骚》，就可以称作名士了。"

【解　义】

所谓"常得无事"，指不被世俗事务所拖累。所谓"熟读《离骚》"，指能够达到屈原那样的境界。

五十四

王长史登茅山[①]，大恸哭，曰："琅邪王伯舆[②]，终当为情死。"

【今　注】

①王长史：王廞（生卒不详），字伯舆，王导之孙，王荟之子，曾任太子中庶子、司徒长史。隆安元年（397），王恭讨伐王国宝，王廞（xīn）起兵响应。王恭罢兵后命王廞去职解兵，王廞大怒反叛，被刘牢之击溃，不知所终。　茅山：在今江苏句容县东南。

②琅邪王伯舆：王廞的自称。

【今　译】

王廞登上茅山，大声痛哭，说："琅邪王伯舆，最终一定是为情而死。"

【解　义】

王廞之语义已不得而知。据《晋书·王荟列传》记载，王廞之死是因为响应王恭讨伐王国宝的倡议而聚众起兵，认为可以乘乱求取富贵，不料事态很快平息，王国宝被赐死后王恭就立刻罢兵，王廞不肯罢休，并因此反叛，被刘牢之击溃后下落不明，其子王华时隔多年后才查明他的葬身之地。

简傲第二十四

简傲，指简慢高傲。简傲原是一种无礼的态度，但魏晋士人出于反抗礼教的目的，故意通过各种傲慢的行为来展现个性，逐渐形成一股慢世之风。

一

晋文王功德盛大①，坐席严敬②，拟于王者。唯阮籍在坐，箕踞啸歌③，酣放自若④。

【今　注】

①晋文王：司马昭。

②严敬：严肃，庄重。

③箕踞：伸开两足而坐，是随意、傲慢的坐姿。

啸歌：吟唱。

④酣放自若：尽情饮酒，放纵自如。

【今　译】

晋文王司马昭功业与德行极高，坐在席位上严肃庄重，可与君王相比。只是阮籍在座时，却伸开两足而坐，啸咏歌吟，尽情饮酒，放纵自如。

【解　义】

据《晋书·阮籍列传》记载，阮籍性格孤傲，不拘礼教，被很多人仇视，但司马昭每每袒护他。本文所载或许是后人据此而加以演绎。

二

王戎弱冠诣阮籍①，时刘公荣在坐②。阮谓王曰："偶有二斗美酒③，当与君共饮，彼公荣者无预焉④。"二人交觞酬酢⑤，公荣遂不得一杯，而言语谈戏，三人无异。或有问之者，阮答曰："胜公荣者，不得不与饮酒；不如公荣者，不可不与饮酒；唯公荣，可不与饮酒。"

【今　注】

①弱冠：古代男子二十岁行冠礼，因身体还不够强壮，故称“弱冠”，可泛指二十岁左右的年纪。

②刘公荣：刘昶。

③偶：碰巧，恰好。

④预：参加。

⑤交觞（shāng）：轮流举杯。　酬酢（zuò）：宾主相互敬酒。

【今　译】

王戎刚成年时去拜访阮籍，当时刘昶也在座。阮籍对王戎说：“我恰好有二斗美酒，应当与你同饮，那个刘昶不能参与。”两个人互相举杯敬酒，刘昶于是没有得到一杯酒，但是言谈戏笑，三个人并没有异样。有人问起此事，阮籍答道：“胜过刘昶的人，不得不与他饮酒；不如刘昶的人，不可不与他饮酒；只有刘昶，可以不与他饮酒。”

【解　义】

据本书《任诞》第四则记载，刘昶嗜酒如命，终日酣饮而醉，而且一起饮酒者非常款杂，各色人等都有，受到时人讥讽。他解释说：“胜公荣者，不可不与饮；不如公荣者，亦不可不与饮；是公荣辈者，又不可不与饮。”因此，阮籍所说是化用了刘昶本人的话，故意不让嗜酒的刘昶喝上一杯。当然，阮籍此举并非有意轻侮怠慢刘昶，而是带着开玩笑的性质。刘昶个性通达，当然也不会介意，所以他虽然喝不到酒，但是还是照常言笑。所谓“而言语谈戏，三人无异”，很明显可以证明这一点。本文应列入《排调》为宜，或许是因为后人误解文义，遂擅自植入《简傲》。

三

钟士季精有才理[①]，先不识嵇康。钟要于时贤俊之士[②]，俱往寻康。康方大树下锻[③]，向子期为佐鼓排[④]。康扬槌不辍，傍若无人，移时不交一言[⑤]。钟起去，康曰："何所闻而来？何所见而去？"钟曰："闻所闻而来，见所见而去。"

【今　注】

①钟士季：钟会。　才理：才思。

②要：同"邀"，约请。　贤俊：贤能杰出。

③方：正在。　锻：打铁。

④向子期：向秀。　佐：辅助。　鼓排：拉风箱鼓风。

⑤移时：过了很久。

【今　译】

钟会非常有才思，先前不认识嵇康。钟会邀请当时才德出众人士，一起去探访嵇康。嵇康正在大树下打铁，向秀帮助他拉风箱鼓风吹火。嵇康不停地挥着槌子，旁若无人，过了很久也不和他们说话。钟会起身离开，嵇康说："你听到了什么而来？见到了什么而去？"钟会说："听到了所听到的而来，看到了所看到的而去。"

【解　义】

据刘孝标注引《文士传》记载，嵇康有着极巧的手艺，善于锻铁，常常以此为戏。据本书《文学》第五则记载，钟会年轻时曾暗中将自己写的《四本论》扔到嵇康家里，就匆匆忙忙逃走了。可见，钟会一直对嵇康极为仰慕。又据刘孝标注引《魏氏春秋》记载，钟会曾经三次慕名前往拜访嵇康，但嵇康毫不理会，钟会由此怀恨在心。嵇康对钟会之所以冷漠以对，是其个性使然，但凡被他视为俗人，那么他就不会给予礼遇。当然，嵇康的个性也为他埋下了杀身之祸。

四

嵇康与吕安善，每一相思，千里命驾。安后来，值康不在，喜出户延之[①]，不入，题门上作“鳳”字而去。喜不觉，犹以为欣[②]，故作。“鳳”字，凡鸟也[③]。

【今　注】

①喜：嵇喜（生卒不详），字公穆，嵇康之兄。历官扬州刺史、太仆、宗正。　延：邀请。

②欣：高兴，喜悦。

③鳳：拆字即为“凡”“鳥”二字。

【今　译】

嵇康和吕安友好，每当互相思念时，再远的路也会驾车前去。吕安此后去拜访嵇康，正值嵇康不在家，嵇喜出门迎接，吕安不进门，在门上题了一个“鳳”字就走了。嵇喜没有察觉吕安的用意，还以为他很高兴，所以才题字。“鳳”字，就是凡鸟。

【解　义】

据刘孝标注引《晋百官名》记载，嵇喜曾遭阮籍的青白眼，说明嵇喜之为人与其弟嵇康相去甚远，所以不受待见。又据刘孝标《晋阳秋》记载，吕安志量开阔，有超拔世俗的风度气质。所以，吕安对待嵇喜的态度与阮籍如出一辙。

五

陆士衡初入洛[①]，咨张公所宜诣[②]，刘道真是其一[3]。陆既往，刘尚在哀制中[4]。性嗜酒，礼毕，初无他言，唯问："东吴有长柄壶卢[5]，卿得种来不？"陆兄弟殊失望，乃悔往。

【今　注】

①陆士衡：陆机，字士衡。　洛：洛阳。

②咨：询问。　张公：张华。　所宜诣：应当拜访的人。

③刘道真：刘宝，字道真。

④哀制：礼制规定的居丧期。

⑤壶卢：葫芦。

【今　译】

陆机初到洛阳时，向张华询问应当去拜访的人，刘宝是其中之一。陆机到刘家时，刘宝还在守丧期间。刘宝生性嗜酒，行礼过后，一开始无话可说，只是问："东吴有一种长柄葫芦，你们带了种子来吗？"陆机、陆云兄弟听了非常失望，于是后悔此行。

【解　义】

据葛洪《抱朴子·外篇·辨惑》记载，洛阳地区的士人在居丧期间也会美食饮酒，并自称是"京洛之法"，而南方则保持着严格的丧葬习俗。自从阮籍居母丧仍然饮酒吃肉之后（见本书《任诞》第二则），士人纷纷效仿，所以形成风气。刘宝询问长柄葫芦，其实也是整天惦记着酒，因为葫芦可以用来制作盛酒之器。陆机、陆云兄弟是南方人，显然习惯于恪守礼制，所以他们对刘宝的话感到惊讶和失望。

六

王平子出为荆州[1]，王太尉及时贤送者倾路[2]。时庭中有大树，上有鹊巢，平子脱衣巾，径上树取鹊子，凉衣拘阂树枝[③]，便复脱去。得鹊子还下弄[④]，神色自若，傍若无人。

【今　注】

①王平子：王澄，王衍之弟。　出为荆州：出任荆州刺史。

②王太尉：王衍。　倾路：挤满路。

③凉衣：贴身内衣。　拘阂（hé）：挂住，钩住。

④弄：戏耍。

【今　译】

王澄出任荆州刺史时，王衍与当时前去送行的名流挤满了道路。当时庭院中有一棵大树，上面有鹊巢，王澄脱下上衣和头巾，径直爬上树去抓小鹊，贴身内衣被树枝钩住了，就再把内衣脱掉。抓到小鹊后下树拿着玩耍，神色自如，旁若无人。

【解　义】

王澄作为即将上任的一方重镇的长官，却在众人面前爬上树去抓小鸟，不能不说有失身份。不过，魏晋士人追求的是洒脱不羁的个性，所以王澄的行为非但不会招致非议，还会为他赢得美誉。据刘孝标注引邓粲《晋纪》记载，王澄为人放荡不羁，当时人都认为是通达。本文所载应列入《任诞》为宜，或许是后人误解文义，所以植入《简傲》。

七

高坐道人于丞相坐[①]，恒偃卧其侧[②]。见卞令[③]，肃然改容，云[④]："彼是礼法人。"

【今　注】

①高坐道人：高坐和尚。道人，晋宋时称僧侣为"道人"。丞相：王导。

②偃（yǎn）卧：仰卧。

③卞令：卞壶，任尚书令，故称。

④肃然：恭敬的样子。 改容：脸色变得严肃。

【今 译】

高坐和尚在王导家里作客时，常仰卧在王导身边。看到卞壶，脸色就变得严肃起来，说："他是懂得礼仪法度之人。"

【解 义】

王导与卞壶是两种不同类型的士人，王导为人宽厚豁达，行忠恕之道；卞壶则是礼法之士，不畏强御，恪守礼数，甚至连王导都免不了他的弹劾。因此之故，高坐和尚在王导面前可以随心所欲，而在卞壶面前则肃然起敬。

八

桓宣武作徐州[①]，时谢奕为晋陵[②]，先粗经虚怀[③]，而乃无异常。及桓还荆州[④]，将西之间，意气甚笃[⑤]。奕弗之疑，唯谢虎子妇王悟其旨[⑥]，每曰："桓荆州用意殊异，必与晋陵俱西矣[⑦]。"俄而引奕为司马[⑧]。奕既上，犹推布衣交。在温坐，岸帻啸咏[⑨]，无异常日。宣武每曰："我方外司马[⑩]。"遂因酒转无朝夕礼[⑪]，桓舍入内[⑫]，奕辄复随去[⑬]。后至奕醉，温往主许避之[⑭]，主曰："君无狂司马，我何由得相见？"

【今 注】

①桓宣武：桓温。 作徐州：任徐州刺史。

②为晋陵：任晋陵太守。

③粗经虚怀：指略叙寒暄之意。粗经，略表。虚怀，心怀，心意。

④还荆州：调任荆州刺史。

⑤意气：情义。 笃：深厚。

⑥谢虎子：谢据，小字虎子，谢奕弟。 妇王：妻子王氏。 悟其旨：明白他的意思。

⑦晋陵：指谢奕。

⑧引：举荐。 司马：刺史的属官。

⑨岸帻（zé）：掀起头巾，露出额头。形容无拘无束的样子。

⑩方外：世俗之外。

⑪朝夕礼：指早晚应有的礼节。

⑫舍：避开。

⑬辄：就。

⑭主许：此指桓温妻子南康长公主的住处。许，处所。

【今　译】

桓温担任徐州刺史时，谢奕担任晋陵太守，起先只是略通寒暄，也没有什么特别的地方。等到桓温改任荆州刺史，将往西边就任时，对谢弈有深情厚谊。谢奕没觉得异样，只是谢据的妻子王氏明白其中的含义，常说："桓温的用意很不寻常，他必定要谢奕一起西去。"不久桓温就荐举谢奕为司马。谢奕上任后，还是把桓温当做布衣之交。在桓温座上时，他掀起头巾露出额头，歌啸吟咏，与平常没有差别。桓温常说："他是我世俗之外的司马。"于是谢弈因为喝酒而没有了应有的礼节，桓温避开他进入内室，谢奕就跟着进去。后来谢奕喝醉，桓温到南康长公主处躲避他，公主说："你如果没有狂司马，我怎么能够见你呢？"

【解　义】

谢弈与桓温既然有布衣之交，那么他们的友情显然不是在桓温任徐州刺史、谢弈任晋陵太守时所建立，因为此时他们之间已是上下级关系。因此，本文前半则内容应为后人演绎。据

《晋书·谢弈列传》记载，谢弈纵酒放诞，桓温也不加以责备，于是谢弈甚至在处理政事时都带着酒。又据本书《贤媛》第二十一则记载，桓温娶李势之女为妾，常常把她留置在书斋后。桓温或许还有其他姬妾，所以南康公主抱怨“君无狂司马，我何由得相见”。

九

谢万在兄前①，欲起索便器②。于时阮思旷在坐，曰③：“新出门户④，笃而无礼⑤。”

【今　注】

①兄：指谢奕。

②便器：便壶。

③阮思旷：阮裕，字思旷。

④新出门户：指新兴的家族。门户，门第，家族。

⑤笃：忠厚诚实。　无礼：不懂礼节。

【今　译】

谢万在兄长面前，想要起身取便壶。当时阮裕在座，说：“这种新兴的家族，忠厚诚实却不懂礼节。”

【解　义】

据《晋书·谢弈列传》记载，谢弈任剡县令时谢安年仅七八岁。因此，谢万的年纪更小，所谓“欲起索便器”，应是谢万年幼无知，当着客人的面就准备小便。阮裕隐居剡县，所以成为谢弈的座上客。据《晋书·阮裕列传》记载，阮裕曾向谢万请教有关《四本论》的问题。说明阮裕在谢万成年后与其保持着交往。谢氏家族至谢弈之父谢鲲始显名江左，所以被视为“新出门户”。

十

谢中郎是王蓝田女婿①，尝著白纶巾②，肩舆径至扬州听事③，见王，直言曰："人言君侯痴，君侯信自痴④。"蓝田曰："非无此论，但晚令耳⑤。"

【今　注】

①谢中郎：谢万，曾为从事中郎，故称。　王蓝田：王述，袭父爵为蓝田侯，故称。

②著（zhuó）：戴。　纶（guān）巾：古代配有青丝带的头巾。

③肩舆：两人抬的便轿。　径：径直，直捷。　听事：厅堂。

④信自：确实。

⑤晚令：晚年有好名声。令，令名，美名。

【今　译】

谢万是王述的女婿，曾戴着白纶巾，坐着肩舆径直到扬州刺史厅堂，去见王述，直言不讳地说："人们说君侯是痴呆，君侯果然痴呆。"王述说："不是没有这种议论，只是晚年才有好名声罢了。"

【解　义】

所谓"人言君侯痴"，据本书《赏誉》第六十二则记载，王蓝田为人晚成，当时人因此"谓之痴"。所谓"扬州听事"，说明此时王述正在扬州刺史的任上。据本书《忿狷》第五则记载，谢弈曾当面辱骂王述，王述不出声说话，面朝墙壁站着不敢动，一直等到谢弈走后才坐下，当时人因此感叹王述虽然性急，但却能够有所容忍。王述原本性格急躁，但晚年有所改变，由此得到时人的赞誉，所以本文王述自称"但晚令耳"。

十一

王子猷作桓车骑骑兵参军①，桓问曰："卿何署②？"答曰："不知何署，时见牵马来，似是马曹③。"桓又问："官有几马？"答曰："不问马④，何由知其数⑤？"又问："马比死多少⑥？"答曰："未知生，焉知死⑦？"

【今　注】

①王子猷：王徽之。　桓车骑：桓冲，官至车骑将军，故称。　骑兵参军：职掌马畜牧养、供给等。

②署：官署。

③马曹：管理马匹的官署称骑曹，马曹是戏言。

④不问马：语出《论语·乡党》，原文曰："厩焚。子退朝，曰'伤人乎？'不问马。"意指孔子贵人贱畜。

⑤何由：怎么，如何。

⑥比：近来，近期。

⑦未知生，焉知死：语出《论语·先进》，原文曰："子路问事鬼神，子曰：'未能事人，焉能事鬼？''敢问死？'曰：'未知生，焉知死？'"意指子路问死是怎么回事，孔子认为生的道理都没搞清楚，怎么能知道死呢？

【今　译】

王徽之担任桓冲的骑兵参军时，桓冲问他："你是哪个官署的？"王徽之答道："不知道是什么官署，常常看见牵了马来，好像是马曹。"桓冲又问："官署中有多少马？"王徽之答着："不问马，怎么知道马的数目呢？"桓冲又问："马近来死了多少？"王徽之答道："不知道生，又怎么知道死呢？"

【解　义】

幕府的属官都是将军自行挑选任命，桓冲不可能不知道王徽之的职责所在。因此，本文所载应出自里巷传言。据刘孝标注引《中兴书》记载，桓冲延揽王徽之为参军后，王徽之蓬首散带，不问政务。后人或许就因为王徽之有着放诞不羁的个性，所以加以演绎。本文为《晋书·王徽之列传》收录，史官应有失察之处。

十二

谢公尝与谢万共出西①，过吴郡，阿万欲相与共萃王恬许②，太傅云③："恐伊不必酬汝④，意不足尔⑤。"万犹苦要⑥，太傅坚不回⑦，万乃独往。坐少时，王便入门内，谢殊有欣色，以为厚待己。良久，乃沐头散发而出，亦不坐，仍据胡床⑧，在中庭晒头，神气傲迈，了无相酬对意⑨。谢于是乃还，未至船，逆呼太傅安，安曰："阿螭不作尔⑩！"

【今　注】

①出西：往西去。

②萃：聚集。　王恬（314—349）：字敬豫，小字螭虎，王导第二子。历仕中书郎、魏郡太守、会稽内史，死后赠中军将军。许：处所。

③太傅：谢安。

④不必：不会。　酬：应酬。

⑤不足：不值得。

⑥苦要：竭力邀请。要，同"邀"。

⑦回：改变。

⑧仍：就。　据：倚靠。意指坐。　胡床：由胡地传入的轻便坐具，类似现在的折叠椅。

⑨了：完全。

⑩逆：迎面。　阿螭（chī）：王恬的小字。　不作：不足，不值得。

【今　译】

谢安曾经与谢万一起往西去，经过吴郡时，谢万想与谢安一起到王恬处聚会。谢安说："恐怕他不会与你应酬，我认为不值得。"谢万还是竭力邀请，谢安坚决不肯改变主意。谢万于是独自前去，坐了一会儿，王恬就进屋去了，谢万神色很高兴，认为会好好款待自己。过了很久，却是洗了头披散着头发出来，也不在坐席上落座，就坐在胡床上，在庭院中晒头发，神色傲慢，毫无应酬的意思。谢万于是就回来了，还没到船上，迎面喊叫谢安，谢安说："王恬那里不值得你去！"

【解　义】

王恬有不拘礼法的个性，而且是名门之后（王导之子），而谢氏兄弟则是"新出门户"，所以王恬表现得傲慢无礼。

十三

王子猷作桓车骑参军①，桓谓王曰："卿在府久，比当相料理②。"初不答③，直高视④，以手版拄颊，云⑤："西山朝来⑥，致有爽气⑦。"

【今　注】

①王子猷：王徽之。

②比：近来。　料理：安排。

③初：根本。

④直：只是。　高视：远望。

⑤手版：笏，官吏上朝或谒见上司时所拿的手板，以备记事之用。　拄：撑。

⑥朝：早晨。

⑦致：引来。　爽气：清爽之气。

【今　译】

王徽之任车骑将军桓冲的参军，桓冲对王徽之说："你在府中的时间很久了，近来应当料理事务了。”王徽之根本不回答，眼睛远望着，用手板撑着面颊，说：“西山的早晨，引来清爽之气。”

【解　义】

王徽之希心高远，为官而不理政事，其实已经流露出了隐遁之志，后来在任黄门侍郎时弃官而去。

十四

谢万北征[①]，常以啸咏自高[②]，未尝抚慰众士。谢公甚器爱万[③]，而审其必败[④]，乃俱行，从容谓万曰[⑤]：“汝为元帅，宜数唤诸将宴会[⑥]，以悦众心[⑦]。”万从之。因召集诸将，都无所说，直以如意指四坐云[⑧]：“诸君皆是劲卒[⑨]。”诸将甚忿恨之。谢公欲深著恩信[⑩]，自队主将帅以下[⑪]，无不身造[⑫]，厚相逊谢。及万事败[⑬]，军中因欲除之。复云：“当为隐士[⑭]。”故幸而得免。

【今　注】

①北征：指晋穆帝升平二年（359）谢万率部进攻前燕。

②啸咏：长啸歌咏。　自高：自命清高。

③谢公：谢安。　器爱：器重爱护。

④审：知道，指预料。

⑤从容：随便地，意指借机会。

⑥数（shuò）：多次，经常。

⑦悦：取悦，博取。

⑧直：只是。

⑨劲卒：精壮的士兵。

⑩深：显明。著：施行。

⑪队主：队长。

⑫身造：亲自访问。

⑬事败：指兵败。

⑭隐士：指谢安。当时谢安尚未出仕，故称。

【今　译】

谢万北征时，常常用长啸歌咏来表示清高，从来没有去安抚慰问将士们。谢安很器重爱护谢万，但预料他必定失败，于是就与他一起出行，借机对谢万说："你做元帅，应该常常召集将领们宴会，以取悦众将之心。"谢万采纳了谢安的建议。于是召集诸将，也不说什么，只是用如意指着四座说："诸位都是精兵。"众将听了非常怨恨他。谢安想多施恩宠信任，从队长将帅以下，都亲自拜访，诚恳表达谦逊感谢之意。等到谢万兵败时，军中将士因此要杀掉他。但又说："应当为隐士着想。"所以谢万侥幸得以免死。

【解　义】

古代军队中忌讳说"兵"与"卒"，因为"兵"与"殡"同音，"卒"又有死亡之义。谢万召集将领聚会，将他们称之为"劲卒"，无意之中既犯忌讳，又贬低了这些将领，所以"诸将甚忿恨之"。本文所载或许出自里巷传言，因为所谓谢安与谢万"俱行"的说法有悖常理。据《晋书·谢安列传》记载，谢安一直隐居东山，直到谢万被废黜后才有出仕的意图。因此，谢万出征时，谢安只是一介布衣，根本就不具备随行的身份。而且，谢安因纵情丘壑、屡辞征辟而受人推崇，如果莫名其妙地跑去谢万的部属中广结人缘，那么一定会沦为笑柄。谢安出山后享誉颇高，好事者或许因此演绎他有先见之明的故事。

十五

王子敬兄弟见郗公①，蹑履问讯②，甚修外生礼③。

及嘉宾死[4]，皆著高屐[5]，仪容轻慢[6]。命坐，皆云："有事，不暇坐。"既去，郗公慨然曰："使嘉宾不死，鼠辈敢尔[7]？"

【今　注】

①王子敬：王献之。　郗公：郗愔。

②蹑履：穿着鞋。见客穿鞋在当时是有礼貌的表现。　问讯：问候起居。

③修：讲求。　外生：外甥。　王羲之是郗愔的姐夫，所以郗愔与王献之是舅甥关系。

④嘉宾：郗超，字嘉宾，郗愔之子。

⑤高屐：高底的木屐。

⑥仪容：仪表举止。　轻慢：轻浮傲慢。

⑦鼠辈：对晚辈或年少者轻蔑之称。

【今　译】

王献之兄弟去见郗愔时，穿着出客的鞋子去问候起居，很讲外甥的礼节。等到郗超死后，他们就都穿着高齿木屐，仪容轻浮傲慢。郗愔叫他们坐，都说："还有别的事，没空坐。"他们走了以后，郗愔慨叹说："假如嘉宾不死的话，鼠辈怎敢如此放肆！"

【解　义】

古人休闲时穿木屐，正式场合穿履。所以，王献之兄弟穿着"高屐"去见舅舅，属于穿着不得体，当然是失礼行为。刘孝标注认为郗愔之子郗超获宠于桓温，所以王献之兄弟是因为郗超去世，才会对郗愔前恭而后倨。前人对刘孝标的看法已有所质疑，见姚鼐《惜抱轩笔记》卷五。其实王徽之和王献之都有着桀骜不驯的个性，从不趋炎附势，更不可能像势利小人那样待人接物。据本书《贤媛》第二十五则记载，王羲之的妻子郗夫人曾对郗愔说，王家人对你的态度冷漠，以后可以不用再来我家了。又据本书《排调》第四十四则记载，王徽之在郗愔升任徐兖二州刺史时，曾当面出言不逊。可见，王家人对郗愔的态度一贯如此。本文或许就是后人因为王徽之、王献之兄弟对郗愔不甚恭敬，所以加以演绎。《晋书·郗超列传》也收录了本文的记载，史官显然失察。

十六

王子猷尝行过吴中①，见一士大夫家极有好竹。主已知子猷当往，乃洒扫施设②，在听事坐相待。王肩舆径造竹下③，讽啸良久。主已失望，犹冀还当通④。遂直欲出门，主人大不堪⑤，便令左右闭门，不听出。王更以此赏主人⑥，乃留坐，尽欢而去。

【今　注】

①王子猷：王徽之。　吴中：指吴地。

②施设：陈设，设置。

③肩舆：轿子类代步工具。　径造：直接到。

④冀：希望。　通：通报。

⑤不堪：不能忍受。

⑥更：反而。

【今　译】

王徽之曾经路过吴地，看见一个士大夫家有很多好竹子。那家主人已经知道王徽之会去，于是洒扫庭园摆放陈设，在厅堂中坐着等待。王徽之坐轿子直接到了竹林下，讽咏吟啸了许多时候，主人已经失望，但还是希望王徽之回头能通报见面。王徽之竟想径直出门。主人大为不堪，于是命手下人关门，不许出去。王徽之转而因此欣赏主人，于是留下来同坐，尽欢而去。

【解　义】

魏晋名士厌恶繁文缛节，所以往往会表现出傲慢的态度。据《晋书·王徽之列传》记载，王徽之“性卓荦不羁”，意指其个性极其不拘礼法。因此，王徽之跑去别人家里赏竹，根本就不愿意跟主人客套。不过，当主人因不堪忍受王徽之的傲慢态度时，王徽之反而对主人另眼相看，因为在他看来，主人“不听出”的失礼举动，是真性率意的表现

十七

王子敬自会稽经吴①，闻顾辟疆有名园②，先不识主人，径往其家。值顾方集宾友酣燕③，而王游历既毕，指麾好恶④，傍若无人。顾勃然不堪，曰⑤：“傲主人，非礼也；以贵骄人，非道也。失此二者，不足齿之⑥，伧耳⑦。”便驱其左右出门。王独在舆上⑧，回转顾望，左右移时不至⑨，然后令送著门外，怡然不屑⑩。

【今　注】

①王敬之：王献之。

②顾辟疆（生卒不详）：吴郡（今江苏苏州）人，历官郡功曹、平北参军。

③酣燕：畅快地饮酒吃饭。

④指麾：指点评论。

⑤勃然：大怒的样子。　不堪：难以忍受。

⑥齿：谈论，提及。

⑦伧（cāng）：粗俗，鄙陋之人。

⑧舆：肩舆，便轿。

⑨移时：长时间。

⑩怡然：愉快的样子。　不屑：不介意，不在乎。

【今 译】

王献之从会稽经过吴郡，听说顾辟疆家有座名园，他先前并不认识主人，就直接去了他家。正赶上顾辟疆正在聚集宾客友人畅饮宴会，王献之游览了名园后，指点评论优劣，旁若无人。顾辟疆难以忍受勃然大怒，说："傲视主人，是无礼；以高贵的身份傲视他人，是无道。失去二者的人，是不足挂齿的，粗俗之人罢了。"于是把王献之的左右侍从赶出家门。王献之独自待在便轿上，四处张望，左右随从过了很久也不来。然后顾辟疆让人把王献之送出门外，但王献之却是一副自得的样子。

【解 义】

据《晋书·王献之列传》记载，王献之个性"高迈不羁"，与王徽之一样。因此，王献之赏园时所表现出的傲慢，与王徽之赏竹时一样。赏竹与赏园，一为兄一为弟，或许是由同一故事所衍生出的不同版本。

排调第二十五

排调，指调侃戏谑。魏晋士人具有幽默的气质，林语堂先生曾说：“最上乘的幽默，自然是表示‘心灵的光辉与智慧的丰富’……各种风调之中，幽默最富于感情。”（《论读书·论幽默》）魏晋士人好为排调之语，见学、见思、见才、见情、见智、见趣，极富深意。

一

诸葛瑾为豫州[①]，遣别驾到台[②]，语云："小儿知谈[③]，卿可与语。"连往诣恪[④]，恪不与相见。后于张辅吴坐中相遇[⑤]，别驾唤恪："咄咄郎君[⑥]。"恪因嘲之曰："豫州乱矣，何咄咄之有？"答曰："君明臣贤，未闻其乱。"恪曰："昔唐尧在上[⑦]，四凶在下[⑧]。"答曰："非唯四凶[⑨]，亦有丹朱[⑩]。"于是一坐大笑。

【今　注】

①为豫州：任豫州刺史。

②别驾：别驾从事的省称，为州刺史的佐官。　到台：指入朝。台，朝廷禁省。

③小儿：指其子诸葛恪。　知谈：擅长言谈。

④恪：诸葛恪（203—253），字元逊，诸葛谨长子。仕吴，官至太傅；晋时封阳都侯，后被孙峻设计杀害。

⑤张辅吴：张昭（156－236），字子布，徐州彭城（今江苏徐州）人。著有《春秋左氏传解》及《论语注》，今佚。仕吴时为辅吴将军，故称。

⑥咄咄：叹词，表示惊异或感叹。　郎君：属吏称长官之子。

⑦唐尧：即陶唐氏尧，为传说中的上古贤君。

⑧四凶：传说中的四个恶人，即共工、驩兜、三苗、鲧，被舜流放。

⑨非唯：不仅。

⑩丹朱：相传为尧之子，因为不肖而被放逐。

【今　译】

诸葛瑾担任豫州刺史时，派别驾到朝廷去，对他说："我儿子擅长言谈，你可以与他谈谈。"别驾连着几次去拜访诸葛恪，诸葛恪都不肯与他相见。后来在张昭的座中相遇，别驾就叫唤诸葛恪：“哎咘郎君！”诸葛恪于是嘲笑他道：“豫州乱了吗，有什么好哎咘的？”别驾答道：“君主圣明，臣子贤良，没听说有混乱。”诸葛恪说：“古时唐尧在上，还有四凶在下。”别驾答道：“不仅有四凶，还有丹朱。”于是满座的人都大笑起来。

【解　义】

四凶是尧的臣子，所以诸葛恪用来讽刺别驾。别驾也非等闲之辈，反应极为机敏，用尧有不肖子丹朱来回敬诸葛恪。

三

晋文帝与二陈共车[①]，过唤钟会同载，即驶车委去[②]。比出[③]，已远。既至，因嘲之曰：“与人期行[④]，何以迟迟？望卿遥遥不至[⑤]。”会答曰：“矫然懿实[⑥]，何必同群？”帝复问会：“皋繇何如人[⑦]？”答曰：“上不及尧、舜，下不逮周、孔，亦一时之懿士[⑧]。”

【今　注】

①晋文帝：司马昭。　二陈：陈骞、陈泰。

②委去：抛弃，丢弃。

③比：等到。

④期行：约定同行。

⑤遥遥：形容时间长久。

⑥矫然：强健挺拔的样子。　懿（yì）实：美好诚实。

⑦皋繇（gāo yáo）：即皋陶，传说中尧舜时期的贤臣。

⑧周、孔：周公、孔子。　懿士：有美德之人。

【今　译】

司马昭与陈骞、陈泰一同乘车，经过钟会家时叫钟会一同乘车，却立即驾车而走，把钟会丢下了。等到钟会出来时，车子已走远了。到了目的地后，司马昭因此嘲讽钟会道："与别人约定同行，为什么迟迟不来？盼望着你，你却久久不到。"钟会答道："强健挺拔而又美好诚实的人，何必要与他人同群？"司马昭又问钟会："皋陶是怎样的人？"钟会答道："他比不上尧、舜，也不如周公、孔子，但也是一代有美德者。"

【解　义】

司马昭与钟会之间虽为君臣关系，却互相用对方的家讳开玩笑。"遥遥不至"犯了钟会的家讳（钟会之父钟繇），"矫然懿实，何必同群"则犯了陈骞、陈泰的家讳（陈骞之父陈矫，二陈之祖父陈寔，陈泰之父陈群）以及司马昭的家讳（司马昭之父司马懿），"皋繇"等于点了钟繇之名，"懿士"也等于点了司马懿之名。这一故事说明，魏晋时期部分士人阶层开始对礼教产生逆反心理。虽然司马昭和钟会以非毁礼教的罪名杀害嵇康，但那只是欲加之罪，其实他们内心对礼教也并不以为意，这也是司马昭庇护阮籍的原因。

三

钟毓为黄门郎①，有机警②。在景王坐燕饮③，时陈群子玄伯、武周子元夏同在坐④，共嘲毓。景王曰："皋繇何如人？"对曰："古之懿士。"顾谓玄伯⑤、元夏曰："君子周而不比⑥，群而不党⑦。"

【今　注】

①钟毓：钟繇之子，钟会之兄。　黄门郎：官名，职掌侍从皇帝，传达诏命等。

②机警：机智敏锐。

③景王：司马师，晋朝建立后追尊为景帝，故称。

④陈群：陈泰之父。　玄伯：陈泰，字玄伯。　武周（生

卒不详）：字伯南，沛国竹邑（今安徽宿县北）人，官至光禄大夫。　元夏：武陔（生卒不详），字元夏。仕晋，官至左仆射、光禄大夫，开府仪同三司。

⑤顾：回头。

⑥君子周而不比：语出《论语·为政》，原文曰："君子周而不比，小人比而不周。"意指君子讲忠信，不会互相勾结，而小人则是为利益而互相勾结。周，忠信。比，勾结。

⑦群而不党：语出《论语·卫灵公》，原文曰："君子矜而不争，群而不党。"意即君子矜持而庄重，不会为私利与别人争执，合群但不结党营私。

【今　译】

钟毓担任黄门郎时，机智敏锐。一次在晋景王司马师的坐席上宴会饮酒，当时陈群的儿子陈泰、武周的儿子武陔一同在座，他们一起嘲讽钟毓。司马师说："皋繇是什么人？"钟毓对答道："古代有美德的人。"司马师回过头来对陈泰、武陔说："君子讲诚信，小人讲利益而相互勾结；君子合群共处而不结党营私。"

【解　义】

本文所载与上一则记载类似，都是用对方的家讳来开玩笑，只不过主角有所不同，由司马昭、钟会、陈骞、陈泰变为司马师、钟毓、陈泰、武陔。一般而言，这种情况是因为故事在口耳相传的过程中，衍生出了不同的版本。

四

嵇、阮、山、刘在竹林酣饮[①]，王戎后往，步兵曰[②]："俗物已复来败人意[③]！"王笑曰："卿辈意亦复可败邪？"

【今　注】

①嵇、阮、山、刘：嵇康、阮籍、山涛、刘伶，都是“竹林七贤”中人。

②步兵：阮籍，曾任步兵校尉，故称。

③俗物：世俗之人，俗人。阮籍在这里是拿王戎来开玩笑。　败人意：败坏人家的意兴。意，心绪，情绪。

【今　译】

嵇康、阮籍、山涛、刘伶在竹林中畅饮时，王戎后到，阮籍说：“这个俗人又来败坏人家的兴致！”王戎笑道：“你们这帮人的兴致也是可以败坏的吗？”

【解　义】

阮籍之所以称王戎为“俗物”，据刘孝标注引《魏氏春秋》记载，是因为当时人认为王戎不能脱俗。其实这是误解，阮籍眼中的俗物，怎么可能入竹林之列。刘孝标注引《晋阳秋》记载，阮籍每次去见王浑时，没多久就会跑去其子王戎的房间。久而久之，阮籍对王浑说：“王戎的节操很高，不是你能比的。”《竹林七贤论》中也有类似记载。显然，阮籍对王戎极为欣赏，这是二人年纪虽然相去二十岁，但仍能同作竹林之游的原因。阮籍所谓“俗物”纯属玩笑，本文列入“排调”，证明本书编者也持相同观点。

五

晋武帝问孙皓[①]：“闻南人好作尔汝歌[②]，颇能为不？”皓正饮酒，因举觞劝帝而言曰[③]：“昔与汝为邻，今与汝为臣。上汝一杯酒，令汝寿万春。”帝悔之。

【今　注】

①晋武帝：司马炎，西晋开国之君。　孙皓：孙权之孙，

三国时吴国的亡国之君，投降晋朝后被封为归命侯。

②南人：南方人。　尔汝歌：南方民歌，歌词中以“尔”“汝”等称谓表示亲昵。

③觞（shāng）：饮酒的器皿。

【今　译】

晋武帝问孙皓：“听说南方人喜欢唱尔汝歌，你能唱吗？”孙皓正在喝酒，于是就举杯敬武帝酒并吟唱道：“当年与你相邻，如今向你称臣。敬你一杯酒，祝你长寿万年春。”武帝听后很后悔。

【解　义】

尔汝歌是民歌，其特点是歌词中用“尔”或“汝”来表示亲狎情调，晋武帝让孙皓唱尔汝歌，其目的显然是为了调侃。晋武帝灭吴后，对南方士族采取了安抚的策略，并封孙皓为归命侯。孙皓作歌敬酒并自嘲，晋武帝或许认为自己的行为有点过分，所以感到后悔。据《南史·刘邕传》记载，王欣之曾任南康国相，离任后在朝中宴饮时与南康国主刘邕相遇，刘邕让王欣之向自己敬酒，而王欣之素来看不起刘邕，于是模仿孙皓的尔汝歌说：“昔为汝作臣，今与汝比肩。既不劝汝酒，亦不顾汝年。”

六

孙子荆年少时欲隐[①]，语王武子“当枕石漱流[②]”，误曰“漱石枕流”。王曰：“流可枕、石可漱乎？”孙曰：“所以枕流，欲洗其耳；所以漱石，欲砺其齿[③]。”

【今　注】

①孙子荆：孙楚。

②王武子：王济。　枕石漱流：以石块为枕头，以流水漱

口。指隐居山林。

③砺：磨。

【今　译】

孙楚年轻时想隐居，对王济说“应当去头枕石块口漱流水”，但口误说成“口漱石块头枕流水”。王济说：“流水可以枕头、石头可以漱口吗？”孙楚说：“头枕流水，是想洗耳朵；用石头漱口，是想磨砺牙齿。”

【解　义】

王济对孙楚相当推重，他故意抓住孙楚的口误不放，是为了逗乐。孙楚的反应则很敏捷，巧妙地自圆其说，据刘孝标注引《逸士传》记载，尧想将天下禅让给许由，许由的友人巢父责备他不该接受，许由于是跑到清泠水边洗耳，说：“之前听到了贪言，有负我的好友。”

七

头责秦子羽云[①]：“子曾不如太原温颙[②]、颍川荀寓[③]、范阳张华[④]、士卿刘许[⑤]、义阳邹湛[⑥]、河南郑诩[⑦]。此数子者，或謇吃无宫商[⑧]，或尫陋希言语[⑨]，或淹伊多姿态[⑩]，或讙哗少智谞[⑪]，或口如含胶饴[⑫]，或头如巾齑杵[⑬]。而犹以文采可观，意思详序[⑭]，攀龙附凤[⑮]，并登天府[⑯]”

【今　注】

①秦子羽：身世不详。大约为虚构的人物，以抒其怀才不遇的郁闷。

②曾：竟。　温颙（yóng）：字长仁，晋太原（今山西太原）人。

③荀寓（生卒不详）：字景伯，颖川颖阳（今河南许昌）

人，荀彧之孙，官至太常。

④范阳：范阳郡，约在今保定以北、北京以南一带。

⑤士卿：官名，掌管皇族事务。　刘许（生卒不详）：字文生，河北涿县人。

⑥义阳：郡名，治所在新野（今河南新野南）。　邹湛（生卒不详）：字润甫，官至侍中。

⑦河南：郡名，治所在今洛阳。　郑诩（生卒不详）：字思渊，荥阳开封（今河南开封）人，官卫尉卿。

⑧謇（jiǎn）吃：口吃。　无宫商：指五音不全，没有乐感。

⑨尪（wāng）陋：瘦弱丑陋。　希：稀少。

⑩淹伊：扭捏，装腔作势的样子。

⑪讙哗：喧哗。　智谞（xǔ）：智慧。

⑫胶饴：黏性的糖浆。

⑬齑（jī）：捣碎的菜末。　杵（chǔ）：木槌子。

⑭详序：周密而有条理。

⑮攀龙附凤：攀附权贵。

⑯天府：指朝廷。

【今　译】

秦子羽的头脑责备秦子羽道：“你竟然比不上太原人温颙、颍川人荀寓、范阳人张华、士卿人刘许、义阳人邹湛、河南人郑诩。这几个人，有的口吃说不出像样的话；有的瘦弱丑陋，寡言少语；有的扭扭捏捏，故作姿态；有的吵吵闹闹，笨头笨脑；有的嘴里如含着糖浆，嘟嘟囔囔；有的脑袋就像用手巾包起来的齑杵。但是他们还是因为文才可观，思路周密又有条理，善于攀附权贵，所以都登上了朝廷的高位。”

【解　义】

本文系节录西晋张敏所作《头责子羽》一文，刘孝标注引录了全文。这是一篇讽刺性文章，借秦子羽的头脑来责备秦子羽，为什么安处陋巷而不思求取功名利禄，用反讽的手法表达了对攀龙附凤者的不屑。此类文章在西晋时期颇为盛行，今存者有左思《白发赋》、陆云《牛责季友》。其行文手法则取鉴自东方朔《答客难》、扬雄《解嘲》。据洪迈《容斋随笔·五笔》卷四所述，张敏是太原人，历官平南参军、太子舍人、济北长史。

八

王浑与妇钟氏共坐①，见武子从庭过②，浑欣然谓妇曰："生儿如此，足慰人意。"妇笑曰："若使新妇得配参军③，生儿故可不啻如此④。"

【今　注】

①王浑：王济之父。

②武子：王济，字武子。

③新妇：已婚女子自称。　参军：王伦（生卒不详），字太冲，王浑之弟。贵老庄之学，著有《老子例略》《周纪》。早逝，年仅二十五岁。曾任大将军参军，故称。

④不啻：不止。

【今　译】

王浑与妻子钟氏一起坐着时，看见儿子王济从庭院中走过。王浑欣喜地对妻子说："生这样的儿子，足以令人宽慰了。"妻子笑道："如果我能许配给你弟弟，那么生下的儿子就不止如此了。"

【解　义】

叔嫂关系非常敏感，但钟氏却毫不避讳，拿小叔子来开玩笑，说明魏晋士人颇具幽默的情调。

九

荀鸣鹤、陆士龙二人未相识[①]，俱会张茂先坐[②]。张令共语，以其并有大才，可勿作常语。陆举手曰："云间陆士龙[③]。"荀答曰："日下荀鸣鹤[④]。"陆曰："既开青云睹白雉[⑤]，何不张尔弓，布尔矢[⑥]？"荀答曰："本谓云龙骙骙[⑦]，定是山鹿野麋[⑧]。兽弱弩强，是以发迟。"张乃抚掌大笑[⑨]。

【今　注】

①荀鸣鹤：荀隐（生卒不详），字鸣鹤，颍川（治所在今河南禹州）人。历官太子舍人、司徒掾。早逝。　陆士龙：陆云，字士龙。

②张茂先：张华，字茂先。

③云间：古华亭（一说今上海松江，一说在今江苏苏州）的别称。

④日下：指京都及其附近地区。古代以日喻帝王，故京城及附近地区称"日下"。荀隐为颍川人，靠近京城洛阳，所以以此自称。

⑤白雉（zhì）：白色的野鸡。雉，野鸡。

⑥布：搭。

⑦云龙：云间之龙。　骙骙（kuí）：强壮的样子。

⑧定：竟然，却，表示意外。　山鹿野麋（mí）：山野里的鹿和麋。麋，即麋鹿，俗称"四不像"。

⑨抚掌：拍手。

【今　译】

荀隐、陆云两人互不相识，他们在张华的坐席上会面。张华让他们交谈，因为他们都有出众的才华，便让他们不要说平常的话。陆云举手说："我是云间陆士龙。"荀隐答道："我是日下荀鸣鹤。”陆云说：“既然青云已经散开看到了白色的野鸡，为什么不拉开你的弓，搭上你的箭？”荀隐答道：“本以为云间之龙很强壮，原来却是山鹿野麋。野兽弱弓弩强，所以才不急着放箭。”张华听后拍手大笑。

【解　义】

鹿和麋在山野中很常见，荀隐所以借“山鹿野麋”来讽刺陆云的才能很普通。据刘孝标注引《荀氏家传》记载，荀隐与陆云在张华家中谈论时，两人互相反覆，陆云连连受挫，而荀隐则是辞藻华丽，受到张华的称赞。

十

陆太尉诣王丞相①，王公食以酪②。陆还，遂病。明日，与王笺云③：“昨食酪小过④，通夜委顿⑤。民虽吴人，几为伧鬼⑥。”

【今　注】

①陆太尉：陆玩，死后追赠太尉，故称。　王丞相：王导。

②酪（lào）：乳酪。

③笺（jiān）：下级给上级的书信。

④小过：稍微有点过分。

⑤通夜：整夜。　委顿：狼狈。

⑥伧（cāng）：当时南方人对北方人的蔑称。

【今　译】

陆玩去拜访王导，王导给他吃奶酪。陆玩回家后，就生病了。第二天，他给王导写信说：“昨天奶酪稍稍吃多了点，整夜狼狈不堪。小民虽是吴地之人，却差点做了北方之鬼。”

【解　义】

乳酪是北方特产，南方人在没有适应之前就大量食用，或许会引起肠胃不适，陆玩“通夜委顿”就属于这种情况。所谓“几为伧鬼”则是玩笑，并非对王导不敬。

十一

元帝皇子生[①]，普赐群臣。殷洪乔谢曰[②]：“皇子诞育，普天同庆。臣无勋焉，而猥颁厚赉[③]。”中宗笑曰[④]：“此事岂可使卿有勋邪？”

【今　注】

①元帝：晋元帝司马睿。　皇子：简文帝司马昱。元帝有六子，只有司马昱生于元帝即位后。

②殷洪乔：殷羡。

③猥（wěi）：谦词。　厚赉（lài）：优厚的赏赐。

④中宗：元帝司马睿的庙号。

【今　译】

晋元帝的皇子出生后，遍赏群臣。殷羡谢恩道：“皇子诞生，普天同庆。臣子没有什么功劳，却承蒙皇上颁发优厚的赏赐。”元帝笑道：“这件事难道可以让你有功劳吗？”

【解　义】

晋元帝在天下大乱的情况被拥立为帝，还没有建立起绝对的权威，所以他对朝臣们一直采取笼络的态度，君臣之间的关系也显得较为缓和，晋元帝甚至会和朝臣开玩笑，这在专制年代里是较为少见的。因此，东晋初期的政治也显得较为开明，而这也是当时出现“中兴”的原因。

十二

诸葛令、王丞相共争姓族先后[①]，王曰：“何不言葛、王，而云王、葛？”令曰：“譬言驴马，不言马驴，驴宁胜马邪②？”

【今　注】

①诸葛令：诸葛恢，官至尚书令，故称。　王丞相：王导。　姓族先后：姓氏家族的先后。先后，指次序排名。

②宁（nìng）：难道。

【今　译】

诸葛恢与王导在一起争论姓氏家族的排序先后，王导说：“为什么不说葛、王，却说王、葛？”诸葛恢说：“譬如说驴马，不说马驴，驴难道胜过马吗？”

【解　义】

诸葛恢与王导之间的争论带有玩笑逗乐的性质。其实，“王葛”或“驴马”的先后顺序是由语音语调所决定，平声居先而仄声居后。

十三

刘真长始见王丞相①，时盛暑之月，丞相以腹熨弹棋局②，曰：“何乃渹③？”刘既出，人问：“见王公云何？”刘曰：“未见他异，唯闻作吴语耳。”

【今　注】

①刘真长：刘惔。　王丞相：王导。

②熨（yùn）：指紧贴。　弹棋局：指弹棋盘。弹棋：一种二人对局的弹棋游戏。

③渹（qìng）：凉，吴地方言。

【今　译】

刘惔初次见到王导时，当时正是盛暑时节，王导把肚子贴在弹棋盘上，说："怎么这样凉爽啊？"刘惔出来后，有人问他："见到王丞相感觉怎么样？"刘惔说："没有见他有什么不同之处，只听到他在讲吴语。"

【解　义】

据刘孝标注引《语林》记载，文字略有不同，刘惔对王导的评价是："丞相何奇？止能作吴语及细唾也。"语气中带有轻视之意。这恐怕出自里巷传言，所以不见于史传。据《晋书·刘惔列传》记载，刘惔早年安处陋巷，惟有王导对他深为器重，刘惔显然不至于对王导口出不逊。不过，本文从一个侧面反映出，东晋时期北方士族努力尝试着融入南方生活，他们不仅需要适应南方的气候、水土、饮食习惯等，还需要学习方言。

十四

王公与朝士共饮酒①，举琉璃碗谓伯仁曰②："此碗腹殊空，谓之宝器，何邪？"答曰："此碗英英③，诚为清彻④，所以为宝耳。"

【今　注】

①王公：王导。　朝士：指朝廷官员。

②伯仁：周顗。

③英英：透明的样子，指晶莹剔透。

④清彻：纯净透明。

【今　译】

王导和朝中官员一起喝酒时，举起琉璃碗对周顗说："这碗中间空空如也，却称它是宝器，是为什么？"周顗回答道："这只碗晶莹剔透，的确是纯净透明，这就是它成为宝器的原因。"

【解 义】

刘孝标注认为王导之语意在调侃周顗无能。据《晋书·周顗列传》记载，周顗年少时就有盛名，人们和他亲近时虽然有所不敬，但都不能轻慢到他。所谓“此碗英英，诚为清彻”，即可见周顗之才气。

十五

谢幼舆谓周侯曰[①]：“卿类社树[②]，远望之，峨峨拂青天[③]；就而视之[④]，其根则群狐所托，下聚溷而已[⑤]。”答曰：“枝条拂青天，不以为高；群狐乱其下，不以为浊。聚溷之秽[⑥]，卿之所保[⑦]，何足自称[⑧]？”

【今 注】

①谢幼舆：谢鲲。 周侯：周顗，袭父爵武城侯，故称。

②社树：社庙的树。古代立社时种树作为标志。

③峨峨：高高的样子。

④就：靠近。

⑤溷（hùn）：指粪污。

⑥秽：污秽，肮脏。

⑦保：保有，保持。

⑧称：称颂，称赞。

【今 译】

谢鲲对周顗说：“你就像社庙里的树，远远望去，高耸的样子仿佛碰到了天；但靠近看时，树根中却是群狐寄居之所，下面不过聚集粪垢罢了。”周顗回答说：“树枝触到青天，不见得就是高；群狐在下面捣乱，也不见得就是污浊。聚集污秽之物，是你所保有的，有什么值得自我宣扬的？”

【解 义】

刘孝标注认为谢鲲之语指周顗“好媟渎”，意即为人不庄重。据《晋书·周顗列传》记载，周顗原本在海内有盛名，但南渡后因为嗜酒而受人非议。他在酒醉之后忤逆晋元帝，差一点被杀。此后又因大醉失仪，受到有司弹劾。

十六

王长豫幼便和令[①]，丞相爱恣甚笃[②]。每共围棋，丞相欲举行[③]，长豫按指不听[④]。丞相笑曰："讵得尔[⑤]？相与似有瓜葛[⑥]。"

【今　注】

①王长豫：王悦，字长豫，王导长子。　和令：温和乖巧。

②丞相：王导。　爱恣：宠爱放指情义深厚。

③举行：此指悔棋。

④不听：不许，不让。

⑤讵：难道，岂。　尔：如此。

⑥相与：指彼此，共同。　瓜葛：指远亲。

【今　译】

王悦小时就很温和乖巧，王导非常宠爱放纵他。常常一起下围棋，王导要悔棋时，王悦就按着他的手指不让动。王导笑着说："怎么能这样？我们彼此之间似乎还有点远亲关系呢。"

【解　义】

根据刘孝标注引蔡邕的说法，瓜葛指远亲。父子关系用瓜葛比喻，当然是一句玩笑话。

十七

明帝问周伯仁[①]："真长何如人[②]？"答曰："故是千

斤犗特[3]。”王公笑其言[4]。伯仁曰：“不如卷角牸[5]，有盘辟之好[6]。”

【今　注】

①明帝：晋明帝司马绍。　周伯仁：周顗。

②真长：刘惔。

③故：确实。　千斤犗（jiè）特：有千斤之力的阉公牛。犗特，阉割过的公牛。

④王公：王导。

⑤卷角牸（zì）：卷角的母牛。卷角，牛老则角会卷曲。牸，母牛。

⑥盘辟：盘旋进退。

【今　译】

晋明帝问周顗：“刘惔是怎么样的人？”周顗答道：“他是有千斤之力的阉公牛。”王导讥笑他说的话。周顗说：“但不如卷角的老母牛，具有盘旋进退的好处。”

【解　义】

公牛去势有利于育肥，其性情也会变得温驯，不仅易于饲养，而且劳作效率也会大为提高。因此，“千斤犗特”并非贬义，而是指刘惔性格柔和但却词锋强劲。王导“笑其言”，是觉得周顗的比喻不伦不类。周顗所谓“不如卷角牸”，则是借机调侃王导老年昏聩，就像年老的母牛一样，因为体弱而性格温顺，所以能听从使唤。

十八

王丞相枕周伯仁膝[1]，指其腹曰：“卿此中何所有？”答曰：“此中空洞无物，然容卿辈数百人。”

【今　注】

①王丞相：王导。　周伯仁：周顗。

【今　译】

王导头枕在周顗的膝上，指着他的肚子说："你这里面有什么东西？"周顗答道："这里面空空荡荡的没有东西，但能容得下几百个你这样的人。"

【解　义】

本文所载与本篇第十四则类似，可能是同一故事的不同版本。据《晋书·周顗列传》记载，周顗性格宽厚，所谓"容卿辈数百人"，说明周顗自己也以有容人之量而自负。

十九

干宝向刘真长叙其《搜神记》[①]，刘曰："卿可谓鬼之董狐[②]。"

【今　注】

①干宝（？—351）：字令升，新蔡（今河南新蔡）人。晋元帝时任佐著作郎，领修国史。历官司徒右长史、散骑常侍。著有《搜神记》《周易注》《周官礼注》《晋纪》《春秋序论》《百志诗》等。　刘真长：刘惔。　《搜神记》：又名《搜神录》《搜神异记》《搜神传记》，博采古代传说与鬼神故事，为魏晋志怪小说的代表作。原为三十卷，后有散逸，今传二十卷本为明代学者胡应麟辑录。

②董狐：春秋时晋史官，敢于直书，孔子称其为良史。

【今　译】

干宝向刘惔叙述他写的《搜神记》，刘惔说："你可称得上是鬼中的董狐。"

【解　义】

干宝《搜神记》记载神怪灵异故事，意在证明神道并非诬妄之谈，所以刘惔称之为“鬼之董狐”，意带调侃。

二十

许文思往顾和许[①]，顾先在帐中眠，许至，便径就床角枕共语[②]。既而唤顾共行，顾乃命左右取枕上新衣[③]，易己体上所著。许笑曰：“卿乃复有行来衣乎[④]？”

【今　注】

①许文思：许琛。　许：住所。

②角枕：用角骨作装饰的枕头。

③枕：衣架。

④乃复：竟然。　行来衣：出门穿的衣服。行来，指出门。

【今　译】

许琛到顾和住处去，顾和之前在帐子里睡觉，许琛到了之后，就径直上床枕着角枕一起说话。不久又叫顾和一同出去，顾和于是让左右随从拿衣架上的新衣，换下自己身上所穿衣服。许琛笑道：“你竟然有出门穿的衣服吗？”

【解　义】

许琛和顾和关系亲密，所以许琛毫无顾忌地躺在顾和身边说话。古人不仅出门要穿“行来衣”，在家见客也同样需要换上得体的衣服。顾和躺在床上见客，衣着显然不得体，所以许琛予以调侃。

二十一

康僧渊目深而鼻高[①]，王丞相每调之[②]。僧渊曰：“鼻者，面之山；目者，面之渊[③]。山不高则不灵，渊不深则不清。”

【今　注】

①深：凹陷。

②王丞相：王导。　调（tiáo）：调笑，嘲弄。

③渊：深水潭。

【今　译】

康僧渊眼睛深凹鼻梁高耸，王导常常为此嘲笑他。僧渊说：“鼻子就像脸上的山峰，眼睛就像脸上的深潭。山不高就没有灵气，渊不深就不会清亮。”

【解　义】

康僧渊是西域人，属于欧罗巴人种（又称高加索人种）。该人种显著的面部特征就是眼窝深鼻梁高，即所谓“目深而鼻高”。

二十二

何次道往瓦官寺[①]，礼拜甚勤，阮思旷语之曰[②]：“卿志大宇宙，勇迈终古[③]。”何曰：“卿今日何故忽见推[④]？”阮曰：“我图数千户郡[⑤]，尚不能得。卿乃图作佛，不亦大乎？”

【今　注】

①何次道：何充。　瓦官寺：佛寺名，在建康（今南京）西南。

②阮思旷：阮裕，字思旷。

③迈：超越。

④推：推崇。

⑤图：图谋，谋取。　郡：指郡守。

【今　译】

何充到瓦官寺时，顶礼膜拜，很殷勤，阮裕对他说："你的志向大过宇宙，勇气超越古人。"何充说："你今天为什么突然推崇起我来了？"阮裕说："我谋求作个几千户人的郡守，尚且不能得到。而你却想要成佛，志向不是很大吗？"

【解　义】

本文所载亦见史籍，据《晋书·何充列传》记载，何充好佛典，大兴寺院，供养的沙门有数百人之多，耗费无度；亲友中有生活拮据者，他却不予接济，由此引来世人的讥讽。又据《晋书·阮裕列传》记载，阮裕曾屡辞征辟，御史甚至因此上奏问罪，准备将他禁锢终身。因此，阮裕所谓"我图数千户郡，尚不能得"，属于自嘲。

二十三

庾征西大举征胡①，既成行，止镇襄阳②。殷豫章与书③，送一折角如意以调之④。庾答书曰："得所致⑤，虽是败物⑥，犹欲理而用之⑦。"

【今　注】

①庾征西：庾翼，官至征西将军，故称。　征胡：成帝咸康六年（340），庾亮病死，庾翼代镇武昌；康帝建元元年（343），庾翼率军北伐。

②止镇：驻扎。

③殷豫章：殷羡，任豫章太守，故称。

④折角如意：断了一个角的如意。如意，一种象征吉利，可供搔背或赏玩的器物。　调：调笑，戏弄。

⑤所致：所送之物。

⑥败物：指残缺不全之物。

⑦理：修理。

【今　译】

庾翼大举出兵讨伐胡人，出发后，驻扎在襄阳。殷羡写信给他，送了一只缺角的如意来调侃他。庾翼回信说："得到了你送的东西，虽然是残缺不全之物，但我还是想修理好了使用它。"

【解　义】

庾翼进军北伐，殷羡送去一只缺角如意嘲讽他，喻指其出兵好比缺角如意，不会成功。而庾翼则予以反讽，所谓"虽是败物，犹欲理而用之"，也语带调侃。

二十四

桓大司马乘雪欲猎[①]，先过王、刘诸人许[②]。真长见其装束单急[③]，问："老贼欲持此何作[④]？"桓曰："我若不为此，卿辈亦那得坐谈[⑤]？"

【今　注】

①桓大司马：桓温。

②过：探望。　王、刘：王濛、刘惔。　许：住所。

③真长：刘惔。　装束：衣着。　单急：服装轻便紧身，指戎装。

④老贼：老家伙，老东西，戏谑语。作：做，干。

⑤那得：怎么。　坐谈：清谈，指坐而论道。

【今　译】

桓温乘着下雪天想去打猎，路上先经过王濛、刘惔等人的所在。刘惔看他身着戎装，就问："老家伙穿成这样去干什么？"桓温说："我如果不穿成这样，你们怎么能坐而论道呢？"

【解　义】

本文与本书《政事》第十八则所载情节极为类似。两者相较，本文似乎出自后人之误衍。桓温在出镇荆州前还没有树立起绝对的威望，所以当时恐怕还不至于说出“我若不为此，卿辈亦那得坐谈”的话。而何充则身居执政之位，他所谓“我不看此，卿等何以得存？”（本书《政事》第十八则），与其身份相符。因此，本文或许是因为口耳相传的缘故，以致后人将何充误为桓温。

二十五

褚季野问孙盛①：“卿国史何当成②？”孙云：“久应竟③。在公无暇，故至今日。”褚曰：“古人述而不作④，何必在蚕室中⑤？”

【今　注】

①褚季野：褚裒，字季野。

②国史：指孙盛所撰之《晋阳秋》。　何：何时。

③竟：完成。

④述而不作：语出《论语·述而》，原文曰：“子曰：‘述而不作，信而好古，窃比于我老彭。’”孔子意谓自己只传述前人的话而不创作新义。述，陈述，述说；作，创作。

⑤蚕室：古代施行宫刑的处所。受刑者因失血而惧寒，需要在生火的房间里休养，如同冬季养蚕的温室一样，故称蚕室。

【今　译】

褚裒问孙盛：“你的国史什么时候能完成？”孙盛说：“早就应该完成了。只是忙于公务没有空暇时间，所以拖延到现在。”

诸裒说："古人只陈述前人的话而不创作新义，你何必把自己关在蚕室中呢？"

【解 义】

孔子所谓"述而不作"是谦逊之语，强调自己的学说传承自往圣先贤。其实，孔子围绕仁义的理念，构建起了完整的理论体系，这就是创作，因此他能够超越前人，成为集大成者。司马迁因李陵之祸而惨遭宫刑，但他发愤著史，述往事思来者，留下了不朽的名著。褚裒所谓"何必在蚕室中"是戏谑之语，并无嘲讽或贬低司马迁之意。

二十六

谢公在东山[①]，朝命屡降而不动[②]。后出为桓宣武司马[③]，将发新亭[④]，朝士咸出瞻送[⑤]。高灵时为中丞[⑥]，亦往相祖[⑦]，先时多少饮酒[⑧]，因倚如醉[⑨]，戏曰[⑩]："卿屡违朝旨，高卧东山[⑪]，诸人每相与言[⑫]：'安石不肯出[⑬]，将如苍生何[⑭]？'今亦苍生将如卿何？"谢笑而不答。

【今 注】

①谢公：谢安。 东山：在今浙江上虞西南，谢安隐居于此二十多年。

②朝命：指朝廷征辟的诏令。

③桓宣武：桓温。 司马：将军幕府的属官。

④发：出发。 新亭：在今南京南郊。因地处交通要道，东晋士人常在此宴饮送别。

⑤瞻送：看望送别。

⑥高灵：高崧，小字阿灵，故称。 中丞：御史中丞。

⑦祖：送行，饯行。

⑧多少：略微。

⑨倚：凭借。

⑩戏：嘲弄，开玩笑。

⑪高卧东山：指隐居东山。

⑫相与：互相。

⑬安石：谢安。

⑭苍生：指天下人。

【今　译】

谢安隐居在东山，朝廷屡次降旨征召却不为所动。后来他出任桓温的司马，将要从新亭出发，朝中士人都来看望送行。高崧当时担任御史中丞，也前去饯行，他起先稍微喝了点酒，于是假装喝醉的样子，开玩笑说："你屡次违背朝廷旨意，隐居东山，大家常常一起议论说：'谢安不肯出山，将如何对待天下人呢？'现在天下人又将怎么对待你呢？"谢安笑着没回答。

【解　义】

所谓"将发新亭"，指谢安出山后途经建康，所以朝中士人为其饯行。本文所载亦见《晋书·谢安列传》，文末"谢笑而不答"作"安甚有愧色"，史官意指谢安对自己一直隐居不出感到愧疚。

二十七

初，谢安在东山居布衣时①，兄弟已有富贵者②，翕集家门③，倾动人物④。刘夫人戏谓安曰⑤："大丈夫不当如此乎？"谢乃捉鼻曰⑥："但恐不免耳⑦。"

【今　注】

①布衣：平民。

②兄弟：指谢尚、谢奕、谢万。

③翕（xì）集：齐集，聚集。

④倾动人物：令人倾倒而动心。

⑤刘夫人：谢安妻为刘惔之妹，故称。

⑥捉鼻：捏着鼻子，表示轻蔑意。

⑦但恐不免耳：只怕免不了要像兄弟们那样啊。

【今　译】

当初，谢安在东山隐居做平民时，兄弟中已有富贵之人，家族兴旺，令人倾倒动心。刘夫人对谢安开玩笑说："大丈夫不应当这样吗？"谢安于是捏着鼻子说："只怕是免不了那样。"

【解　义】

据《晋书·谢安列传》记载，谢安在谢万被废黜后才有意出仕。因此，谢安捏（摸）鼻子的举动，表明他所谓"但恐不免耳"是言不由衷，只是出于无奈而附和。

二十八

支道林因人就深公买印山①，深公答曰："未闻巢、由买山而隐②。"

【今　注】

①因：托，通过。　就：向。　深公：竺潜，字法深。印山：应为岇（àng）山之误。岇山，在会稽剡县（今浙江嵊县）。

②巢、由：巢父、许由。

【今　译】

支道林托人向法深买岇山，法深回答道："没有听说过巢父、许由是买山而隐居的。"

【解　义】

据刘孝标注引《高逸沙门传》记载，支道林听到法深的答复后感到惭愧。这一记载恐怕有误。支道林之所以托人向法深买山，是因为岇山为法深所有，如果法深意在嘲讽支道林，那无疑也是在讽刺自己。据《高僧传·竺潜传》记载，法深回答支道林的原话是“欲来辄给，岂闻巢、由买山而隐遁”，意即你想来我就给你，没听说隐居还需要买山的。所以，法深所说只是戏谑之言。据本书《言语》第七十六则记载，支道林住在剡县东面的岇山。可见，法深并没有拒绝支道林的请求，所以其语气不可能含有讽刺的意味。

二十九

王、刘每不重蔡公①。二人尝诣蔡，语良久，乃问蔡曰：“公自言何如夷甫②？”答曰：“身不如夷甫③。”王、刘相目而笑，曰④：“公何处不如？”答曰：“夷甫无君辈客。”

【今　注】

①王、刘：王濛、刘惔。　蔡公：蔡谟。

②夷甫：王衍，字夷甫。

③身：我，第一人称代词。

④相目：互相对视。

【今　译】

王濛、刘惔常常不尊重蔡谟。他们二人曾经拜访蔡谟，谈了很久，他们就问蔡谟说：“您自己说比王衍怎么样？”蔡谟答道：“我不如王衍。”王濛、刘惔互相对视而笑，问：“您什么地方不如他？”蔡谟答道：“王衍没有你们这班客人。”

【解　义】

魏晋名士根本就不会与自己所鄙视的人物交往，王濛和刘惔既然不尊重蔡谟，怎么可能跑去拜访，而且还“语良久”呢？本文列入“排调”，说明他们之间的对话至少在编者看来纯属玩笑。因此，所谓“每不重蔡公”之语，很可能是后人因误解文义而擅自加入。

三十

张吴兴年八岁①，亏齿②，先达知其不常③，故戏之曰：“君口中何为开狗窦④？”张应声答曰：“正使君辈从此中出入。”

【今　注】

①张吴兴：张玄之，曾任吴兴太守，故称。

②亏：缺。

③先达：前辈有声望有才能的贤者。　不常：不寻常，不一般。

④狗窦：狗洞。

【今　译】

张玄之八岁时，缺了门牙，前辈贤达知道他不同寻常，故意跟他开玩笑说：“你口中为什么开了狗洞？”张玄之随声回答道：“正是为了让你们这些人从这里进出。”

【解　义】

所谓“亏齿”，应指换牙时乳牙脱落。

三十一

郝隆七月七日出日中仰卧①，人问其故，答曰：“我晒书。”

【今　注】

①郝隆（生卒不详）：字佐活，汲郡（今河南汲县西南）人，官至征西将军。　七月七日：魏晋时，习俗以七月

七日晒经书及衣物。

【今　译】

郝隆在七月七日这天出来在太阳下仰卧着，有人问他在做什么，他答着："我在晒书。"

【解　义】

农历七月七日有各种传统习俗，其中就包括晒书晒衣。古人认为知识存于腹中，所以郝隆或许只是躺着晒太阳，却戏称是在晒书。

三十二

谢公始有东山之志①，后严命屡臻②，势不获已③，始就桓公司马④。于时人有饷桓公药草⑤，中有远志⑥。公取以问谢："此药又名小草，何一物而有二称？"谢未即答。时郝隆在坐，应声答曰："此甚易解。处则为远志⑦，出则为小草⑧。"谢甚有愧色。桓公目谢而笑曰："郝参军此过乃不恶⑨，亦极有会⑩。

【今　注】

①谢公：谢安。　东山之志：指隐居的志向。

②严命：严厉的命令，指朝廷征召的命令。　臻：至，到达。

③不获已：不得已。

④始：才。　就：就任。　桓公：桓温。

⑤饷：赠送。

⑥远志：草药名。

⑦处：指隐居不仕。

⑧出：指隐居者出仕。

⑨此过：当作"此通"（据《太平御览》卷九十九八）。通，阐释。

⑩会：意味。

【今　译】

谢安起初有隐居不仕的志向，后来朝廷屡次下诏，情不得已，才就任桓温的司马。当时有人送草药给桓温，其中有一味远志。桓温拿出来问谢安："这药又叫小草，为什么一样东西有两种称呼？"谢安没有立即回答。当时郝隆在座，随声回答道："这很容易解释。隐处就是远志，出来了就是小草。"谢安颇有惭愧神色。桓温看着谢安笑道："郝参军如此解释的确不坏，也极有意味。"

【解　义】

谢安出山系众望所归，所以郝隆不太可能会借机予以嘲讽。本文所载未见《晋书·谢安列传》收录，说明史官认为不可信。

三十三

庾园客诣孙监①，值行②，见齐庄在外③，尚幼，而有神意④。庾试之曰："孙安国何在⑤？"即答曰："庾稚恭家⑥。"庾大笑，曰："诸孙大盛，有儿如此。"又答曰："未若诸庾之翼翼⑦。"还，语人曰："我故胜⑧，得重唤奴父名。"

【今　注】

①庾园客：庾爰之（生卒不详），小字园客，庾翼之子。永和初代父任荆州刺史，不久为桓温废黜，被流放至豫章。　孙监：孙盛，官秘书监，故称。

②值：遇到。　行：出行，外出。

③齐庄：孙放，字齐庄，孙盛之子。

④神意：指神采奕奕。

⑤孙安国：孙盛，字安国。

⑥庾稚恭：庾翼，字稚恭。

⑦翼翼：繁荣兴旺的样子。

⑧故：确实，肯定。

【今　译】

庾爰之去拜访孙盛，正值他外出，见到孙放在家门外，年纪还小，但是神采奕奕。庾爰之试探他说："孙安国在哪里?"孙放立即回答说："在庾稚恭家。"庾爰之大笑，道："孙氏家族兴盛，有这么好的儿子。"孙放又回答说："比不上庾氏家族兴旺。"回到家里，孙放对人说："我肯定赢了，能两次叫了那家伙的父名。"

【解　义】

直呼对方父亲之名字，是极不礼貌的行为，庾爰之是故意去试探孙放的机敏程度。孙放虽然年幼，但却立刻以牙还牙，所以庾爰之大笑起来。而孙放又不失时机地用"诸庾之翼翼"去犯庾翼的名讳，所以他自认为赢了对方。

三十四

范玄平在简文坐①，谈欲屈②，引王长史曰③："卿助我。"王曰："此非拔山力所能助④。"

【今　注】

①范玄平：范汪（308—372），字玄平，南阳顺阳（今河南淅川）人。官至安北将军、徐兖二州刺史。　简文：简文帝司马昱。

②谈：指清淡。　屈：指理亏。

③引：拉。　王长史：王濛。

④拔山力：典出《史记·项羽本纪》，项羽被汉军困于垓下时，夜起饮酒，歌曰："力拔山兮气盖世，时不利兮

雅不逝。”

【今　译】

范汪在简文帝那里作客，清谈时即将理屈词穷，于是拉着王濛说："你帮帮我！"王濛说："这不是靠蛮力所能帮助的。"

【解　义】

据《晋书·范汪列传》记载，范汪博学多通，善谈名理。但简文帝也是清谈名家，所以范汪在他面前有点招架不住。

三十五

郝隆为桓公南蛮参军[①]。三月三日会[②]，作诗，不能者罚酒三升。隆初以不能受罚，既饮，揽笔便作一句云："娵隅跃清池[③]。"桓问："娵隅是何物？"答曰："蛮名鱼为娵隅。"桓公曰："作诗何以作蛮语？"隆曰："千里投公，始得蛮府参军，那得不作蛮语也？"

【今　注】

①桓公：桓温。　南蛮参军：南蛮校尉属下参军。桓温任荆州刺史时兼领南蛮校尉。

②三月三日：上巳节，官民皆于东流之水上洗濯，除宿垢，同时聚会游乐。

③娵（jū）隅：鱼，古代西南少数民族语。

【今　译】

郝隆担任桓温南蛮校尉的参军。三月三日上巳节聚会时，大家都要作诗，不能作诗的要罚酒三升。郝隆起初因不能写而受罚，饮了酒后，拿起笔来就写了一句："娵隅跃清池。"桓温问："娵隅是什么东西？"郝隆回答道："南蛮人叫鱼为娵隅。"桓温说："作诗为什么用蛮语？"郝隆说："千里迢迢来投奔您，才做了蛮府参军，怎么能不说南蛮语呢？"

【解 义】

郝隆或许对南蛮参军一职感到不满，才故意借题发挥。

三十六

袁羊尝诣刘恢[1]，恢在内眠未起。袁因作诗调之，曰[2]："角枕粲文茵，锦衾烂长筵[3]。"刘尚晋明帝女[4]，主见诗[5]，不平曰："袁羊，古之遗狂[6]。"

【今 注】

①袁羊：袁乔，小字羊。 刘恢：刘惔，"恢"字误。

②调：调笑、戏弄。

③角枕粲文茵，锦衾烂长筵：语出《诗经·唐风·葛生》，原诗曰："角枕粲兮，锦衾烂兮。予美亡此，谁与独旦？"意谓角席依然鲜艳，锦被还很灿烂，只是我的爱人已经亡故，谁来陪我到天明？系女子思夫、睹物怀人之作。角枕，用角骨装饰的枕头。文茵，有花纹的褥垫。锦衾，锦被。烂，灿烂。长筵，铺在床上的长竹席。

④尚：指娶公主为妻。

⑤主：指晋明帝女庐陵公主司马南弟。

⑥遗狂：遗留下来的狂徒。

【今 译】

袁羊曾经去拜访刘惔，刘惔在内室睡觉还未起床。袁羊因此作诗调侃他，说："角枕粲文茵，锦衾烂长筵。"刘惔娶晋明帝之女为妻，公主看到诗后，很不满地说："袁羊就是古代遗留下来的狂人！"

【解 义】

袁羊引用《诗经》中的诗句，意在调侃刘惔沉迷女色，所以庐陵公主斥之为狂徒。

三十七

殷洪远答孙兴公诗云①："聊复放一曲②。"刘真长笑其语拙③，问曰："君欲云那放④？"殷曰："榼腊亦放⑤，何必其鎗铃邪⑥？"

【今　注】

①殷洪远：殷融，字洪远。　孙兴公：孙绰。

②聊复：姑且。　放：作，发，指放歌。

③刘真长：刘惔。　拙：拙劣，浅陋。

④那：怎么。

⑤榼（tà）腊：榼腊鼓，是一种手鼓，喻指俗曲。

⑥鎗（qiāng）铃：金石之音，喻指雅乐。

【今　译】

殷融赠答孙绰的诗说："聊复放一曲（姑且放歌一曲）。"刘惔笑他的诗句拙劣，问道："你想要怎么放歌？"殷融说："击鼓也可以放歌，何必金石之音呢？"

【解　义】

所谓"聊复放一曲"，是以口语入诗，所以刘惔嘲笑殷融的诗句浅陋。两晋时期盛行雕章绘句，无论是诗歌还是散文，皆以工丽为主，至南朝齐梁年间更是趋于浮艳。本文所载为文学史提供了一则珍贵的史料，说明在文风靡丽的年代里，也有像殷融这样的文人在进行不同的创作尝试。所谓"榼腊亦放，何必其鎗铃"，可以视之为殷融对文学创作的独特理解。

三十八

桓公既废海西①，立简文②。侍中谢公见桓公拜③，桓惊笑曰："安石，卿何事至尔？"谢曰："未有君拜于前，臣立于后。"

【今　注】

①桓公：桓温。　海西：海西公司马奕。

②简文：简文帝司马昱。

③侍中：侍从皇帝左右的近臣。　谢公：谢安。

【今　译】

桓温废黜海西公后，拥立简文帝。侍中谢安见到桓温行跪拜礼，桓温吃惊地笑道："安石，你什么事竟至于这样？"谢安说："没有君主下拜在前，而臣子还站在后面的道理。"

【解　义】

本文所载亦见《晋书·桓温列传》记载，据史官的解释，谢安之所以拜桓温，是因为桓温拥立简文帝后，大肆铲除异己，杀庾倩、殷涓、曹秀等人，威势极盛。不过，所谓"君拜于前"恐怕是夸大之词，桓温再嚣张也不至于让简文帝来拜自己，否则他对谢安的下拜也不至于感到吃惊了。

三十九

郗重熙与谢公书道[①]："王敬仁闻一年少怀问鼎[②]，不知桓公德衰[③]？为复后生可畏[④]？"

【今　注】

①郗重熙：郗昙，字重熙。　谢公：谢安。

②王敬仁：王修，字敬仁。　怀：怀藏。　问鼎：指图谋篡位的野心。九鼎为传国之宝器，故称。

③桓公：指桓温。　德衰：道德衰败。

④为复：还是。

【今　译】

郗昙给谢安写信说："王修听说有一位年轻人怀有图谋篡逆的野心，不知道是齐桓公道德衰败了呢，还是后生可畏呢？"

【解　义】

据《史记·楚世家》记载，楚庄王讨伐陆浑戎，兵临洛邑，周定王派王孙满前去劳军，楚庄王于是问九鼎的大小轻重。后人遂以"问鼎"喻指篡位的野心。楚庄王即位时还很年轻，问鼎中原时是在他即位第八年，所以郗昙信中称为"年少"。齐桓公晚年昏庸失德，所以有"桓公德衰"之说。不过，齐桓公和楚庄王并非同时代人物，郗昙此信是借楚庄王和齐桓公的故事，暗指桓温具有野心。所谓"后生可畏"，语出《论语·子罕》，原文曰："后生可畏，焉知来者之不如今？"郗昙借以提醒谢安予以警惕。

四十

张苍梧是张凭之祖①，尝语凭父曰："我不如汝。"凭父未解所以，苍梧曰："汝有佳儿。"凭时年数岁，敛手曰②："阿翁，讵宜以子戏父③？"

【今　注】

①张苍梧：张镇（生卒不详），字义远，曾任苍梧太守，因讨伐王含有功，封兴道县侯。

②敛手：拱手，表示恭敬。

③阿翁：对祖父的称呼。　讵（jù）：怎么，岂能。　宜：适合，适当。

【今　译】

张镇是张凭的祖父，曾对张凭的父亲说："我不如你。"张凭的父亲没听懂，张镇说："你有个好儿子。"张凭当时只有几岁，拱手说："阿翁，怎么可以用儿子来开父亲的玩笑呢？"

【解　义】

张镇语带双关，既欣慰自己的孙子出色，又不满儿子平庸。

四十一

习凿齿、孙兴公未相识[①]，同在桓公坐。桓语孙："可与习参军共语。"孙云："蠢尔蛮荆，敢与大邦为仇[②]？"习云："薄伐猃狁，至于太原[③]。"

【今　注】

①孙兴公：孙绰。

②蠢尔蛮荆，敢与大邦为仇：语出《诗经·小雅·采芑》，意谓你们这些愚蠢的荆蛮，竟然敢与大国为敌。仇（qiú），匹配。

③薄伐猃狁：语出《诗经·小雅·六月》，原诗曰："薄伐猃狁，以奏肤功。"意谓讨伐猃狁以完成伟大的功业。薄，发语词。猃狁（xiǎnyǔn），古代北方民族。

【今　译】

习凿齿与孙绰互不相识时，一同在桓温那里做客。桓温对孙绰说："你可以和习参军谈谈。"孙绰说："你们蠢笨的荆蛮胆敢与我们大国为敌？"习凿齿说："讨伐猃狁，直达你们的老家太原。"

【解　义】

习凿齿是荆州襄阳人，所以孙绰称之为"蠢尔蛮荆"。孙绰是太原人，所以习凿齿回敬为"猃狁"。两人各借《诗经》以调侃对方，说明他们虽然还未相识，但已经互闻其名，所以知道对方的情况。

四十二

桓豹奴是王丹阳外生①，形似其舅，桓甚讳之。宣武云②："不恒相似，时似耳。恒似是形，时似是神。"恒逾不说。

【今　注】

①桓豹奴：桓嗣（生卒不详），字恭祖，小字豹奴，桓冲之子。官至江州刺史。　王丹阳（生卒不详）：王混，字奉正，王导之孙，王恬之子，官至丹阳尹，故称王丹阳。　外生：外甥。

②宣武：桓温。

【今　译】

桓嗣是王混的外甥，外貌和舅父相似，桓嗣很忌讳这点。桓温说："不是经常相似，有时候相似罢了。经常相似是外貌，有时相似是神态。"桓嗣听了更加不高兴。

【解　义】

桓嗣与桓豁并为桓氏子侄之冠，而桓温有着伟岸的姿容。桓嗣或许因为自己长得和舅舅相似，缺乏桓温那样的神态气质，所以感到郁闷。

四十三

王子猷诣谢万①，林公先在坐②，瞻瞩甚高③。王曰："若林公须发并全，神情当复胜此不？"谢曰："唇齿相须④，不可以偏亡⑤。须发何关于神明⑥？"林公意甚恶⑦，曰"七尺之躯，今日委君二贤⑧。"

【今　注】

①王子猷：王徽之。

②林公：支道林。

③瞻瞩：指目光、神情。

④须：依靠。

⑤偏亡：偏废，缺失。

⑥神明：指人的精神。

⑦意：指心情、情绪。　恶：指精神或情绪不爽。

⑧委：托付、委托。

【今　译】

王徽之去拜访谢万，支道林之前已经在座，神情非常高傲。王徽之说："如果林公胡须和头发都齐全的话，神情应当会胜过现在吗？"谢万说："唇齿相依，不可偏废。但胡须头发和人的精神有什么关系呢？"支道林听了神色很不好，说："堂堂七尺之躯，今天就交给二位贤人去评论了。"

【解　义】

支道林是剃度的出家人，所以王徽之所谓"若林公须发并全"，是在嘲笑支道林的光头。据本书《容止》第三十一则刘孝标注引《语林》记载，阮裕曾说自已想听支道林的话，但厌恶看到他的脸，说明支道林的样貌长得比较丑陋。谢万所谓"唇齿相须，不可以偏亡"，也是在嘲讽支道林只有胡须没有头发。王徽之和谢万对支道林的高傲神情不满，所以一唱一和加以调侃，支道林虽然听着不高兴，但也无可奈何。

四十四

郗司空拜北府[①]，王黄门诣郗门拜，云[②]："应变将略，非其所长[③]。"骤咏之不已[④]。郗仓谓嘉宾曰[⑤]："公今日拜，子猷言语殊不逊[⑥]，深不可容！"嘉宾曰："此是陈寿作诸葛评[⑦]，人以汝家比武侯[⑧]，复何所言！”

【今　注】

①郗司空：郗愔。　拜北府：指太和二年（367）郗愔任平北将军、都督徐兖青幽及扬州之晋陵诸军事、领徐兖二州刺史。拜，授予官职。

②王黄门：王徽之，曾任黄门侍郎，故称。拜：此指祝贺。

③将略：指用兵方略。

④骤：屡次，反复。

⑤郗仓：郗融（生卒不详），字景山，小字仓，郗愔次子。未及出仕，早死。　嘉宾：郗超，小字嘉宾，郗愔长子。

⑥子猷：王徽之。　不逊：不恭。

⑦深：很，甚。　诸葛评：指《三国志·蜀书·诸葛亮传》中的评语。

⑧汝家：你父亲。　武侯：诸葛亮，死谥忠武侯，故称。

【今　译】

郗愔出任北府长官，王徽之到郗家祝贺，对人说：“应变及用兵方略，不是他的长处。”反复说个不停。郗融对郗超说：“父亲今天拜官，王徽之说话很不恭敬，太不能容忍了！”郗超说：“这是陈寿对诸葛亮所作评语，人家把你父亲比为诸葛亮，还有什么可说的！”

【解　义】

王徽之是郗愔的外甥，但他和王献之对郗愔一直不怎么恭敬（见本书《简傲》第十五则），所以他在郗愔荣升之时也会出言不逊。由本文所载可知，王氏兄弟之所以对郗愔不敬，很可能就是因为郗愔才能平庸。所谓“应变将略，非其所长”，是陈寿评诸葛亮之语，原文曰：“然连年动众，未能成功，盖应变将略，非其所长欤！”（《三国志·蜀书·诸葛亮传》）虽说郗融已经怒不可遏，但郗超显然不愿意在父亲拜官之日与姑表兄弟王徽之翻脸，所以他将王徽之的话调侃为褒义。

四十五

王子猷诣谢公[①]，谢曰："云何七言诗[②]？"子猷承问，答曰："昂昂若千里之驹，汎汎若水中之凫[③]。"

【今　注】

①王子猷：王徽之。　谢公：谢安。

②云何：怎么样。

③昂昂若千里之驹，汎汎若水中之凫：语出屈原《卜居》，原句曰："宁昂昂若千里之驹乎，将泛泛若水中之凫。"昂昂，昂首奋发、器宇轩昂的样子。泛泛，浮游不定的样子。　凫（fú），野鸭。

【今　译】

王徽之去拜访谢安，谢安说："什么是七言诗？"王徽之听到问题后，回答道："昂昂若千里之驹，泛泛若水中之凫。"

【解　义】

本文所载是考证七言诗起源问题的珍贵史料。由本文所载可知，七言诗在东晋时期仍属于新鲜事物，所以就连谢安都不是很清楚；而王徽之也未能引用成熟的七言诗句来回答，只能将屈原《卜居》中的诗句化成七言以作说明。刘孝标注引《东方朔传》的记载，认为七言诗起源于汉武帝时。此说不足信，《东方朔传》系晚出之作，其内容并不见《史记·滑稽列传》及《汉书·东方朔传》，所以应出自后人附会。

四十六

王文度、范荣期俱为简文所要[①]，范年大而位小[②]，王年小而位大。将前，更相推在前[③]，既移久[④]，王遂在范后。王因谓曰："簸之扬之，糠秕在前[5]。"范曰："洮之汰之，沙砾在后[6]。"

【今　注】

①王文度：王坦之。　范荣期：范启。　简文：简文帝司马昱。　要：同"邀"。

②位：职位。

③推：推让。

④移久：很久。

⑤簸（bǒ），扬。　糠秕（bǐ），糠皮。

⑥洮（táo）：淘汰。　砾：小石，碎石。

【今　译】

王坦之和范启都受到简文帝的邀请，范启年纪大而官职小，王坦之年纪小而官职大。他们将要往前走时，互相推让请对方走在前面，互相推让了很久，王坦之于是走在范启的后面。王坦之因此说道："簸之扬之，糠秕在前。"范启道："淘之汰之，沙砾在后。"

【解　义】

据《晋书·孙绰列传》记载，这是孙绰与习凿齿之间的对话。其实，无论这是何人之间的对话，都可以反映出魏晋士人具有幽默诙谐的特质。

四十七

刘遵祖少为殷中军所知[1]，称之于庾公[2]。庾公甚忻然[3]，便取为佐[4]。既见，坐之独榻上与语[5]。刘尔日殊不称[6]，庾小失望[7]，遂名之为"羊公鹤[8]"。昔羊叔子有鹤善舞[9]，尝向客称之，客试使驱来，氃氋而不肯舞[10]。故称比之。

【今　注】

①刘遵祖：刘爰之（生卒不详），字遵祖，沛郡（治所在今安徽濉溪西北）人。历官中书郎、宣城太守。　殷中军：殷浩。知：赏识。

②称：荐举。　庾公：庾亮。

③忻然：高兴的样子。

④佐：僚佐。

⑤独榻：单人坐榻。

⑥尔日：这天。　称：相称，符合。

⑦小：稍微。

⑧羊公鹤：羊祜都督荆州诸军事时养鹤，教其舞以娱乐宾客，世称“羊公鹤”。

⑨羊叔子：羊祜，字叔子。

⑩氃氋（tóng méng）：羽毛松散的样子。

【今　译】

刘爰之年轻时得到殷浩的赏识，在庾亮面前举荐他。庾亮很高兴，就任用为僚佐。见面后，庾亮让他坐在独榻上谈话。刘爰之这天的表现与他的名声很不相称，庾亮有些失望，于是把他称作“羊公鹤”。从前羊祜有鹤善于舞蹈，曾向来客夸耀它，来客试着让人把它赶来，这只鹤蓬松着羽毛不肯舞蹈。所以用以比拟刘爰之。

【解　义】

成语“羊公鹤”典出于此，比喻表现失常者。

四十八

魏长齐雅有体量①，而才学非所经②。初宦当出③，虞存嘲之曰：“与卿约法三章④：谈者死⑤，文笔者刑⑥，商略抵罪⑦。”魏怡然而笑⑧，无忤于色⑨。

【今　注】

①魏长齐：魏顗（生卒不详），字长齐，会稽（今浙江绍兴）人，官至山阴令。　雅：很。　体量：度量，气量。

②才学：才能学问。　经：指擅长。

③当：将。

④约法三章：典出《史记·高祖本纪》，谓刘邦进入咸阳后，与父老约法三章，让百姓免于苛政酷法之苦。

⑤谈：指清谈。

⑥文笔：指写文章。

⑦商略：指评论，品评人物。　抵罪：抵偿应负的罪责。

⑧怡然：愉快的样子。

⑨忤：抵触。

【今　译】

魏顗很有气量，但才能学问并非他所擅长。他刚做官将要出任时，虞存嘲笑他说："与你约法三章：清谈的人处死，写文章的人判刑，品评人物的人要抵罪。"魏顗愉快地笑了，没有任何抵触的神色。

【解　义】

因为魏顗的才学有限，所以虞存嘲笑他将来为官肯定会嫉贤妒能。但魏顗确实"雅有体量"，竟对虞存的嘲讽"怡然而笑"。

四十九

郗嘉宾书与袁虎[1]，道戴安道、谢居士云[2]："恒任之风[3]，当有所弘耳[4]。"以袁无恒，故以此激之。

【今　注】

①郗嘉宾：郗超。　袁虎：袁宏，小字袁虎。

②道：评论。　戴安道：戴逵。　谢居士：谢敷，在家信奉佛教，故称居士。

③恒任：指有恒心与负责任。

④弘：发扬，光大，扩充。

【今　译】

郗超写信给袁宏，评论戴逵、谢敷说："有恒心和负责任的作风，才能有所成就。"因为袁虎没有恒心，所以用这样的话来激励他。

【解　义】

郗超写信的用意，文末解释说是因为袁宏缺乏恒心，所以郗超予以激励。但袁宏被誉为"一时文宗"，其成就恐怕并非缺乏恒心者所能取得。本文列入"排调"，说明郗超之语应该含有嘲讽之意。所谓"当有所弘耳"，"弘"字的音义与袁宏之名相同，所以郗超之语是故意用谐音字来调侃袁宏。

五十

范启与郗嘉宾书曰①："子敬举体无饶纵②，掇皮无余润③。"郗答曰："举体无余润，何如举体非真者？"范性矜假多烦④，故嘲之。

【今　注】

①郗嘉宾：郗超。

②子敬：王献之。　举体：全身。　饶纵：指丰满肥胖。

③掇（duō）皮：指去了皮。　余润：膏腴，指肌肉。

④矜假：矜持造作。

【今　译】

范启给郗超写信说："王献之全身瘦骨嶙峋，去了皮就没有什么肉了。"郗超答道："瘦骨嶙峋与浑身没有真东西的人比，怎么样呢?”范启的本性矜持造作又繁琐，所以郗超嘲讽他。

【解　义】

范启借王献之偏瘦的体型进行嘲讽，所谓“掇皮无余润”，是指王献之过于率直，没什么趣味。魏晋名士崇尚质朴率真的个性，所以郗超反讽范启过于矫揉造作。

五十一

二郗奉道①，二何奉佛②，皆以财贿③。谢中郎云④：“二郗谄于道⑤，二何佞于佛⑥。”

【今　注】

①二郗：指郗愔、郗昙兄弟。　奉道：信奉天师道（即五斗米道）。

②二何：指何充、何准兄弟。　奉佛：信奉佛教。

③以财贿：指用去很多财物。以，用。财贿，财物。

④谢中郎：谢万。

⑤谄：巴结。

⑥佞：讨好。

【今　译】

二郗信奉天师道，二何信奉佛教，都花了大量财物。谢万说：“二郗巴结道教，二何讨好佛教。”

【解　义】

据《晋书·何充列传》记载，谢万之语是讥讽何充大肆兴建佛寺，以致耗费无度。佛家讲求清净无欲，反对大肆铺张。所以，何充的做法必然招致世人的批评。这是谢万讥讽郗愔、郗昙“谄于道”、何充、何准“佞于佛”的原因。

五十二

王文度在西州[①]，与林法师讲[②]，韩、孙诸人并在坐[③]。林公理每欲小屈[④]，孙兴公曰："法师今日如著弊絮在荆棘中[⑤]，触地挂阂[⑥]。"

【今　注】

①王文度：王坦之。　西州：指扬州。东晋时期扬州刺史之治所在台城西，故称西州。

②林法师：支道林。　讲：研讨，讲论。

③韩、孙：韩伯、孙绰。

④理：道理，义理。　每：常。　小屈：指所说之理稍处下风。

⑤著：穿。　弊絮：破旧的棉絮。

⑥触地：处处。　挂阂（ài）：挂碍。阂，同"碍"。

【今　译】

王坦之在扬州时，与支道林讲玄谈理，韩伯、孙绰等人都在座。支道林所说的义理常常稍处下风，孙绰说："法师今天好像穿了破棉絮穿行在荆棘丛中，处处受到牵挂妨碍。"

【解　义】

支道林在扬州时，王述任扬州刺史，王坦之当时是随其父在扬州。支道林之所以"每欲小屈"，或许是当时状态不佳，又或许是辩论的内容非其所长。支道林个性孤傲，清谈时往往可以摧折对手，所以孙绰借机予以嘲讽。

五十三

范荣期见郗超俗情不淡[①]，戏之曰："夷、齐、巢、许[②]，一诣垂名[③]，何必劳神苦形[④]，支策据梧邪[⑤]？”郗未答，韩康伯曰[⑥]：“何不使游刃皆虚[⑦]？”

【今　注】

①范荣期：范启。　俗情：世俗之情。

②夷、齐、巢、许：伯夷、叔齐、巢父、许由。

③一诣垂名：指很快就名传后世。诣，到。垂，留传后世。

④劳神苦形：费尽心机，劳累身体。形，指身体。

⑤支：通“持”。　据梧：倚着梧桐树。

⑥韩康伯：韩伯。

⑦游刃皆虚：典出《庄子·养生主》：“庖丁为文惠君解牛……文惠君曰：‘善哉！技盖至此乎？’庖丁释刀对曰：‘臣之所好者道也，进乎技矣。始臣之解牛之时，所见无非牛者。三年之后，未尝见全牛也。方今之时，臣以神遇而不以目视，官知止而神欲行。……今臣之刀十九年矣，所解数千牛矣，而刀刃若新发于硎。彼节者有间，而刀刃者无厚。以无厚入有间，恢恢乎其于游刃必有余地矣，是以十九年而刀刃若新发于硎……’”后即以“游刃有余”来形容技艺娴熟，做事轻松利落。

【今　译】

范启看到郗超对世事不够超脱，嘲笑他说：“伯夷、叔齐、巢父、许由很快就传名后世，你何必耗费心神劳累身体，象师旷，惠子那样呢？”郗超没有回答，韩伯说：“为什么不可以游刃有余呢？”

【解　义】

郗超深受桓温器重，并积极为其献计，桓温废海西公拥立简文帝就是出自郗超的谋划，所以范启认为郗超“俗情不淡”。所谓“支策据梧”，典出《庄子·齐物论》，原文曰：“昭文之鼓琴也，师旷之支策也，惠子之据梧也，三子之知，几乎皆其盛者也，故载之末年。唯其好之也，以异于彼；其好之也，欲以明之。彼非所明而明之，故以坚白之昧终。”大意是说师旷精通乐律，惠子善于辩论，他们因为各有所好，所以要表现其所长，却以蒙昧告终。庄子的学说中存在自相矛盾之处，他主张绝圣弃智，所以昭文、师旷、惠子这样的智者，在他看来都是自以为是者，智者苦心志劳筋骨之所为都是徒劳的。但庄子关于庖丁解牛的寓言故事，却又说明智者可以取得事半功倍的效果。韩伯所谓“何不使游刃皆虚”，就是据此对范启加以反讽。

五十四

简文在殿上行①，右军与孙兴公在后②。右军指简文语孙曰：“此啖名客③”。简文顾曰：“天下自有利齿儿④。”后王光禄作会稽⑤，谢车骑出曲阿祖之⑥，王孝伯罢秘书丞，在坐⑦。谢言及此事，因视孝伯曰：“王丞齿似不钝⑧。”王曰：“不钝，颇亦验⑨。”

【今　注】

①简文：简文帝司马昱。

②右军：王羲之。　孙兴公：孙绰，字兴公。

③啖名客：好名之人。

④利齿儿：伶牙俐齿之人。

⑤王光禄：王蕴，曾任光禄大夫，故称。　作会稽：任会稽内史。

⑥谢车骑：谢玄。　曲阿：县名，治所在今江苏丹阳。　祖：饯行。

⑦王孝伯：王恭。　罢秘书丞：被罢免秘书丞职务。秘书丞，秘书省的属官，管宫中文书图藉。

⑧王丞：指王恭。

⑨验：效验，效果。

【今　译】

简文帝在殿上走时，王羲之和孙绰跟在后面。王羲之指着简文帝对孙绰说："这位是好名之人。"简文帝回过头说："天下本来就有伶牙俐齿的人。"后来王蕴任会稽内史，谢玄到曲阿去为他饯行，王恭那时被免去秘书丞，也在座。谢玄谈到此事，便看着王恭说："您的牙齿似乎也不钝。"王恭答道："不钝，还很有灵验。"

【解　义】

本文前半部分语义有难解之处，简文帝与王羲之毕竟是君臣关系，王羲之不太可能莫名其妙去嘲讽简文帝。所谓"右军指简文语孙曰"，《殷芸小说》引作"右军指孙曰"（《类说》卷四十九、《续谈助》卷四引），说明王羲之嘲讽的对象应是孙绰。简文帝则是附和王羲之，"啖"的本意是吃，所以他称孙绰为"利齿儿"。所谓"王孝伯罢秘书丞"，据《晋书·王恭列传》记载，王恭由秘书丞转任中书郎时，还没有就任，就因为父亲王蕴过世而去官守孝。谢玄所谓"王丞齿似不钝"，指王恭也有着坚牙利齿。据《晋书·王恭列传》记载，王恭对司马道子宠信王国宝有所不满，谈论朝政时总是疾言厉色。史官因此评价道："王恭鲠言时政，有昔贤之风。"

五十五

谢遏夏月尝仰卧①，谢公清晨卒来②，不暇著衣，跣出屋外③，方蹑履问讯④。公曰："汝可谓'前倨而后恭⑤'。"

【今　注】

①谢遏：谢玄，小字遏。

②谢公：谢安。　卒：通"猝"，突然。

③跣：光着脚。

④蹑履：穿上鞋。

⑤前倨而后恭：语出《战国策·秦策一》，指态度由傲慢变为恭顺。倨（jù），傲慢。

【今　译】

谢玄夏天时曾经仰卧在床，谢安一早就突然来了，谢玄来不及穿衣服，赤着脚就跑出屋外，这才穿上鞋子向谢安问候。谢安说："你可说算得上是'前倨而后恭'。"

【解　义】

谢玄是谢安的侄儿，因为谢安事先没有告知就突然前来，所以他显得有点狼狈不堪。衣着不整就去见客原本是一种失礼的行为，所以谢安调侃为"前倨而后恭"。

五十六

顾长康作殷荆州佐①，请假还东。尔时例不给布帆②，顾苦求之③，乃得。发至破冢④，遭风大败⑤。作笺与殷云⑥："地名破冢，真破冢而出⑦。行人安稳，布帆无恙。"

【今　注】

①顾长康：顾恺之，字长康。　殷荆州：殷仲堪，任荆州刺史，故称。　佐：僚属。

②不给（jǐ）：不提供。　布帆：布制的船帆，指帆船。

③苦求：苦苦请求。

④破冢（zhǒng）：地名，在今湖北江陵县东。

⑤败：毁坏。

⑥作笺：写信。

⑦冢（zhǒng）：坟墓。

【今　译】

顾恺之担任殷仲堪的僚属时，请假回东面来。那时的惯例是不为僚属提供帆船，顾恺之苦苦请求，才得到。船出发到破冢时，因遇到大风而毁坏。他写信给殷仲堪说："地名叫破冢，我真的是打破坟墓出来。所幸行人平安，布帆也完好。"

【解　义】

一般而言，船只遇到风浪都需要收起风帆，所以"遭风大败"指的是船只受损。顾恺之苦苦求来帆船，结果遭风浪而破损，所以他只能在信中从"布帆无恙"措辞，避免尴尬。

五十七

苻朗初过江[①]，王咨议大好事[②]，问中国人物及风土所生[③]，终无极已[④]，朗大患之[⑤]。次复问奴婢贵贱，朗云："谨厚有识中者[⑥]，乃至十万；无意为奴婢问者[⑦]，止数千耳[⑧]。"

【今　注】

①苻朗（？—389）：字元达，苻坚之侄。降晋后任员外散骑侍郎，后因有人进谮而被杀。

②王咨议：王肃之（生卒不详），字幼恭，王羲之第四子。官中书郎、骠骑咨议。

③中国：指中原地区。　风土：风土人情及物产等。

④终无极已：指问个不停，没个完的时候。

⑤患：厌恶。

⑥谨厚有识中者：指谨慎朴实有见识者。有识中者，晋人习惯用语，指有见识的人。

⑦无意为奴婢问者：指愚昧无知为奴婢的事发问的人。无意，指愚昧无知。

⑧止：仅，只。

【今　译】

苻朗刚渡江南下时，王肃之非常喜欢多事，向苻朗询问中原地区的人物以及风土物产，没完没了，苻朗感到非常厌恶。接着他又问奴婢价格的贵贱，苻朗说："谨慎朴实有见识的，可以卖到十万，愚昧无知又要就奴婢的事发问的，只要几千。"

【解　义】

王肃之在王羲之的七个儿子里属于不知名者，说明其才能平庸。苻朗对王肃之感到不耐烦，不留情面地加以讽刺，反映出他的个性。据刘孝标注引裴景仁《秦书》记载，苻朗性格放达，神气爽悟，为人矜持高傲，不能为世人所容，最终因谗言而被杀。

五十八

东府客馆是版屋[①]。谢景重诣太傅[②]，时宾客满中[③]，初不交言[④]，直仰视云："王乃复西戎其屋[⑤]。"

【今　注】

①东府：指扬州刺史治所，因在城东，故称。　版屋：用木板建造的房屋。

②谢景重：谢重，字景重。　太傅：司马道子，任太傅，故称。

③满中：指满座。

④初：都，完全。

⑤乃复：竟然。　王：指司马道子，封会稽王，故称。西戎其屋：典出《诗经·秦风·小戎》，原诗曰："在其版屋，乱我心曲。"版屋是西戎人的住房样式。

【今　译】

东府的宾馆是木板建造的。谢重去拜见太傅司马道子，当时宾客满座，他不跟人家交谈，只是仰着头看着房子说："会稽王竟然把房子弄成西戎的版屋。"

【解　义】

太元十年（385），谢安去世，由司马道子继任扬州刺史。所以，本文所载之事应发生在司马道子兼任扬州刺史任后。谢重当时任司马道子的骠骑将军府长史。此处谢重话语含义已不得而知，或许是对某事或某人不满，所以用“西戎其屋”加以影射。

五十九

顾长康啖甘蔗[①]，先食尾。问所以，云：“渐至佳境。”

【今　注】

①顾长康：顾恺之。

【今　译】

顾恺之吃甘蔗，先吃根部。有人问他为什么，他说：“可以渐入佳境。”

【解　义】

据《晋书·顾恺之列传》记载，顾恺之为人好戏谑，当时人们都喜欢跟他调侃，“渐至佳境”是他的戏言。成语“渐入佳境”典出于此。

六十

孝武属王珣求女婿，曰[①]：“王敦、桓温磊砢之流[②]，既不可复得；且小如意[③]，亦好豫人家事[④]，酷非所须[⑤]。正如真长、子敬比[⑥]，最佳。”珣举谢混[⑦]。后袁山松欲拟谢婚，王曰：“卿莫近禁脔[⑧]。”

【今　注】

①孝武：孝武帝司马曜。　属：通“嘱”，嘱托。

②磊砢（luǒ）：才能卓越。

③如意：得意，如愿。

④豫：同“预”，参与，干预。

⑤酷：极，甚。　须：需要。

⑥正：只。　真长：刘琰，字真长。　子敬：王献之。

⑦珣：王珣。　举：荐举。

⑧禁脔（luán）：喻指他人不得染指之物。

【今　译】

孝武帝嘱托王珣物色女婿，说：“王敦、桓温这样才能卓越的人，已经不可能再有；而且他们稍微得意，就喜欢干预别人的事，我最不需要这样的人。只要可以和刘惔、王献之相比，就是最佳人选。”王珣举荐了谢混。后来袁山松打算要与谢混攀亲，王珣说：“你不要去靠近禁脔！”

【解　义】

据刘孝标注引《续晋阳秋》记载，孝武帝让王珣物色女婿，王珣评价谢混“不及真长，不减子敬”。袁山松不知道谢混已经被孝武帝看中，所以王珣将谢混戏称为“禁脔”。

六十一

桓南郡与殷荆州语次[①]，因共作了语[②]。顾恺之曰：“火烧平原无遗燎[③]。”桓曰：“白布缠棺竖旒旐[④]。”殷曰：“投鱼深渊放飞鸟。”次复作危语[⑤]。桓曰：“矛头淅米剑头炊[⑥]。”殷曰：“百岁老翁攀枯枝。”顾曰：“井上辘轳卧婴儿[⑦]。”殷有一参军在坐[⑧]，云：“盲人骑瞎马，夜半临深池[⑨]。”殷曰：“咄咄逼人[⑩]！”仲堪眇目故也[11]。

【今　注】

①桓南郡：桓玄。　殷荆州：殷仲堪。　语次：谈话之间。

②了语：一种文字游戏，各人所说之联句与“了”字同韵，同时应含有终了之意。

③遗燎：余火。

④旒旐（liú zhào）：指出殡时为棺柩引路的魂幡。

⑤危语：也是文字游戏，与“危”字同韵的描写危险情景的诗句。

⑥淅（xī）米：淘米。　炊：烧火做饭。

⑦辘轳（lù lu）：安在井上用来汲水的器具。

⑧参军：高级武官的僚属。

⑨临：靠近，挨着。

⑩咄咄逼人：晋人常用语，形容气势很盛，让人感到惊惧。

⑪眇（miǎo）目：瞎眼。

【今　译】

桓玄与殷仲堪谈论时，顺便一起戏说“了语”。顾恺之说：“放火焚烧平原不留余烬。”桓玄说：“白布缠住棺材竖起出殡的魂幡。”殷仲堪说：“把鱼投到深渊中再放飞鱼鹰。”接着又来做“危语”。桓玄说：“在长矛头上淘米在剑头上烧火做饭。”殷仲堪说：“百岁老翁攀上枯枝。”顾恺之说：“井上的辘轳躺着婴儿。”殷仲堪属下一位参军在座，说：“盲人骑着瞎马，半夜走近深池。”殷仲堪说：“咄咄逼人啊！”殷仲堪瞎了一只眼的缘故。

【解　义】

桓玄、殷仲堪与顾恺之所说“危语”，一个比一个危险。殷仲堪的参军所谓“盲人骑瞎马”，危险程度未必最甚，但因为殷仲堪瞎了一只眼睛，所以他惊呼起来。作为殷仲堪的下属，这位参军当然知道盲人、瞎马是殷仲堪忌讳之辞，所以他显然是有意为之。成语“盲人骑瞎马，夜半临深池”典出于此。

六十二

桓玄出射，有一刘参军与周参军朋赌①，垂成②，唯少一破③。刘谓周曰：“卿此起不破，我当挞卿。”周曰：“何至受卿挞？”刘曰：“伯禽之贵④，尚不免挞，而况于卿！”周殊无忤色。桓语庾伯鸾曰⑤：“刘参军宜停读书，周参军且勤学问⑥。”

【今　注】

①朋赌：指分组射箭赌输赢。

②垂：接近，快要。

③破：破的，指射中靶子。

④伯禽：周公之子，封于鲁。

⑤庾伯鸾：庾鸿（生卒不详），字伯鸾，官至辅国内史。

⑥且：尚，还。

【今　译】

桓玄外出打猎时，有一位刘参军与周参军结成一组射箭，快要结束时，还差一箭。刘参军对周参军说：“你这一箭不能射中，我就要鞭打你。”周参军说：“何至于受你鞭打？”刘参军说：“以伯禽身份之贵尚且不免挨鞭打，何况是你！”周参军脸上没有丝毫不悦之色。桓玄对庾鸿说：“刘参军应该停止读书，周参军还要勤求学问。”

【解　义】

据刘孝标注引《尚书大传》记载，伯禽去见父亲周公时，见一次挨打一次。后经贤人商子的教导，懂得了为子之道，周公因此感到欣慰。刘参军和周参军是同僚，但他却引用伯禽挨打的典故，无疑是将自己比作周公，而将周参军比作儿辈。这种比喻不伦不类，但周参军听后毫不动气，说明他根本就不知道这一典故。桓玄所谓“刘参军宜停读书”，是指其读书不精，如果缺乏理解，那么读再多的书也没有意义。所谓“周参军且勤学问”，是指其读书太少，连自己受到侮辱都不知道。

六十三

桓南郡与道曜讲《老子》①，王侍中为主簿②，在坐。桓曰：“王主簿可顾名思义③。”王未答，且大笑。桓曰：“王思道能作大家儿笑④。”

【今　注】

①桓南郡：桓玄。　道曜：生平不详。　《老子》：春秋时道家创始人老子所作，亦称《道德经》。

②王侍中：王桢之。

③顾名思义：看到名字就能想起它的含义。

④大家儿：指名门望族子弟。

【今　译】

桓玄与道曜讲论《老子》，王桢之当时任主簿，也在座。桓玄说：“王主簿可以顾名思义。”王桢之没有回答，只是大笑。桓玄说：“王思道能呈现大家子弟的笑容。”

【解　义】

《老子》一书阐述的是“道”，而王祯之的字是思道，所以桓玄用顾名思义来调侃王祯之。王祯之听明白了桓玄的话，所以大笑起来。所谓“王思道能作大家儿笑”，意指王祯之出身名门，有家学传承，所以具备大家风范。

六十四

祖广行恒缩头[①]。诣桓南郡[②]，始下车[③]，桓曰："天甚晴朗，祖参军如从屋漏中来[④]。"

【今　注】

①祖广（生卒不详）：字渊度，范阳（今河北涿县）人，官至护军长史。

②桓南郡：桓玄。

③始：才，刚。

④屋漏：指破屋漏雨。

【今　译】

祖广走路时常常缩着头。他去问候桓玄，刚下车，桓玄说："天气很晴朗，祖参军却好像从漏雨的破屋里出来一样。"

【解　义】

在淋雨的情况下人们往往会缩着头，所以桓玄将祖广走路缩头的样子调侃为"从屋漏中来"。

六十五

桓玄素轻桓崖[①]。崖在京下有好桃[②]，玄连就求之[③]，遂不得佳者[④]。玄与殷仲文书，以为嗤笑[⑤]，曰："德之休明[⑥]，肃慎贡其楛矢[⑦]；如其不尔，篱壁间物[⑧]，亦不可得也。"

【今　注】

①桓崖：桓修（？—404)，字承祖，小字崖。娶简文帝女武昌公主，官至抚军大将军。后为刘裕所杀。

②京下：京城。

③就：到，前去。

④遂：竟。

⑤嗤笑：讥笑。

⑥休明：美好盛明。

⑦肃慎：古代少数民族名。楛（hù）矢：以楛木所作弓箭。

⑧篱壁间物：篱笆墙壁间的东西，泛指寻常之物。

【今　译】

桓玄向来看不起桓修。桓修在京城有良种好桃，桓玄接连多次去求桃种，竟然得不到好的。桓玄给殷仲文写信，用这件事来讥笑，说："德行美好清明的话，连肃慎都来进献楛矢；如果不是这样，那么就算是寻常的东西，也得不到。"

【解　义】

所谓"肃慎贡其楛矢"，典出《国语·鲁语下》。桓玄引用这个典故是用以讥讽桓修，但似乎有所失当。既然德行昌明可使万邦来朝，那么现在桓玄连桃子都得不到，也就意味着他自己德行衰败。以桓玄的才学，应该不至于讽刺到自己头上。或许桓玄之语另有所指，后人妄加附会，从而以演绎了求桃而不得的故事。如果桓修确实如此吝啬，那么其人其事就该列入"俭吝"之中了。

轻诋第二十六

轻诋，指轻蔑与诋毁。文人相轻，自古而然，其原因如曹丕《典论·论文》所说，就是各以所长，相轻所短。比如王坦之好儒学，而支遁则倡佛学，所以两人“绝不相得”（本篇第二十一则）。

一

王太尉问眉子[①]："汝叔名士[②]，何以不相推重？"眉子曰："何有名士终日妄语？"

【今　注】

①王太尉：王衍。　眉子：王玄，字眉子，王衍之子。

②叔：指王澄，王衍之弟。

【今　译】

王衍问王玄："你的叔叔是名士，你为什么不推重他？"王玄说："哪有名士整天胡言乱语的？"

【解　义】

据《晋书·王澄列传》记载，王澄清谈时辞采文义纷然并作，谋略多端，令满座叹服。因此，王玄所谓"终日妄语"，似乎是指王澄平日的行为荒诞不羁而言。据《晋书·王澄列传》记载，王澄常常与王敦、谢鲲、庾敳、阮修等人纵情酣宴，恣意放诞。

二

庾元规语周伯仁[①]："诸人皆以君方乐[②]。"周曰："何乐？谓乐毅邪[③]？"庾曰："不尔，乐令耳[④]。"周曰："何乃刻画无盐[⑤]，以唐突西子也[⑥]？"

【今　注】

①庾元规：庾亮。　周伯仁：周顗。

②方：比拟，相比。　乐（yuè）：指姓乐的人。

③乐毅：战国时期燕国大将，曾率五国之兵伐齐，大败齐国。

④乐令：乐广。

⑤刻画：细致描绘，指打扮。　无盐：钟离春，战国时齐无盐邑人。相貌极丑，眼窝凹陷，脖子粗壮，还长了喉结，皮肤黝黑，到了三十岁还嫁不出去，她自诣齐宣王，要求备为后宫，并分析时弊，于是齐宣王拜其为王后。后人以无盐作为丑女的代称。

⑥唐突：冒犯。　西子：西施，春秋时期越国美女。

【今　译】

庾亮对周顗说："大家都把你比为乐氏。"周顗说："哪个乐氏？说的是乐毅吗？"庾亮说："不是，是乐广。"周顗说："为什么要打扮丑女无盐，去冒犯美女西施呢？"

【解　义】

由于本文列入"轻诋"，导致有人认为周顗对乐广的比拟不满意，觉得是贬低了自己。这种看法似乎欠妥，因为按照如此解释，周顗无疑是将自己比作了西施。这未免有些狂妄自大，恐怕会成为当时人的笑谈。更何况乐广是西晋名臣，与王衍等人齐名，无论如何也不能比作无盐。周顗年少成名，以雅望获得海内盛名。因此，人们将周顗比作乐广，显然是出于称赞的目的，而并不含有贬义。周顗所谓"何乃刻画无盐，以唐突西子也"，则应是自谦之语，以乐广比西施，而以无盐自比，意指自己远远逊色于乐广。

三

深公云[①]："人谓庾元规名士[②]，胸中柴棘三斗许[③]。"

【今　注】

①深公：竺法深。

②庾元规：庾亮。

③柴棘：柴草荆棘。比喻心胸狭隘，有心计。　许：约略之词，大约。

【今　译】

竺法深说："人们说庾亮是名士，但他胸中却有柴草荆棘三斗多。"

【解　义】

庾亮执政后，一反王导采取的无为而治的方法，严厉任法，大失人心。而且庾亮大肆铲除宗室势力，杀南顿王司马宗，降封西阳王司马羕为弋阳县王。在对待苏峻的问题上，王导主张容忍，而庾亮则一心要除掉他，结果造成苏峻的反叛。竺法深之所以觉得庾亮"胸中柴棘三斗许"，或许是将他与王导比较（据本书《方正》第四十五则记载，竺法深曾与王导、庾亮交游），认为他的心胸不够宽广。

四

庾公权重①，足倾王公②。庾在石头③，王在冶城坐④，大风扬尘，王以扇拂尘，曰："元规尘污人。"

【今　注】

①庾公：庾亮。　权重：庾亮在晋元帝和晋成帝时，以太后之兄及帝舅的身分掌军政大权，权重一时。

②倾：压倒。　王公：王导。

③石头：石头城，在今南京西。

④王：指王导。　冶城：古城名，在今南京西。

【今　译】

庾亮的权势很重，足以压倒王导。庾亮在石头城的时候，王导正在冶城城头上坐着，大风扬起尘土，王导用扇子掸去尘土，说："庾亮的风尘把人弄脏了。"

【解　义】

庾亮执政时，确实权倾一时。出镇武昌后，有流言说他想要废黜王导，王导从容面对，最终化解流言。刘孝标注认为本文所载不足为信，史官则辑入《晋书·王导列传》，以为此事说明王导内心有所不平。所谓“元规尘”，或许是以风尘喻指流言，“污人”指有关庾亮的流言使自己受到中伤。

五

王右军少时甚涩讷①，在大将军许②，王、庾二公后来③，右军便起欲去。大将军留之曰：“尔家司空、元规④，复可所难⑤？”

【今　注】

①王右军：王羲之。　涩讷：说话迟钝，不善言辞。

②大将军：王敦。　许：处所。

③王、庾二公：指王导、庾亮。

④司空：指王导，官司空，故称。　元规：庾亮。

⑤可：应作“何”。

【今　译】

王羲之年轻时说话迟钝，不善言辞，在大将军王敦那里时，王导、庾亮后到，他就起身要走。王敦挽留他说：“你家的司空和庾亮，又有什么为难的呢？”

【解　义】

本文称王羲之“少时甚涩讷”，《晋书·王羲之列传》亦谓其“幼讷于言”，说明王羲之年少时性格较为内向。

六

王丞相轻蔡公①，曰：“我与安期、千里共游洛水边[②]，何处闻有蔡充儿[③]？”

【今　注】

①王丞相：王导。　轻：轻视。　蔡公：蔡谟。

②安期：王承。　千里：阮瞻。

③蔡充：蔡谟之父。

【今　译】

王导轻视蔡谟，说：“我与王承、阮瞻一起在洛水边游宴时，哪里听说过蔡充的儿子”

【解　义】

据刘孝标注引《妒记》记载，曹夫人嫉妒心很强，不允许王导蓄妾，甚至婢女中有长相好看的，都会遭到责备。王导只能暗地里建起别馆来安置众妾。久而久之，众妾罗列，儿女成行。曹夫人无意中发现后，便带了二十多个奴婢，手持菜刀，前去兴师问罪。王导赶紧命人驾车营救，飞驰出门，他嫌牛跑得慢，就用手中麈尾的柄帮助车夫抽打牛，狼狈不堪。蔡谟听说此事后，特意拜访王导，说：“朝廷准备给您加九锡，您知道么？”王导信以为真，就谦虚了一番，蔡谟说：“这九锡也没有什么其他东西，也就只有短辕犊车和长柄麈尾。”王导听后大为惭愧，此后恼羞成怒，于是对蔡谟有所贬损。《晋书·王导列传》也节录了此事，情节略有删削。《妒记》的记载绘声绘色，应出自小说家的演绎。据《晋书·王导列传》记载，王导素来清心寡欲，家无余财，而且体弱多病。因此，所谓众妾罗列、儿女成行的说法明显夸张。

七

褚太傅初渡江[①]，尝入东，至金昌亭[②]，吴中豪右燕集亭中[③]。褚公虽素有重名，于时造次不相识别[④]。

敕左右多与茗汁[5]，少著粽[6]，汁尽辄益，使终不得食。褚公饮讫，徐举手共语云："褚季野。"于是四座惊散，无不狼狈。

【今　注】

①褚太傅：褚裒。

②金昌亭：驿亭名，在今江苏苏州阊门外。

③吴中：指吴郡地区。　豪右：豪门大族。

④造次：匆忙，仓促。

⑤敕：命令。　茗汁：茶水。

⑥著：放置。粽：蜜饯，喝茶时吃的小点心。

【今　译】

褚裒刚渡江时，曾经去往东部，到了东昌亭，吴地的豪门大族正在亭中宴饮聚会。褚裒虽然向来有很高的名望，但当时匆忙之中却没有被人认出来。主事者就命令左右侍从多给他茶水，少放蜜饯，茶水喝完了就立即添满，让他始终吃不到东西。褚裒喝完了茶水，慢慢地举手对大家说："我是褚季野。"这时满座的人惊慌走散，全都狼狈不堪。

【解　义】

据刘孝标注引谢歆《金昌亭诗序》记载，朱买臣前去就任会稽内史时，半路上与迎接他的小吏们相遇于旅舍。小吏们不知道朱买臣的身份，与其争夺坐席，朱买臣出示印绶，小吏们大感惭愧自责，因此建起金昌亭。时隔数百年，褚裒在金昌亭竟然也遭遇了与朱买臣相类似的经历。

八

王右军在南[1]，丞相与书[2]，每叹子侄不令[3]，云："虎犳、虎犊[4]，还其所如[5]。"

【今　注】

①王右军：王羲之。

②丞相：王导。

③令：美好，良善。

④虎犰（tún）：王彭之（生卒不详），字安寿，小字虎犰，官至黄门郎。　虎犊：王彪之（305—377），字叔虎，小字虎犊。王彭之的弟弟，官至左光禄大夫。

⑤还其所如：意指人如其名。

【今　译】

王羲之在南方，丞相王导给他写信，常常慨叹子侄辈才质低下，说："虎犰、虎犊，正如他们的小字一样。"

【解　义】

王羲之曾任会稽内史，辞官后也一直寓居于此。会稽郡在建康以南，所以本文说"王右军在南"。犰是小猪，犊是小牛，王导认为王彭之和王彪之两人的才能平平，所以说他们人如其名。

九

褚太傅南下[①]，孙长乐于船中视之[②]。言次及刘真长死[③]，孙流涕，因讽咏曰[④]："人之云亡，邦国殄瘁[⑤]。"褚大怒曰："真长平生，何尝相比数[⑥]，而卿今日作此面向人！"孙回泣向褚曰："卿当念我[⑦]！"时咸笑其才而性鄙。

【今　注】

①褚太傅：褚裒。

②孙长乐：孙绰，袭爵长乐侯，故称。

③言次：言谈间。　刘真长：刘惔。

④讽咏：背诵吟咏。

⑤人之云亡，邦国殄瘁（tiǎn cuì）：语出《诗经·大雅·瞻印》，意谓贤人良臣都逃亡后，邦国就会衰败。殄瘁，衰败。

⑥比数：看重，重视。

⑦念：可怜，怜悯。

【今　译】

褚裒南下时，孙绰到船中去看他。言谈之间说到刘惔去世，孙绰流下眼泪，就吟诵道："人之云亡，邦国殄瘁。"褚裒大怒说："真长平生，哪里看重过你，你今天却对人装出这副面孔！"孙绰收住眼泪对褚裒说："你应当可怜我！"当时人们都笑话他有才华但品格鄙俗。

【解　义】

褚裒所谓"真长平生，何尝相比数"，指刘惔与孙绰之间并没有什么交情。据本篇第十七则记载，谢安曾让自己的夫人（刘惔之妹）评价孙绰，刘夫人回答说："亡兄门未有如此宾客。"说明刘惔生前与孙绰没有什么交往。据《晋书·孙绰列传》记载，孙绰个性通达率直，桓温拟议迁都洛阳时，虽然朝臣都认为不可行，但因为畏惧桓温的权势，都不敢反对。只有孙绰上表谏阻，史官为此称赞他"有匪躬之节，岂徒文雅而已哉"，意即孙绰忠心耿耿有节操，不只是风雅有文采而已。因此，所谓"时咸笑其才而性鄙"的说法并不可信。本文应出自后人之诽谤，可参考本书《方正》第四十八则。

十

谢镇西书与殷扬州①，为真长求会稽②。殷答曰："真长标同伐异③，侠之大者④。常谓使君降阶为甚，乃复为之驱驰邪⑤？"

【今　注】

①谢镇西：谢尚。　殷扬州：殷浩，曾任扬州刺史，故称。

②真长：刘惔。　求会稽：请求授予会稽郡的官职，即会稽内史。

③标同伐异：称赞同道，攻击异己。标，称赞，夸耀。伐，征讨。

④侠：指任性。

⑤使君：对州郡长官的尊称。　降阶：走下台阶迎接，以示尊重。　驱驰：指奔走效力。

【今　译】

谢尚致信殷浩，为刘惔请求会稽郡的官职。殷浩回答说："刘惔称颂同道攻击异己，是任性者中最厉害的人。我常认为您对他屈尊过度了，现在竟然还要为他奔走效力吗？"

【评　语】

殷浩和刘惔都是清谈名家，本书《文学》第二十六则、第三十三则记载了殷浩与刘惔之间的两次清谈，各有胜负，说明两人旗鼓相当。但刘惔的个性过于高傲，不仅自视甚高，而且蔑视同侪，曾称殷浩为"田舍儿"（见本文《文学》第三十三则）。这或许就是殷浩对刘惔表达不满情绪的原因。因此，本文所谓"标同伐异"，指刘惔在清谈时只能认同相同的观点，对不同的观点就会大加挞伐。所谓"侠之大者"则是贬义，意指刘惔过于固执己见。

十一

桓公入洛①，过淮、泗②，践北境③，与诸僚属登平乘楼④，眺瞩中原⑤，慨然曰："遂使神州陆沈⑥，百年丘墟⑦，王夷甫诸人不得不任其责⑧！"袁虎率尔对曰[⑨]："运自有废兴，岂必诸人之过？"桓公懔然作色[⑩]，顾谓四坐曰："诸君颇闻刘景升不[⑪]？有大牛重千斤，啖刍豆十倍于常牛[⑫]，负重致远，曾不若一羸牸[⑬]。魏武入荆州[⑭]，烹以飨士卒[⑮]，于时莫不称快。"意以况袁[⑯]。四坐既骇，袁亦失色。

【今　注】

①桓公：桓温。　入洛：指桓温于永和十二年（356）讨伐姚襄，战于伊水，大胜，收复洛阳。

②淮、泗：淮河、泗水。

③践：踏，到达。

④平乘楼：大船的船楼。平乘，指大船。

⑤眺瞩：眺望注视。　中原：指黄河流域地区。

⑥神州：指中原地区。　沈：比喻国土沦丧。

⑦百年：谓时间长久。　丘墟：荒丘废墟。

⑧王夷甫：王衍，字夷甫。

⑨袁虎：袁宏，小字虎。　率尔：轻率的样子。

⑩懔（lǐn）然：令人敬畏的样子。　作色：变了脸色，指发怒。

⑪刘景升：刘表（142—208），字景升，汉宗室。汉献帝时为荆州刺史，占据荆州近二十年，后病死。　不：同"否"。

⑫啖（dàn）：吃。　刍（chú）：喂牲口的草料。

⑬曾：竟。羸牸（léizì）：瘦弱的母牛。牸，雌性的牲畜，一般指牛。

⑭魏武：曹操。

⑮烹（pēng）：煮。　飨（xiǎng）：款待。

⑯况：比拟。

【今　译】

桓温进军洛阳，渡过淮河、泗水，到达北方地区，他与属下登上大船楼，眺望中原，慨叹道："使中原国土沦丧，百年来成为荒丘废墟，王夷甫这些人不能不承担责任！"袁宏轻率地回答道："国运自然有衰落有兴盛，难道一定是这些人的过错吗？"桓温变了脸色，神色严峻，环顾四座的人说："诸位听说过刘表吗？他有一头大牛重千斤，吃起饲料来比普通的牛多十倍，但是拉重物走远路，竟不如一头瘦弱的母牛。魏武帝进入荆州时，把它宰杀煮了犒赏士兵，当时没有人不感到痛快的。"意在比拟袁宏。满座的人都感到惊恐，袁宏也变了脸色。

【解　义】

王衍之所以受到世人指责，主要是人们认为在他的带动下，士人阶层崇尚清谈，不能务实地解决实际问题。据刘孝标注引《晋阳秋》的记载，王衍被杀前也曾感慨，如果不尚虚浮，那么国运也不至于如此不堪。其实，西晋灭亡的主因是社会贫富差距过于悬殊，再加上内乱不已（八王之乱），其统治基础变得脆弱不堪。清谈误国，这是一个长期以来为人们所热衷讨论的话题，但却是一个伪命题。据本书《言语》第七十则记载，王羲之曾对谢安说"虚谈废务""浮文妨要"，谢安回答道："秦任商鞅，二世而亡，岂清言致患邪？"谢安清晰地阐明了一个简单的道理，即清谈与误国之间并没有必然的联系性。袁宏所谓"运自有废兴"，是不加思考的套话，当然也是废话，所以桓温勃然大怒。

十二

袁虎、伏滔同在桓公府[①]，桓公每游宴，辄命袁、伏[②]，袁甚耻之，恒叹曰："公之厚意，未足以荣国士。与伏滔比肩[③]，亦何辱如之。"

【今　注】

①袁虎：袁宏。　伏滔：字玄度，曾任桓温属下参军。

②辄命袁、伏：总是叫袁宏、伏滔参加。

③比肩：并列，指平起平坐。

【今　译】

袁宏、伏滔同在桓温官府中任职，桓温每次游乐宴饮，就叫袁宏、伏滔参加，袁宏对此感到十分的耻辱，常常感叹道："桓公的厚意，不能使国士感到荣耀。与伏滔并列，是何等的耻辱？"

【解　义】

《晋书·袁宏列传》亦载此事，以为桓温幕府中的幕僚们将袁宏与伏滔并称为"袁伏"，袁宏因此感到羞耻，于是每每感叹："公之厚恩未优国士，而与滔比肩，何辱之甚。"这一记载似乎有矛盾之处，既然"袁伏"的称谓出自其他幕僚之口，那么袁宏又何必去埋怨桓温呢？据《晋书·伏滔列传》记载，伏滔有才学，少年即成名，桓温引为参军后，深加礼遇，每次游宴集会都会让伏滔参与。又据《晋书·袁宏列传》记载，伏滔先于袁宏进入桓温幕府，而且与袁宏相友善。因此，袁宏之所以耻于和伏滔"比肩"，或许另有原因。

十三

高柔在东①，甚为谢仁祖所重②。既出③，不为王、刘所知④。仁祖曰："近见高柔大自敷奏⑤，然未有所得。"真长云⑥："故不可在偏地居⑦，轻在角𨶹中为人作议论⑧。"高柔闻之云："我就伊无所求⑨。"人有向真长学此言者，真长曰："我实亦无可与伊者。"然游燕犹与诸人书："可要安固⑩。"安固者，高柔也。

【今　注】

①高柔在东：高柔是临海郡乐安人，乐安在建康以东。

"在东"指高柔未出仕时。

②谢仁祖：谢尚。

③出：指出仕。

④王、刘：王濛、刘惔。　知：知遇，常识。

⑤大自敷奏：指大量地向朝廷进言。敷奏，陈述，进言。

⑥真长：刘惔。

⑦偏地：偏僻之地。

⑧角觮（ruò）：屋角，此指偏僻的地方。

⑨就：接近。

⑩要：通"邀"，约请。　安固：指高柔，曾任安固令，故称。

【今　译】

高柔在东边时，深受谢尚的器重。出仕后，没有得到王濛、刘惔的赏识。谢尚说："近来见到高柔大量地向朝廷进言陈述，但是不见成效。"刘惔说："所以不能在偏远地方居住，在角落里随便替别人发议论。"高柔听到这些话后说："我对他一无所求。"有人向刘惔学说了这句话，刘惔说："我确实也没有什么可以给他的。"但在每次宴饮时他还是给大家写信说："可以邀请安固。"安固，就是高柔。

【解　义】

据刘孝标注引孙统为《高柔集》所作之叙记载，高柔罢官后在伏川营建宅邸，准备隐居，后为何充引为冠军参军。伏川即畎川，据本书《言语》第八十四则记载，孙绰筑室畎川时，高柔和他是邻居。刘惔所谓"故不可在偏地居"，指高柔出生于偏远之地，未免孤陋寡闻；所谓"轻在角觮中为人作议论"，指高柔的见识不高，所以他的进言没有什么作用。刘惔实际上说出了他不欣赏高柔的原因。

十四

刘尹、江虨、王叔虎、孙兴公同坐[①]，江、王有相轻色。虨以手歙叔虎云[②]："酷吏！"词色甚强。刘尹顾谓："此是瞋邪[③]？非特是丑言声，拙视瞻[④]。"

【今　注】

①王叔虎：王彪之。　孙兴公：孙绰。

②歙（shè）：通"摄"，捉、拿等胁迫动作。

③瞋：生气，发怒。

④非特：不仅。　丑言声：指说话之声难听，恶言恶语。　拙：拙劣，难看。　视瞻：眼色神态。

【今　译】

刘惔、江虨、王彪之、孙绰坐在一起时，江虨、王彪之有互相轻视的神色。江虨用手抓着王彪之说："酷吏！"声色俱厉。刘惔回头对他说："这是发怒吗？不仅是恶言恶语，而且有碍观瞻。"

【解　义】

名士的言行举止讲究温文尔雅，江虨的举动未免粗鲁，所以刘惔也看不下去。刘孝标注认为江虨可能对王彪之有所恼怒。

十五

孙绰作《列仙·商丘子赞》，曰[①]："所牧何物[②]？殆非真猪[③]。傥遇风云[④]，为我龙摅[⑤]。"时人多以为能。王蓝田语人云[⑥]："近见孙家儿作文[⑦]，道'何物'、'真猪'也。"

【今　注】

①商丘子：仙人名。

②何物：什么。

③殆：大概。

④傥：同“倘”，假如。

⑤龙摅（shū）：像龙一样腾跃。

⑥王蓝田：王述。

⑦孙家儿：指孙绰，贬称。

【今　译】

孙绰写了《列仙传·商丘子赞》，说：“他所放牧的是什么？大概不是真的猪。假如遇到风起云涌之时，会像龙一样腾跃。”当时人都认为他有才能。王述对别人说：“近来看见孙家那小子写的文章，说什么‘何物’‘真猪’之类的话。”

【解　义】

赞是用以颂扬人物的文体，以四言诗为主。孙绰之赞语使用了“何物”“真猪”等俚语，所以受到王述的讥讽。

十六

桓公欲迁都①，以张拓定之业②。孙长乐上表谏③，此议甚有理。桓见表心服，而忿其为异，令人致意孙曰：“君何不寻《遂初赋》④，而强知人家国事⑤。”

【今　注】

①桓公：桓温。　迁都：指桓温于晋穆帝永和十二年（356）率军北伐，收复洛阳，上表疏迁都洛阳。

②张：扩大。　拓定：开拓疆土，安定国家。

③孙长乐：孙绰袭爵长乐侯，故称。

④《遂初赋》：孙绰著写辞去官职，实现隐退的初愿。

⑤知：干预。

【今 译】

桓温想迁都洛阳，来扩张疆土，安邦定国。孙绰上表谏阻，孙绰的议论很有道理。桓温见了奏表心里也很佩服，但是恼怒他提不同的意见，命人向孙绰致意说："你为什么不追随《遂初赋》中的意愿，却硬要干预别人的家国大事。"

【解 义】

据《晋书·孙绰列传》记载，孙绰在奏表中指出，迁都意味着大量的人口必须抛家弃业向北迁移，而洛阳虽是旧时故都，但久经战乱，早已成为一片废墟，根本无法安置这些人口；所以应当先逐步扫清北方，打通漕运，尽力开垦，广田积谷以恢复元气。孙绰《遂初赋》今已佚失，仅存其叙，曰："余少慕老庄之道，仰其风流久矣。却感於陵贤妻之言，怅然悟之，乃经始东山，建五亩之宅，带长阜，倚茂林，孰与坐华幕、击钟鼓者，同年而语，其乐哉!"据刘孝标注，孙绰在《遂初赋》中阐述的是知止知足之道。

十七

孙长乐兄弟就谢公宿[①]，言至款杂[②]。刘夫人在壁后听之[③]，具闻其语。谢公明日还，问："昨客何似?"刘对曰："亡兄门未有如此宾客[④]。"谢深有愧色。

【今 注】

①孙长乐兄弟：指孙绰与其兄孙统。 谢公：谢安。

②款杂：空洞而杂乱。款，空。

③刘夫人：谢安夫人，刘惔之妹。

④亡兄：刘惔当时已亡故。

【今　译】

孙绰兄弟到谢安家住宿，言谈之语极其空洞杂乱。刘夫人在隔壁听他们谈话，所说的话全都听到了。谢安第二天回家，问夫人："昨天来的客人怎么样？"刘夫人回答说："亡兄门下从来没有这样的宾客。"谢安露出深感惭愧的神色。

【解　义】

据史料记载，孙绰与谢安、王羲之等人都有很深的交往，说明其为人不至于如刘夫人所说那般不堪。更何况谢安也是名士中的领袖人物，他怎么可能有闲心去陪孙绰兄弟去说一些闲言碎语呢？本文所载与本篇第七则类似，应出自后人之诋毁。或许是因为刘惔与孙绰同为当世名士，但相互间却没有交往，由此引发人们的揣测与想象。

十八

简文与许玄度共语[①]，许云："举君亲以为难[②]。"简文便不复答，许去后而言曰："玄度故可不至于此[③]。"

【今　注】

①简文：简文帝司马昱。　许玄度：许询，字玄度。

②举：提出。　君亲：君主与父母亲。

③故：本来。

【今　译】

简文帝和许询一起谈论，许询说："提出君主与父母亲谁更重要是很难的。"简文帝就不再回答，许询走后才说道："玄度本来可以不至于如此。"

【解　义】

刘孝标注认为"未解简文诮许意"，意即不理解简文帝为什么要讥讽许询。其实，简文帝的语义似乎不难理解。据刘孝标注引《邴原别传》记载，曹丕曾经提出一个问题：在只有一粒药丸的情况下，如果君主和父亲同时得病，那么应该先给谁？大家议论纷纷，有人主张先给君主，有人主张先给父亲。邴原勃然变色说："父子之道是最为根本的，不难选择。"因此，简文帝显然是认为许询所谓"举君亲为难"，是不明白父子之道的重要性，所以他才会感叹以许询的才学，应该不至于想不明白这个道理。

十九

谢万寿春败后①，还书与王右军云②："惭负宿顾③。"右军推书曰："此禹、汤之戒④。"

【今　注】

①谢万寿春败：晋穆帝升平三年（359），谢万率兵北征时，由于不能安抚部属，结果在寿春溃败而回，被贬为庶人。

②王右军：王羲之。

③负：辜负。　宿顾：平素的关心和照顾。

④戒：告诫，自责。

【今　译】

谢万在寿春大败后，回来以后，写信给王羲之说："我非常惭愧辜负了你素来的关照。"王羲之推开信说："这是类似大禹、商汤那样的自责。"

【解　义】

升平二年（358），谢奕去世后，由谢万继续任西中郎将，持节监司、豫、冀、并四州诸军事，兼任豫州刺史。据《晋书

·王羲之列传》记载，谢万为豫州都督后，王羲之曾致信诫其抚御士卒，但谢万未能采纳他的意见，在部下面前依然表现出倨傲的态度，结果军心不稳，最终溃败。本文所谓“惭负宿顾”，指谢万因此而深感愧疚。所谓“推书”，说明王羲之对谢万的信表示极度不满。刘孝标注对王羲之的话进行了解释，他认为是指大禹和成汤虽然广施德行，但仍然自我反省，所以能够兴起；而谢万则是事后诸葛，所以于事无补。“禹汤之戒”典出《左传》庄公十一年，原文曰：“禹、汤罪己，其兴也悖焉；桀、纣罪人，其亡也忽焉。”但“禹、汤之戒”的用典并非贬义，不可能用以表达不满。因此，王羲之的话似乎有脱误之处，原话应为“此非禹、汤之戒”，如此语义才与刘孝标的解释相符。

二十

蔡伯喈睹睐笛椽①，孙兴公听妓振②，且摆折③。王右军闻，大嗔曰④：“三祖寿乐器⑤，虺瓦吊⑥，孙家儿打折⑦！”

【今　注】

①蔡伯喈：蔡邕，字伯喈。　睹睐：发现。　笛椽(chuán)：应为“椽笛”之误，指蔡邕以椽所制之竹笛。

②孙兴公：孙绰。　听：放任。　振：挥动。

③摆折：因摆动而折断。

④嗔(chēn)：发怒。

⑤三祖寿乐器：指竹笛是三代相传的乐器。

⑥虺瓦吊：语义不明。

⑦打折(shé)：打断。

【今　译】

蔡邕发现的椽笛，孙绰听任妓女拿来挥舞，而且摆动过于剧烈而断裂。王羲之听说后，大怒道："祖宗三代传下的乐器，竟然被孙家这小子打断了！"

【解 义】

据刘孝标注引伏滔《长笛赋叙》记载，蔡邕到江南避难时留宿于柯亭之馆，该馆的房椽使用的是竹子，蔡邕仰头看到后，认为是好竹，于是取下来制作成笛子，音色绝佳，并且一直流传到东晋。这是本文"蔡伯喈睹睐椽笛"的出典。竹子虽是易折之物，但仅仅因为妓女挥舞就凭空折断，未免过于夸张。椽笛又称柯亭笛，据刘孝标注引伏滔《长笛赋叙》及《晋书·桓伊列传》记载，此笛为桓伊所有，桓伊常自吹之，而且并未提及被孙绰毁坏。因此，本文所载未必可信，应当也是出于后人之攻讦。

二十一

王中郎与林公绝不相得①。王谓林公诡辩，林公道王云："著腻颜帢②，絺布单衣③，挟《左传》，逐郑康成车后④，问是何物尘垢囊⑤？"

【今 注】

①王中郎：王坦之，曾任北中郎将，故称。 林公：支道林。 相得：彼此契合。得，合得来，融洽。

②著：戴。腻颜帢（qià）：污垢的便帽。腻，污垢。颜帢，白色帽前有一条横缝的帽，流行于三国曹魏之时。到西晋时，横缝渐渐去掉，称为无颜帢。东晋时颜帢已过时，所以支道林予以讥笑。

③絺（xì）布：粗葛布。

④逐：追随。 郑康成：郑玄，古文经学家，遍注群经。

⑤何物：什么。 尘垢：尘土污垢。 囊：袋子。

【今　译】

王坦之和支道林彼此很不融洽。王坦之说支道林诡辩，支道林说王坦之道："头戴肮脏过时的便帽，身穿粗葛布单衣，挟着一部《左传》，追随在郑玄的车后，请问这是装什么垃圾的袋子？"

【解　义】

所谓"绝不相得"，指王坦之和支道林总是因意见不合而互相轻视。支道林攻击王坦之的话，也见于刘孝标注引《裴子》的记载。所谓"著腻颜帢，絺布单衣"，说明王坦之在支道林的眼中就是一个迂腐的儒生。据《晋书·王坦之列传》记载，王坦之认为当时的风俗过于放荡，所以主张儒教和刑名之学，著有《废庄论》。王坦之的观点在崇尚老庄之学的年代里显得较为另类，所以遭到支道林的讽刺。

二十二

孙长乐作王长史诔云①："余与夫子②，交非势利③，心犹澄水④，同此玄味⑤。"王孝伯见曰⑥："才士不逊⑦，亡祖何至与此人周旋⑧！"

【今　注】

①孙长乐：孙绰。　王长史：王濛。　诔（lěi）：哀悼死者生平事迹的文体。

②夫子：指王濛。

③势利：权势与利益。

④澄水：清澈的水。

⑤玄味：高远的旨趣。

⑥王孝伯：王恭，字孝伯。

⑦才士：有才气之士，指孙绰。

⑧亡祖：指王濛。王濛为王恭的祖父。

【今　译】

孙绰为王濛撰写诔文说："我和夫子，结交不为势利，心如清澄之水，同赏玄妙趣味。"王恭看到后说："才子不懂谦逊，我先祖父哪至于和他交往！"

【解　义】

孙绰的文才不仅得到公认，而且据记载名士们的家人也希望能够由孙绰来撰写碑文诔记（古代这类文章大多请名家代笔）。因此，本文所载似乎并不可信，其情形与本篇第九则、第十七则的记载类似。此类记载均不见于《晋书·孙绰列传》，说明不为史官采信。

二十三

谢太傅谓子侄曰[①]："中郎始是独有千载[②]。"车骑曰[③]："中郎衿抱未虚[④]，复那得独有？"

【今　注】

①谢太傅：谢安。

②中郎：谢万，曾任抚军从事中郎，故称。　始：才。

③车骑：谢玄，字幼度，谢奕子。死后赠车骑将军，故称。

④衿抱：胸襟怀抱。　虚：此指胸襟宽广。

【今　译】

谢安对子侄们说："谢万才是千年来独一无二之人。"谢玄说："他的胸襟怀抱不够宽广，又怎么能说是独一无二的人呢？"

【解　义】

据《晋书·谢万列传》记载，谢万善于自我炫耀，任豫州刺史后受命北征，又矜才傲物，不能抚恤部下。说明谢万的个性过于张扬。本文所载对话应在谢万北征失败之前，而谢玄显然已经观察到谢万有不够谦逊的缺点。

二十四

庾道季诧谢公曰[①]："裴郎云[②]：'谢安谓裴郎乃可不恶[③]，何得为复饮酒[④]？'裴郎又云：'谢安目支道林如九方皋之相马[⑤]，略其玄黄[⑥]，取其俊逸[⑦]。'"谢公云："都无此二语，裴自为此辞耳。"庾意甚不以为好[⑧]，因陈东亭《经酒垆下赋》[⑨]。读毕，都不下赏裁[⑩]，直云[⑪]："君乃复作裴氏学[⑫]！"于此《语林》遂废[⑬]。今时有者，皆是先写，无复谢语。

【今　注】

①庾道季：庾龢，庾亮之子。　诧：告诉。　谢公：谢安。

②裴郎：裴启。

③乃可：确实。

④何得：为什么。

⑤目：品评，评论。　九方皋：相传为春秋时善于相马的人，他得到伯乐的推荐，为秦穆公觅得千里马。

⑥略：忽略，不予注意。　玄黄：黑色与黄色，指马的毛色。

⑦俊逸：指马的外形漂亮超群。

⑧不以为好：不以为然。

⑨陈：陈述。　东亭：王珣。　《经酒垆下赋》：王珣作，哀悼阮籍、嵇康的赋文。

⑩都：全。　赏裁：赞赏评论。裁，评判。

⑪直：只是，仅仅。

⑫乃复：竟然。

⑬《语林》：裴启作，已佚。

【今　译】

庾龢告诉谢安说："裴启（在《语林》中）说'谢安称裴启确实不坏，他为什么还要再饮酒呢？'裴启又说：'谢安品评支道林像九方皋相马一样，不注意马的毛色是黑的还是黄的，而只选择马是否出众超群。'"谢安说："我完全没有说过这两句话，是裴启自己编的。"庾龢对谢安的话很不以为然，于是便陈述王珣的《经酒垆下赋》。读完后，谢安完全不表示赞赏，只是说："您竟然要做裴启那样的学问！"从此《语林》就被人们废弃了。现在还有的，都是先前的抄本，不再有谢安的话。

【解　义】

谢安评论支道林的话也见于《支遁传》记载。据本书《文学》第九十则记载，裴启《语林》深受当时士人的推崇，远近争相传抄，其中录有王珣所作《经黄公酒垆下赋》，并且评论说很有才情。庾龢所谓"意甚不以为好"，是觉得谢安对待《语林》的态度有失公允，所以他再次引述《语林》关于王珣《经黄公酒垆下赋》的记载，以试探谢安。谢安"都不下赏裁"的原因，据刘孝标注引《续晋阳秋》的记载，是因为谢安与王珣不和所致（谢安曾让女儿和侄女与王珣兄弟离婚）。文末所说"今时有者，皆是先写，无复谢语"是有疑问的，既然那些抄本是原先抄写的，当然应该有谢安的话在内。只有后来出现的抄本，才会因为谢安否认而删去。

二十五

王北中郎不为林公所知①，乃著论《沙门不得为高士论》②，大略云：高士必在于纵心调畅③，沙门虽云俗外[4]，反更束于教[5]，非情性自得之谓也[6]。

【今　注】

①王北中郎：王坦之曾为北中郎将，故称。　林公：支道林。　知：赏识。

②沙门：指佛教僧侣。　高士：指志趣、品行高尚的人。

③纵心调畅：放松心情，和谐舒畅。

④俗外：世俗之外。

⑤束于教：受到佛教戒律的束缚。

⑥情性：性情。　自得：自以为得意。

【今　译】

王坦之不受支道林的赏识，便写了《沙门不得为高士论》，大意说：高尚之人必定是心情放松、和谐舒畅的，出家人虽然说置身于世俗之外，但反而更加受戒律的束缚，就做不到本性自在适意了。

【解　义】

据《晋书·王坦之列传》记载，王坦之与沙门竺法师有深厚的交往，两人经常在一起探讨佛教义理。又据本篇第二十一则记载，王坦之与支道林彼此不睦，互相轻视，支道林将王坦之形容为一个迂腐的书生。因此，王坦之作《沙门不得为高士论》并非是为了诽谤僧侣，而是专门用以贬低支道林的。

二十六

人问顾长康[1]："何以不作洛生咏[2]？"答曰："何至作老婢声[3]？"

【今　注】

①顾长康：顾恺之。

②洛生咏：指带有重浊鼻音的咏诵声。洛阳书生诵咏声重浊，东晋渡江士族以仿效洛生咏为贵，谢安即善此。

③老婢（bì）：老年女仆。

【今　译】

有人问顾恺之："为什么不仿效洛阳书生的吟咏声？"顾恺之答道："我哪至于去学老年女奴的声调！"

【解　义】

据刘孝标注，洛生咏的语音重浊，类似老年妇女的语音，所以顾恺之称为"老婢声"。洛生咏在东晋时期很流行，因为士人大多从北方南迁而来。但顾恺之是晋陵无锡人，属于南方士族，这是他不屑于学洛生咏的原因。

二十七

殷觊、庾恒并是谢镇西外孙[①]，殷少而率悟[②]，庾每不推[③]。尝俱诣谢公[④]，谢公孰视殷曰[⑤]："阿巢故似镇西[⑥]。"于是庾下声语曰[⑦]："定何似？"谢公续复云："巢颊似镇西。"庾复云："颊似，足作健不[⑧]？"

【今　注】

①殷觊（？—397）：字伯通，小字巢。与堂弟殷仲堪同时知名。官至南蛮校尉。　庾恒（生卒不详）：字敬则，庾龢之子，官至尚书仆射。　谢镇西：谢尚。

②率悟：坦率聪慧。

③推：推重，赞许。

④谢公：谢安。

⑤孰：仔细。

⑥故：确实。

⑦下声：小声，低声。

⑧定：究竟，到底。 作健：成为强者。 不：同“否”。

【今　译】

殷顗、庾恒都是谢尚的外孙，殷顗小时候就坦率聪慧，但庾恒常常不赞许他。他们曾一起去拜访谢安，谢安仔细看着殷顗道：“阿巢确实像谢尚。”于是庾恒小声地说：“到底哪里像？”谢安继续又说：“殷顗的脸颊像谢尚。”庾恒又说：“脸颊相像，就足以成为强者吗？”

【解　义】

据刘孝标注引《谢氏谱》记载，谢尚的长女僧要嫁给庾恒的父亲庾龢，次女僧韶则嫁给殷顗的父亲殷歆。

二十八

旧目韩康伯：“将肘无风骨[①]。”

【今　注】

①目：评论。 韩康伯：韩伯。 将肘：粗壮的胳膊肘。将，齐楚一带古语称大为将。肘，胳膊肘。 风骨：指人的风度气质。

【今　译】

过去人们评论韩伯说：“胳膊肘粗大没有风度气质”。

【解　义】

据刘孝标注引《说林》记载，韩伯体型肥胖像肉鸭一样。

二十九

苻宏叛来归国[①]，谢太傅每加接引[②]。宏自以有才，多好上人[③]，坐上无折之者[④]。适王子猷来[⑤]，太傅使共语。子猷直孰视良久[⑥]，回语太傅云：“亦复竟不异人⑦。”宏大惭而退。

【今　注】

①苻宏（356—405）：前秦苻坚太子，苻坚被杀后投奔晋朝，官至辅国将军。　叛：指背叛前秦。　归国：指归顺晋朝。

②谢太傅：谢安。　接引：接待引荐。

③上人：凌驾于人。

④折：折服。

⑤适：刚巧，恰好。　王子猷：王徽之。

⑥直：只是。　孰视：仔细看。孰，通“熟”。

⑦竟：终于，到底。

【今　译】

苻宏叛逃前来归附，谢安常常予以接待引荐。苻宏自以为有才华，经常喜欢凌驾于人，在座者没有能折服他的人。这时恰好王徽之到来，谢安让他们一起交谈。王徽之只是仔细看了苻宏很久，回头对谢安说：“也没有什么与常人不同的地方。”苻宏感到十分惭愧就告退了。

【解　义】

桓楚永始二年（404），桓玄败退至江陵时，苻宏被任命为梁州刺史，受到桓玄重用。次年（405），苻宏在湘东为晋将檀祇剿灭。

三十

支道林入东①，见王子猷兄弟②。还，人问：“见诸王何如？”答曰：“见一群白颈乌，但闻唤哑哑声③。

【今　注】

①入东：指到会稽郡去。

②王子猷兄弟：指王徽之、王献之等人。

③白颈乌：白头颈的乌鸦。　哑哑声：乌鸦的叫唤声。

【今　译】

支道林到会稽郡去的时候，见到王徽之兄弟。回来后，有人问他："见到王家兄弟，他们怎么样？"支道林回答道："见到一群白颈乌鸦，只听见哑哑的叫唤声。"

【解　义】

所谓"白颈乌"，指王氏子弟大多穿白领衣服。所谓"哑哑声"，陆游《老学庵笔记》卷八认为就是"唱喏"，他指出古时作揖只是举手示意而已，并不出声，直到东晋时期的王氏兄弟才出声致敬。支道林将王氏兄弟的唱喏声形容为乌鸦的叫唤，是在讽刺王氏兄弟学作吴语。

三十一

王中郎举许玄度为吏部郎①，郗重熙曰②："相王好事③，不可使阿讷在坐头④。"

【今　注】

①王中郎：王坦之，曾任从事中郎，故称。　举：荐举。　许玄度：许询。

②郗重熙：郗昙。

③相王：指简文帝司马昱，当时以会稽王身份执政，故称。　好事：喜欢多事。

④阿讷：许询的小名。　坐头：坐位。

【今　译】

王坦之举荐许询担任吏部郎，郗昙说："相王喜欢多事，不可以让许询在他的座位前。"

【解　义】

所谓“相王好事”，应指司马昱好清谈而言。之所以“不可使阿讷在坐头”，则是担心司马昱和许询趣味相投，因此而荒废政务。

三十二

王兴道谓谢望蔡[①]“霍霍如失鹰师[②]”。

【今　注】

①王兴道：王和之（生卒不详），字兴道，王胡之子。历官永嘉太守、侍中。　谢望蔡：谢琰，封望蔡公，故称。

②霍霍：此指性子急躁不安的样子。

【今　译】

王和之评论谢琰“性子急躁不安，就像丢失了老鹰的驯鹰人。”

【解　义】

刘孝标注以为望蔡是谢琰的小字，有误，谢琰的小字应是末婢。谢琰在淝水之战后因功封望蔡县公，故称谢望蔡。据《晋书·谢琰列传》记载，谢琰出任会稽内史、都督五郡军事后，缺乏绥靖安抚地方的才能，又不修武备，在遭到孙恩的大举进攻时，轻敌躁动，甚至连饭都没吃就贸然出战，结果兵败被杀。所以，王和之对谢琰个性的描述可谓恰如其分。

三十三

桓南郡每见人不快[①]，辄嗔云：“君得哀家梨[②]，当复不烝食不[③]？”

【今　注】

①桓南郡：桓玄。不快：指愚钝，不爽快。

②嗔（chēn）：生气。哀家梨：传说秣陵人哀仲家的梨味道鲜美，不仅个头大，而且入口即化，人称“哀家梨”。

③烝：同“蒸”。　不：同“否”。

【今　译】

桓玄每当看到别人行事愚钝不爽快，总是生气地说：“您得到哀家梨，该不会拿来蒸着吃吧？”

【解　义】

据刘孝标注，桓玄所谓“当复不烝食不”，意指愚钝之人往往会糟蹋好东西。

假谲第二十七

假谲，指权谋诡诈。俗话说兵行诡道，曹操善于用兵，所以很容易就被人贴上诡诈的标签。但用兵之道往往秘而不宣，如《史记·陈丞相世家》曰："（陈平）凡六出奇计，辄益邑，凡六益封。奇计或颇秘，世莫能闻也。"曹操之所以能够平定北方，得益于谋臣们的献计献策，但这些计策的内容最终都归于湮没。《三国志·魏书·荀攸传》曰："攸深密有智防，自从太祖征伐，常谋谟帷幕，时人及弟子莫知其所言。……公达前后凡画奇策十二，唯繇知之。繇撰集未就，会薨，故世不得尽闻也。"后人既好奇于曹操用兵之神，却又难得其详，所以只能从性格上将曹操塑造为一个诡诈之人。本篇开篇五则有关曹操的记载，很明显就是出于后人之附会。

一

魏武少时①，尝与袁绍好为游侠②。观人新婚，因潜入主人园中，夜叫呼云：“有偷儿贼！”青庐中人皆出观③。魏武乃入，抽刃劫新妇，与绍还出，失道④，坠枳棘中⑤，绍不能得动，复大叫云：“偷儿在此！”绍遑迫自掷出⑥，遂以俱免⑦。

【今 注】

①魏武：曹操。

②好（hào）：爱好喜欢。 游侠：指无赖行径。

③青庐：汉代婚俗以青布搭帐迎娶新妇，举行婚礼。

④失道：迷路。

⑤枳（zhǐ）棘（jí）：枳木与棘木，多刺灌木。

⑥遑迫：惊慌急迫。 掷出：跳出。

⑦免：幸免。

【今 译】

魏武帝曹操年轻时，曾经喜欢和袁绍一起干一些无赖之事。一次看人家新婚，就偷偷进入主人家园子里，到夜里呼喊：“有小偷！”青庐中的人都跑出去看。曹操于是进去，拔出刀来劫持新娘，与袁绍一起往回跑，迷了路，掉进了荆棘丛中，袁绍动弹不得，曹操又大叫道：“小偷在这里！”袁绍惊慌急迫中自己跳了出来，这才得以幸免。

【解 义】

曹操使出激将法，所以袁绍情急之下才跳出荆棘。但本文所载应出自里巷传言。据刘孝标注引《曹瞒传》及孙盛《杂语》记载，曹操从小就放荡不务正业，喜欢狡诈之术。《三国志·魏书·武帝纪》则称曹操小时就很机警，有权谋。后人或许据此而有所演绎。

二

魏武行役[1]，失汲道[2]，三军皆渴，乃令曰："前有大梅林，饶子[3]，甘酸可以解渴。"士卒闻之，口皆出水，乘此得及前源[4]。

【今　注】

①魏武：曹操。　行役：行军跋涉。

②汲道：通往水源的道路。

③饶子：指果实很多。

④前源：指前面的水源。

【今　译】

曹操率军跋涉时，找不到水源，军中士卒都口渴难耐，于是他下令说："前面有大片梅林，果实很多，又甜又酸可以解渴"。士卒们听到他的话，嘴里都流出口水，由此得以到达前面的水源地。

【解　义】

成语"望梅止渴"即典出于此，但应当属于里巷传言。

三

魏武常言[1]："人欲危己，己辄心动[2]。"因语所亲小人曰[3]："汝怀刃密来我侧，我必说心动，执汝使行刑[4]，汝但勿言其使[5]，无他，当厚相报。"执者信焉，不以为惧，遂斩之。此人至死不知也。左右以为实，谋逆者挫气矣[6]。

【今　注】

①魏武：曹操。　常：通“尝”，曾经。

②危：危害，指谋害。　心动：心跳。

③小人：指身边的侍从。

④执：捕捉。

⑤但：只要。

⑥谋逆者：图谋不轨的人。　挫气：丧气。

【今　译】

曹操曾说：“有人想谋害我的时候，我就会心跳。”于是他对身边一名亲近的侍从说：“你怀里藏着刀到我身边来，我一定会说心跳，抓住你让人执行刑罚，你只要不说出是谁指使的，就没有关系，我定会重重报答你。”侍从相信了，一点也不害怕，于是就被杀了。这人到死也不知道是怎么回事。左右侍从都以为曹操所说是真的，图谋不轨的人也都灰心丧气了。

【解　义】

曹操能够在群雄逐鹿的混战中脱颖而出，并平定北方，依靠的是文韬武略。但因为曹氏最终取汉家王朝而代之，饱受后人诟病。因此，曹操的形象往往被后人扭曲，并衍生出各种背信奸诈的故事，本文所载就是其中一例。刘孝标注引《曹瞒传》中也有一个类似的故事，都不足采信。

四

魏武常云[①]：“我眠中不可妄近[②]，近便斫人[③]，亦不自觉。左右宜深慎此[④]。”后阳眠[⑤]，所幸一人[⑥]，窃以被覆之[⑦]，因便斫杀。自尔每眠，左右莫敢近者。

【今　注】

①魏武：曹操。　常：通“尝”，曾经。

②妄近：随便靠近。

③斫（zhuó）人：杀人。

④深：非常。　慎：小心。

⑤阳：同“佯”，假装。

⑥幸：宠爱。

⑦窃：偷偷，暗中。

【今　译】

曹操曾说：“我睡觉时不可随便靠近我，靠近我就要杀人，连自己也不知道。左右侍从们应当特别小心这件事。”后来他假装睡着了，他所宠幸的一个侍从，偷偷地拿被子盖在他身上，曹操就乘机把他杀了。从此以后每次睡觉时，左右侍从没有人敢靠近他。

【解　义】

本文与上一则异曲同工，都是为了形塑曹操奸臣的形象，因为猜忌是奸臣的特征。

五

袁绍年少时，曾遣人夜以剑掷魏武[①]，少下[②]，不著[③]。魏武揆之[④]，其后来必高。因帖卧床上[⑤]，剑至果高。

【今　注】

①魏武：曹操。

②少下：指稍微低一点。少（shāo），稍微，略微。下，低。

③不著：指没有掷中。

④揆（kuí）：推测。

⑤帖：通“贴”，紧挨。

【今　译】

袁绍年轻时，曾经派人夜里用剑投掷曹操，稍微低了一点，没有掷中。曹操估计，后面掷过来的剑必然高一些。于是他就紧贴伏卧在床上，掷过来的剑果然高了一点。

【解　义】

剑并不适合用于投掷，如果袁绍真的要行刺曹操，完全可以用弓箭或投枪一类的武器。所以，本文所载属于小说家言，刘孝标注也认为不可信。

六

王大将军既为逆[①]，顿军姑孰[②]。晋明帝以英武之才，犹相猜惮[③]，乃著戎服[④]，骑巴賨马[⑤]，赍一金马鞭[⑥]，阴察军形势[⑦]。未至十余里，有一客姥[⑧]，居店卖食，帝过愒之[⑨]，谓姥曰：“王敦举兵图逆，猜害忠良[⑩]，朝廷骇惧，社稷是忧[⑪]。故劬劳晨夕[⑫]，用相觇察[⑬]。恐形迹危露，或致狼狈[⑭]，追迫之日，姥其匿之！”便与客姥马鞭而去[⑮]，行敦营匝而出[⑯]。军士觉，曰：“此非常人也！”敦卧心动，曰：“此必黄须鲜卑奴来[⑰]！”命骑追之。已觉多许里[⑱]，追士因问向姥：“不见一黄须人骑马度此邪？”姥曰：“去已久矣，不可复及。”于是骑人息意而反[⑲]。

【今　注】

①王大将军：王敦。　为逆：叛逆，造反。

②顿军：驻屯。　姑孰：今安徽当涂。

③猜惮：怀疑畏惧。

④戎服：军服。

⑤巴賨（cóng）马：巴地賨人进贡之马。賨人为我国古代少数民族，主要居住今四川渠县一带。

⑥赍（jī）：携带。

⑦阴：暗中。

⑧客姥（mǔ）：客居的老妇。

⑨愒：同“憩”（qì）：休息。

⑩猜害：猜疑杀害。

⑪社稷：指国家。

⑫劬（qú）劳：劳累。

⑬觇（chān）察：暗中察看。

⑭狼狈：指处境危险。

⑮其：语气词，表示希望之意。　匿：隐瞒。　与：给予，赠送。

⑯匝：指环绕一周。

⑰黄须鲜卑奴：指明帝。据刘孝标注引《异苑》记载，明帝的生母荀氏是燕国人，所以明帝的样貌有点像异族人，胡须是黄色的。

⑱觉（jiào）：差，相差。　多许里：指相距里程很多。

⑲息意：打消念头。　反：同“返”。

【今　译】

大将军王敦起兵叛乱，驻军于姑孰。晋明帝虽有英武之才，对王敦还是猜忌畏惧的，于是穿上军服，骑上巴賨马，携带一条金马鞭，暗中侦查叛军的情况。离叛军驻地十余里地，有一位客居老妇，在店里卖吃的，晋明帝经过时在那里休息，对老妇说：“王敦起兵谋反，猜忌迫害忠臣贤良，朝廷上下都惊惧恐慌，社稷的存亡令人担忧。所以我不辞劳累，出来暗中察看形势。我担心形迹暴露，也许会陷入狼狈的境地，如果有人追赶过来，老人家为我隐瞒行踪！”于是把金马鞭送给老妇就离开了，到王敦军营绕了一圈才回来。士兵发觉，说："这不是一般的人！"王敦躺着感到心跳，说："这必定是黄须的鲜卑奴来了！"命令骑兵去追赶。已经相差很多里路，追兵于是问老妇道："有没有看到一个黄须的人骑马经过？"老妇说："过去很久了，不可能再追上了。"于是骑兵打消了追赶的念头返回了。

【解　义】

《晋书·明帝纪》亦载此事，与本文略有不同，情节更富戏剧性，如明帝在逃跑过程中为了误导追兵，竟然还有闲暇给马的粪便浇水冷却。史官采纳这种小说家言，明显失察。

七

王右军年减十岁时[①]，大将军甚爱之[②]，恒置帐中眠。大将军尝先出，右军犹未起。须臾，钱凤入[③]，屏人论事[④]，都忘右军在帐中，便言逆节之谋[⑤]。右军觉[⑥]，既闻所论，知无活理，乃剔吐污头面被褥[⑦]，诈孰眠[⑧]。敦论事造半[⑨]，方忆右军未起，相与大惊曰："不得不除之！"及开帐，乃见吐唾从横[⑩]，信其实孰眠，于是得全。于时称其有智。

【今　注】

①王右军：王羲之。　减：不足，不满。

②大将军：王敦。

③钱凤（生卒不详）：字世仪，吴郡嘉兴（今浙江嘉兴）人。任王敦帐下铠曹参军（掌管铠甲的官署长官），随王敦谋反，王敦失败后被杀。

④屏（bǐng）：屏退，避开。

⑤逆节：指叛逆造反。

⑥觉：指醒来。

⑦剔吐：呕吐。

⑧孰：同“熟”。

⑨造半：到一半。

⑩从横：指吐出的东西乱七八糟、狼藉不堪的样子。

【今　译】

王羲之不满十岁时，王敦非常喜爱他，常常把他留在自己的帐中睡觉。王敦曾经先起床走出帷帐，王羲之则还没起床。一会儿，钱凤进来，与王敦屏退手下人议论事情，全都忘了王羲之还在床帐中，于是说起了叛逆的计划。王羲之醒来，听到他们商量的事，知道没有活命的可能了，于是就呕吐把头脸被褥都弄脏，假装熟睡。王敦说到一半时，才想起王羲之还未起床，两个人都大惊失色道:“不得不把他除掉!”等到打开帐子时，看见呕吐物狼藉不堪，相信他确实在熟睡，于是得以保全性命。当时人都称赞他有智谋。

【解　义】

据《晋书·王允之列传》记载，王允之无意中曾听到王敦与钱凤的密谋，于是假装醉酒呕吐，王敦因此打消疑虑，王允之回到建康后，将此事告诉了父亲王舒，王舒于是和王导一起面奏明帝。因此，本文所谓“王羲之”应为误传。其实，史籍关于王允之的记载也有可能只是里巷传言。王敦不仅手握重兵，威震四方，而且在晋元帝时就已举兵攻入过建康，其野心早已昭然若揭。所以，王敦根本就不用担心有人会去告发他谋反。

八

陶公自上流来赴苏峻之难①，令诛庾公②，谓必戮庾，可以谢峻③。庾欲奔窜④，则不可；欲会⑤，恐见执[6]，进退无计。温公劝庾诣陶曰[7]："卿但遥拜，必无他，我为卿保之。"庾从温言诣陶。至，便拜。陶自起止之，曰："庾元规何缘拜陶士衡[8]？"毕[9]，又降就下坐[10]。陶又自要起同坐[11]。坐定[12]，庾乃引咎责躬[13]，深相逊谢[14]。陶不觉释然[15]。

【今　注】

①陶公：陶侃。　上流：指长江上游，陶侃时任荆州刺史。　苏峻之难：指苏峻起兵叛乱，攻入建康。

②庾公：庾亮。

③谢峻：向苏峻谢罪。

④奔窜：逃跑。

⑤会：会见。

⑥见执：被捕。

⑦温公：温峤。诣：拜访。

⑧庾元规：庾亮。　何缘：为什么　陶士衡：陶侃，字士行。

⑨毕：指行过礼。

⑩降：指屈尊到下位就座。

⑪要：同"邀"，邀请。

⑫定：坐定。

⑬引咎责躬：自责。　躬，自身。

⑭逊谢：谦恭地认错。

⑮释然：疑虑消除了。

【今　译】

陶侃从长江上游来平定苏峻叛乱，命令要杀掉庾亮，认为必须杀掉庾亮，才可以向苏峻谢罪。庾亮想逃跑，则不可能；想去会见陶侃，恐怕被抓，进退两难，无计可施。温峤劝庾亮去拜访陶侃，说："你只要远远地行跪拜礼，必定不会有什么事，我为你担保。"庾亮听从温峤的话去拜访陶侃。到了以后，就行跪拜礼。陶侃亲自起身阻止，说：“庾亮为什么要拜陶侃？”行过礼后，庾亮又屈尊在下位就座。陶侃又亲自邀请庾亮起来与自己同坐。坐定后，庾亮就引咎自责，诚恳而谦逊地认错。陶侃不知不觉中消除了怨气。

【解　义】

陶侃起兵讨伐苏峻，并被推举为盟主，焉有杀庾亮以讨好苏峻之理！有关陶侃责难庾亮而庾亮向陶侃示好的传闻很多，本文所载即为其中之一，应为里巷传言，不足采信。

九

温公丧妇[①]，从姑刘氏家值乱离散[②]，唯有一女，甚有姿慧。姑以属公觅婚[③]，公密有自婚意[④]，答云：“佳婿难得，但如峤比云何[⑤]？”姑云：“丧败之余，乞粗存活[⑥]，便足慰吾余年，何敢希汝比？”却后少日[⑦]，公报姑云：“已觅得婚处，门地粗可[⑧]，婿身名宦[⑨]，尽不减峤[⑩]。”因下玉镜台一枚[⑪]，姑大喜。既婚，交礼，女以手披纱扇，抚掌大笑曰：“我固疑是老奴，果如所卜[⑫]。”玉镜台是公为刘越石长史，北征刘聪所得[⑬]。

【今　注】

①温公：温峤。

②从姑：堂房姑妈，即父亲的堂姐妹。刘氏：温峤的姑母应姓温，称刘氏，是就夫家姓氏而言。　值乱：遭遇战乱。

③属（zhǔ）：通“嘱”，托付。

④密：私下，暗中。

⑤比：类，辈。　云何：怎么样。

⑥乞：求。

⑦却后：过后。

⑧门地：门第。

⑨名宦：名声官职。

⑩尽：全，都。

⑪下：指下聘礼。

⑫卜：预料。

⑬刘越石：刘琨。温峤曾在刘琨手下任职。 刘聪（？—318）十六国时期汉国国君。河瑞二年（310）刘渊死后，他杀死兄长夺取帝位，先后攻破洛阳、长安，俘获怀帝、愍帝。在位时穷兵黩武，沉迷酒色。

【今 译】

温峤死了妻子，他的堂姑刘氏家正值流离失散之际，身边只有一个女儿，非常美丽聪慧。堂姑嘱托温峤为女儿找门亲事，温峤暗地里有自己娶她的想法，回答说：“好女婿不容易找到，只是像我这样的人怎么样？”堂姑说：“我们遭遇战乱劫难，只求勉强活下去，就足够安慰我的晚年了，如何敢指望有你这样的女婿？”过后没几天，温峤回报堂姑说：“已找到婚配的人家了，家世地位大致可以，女婿的名声官职都不比我差。”于是送上玉镜台一枚作为聘礼，堂姑非常高兴。结婚时，行交拜礼，新娘用手拨开遮脸的纱巾，拍手大笑道：“我本来就怀疑是你这个老奴才，果然不出我所料。”玉镜台是温峤任刘琨长史时，在北征刘聪中得到的。

【解 义】

刘孝标注引《温氏谱》，认为温峤先后娶过李暅之女、王诩之女、何邃之女，但没有所谓刘氏之女的记载，所以本文所载不足采信。刘孝标注之后掺入了一条后人的评语：“谷口云：‘刘氏，政谓其姑尔，非指其女姓刘也。孝标之注亦未为得。’”这条评语认为刘氏指温峤的堂姑，其女儿未必姓刘。这种说法明显有误，温峤的堂姑当然也应该姓温，而不可能姓刘。所以，本文所谓“从姑刘氏家”，指堂姑的夫家刘氏。有关玉镜台的故事历来脍炙人口，唐张纮《行路难》曰：“君不见温家玉镜台，提携抱握九重来。”明胡文焕《群音类选·犀佩记》曰：“好将聘物早持归，自有温郎玉镜台。”关汉卿《玉镜台》即以此故事为蓝本。

十

诸葛令女[①]，庾氏妇[②]，既寡，誓云：“不复重出[③]。”此女性甚正强[④]，无有登车理[⑤]。恢既许江思玄婚[⑥]，乃移家近之。初，诳女云[⑦]：“宜徙[⑧]。”于是家人一时去，独留女在后。比其觉[⑨]，已不复得出。江郎莫来，女哭詈弥甚[⑩]，积日渐歇[⑪]。江虨暝入宿[⑫]，恒在对床上。后观其意转帖[⑬]，虨乃诈厌[⑭]，良久不悟，声气转急。女乃呼婢，云：“唤江郎觉。”江于是跃来就之，曰：“我自是天下男子，厌何预卿事而见唤邪[⑮]？既尔相关，不得不与人语。”女默然而惭，情义遂笃[⑯]。

【今　注】

①诸葛令：诸葛恢，官至尚书令，故称。

②庾氏妇：庾家的媳妇。诸葛恢之女嫁庾亮之子庾会，后庾会在苏峻之乱时被害。

③重出：指再嫁。

④正强：正直倔强。

⑤登车：指出嫁时乘车到夫家。

⑥江思玄：江虨。

⑦诳（kuáng）：欺骗，瞒哄。

⑧徙：迁移。

⑨比：等到。

⑩莫：同“暮”，晚上。　詈（lì）：骂。　弥甚：更加

厉害。

⑪积日：数日。

⑫暝：天黑。

⑬帖：平静，安定。

⑭厌（yǎn）：通“魇”，梦魇，做噩梦而引起的呻吟或惊叫。

⑮预：关系，相干。

⑯笃：深厚。

【今　译】

诸葛恢的女儿，是庾家的媳妇，守寡后，发誓说：“我不会再嫁人。”这个女子性格很正直刚强，没有再嫁的可能。诸葛恢已经应允了江彪的婚约，于是把家搬到了江家附近。起初，他骗女儿说：“适宜换个地方住。”于是家里人都一起离开，只留下此女一个人。等到她发觉时，已经无法出去了。江彪晚上来时，此女哭骂得更加厉害，几天后才逐渐平静下来。江彪晚上进屋睡觉，一直睡在对面床上。后来看她的情绪逐渐平静，江彪就假装做噩梦，好久都不醒，声音与气息逐渐急促，此女于是叫来婢女，说：“把江郎叫醒。”江彪于是跳起来靠近她，说：“我原是世上堂堂的男子汉，做噩梦关你什么事要把我叫醒？既然关心我，就不能不和我说话。”此女沉默无语感到惭愧，夫妻情义于是深厚起来。

【解　义】

诸葛恢之所以将长女改嫁给江彪，据本书《方正》第二十五则记载，是因为顾念江家。本文所载叙述夫妻间的隐私犹如亲眼目睹，显然出自小说家的演绎。

十一

愍度道人始欲过江①，与一伧道人为侣②，谋曰：

“用旧义往江东[3]，恐不办得食[4]。”便共立“心无义[5]”。既而此道人不成渡[6]，愍度果讲义积年[7]。后有伧人来，先道人寄语云[8]：“为我致意愍度[9]，无义那可立？治此计，权救饥尔[10]，无为遂负如来也[11]。”

【今　注】

①愍度道人：支愍度，一作支敏度，晋时高僧。成帝时与康僧渊、康法畅等过江南下，创“心无义”说，著《传译红录》。　道人，指僧人。

②伧（cāng）道人：指北方籍和尚。伧，六朝时南方人对北方人的蔑称。道人，当时人对和尚的称呼。

③旧义：指旧教义，原来的教义。

④不办：不可能。

⑤心无义：心无宗（东晋般若学派六家七宗之一）的代表性观点。

⑥既而：不久。　不成渡：指渡江没有成功。

⑦讲义：讲授“心无义”。　积年：多年。

⑧先道人：先前那个和尚。　寄语：托人带话。

⑨致意：传话。

⑩权：权宜，暂时。

⑪无为：不应。　如来：释迦牟尼的十种称号之一，释迦牟尼常用以自称。

【今　译】

支愍度和尚当初想渡江南下，与一个北方藉和尚结伴同行。两人商量说：“用旧教义到南方讲，恐怕不能混吃。”于是便共同创立了“心无义”。既而这个和尚没有渡江，支愍度则果然讲了多年的“心无义”。后来有北方人来，先前那位北方和尚传话说：“为我致意愍度，心无义怎么可以成立？想出这个办法来，是暂时混饭吃而已，不应因此背弃了如来佛祖。”

【解　义】

佛教般若思想传入中土后，在东晋时期出现了不同流派。即所谓六家七宗。其中“本无宗”的影响最大，代表人物是道安和慧远。“心无宗”的影响也很大，以支愍度、道恒、竺法温为代表。据刘孝标注，支愍度对旧教义的主要改变在于，旧教义认为“种智有是，而能园照。然则万累斯尽，谓之空无；常住不变，谓之妙有”，而“心无义”则认为“种智之体，豁如太虚，虚而能知，无而能应。居宗至极，其唯无乎”。支愍度实际上是运用了老庄哲学中的一些概念来诠释般若思想，因此而产生的思想上的分歧，必然会引来批评。本文所谓“治此计，权救饥尔”，属于不同流派间的攻击性语言，不足为信。

十二

王文度弟阿智①，恶乃不翅②，当年长而无人与婚。孙兴公有一女③，亦僻错④，又无嫁娶理，因诣文度，求见阿智。既见，便阳言⑤：“此定可⑥，殊不如人所传，那得至今未有婚处？我有一女，乃不恶，但吾寒士，不宜与卿计，欲令阿智娶之。”文度欣然而启蓝田云⑦：“兴公向来⑧，忽言欲与阿智婚。”蓝田惊喜。既成婚，女之顽嚚⑨，欲过阿智。方知兴公之诈。

【今　注】

①王文度：王坦之。　阿智：王处之（生卒不详），字文将，小字阿智，王述之子。曾辟州别驾，不就。

②恶：愚痴，凶玩。　翅：通“啻”（chì），只，止。不啻，不只，不止。

③孙兴公：孙绰。

④僻错：怪僻反常。

⑤阳言：说假话。阳，同“佯”，装假。

⑥定：必定，一定。

⑦蓝田：王述，封蓝田侯，故称。

⑧向来：刚才。

⑨玩嚚（yín）：冥顽不化。

【今　译】

王坦之的弟弟阿智，不只是愚蠢凶顽而已，当他年龄大时却没有人与他结亲。孙绰有一个女儿，也是怪癖反常，也没有出嫁的可能，于是孙绰就去拜访王文度，要求见阿智。见到后，就假装说：“阿智确实不错，完全不像传言的那样，怎么到现在还没有娶亲？我有一个女儿，还不错，但我是一个寒士，本不应与您计议婚事，让阿智娶她。”王坦之高兴地禀告王述道：“孙绰刚才来，忽然说要与阿智结亲”。王述又惊又喜。成婚后，此女冥顽不化的程度，超过了阿智。人们这才知道孙绰的狡诈。

【解　义】

王述和孙绰都是一代名士，其子女虽未必一定具备乃父之风，但无论如何也不至于成为愚顽之徒。因此，本文所载应出自小说家的夸张演绎。据刘孝标注，王处之不就征辟，世人或许因此视为性格孤僻。

十三

范玄平为人好用智数[①]，而有时以多数失会[②]。尝失官居东阳[③]，桓大司马在南州[④]，故往投之。桓时方欲招起屈滞[⑤]，以倾朝廷[⑥]，且玄平在京，素亦有誉[⑦]。桓谓远来投己，喜跃非常。比入至庭，倾身引望[⑧]，语笑欢甚。顾谓袁虎曰：“范公且可作太常卿[⑨]。”范裁坐[⑩]，桓便谢其远来意。范虽实投桓，而恐以趋时损名[11]，乃曰："虽怀朝宗[12]，会有亡儿瘗在此[13]，故来省视[14]。"桓怅然失望，向之虚伫[15]，一时都尽。

【今　注】

①范玄平：范汪。　智数：心计权术。

②多数：指过多的谋算。　失会：失去机会。

③失官：丢掉官职。　东阳：郡名，治所在今浙江金华。

④桓大司马：桓温。　南州：姑孰，今安徽当涂。

⑤招起：招聘起用。　屈滞：指屈居下位，久不升迁的人。

⑥倾：颠覆。

⑦素：平素，向来。

⑧倾身引望：身体向前倾，伸长脖子望，以示谦恭的样子。

⑨且：暂且，暂时。　太常卿：官名，掌管礼乐祭祀等。

⑩裁：通"才"。

⑪趋时：迎合时势。　损名：损害名声。

⑫朝宗：拜见长官。

⑬会：恰巧。　瘗（yì）：埋葬。

⑭省（xǐng）视：看望。

⑮向：刚才。　虚伫（zhù）：虚心等待。伫，长时间站立。

【今　译】

范汪为人好用心计权术，但有时因为多用了心计反而错失了机会。他曾经罢官后住在东阳，桓温大司马在南州，他便去投奔。桓温当时正要招聘起用屈居下位久久不能升迁的人，用来颠覆朝廷，况且范汪在京城，一向有名声。桓温认为他远道前来投奔自己，非常喜欢兴奋。等到范汪进入庭院，他即伸长脖子探望，两人又说又笑非常高兴。桓温回头对袁宏说："范公暂时可做太常卿。"范汪才坐下，桓温就感谢他远道来投奔自己的厚意。范汪虽然确实是来投奔桓温的，但怕这样做被当作迎合时势会损坏自己的名声，便说："虽然我怀有拜见长官之心，但恰巧我有亡儿埋葬在此，所以前来看望。"桓温失望懊丧，刚才虚心等待站立许久的热情，一下子都化为乌有。

【解　义】

据《晋书·范汪列传》记载，桓温一直想延揽范汪，曾屡次请其出任长史和江州刺史，但范汪却自请出任东阳太守，桓温由此怀恨在心。范汪此后得到简文帝的重用，出任都督徐兖青冀四州扬州之晋陵诸军事、安北将军、徐兖二州刺史。桓温北伐时，范汪因为没有如期出兵呼应，由此受到弹劾，被贬为庶人，隐居吴郡，从容讲论肄习。虽然当时人都为他的遭遇感慨叹息，但他却从不谈及被罢黜一事的曲直。因此，本文所谓范汪为求官而去投奔桓温的说法，应出自俗人之揣测。《晋书·范汪列传》也记载了范汪造访桓温之事，但将本文所谓"虽实投桓"改为"虽实造温"。显然史官并不相信范汪是去投奔桓温，而认为这只是造访而已。

十四

谢遏年少时①，好著紫罗香囊②，垂覆手③。太傅患之④，而不欲伤其意。乃谲与赌⑤，得即烧之。

【今　注】

①谢遏：谢玄，小字遏（è）。

②著：穿着，指佩带。　紫罗香囊：用紫色丝罗编成的装香料的口袋。

③覆手：手巾之类的物件。

④太傅：谢安，谢玄的叔叔。

⑤谲（jué）：欺诈，骗。

【今　译】

谢玄少年时，喜欢带紫色丝罗香袋，挂着手巾。谢安为此感到忧虑，但又不想伤他的心。于是就假装与他打赌，赢得后就把它们烧了。

【解　义】

谢安对侄子热衷于当时流行的佩香袋挂手巾等饰物表示忧虑，却又不想强令禁止，所以用设赌的方法来赢得这些东西。

黜免第二十八

黜免，指罢官免职。

一

诸葛厷在西朝[①]，少有清誉[②]，为王夷甫所重[③]，时论亦以拟王[④]。后为继母族党所谗[⑤]，诬之为狂逆[⑥]。将远徙[⑦]，友人王夷甫之徒诣槛车与别[⑧]，厷问："朝廷何以徙我[⑨]？"王曰："言卿狂逆。"厷曰："逆则应杀，狂何所徙？"

【今　注】

①诸葛厷（gōng）：生卒不详，字茂远，琅邪阳都（今山东临沂北）人，官至司空主簿。　西朝：指西晋。

②清誉：美好的声誉。

③王夷甫：王衍。

④拟：比拟。

⑤族党：指同族的亲属。

⑥狂逆：狂妄忤逆。

⑦远徙：流放到边远处。

⑧槛（jiàn）车：押解犯人的囚车。

⑨徙（xǐ）：流放。

【今　译】

诸葛厷在西晋时，年纪轻轻就有美好的声誉，得到王衍的器重，当时的评论也把他比作王衍。后来他被继母的同族人所谗毁，诬陷他狂妄悖逆。当他将要被流放时，友人王衍等人到囚车前与他告别，诸葛厷问："朝廷为什么要流放我？"王衍道："说你狂放忤逆。"诸葛厷说："叛忤就应当杀头，狂放为什么要流放？"

【解　义】

所谓"狂逆"，指忤逆父母。诸葛厷被继母的族人所诬告，或许是因为他与继母的关系不怎么融洽。按照当时的律令，忤逆父母要遭到流放的处罚。如吕安被其兄吕巽告发殴打母亲后，就被判流放，后来嵇康为之辩护，钟会借机向司马昭进谮，将事件性质升级，吕安与嵇康才因此被害。因此，诸葛厷所谓"逆则应杀，狂何所徙"，并非对判罚有所质疑，而是对遭到陷害表达愤怒。

二

桓公入蜀[①]，至三峡中，部伍中有得猿子者[②]。其母缘岸哀号[③]，行百余里不去，遂跳上船，至便即绝。破视其腹中，肠皆寸寸断。公闻之怒，命黜其人[④]。

【今　注】

①桓公：桓温。　入蜀：指桓温于晋穆帝永和二年（346）出兵攻蜀。

②部伍：指部队。　猿子：指小猿。

③缘岸：沿岸。

④黜：罢免，黜退。

【今　译】

桓温出兵进蜀地，到达三峡之中的时候，队伍中有人捕捉到一只小猿。母猿沿岸哀哭号叫，跟了一百多里路也不肯离去，最后终于跳上船，一上船就立刻气绝。剖开母猴的肚腹一看，肠子都一寸寸地断裂了。桓温听说此事后大怒，命令罢免了那人的职务。

【解　义】

保护后代是动物的天性，所谓肝肠寸断则属于演绎。

三

殷中军被废[①]，在信安[②]，终日恒书空作字[③]。扬州吏民寻义逐之[④]，窃视，唯作“咄咄怪事”四字而已[⑤]。

【今　注】

①殷中军：殷浩，曾任中军将军，故称。　被废：指殷浩北伐失败被废为庶人。

②信安：县名，故地在今浙江衢州。

③书空：用手指在空中虚划字形。

④寻义：探寻意思。　逐：追随。

⑤咄咄（duō）：叹词，表示出人意料。

【今　译】

殷浩被废为庶民，住在信安，整天总是用手指在空中写字。扬州的官吏百姓要探究意思，便尾随着他偷看，见他只写“咄咄怪事”四个字而已。

【解　义】

据《晋书·殷浩列传》记载，殷浩北伐失败后虽然被贬为庶人，但他并无怨言，坦然以对，家人从未发现他有被流放的失落感。因此，殷浩显然并未精神失常，所谓“书空作字”，应出自后人之臆想。

四

桓公坐有参军椅烝薤[①]，不时解，共食者又不助，而椅终不放，举坐皆笑。桓公曰：“同盘尚不相助，况复危难乎[②]？”敕令免官[③]。

【今　注】

①桓公：桓温。　坐：指宴席饭桌之座。　椅（jī）：指用筷子夹取食物。　烝薤（xiè）：一种蔬菜名。烝，通"蒸"。薤，又名藠（jiào）头，多年生草本植物，根茎可食用。

②况复：何况。

③敕令：命令。

【今　译】

桓温宴席上有一位参军用筷子夹蒸薤，一时分解不下来，同席吃饭者又不帮助，而这位参军始终夹着筷子不放手，满座的人都笑了起来。桓温说："同在一个盘子里吃东西尚且不肯相互帮助，何况遇到危难呢？"于是下令免去同席者的官职。

【解　义】

所谓"不时解"，指桓温的参军下筷时夹出的菜太多，藠头互相缠绕，一时无法分解开。所谓"椅终不放"，指这位参军一直举着筷子夹着菜，等着别人帮他一把。

五

殷中军废后①，恨简文，曰：②："上人著百尺楼上③，儋梯将去④。"

【今　注】

①殷中军：殷浩。

②简文：简文帝司马昱。

③上人：让人上去。著（zhuó）：在。

④儋（dān）：同"担"，肩扛。　将去：拿掉。

【今　译】

殷浩被废为庶人后，怨恨简文帝，说："让人登上百尺高楼，却把梯子拿掉了。”

【解 义】

北伐失利，主将当然得负起责任，殷浩根本就没有理由去怨恨简文帝。罢黜之事由桓温提议，简文帝也是迫于无奈，所以不存在上树拔梯、过河拆桥的问题。刘孝标注引《续晋阳秋》，认为本文所载未必属实。

六

邓竟陵免官，后赴山陵[①]，过见大司马桓公[②]。公问之曰：“卿何以更瘦？”邓曰：“有愧于叔达[③]，不能不恨于破甑[④]。”

【今 注】

①邓竟陵：邓遐（334—370），字应远，陈郡陈县（今河南淮阳县）人。桓温参军，勇力过人，气盖当世，官至冠军将军、竟陵太守。 山陵：指帝王陵，亦指帝王葬礼。

②过见：拜访。 大司马桓公：桓温。

③叔达：孟敏，字叔达，为人敦厚朴实。

④破甑（zèng）：破碎的瓦器。甑，古代蒸饭用的瓦器。

【今 译】

邓遐被免官后去祭奠皇陵，同时拜访大司马桓温。桓温问他说：“你为什么更瘦了？”邓遐说：“比起叔达来我感到惭愧，不能不对破碎的瓦器感到遗憾。”

【解 义】

所谓“免官”，指桓温兵败枋头后迁怒于豫州刺史袁真，上书罢免袁真，袁真因此投降前燕。邓遐与袁真既是同乡又是表亲，于是受到牵连，被桓温罢免。所谓“有愧于叔达，不能不恨于破甑”，系引用东汉末孟敏的典故。据刘孝标注引《郭林宗别传》记载，巨鹿人孟敏字叔达，敦厚质朴，客居太原。一次去市场上买了甑，不小心担子掉到了地上，甑被摔碎，孟敏头也不回就走了。郭泰恰好看到，就问孟敏：“甑砸坏了可惜，为什么连看都不看？”孟敏回答说“甑既然已经摔怀了，看了也没用。”郭泰欣赏孟敏耿直善断，因此劝他读书求知。孟敏游学十年后，由此知名。官府屡次征辟，都辞而不就，被当时人誉为美士。邓遐借“破甑”来比喻自己被罢免一事，自嘲不能像孟敏那样豁达，一直对此耿耿于怀，所以越来越瘦。

七

桓宣武既废太宰父子[①]，仍上表曰：“应割近情[②]，以存远计[③]。若除太宰父子，可无后忧。”简文手答表曰[④]：“所不忍言，况过于言[⑤]？”宣武又重表[⑥]，辞转苦切[⑦]。简文更答曰：“若晋室灵长[⑧]，明公便宜奉行此诏[⑨]。如大运去矣，请避贤路[⑩]。”桓公读诏，手战流汗[⑪]，于此乃止[⑫]。太宰父子远徙新安[⑬]。

【今　注】

①桓宣武：桓温。　太宰父子：指司马晞与其三个儿子。司马晞（316—381），字道升，晋元帝司马睿第四子，简文帝司马昱之兄，封武陵王，官至太宰。有武干，为桓温所忌。简文帝即位后，桓温诬告司马晞父子谋反，奏请将他们流放到新安郡（今浙江淳安西）。

②近情：指近亲之情。

③存：保全。　远计：长远之计。

④手答表：手批奏表。

⑤过于言：过分之言。

⑥重表：指再次上奏。

⑦转：更加。　苦切：急切。

⑧灵长：绵延长久。

⑨明公：对有官职有地位者的尊称。

⑩贤路：贤者仕进之路。

⑪战：发抖。

⑫止：停止。

⑬徙：迁徙，指流放。

【今　译】

桓温罢免了司马晞父子后，仍然上奏表说："应当割断亲情，以保全长远大计。如果除掉司马晞父子，就可以免除后顾之忧。"简文帝亲自批答奏章说："这是我不忍心说的话，更何况是做这样的举动呢？"桓温再次上奏章，言辞变得急切。简文帝又批示说："如果晋朝国运绵延长久，明公就应当遵照这个诏令。如果晋朝国运已尽，请允许我退位让贤。"桓温读了诏书后，两手发抖，满脸流汗，从此才停止。司马晞父子被远远地流放到了新安。

【解　义】

本文所载亦见《晋书·简文帝纪》。桓温有篡夺之心，简文帝所谓"若大运去矣，请避贤路"，无疑戳中了桓温的心病。但桓温此时羽翼未丰，还不敢明目张胆，所以看到诏书后不免胆战心惊。

八

桓玄败后①，殷仲文还为大司马咨议②，意似二三③，非复往日。大司马府听前有一老槐，甚扶疏④。殷因月朔⑤，与众在听⑥，视槐良久，叹曰："槐树婆娑⑦，无复生意⑧！"

【今　注】

①败：指桓玄逼迫安帝禅位，建国号楚，后为刘裕等声讨，兵败被杀。

②还：回到朝廷。　大司马咨议：大司马府中的幕僚。

③意似二三：心神恍惚不定。

④扶疏：枝叶繁茂分披的样子。

⑤因：沿袭，依照。　月朔：夏历每个月的初一。该日官吏要集会议事。

⑥听：即“厅”，听事或厅堂，官府办公议事之所。

⑦婆娑：舞动的样子。

⑧生意：生趣。

【今　译】

桓玄失败后，殷仲文回到朝廷，担任大司马咨议，心神恍惚不定，不再像过去那样了。大司马府的厅堂前有一棵老槐树，枝叶非常繁茂。殷仲文依照初一之例，与众人聚集在厅堂上，他注视老槐树很久，感叹道：“槐树随风起舞，却不再有生趣了！”

【解　义】

殷仲文是桓玄篡位时的重要谋臣，所以他在桓玄失败后感到失落，即便面对槐树随风婆娑，也感觉了无生趣。据《晋书·殷仲文列传》记载，殷仲文被贬为东阳太守后，江州刺史何无忌感到很高兴，因为他素来钦慕殷仲文，而且东阳也在其辖区内。殷仲文答应顺道去拜见何无忌，何无忌为此精心准备，还特地让人构思了一篇文章以等待殷仲文到来。但是殷仲文此时已经有点神志恍惚，竟然忘记了约定。何无忌怀疑殷仲文看不起自己，大为恼怒，于是在刘裕面前中伤殷仲文，诬告其谋反，将其杀害。

九

殷仲文既素有名望①，自谓必当阿衡朝政②。忽作东阳太守③，意甚不平。及之郡，至富阳④，慨然叹曰："看此山川形势，当复出一孙伯符⑤。"

【今　注】

①名望：名誉声望。

②阿（ē）衡：一作"保衡"。阿衡是殷初贤相伊尹之字，后人即借指辅佐帝王主持朝政。

③东阳：郡名，治所在今浙江金华。

④富阳：今浙江富阳。

⑤孙伯符：孙策，字伯符，孙坚之子，孙权之兄，占据江东，为吴国之建立奠定了基业。

【今　译】

殷仲文既然向来就有名望，自认为必定能担当主持朝政的重任。忽然被任命为东阳太守，心中极为不平。当他上任时，途经富阳，感慨道："看这里的山川形势，应当会再出一位孙策这样的人物。"

【解　义】

据刘孝标注引《晋安帝纪》记载，殷仲文被贬为东阳太守后，感到忿忿不平，于是与桓胤一同谋反，因此被杀。但据《晋书·殷仲文列传》记载，殷仲文是因江州刺史何无忌诬告谋反而被杀，说明史官认为《晋安帝纪》的记载不足为信。本文所载或许就是好事者根据殷仲文谋反的传言而衍生，认为其被贬后就心生反意。

俭啬第二十九

俭吝，指吝啬。节俭是孔子所提倡的作风，孔子曾说:“礼，与其奢也，宁俭。”（《论语·八佾》）意指在礼仪上宁愿采取节俭的做法而不愿奢侈浪费。所以，孔子的治国理念之一就是“节用而爱人”（《论语·学而》）。但魏晋时期，贵族阶层追求糜烂的生活方式，荒淫无度。和峤、王戎等名士因为不愿意随波逐流，秉持士人节俭的本色，所以被人们视为异类，并污蔑为吝啬。因此，本篇所载大多出于后人附会。

一

和峤性至俭[①]，家有好李，王武子求之[②]，与不过数十。王武子因其上直[③]，率将少年能食之者[④]，持斧诣园[⑤]，饱共啖毕[⑥]，伐之，送一车枝与和公，问曰："何如君李？"和既得，唯笑而已。

【今　注】

①至俭：极其节俭。

②王武子：王济，和峤的妻弟。

③上直：上朝值班。直，通"值"。

④率将：带领。

⑤诣：到。

⑥啖：吃。

【今　译】

和峤生性极为节俭，家里有良种李树，王济向他讨要，给了不过几十个。王济乘他上朝值班时，带领胃口好的少年人，拿着斧子到果园去，饱餐一顿后，把树砍了，送了一车树枝给和峤，问道："跟你家李树比怎么样？"和峤得到这些树枝后，只是笑笑而已。

【解　义】

西晋时期奢靡之风盛行，石崇王恺争豪斗富的故事就是最鲜明的写照。但和峤却并不以物欲为欢，而是过着俭朴的生活，这自然会被名流视为异类。刘孝标注引《晋诸公赞》，称和峤虽然富拟王公，但至为节俭，所以有犯义之嫌。节俭在竞事铺张者眼中也就变成了吝啬。《晋书·和峤列传》就称和峤"性至吝"，和峤由此受到世人的讥讽。杜预甚至认为和峤有"钱癖"（《晋书·和峤传》）。刘孝标注引《语林》，称和峤的弟弟们去吃李子时，和峤都要问他们收钱，所以王济干脆将树给砍了。这些应当都是后人所演绎，不足为信。据《晋书·和峤列传》记载，和峤少年时即有风度品格，羡慕舅舅夏侯玄之为人，并努力效仿。因此朝野都认可他能引领风俗、综理人伦。他任颍川太守时为政清简，"甚得百姓欢心"。太傅庾顗称赞他："森森如千丈松，虽磊砢多节目，施之大厦，有栋梁之用。"这样的一个人物，显然无法和守财奴联系在一起。节俭原本应是士人的本色，但在西晋的社会氛围中却受到异议，诸多士人都因此被刻画成了吝啬鬼（如王戎）。其实，和峤看到王济送来的树枝后，"唯笑而已"，由此就可以知道他的气度绝非贪财吝啬之徒所能比拟。

二

王戎俭吝①，其从子婚②，与一单衣③，后更责之④。

【今　注】

①俭吝：俭省吝啬。

②从子：侄儿。

③单衣：指单层衣服。

④责：索要。

【今　译】

王戎节省吝啬，他的侄子结婚，只送了一件单衣，后来他又把单衣要了回来。

【解　义】

本篇有四则讲述王戎贪财吝啬的故事，但都不可信。王戎之所以有贪财之名，似乎出于两个原因。其一，王戎与和峤相类似，富有而节俭，所以受到时人的讥讽。刘孝标注引王隐《晋书》，称王戎"性至俭，不能自奉养，财不出外，天下人谓为膏肓之疾”。其二，与刘肇向其赠送厚礼有关。《雅量篇》第六则提到王戎虽然没有接受刘肇的赠礼，但写了一封答谢信。据《晋书·王戎传》记载，王戎因为此信而受到人们的非议，晋武帝为其缓颊，认为王戎之所为并非怀有私心，只是不想做得与常人不同罢了。但那些重视清誉者仍然对此有所鄙薄，王戎的名望也因此受损。或许就是上述原因，王戎在世人的心目中的形象呈现出两个极端，一是以德行与雅量著称（如《德行篇》有三则记载、《雅量篇》有三则记载），一是以吝啬闻名（如本篇有四则记载）。但德行、雅量与吝啬是矛盾的对立面，不可能共存。王戎作为竹林七贤之一，这一事实已足以表明其品德、趣味、格调之出众。趣味高雅之人不可能有贪吝之个性，而嵇康、阮籍等高士也不可能与贪吝之徒交游。据《德行篇》第二十一则记载，王戎之父王浑去世后，其旧属相继致赠数百万奠仪，王戎一概不收。刘孝标注引虞预《晋书》称王戎由是显名。可见，王戎并非贪财之辈，本篇相应之故事都应当出自后人附会。

三

司徒王戎既贵且富[①]，区宅、僮牧、膏田、水碓之属[②]，洛下无比[③]。契疏鞅掌[④]，每与夫人烛下散筹算计。

【今　注】

①司徒：三公之一，掌管民事。

②区宅：房屋、住宅。　僮牧：奴仆与放牧者。　膏田：肥沃的田地。　水碓（duì）：利用水力转动的舂米器具。

③洛下：指洛阳。

④契疏：契约账簿。　鞅掌：此指众多繁多。

【今　译】

司徒王戎已经地位显贵而富有，房屋住宅、奴仆役夫、肥田、水碓之类，在洛阳无人能比。契约账簿繁多，他每每与夫人在灯下摊开筹码算计。

【解　义】

“烛下散筹算计”，绘声绘色，属于俗人之臆想。刘孝标注引《晋诸公赞》，称王戎个性俭朴，不讲究排场，所以人们认为他作为台辅，其威望不够。当然，当时也有人对王戎表示理解。刘孝标注引戴逵之论，以为王戎“晦默于危乱之际，获免忧祸，既明且哲”。近人余嘉锡则反驳戴逵之论，认为“名士相为护惜，阿私所好，非公论也”（《世说新语笺疏》）。其实，戴逵之论未必出于袒护，而是名士间更容易相互理解。魏晋名士追求的是内心精神世界的富足，王戎虽然家财万贯，但依然保持节俭的个性，这恰恰是其可贵之处，也是名士风范的绝佳体现。

四

王戎有好李，卖之，恐人得其种①，恒钻其核。

【今　注】

①种：种子。

【今　译】

王戎有良种李，卖出去时，怕别人得到它的李子，总是先在李子核上钻个洞。

【解　义】

本文所载属于市井之人的想象。

五

王戎女适裴頠[①]，贷钱数万。女归[②]，戎色不说。女遽还钱[③]，乃释然[④]。

【今　注】

①适：指女子出嫁。

②贷钱：借钱。　归：回娘家。

③遽：急忙。

④释然：指不悦之色消除。

【今　译】

王戎的女儿嫁给裴頠，向王戎借钱数万。女儿回到娘家时，王戎脸色很不高兴。女儿急忙还钱，王戎的脸色才高兴起来。

【解　义】

本文所载属于里巷传言，不可信。

六

卫江州在寻阳[①]，有知旧人投之[②]，都不料理[③]，唯饷王不留行一斤[④]。此人得饷，便命驾[⑤]。李弘范闻之，曰[⑥]："家舅刻薄[⑦]，乃复驱使草木[⑧]。"

【今　注】

①卫江州：卫展（生卒不详），字道舒，河东安邑（今山西运城东北）人。历仕尚书郎、南阳太守、江州刺史等。　寻阳：县名，在今江西九江西。"寻阳"又作"浔阳"。

②知旧人：相知的老朋友。

③料理：照顾、安排。

④饷：赠送。　王不留行：草药名。

⑤命驾：令车夫驾车。

⑥李弘范：应为李弘度之误，即李充。

⑦刻薄：待人苛刻薄情。

⑧乃复：竟然。　驱使：差遣，役使。

【今　译】

卫展在寻阳时，有一位相知的老朋友来投奔他，他却全都不作安排，只送给客人一斤“王不留行”草药。客人得到礼物后，就驾车走了。李充听到后，说：“舅舅太刻薄了，竟然役使草木。”

【解　义】

卫展不留客的原因已不可得而知，李充认为舅舅的举动未免过于刻薄，是责怪他不念旧情，似与吝啬无涉。

七

王丞相俭节①，帐下甘果盈溢不散②，涉春烂败③。都督白之④，公令舍去，曰：“慎不可令大郎知⑤。”

【今　注】

①王丞相：王导。

②帐下：营帐中。　盈溢：堆满。

③涉春：进入春天。

④都督：帐下总管庶务者。　白：禀告。

⑤大郎：指王导长子王悦。

【今　译】

丞相王导生性节俭，营帐中甘甜的水果堆满了也不分发，到了春天都腐烂坏掉了。都督禀报王导，王导让他丢掉，说：

"当心不要让大郎知道。"

【解　义】

东晋初建，国用匮乏，所以王导厉行节俭，以至于营中储藏的水果都腐烂了。原本为了节约，结果反而造成了浪费。王悦个性缜密（见《德行篇》），王导特地关照不要让大儿子知道，或许是担心这个失误恐怕会引来他的批评。

八

苏峻之乱，庾太尉南奔见陶公①，陶公雅相赏重②。陶性俭吝。及食，啖薤③，庾因留白。陶问："用此何为？"庾云："故可种④。"于是大叹庾非唯风流⑤，兼有治实⑥。

【今　注】

①庾太尉：庾亮。　陶公：陶侃。

②雅：极，很。

③薤（xiè）：多年生草本植物，鳞茎和嫩叶可以吃。一称"藠（jiào）头"。

④故：仍然。

⑤非唯：不仅。

⑥治实：指治理的才干。

【今　译】

苏峻叛乱时，庾亮向南投奔陶侃，陶侃非常赏识推崇他。陶侃性格节俭吝惜。吃饭时，吃薤这道菜时，庾亮就留下根白。陶侃问："留下这东西做什么？"庾亮说："还可以种。"陶侃于是大加赞叹，认为庾亮不仅风度优雅，还兼具治理的才干。

【解　义】

薤的鳞茎既可食用，也可用来栽植。但是，既然已经烧成了菜，焉有再行种植之理。因此，本文纯属后人之附会，其目的或许是为了演绎庾亮投陶侃所好之用心。

九

郗公大聚敛[①]，有钱数千万。嘉宾意甚不同[②]，常朝旦问讯[③]，郗家法，子弟不坐，因倚语移时[④]，遂及财货事。郗公曰：“汝正当欲得吾钱耳[⑤]！”乃开库一日，令任意用。郗公始正谓损数百万许[⑥]。嘉宾遂一日乞与亲友[⑦]，周旋略尽[⑧]。郗公闻之，惊怪不能已已[⑨]。

【今　注】

①郗公：郗愔。　聚敛：搜刮财物。

②嘉宾：郗超，小字嘉宾。

③常：通“尝”，曾经。　朝旦：早晨。　问讯：问安。

④倚语：站着说话。　移时：长时间。

⑤正当：只是，只不过。

⑥损：损失。　许：表示约略估计的词。

⑦乞与：给予。

⑧周旋：指交往的友人、朋友。　略尽：指全送光了。

⑨惊怪：惊诧。　已已：加强语气，意即止不住。

【今　译】

郗愔大肆搜刮财物，有钱财几千万。郗超对此很不赞同，有一次在早晨问安，按照郗家的家法，子弟小辈在长辈前不能坐下来，他就站着说了很长时间的话，说到了钱财方面的事。郗愔说：“你只不过要得到我的钱罢了！”于是打开库房一天，让郗超任意取用。郗愔开始只是认为损失几百万左右。郗超却在一天里送给了亲友，全都送光。郗愔听到此事，惊诧不已。

【解　义】

郗愔与郗超虽为父子，性情却相反。郗愔好聚敛，而郗超则性好施。聚敛与吝啬并不能等同，好聚敛是人之常态。祖约好财，当时人就不觉得有什么可议之处，甚至将其与羊孚之好屐作比较（见《雅量篇》）。郗愔做好了损失几百万的准备，没想到钱财被郗超一日散尽，也不过是感到惊诧不已而已，这似乎与吝啬鬼的形象存在差距。所以编者将本文列入“俭吝”，似乎欠妥。

汰侈第三十

汰侈，指骄纵奢侈。西晋时期，社会贫富差距极为悬殊，贵族阶层沉溺于纸醉金迷的享乐生活，穷凶极欲，本篇所载即可见当时的状况。

一

石崇每要客燕集[1]，常令美人行酒。客饮酒不尽者，使黄门交斩美人[2]。王丞相与大将军尝共诣崇[3]，丞相素不能饮，辄自勉强，至于沈醉。每至大将军，固不饮以观其变[4]。已斩三人，颜色如故，尚不肯饮。丞相让之[5]，大将军曰："自杀伊家人[6]，何预卿事？"

【今　注】

①要（yāo）：邀请。

②黄门：指宦者，供内室侍奉之用。　交斩：轮流斩杀。

③王丞相：王导。　大将军：王敦。

④固：坚持。

⑤让：责备。

⑥伊家：他家。

【今　译】

石崇每次邀请客人举行宴会，常常命令美人斟酒劝客。客人饮酒而没有干杯的，就让侍从宦者轮流斩杀美人。王导与王敦曾经一起去拜访石崇，王导向来不善喝酒，总是勉强自己喝下去，以至于大醉。每次轮到王敦喝酒时，他坚持不喝以观察石崇的举动。已经杀了三个美人，王敦脸色不变，还是不肯喝酒。王导责备他，王敦说："他杀掉自家的人，关你什么事？"

【解　义】

据刘孝标注引王隐《晋书》记载，石崇任荆州刺史时，经常干一些杀人越货的勾当，由此聚敛了巨额的财富。又据刘孝标注引《王丞相德音记》记载，王恺让王敦和王导一起到家里听艺伎演奏，结果吹笛人出现了一点小失误，王恺立刻命随从将其殴打致死，而且神色不变。刘孝标注认为与本文所载不同，但不能判断二者何是何非。据《晋书·王敦列传》记载，王恺除了杀吹笛人外，还杀行酒美人，美人悲惧失色，而王敦却冷酷以对。说明史官认为此事应系王恺所为，而非石崇。

二

石崇厕，常有十余婢侍列[①]，皆丽服藻饰[②]。置甲煎粉、沈香汁之属[③]，无不毕备[④]。又与新衣著令出，客多羞不能如厕[⑤]。王大将军往[⑥]，脱故衣，著新衣，神色傲然[⑦]。群婢相谓曰："此客必能作贼[⑧]。"

【今　注】

①侍列：列队侍奉客人。

②藻饰：修饰。

③甲煎粉：唇膏类化妆品。　沈香汁：用沉香木制成的香水。

④毕备：置备齐全。

⑤如厕：指上厕所。　如，到。

⑥王大将军：王敦。

⑦傲然：傲慢的样子。

⑧作贼：指谋逆造反。

【今　译】

石崇家的厕所里有十多个婢女列队侍奉客人，都穿着华丽的衣服，修饰打扮得很漂亮。厕所里放置了甲煎粉、沈香汁之类的用品，全都齐备。又给客人穿上新衣服才让出来，客人们大都害羞不肯去厕所。王敦去厕所时，脱下旧衣服，穿上新衣服，神色傲慢。婢女们相互议论说："这个客人，一定会造反谋逆。"

【解　义】

据刘孝标注引《语林》记载，刘寔拜访石崇时去上厕所，看到挂着绛纱帐的大床，铺着华丽褥垫，两个婢女在一旁拿着香囊。刘寔赶紧退出来，还以为是误入石崇的内室。本文有两个重点，其一是强调石崇之奢靡无度，其二是强调王敦为人之肆无忌惮。婢女所谓“此客必能作贼”，应是后人根据王敦两度起兵作乱的情况而进行的演绎。

三

武帝尝降王武子家①，武子供馔，并用琉璃器②。婢子百余人，皆绫罗绔褶，③以手擎饮食④。烝㹠肥美⑤，异于常味。帝怪而问之，答曰：“以人乳饮㹠。”帝甚不平，食未毕便去。王、石所未知作⑥。

【今　注】

①武帝：晋武帝司马炎。　降：降临。　王武子：王济，娶晋武帝之女常山公主为妻。

②并：全都。　琉璃器：古代的玻璃器皿，半透明。

③绫罗绔褶：指所穿衣服、裤裙都是绫罗绸缎制成。绔，同“裤”。褶，女子上衣。

④擎：托举。

⑤㹠（tún）：同“豚”，小猪。

⑥王、石：王恺、石崇。

【今　译】

晋武帝曾驾临王济家，王济设宴招待，全都使用琉璃器皿。婢女一百多人，都穿着用绫罗绸缎缝制的衣裙，用手托举着饮品和食物。蒸熟的小猪肥嫩鲜美，味道异于寻常。晋武帝觉得奇怪，就问王济，王济回答道：“这是用人奶饲养的。”晋武帝听后很反感，没有吃完就走了。王恺、石崇都不知道这样的方法。

【解　义】

西晋时期，贵族士大夫阶层的生活荒淫奢靡，贫富两极分化现象极其严重，这是造成社会剧烈动荡的主要原因。

四

王君夫以粭糒澳釜[①]，石季伦用蜡烛作炊[②]。君夫作紫丝布步障碧绫里四十里[③]，石崇作锦步障五十里以敌之[④]。石以椒为泥[⑤]，王以赤石脂泥壁[⑥]。

【今　注】

①王君夫：王恺。　粭（yí）：同“饴”，麦芽糖，饴糖。　糒（bèi）：干饭。　澳釜：擦洗锅子。釜，炊具。

②石季伦：石崇。　作炊：烧饭。

③步障：帷幕，用来置于道路两侧以便于隔离内外。　碧绫里：绿色绫罗为里子。

④敌：匹敌。

⑤椒：花椒。

⑥赤石脂：一种风化石，色红，纹理细腻，可涂饰墙壁。

【今　译】

王恺用饴糖和饭来擦洗锅子，石崇就用蜡烛来烧饭。王恺用紫丝布做了四十里长的步障，里子是绿色绫罗；石崇就用锦缎做了五十里的步障来与他匹敌。石崇用花椒来涂墙，王恺就用赤石脂来涂墙。

【解　义】

据刘孝标注引《晋诸公赞》记载，王恺仗着自己是皇亲国戚，为所欲为，曾经违反律令饲养鸩鸟。遭到弹劾后，为晋武帝所庇护，于是更加肆无忌惮。

五

石崇为客作豆粥，咄嗟便办①；恒冬天得韭蓱齑②；又牛形状气力不胜王恺牛，而与恺出游，极晚发③，争入洛城，崇牛数十步后迅若飞禽，恺牛绝走不能及④。每以此三事为搤腕⑤，乃密货崇帐下都督及御车人⑥，问所以⑦。都督曰："豆至难煮，唯豫作熟末⑧，客至，作白粥以投之。韭蓱齑是捣韭根，杂以麦苗尔。"复问驭人牛所以駃。驭人云："牛本不迟，由将车人不及制之尔⑨。急时听偏辕⑩，则駃矣。"恺悉从之，遂争长⑪。石崇后闻，皆杀告者。

【今　注】

①咄（duō）嗟（jiē）：顷刻，形容时间短暂。

②韭：韭菜，用作调料。　蓱（píng）：艾蒿类菜，亦可调味。　齑（jī）：同"齏"，细切后用盐酱等腌制的蔬果。

③发：出发。

④绝走：极力奔跑。　及：跟上。

⑤搤（è）腕：同"搤"。用一只手握住另一只手腕，以示不平情绪。

⑥密货：暗中贿赂。　帐下：指家中。　都督：此指总管。　御车人：车夫。

⑦所以：指事情发生的原因。

⑧豫：通"预"，预先。　熟：烧熟。　末：碎末。

⑨将车人：驾车的人。

⑩听：任凭。　偏辕：指车辕偏向一边

⑪争长：争胜。

【今　译】

石崇为客人做豆粥，立刻就做成了；常在冬天也会得到韭菜、蓱菜、齑菜等调味品；他的牛形状和力气看上去都不如王恺家的牛，但是与王恺出游，即便很晚才出发，在争着进洛阳城时，石崇的牛跑了几十步后就快得如同飞鸟，王恺的牛极力奔跑也赶不上。王恺常为这三件事而感到不满，于是他暗中买通石崇手下的管家与驾车人，探问其中的原因。管家说："豆子难以煮烂，只有预先烧熟做成碎末，客人来了，烧好白粥后放进去。韭菜、蓱菜、齑菜等调料是将韭菜根捣碎，掺入麦苗而已。"再去问车夫牛跑得快的原因，车夫说："牛本来跑得不慢，因为驾车人不时地要控制车子。想快的时候任凭车子偏向一边，就跑得快了。"王恺全都照着做，于是就争得优胜。石崇后来知道情况，把泄密者全都杀了。

【解　义】

牛在奔跑的过程中，车辕会左右偏移，车辆也会由此摇晃。通常情况下车夫会出于安全的考虑，用缰绳来加以控制，这就限制了牛的奔跑速度。石崇的牛车之所以可以"迅若飞禽"，是因为他的车夫掌握了诀窍，即车辆哪怕左右摇晃，只要不至于侧翻，就可以任凭牛儿飞奔。

六

王君夫有牛名八百里駮①，常莹其蹄角②。王武子语君夫③："我射不如卿，今指赌卿牛④，以千万对之⑤。"，君夫既恃手快⑥，且谓骏物无有杀理⑦，便相然可⑧，令武子先射。武子一起便破的⑨，却据胡床⑩，叱左右速探牛心来⑪。须臾，炙至⑫，一脔便去⑬。

【今　注】

①王君夫：王恺。　八百里駮：牛的毛色不纯称駮，八百

里，指日行八百里。

②莹其蹄角：把牛的蹄和角磨得晶莹光亮。

③王武子：王济。

④指：指定。

⑤以千万对之：用一千万钱来抵。

⑥恃手快：仗着自己手势快。

⑦骏物：指出众之物。

⑧然可：答应，允诺。

⑨起：发射。　破的：射中靶心。

⑩却：退回。　胡床：折叠椅。

⑪探：掏。

⑫炙（zhì）：烤熟的肉。

⑬一脔（luán）：一小块肉。

【今　译】

王恺有条牛叫八百里驳，他常把牛的蹄和角磨得晶莹光亮。王济对王恺说："我射术比不上你，今天指定打赌你的牛，我用一千万钱来抵你的牛。"王恺便仗着自己手势快箭术精，并且认为如此出众之物没有杀掉的道理，便答应下来，让王济先射。王济一下子就射中靶心，退回去坐在胡床上，喝令左右侍从赶快把牛心掏出来。一会儿，烤好的牛心送来，王济只尝了一小块就走了。

【解　义】

王济是一代名士，与和峤、裴楷齐名，但他的生活却未免于奢靡。

七

王君夫尝责一人无服余衵[①]，因直内著曲閤重闺里[②]，不听人将出[③]。遂饥经日[④]，迷不知何处去。后因缘相为[5]，垂死乃得出[6]。

【今　注】

①责：责备、责罚。　服：指穿。　衵（nì）：指内衣。

②因：借，趁。　直：值班，上朝。　内著：纳入，放在。内，通“纳”。　曲阁重闺：指深宫内室。曲阁，曲折的楼阁。重（chóng）闺，深邃的内室。

③听：准许。　将：带。

④经日：指数日。

⑤因缘：指朋友，同伙。　相为：相帮。

⑥乃：才。

【今　译】

王恺曾经责罚一个不穿内衣的人，他借着值班的时候，把此人引入深宫内室里，不准别人把他带出去。此人于是饿了好几天，迷失方向不知道从什么地方可以离开。后来靠朋友相助，在快饿死的时候才得以出去。

【解　义】

本文所载或许出自里巷传言，但由此也可见当时宫殿规模之宏大，不熟悉路径者一旦迷失方向，就很有可能难以脱身。

八

石崇与王恺争豪[1]，并穷绮丽[2]，以饰舆服[3]。武帝，恺之甥也，每助恺[4]。尝以一珊瑚树高二尺许赐恺[5]，枝柯扶疏[6]，世罕其比[7]。恺以示崇，崇视讫，以铁如意击之[8]，应手而碎[9]。恺既惋惜，又以为疾己之宝[10]，声色甚厉。崇曰：“不足恨[11]，今还卿。”乃命左右悉取珊瑚树，有三尺四尺条干绝世[12]、光彩溢目者六、七枚[13]，如恺许比甚众[14]。恺惘然自失[15]。

【今　注】

①争豪：斗富。

②并：都。　穷：指极尽可能。　绮丽：华丽。

③舆服：车服和仪仗。

④每：常常。

⑤许：约略估计之词。

⑥枝柯：树枝。　扶疏：枝叶繁茂的样子。

⑦罕：少。

⑧如意：一种表示祥瑞的玩物。

⑨应手：随手。

⑩疾：嫉妒。

⑪不足：不值得。

⑫绝世：当世独一无二。

⑬溢目：光彩夺目。

⑭许：那样。　比：类。

⑮惘然：不如意的样子。　自失：不知所措。

【今　译】

石崇、王恺争斗富，都极尽华丽之能事，以装饰车马冠服和仪仗。晋武帝是王恺的外甥，常常帮助王恺。他曾经把一株高达二尺多的珊瑚树赐给王恺，珊瑚树枝条繁茂，世上少有可以与之比拟者。王恺拿来给石崇看，石崇看过后，用铁如意击打，珊瑚树随手就碎了。王恺既感到惋惜，又认为石崇忌妒自己的宝贝，声色俱厉。石崇说："不值得遗憾，现在还给你。"于是命左右侍从把家中所有的珊瑚树都拿出来，有高达三尺、四尺枝条美丽世上绝无仅有、光彩夺目的六、七枚，像王恺那样的就更多了。王恺感到尴尬，不知所措。

【解　义】

据刘孝标注引《续文章志》记载，石崇累积了巨额的财富，不仅宅邸车马之豪华可以比拟王者，而且妻妾成群，与皇亲国戚羊琇、王恺竞相斗富，羊琇等人常常自叹不如，惭愧羡慕。

九

王武子被责①，移第北邙下②。于时人多地贵，济好马射③，买地作埒④，编钱匝地竟埒⑤。时人号曰“金沟”。

【今　注】

①王武子：王济。　责：被责罚免官。

②移第：搬家。　北邙（máng）：北邙山，在洛阳东北。

③马射：骑马射箭。

④埒（liè）：矮墙。

⑤编钱：把铜钱串连编起来。　匝（zā）：环绕。　竟：尽。

【今　译】

王济被责罚后，把家搬到了北邙山下。当时人多地贵，王济喜欢骑马射箭，就买了地筑起矮墙，把铜钱串连起来环绕了整个矮墙。当时人称为“金沟”。

【解　义】

本文所谓“被责”，据刘孝标注引《晋诸公赞》及《晋书·王济列传》记载，王济与堂兄王佑不和，王佑告发王济不孝顺父亲，王济因此被贬为河南君，未及拜官，王济就因为鞭打小吏而遭到有司的弹劾，于是被免官。

十

石崇每与王敦入学戏①，见颜、原象而叹曰②：“若与同升孔堂[3]，去人何必有间[4]？”王曰：“不知余人云何[5]，子贡去卿差近[6]。”石正色云[7]：“士当令身名俱泰[8]，何至以瓮牖语人[9]？”

【今　注】

①每：常。　学：太学。　戏：游玩。

②颜、原：颜回、原宪。　象：画像（壁画）。

③同升孔堂：指同为孔门弟子。

④去：相距，距离。　人：指他们。　间：距离，差别。

⑤云何：怎么样，如何。

⑥子贡：端木赐，字子贡，孔子弟子。　善于经商，家有千金，富比王侯。　差：颇，甚。

⑦正色：指态度严肃。

⑧身名：身份名望。　泰：显达。

⑨瓮牖（wèngyǒu）：以破瓮为窗，指贫寒之家。

【今　译】

石崇与王敦常到太学里面游玩，看到颜回、原宪的画像就感叹说：“如果和他们一起做孔门弟子，就与他们不会有什么差别了！”王敦说：“不知道孔子其他学生怎么样，子贡和你很相近。”石崇脸色严峻地说：“士子应当使身份名望都能够显达，何至于用蓬户破窗来对人宣扬呢？”

【解　义】

“瓮牖”，刘孝标注认为指原宪用瓮做窗户的典故。如果按照这种解释，那么石崇所谓“何至以瓮牖语人”，是在表示对颜渊、原宪的不屑。但石崇看到颜渊、原宪画像时说“若与同升孔堂，去人何必有间”，明显表达的是对他们的钦慕之意。据《史记·仲尼弟子列传》记载，子贡善于经商，家中因此累积了千金。王敦之所以说石崇与子贡相近，就是因为他很富有。石崇既然对王敦的评价不满，那么“士当令身名俱泰”之语义，当指士人就应该像颜渊、原宪一样，而“瓮牖”则喻指追求富贵并不入流。按照上下文义，石崇之语似乎是对安贫乐道的先贤有所企慕，但这却与石崇之荒淫奢靡的个性不符。因此，本文或许有脱误，所以存在费解之处。又或许这些话是石崇年轻时所说，编者辑入“汰侈”，意在讽刺石崇晚年之所为。

十一

彭城王有快牛①，至爱惜之。王太尉与射②，赌得之。彭城王曰：“君欲自乘则不论；若欲啖者③，当以二十肥者代之④。既不废啖，又存所爱。”王遂杀啖⑤。

【今　注】

①彭城王：司马权（220—275），字子舆，晋宣帝司马懿四弟东武城侯司马馗之子。晋武帝堂叔，封彭城王。官北中郎将、都督邺城守诸军事。

②王太尉：王衍　射：指博射，也称射戏、宴射，以射箭为游戏。

③啖（dàn）：吃。

④肥：指肥壮之牛。

⑤遂：竟，终于。

【今　译】

彭城王有一头快牛，他极为喜爱珍惜。王衍与他博射时，赌赢得到了这头牛。彭城王说：“你如果想自己骑乘就不必说了，如果要吃的话，我就用二十头肥牛来赎它。这样既不妨碍你吃牛肉，又保全了我喜爱的牛。”王衍竟把牛杀了吃掉了。

【解　义】

本文所载与本篇第六则类似。彭城王司马权曾于泰始年间（265—274）入朝，如果他曾与王衍一同博射，那么必然是此期间。但此时王衍还不及弱冠，不可能与彭城王平起平坐赌胜负，更不可能故意让彭城王难堪。所以本文应出自后人之误传。

十二

王右军少时[①]，在周侯末坐[②]，割牛心啖之，于此改观[③]。

【今　注】

①王右军：王羲之。

②周侯：周顗。　末坐：末座，靠后的座位。

③改观：改变原先的看法。

【今　译】

王羲之少年的时候，在周顗那里作客时坐在末座，周顗割下牛心给他先吃，从此人们对王羲之刮目相看。

【解　义】

据《晋书·王羲之传》记载，王羲之年仅十三岁时去拜见周顗，周顗在交谈时发觉王羲之不同一般，于是在上牛心炙这道菜时，割下牛心让王羲之先吃，从此王羲之开始显名。

忿狷第三十一

忿狷，指个性激愤偏狭。修身重在养性，即修养身心和天性。忿狷是雅量的反面，所以具有忿狷个性者，往往为士人所轻视。比如王述早年性子急躁，他的名声也因此受到影响，直到他改变个性之后，才获得好名声。

一

魏武有一妓[①]，声最清高[②]，而情性酷恶[③]。欲杀则爱才，欲置则不堪[④]。于是选百人，一时俱教。少时，果有一人声及之[⑤]，便杀恶性者[⑥]。

【今　注】

①魏武：曹操。　妓；歌女。

②清高：清脆高昂。

③情性：脾气性格。　酷恶：极其恶劣，极坏。

④置；指不予追究。　不堪：不能忍受。

⑤及：比得上。

⑥恶性：性情恶劣。

【今　译】

曹操有一名歌女，声音特别清脆高亢，但是脾气性格极坏。他想杀了她却又爱惜她的才能，想不杀却又不能忍受。于是便选了一百人，一起训练。不久，果然有一人的歌声及得上她，于是就杀掉了那位性情恶劣的歌女。

【解　义】

本文情节过于离奇，应为里巷传言。

二

王蓝田性急[①]，尝食鸡子[②]，以筯刺之[③]，不得，便大怒，举以掷地。鸡子于地圆转未止，仍下地以屐齿蹍之[④]，又不得，瞋甚[⑤]，复于地取内口中[⑥]，齧破即吐之[⑦]。王右军闻而大笑，曰[⑧]："使安期有此性[⑨]，犹当无一豪可论[⑩]，况蓝田邪[⑪]？"

【今　注】

①王蓝田：王述，袭爵蓝田侯，故称。

②鸡子：鸡蛋。

③筯（zhù）：同“箸”，筷子。

④屐：木屐。　碾（niǎn）：踩踏。

⑤瞋甚：愤怒之极。

⑥内：即“纳”。

⑦齧（niè）：咬。

⑧王右军：王羲之。

⑨使：假使。　安期：王承，王述之父。

⑩犹：尚且。　豪：通“毫”。

⑪蓝田：指王述，袭爵蓝田侯，故称。

【今　译】

王述性子急躁，有一次吃鸡蛋，用筷子去戳，没有戳到，于是大怒，把鸡蛋拿起来砸在地上。鸡蛋在地上转个不停，他于是走下去用木屐的齿来踩踏鸡蛋，又（打滑）没有踩踏到，他愤怒已极，再从地上把鸡蛋捡起来放到嘴里，咬破后就吐了出来。王羲之听说此事后大笑，说：“假使王承有这种脾气，尚且不值得一提，何况其子王述呢？”

【解　义】

王羲之素来瞧不起王述，所以听说此事后会大加讥讽。据《晋书·王述列传》记载，王述因为性格急躁而受到拖累，但后来逐渐改掉坏脾气，常常以柔顺成事。

三

王司州尝乘雪往王螭许①。司州言气少有牾逆于螭[②]，便作色不夷[③]。司州觉恶[④]，便舆床就之[⑤]，持其臂曰："汝讵复足与老兄计[⑥]？"螭拨其手曰："冷如鬼手馨[⑦]，强来捉人臂[⑧]！"

【今　注】

①王司州：王胡子，曾任司州刺史，故称。　王螭（chī）：王恬，小字螭虎，王导之子，王胡子的堂弟。　许：处所，地方。

②言气：言语态度。　少：稍微，略微。　牾（wǔ）逆：同"忤逆"，抵触，冒犯。

③作色：变了脸色。　夷：愉快。

④觉：觉察。　恶：不好。

⑤舆（yú）床：搬动坐榻。　床，坐具。　就：靠近。

⑥讵：难道。

⑦馨（xīn）：语助词，同"般""样"。

⑧强：硬要。

【今　译】

王胡之曾经冒着大雪到王恬那里去。王胡子的言语态度稍微有点冒犯王恬，王恬就变了脸色很不高兴。王胡之察觉到他的情绪不好，就搬动坐榻靠近他，握住他的手臂说："你难道还与我老兄计较吗？"王恬拨开王胡之的手说："冰冷得像鬼手一样，还硬要来抓人家的手臂！"

【解　义】

王恬为人骄傲放诞，以至于其父王导看到他就生气。本文所载即可见其性格之狷狭。据《晋书·王恬列传》记载，王恬倨傲的个性到了晚年有所改观，喜好结交士人。他的围棋水平在当时也是首屈一指。

四

桓宣武与袁彦道樗蒱[①]，袁彦道齿不合[②]，遂厉色掷去五木[③]。温太真云[④]：“见袁生迁怒[⑤]，知颜子为贵。[⑥]”

【今　注】

①桓宣武：桓温。　袁彦道：袁耽（dān），字彦道。　樗（chū）蒱：当时流行的一种赌博游戏。

②齿：骰子，赌博用具。　不合：指不合自己的心意。

③厉色：脸色严厉。　五木：亦称色（shǎi）子，赌博用具，用木头做成，一副五枚，故称。

④温太真；温峤。

⑤袁生：指袁耽。生，先生。

⑥颜子：颜回。

【今　译】

桓温与袁耽玩樗蒱，袁耽的骰子不合心意，便怒气冲冲地将五枚骰子扔出去。温峤说：“看到袁先生迁怒于骰子，才知道颜子的可贵。”

【解　义】

孔子曾经称赞他的学生颜回说：“好学，不迁怒，不贰过。”（《论语·雍也》）意即颜回不仅好学，而且不迁怒于人，不会犯同样的错误。温峤所谓“知颜子为贵”，意指不迁怒于人是极为难得的修养。

五

谢无奕性粗强[①]，以事不相得[②]，自往数王蓝田[③]，肆言极骂[4]。王正色面壁不敢动[5]，半日，谢去。良久，转头问左右小吏曰："去未？"答云："已去。"然后复坐。时人叹其性急而能有所容[6]。

【今　注】

①谢无奕：谢奕，字无奕。　粗强（jiàng）：粗暴倔强。

②相得：彼此情意相投。

③数（shǔ）：责备。　王蓝田：王述。

④肆言：任意，随着性子，毫无顾忌。极骂：痛骂。

⑤正色：脸色严肃。

⑥容：容忍、宽容。

【今　译】

谢奕性子粗暴倔强，曾因事与王述彼此不合，就自行前去责备王述，肆无忌惮地痛骂。王述脸色严肃地面向墙壁，一动不敢动，过了半天，谢奕才离开。等了好久，王述转过头来问左右侍从："他离开了吗？"侍从回答说："已经离开了。"王述然后才坐下。当时人赞叹王述性子虽然急躁，却也有容忍的时候。

【解　义】

王述面对谢弈的辱骂能够隐忍，说明他晚年确实改掉了暴躁的脾气。

六

王令诣谢公[1]，值习凿齿已在坐[2]，当与并榻[3]。王徙倚不坐[4]，公引之与对榻[5]。去后，语胡儿曰[6]："子敬实自清立[7]，但人为尔多矜咳[8]，殊足损其自然。"

【今　注】

①王令：王献之，官至中书令，故称。　诣：拜访。　谢

公：谢安。

②值：遇到。　坐：同“座”。

③并榻：同坐一榻。

④徙倚：徘徊，流连，犹豫。

⑤引：领。

⑥胡儿：谢朗，小字胡儿，谢安的侄子。

⑦实自：确实。　清立：清高特立。

⑧矜咳：矜持固执。

【今　译】

王献之拜访谢安，遇到习凿齿已经在座，本应与他同坐一榻。王献之犹豫没坐下来，谢安领他坐到习凿齿对面的榻上。王献之走后，谢安对谢朗说：“献之实在清高特立，只是他如此过于矜持固执，足以损害他的自然天性。”

【解　义】

有人认为王献之之所以不愿与习凿齿同坐，是因为鄙薄其出身寒士，而且还有足疾。这一观点似乎值得商榷，魏晋士人虽重视门第，但最终还是以学识气度品评人物。习凿齿年轻时就以文章著称，深受当时名流之器重。王献之如果仅仅因为习凿齿出身寒士就对他有所鄙视，那么这一行为本身就会受到世人的耻笑。据刘孝标注引刘谦之《晋纪》记载，王献之个性端庄严正，不与“非类”交游。刘孝标之所以引述这一记载，显然是认为王献之的举动意味着他不愿意与志趣不相投者交往。

七

王大、王恭尝俱在何仆射坐①，恭时为丹阳尹，大始拜荆州②。讫将乖之际③，大劝恭酒，恭不为饮，大逼强之，转苦④，便各以裙带绕手⑤。恭府近千人，悉呼入斋；大左右虽少，亦命前，意便欲相杀。何仆射无计，因起排坐二人之间⑥，方得分散。所谓势利之交，古人羞之⑦。

【今　注】

①王大：王忱，小字佛大，故称。　何仆射：何澄，官至尚书左仆射，故称。

②拜荆州：官拜荆州刺史。

③讫：通“迄”到。乖：分别。

④苦：指竭力苦劝。

⑤裙：下衣。

⑥排：挤，推。

⑦羞：羞辱，可耻。

【今　译】

王忱、王恭曾经一起在何澄家作客，王恭当时担任丹阳尹，王忱刚刚官拜荆州刺史。到了将近分别之时，王忱劝王恭喝酒，王恭不肯喝，王忱就强迫他喝，转而苦劝，于是两人各自用裙带绕在手上做出要武斗的样子。王恭府上随从近千人，全都叫进屋内；王忱左右随从虽然少，也叫他们上前，意图互相打斗砍杀。何澄无计可施，于是站起来分开他们，坐在两人之间，这才让双方散开。他们之间的关系就是所谓的势利之交，古人认为可耻。

【解　义】

王恭是王忱的堂侄，两人关系原来很好，后来因为袁悦的离间而产生嫌隙（详见《赏誉》第一五三则）。所谓“恭府近千人，悉呼入斋”，明显是夸大之词，即便是豪宅广厦，也不可能容得下这么多人。而且，私相斗殴有违律令，但史料中却没有弹劾这一事件的记载。因此，本文所载应为里巷传言。

八

桓南郡小儿时[①]，与诸从兄弟各养鹅共斗[②]。南郡鹅每不如，甚以为忿。乃夜往鹅栏间，取诸兄弟鹅悉杀之。既晓，家人咸以惊骇，云是变怪[③]。以白车骑[④]，车骑曰："无所致怪，当是南郡戏耳[⑤]！"问，果如之。

【今　注】

①桓南郡：桓玄。

②从兄弟；堂兄弟。

③变怪；鬼怪变异。

④白：禀告。　车骑：桓冲，官车骑将军，故称。

⑤戏：调笑，逗趣，恶作剧。

【今　译】

桓玄还是小孩子的时候，与堂兄弟们各自养了鹅来互斗。桓玄的鹅常常斗败，他非常忿恨。于是夜里到鹅栏里，把堂兄们的鹅全部杀掉。天亮后，家人都感到惊异恐怖，说是鬼怪灾异。家人把这事禀告桓冲，桓冲说："没有什么灾异，应当是桓玄的恶作剧！"一问，果然如此。

【解　义】

本文所载不见《晋书·桓玄列传》，说明史官认为不足采信。

谗险第三十二

谗险，指谗言之阴险狠毒。

一

王平子形甚散朗①，内实劲侠②。

【今　注】

①王平子：王澄。　散朗：飘逸爽朗。

②劲侠：刚劲侠义。

【今　译】

王澄外表看上去洒脱开朗，而内心却刚强侠义。

【解　义】

王澄外柔内刚，这在乱世之中很容易招来杀身之祸。据刘孝标注引邓粲《晋纪》的记载，刘琨曾规劝王澄，以如此性格处世，很难逃脱被杀的结局，王澄默然不答。王澄被王敦杀害后，刘琨感叹他是自取其亡。

二

袁悦有口才，能短长说①，亦有精理②。始作谢玄参军，颇被礼遇。后丁艰③，服除还都④，唯赍《战国策》而已⑤。语人曰："少年时读《论语》《老子》，又看《庄》《易》，此皆是病痛事⑥，当何所益邪？天下要物，正有《战国策》。"既下⑦，说司马孝文王⑧，大见亲待⑨，几乱机轴⑩。俄而见诛⑪。

【今　注】

①能：擅长。　短长说：指战国时纵横家们的游说之术。

②精理：精辟之理。

③丁艰：遭遇父母的丧事。

④服除：除去丧服，指守丧期满。

⑤赍（jī）：携带。

⑥病痛：小病，比喻小事。

⑦既下：回到京城。

⑧说（shuì）：游说。　司马孝文王：指司马道子。

⑨亲待：亲近厚待。

⑩机轴：喻指朝廷的秩序。

⑪俄而：不久。

【今　译】

袁悦有口才，擅长游说，也颇有精辟之理。起初任谢玄的参军，颇受礼遇优待。后来遇父母丧事在家守孝，守丧期满后回到京都，只带了一部《战国策》而已。他对人说："年轻时读《论语》《老子》，后来又看了《庄子》《周易》，这些书说的都是小事，能有什么益处呢？天下最重要的书，只有《战国策》。"到了京城后，他去游说司马道子，受到亲近厚待，差点搞乱了朝廷的正常秩序。不久他就被杀了。

【解　义】

据《晋书·袁悦列传》及刘孝标注引《袁氏谱》记载，袁悦游说司马道子专揽朝政，受到宠信。王恭于是向孝武帝进言，找了一个罪名将袁悦问斩。

三

孝武甚亲敬王国宝、王雅①。雅荐王珣于帝，帝欲见之，尝夜与国宝、雅相对，帝微有酒色②，令唤珣。垂至③，已闻卒传声④。国宝自知才出珣下，恐倾夺其宠⑤，因曰："王珣当今名流，陛下不宜有酒色见之，自可别诏召也。"帝然其言，心以为忠，遂不见珣。

【今　注】

①孝武：孝武帝司马曜。　王国宝（350—397）：王坦之

之子。历官中书令、尚书左仆射。为会稽王司马道子所宠，权倾一时。后为司马道子所杀。王雅（334—400）：字茂达，东海郯县（今山东郯城）人，历官侍中、太子少傅、左仆射。

②微有酒色：指略有醉意。

③垂至：将到，快到。

④传声：传报之声。

⑤倾夺：争夺。

【今　译】

孝武帝很亲近敬重王国宝、王雅。王雅向孝武帝推荐王珣，孝武帝想召见他，曾经在一天晚上与王国宝、王雅相对而坐，孝武帝稍稍有点醉意，命人召见王珣。王珣将到，已经听到吏卒传报的声音了。王国宝知道自己的才能不如王珣，害怕他夺走受宠的地位，于是说："王珣是当今的名流，陛下不宜带着酒意见他，完全可以在别的时候召见。"孝武帝同意他的话，心里还认为他很忠心，便没有见王珣。

【解　义】

据刘孝标注引《晋安帝纪》记载，孝武帝格外亲信王雅，宴会时如果王雅还没到，孝武帝就不会先举杯。又据《晋书·王国宝列传》记载，范宁对外甥王国宝谄媚司马道子深感不满，劝孝武帝将其罢黜。王国宝于是派袁悦游说后妃陈淑媛，希望得到孝武帝的宠信，结果袁悦被孝武帝所杀，王国宝大感恐惧。所以，本文称孝武帝"甚亲敬王国宝"，并不可信。

四

王绪数谗殷荆州于王国宝①，殷甚患之②，求术于王东亭③。曰："卿但数诣王绪④，往辄屏人⑤，因论它事。如此，则二王之好离矣。"殷从之。国宝见王绪，问曰：“比与仲堪屏人，何所道[⑥]？”绪云：“故是常往来[⑦]，无它所论。”国宝谓绪于己有隐，果情好日疏，谗言以息[⑧]。

【今　注】

①王绪（？—397）：字仲业，太原人，王国宝堂弟，官会稽王从事中郎。后王恭起兵讨伐王国宝和王绪，司马道子不得不将其与王国宝一同诛杀。　殷荆州：殷仲堪。

②患：忧虑。

③术：方法。　王东亭：王珣。

④但：只。　数诣：经常拜访。

⑤屏人：把人支开。

⑥比：近来。

⑦故：不过，只。

⑧息：平息。

【今　译】

王绪屡次在王国宝面前诋毁殷仲堪，殷仲堪非常忧虑，向王珣请教办法。王珣说：“你只要经常去拜访王绪，去了就把其他人支开，接着就谈论其他的事。这样，二王的交情就会疏远了。”殷仲堪就照着王珣的话做了。王国宝见到王绪后，问道：“近来你与殷仲堪把别人支开，都在说些什么？”王绪说：“不过是日常往来，并没有议论什么？”王国宝认为王绪对自己有所隐瞒，感情果然逐渐疏远了，谗言因此平息。

【解　义】

刘孝标注认为，王国宝得宠于司马道子，是由于王绪的引荐，而且二人臭味相投，结局也相同，殷仲堪即便使出离间计，也不太可能让他们的关系疏远。

尤悔第三十三

尤悔，指因过失而悔恨。语出《论语·为政篇》“言寡尤，行寡悔”，意指言语上要少过失，做事要少懊悔。本篇共十七则，故事内容大多反映士人悔不当初的心情，其性质其实与尤悔有所不同。如陆机鹤唳之叹（本篇第 3 则），并非因过失而致，只是感叹往日时光不再而已。

一

魏文帝忌弟任城王骁壮[①]，因在卞太后閤共围棋[②]，并啖枣[③]，文帝以毒置诸枣蒂中，自选可食者而进。王弗悟，遂杂进之。既中毒，太后索水救之。帝预敕左右毁瓶罐[④]。太后徒跣趋井[⑤]，无以汲，须臾遂卒[⑥]。复欲害东阿[⑦]，太后曰："汝已杀我任城，不得复杀我东阿！"

【今　注】

①魏文帝：曹丕。　任城王：曹彰（189—223），字子文，曹操与卞太后所生第二子。建安二十一年（216），封鄢陵侯。黄初二年（221）晋爵为公，次年封为任城王。骁（xiāo）壮：勇猛健壮。

②因：趁着。　卞太后：曹操妻，生曹丕，曹彰、曹植三子。　閤（gé）：通阁，指内室。

③啖（dàn）：吃。

④敕：命令。

⑤徒跣（xiǎn）：赤脚。　趋：小步快走。

⑥须臾：一会儿，片刻。　卒：死亡。

⑦东阿：指曹植，封东阿王，故称。

【今　译】

曹丕忌妒弟弟曹彰勇猛健壮，便趁着在卞太后的后阁下围棋的机会，一起吃枣子，把毒药放在枣蒂中，自己挑选可以吃的枣子。曹彰不知道，于是混杂着吃了。中毒后，太后要找水来救他，曹丕事先命令左右侍从把瓶瓶罐罐都毁了。太后赤脚跑到井边，却没有任何汲水的器具，一会儿曹彰就死了。曹丕还想害曹植，太后说："你已经杀了我的任城王，不得再杀我的东阿王！"

【解　义】

本文的叙述绘声绘色，仿佛亲历其境，所以其真实性也就很成问题。据《三国志·魏书·曹彰传》记载，黄初四年(223)，曹彰到洛阳朝见，因病暴毙于府邸。又据刘孝标注引《魏志春秋》记载，曹彰有异志，朝觐时没有立刻得到接见，有所气恼畏惧，最终暴毙。因此，本文关于曹丕毒杀曹彰的记载不足为信，应出自里巷传言。

二

王浑后妻[①]，琅邪颜氏女[②]。王时为徐州刺史，交礼拜讫，王将答拜，观者咸曰："王侯州将[③]，新妇州民，恐无由答拜[④]。"王乃止。武子以其父不答拜[⑤]，不成礼，恐非夫妇，不为之拜，谓为"颜妾"。颜氏耻之，以其门贵，终不敢离[⑥]。

【今　注】

①王浑：王济之父。

②琅邪：郡名，在今山东临沂。

③王侯：王浑，袭父爵为京陵侯，故称。　州将：指州刺史。

④由：理由。

⑤武子，王济，字武子。

⑥离：离异离婚。

【今　译】

王浑的后妻是琅邪颜家之女。王浑当时担任徐州刺史，颜氏行过交拜礼，王浑将要答拜，观看婚礼的人都说："王侯爷是州将，新娘是平民，恐怕没有理由答拜。"王浑于是就停下了。王济认为父亲不答拜，就不能算完成了婚礼，恐怕就不是夫妻，因此不跪拜她，称她为“颜妾”。颜氏感到耻辱，但因为王家门第高贵，最终不敢离异。

【解　义】

刘孝标注认为，人伦之道最为重要，王浑既然娶颜氏为妻，其子王济怎么可以因为缺了一拜，就将颜氏视为妾媵呢？所以他认为本文所载存在纰缪。

三

陆平原河桥败[①]，为卢志所谗，被诛。临刑叹曰：“欲闻华亭鹤唳[②]，可复得乎？”

【今　注】

①陆平原：陆机。　河桥：西晋泰始年间，杜预在富平津建浮桥，横跨黄河，世称河桥。故址在今河南孟县西南、孟津东北。

②华亭：故址在吴郡由拳县（今浙江嘉兴）。　鹤唳（lì）：鹤鸣。

【今　译】

陆机在河桥战败后，受到卢志的谗害，被杀。他临刑时叹息道：“想听华亭的鹤鸣之声，还能够得到吗？”

【解　义】

太安二年（303），成都王司马颖与河间王司马颙起兵讨伐长沙王司马乂，由陆机担任主帅。陆机率军向河桥进发，长沙王司马乂则挟持惠帝应战，双方在七里涧一带展开决战，陆机不幸战败。据《晋书·陆机列传》记载，卢志与宦人孟玖先后向成都王司马颖进谮，司马颖于是在陆机战败后将其杀害。据刘孝标注引《八王故事》记载，华亭是吴郡由拳县（今浙江嘉兴）郊外的别墅，吴国灭亡后，陆机、陆云兄弟共游此地十余年。又据刘孝标注引《语林》记载，陆机任河北都督时，听到军中的号角声，对孙丞说："听号角之鸣不如听华亭的鹤鸣。"所以他在临刑前有此感叹。此后，"华亭鹤唳"即成为表达怀恋故乡风物及悔不当初的成语。李白《行路难》之三所云"陆机雄才岂自保……华亭鹤唳讵可闻"，即引用这一典故。

四

刘琨善能招延[①]，而拙于抚御[②]。一日虽有数千人归投[③]，其逃散而去，亦复如此，所以卒无所建[④]。

【今　注】

①招延：招徕，延揽人才。

②拙：不灵巧，不擅长。　抚御：安抚，驾御。

③归投：归附投靠。

④卒：终于。

【今　译】

刘琨善于招徕延揽人才，但是不擅长安抚驾驭他们。一天中虽有几千人来归附投奔他，但是逃散走掉的人，也有这么多，所以最终没有什么建树。

【解　义】

刘琨"拙于抚御"之事亦见《晋书·刘琨列传》记载，其母曾批评他非但不能驾驭豪杰之士，还一心要除掉胜过自己的人，但是刘琨却不能听从母亲的劝告。又据《晋书·刘琨列传》记载，刘琨生活奢靡，贪图声色，虽然曾经有所收敛，但很快就故态复萌。因此，刘琨虽以雄豪著称，但其最终失败的原因，在于其个性上存在着诸多缺陷。

五

王平子始下[①]，丞相语大将军[②]："不可复使羌人东行[③]。"平子面似羌。

【今　注】

①王平子：王澄。　下：指从荆州东下。

②丞相：王导。　大将军：王敦。

③羌人：指王澄。

【今　译】

王澄刚从荆州东下时，丞相王导对大将军王敦说："不可以再让那羌人到东边来了。"王澄的脸像羌人。

【解　义】

"王平子始下"，指王澄应晋元帝之召，自荆州东下建康，赴任军谘祭酒。据《晋书·王澄列传》记载，王澄途经豫章时拜会王敦，王澄名望在王敦之上，王敦对他素来忌惮，王澄却毫无觉察，依然像过去那样对王敦有所轻侮，王敦于是恼羞成怒将其杀害。本文将王导视为杀害王澄的幕后主使，似为里巷传言，所以刘孝标注认为不足为信。文末所谓"面似羌"，并非指王澄的相貌像异族人。王澄为王衍之弟，王衍风姿卓绝，王澄固然略为逊色，但其姿容似乎不会相差太大。据本书《赏誉》第二十七则记载，王衍曾说自己不及王澄之"落落穆穆"。因此，称王澄"面似羌"，似乎是因为王澄有着冷峻神态的缘故。

六

王大将军起事[①]，丞相兄弟诣阙谢[②]。周侯深忧诸王[3]，始入[4]，甚有忧色。丞相呼周侯曰："百口委卿[5]！"周直过不应。既入，苦相存救[6]。既释，周大说[7]，饮酒。及出，诸王故在门[8]。周曰："今年杀诸贼奴[9]，当取金印如斗大系肘后[10]。"大将军至石头[11]，问丞相曰："周侯可为三公不[12]？"丞相不答。又问："可为尚书令不[13]？"又不应。因云："如此，唯当杀之耳。"复默然。逮周侯被害[14]，丞相后知周侯救己，叹曰："我不杀周侯，周侯由我而死，幽冥中负此人！"

【今 注】

①王大将军：王敦。 起事：指王敦于晋元帝永昌元年（322）以讨刘隗为名，从武昌起兵。

②兄弟：指堂兄弟们。 诣阙谢：到朝廷谢罪。王敦起兵时，刘隗劝晋武帝诛杀王氏家族，故王导率堂兄弟和子弟到朝廷谢罪。

③周侯：周顗。

④入：指进朝廷。

⑤百口：指全部族人的性命。 委：托付。

⑥苦：尽力，竭力。 存救：保全援救。

⑦说：通"悦"。

⑧故：仍，仍然。

⑨贼奴：指王敦等叛逆之臣。

⑩取金印如：谓杀贼立功受赏。

⑪石头：石头城，故址在今江苏南京西。

⑫三公：魏晋时以太尉、司徒、司空为三公。

⑬尚书令：掌管奏章文书的高官。

⑭逮（dài）：及，到。

【今 译】

王敦起兵作乱，王导兄弟们到朝廷请罪。周顗深为王家担忧，刚进朝廷时，脸上充满忧虑的神色。王导呼喊周顗道："我全家百口人的性命都要托付给你了！"周顗径直走过去没有应答。进去后，竭力保全援救他们。得到赦免的恩准后，周顗十分高兴，喝了酒。等到出来时，王家人仍然在门口。周顗说："今年杀了那些逆贼，我一定要拿斗大的金印挂在肘后。"王敦后来进军到了石头城，问王导："周顗可以做三公吗？"王导不回答。王敦又问："可以做尚书令吗？"王导还是不回答。王敦于是说："既然如此，只有杀掉他了！"王导仍然默不作声。等到周顗被杀，王导才知道周顗营救过自己，叹息道："我虽然没杀周侯，周侯却因为我而死，冥冥中我对不起这个人！"

【解　义】

"我不杀伯仁，伯仁却因我而死"即典出于此，但本文所载较具演绎色彩，周顗的言行也显得过于反常，似乎不足为信。据《晋书·王导列传》记载，王敦起兵后，刘隗劝晋元帝尽诛王氏，所以王导每天一早就带着堂兄弟及子侄二十多人去宫门外待罪，晋元帝认为王导素来忠贞，特地召见，王导叩头谢罪说："历代都有乱臣贼子，没想到如今出在我们宗族中。"晋元帝没来得及穿上鞋子就上前去握着王导的手说："不要这么说，我正把天下安危的希望寄托在你身上。"关于周顗被杀的原因，史料记载不一。据刘孝标注引虞预《晋书》的记载，王敦的参军吕猗曾是戴渊的属下，因受到轻视，所以在王敦攻下石头城后，向王敦进谮，认为周顗和戴渊有名望，足以影响人心，现在他们对王敦毫无畏惧之色，所以不如除掉他们，以免后患。王敦因此将周顗和戴渊杀害。又据《晋书·周顗列传》记载，王敦攻入石头城后，周顗奉晋元帝之命去见王敦，见面后王敦认为周顗有负于自己，周顗回答说："你起兵犯上，我率六军作战却不能击败你，使王师遭到败绩，这确实有负于你。"令王敦不知所答。此后护军长史郝嘏等劝周顗出逃以避免王敦加害，周顗不听，认为朝廷危亡之际，不能只顾个人安危。不久，周顗与戴渊被王敦收捕，周顗在经过太庙时大喊，神祇有灵就应速杀贼臣王敦；士兵用戟刺伤周顗的嘴，血流不止，但周顗毫无惧色，旁观的人都为之落泪。最终，周顗在石头城南门外被杀害。这两则记载各有侧重，可以互补。当然，王导在周顗被杀一事上也有其责任，如果他愿意出面向王敦求情，王敦或许不至于大开杀戒。据《晋书·周顗列传》记载，王导事后看到了周顗向晋元帝力保王氏一门的奏表，执表流涕，悲不自胜，对儿子说："吾虽不杀伯仁，伯仁由我而死。幽冥之中，负此良友。"王导之语显然是对自己没能出面相救而倍感愧疚。因此，本文所载或许就是因王导之自责而衍生的故事。

七

王导、温峤俱见明帝①，帝问温前世所以得天下之由②。温未答，顷，王曰："温峤年少未谙③，臣为陛下陈之④。"王乃具叙宣王创业之始⑤，诛夷名族⑥，宠树同己⑦，及文王之末高贵乡公事⑧。明帝闻之，覆面著床曰⑨："若如公言，祚安得长⑩！"

【今　注】

①温峤：与王导同为明帝辅佐大臣。　明帝：司马绍。

②前世：以前。　由：原因。

③谙：熟悉，有经验。

④陈：陈述。

⑤具叙：详细叙述。　宣王：司马懿。

⑥诛夷：杀灭，灭族。

⑦宠树：宠信培植。　同己：指亲信，赞同自己的人。

⑧文王：司马昭。　末：末年。　高贵乡公：曹髦，字彦

士，曹丕的孙子，封高贵乡公。后为文王司马昭所杀。

⑨覆面著床：把脸遮住贴在坐床上。床，指坐具。

⑩祚（zuò）：指皇位或国运。

【今　译】

王导、温峤一起去朝见明帝，明帝问温峤以前之所以能够得天下的原因，温峤没有回答。过了一会儿，王导说："温峤年轻对这些事不熟悉，我来为陛下陈述。"王导于是详细叙述司马懿创业之初，诛杀名家大族，宠信培植亲信，以及司马昭晚年杀害高贵乡公曹髦等事情。明帝司马绍听后，把脸贴在床上说："如果像您说的那样，晋朝的国运怎么能够长久啊!"

【解　义】

所谓"诛夷名族"，指嘉平元年（249）司马懿发动兵变，杀曹爽及其亲信党羽何晏、丁谧、邓飏、毕轨、李胜、桓范等，并灭其三族。所谓"宠树同己"，指任用蒋济之流。所谓"文王之末高贵乡公事"，指曹髦不满司马氏专权，于甘露五年（260）准备起兵讨伐司马师，结果事泄被杀。

八

王大将军于众坐中曰[①]："诸周由来未有作三公者[②]。"有人答曰："唯周侯邑五马领头而不克[③]。"大将军曰："我与周洛下相遇[④]，一面顿尽[⑤]。值世纷纭[⑥]，遂至于此!"因为流涕。

【今　注】

①王大将军：王敦。

②诸周：指周氏家族中人。　由来：从来。

③周侯：周顗。　邑：疑为"已"字之误。　五马领头：樗蒲戏的用语，意为棋局已取得领先优势。比喻周顗的

官位已高，与三公相去不远。　不克：不能取胜，形容功亏一篑。

④洛下：洛阳。

⑤一面顿尽：一见面即成知交。

⑥值：遇到。　纷纭：混乱。

【今　译】

王敦在大庭广众中说："周氏家族中从来没有人位至三公。"有人答道："只有周侯已经达到领先的地位，可惜功亏一篑。"王敦说："我与周顗在洛阳相遇，一见面即成知交。遇到世道混乱，才到了如今的地步！"他因此流下了眼泪。

【解　义】

周顗与王敦、王导等人都有很深的交情，王敦和王导在周顗被杀后都表现出了悔恨之意，很好地诠释了人性中的善恶两面，一旦权力的私欲占据上风，那么即便是面对故交知己，也会暴露出凶残的一面。

九

温公初受刘司空使劝进①，母崔氏固驻之②，峤绝裾而去③。迄于崇贵④，乡品犹不过也⑤。每爵⑥，皆发诏⑦。

【今　注】

①温公：温峤。　刘司空：刘琨。

②母：温峤之母。　固：坚决。　驻：阻止。

③绝裾：扯断衣襟以示坚决离去。

④迄：到。　崇贵：指地位崇高尊贵。

⑤乡品：指名士对本州郡人物的评论。当时实行九品中正制，任用官吏须通过品评，列入上品方可选拔任用。

过：通过，认可。

⑥每爵：每次升官授爵。

⑦发诏：发布诏书。

【今　译】

温峤当初接受刘琨之命，去游说司马睿即位称帝，母亲崔氏坚决阻止他，温峤扯断衣襟而走。温峤位居显位时，乡品还是没有通过。每次升官晋爵时，皇帝都要发布诏书。

【解　义】

本文所谓“劝进”，指建兴五年（317）琅邪王司马睿即位为晋王后，并州刺史刘琨派温峤为使节，劝其即帝位。据《晋书·温峤列传》记载，温峤的母亲过世后，因为北方战乱不已，温峤无法回去安葬母亲，此时元帝任命他为散骑侍郎，温峤坚决辞让，苦苦请求北归。元帝于是让三司商议此事，大家都认为温峤既然由于道路为乱贼所阻，就应该竭心尽力辅佐王室，效仿伍子胥的故事。温峤不得已，只能接受任命。又据《晋书·孔愉列传》记载，温峤升任平南将军时，司徒长史孔愉因为温峤遭母丧而没有归葬，没有通过对他的品评。温峤事后握着孔愉的手，流泪道：“天下混乱，忠孝之道被废。能保持古人之节操者，就只有您一个人了。”本文所谓“迄于崇贵，乡品犹不过也”，应该就是指此事。所谓“每爵，皆发诏”，属于夸大之词。

十

庾公欲起周子南[①]，子南执辞愈固[②]。庾每诣周，庾从南门入，周从后门出。庾尝一往奄至[③]，周不及去，相对终日。庾从周索食，周出蔬食，庾亦强饭极欢[④]；并语世故[⑤]，约相推引[⑥]，同佐世之任[⑦]。既仕，至将军、二千石[⑧]，而不称意。中宵慨然曰：“大丈夫乃为庾元规所卖⑨！”一叹，遂发背而卒⑩。

【今 注】

①庾公：庾亮。 起：起用，任用。 周子南：周邵（生卒不详），字子南。因庾亮的举荐，官至镇蛮护军、西阳太守。

②执辞：固执推辞。 愈固：越来越坚决。

③一往：径直，直往。 奄（yān）：忽然。

④强（qiǎng）：勉强。

⑤世故：世间之事。

⑥推引：推荐引进。

⑦佐世：辅佐朝廷治理天下。

⑧将军：指镇蛮护军。 二千石：指西阳太守。太守俸禄为二千石，故以二千石代称太守。

⑨庾元规：庾亮。

⑩发背：引发了背疮。

【今 译】

庾亮想要起用周邵，周邵的推辞越来越坚决。庾亮每次去拜访周邵，庾亮从南门进，周邵就从后门出。庾亮曾经突然到来，周邵来不及离开，两人整天相对而坐。庾亮向周邵要吃的，周邵拿出蔬菜淡饭，庾亮也勉强吃下去，极为高兴。他们一起谈论世间之事，约定推荐他，一同担负辅佐朝廷的重任。周邵出仕后，做到将军、郡守，但并不称心如意。一天半夜里感叹道：“大丈夫竟然被庾亮给出卖了！”一声长叹，背疮发作而死。

【解 义】

悠游山林，纵心世外，是很多魏晋士人所追求的生活方式，因为他们不愿意为世俗事务所拖累。当然，也有一些隐士出于各种目的选择出仕，有些人能够由此一展抱负，有些人则遭遇挫折。周邵就是因为“不称意”而悔不当初。

十一

阮思旷奉大法[①]，敬信甚至。大儿年未弱冠[②]，忽被笃疾[③]。儿既是偏所爱重[④]，为之祈请三宝[⑤]，昼夜不懈。谓至诚有感者，必当蒙佑。而儿遂不济[⑥]。于是结恨释氏[⑦]，宿命都除[⑧]。

【今　注】

①阮思旷：阮裕。　奉：信奉。　大法：指大乘佛法。

②大儿：阮牖（生卒不详），字彦伦，阮裕长子。官至州主簿。　弱冠：古时男子二十岁行加冠礼，后指二十岁左右的年龄。

③被：遭，受。　笃疾：重病。

④偏：偏袒。

⑤三宝：佛教称佛、法、僧为三宝。

⑥济：补益，成，挽救。

⑦结恨：结下怨恨。　释氏：指佛教，佛教创始人为释迦牟尼，故称。

⑧宿命：佛教认为世上的人都有前世，展转轮回，今世的命运皆由前世的善恶所决定。　除：抛弃。

【今　译】

阮裕信奉佛法，恭敬笃信到了极点。他的大儿子还不到二十岁时，突然患了重病。儿子既然是阮裕所偏爱与器重的，所以他就为儿子祈求三宝保佑，昼夜不断。以为精诚能感动神明，必定受到保佑。但是儿子终于没有治愈。于是他与佛教结怨，宿命轮回的信念全都抛弃了。

【解　义】

将死生寄托于烧香祈福，这是愚夫愚妇之所为，阮裕作为一代名士，显然不可能如此无知。本文所载未收入《晋书·阮裕列传》，刘孝标注也以为不可信。因此，本文应出自里巷传言。

十二

桓宣武对简文帝[①]，不甚得语[②]。废海西后[③]，宜自申叙[④]，乃豫撰数百语[⑤]，陈废立之意[⑥]。既见简文，简文便泣下数十行。宣武矜愧[⑦]，不得一言。

【今　注】

①桓宣武：桓温。　简文帝：司马昱。

②不甚得语：不是很能说话。

③废海西：太和六年（372），桓温废黜海西公司马奕，拥立简文帝司马昱。

④申叙：申诉陈说。

⑤豫：同“预”。

⑥陈：述说。

⑦矜（jīn）愧：羞愧。

【今　译】

桓温面对简文帝时，不是很会说话。废掉海西公后，应当自己去申明陈说，他于是预先撰写了几百字，陈述废黜海西公与拥立简文帝的意图。见到简文帝后，简文帝就泪流满面。桓温感到羞愧，一句话也说不出来。

【解　义】

据《晋书·简文帝纪》记载，海西公被废黜后，由皇太后下诏立会稽王司马昱为帝，桓温率百官进太极殿，并派出乘舆法驾将司马昱迎进宫，在朝堂中改换服饰，东向拜受玺绶。因此，本文所载应出于小说家之演绎。

十三

桓公卧语曰[①]："作此寂寂[②]，将为文、景所笑[③]。"既而屈起坐曰[④]："既不能流芳后世，亦不足复遗臭万载邪[⑤]？"

【今　注】

①桓公：桓温。

②作：如，像。　寂寂：冷静，无声无息，指无所作为。

③文、景：指晋文帝司马昭、晋景帝司马师。

④屈起：突然。屈，通"崛"。

⑤不足：不能。

【今　译】

桓温躺着说道："像这样的无声无息无所作为，恐怕要被文帝、景帝所耻笑。"接着他又突然坐起来说："既然不能流芳百世，难道就不能遗臭万年吗？"

【解　义】

曹魏末年，王室衰微，司马氏大权独揽，司马师、司马昭先后执掌朝政，为晋王朝的建立打下基业。东晋后期，王室同样萎靡不振，桓温权倾一时，所以他认为自己应该效仿司马师、司马昭之所为。所谓不能流芳百世就遗臭万年的话，恐怕出自后人之增益。

十四

谢太傅于东船行[①]，小人引船[②]，或迟或速，或停或待，又放船从横[③]，撞人触岸。公初不呵谴[④]，人谓公常无嗔喜[⑤]。曾送兄征西葬还[⑥]，日暮雨驶，小人皆醉[7]，不可处分[8]。公乃于车中手取车柱撞驭人，声色甚厉。夫以水性沉柔[9]，入隘奔激[10]，方之人情[11]，固知迫隘之地[12]，无得保其夷粹[13]。

【今 注】

①谢太傅：谢安。 东：东边，指会稽。

②小人：指船夫。

③从横：纵横，指横冲直撞。

④初不：从不。 呵谴：呵斥责备。

⑤嗔（chēn）：发怒。

⑥征西：指谢奕，死后谥镇西将军，故称。

⑦日暮雨驶，小人皆醉：《太平御览》卷十“驶”作“驭”，无“小”字，故此句应作：“日暮雨，驭人皆醉。”驭人，车夫。

⑧处分：处置，安排。

⑨沉柔：深沉柔和。

⑩隘（ài）：险要。 奔激：水流奔腾激荡。

⑪方：比拟，相比。

⑫迫隘：局促狭窄。

⑬无得：不得。 夷粹：平和纯粹。

【今 译】

谢安在会稽坐船出行，船夫划船有时慢有时快，有时停下来有时等待，有时又放任不管，听凭船只横冲直撞，甚至撞到人，触到岸。谢安从不对他们呵斥责怪，人们都说谢安平常喜怒不形于色。他曾经为兄长谢奕送葬回来，天色已黑还下着雨，车夫都喝醉了，无法驾车。谢安就在车中拿起车柱撞击车夫，声色非常严厉。水性深沉柔和，但流入险要之地就会奔腾激荡，以此比拟人的性情，自然知道处身于局促狭窄之地，就不能保持平和纯粹之态了。

【解　义】

处变不惊与从容镇定，是谢安的特质，说明谢安对各种局面都能有清晰的判断，但这并不代表谢安不会对意外情况做出反应。谢安坐船时与坐车时的表现之所以不同，是因为船夫即便有所失误，甚至于“撞人触岸”，但谢安知道船夫还是可以掌控局面，苛责非但于事无补，反而容易让船夫紧张。而车夫则是因为醉酒而失去了对车辆的驾驭能力，如果谢安无所作为，那么迟早会出事。所以谢安必须“声色甚厉”，让车夫尽快清醒过来。

十五

简文见田稻①，不识，问是何草，左右答是稻。简文还，三日不出，云：“宁有赖其末而不识其本②？”

【今　注】

①简文：晋简文帝司马昱。

②宁：岂。　末：末端，指稻谷。　本：根本，指稻禾。

【今　译】

简文帝看见田里的稻子，不认识，问是什么草，左右侍从回答是稻禾。简文帝回去后，三天不出门，说：“岂有依赖它的果实却不认识它的根本的？”

【解　义】

刘孝标注所谓“文公种菜”，应为“文公种米”之误（古人引用典故，多凭记忆，种米误为种菜，就属于此类情况）。据陆贾《新语·辅政》及刘向《说苑·杂言》记载，晋文公曾用米粒播种，曾子则用羊来驾车。这些故事说明，成大事者不会费心力于琐碎之事，智者之所短往往是凡夫俗子之所长。刘孝标注认为，简文帝即便不识稻禾，也不必有所惭愧，所以本文所载不可信。

十六

桓车骑在上明畋猎①，东信至②，传淮上大捷③。语左右云："群谢年少大破贼④。"因发病薨⑤。谈者以为此死，贤于让扬之荆⑥。

【今　注】

①桓车骑：桓冲，任车骑将军，故称。上明：桓冲任荆州刺史时修建，故址在今湖北松滋西。　畋（tián）猎：打猎。

②东信：东边的信使。

③淮上大捷：指淝水之战中晋军取得大胜。

④群谢：淝水之战中，晋军主要将领为谢石、谢玄、谢琰等人。

⑤薨（hōng）：指诸侯或高官之死。

⑥贤：胜过。　让：礼让。　扬：扬州。　之：去，到。　荆：荆州。

【今　译】

桓冲在上明打猎时，东边的信使到了，传来淝水之战大胜的消息。他对左右侍从说："谢家这些年轻人大败贼人。"于是就发病而死。议论者认为这样死去，远比当年让出扬州到荆州去任职更贤明。

【解　义】

据《晋书·桓冲列传》记载，苻坚大举南侵时，桓冲派遣三千精锐前往建康相助，谢安认为三千人并不足以左右胜负，所以为了安定人心，特地将他们遣回。桓冲感叹道："谢安虽有治国的雅量，却不娴熟用兵之道。现在大敌当前，他还在优游清谈，派出去的领兵将领都是一些缺乏经验的年轻人，兵力又弱，成败已经很明显，我们恐怕要被异族统治了。”不久听说苻坚被打败，桓冲深为惭愧，遂发病而死，时年五十七岁。本文所谓“让扬之荆”，指桓冲于宁康三年（375）请求解任扬州刺史，礼让谢安，自己改任都督徐豫兖青扬五州军事、车骑将军、徐州刺史，后于太元二年（377）迁任都督江荆梁益宁交广七州军事、领护南蛮校尉、荆州刺史。

十七

桓公初报破殷荆州[①]，曾讲《论语》[②]，至“富与贵，是人之所欲，不以其道，得之不处[③]”，玄意色甚恶[④]。

【今　注】

①桓公：桓玄。　报：上报。　破：击败。　殷荆州：殷仲堪，时任荆州刺史，故称。

②讲：讲读。

③富与贵，是人之所欲，不以其道，得之不处：语见《论语·里仁》，意为富贵是人人都想要的，但是用不正当的方法去取得，那就不可取。

④意色：表情神色。　恶：坏，难看。

【今　译】

桓玄当初得到击败殷仲堪的报告时，正好在讲读《论语》，讲到“富与贵，是人之所欲，不以其道，得之不处”，桓玄的表情神色很难看。

【解　义】

桓玄原本与殷仲堪有深交，但最后为了权力之争而反目，殷仲堪兵败后被逼自杀。桓玄也明白自己的所为就是“不以其道”，所以觉得有点难堪。

纰漏第三十四

纰漏，即疏漏，指因不慎而导致的差错。本篇所载大多属于士人的无心之过。

一

王敦初尚主[①]，如厕[②]，见漆箱盛干枣，本以塞鼻，王谓厕上亦下果[③]，食遂至尽。既还，婢擎金澡盘盛水[④]，瑠璃碗盛澡豆[⑤]，因倒著水中而饮之，谓是干饭[⑥]。群婢莫不掩口而笑之。

【今 注】

①尚主：娶晋武帝之女舞阳公主为妻。因尊帝王之女，故称“尚”。

②如厕：上厕所。

③下：放置。

④擎：托，举。 澡盘：洗澡用的器皿。

⑤澡豆：洗手、洗面用的物品。

⑥干饭：干粮。

【今 译】

王敦刚娶公主时，去上厕所，看到漆箱中盛了干枣，这原本是用来塞鼻孔防臭的，王敦以为在厕所内也要放置水果，就吃了个精光。回到屋内，婢女托着金澡盘盛水，琉璃碗中盛着澡豆，于是就把澡豆倒进水中喝了下去，还认为这些是干粮。婢女们都捂着嘴笑话他。

【解 义】

王敦出身世家，对皇家礼仪不可能一无所知。所以本文应为里巷传言。可能是因为王敦早年有“田舍”的名声，因此后人妄加附会。

二

元皇初见贺司空[①]，言及吴时事，问：“孙皓烧锯截一贺头[②]，是谁？”司空未得言，元皇自忆，曰：“是贺劭。”司空流涕曰：“臣父遭遇无道[③]，创巨痛深，无以仰答明诏[④]。”元皇愧惭，三日不出。

【今　注】

①元皇：晋元帝司马睿。　贺司空：贺循。

②孙皓：吴国末代国君。　截：割断。　贺头：姓贺之人的头颅。

③无道：暴虐，暴政。

④明诏：对皇帝的诏命的敬称。

【今　译】

晋元帝初次召见贺循时，说到东吴时的事，问道：“孙皓烧红锯子割断了一个姓贺者的头颅，这个人是谁？”贺循还没回答，晋元帝自己回忆起来，说：“是贺劭。”贺循流着眼泪说：“我父亲遭遇无道昏君，创伤巨大痛苦深重，难以仰答陛下的诏问。”晋元帝感到惭愧，三天没有出朝。

【解　义】

据刘孝标注，孙皓性格凶狠残暴，贺劭上书直言极谏，孙皓对此怀恨在心，身边的佞臣也忌惮贺劭，进谮其诽谤国事，孙皓于是加以诘责。贺劭当时中风，不能说话，孙皓怀疑他是故意托病，将他关在酒窖里，严刑拷打，最终将其杀害。据《晋书·贺循列传》记载，本则所记之事发生于永兴二年（305）晋元帝任安东将军之时，拟荐举贺循为吴国内史。本文所载似有不可信之处，古人重家世，贺循在西晋末即已成名，晋元帝既然准备委以重任，那么就不可能不知道贺劭与贺循之间的父子关系。因此，此事应是后人为称颂晋元帝之贤明而衍生。

三

蔡司徒渡江[①]，见彭蜞[②]，大喜曰：“蟹有八足，加以二螯[③]。”令烹之。既食，吐下委顿[④]，方知非蟹。后向谢仁祖说此事[⑤]，谢曰：“卿读《尔雅》不熟[⑥]，几为《劝学》死[⑦]。”

【今　注】

①蔡司徒：蔡谟，官至司徒，故称。

②彭蜞：即蟛蜞，小型蟹类，学名相手蟹。

③螯（áo）：螃蟹类动物的第一对脚，形状如钳，能开合，用以取食及自卫。

④吐下：指上吐下泻。　委顿：疲乏，萎靡不振。

⑤谢仁祖：谢尚。

⑥《尔雅》：我国最早分类解释词义名物的专著。

⑦几：几乎，差一点。

【今　译】

蔡谟渡江南下，看到彭蜞，非常高兴地说：“蟹有八只脚，加上两只螯”。叫人把螯煮熟，吃了以后，上吐下泻，弄得萎靡不振，这才知道吃的不是螃蟹。后来向谢尚说起这件事，谢尚说：“你读《尔雅》读得不熟，差一点被《劝学篇》害死。”

【解　义】

其实蟛蜞是一种小蟹的称谓，可以食用。本文所谓“既食，吐下委顿”，或许是由于蟛蜞性寒，导致蔡谟肠胃不适。所谓“《劝学》”，指蔡邕《劝学篇》，今佚，马国翰《玉函山房辑佚书续编三种》辑有佚文一卷。

四

任育长年少时[①]，甚有令名[②]。武帝崩[③]，选百二十挽郎[④]，一时之秀彦[⑤]，育长亦在其中。王安丰选女婿[⑥]，从挽郎搜其胜者，且择取四人[⑦]，任犹在其中。

童少时神明可爱，时人谓育长影亦好。自过江，便失志[8]。王丞相请先度时贤共至石头迎之[9]，犹作畴日相待[10]，一见便觉有异。坐席竟[11]，下饮[12]，便问人云："此为茶？为茗[13]？"觉有异色，乃自申明云："向问饮为热为冷耳。"尝行从棺邸下度[14]，流涕悲哀。王丞相闻之曰[15]："此是有情痴[16]。"

【今　注】

①任育长：任瞻（生卒不详），字育长，乐安（治所在今山东临济）人。历任谒者仆射、都尉、天门太守。

②令名：好名声。

③武帝：晋武帝司马炎。

④挽郎：牵引灵柩唱挽歌的少年。

⑤秀彦：德才兼优的人才。

⑥王安丰：王戎。

⑦且：暂时。

⑧失志：失去神志，指精神失常。

⑨先度时贤：较早渡江南下的贤达名流。度，通"渡"。

⑩畴日：前时，以前。

⑪竟：完毕。

⑫下饮：设茶，供茶。

⑬为茶？为茗：茶茗为同一物，早采称茶，晚采称茗。

⑭棺邸：棺材铺。

⑮王丞相：王导。

⑯有情痴：情痴。

【今　译】

任瞻年轻时，有很好的名声。晋武帝死时，要选一百二十名挽郎，任瞻也是其中之一。王戎挑女婿时，从挽郎中寻找出色者，暂时选取了四个人，任瞻还在其中。童年时神情可爱，当时人认为任瞻的影子也是美好的。自从渡江南下后，他就精神失常了。王导请先前渡江南下的贤达一起到石头城迎接任瞻，还是像以前那样接待他，但一见面就觉得有些异常。大家坐下后，上茶，任瞻就问别人："这是茶，还是茗？"他感觉到别人神色诧异，就自己说明道："刚才我问喝的茶是热是冷而已。"他曾经从棺材铺前经过，便流泪悲哀。王导听到此事后说："这是一位情痴。"

【解　义】

永嘉之乱所带来的社会动荡异常剧烈，无论是士人还是普通百姓，都面临着流离失所的困境，不得不大量南迁。生离死别，辗转他乡，也对士人的心理造成极大的冲击，任瞻之"失志"，即由此而引起。

五

谢虎子尝上屋熏鼠①，胡儿既无由知父为此事②，闻人道痴人有作此者，戏笑之，时道此，非复一过③。太傅既了己之不知④，因其言次⑤，语胡儿曰："世人以此谤中郎⑥，亦言我共作此。"胡儿懊热⑦，一月日闭斋不出。太傅虚托引己之过⑧，以相开悟⑨，可谓德教⑩。

【今　注】

①谢虎子：谢据，小字虎子。

②胡儿：谢朗，小字胡儿。　无由：无从，没有机会，没有办法。

③非复：不只，不是。　一过：一次。

④太傅：谢安。　了：明白。

⑤因其言次：趁着他说话的时候。

⑥谤：诽谤。　中郎：指谢据。

⑦懊热：烦闷，烦躁。

⑧虚托：假托。引：举。

⑨开悟：开导启发，使其觉悟。

⑩德教：以道德来感化教育人，使人觉悟。

【今　译】

谢据曾经爬上屋顶熏老鼠，谢朗既无从知道父亲做过这件事，又听人说起有个痴呆者做了这样的事，就予以戏笑，常常说起，不止一次。谢安知道他并不知情，便趁着他讲这件事的机会，对谢朗说："世上的人用这事来诽谤你父亲，还说我与他共同做了这件事。"谢郎感到十分烦闷，关在家里一个月不出门。谢安假托引作自己的过错，以使谢朗觉悟，可以称得上是德教。

【解　义】

老鼠在地下打洞筑窝，所以如果有人爬到屋顶去熏老鼠，无疑就是笑话。《晋书·谢朗列传》未采录本文所载，说明此事在史官眼中并不可信。

六

殷仲堪父病虚悸[①]，闻床下蚁动，谓是牛斗。孝武不知是殷公[②]，问仲堪："有一殷，病如此不[③]？"仲堪流涕而起曰："臣进退唯谷[④]。"

【今　注】

①殷仲堪父：殷师（生卒不详），字师子。历官骠骑咨议、晋陵太守，封爵沙阳男。虚悸：中医病名，因气血亏虚引起的心跳加速、心神不宁的病症。

②孝武：晋孝武帝司马曜。殷公：指殷仲堪之父。

③不：同"否"。

④进退唯谷：语出《诗经·大雅·桑柔》，原诗曰："人亦

有言，进退维谷。”谷，比喻困境，进退两难。

【今　译】

殷仲堪的父亲因病得了虚悸症，听到床下蚂蚁的响动，以为是牛在互相争斗。孝武帝不知道病者是殷仲堪之父，问殷仲堪：“有一个姓殷的，确实病成这样吗？”殷仲堪流泪起身说：“臣子不知如何回答。”

【解　义】

本文所载未见《晋书·殷仲堪列传》采录，说明史官认为此事属于坊间传言。

七

虞啸父为孝武侍中①，帝从容问曰②：“卿在门下③，初不闻有所献替④。”虞家富春⑤，近海，谓帝望其意气⑥，对曰：“天时尚暖，鮆鱼虾鱃未可致⑦，寻当有所上献⑧。”帝抚掌大笑⑨。

【今　注】

①虞啸父（生卒不详）：会稽余姚（今浙江余姚）人，官至侍中，为孝武帝所亲近。

②从容：随意，不慌不忙。

③门下：门下省，官署名，皇帝的顾问机关。

④献替：“献可替否（pǐ）”的省称，指进献可行的计策或建议废止不可行的事。

⑤富春：县名，即今浙江富春。

⑥意气：指进贡。

⑦鮆（zhì）鱼：浅海鱼，肉肥美。鱼可制酱。　致：指得到，找到。

⑧寻：不久。

⑨抚掌：拍手。

【今　译】

虞啸父担任孝武帝的侍中时，孝武帝很随意地问道："你在门下省任职，从来没有听到你进献过什么意见。"虞啸父的家在富春县，靠近大海，他还以为皇帝要他进贡特产，就回答道："天气还暖和，鮆鱼虾鳝等鲜美的鱼类一时还捕捞不到，不久应当会有所进献了。"孝武帝听后拍手大笑。

【解　义】

据《晋书·虞啸父列传》记载，虞啸父在陪孝武帝宴饮时失言，闹了笑话后喝得大醉，辞行下拜时起不了身，孝武帝让左右扶一下，虞啸父说："我的爵位还达不到让人扶的地步，也没醉到乱来的程度，不适宜的赏赐，我不敢接受。"孝武帝听后大为喜悦。

八

王大丧后①，朝论，或云国宝应作荆州②。国宝主簿夜函白事，云③："荆州事已行④。"国宝大喜，其夜开閤⑤，唤纲纪⑥，话势虽不及作荆州，而意色甚恬⑦。晓遣参问⑧，都无此事。即唤主簿，数之曰⑨："卿何以误人事邪？"

【今　注】

①王大：王忱，小字佛大，故称。

②朝论：朝廷议论。国宝：王国宝，王忱之兄。作荆州：担任荆州刺史。

③主簿：官名，负责文书、印信等。　夜函白事：连夜发函报告事情。白，报告，禀报。

④荆州事：指任命王国宝为荆州刺史之事。 已行：定下来了。

⑤开閤（gé）：打开侧门。

⑥纲纪：指主簿。

⑦意色：神情气色。恬：坦然，安静，恬淡。

⑧参问：探问，验证。

⑨数（shǔ）：责备。

【今 译】

王忱死后，朝廷议论时，有人说王国宝应当做荆州刺史。王国宝的主簿连夜发函报告此事，说："荆州刺史的任命已经定下来了。"王国宝大喜，当天晚上打开侧门，叫主簿属官来。说话间虽然没有提及作荆州刺史，但神情气色很恬淡。到天亮时派人去探问，全然没有这回事。他立即叫来主簿，责备他说："你为什么耽误我的事呢？"

【解 义】

王国宝是王忱之兄，其堂妹是会稽王司马道子之妃。司马道子想让王国宝继任荆州刺史，以扶植心腹势力，但孝武帝最终任命的却是殷仲堪。据《晋书·王国宝列传》记载，王忱死后，王国宝上表请求奔丧，却又一直盘桓在京城里不出发，结果被御史中丞褚粲弹劾。王国宝穿上女子的衣服到司马道子处，让司马道子为自己求情，这才得以赦免。此后，王国宝在宴饮时因不满尚书左丞祖台之，就拿起杯盏碗盘乱砸，祖台之吓得不敢说话，但此事又被御史中丞褚粲弹劾，孝武帝认为王国宝恣意妄为，而祖台之则过于懦弱，于是将他们二人一同免官。

惑溺第三十五

惑溺，指沉溺于美色。好色是人的天性，但从中庸的角度出发，士人需要做到好色而不淫，意即不过度。魏晋时期，贵族阶层往往纵情声色，但真正的文人士子没有堕落，仍然恪守着传统的价值理念。本篇所载反映出魏晋士人对沉溺于美色行为的讥讽。

一

魏甄后惠而有色[①]，先为袁熙妻[②]，甚获宠。曹公之屠邺也[③]，令疾召甄[④]，左右白："五官中郎已将去[⑤]。"公曰："今年破贼，正为奴[⑥]。"

【今　注】

①魏甄后：魏文帝曹丕的皇后甄氏。　惠：通"慧"，聪明。

②袁熙：字显奕，袁绍次子。

③曹公：曹操。　屠邺：屠戮邺城。邺，县名，为冀州治所，故址在今河北临漳西南。

④疾：快，迅速。

⑤五官中郎：指曹丕。五官中郎，即五官中郎将，为丞相之副职。　将：带。

⑥奴：他或她，第三人称代词。

【今　译】

魏文帝曹丕的皇后既聪慧又有姿色，本是袁熙的妻子，很受宠爱。曹操屠戮邺城时，下令迅速召见甄氏，左右侍从回答说："五官中郎将已经把她带走了。"曹操说："今年打败贼人，就是为了她。"

【解　义】

袁绍在官渡之战后病死，其子袁谭、袁熙、袁尚等人仍盘踞在黄河以北地区，手握重兵。曹操无法一举克服北方，最后利用袁氏兄弟争权夺利的有利时机，才予以各个击破。因此，本文所谓"今年破贼，正为奴"，属于里巷传言，不足征信。有关曹丕迎娶甄后的故事，刘孝标注引《魏略》和《世语》的记载大致近似，都是说曹操攻破邺城后，曹丕进入袁氏宅邸，才发现甄后姿容出众，于是动心。《魏略》称曹操知道曹丕对甄后有意之后，特地为其迎娶；《世说》则称曹丕自行迎娶。无论如何，这两则记载均可证明本文所谓曹操与曹丕争夺甄后的说法，纯属无稽之谈。

二

荀奉倩与妇至笃[①]，冬月妇病热，乃出中庭自取冷，还以身熨之[②]。妇亡，奉倩后少时亦卒，以是获讥于世。奉倩曰："妇人德不足称，当以色为主。"裴令闻之曰[③]："此乃是兴到之事[④]，非盛德言[⑤]，冀后人未昧此语[⑥]"。

【今　注】

①荀奉倩：荀粲。　至笃：指情爱深厚。

②熨（yùn）：指以身体紧贴。

③裴令：裴楷。

④兴到：指一时兴起。

⑤盛德：品德高尚。

⑥冀：希望。　昧：糊涂，不明白，蒙蔽。

【今　译】

荀粲与妻子感情深厚，妻子冬天里生了热病，于是到庭院里吹寒风，回来用身体紧贴妻子。妻子死后，荀粲没多久也死了，为此受到了世人的讥讽。荀粲曾说："妇人的德行不足称道，应当以美色为主。"裴楷听到后说："这是一时兴起所说，不是品德高尚的话，希望后人不要被这句话蒙蔽。"

【解　义】

荀粲所谓"妇人德不足称，当以色为主"，不仅从当代人的角度看带有性别歧视的色彩，而且也与古人的主流观念相悖。古代社会虽然普遍存在性别歧视的现象，但古人对女性的道德品行同样有要求。荀粲吹寒风为妻子降体温的故事，原本可以成为佳话，世人之所以对其人加以讥讽，就是因为他的这番重色轻德言论所致。

三

贾公闾后妻郭氏酷妒[①]。有男儿名黎民，生载周[②]，充自外还，乳母抱儿在中庭，儿见充喜踊，充就乳母手中呜之[③]。郭遥望见，谓充爱乳母，即杀之。儿悲思啼泣，不饮它乳，遂死。郭后终无子。

【今　注】

①贾公闾：贾充，字公闾。　郭氏：郭配之女，名槐，晋惠帝贾后之母。　酷：表示程度之深。

②载周：指满周岁。

③呜：亲吻。

【今　译】

贾充的后妻郭氏妒忌心极重。她有个儿子叫黎民，出生才满周岁时，贾充从外面回来，乳母正抱着小儿在庭院中，小儿看见贾充后高兴地手脚乱动起来，贾充凑近乳母手中亲吻了儿子。郭氏远远地望见，以为贾充喜欢乳母，立即把乳母杀了。小儿因思念乳母而啼哭，不吃别人的奶，于是死了。郭氏最终没有儿子。

【解　义】

据《晋书·贾充列传》记载，贾充的后妻郭槐曾育有两个儿子，长子黎明三岁时由乳母抱着，看到贾充后感到喜悦，贾充于是靠近乳母去抚摸儿子，郭槐望见后怀疑贾充与乳母有染，将乳母鞭打致死，结果黎明因思念乳母而病亡；次子一岁时也是因相同情形而死。史官所记，或许是同一事件的不同传说，由本文所载故事而衍生。

四

孙秀降晋[①]，晋武帝厚存宠之[②]，妻以姨妹蒯氏[③]，室家甚笃[④]。妻尝妒，乃骂秀为貉子[⑤]。秀大不平，遂不复入。蒯氏大自悔责，请救于帝。时大赦，群臣咸见。既出，帝独留秀，从容谓曰："天下旷荡[⑥]，蒯夫人可得从其例不？"秀免冠而谢[⑦]，遂为夫妇如初。

【今　注】

①孙秀（？－301 或 302）：字彦才，吴郡吴人，孙权侄孙。三国时吴将，因受孙皓疑忌而降晋，拜骠骑将军，封会稽公。晋灭吴后，被降为伏波将军。

②晋武帝：司马炎。　厚：非常，格外。　存宠：关怀宠信。

③妻：将女子嫁人，动词。蒯（kuǎi）氏：晋武帝的妻妹。

④笃：指感情深厚。

⑤乃：竟。　貉（hé）：又称狗獾，哺乳动物，外形似狐狸。这是中原士族对江东人的蔑称。

⑥旷荡：宽宏大量。

⑦免冠而谢：脱下帽子谢罪。

【今　译】

孙秀归降晋朝后，晋武帝格外关怀宠信他，把姨妹蒯氏嫁给他，夫妇之间感情很深厚。妻子曾经妒性发作，竟骂孙秀为"貉子"。孙秀心中大为不满，于是不再进妻子的房间了。蒯氏深感悔恨自责，向武帝求救。当时正逢大赦，满朝臣子都上朝觐见。退朝后，武帝把孙秀单独留下，很随便地说："天下大赦，恩德宽广，蒯夫人能按照这个例子从宽对待吗？”孙秀脱帽谢罪，于是夫妇和好如初。

【解　义】

据刘孝标注引《太原郭氏录》记载，孙秀镇守夏口，孙皓对他较为忌惮，派人前去诱捕，孙秀有所预感，于是投奔晋王朝。晋武帝对南方士族采取怀柔政策，所以晋灭吴后，南方地区对晋王朝的统治没有爆发大规模的反抗。

五

韩寿美姿容①，贾充辟以为掾②。充每聚会，贾女于青琐中看③，见寿，说之④，恒怀存想⑤，发于吟咏。后婢往寿家，具述如此⑥，并言女光丽⑦。寿闻之心动，遂请婢潜修音问⑧，及期往宿⑨。寿跻捷绝人⑩，逾墙而入，家中莫知。自是充觉女盛自拂拭⑪，说畅有异于常⑫。后会诸吏，闻寿有奇香之气，是外国所贡，一著人则历月不歇⑬。充计武帝唯赐己及陈骞⑭，余家无此香，疑寿与女通，而垣墙重密，门閤急峻⑮，何由得尔？乃托言有盗，令人修墙。使反曰：“其余无异，唯东北角如有人迹，而墙高，非人所逾。”充乃取女左右婢考问⑯。即以状对⑰。充秘之，以女妻寿。

【今　注】

①韩寿（？—300）：字德真，南阳赭阳（今河南叶县）人。仕至散骑常侍、河南尹。死后赠骠骑将军。

②辟（bì）：授予官职。　掾：官署属员的通称。

③青琐：镂刻成格的窗户，窗格。

④说：通“悦”，喜欢。

⑤存想：想念。

⑥具：同“俱”，意为详细。

⑦光丽：光艳美丽。

⑧潜修音问：暗中传递音信。

⑨及期：指到约定的时期。

⑩捷：强健敏捷。

⑪盛自拂拭：讲究修饰打扮自己。

⑫说畅：喜悦欢畅。说，通“悦”。

⑬著（zhuó）：附着。　歇：停止，消失。

⑭计：估计，考虑，打算。　陈骞（201—28）：字休渊，临淮东阳（今安徽天长）人。为西晋开国八公之一，封高平郡公，历官侍中、太尉、大司马。

⑮门閤（gé）：大门和边门。　急峻：指戒备森严。

⑯考问：审问，盘问。

⑰状：情况，状况。

【今　译】

韩寿相貌很美，贾充召他为属官。贾充每次聚会时，他的女儿就从窗格中偷看，见到韩寿，很喜欢他，心里常常想念他，并吟诗咏叹。后来婢女到韩寿家去，详细叙述了情况，并且说贾充的女儿光鲜靓丽。韩寿听后动了心，于是请婢女暗地里传递消息，约定时间去过夜。韩寿身手矫健敏捷，超出常人，越墙而入，贾家没人知道。从此贾充发觉女儿讲究修饰打扮，喜悦欢畅之情不同以往。后来贾充会见属官，闻到韩寿身上有一股奇特的香气，这是外国进贡的香，一沾到人身上，几个月也不会消散。贾充估计武帝只赐给自己和陈骞，其余人没有这种香，怀疑韩寿与女儿私通。但是家里的围墙重叠严密，大门和边门戒备森严，他怎么能够得逞呢？于是借口有盗贼，派人修墙。派去的人回来说：“其他地方没有什么异常情况，只有东北角好像有人的足迹，但围墙很高，不是普通人能够翻越的。”贾充就把女儿身边的婢女叫来审问，婢女便把情况说了出来。贾充隐瞒此事，把女儿嫁给韩寿。

【解　义】

贾充之所以“秘之”，显然是担心有失颜面，但结果却是人所共知。因此，这则故事应出于小说家的演绎。据刘孝标注引郭子之说，韩寿是与陈骞之女私通，陈骞发现后准备将女儿嫁给韩寿，但还没结婚女儿就过世了，韩寿于是娶了贾充的女儿，世人因此传言韩寿与贾充女儿私通。可见传说存在不同版本。本文所载就是《西厢记》张生越墙与崔莺莺私会的故事蓝本。

六

王安丰妇常卿安丰①，安丰曰：“妇人卿婿，于礼为不敬，后勿复尔②。”妇曰：“亲卿爱卿，是以卿卿。我不卿卿，谁当卿卿？”遂恒听之。

【今　注】

①王安丰：王戎。　卿：第二人称“你”或“您”的代词。

②尔：如此。

【今　译】

王戎的妻子常常称王戎为“卿”。王戎说：“妇人用‘卿’来称呼夫婿，在礼数上是不敬，以后不要这样。”妇人说：“我亲你爱你，听以才称你为‘卿’。我不称你为‘卿’，还有谁该来称你为‘卿’？”于是王戎就一直听任她了。

【解　义】

妻子称呼夫婿为“君”，如《孔雀东南飞》“十七为君妇”，所以王戎说“妇人卿婿，于礼为不敬”。卿，一般是上对下、尊对卑的称呼。不过，自魏晋开始，夫妻或好友间开始以

"卿"互称，以表示亲密。

七

王丞相有幸妾姓雷①，颇预政事②，纳货③。蔡公谓之"雷尚书④"。

【今 注】

①王丞相：王导。 幸妾：得到宠爱的小妾。幸，宠幸，宠爱。

②预：参预，参加，干预。

③纳货：接受钱财，即收受贿赂。

④蔡公：蔡谟。 尚书：官名，掌管文书奏章。

【今 译】

丞相王导有一个宠幸的姬妾姓雷，对政事颇多干预，收受贿赂。蔡谟称她为"雷尚书"。

【解 义】

据刘孝标注引《语林》记载，王导的这个宠妾雷氏就是王恬和王洽的生母。

仇隙第三十六

仇隙，指仇怨与嫌隙。本篇所载大多出自传闻，如云王羲之因与王述不和而“愤慨致终”（本篇第五则），纯属无稽之谈。

一

孙秀既恨石崇不与绿珠[①]，又憾潘岳昔遇之不以礼[②]。后秀为中书令，岳省内见之[③]，因唤曰："孙令，忆畴昔周旋不[④]？"秀曰："中心藏之，何日忘之[⑤]？"岳于是始知必不免[⑥]。后收石崇、欧阳坚石[⑦]，同日收岳。石先送市[⑧]，亦不相知。潘后至，石谓潘曰："安仁[⑨]，卿亦复尔邪？"潘曰："可谓'白首同所归[⑩]'。"潘《金谷集诗》云："投分寄石友[⑪]，白首同所归。"乃成其谶[⑫]。

【今　注】

①孙秀（？—301）：字俊忠，琅邪（山东临沂）人，赵王司马伦用为侍郎。后为中书令，专擅朝政。司马伦失败后被杀。　绿珠（？—300）：石崇的歌妓，貌美，善吹笛。石崇被收捕时跳楼自尽。

②憾：恨。

③省：官省。

④畴昔：过去，从前。　周旋：交往。　不：同"否"。

⑤中心藏之，何日忘之：语出《诗经·小雅·隰桑》，原意是心中有了他，没有一天忘得了他。言外之意是指自己对往日受辱的情景永远不会忘记。

⑥不免：指不能免遭孙秀报复。

⑦收：逮捕。　欧阳坚石：欧阳建（269—300），字坚石，渤海南皮（今河北南皮）人，石崇外甥。历官山阳令、尚书郎、冯翊太守。因受石崇之牵连被杀。

⑧市：西汉执行死刑的刑场在长安东市，后泛指刑场为东市。

⑨安仁：潘岳。

⑩白首同所归：意指友谊永存。

⑪投分：志趣投合，互为相知。 石友：指友谊坚如磐石。

⑫谶（chèn）：指预言、预兆。

【今 译】

孙秀既恨石崇不肯将绿珠送给自己，又恨潘岳过去曾经对自己无礼。后来孙秀担任中书令，潘岳在宫省内见到他，便召呼道："孙令，还记得我们以前的交往吗?"孙秀说"中心藏之，何日忘之?"潘岳这才知道避免不了孙秀的报复。后来孙秀逮捕石崇、欧阳建，同一天逮捕了潘岳。石崇先被送到刑场，还不知道相互的情况。潘岳此后也被押来，石崇对潘岳说："安仁，你也这样了吗?"潘岳说："我们可说是'白首同所归。'"潘岳在《金谷集诗》中说："投分寄石友，白首同所归。"竟成了预言。

【解 义】

关于孙秀向石崇索要绿珠之事，据刘孝标注引干宝《晋纪》记载，绿珠不仅美貌，而且擅长吹笛，孙秀于是派人向石崇索要，石崇列出婢妾数十人，让来人随意挑选，来人表示不认识哪位是绿珠，石崇勃然大怒，断然拒绝，来人走后又回来，再次被石崇拒绝。关于潘岳对孙秀无礼之事，据刘孝标注引王隐《晋书》记载，潘岳之父潘芘任琅邪太守时，孙秀是受差使的小吏，潘岳多次践踏压制孙秀，不把他当人对待。石崇、潘岳、欧阳建被杀的原因，据《晋书·石崇列传》记载，是因为他们知道孙秀在赵王司马伦面前进谗，所以暗中劝淮南王司马允、齐王司马冏起兵，结果被孙秀察觉。

二

刘玙兄弟少时为王恺所憎①，尝召二人宿，欲默除之[2]。令作阬[3]，阬毕，垂加害矣[4]。石崇素与玙、琨善，闻就恺宿，知当有变[5]，便夜往诣恺，问二刘所在。恺卒迫不得讳[6]，答云："在后斋中眠[7]。"石便径入，自牵出，同车而去，语曰："少年何以轻就人宿？"

【今　注】

①刘玙兄弟：刘玙、刘琨。

②默除：指暗杀。

③阬：土坑。

④垂：接近，将要。

⑤变：事变，变故，突发事件。

⑥卒（cù）迫：仓促急迫。　讳：隐瞒。

⑦后斋：后房。

【今　译】

刘玙、刘琨兄弟年轻时为王恺所憎恨，王恺曾经请二人到家中留宿，想暗中杀害他们。王恺让人挖坑，坑挖好后，即将害死他们。石崇向来与刘玙、刘琨要好，听说他们到王恺家留宿，知道一定会有变故，于是连夜前去拜访王恺，问二刘在哪里。王恺仓促急迫之间不能隐瞒，回答道："在后面书斋中睡觉。"石崇于是直接进去，亲自拉他们出来，一同乘车而去，对他们说："年轻人怎么能轻率地到别人家去住宿？"

【解　义】

据刘孝标注引刘璨《晋纪》记载，刘玙、刘琨兄弟游于权贵之间，当时人都认为他们是豪杰之士。可见刘玙、刘琨兄弟善于与权贵交游，他们与王恺显然没有什么大的过节，否则他们也不会愿意留宿王恺家。王恺仅仅因为厌恶刘玙、刘琨兄弟，就要加害他们，未免不合情理。王恺是外戚，据《晋书·王恺列传》记载，王恺和石崇违反规定饲养鸩鸟，受到弹劾，但惠帝却赦免了他们，从此王恺为所欲为，无所忌惮，人们惧怕。本文或许就是后人根据王恺肆无忌惮的个性而演绎，而石崇由于和王恺交情甚好，甚至敢于和王恺斗富，所以充当了救人的角色。

三

王大将军执司马愍王[①]，夜遣世将载王于车而杀之[②]，当时不尽知也。虽愍王家亦未之皆悉，而无忌兄弟皆稚。王胡之与无忌长甚相昵[③]，胡之尝共游，无忌入告母，请为馔[④]，母流涕曰："王敦昔肆酷汝父[⑤]，假手世将[⑥]。吾所以积年不告汝者[⑦]，王氏门强，汝兄弟尚幼，不欲使此声著[⑧]，盖以避祸耳。"无忌惊号[⑨]，抽刃而出[⑩]，胡之去已远。

【今　注】

①王大将军：王敦。　执：捉拿。　司马愍王：司马丞(264—322)，字元敬，袭父爵为谯王，曾任湘洲刺吏。王敦起兵时，他兴兵讨伐，后被王敦害死，死后谥愍王。

②世将：王廙，字世将。

③无忌：司马无忌（？—350)，字公寿，谯愍王司马丞之子。历官散骑侍郎、屯骑校尉、中书侍郎、黄门侍郎、散骑常侍、御史中丞、辅国将军、长沙相、江夏相、南郡太守、河东太守，因功进号前将军，卒后追赠卫将军谥为烈王。　长：长大。　相昵：互相亲近。

④为馔：准备食物。

⑤肆酷：肆意残害。

⑥假手：利用他人替自已做事。

⑦积年：多年。

⑧声著：声张，张扬开来。

⑨惊号：因震惊而号啕大哭。

⑩抽刃：拔刀。

【今　译】

王敦抓了司马丞，夜里派遣王廙把司马丞装载在车里给杀了，当时的人全不知道这件事，即便是司马丞的家人也不全都知道，而无忌兄弟二人还都幼小。王胡之与无忌长大后很亲近，王胡之曾经与无忌一起游玩，无忌进屋告诉母亲，请母亲为他们准备吃的东西，母亲流着泪说："王敦从前肆意残害你父亲，就是借了世将的手干的。我之所以多年来不告诉你，就是因为王氏家族势力强盛，你们兄弟还小，不想让这件事声张开来，是为了避免灾祸。"无忌因震惊而号啕大哭，拔出刀来追出去，王胡之这时已经走远了。

【解　义】

王胡之是王廙之子，所以司马无忌与王胡之有世仇。但本文应出于后人之演绎，因为既然王胡之与司马无忌一同出游，那么司马无忌回家准备酒菜时，王胡之怎么可能自行离开呢？其叙述显然有漏洞。据《晋书·司马无忌列传》记载，褚裒出任江州刺史时，司马无忌与丹阳尹桓景等人为其饯行，王廙之子王耆之也在座，司马无忌想为父亲报仇，于是拔刀相向，幸亏褚裒、桓景命手下人及时予以制止，此事遭到御史中丞弹劾，最终晋成帝下诏豁免，但强调今后再犯就要论斩。因此，本文或许由司马无忌拟杀王耆之一事而衍生。

四

应镇南作荆州[①]，王修载、谯王子无忌同至新亭与别[②]。坐上宾甚多，不悟二人俱到[③]。有一客道："谯王丞致祸[④]，非大将军意[⑤]，正是平南所为耳[⑥]。"无忌因夺直兵参军刀[7]，便欲斫[8]。修载走投水[9]，舸上人接取[10]，得免。[11]

【今　注】

①应镇南：应詹（274—326），字思远，汝南南顿（今河南项城）人。仕至平南将军、江州刺史，封观阳县侯。作荆州：应为“作江州”，指出任江州刺史。

②王修载：王耆之。　谯王：司马丞。

③不悟：不知道，不明白。

④致祸：遭遇祸害。

⑤大将军：王敦。

⑥正：只。　平南：王廙，曾任平南将军，故称。

⑦直兵参军：值班参军。

⑧斫：（zhuó）：砍，斩。

⑨走：跑，逃跑。

⑩舸（gě）：大船。

⑪免：幸免。

【今　译】

应詹担任江州刺史时，王耆之、谯王司马丞的儿子无忌一起到新亭送别。座上宾客很多，不知道这二人也都到了。有一位客人说：“谯王司马丞遭遇祸害，不是大将军王敦的意思，只是平南将军王廙之所为。司马无忌因此夺过值班参军的刀，就去砍杀王耆之。王耆之跳进水里逃跑，船上的人把他捞起来，才得以幸免。

【解　义】

司马无忌欲杀王耆之一事，亦载《晋书·司马无忌列传》。本文与史籍所载有所不同，一为应詹出任江州刺史时，一为褚裒出任江州刺史时。应詹在王敦之乱被平定后即出任江州刺史，此时司马无忌年纪尚小。而褚裒则是在康帝即位后外任江州刺史，此时司马无忌则已成年。因此，本文所载当为误传，应以史官所载为是。

五

王右军素轻蓝田[①]，蓝田晚节论誉转重[②]，右军尤不平。蓝田于会稽丁艰[③]，停山阴治丧[④]。右军代为郡[⑤]。屡言出吊[⑥]，连日不果[⑦]。后诣门自通[⑧]，主人既哭，不前而去[⑨]，以陵辱之[⑩]。于是彼此嫌隙大构。[⑪]。后蓝田临扬州[⑫]，右军尚在郡[⑬]。初得消息，遣一参军诣朝廷，求分会稽为越州[⑭]。使人受意失旨[⑮]，大为时贤所笑[⑯]。蓝田密令从事数其郡诸不法[⑰]，以先有隙，令自为其宜[⑱]。右军遂称疾去郡[⑲]，以愤慨致终。

【今　注】

①王右军：王羲之。　素：向来。　蓝田；王述。

②晚节：晚年。论誉：舆论评价。转重：逐渐提高。

③于会稽：指在会稽内史任上。　丁艰：遭父母之丧。此指母丧。

④山阴；今浙江绍兴。

⑤代为郡：代任会稽内史。

⑥出吊；指到王述家吊唁。

⑦不果：没有结果。

⑧诣门自通：登门拜访自行通报。

⑨不前而去：不上前吊唁慰问就离开了。

⑩陵辱：欺凌侮辱。

⑪嫌隙大构：造成深深的仇怨。构，造成，构成。

⑫蓝田临扬州：指王述出任扬州刺史。

⑬尚在郡：指王羲之仍然在会稽内史任上。

⑭求分会稽为越州：指请求朝廷把会稽郡从扬州分出来，另外设置越州。

⑮使人：使者。　失旨：没有贯彻好意图。

⑯时贤：当时的贤达。

⑰从事：刺史的属官。　数：列举罪状。

⑱自为其宜：指让王羲之以适宜的方式自行处理。

⑲去郡：辞去郡守职务。

【今　译】

王羲之一向瞧不起蓝田侯王述，王述晚年的声望逐渐提高，王羲之更加耿耿于怀。王述在会稽内史任上时母亲去世，留在山阴办理丧事。王羲之代任会稽内史，屡次说要去吊唁，但接连好几天都没有去。后来他登门拜访并自行通报，但主人哭了以后，他却不上前哭吊就走了，以此来凌辱王述。这样一来，双方彼此深深地结下了仇怨。后来王述出任扬州刺史，王羲之还在会稽内史任上。王羲之刚得到王述出任扬州刺史的消息，就派一名参军到朝廷去，请求朝廷把会稽郡从扬州分出来，另外设置越州。这位使者接受了他的差遣却没有贯彻好意图，结果大受当时贤达的讥笑。王述暗中命令属官列举王羲之任上的诸多不法行为，因为先前有过嫌隙，就让他自己以适宜的方式去处理。王羲之于是称病离职，一直愤激感慨到死。

【解　义】

据《晋书·王羲之列传》记载，王述守母丧时，王羲之只去吊唁过一次，此后就再也不登门，王述每次听到外面有号角声，总以为是王羲之来看望自己，便连忙洒扫以待，但始终没有等来王羲之，王述因此深以为憾。此后王述被征召为扬州刺史，就任前在会稽郡内四处巡行，就是不到王羲之处。王羲之此前一直认为王述平庸，最多不过做个尚书、仆射之类的官。及至王述就任显职后，王羲之耻于位居其下，便派人到朝廷游说，希望将会稽郡从扬州划分出去，另行成立越州。但是他派去的使者未能贯彻意图，结果闹出了笑话，王羲之深感惭愧，对他的儿子们说：“我的才能不比王述差，但地位却和他相去甚远，这应当是因为你们不如王坦之的缘故。”此后王述派人检查会稽郡的刑法政令，主事官员疲于应付，王羲之引以为耻，于是称病辞官。史籍所叙与本文略有出入，但大意相同，即王羲之因轻视王述而与之结仇，又不甘屈居其下并受辱，最终愤然辞官。这一记载似不足为信。据《晋书·王羲之列传》记载，王羲之曾任庾亮的参军、长史。庾亮去世前向朝廷推荐王羲之，于是升迁其为宁远将军、江州刺史，但王羲之推迁不拜。此后朝廷频召为侍中、吏部尚书，皆不就。最后在殷浩的劝说下，拜护国将军，又改任会稽内史。王羲之喜好修道养性，不喜欢住在京城，到了会稽郡后，就有在此安身终老的想法。辞官后，王羲之在父母墓前立誓：“止足之分，定之于今。”所谓“止足之分”，典出潘岳《闲居赋》，意即知道满足的本分。又据《晋书·王羲之列传》记载，王羲之辞官归隐后，与名士谢安、许询、孙绰、李充、支遁等人尽情畅游山水之间，以射鸟钓鱼为乐。又与道士许迈一同修炼服食丹药，为了采集药石，遍游各地名山。他曾经感叹道：“我最终会以欢乐而死。”由此可见，王羲之性格旷达，无意功名利禄，以归隐山林、怡情养性为志趣，而这也正是魏晋名士所推崇的人生境界。因此，王羲之因与王述龉龃而愤慨终身的说法，与王羲之的个性明显不符。据刘孝标注引《中兴书》记载，王羲之与王述的志尚不同，两人由此不能融洽相处。因此，后人或许即因王羲之与王述关系不睦，而对王羲之归隐的原因进行臆测。

六

王东亭与孝伯语，后渐异[①]，孝伯谓东亭曰：“卿便不可复测[②]。”答曰：“王陵廷争，陈平从默[③]，但问克终云何耳[④]。”

【今　注】

①王东亭：王珣。　孝伯：王恭。　渐异：指两人的意见

逐渐不合。

②复测：预料。

③王陵（?—前181)：泗水沛县（今江苏沛县）人，西汉初年大臣。 廷争：在朝廷上直言进谏，据理力争。陈平（?—前178)：阳武县户牖乡（今河南兰考县东北）人，西汉开国功臣之一，封曲逆侯。 从默：顺从沉默。

④克终：最终结果。 云何：如何，怎么样。

【今 译】

王珣与王恭交谈时，意见逐渐不合，王恭对王珣说：“你说的话令人难以琢磨。”王珣回答道：“王陵在朝中敢于争辩，陈平则顺从缄默，只要问最终的结果如何就行了。”

【解 义】

据《汉书·王陵传》记载，吕后临朝执政，以王陵为右丞相，陈平为左丞相；惠帝死后，吕后欲封吕氏为王，王陵认为刘邦立下非刘氏不能封王的规矩，所以在朝廷上予以反对。吕后又问陈平、周勃，他们都表示“无所不可”，吕后听后很高兴。退朝后王陵责备陈平和周勃，陈平回答说：“当面抗争，我不如您；但是保全社稷，您不如我。”此后吕后采用明升暗降的方法，将王陵迁为太傅，夺其右丞相之权，王陵一怒之下称病辞官，闭门谢客。又据《汉书·陈平传》记载，吕后大封吕氏为王，陈平假装顺从，但吕后死后，陈平就与周勃合谋，尽诛吕氏。据刘孝标注引《晋安帝纪》及《晋书·王珣列传》记载，晋安帝即位之初，王国宝媚会稽王司马道子，在朝中当权，并图谋废黜老臣，王恭因此想杀他；王珣予以劝阻，认为王国宝虽然最终会为祸作乱，但毕竟还没有露出原形，如果现在就杀他，恐怕会失去人心；王恭于是打消念头，不久后对王珣说：“近来我觉得你很像胡广。”胡广是东汉时期的重臣，历仕六朝，官至太傅，以处世圆融著称。王珣则引用“王陵廷争，陈平从默”的典故作答，意指与权臣对抗需要讲究策略，暂且隐忍，虽然不能当面摧折其势焰，但可以取得很好的效果。

七

王孝伯死①，悬其首于大桁②。司马太傅命驾出③，至标所④，熟视首，曰⑤："卿何故趣欲杀我邪⑥？"

【今　注】

①王孝伯：王恭，字孝伯。

②大桁（háng）：又称大航、朱雀航、朱雀桁，即秦淮河上的朱雀桥。

③司马太傅：会稽王司马道子，简文帝之子。晋孝武帝死后掌朝政，官至太傅。

④标所：指悬挂罪犯首级的高杆。所：处所，地方。

⑤熟视：仔细看。

⑥趣（cù）：急促。

【今　译】

王恭死后，首级挂在朱雀桥上示众。太傅司马道子命人驾车乘车出行，到悬挂首级的高杆处，注目细看王恭的首级，说："你为什么迫不及待地要杀我啊？"

【解　义】

隆安元年（397），王恭联合荆州刺史殷仲堪起兵讨伐王国宝。会稽王司马道子为求息事宁人，将王国宝赐死，并向王恭谢罪，王恭于是收兵。隆安二年（398），王恭再次起兵讨伐司马道子，但部将刘牢之被收买，反戈一击，王恭战败被俘。据《晋书·王恭列传》记载，王恭被押送到京城后，司马道子想要当面让王恭屈服，但此时桓玄已兵临石头城，司马道子担心发生变故，于是将其斩首。

八

桓玄将篡[①]，桓修欲因玄在修母许袭之[②]。庾夫人云[③]："汝等近过我余年[④]，我养之，不忍见行此事。"

【今　注】

①篡：篡位。

②桓修：桓冲第三子，桓玄的叔伯兄弟。　因：趁着。　许：处，地方。

③庾夫人：桓冲妻，桓修母。

④汝等：指桓玄，桓脩。　余年：晚年。

【今　译】

桓玄将要篡位时，桓修想趁桓玄在自己母亲那里时袭击他。庾夫人说："你们已接近我过完晚年的时候了，我抚养他长大，不忍心看见你们做出这样的事情。"

【解　义】

桓修与桓玄是堂兄弟，据刘孝标注引《桓氏谱》记载，桓修少年时被桓玄欺侮，常常受到桓玄言辞羞辱，所以怀恨在心。因此，所谓"桓玄将篡"，只是交代桓修意图报复的时间，桓修的举动并没有大义灭亲的意思。